无师通

五笔字型与Word 2007排版

本书编委会　编著

電子工業出版社
Publishing House of Electronics Industry
北京 · BEIJING

内容简介

在现代办公应用中，五笔字型与Word的应用相当广泛，不论从事何种职业，都需要掌握一些基础的文字输入和处理知识。本书全面介绍了中文输入法——五笔字型输入法和Word排版的相关知识，主要内容包括：五笔打字入门基础、键盘结构与指法练习、五笔字型输入法基础、汉字的拆分、单字的录入、词组的录入、常见五笔字型输入法、使用Word 2007编辑文本、图形与表格的使用，以及页面设置与打印等。

本书遵循由浅入深的原则，从零开始讲解五笔打字与Word排版的相关内容，通过知识点讲解与动手练结合的方式，帮助读者快速掌握基本的操作技能，达到学以致用的目的，并附上五笔字根速查表，帮助用户方便快捷地查询汉字的五笔编码。

本书面向电脑初学者，适合无基础且想快速掌握五笔打字与文档排版的读者。

图书在版编目(CIP)数据

五笔字型与Word 2007排版 / 本书编委会编著.—北京：电子工业出版社，2009.3
（无师通）
ISBN 978-7-121-07873-6

Ⅰ. 五… Ⅱ.本… Ⅲ.①汉字编码，五笔字型②文字处理系统，Word 2007
Ⅳ.TP391.14 TP391.12

中国版本图书馆CIP数据核字（2008）第183200号

责任编辑：牛晓丽 毕海星
印　　刷：北京东光印刷厂
装　　订：三河市皇庄路通装订厂
出版发行：电子工业出版社
　　　　　北京市海淀区万寿路173信箱　　邮编：100036
开　　本：787×1092 1/16　　印张：21.5　　字数：550千字
印　　次：2009年3月第1次印刷
定　　价：39.00元（含光盘一张）

凡所购买电子工业出版社图书有缺损问题，请向购买书店调换。若书店售缺，请与本社发行部联系，联系及邮购电话：（010）88254888。

质量投诉请发邮件至zlts@phei.com.cn，盗版侵权举报请发邮件至dbqq@phei.com.cn。

服务热线：（010）88258888。

前　言

电脑是现在人们工作和生活的重要工具，掌握电脑的使用知识和操作技能已经成为人们工作和生活的重要能力之一。在当今高效率、快节奏的社会中，电脑初学者都希望能有一本为自己"量身打造"的电脑参考书，帮助自己轻松掌握电脑知识。

我们经过多年潜心研究，不断突破自我，为电脑初学者提供了这套学练结合的精品图书，可以让电脑初学者在短时间内轻松掌握电脑的各种操作。

此次推出的这套丛书采用"实用的电脑图书+交互式多媒体光盘+电话和网上疑难解答"的模式，通过配套的多媒体光盘完成书中主要内容的讲解，通过电话答疑和网上答疑解决读者在学习过程中遇到的疑难问题，这是目前读者自学电脑知识的最佳模式。

丛书的特点

本套丛书的最大特色是学练同步，学习与练习相互结合，使读者看过图书后就能够学以致用。

- **突出知识点的学与练：**本套丛书在内容上每讲解完一小节或一个知识点，都紧跟一个"动手练"环节让读者自己动手进行练习。在结构上明确划分出"学"和"练"的部分，有利于读者更好地掌握应知应会的知识。
- **图解为主的讲解模式：**以图解的方式讲解操作步骤，将重点的操作步骤标注在图上，使读者一看就懂，学起来十分轻松。
- **合理的教学体例：**章前提出"本章要点"，一目了然；章内包括"知识点讲解"与"动手练"板块，将所学的知识应用于实践，注重体现动手技能的培养；章后设置"疑难解答"，解决学习中的疑难问题，及时巩固所学的知识。
- **通俗流畅的语言：**专业术语少，注重实用性，充分体现动手操作的重要性，讲解文字通俗易懂。
- **生动直观的多媒体自学光盘：**借助多媒体光盘，直观演示操作过程，使读者可以方便地进行自学，达到无师自通的效果。

丛书的主要内容

本丛书主要包括以下图书：

- Windows Vista操作系统（第2版）
- Excel 2007电子表格处理（第2版）
- Word 2007电子文档处理（第2版）
- 电脑组装与维护（第2版）
- PowerPoint 2007演示文稿制作
- Excel 2007财务应用
- 五笔字型与Word 2007排版
- 系统安装与重装
- Office 2007办公应用（第2版）
- 电脑入门（第2版）
- 网上冲浪（第2版）
- Photoshop与数码照片处理（第2版）
- Access 2007数据库应用
- Excel 2007公式、函数与图表应用
- BIOS与注册表
- 电脑应用技巧

- 电脑常见问题与故障排除
- Photoshop CS3图像处理
- Dreamweaver CS3网页制作
- AutoCAD机械绘图
- 3ds Max 2009室内外效果图制作
- 常用工具软件
- Photoshop CS3特效制作
- Flash CS3动画制作
- AutoCAD建筑绘图
- 3ds Max 2009动画制作

丛书附带光盘的使用说明

本书附带的光盘是《无师通》系列图书的配套多媒体自学光盘，以下是本套光盘的使用简介，详情请查看光盘上的帮助文档。

- **运行环境要求**

操作系统： Windows 9X/Me/2000/XP/2003/NT/Vista简体中文版

显示模式： 1024×768像素以上分辨率、16位色以上

光驱： 4倍速以上的CD-ROM或DVD-ROM

其他： 配备声卡、音箱（或耳机）

- **安装和运行**

将光盘放入光驱中，光盘中的软件将自动运行，出现运行主界面。如果光盘未能自动运行，请用鼠标右键单击光驱所在盘符，选择【展开】命令，然后双击光盘根目录下的“Autorun.exe”文件。

丛书的实时答疑服务

为更好地服务于广大读者和电脑爱好者，加强出版者和读者的交流，我们推出了电话和网上疑难解答服务。

- **电话疑难解答**

电话号码： 010-88253801-168

服务时间： 工作日9:00~11:30，13:00~17:00

- **网上疑难解答**

网站地址： faq.hxex.cn

电子邮件： faq@phei.com.cn

服务时间： 工作日9:00~17:00（其他时间可以留言）

丛书的作者

参与本套丛书编写的作者为长期从事计算机基础教学的老师或学者，他们具有丰富的教学经验和实践经验，同时还总结出了一套行之有效的电脑教学方法，这些方法都在本套丛书中得到了体现，希望能为读者朋友提供一条快速掌握电脑操作的捷径。

本套丛书以教会大家使用电脑为目的，希望读者朋友在实际学习过程中多加强动手操作与练习，从而快速轻松地掌握电脑操作技能。

由于作者水平有限，书中疏漏和不足之处在所难免，恳请广大读者及专家不吝赐教。

目　录

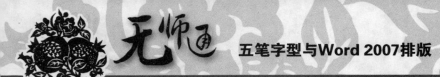

Chapter 01

第1章　五笔打字入门基础

本章要点

- *启动与关闭电脑*
- *鼠标的使用*
- *Windows Vista基本操作*
- *窗口的操作*

目前，电脑已成为人们工作、学习和生活中必不可少的工具。为了更好地使用电脑，需要学习输入中文的方法，五笔字型输入法就是一种广泛使用的中文输入法。本章将介绍五笔打字的入门基础知识，包括启动与关闭电脑、使用鼠标、Windows Vista的相关基础等。

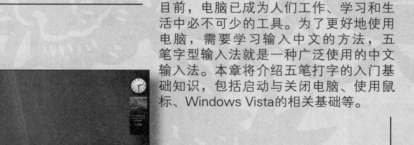

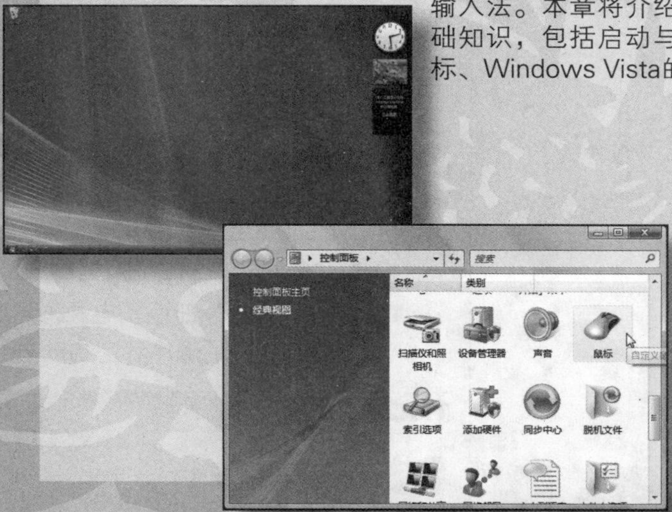

1.1 启动与关闭电脑

虽然电脑的启动与关闭是非常简单的操作，但如果不遵循正确的操作方法，就很可能导致系统崩溃，甚至损坏硬件，给用户带来不必要的损失。因此，掌握正确的启动与关闭方法是非常必要的。

1.1.1 启动电脑

知识点讲解

这是使用电脑的第一步，在进行任何电脑操作前，都需要先启动电脑。启动电脑的方法分为热启动、冷启动和复位启动三种。

1. 冷启动

冷启动是指在未接通主机电源的情况下，按一下主机上的电源开关来启动电脑，是启动电脑最常用的方法。

1 检查电脑的电源线是否已与电源插座连接好，然后接通主机电源插座的开关。
2 接通与电脑相连的其他外部设备的电源，如扫描仪、打印机和音箱等。
3 按一下显示器的电源按钮，开启显示器。
4 按一下主机机箱上的电源按钮，打开主机电源，如图1-1所示。随后，电脑就开始启动了。

★ 图1-1

提示

如果先打开主机电源，再打开外部设备和显示器的电源，会对主机内的部件形成电流冲击。

电脑启动后，先进行加电自检，识别出系统中的硬件并显示相关的检测信息。如果系统自检通过，接下来将启动操作系统，进入Windows桌面。

2. 热启动

在已经开机的情况下，按“Ctrl+Alt+Del”组合键重新启动电脑即为热启动。

在Windows 9X系列操作系统中，按“Ctrl+Alt+Del”组合键可以对电脑进行重新启动；在Windows 2000/XP系统中，按该组合键将弹出“Windows任务管理器”对话框；在Windows Vista系统中，按下该组合键将弹出系统的操作界面。

3. 复位启动

复位启动是指电脑在运行过程中出现异常死机的情况下，按下主机上的复位按钮来强行重新启动电脑。

提示

只有在用其他方式都不能重新启动电脑的情况下，才能采用复位启动的方式。

动手练

- 默记正确的开机步骤。
- 按照“打开外部设备电源，然后按下电源开关”的顺序练习启动电脑。

1.1.2 关闭电脑

知识点讲解

关闭电脑就是关机，其顺序与开机

时正好相反，即关闭电脑时先关闭主机电源，然后逐一关闭外部设备的电源。下面以在Windows Vista操作系统中关机为例，介绍正确的关机方法。

1 关闭所有已打开的窗口，包括打开的文件和程序。
2 单击“开始”按钮，在弹出的“开始”菜单中单击右下角的向右箭头按钮，在弹出的子菜单中执行“关机”命令，如图1-2所示。

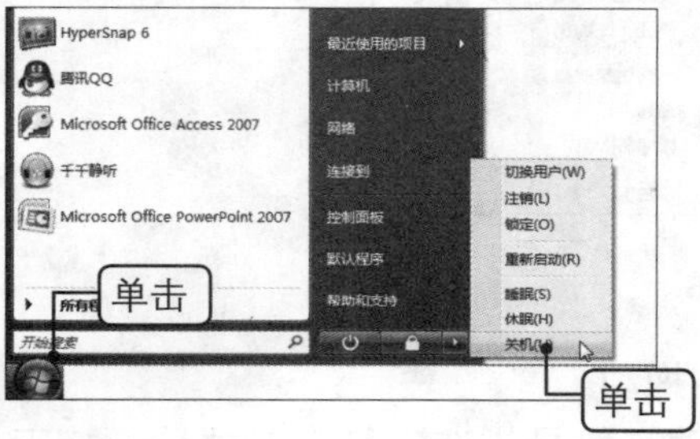

★ 图1-2

3 执行该操作后，系统显示关机画面，待关机画面显示完毕且主机和键盘上的指示灯熄灭后，再先后切断主机和显示器的总电源。

动手练

请读者练习通过正确的操作步骤关闭电脑。

操作提示：

1 关闭正在运行的程序或打开的文件。
2 在“开始”菜单中执行“关机”命令，关闭主机电源。
3 关闭显示器电源。
4 关闭其他外部设备电源（如音箱、打印机等）。

1.2 鼠标的使用

鼠标是一种手持式屏幕定位装置，是电脑的主要输入设备之一。使用鼠标进行电脑操作非常方便快捷。

1.2.1 鼠标的正确使用方法

知识点讲解

电脑的各种操作系统大都采用直观的图形化操作界面，熟练地使用鼠标可以很快提高电脑使用水平。

握持鼠标的方法是：食指和中指分别放在鼠标的左键和右键上，拇指、无名指及小指轻轻握住鼠标，手掌心贴住鼠标后部，手腕自然放在桌面上。

正确握持鼠标是熟练地使用鼠档的前提，如图1-3所示。

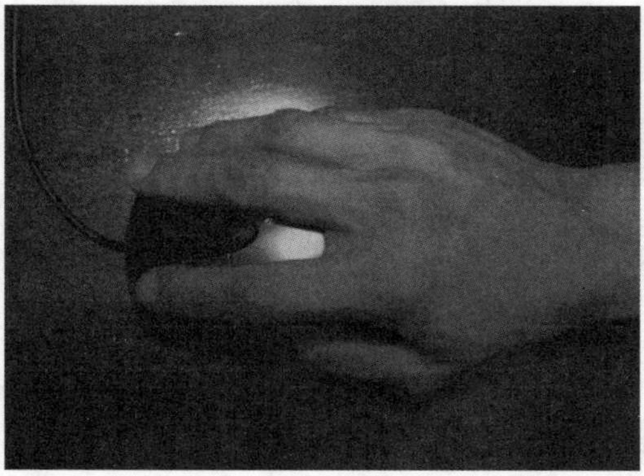

★ 图1-3

1.2.2 鼠标的基本操作

知识点讲解

大多数时候鼠标的作用是移动鼠标的

光标（指针）。除此之外，鼠标的基本操作还有指向、单击、双击、拖动和右键单击等。

1. **移动**

初次使用鼠标时，会感觉指针不听使唤，用户可以从移动鼠标开始逐步熟悉鼠标的各项基本操作。移动鼠标时，先稳住重心，然后平稳地前后、左右移动即可。

2. **指向**

指向是指在不按鼠标按键的情况下，将鼠标移向某个对象并固定，但并不选定该对象。被指向的对象可以是按钮、图标、文件或文件夹等。当鼠标指针在某个对象上停留1~2秒后，通常会显示相应的提示信息，如图1–4所示。

★ 图1–4

3. **单击**

单击是指将鼠标指向某一对象后，快速按下鼠标左键，并立即松开按键的过程。单击是使用频率最高的鼠标操作，常用于选定对象、单击命令按钮或在文本中插入光标等。

4. **双击**

双击是指将鼠标指向某一对象后，快速、连续地按鼠标左键两下（两次击键的间隔要短，否则将被视为两次单击），并立即释放的过程。双击通常用来打开文件或文件夹。

5. **右键单击**

右键单击通常称为单击鼠标右键或右击，是指将鼠标移到目标位置后，中指按下鼠标右键并立即释放的过程。右键单击一般用于打开特定的快捷菜单（在Windows操作系统中，右键单击任何一个对象都会弹出与之相对应的快捷菜单）。图1–5所示为右键单击“回收站”图标所显示的快捷菜单。

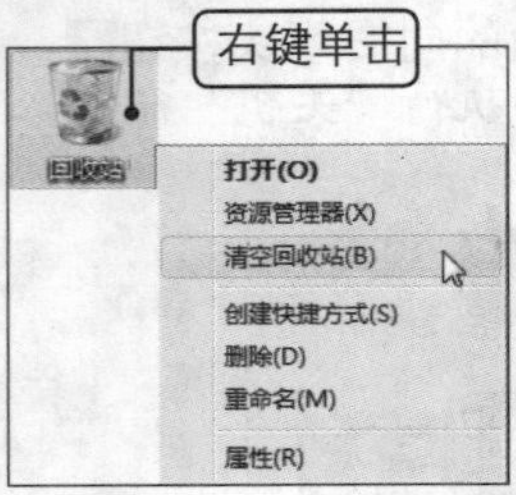

★ 图1–5

6. **拖动**

拖动一般是指选定某个对象后，按下鼠标左键不放，移动鼠标到目标位置后再松开的过程。拖动操作可以将对象移动到目标位置。

动手练

掌握鼠标的正确使用方法，练习鼠标的移动、指向、单（双）击和拖动等基本操作。

例如：移动鼠标到“计算机”桌面图标上，双击鼠标左键，打开“计算机”窗口，右键单击“本地磁盘（D:）”，在弹出的快捷菜单中单击“打开”命令。

1.2.3 常见鼠标光标状态

知识点讲解

操作鼠标时，鼠标指针会反映鼠标在电脑屏幕上的定位和各种操作。在执行不同的操作或电脑处于不同的运行状态时，鼠标指针将呈现不同的形状，每一种形状都有特定的含义。

在Windows Vista操作系统中，鼠标指针采用的默认方案为Windows Aero，其常见形状及对应的含义如表1–1所示。

表1–1　指针形状及含义

指针形状	指针含义
	正常选择，表示可以执行选定、打开对象等一般操作
	帮助选择
	后台运行忙，表示当前指令还未执行完毕，需要等待
	代表系统运行忙，需要等待
+	精确选择，一般用于在绘图时定位
I	选定文本，表示可以选定光标前后的文字
	手写，该形状主要是在Windows Vista中使用手写功能时出现，表示可以用拖动鼠标的方式写字
	不可用，表示任何操作都不起作用
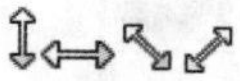	表示可以调整对象的高度、宽度或同时调整高度和宽度
	移动，表示可以移动选中的对象
	候选
	链接选择，单击可以进入另一个链接，常见于网页中

1.2.4 设置鼠标属性

知识点讲解

在“鼠标属性”对话框中，可以对鼠标的相关属性进行设置，如指针样式、鼠标双击速度、指针移动速度等。

1. 打开“鼠标属性”对话框

在设置鼠标属性前，需要打开“鼠标属性”对话框。打开“鼠标属性”对话框的具体操作方法如下。

1 单击“开始”按钮，在打开的“开始”菜单中执行“控制面板”命令，如图1–6所示。

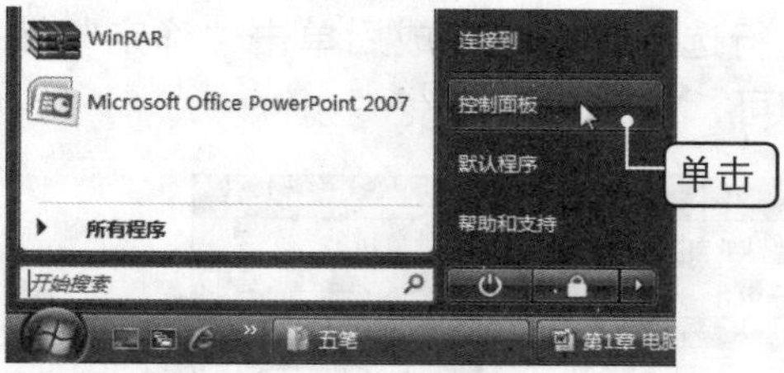

★ 图1–6

2 在打开的“控制面板”窗口中找到并双击“鼠标”图标，如图1–7所示。

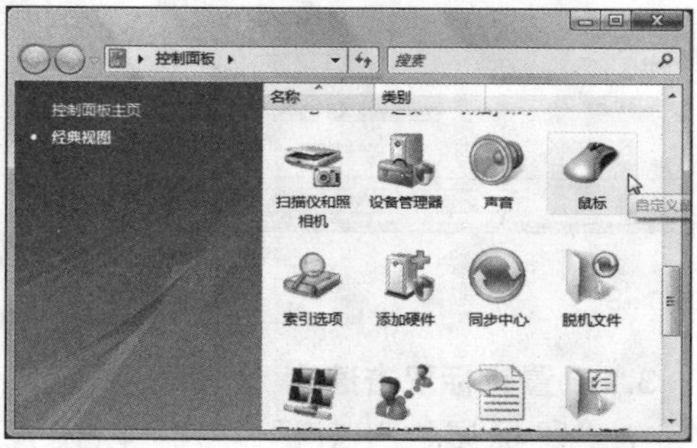

★ 图1–7

3 在打开的“鼠标属性”对话框中，设置相关的鼠标属性，如图1–8所示。

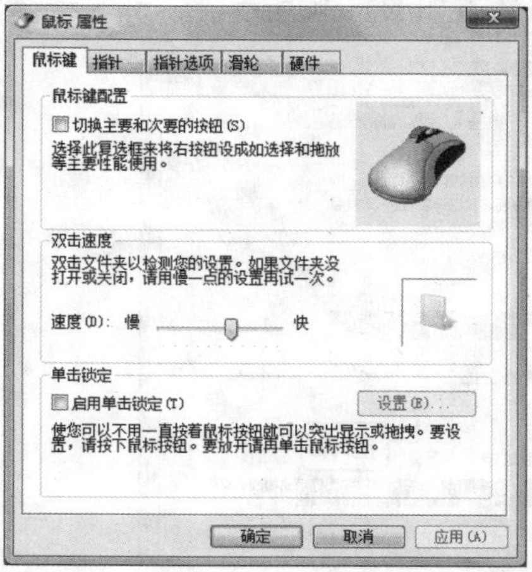

★ 图1–8

2. 改变指针样式

打开“鼠标属性”对话框后切换到

"指针"选项卡，在"方案"下拉列表中提供了多套指针样式方案，用户可根据需要进行选择，设置完成后单击"确定"按钮即可，如图1-9所示。

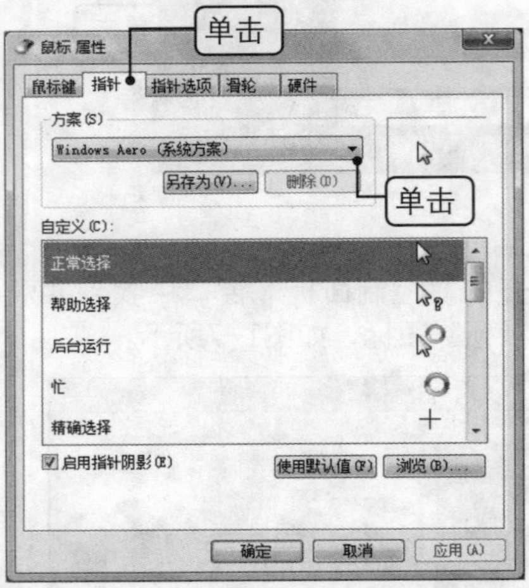

★ 图1-9

3. 设置鼠标双击速度

在"鼠标属性"对话框中可以设置鼠标的双击速度。切换到"鼠标键"选项卡，在"双击速度"栏中拖动"速度"滑块，改变双击速度，然后单击"确定"按钮保存设置，如图1-10所示。

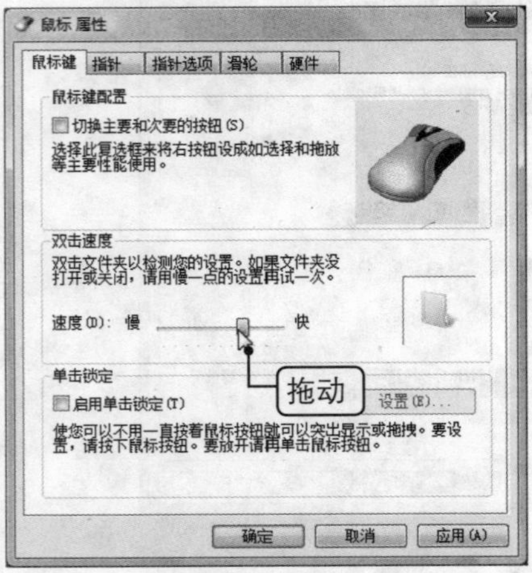

★ 图1-10

此项设置反应的是双击操作中两次点击鼠标左键时的可间隔时间，双击速度越慢，则双击时可间隔时间越长；双击速度越快，则双击时可间隔时间越短。当超过所设置的间隔时间时，系统将会认为是两次单击操作。因此，电脑初学者可将此设置调慢，熟练以后再调快，以得到最适合自己的时间间隔。

提 示

调整鼠标双击速度时需要注意不要太快，双击速度过快时，有时单击文件将会打开文件，而不是选中文件。

4. 设置指针移动速度

在"鼠标属性"对话框中切换到"指针选项"选项卡，在"移动"栏中，通过拖动"选择指针移动速度"滑块调整指针的移动速度，然后单击"确定"按钮保存设置即可，如图1-11所示。

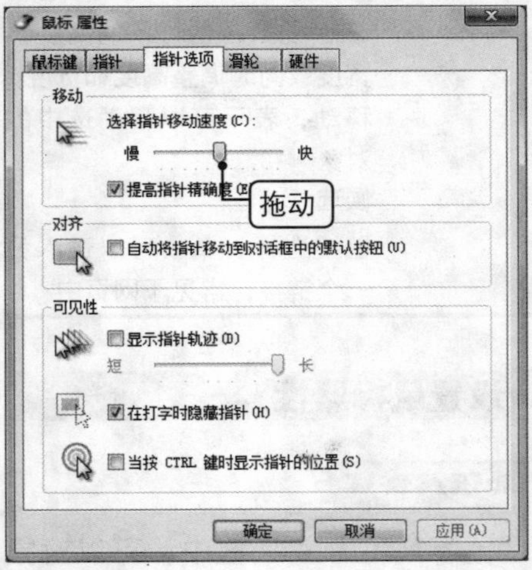

★ 图1-11

5. 设置滑轮速度

在"鼠标属性"对话框中切换到"滑轮"选项卡，通过相应的数值框可以分别设置垂直与水平的滚动速度，调整后单击"确定"按钮保存设置即可，如图1-12所示。

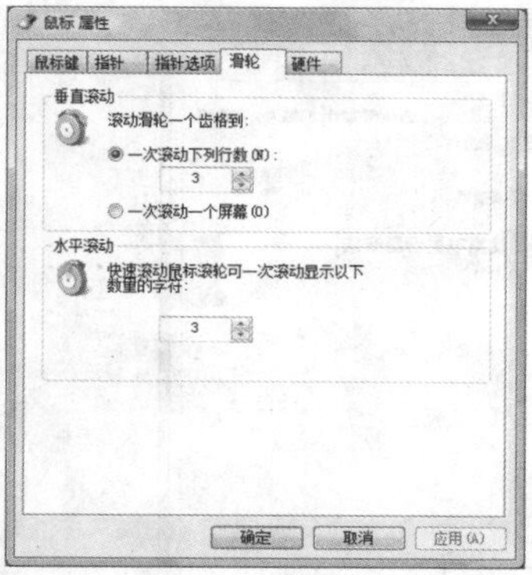

★ 图1-12

动手练

当鼠标左键出现故障时，可以使用鼠标右键来代替左键进行操作，请读者根据下面的操作提示进行设置。

1 在“控制面板”窗口中打开“鼠标属性”对话框。

2 在“鼠标键”选项卡中，选中“鼠标键配置”栏中的“切换主要和次要的按钮”复选框即可，如图1-13所示。

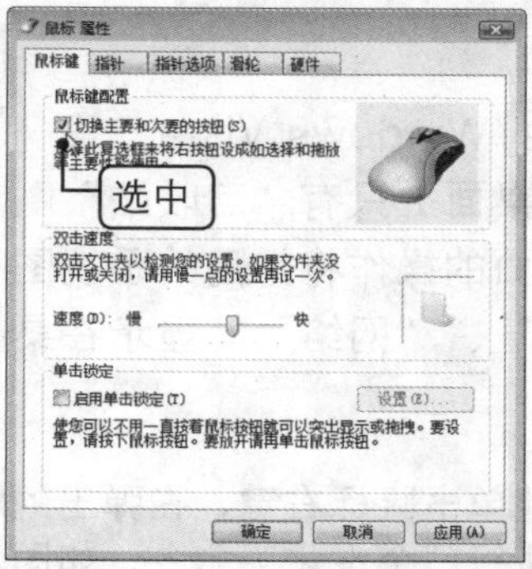

★ 图1-13

1.3 Windows Vista基本操作

Windows Vista是继Windows XP之后，微软（Microsoft）推出的新一代客户端操作系统。由于本书中的所有操作都是在Windows Vista操作系统中完成，因此有必要了解该操作系统的一些基础知识。

1.3.1 Windows Vista界面

知识点讲解

桌面是Windows Vista最基本的操作界面，每次启动电脑并进入Windows Vista操作系统后，看到的界面就是桌面。Windows Vista的桌面由桌面背景、桌面图标、任务栏和边栏组成，如图1-14所示。

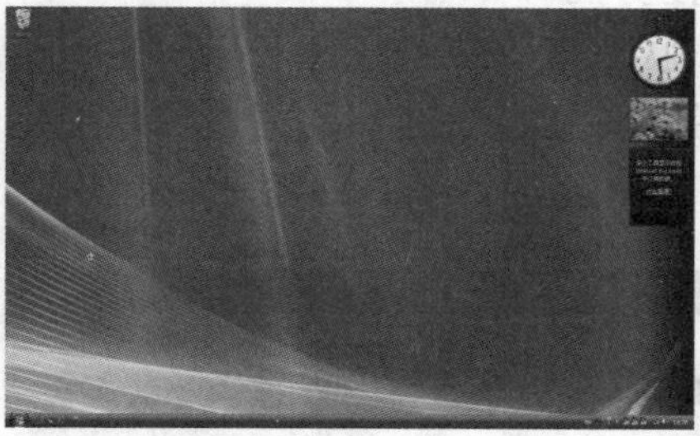

★ 图1-14

1. 桌面图标

桌面图标一般排列在桌面的左侧，是一种打开文档、文件夹或应用程序的快捷方式。双击某个图标即可快速打开对应的程序，从而实现快捷操作。通常情况下，图标分为系统图标和快捷图标两种。

- 系统图标：操作系统内置的图标称为系统图标，这种图标的左下角没有小箭头，如图1-15所示。

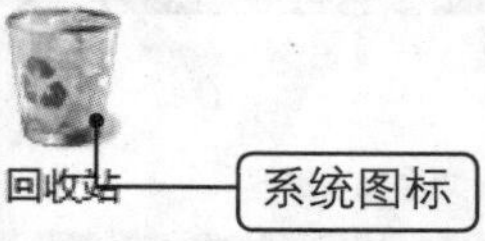

★ 图1-15

- 快捷图标：安装应用程序后产生的快捷方式图标，其左下角有一个小箭头，如图1-16所示。

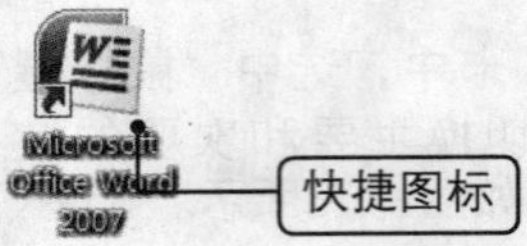

★ 图1-16

当用户安装好Windows Vista，第一次进入桌面时，桌面上只有“回收站”图标。可以通过下面的操作将常用的系统图标，如“计算机”、“网络”等显示在桌面上。

1 在桌面空白处单击鼠标右键，在弹出的快捷菜单中执行“个性化”命令，如图1-17所示。

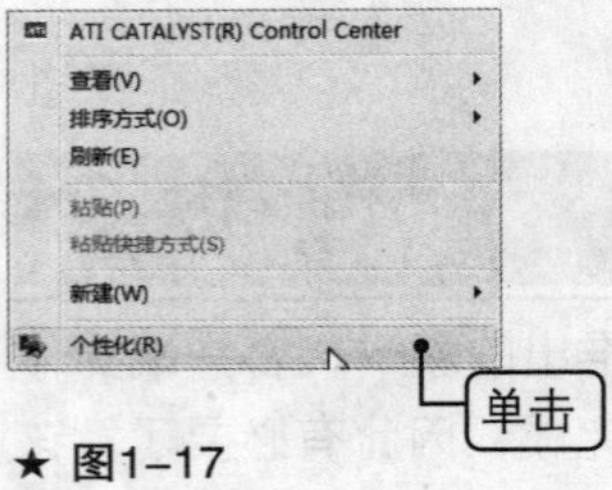

★ 图1-17

2 在打开的“个性化”窗口中，单击左侧“任务”窗格中的“更改桌面图标”链接，如图1-18所示。

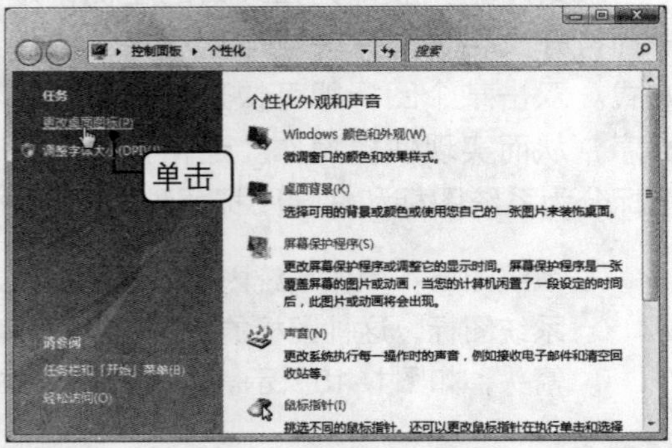

★ 图1-18

提 示

单击“调整字体大小”链接，在弹出的“DPI缩放比例”对话框中，可以设置屏幕字体的大小，如图1-19所示。

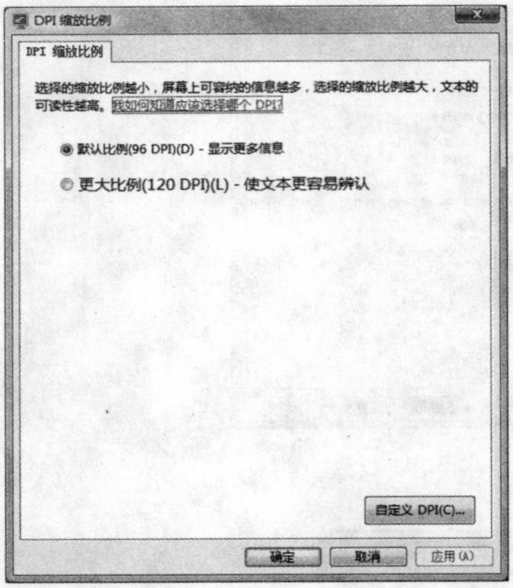

★ 图1-19

3 在弹出的“桌面图标设置”对话框中，在“桌面图标”选项组中选中要显示的桌面图标前面的复选框，如图1-20所示。

★ 图1-20

4 单击“确定”按钮，设置即可生效。

2. 任务栏

默认状态下，任务栏位于桌面底端，由“开始”按钮、快速启动栏、窗口按钮栏和通知区域组成，如图1-21所示。

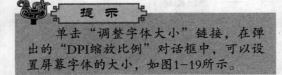

★ 图1-21

- "开始"按钮位于任务栏左端，单击该按钮可以打开"开始"菜单。"开始"菜单包含了Windows Vista的大部分程序和功能，几乎所有的工作都可以通过"开始"菜单来进行。
- 快速启动栏紧挨着"开始"按钮，将常用程序的快捷方式放在任务栏上，可以方便用户使用。单击快速启动栏上的某个按钮，即可快速打开对应的应用程序。
- 窗口按钮栏显示了用户当前打开程序的最小化窗口，包括文件、文件夹、网页等。
- 通知区域位于任务栏右端，主要包括输入法图标、网络状态图标、声音控制图标、系统时间，以及一些最小化到通知区域的应用程序（如杀毒软件、下载工具、QQ等）。

3. 认识"开始"菜单

通过"开始"菜单，我们可以打开应用程序、打开常用文件夹、更改系统设置等。

单击桌面左下角的"开始"按钮，即可打开"开始"菜单，如图1-22所示。

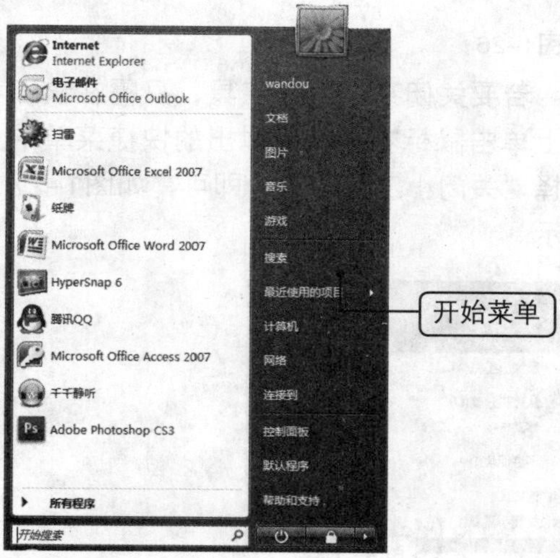

★ 图1-22

提 示

使用过Windows XP操作系统的用户会发现，Windows Vista的"开始"菜单与以往有了变化，但实际功能都是一样的，操作方法也大同小异，细心观察，然后再执行相应的操作即可。

在打开的"开始"菜单中单击"所有程序"选项，即可打开"所有程序"菜单，如图1-23所示。

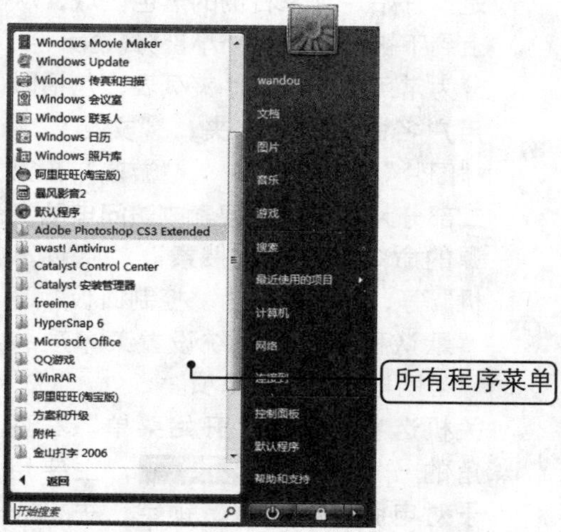

★ 图1-23

在图1-22中可以看到，"开始"菜单可以划分为几个部分，分别介绍如下。

- 用户账户图标：位于"开始"菜单右上角，显示当前用户账户的头像。当鼠标指向某些菜单项时（如"音乐"、"游戏"、"计算机"），用户账户图标即可显示相应的程序图标。
- 网络工具栏：位于"开始"菜单的左上方，通常包括"Internet Explorer"、电子邮件工具"Microsoft Office Outlook"菜单项，单击某个图标即可启动对应的网络工具程序。
- 常用程序列表：位于"开始"菜单的左侧、网络工具栏的下方，用于显示经常会使用的程序，单击列表中的某个菜单项即可启动对应的程序。

- "所有程序"菜单：默认为隐藏状态，在"开始"菜单中执行"所有程序"命令后，即可显示出"所有程序"菜单。
- 搜索框：位于"开始"菜单左下角，在"开始搜索"文本框中输入要搜索的项目，即可快速搜索要查找的对象。
- 文件夹和系统设置快速访问区：该区是"开始"菜单右侧的黑色区域，从上到下被划分为三个小部分。第一部分为常用的个人文件夹列表，包括以用户名命名的文件夹、"文档"、"图片"、"音乐"、"游戏"；第二部分为用于快速搜索或访问电脑资源的命令项，如"搜索"、"计算机"等；第三部分为"控制面板"、"默认程序"等系统设置菜单项和"帮助与支持"菜单项。
- 关机选项：位于"开始菜单"右下角的一排按钮，主要用于对电脑进行睡眠、锁定、关机等操作。

4. Windows边栏和小工具

默认情况下，Windows边栏位于桌面右侧，由一系列小工具组成，包括时钟、幻灯片、日历、联系人等。

边栏默认显示3个小工具，用户可自行添加或删除边栏工具，具体方法如下。

1 单击边栏上方的"+"号按钮，如图1-24所示。。

★ 图1-24

2 在打开的边栏工具添加对话框中双击要添加的工具图标，即可将该工具添加到边栏中，如图1-25所示。

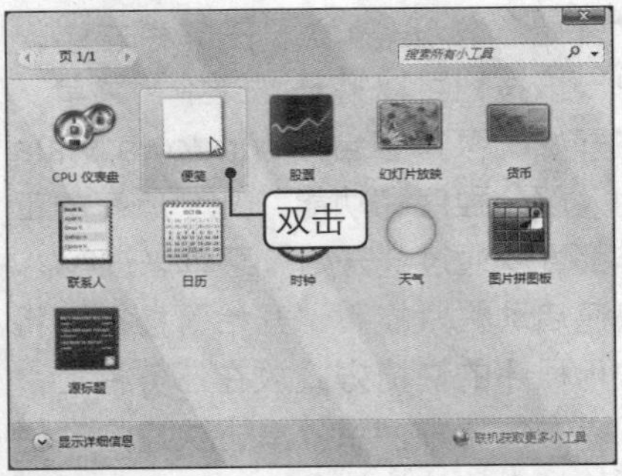

★ 图1-25

3 单击对话框右上角的关闭按钮，关闭对话框。

> **提 示**
>
> 单击"联机获得更多小工具"超链接，可以从微软官网下载更多的小工具，如图1-26所示。

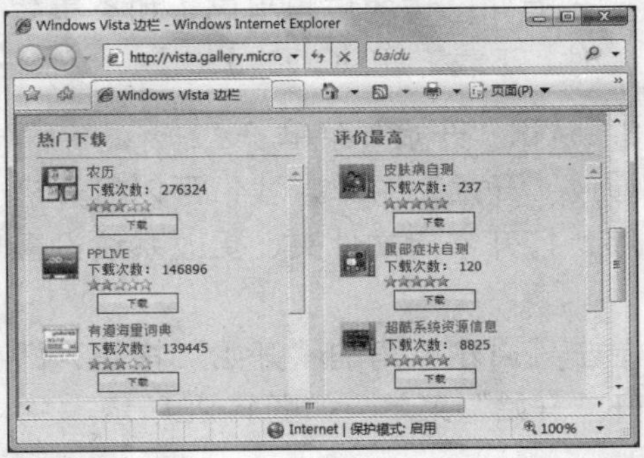

★ 图1-26

若要关闭某个边栏工具，只需在该工具上单击鼠标右键，在弹出的快捷菜单中选择"关闭小工具"命令即可，如图1-27所示。

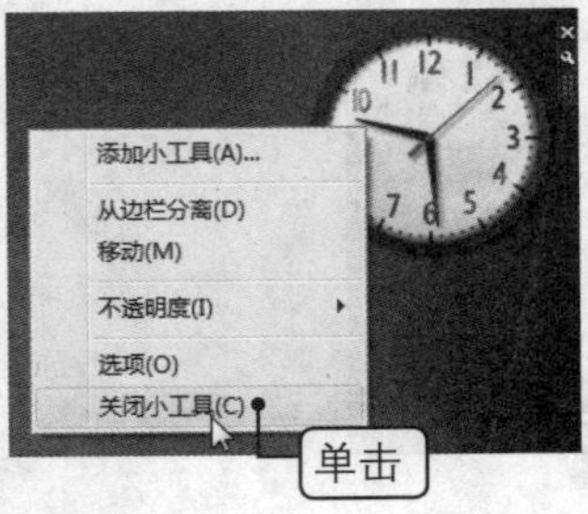

★ 图1-27

动手练

请读者根据下面的操作提示启动Windows边栏，然后将“便笺”小工具添加到边栏中。

1 在“开始”菜单中依次执行“所有程序”→“附件”→“Windows 边栏”命令，启动Windows边栏。

2 右键单击任一小工具，在弹出的快捷菜单中选择“添加小工具”命令，如图1-28所示。

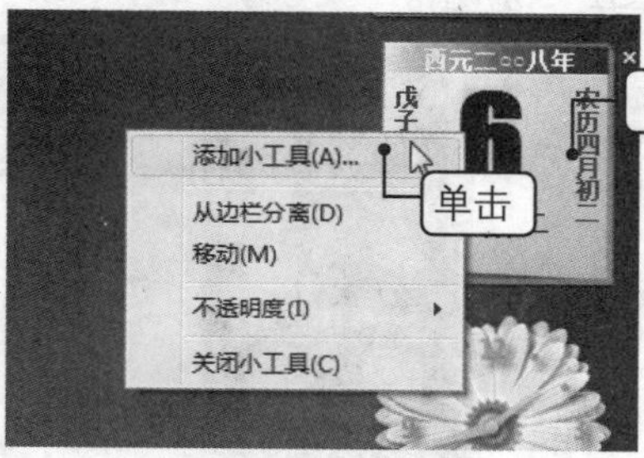

★ 图1-28

3 在弹出的对话框中双击“便笺”图标，即可将该小工具添加到边栏中，如图1-29所示。

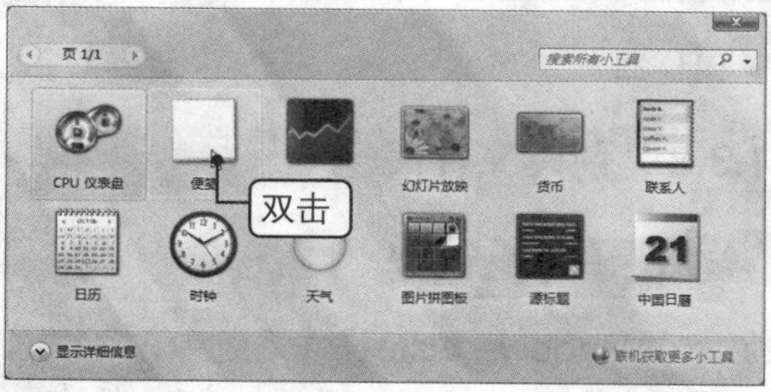

★ 图1-29

1.3.2 启动与关闭应用程序

要使用某个程序首先应启动该程序，不使用时则需要将其关闭。下面介绍启动与关闭应用程序的具体操作方法。

知识点讲解

1. 启动应用程序

在Windows Vista 的“开始”菜单中，所有的应用程序都以快捷方式显示在“所有程序”菜单中，以方便用户快速启动某个应用程序。下面以启动Microsoft Word为例，介绍启动应用程序的具体操作方法。

1 单击“开始”按钮，在打开的“开始”菜单中单击“所有程序”命令。

2 在接下来打开的“所有程序”菜单中，执行“Microsoft Office”→“Microsoft Office Word 2007”命令，即可启动该应用程序，如图1-30所示。

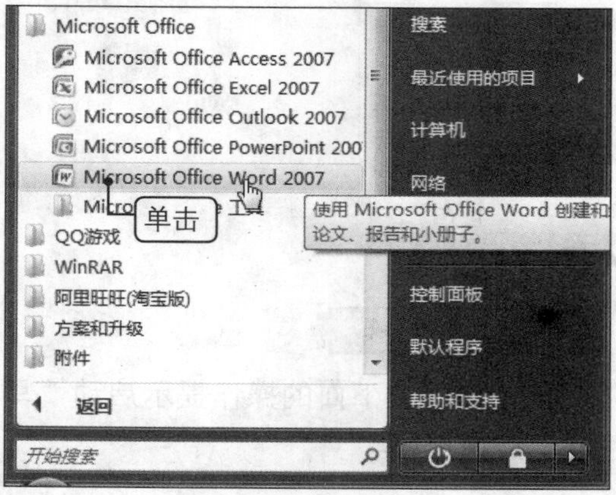

★ 图1-30

2. 关闭应用程序

以关闭Word 2007为例，关闭应用程序的方法主要有以下几种。

- 单击标题栏右侧的关闭按钮。
- 单击“Office”按钮，在弹出的下拉菜单中选择“关闭”命令，如图1-31所示。

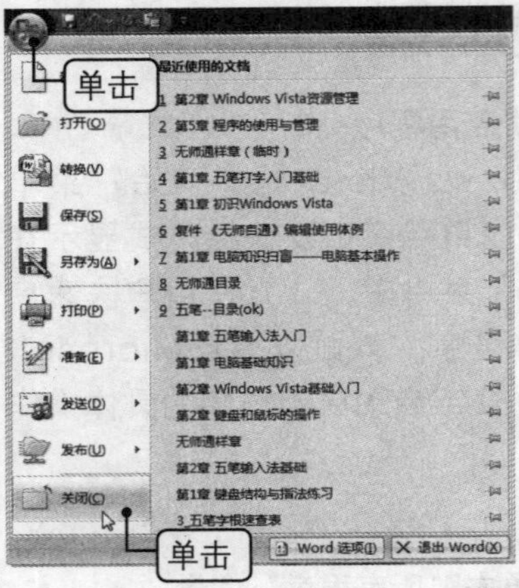

★ 图1-31

▶ 在标题栏中单击鼠标右键，在弹出的快捷菜单中选择“关闭”命令（或使用“Alt+F4”组合键），如图1-32所示。

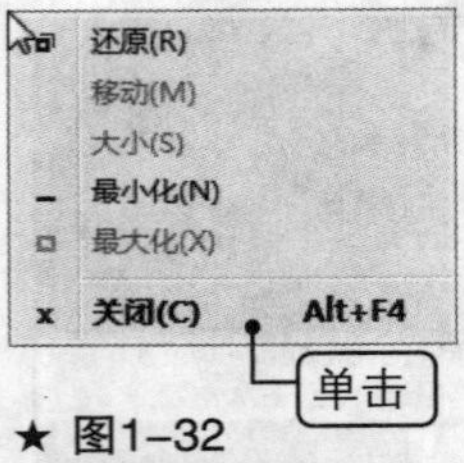

★ 图1-32

动 手 练

请读者根据下面的操作提示启动“写字板”应用程序。

1 单击“开始”按钮，打开“开始”菜单，然后单击“所有程序”命令，如图1-33所示。

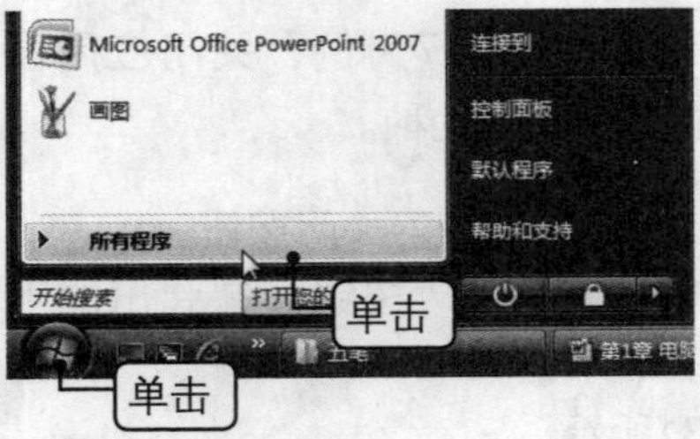

★ 图1-33

2 在展开的“所有程序”菜单中，执行“附件”命令，如图1-34所示。

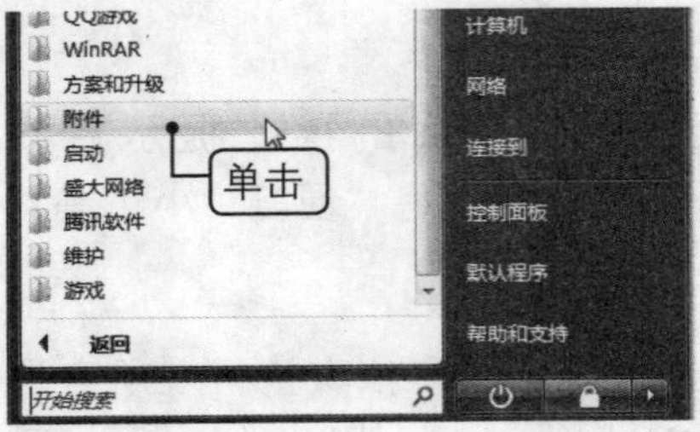

★ 图1-34

3 在展开的“附件”菜单中执行“写字板”命令，即可启动“写字板”应用程序，如图1-35所示。

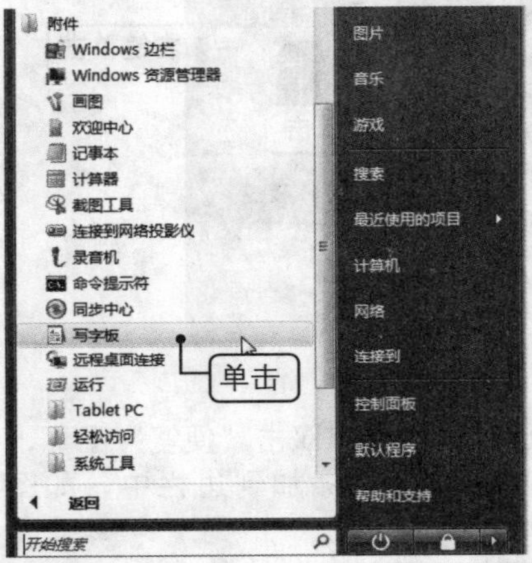

★ 图1-35

1.3.3 创建文件夹

知识点讲解

在Windows Vista操作系统中，可以在桌面或任何一个文件夹中建立新文件夹。例如，要在电脑D盘下创建一个“五笔打字”文件夹，可以通过下面的操作实现。

1 双击桌面上的“计算机”图标，打开“计算机”窗口，然后双击D盘盘符，如图1-36所示。

提 示

当鼠标指向盘符时，将显示该盘的可用空间和总容量，以方便用户了解磁盘的存储量。

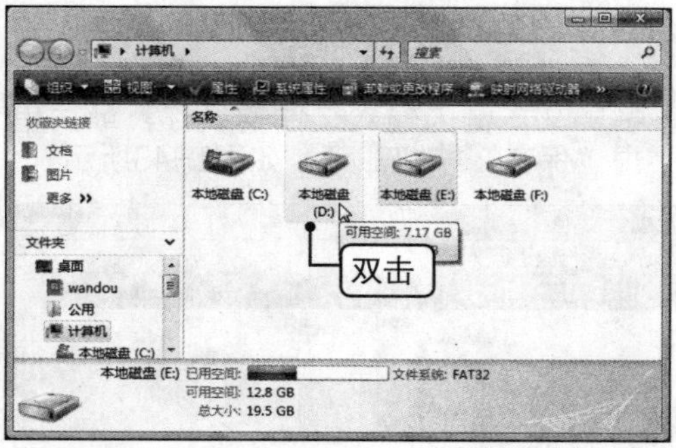

★ 图1–36

2 打开D盘根目录后，单击“组织”按钮，在弹出的下拉菜单中执行“新建文件夹”命令，如图1–37所示。

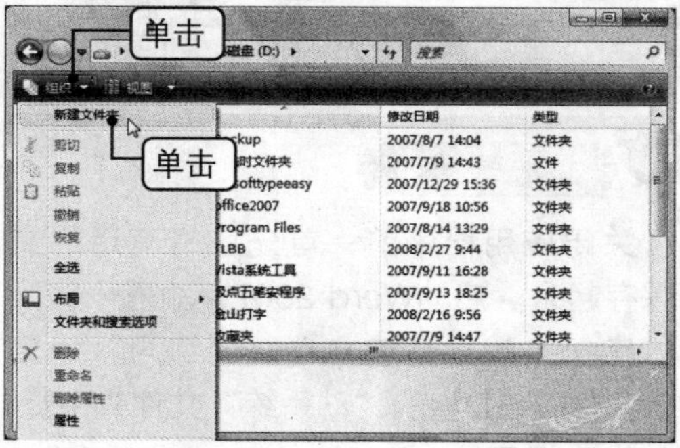

★ 图1–37

3 在窗口工作区中将出现一个名为“新建文件夹”的文件夹，该文件夹名称的文字背景为灰色，表示名称为可编辑状态。此时，直接输入文件夹名称“五笔打字”，然后按下回车键或用鼠标单击其他空白区域即可，如图1–38所示。

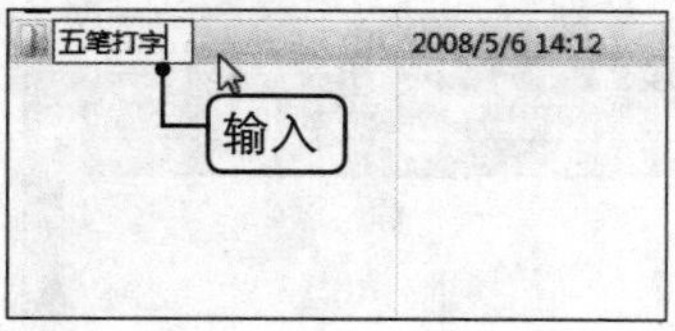

★ 图1–38

动手练

在使用电脑的过程中，可以创建多个文件夹，将不同类型的文档分门类别地存放，以方便以后查找和使用。请读者使用右键菜单，在D盘根目录中新建一个名为“动手练”的文件夹。

操作提示：

1 双击桌面上的“计算机”图标，打开“计算机”窗口，然后双击“本地磁盘（D：）”，进入D盘。

2 右键单击窗口工作区的空白处，在弹出的快捷菜单中执行“新建”→“文件夹”命令，如图1–39所示。

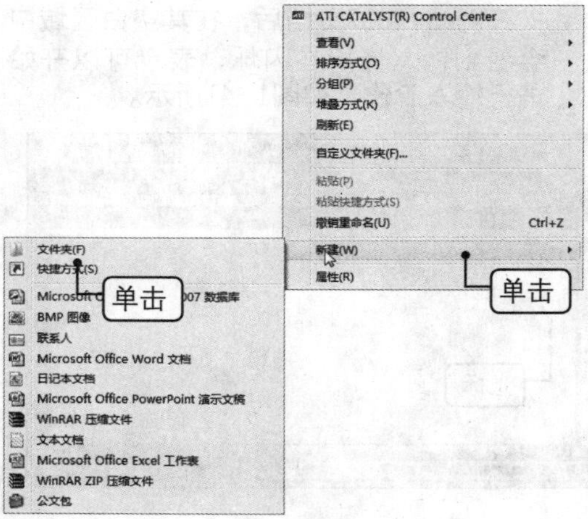

★ 图1–39

3 此时，就在D盘根目录下新建了一个名为“新建文件夹”的文件夹，并且该文件夹的文件名处于可编辑状态。删除原有文件名，然后输入“动手练”，如图1–40所示。

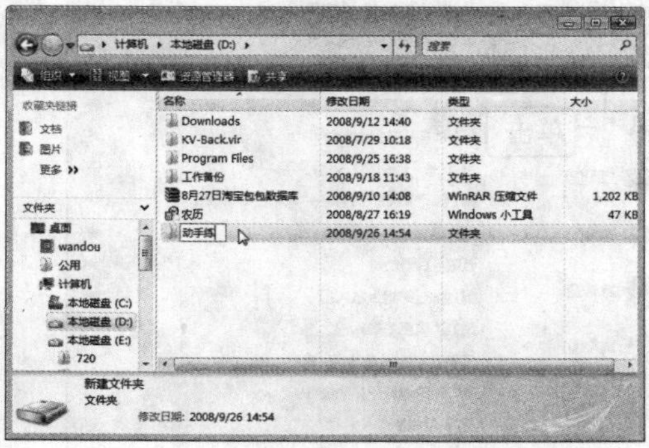

★ 图1–40

4 按下回车键确认即可。

1.3.4 保存文件

知识点讲解

启动应用程序后，用户可以进行相应的操作，如在Word 2007文档中可以输入字符。下面以将练习文件保存到前面创建的“五笔打字”文件夹中为例，讲解保存文件的具体操作方法。

1 打开Word 2007文档后，在其空白区域中会看到输入光标在闪烁，表示可以开始进行输入工作，如图1-41所示。

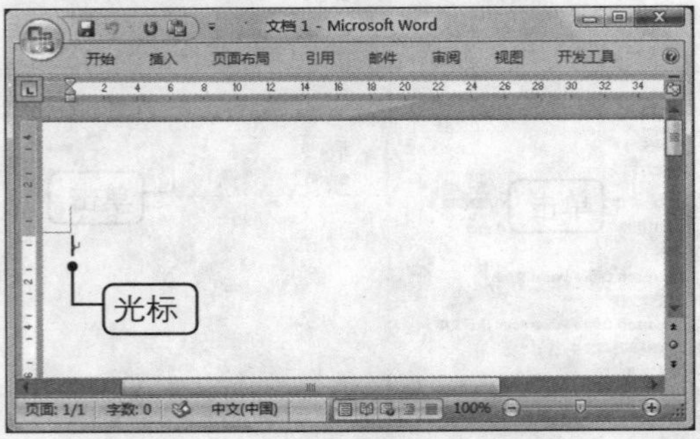

★ 图1-41

2 输入结束后，单击“Office”按钮，在弹出的下拉菜单中选择“保存”命令，如图1-42所示。

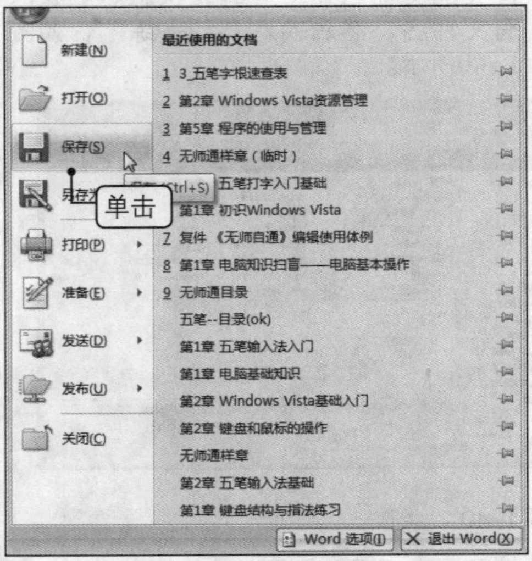

★ 图1-42

3 在弹出的“另存为”对话框中，找到“五笔打字”文件夹，然后在“文件名”文本框内输入文件的名称，最后单击“保存”按钮即可，如图1-43所示。

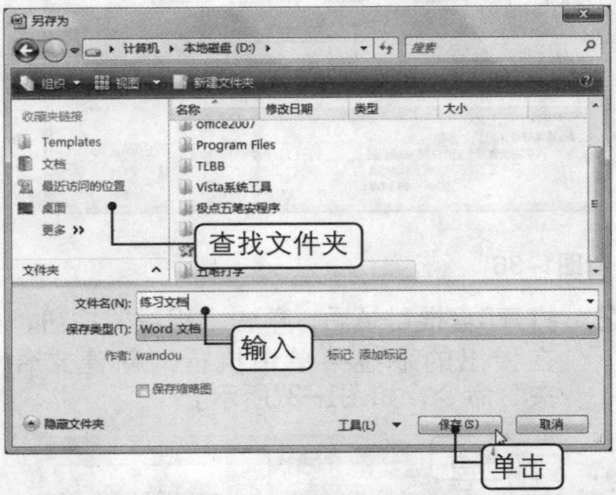

★ 图1-43

动手练

关闭应用程序前，首先应将有用的文档保存起来。启动Word 2007，输入一些简单的字符，然后将该文档以“练习”为文件名，保存在D盘的“动手练”文件夹中。

操作提示：

1 双击Word 2007桌面图标，此时将启动Word 2007并自动创建一个新文档。

2 在文档中随意输入一些字符，如图1-44所示，然后按下“Ctrl+S”组合键。

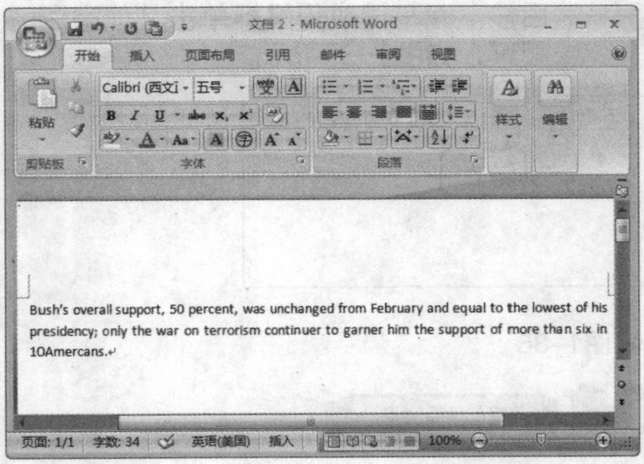

★ 图1-44

3　此时会弹出“另存为”对话框，在左侧的列表中单击“计算机”选项，然后在右侧窗口中依次打开“本地磁盘（D）”→“动手练”文件夹，并在“文件名”文本框中输入“练习”，如图1-45所示。

4　设置完成后，单击“保存”按钮即可。

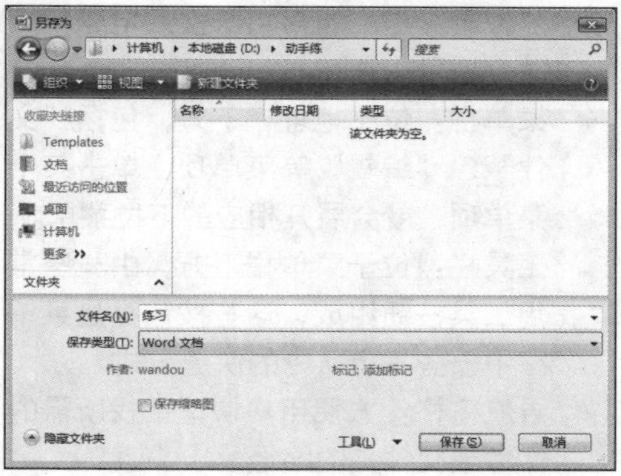

★ 图1-45

1.4 窗口的操作

窗口是打开一个程序或文件时在桌面上显示的一块矩形区域，是实现人机对话的平台。窗口是Windows操作系统的特色，在Windows Vista中，每一个应用程序、文件或文件夹都是以窗口的形式出现的。

1.4.1 认识窗口

所有窗口的结构大体相同，一般包括标题栏、“前进”和“后退”按钮、地址栏、“搜索”框、菜单栏、工具栏、导航窗格、窗口工作区、滚动条、预览窗格和详细信息面板等，如图1-46所示为“示例图片”窗口。

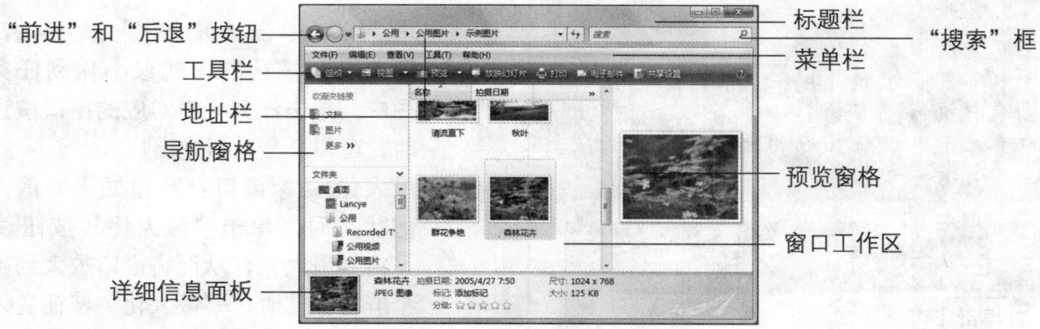

★ 图1-46

- 标题栏：位于窗口的最上方。在Windows XP操作系统中，标题栏左侧用于显示窗口的名称，右侧是窗口控键（“最小化”、“最大化/还原”和“关闭”按钮），而在Windows Vista中，只保留了窗口控键。
- “前进”与“后退”按钮：单击相应的按钮，可以快速切换到前一窗口或后一窗口。
- 地址栏：用于显示当前操作窗口的路径。用户可以在地址栏中输入地址访问本地或网络文件夹，或单击右侧的下拉按钮，在展开的下拉列表中选择地址。

- “搜索”框：通常用于搜索电脑中的某个项目。
- 菜单栏：位于地址栏下方，包括“文件”、“编辑”等菜单项，单击某个菜单项，就会展开相应的下拉菜单。
- 工具栏：位于菜单栏下方，由一些常用工具按钮组成，这些按钮都是菜单栏中一些常用命令的快捷方式。
- 导航窗格：方便用户快速查找所需的文件或文件夹的路径。
- 窗口工作区：是窗口中最大的显示区域，用于显示操作对象和操作结果。
- 滚动条：当窗口无法显示所有内容时，窗口的右边或下边会出现垂直或水平的条状滑块，该滑块被称为滚动条。拖动滚动条，可以上下左右滚动显示窗口中的信息。
- 预览窗格：方便用户预览窗口工作区的文件。
- 详细信息面板：方便用户查看所选文件的详细信息。

提 示

默认情况下，菜单栏与预览窗格并不显示出来，如需要显示，可在工具栏中单击“组织”按钮，在弹出的下拉菜单中执行“布局”命令，然后在弹出的子菜单中进行相应的选择即可，如图1-47所示。

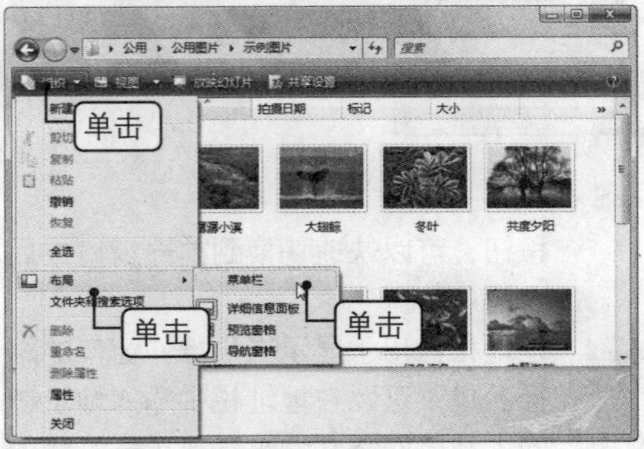

★ 图1-47

1.4.2 窗口的基本操作

在Windows Vista中，每一个应用程序和文件都是以窗口的形式打开的。窗口操作是Windows Vista中最常见的操作之一，因此，必须掌握窗口的基本操作。如图1-48所示是常见的“计算机”窗口。

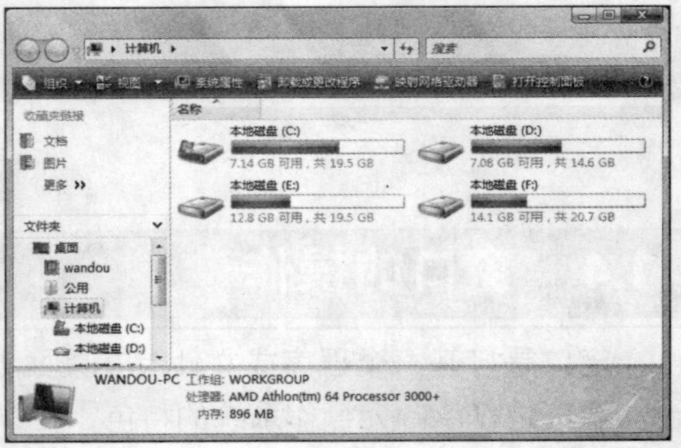

★ 图1-48

1. 最小化、最大化/还原、关闭窗口

在对窗口进行操作的过程中，通过标题栏右侧的窗口控键，可以对窗口进行最小化、最大化/还原等操作。

- 最小化：单击“最小化”按钮，窗口会以按钮的形式最小化到任务栏中。单击任务栏中对应的窗口按钮时，窗口又会重新弹出。
- 最大化/还原窗口：窗口处于非最大化状态时，单击“最大化”按钮可将其最大化，从而将窗口放大到整个屏幕。此时，“最大化”按钮变为“还原”按钮，单击该按钮，窗口可返回原来的大小。
- 关闭窗口：单击“关闭”按钮，即可关闭整个窗口。

2. 移动窗口

窗口处于非最大化状态的时候，可以进行移动，具体方法是：在标题栏的空白区域处按下鼠标左键，拖动到合适位置后释放鼠标即可。

3. 改变窗口大小

窗口处于非最大化状态时，将鼠标指向垂直边框、水平边框或对角上，当鼠标指针变成双向的箭头时，任意拖动鼠标可以改变窗口的大小。

- 鼠标指向窗口的水平边框时，鼠标指针呈上下双箭头状↕，此时拖动鼠标可调整窗口的高度。
- 鼠标指向窗口的垂直边框时，鼠标指针呈左右双箭头状⟺，此时拖动鼠标可调整窗口的宽度。
- 鼠标指向窗口对角时，鼠标指针呈斜双箭头状⤡或⤢，此时拖动鼠标可同时调整窗口的高度和宽度。

提　示

双击窗口标题栏可以方便地最大化或还原窗口。使用“Alt+F4”组合键可以关闭当前操作的窗口。

动手练

请读者打开“计算机”窗口，练习通过两种以上的方法关闭窗口。

操作提示：

- 单击“计算机”窗口右侧的“关闭” ✕ 按钮。
- 右键单击标题栏，在弹出的快捷菜单中选择“关闭”命令，如图1-49所示。

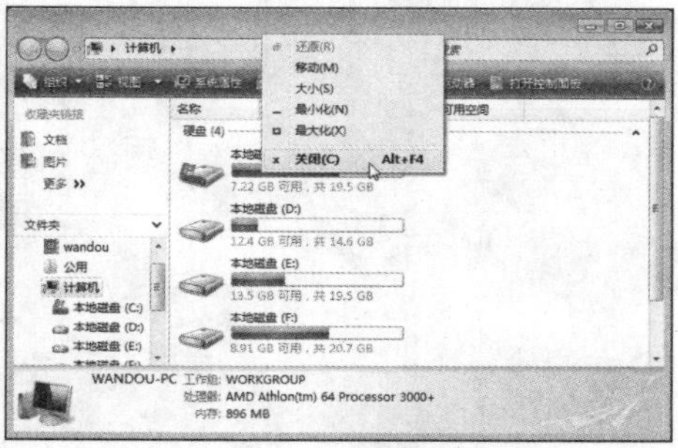

★ 图1-49

- 按下“Alt+F4”组合键。

疑难解答

问 直接敲击键盘可以输入英文字母，但如何输入汉字呢？

答 输入汉字前必须安装并启动汉字输入法，按照第3章所介绍的方法操作即可。

问 如何将应用程序的快捷方法添加到快速启动栏中？

答 根据实际操作需要，用户可以手动添加或删除快速启动栏中的按钮，其具体操作方法如下。

- 添加快速启动按钮：用鼠标选中需要添加的图标，拖动至快速启动栏，在要放置的位置出现白色提示线条时释放鼠标即可，如图1-50所示。
- 删除快速启动按钮：使用鼠标右键单击需要删除的按钮，在弹出的快捷菜单中执行“删除”命令即可，如图1-51所示。

★ 图1-50

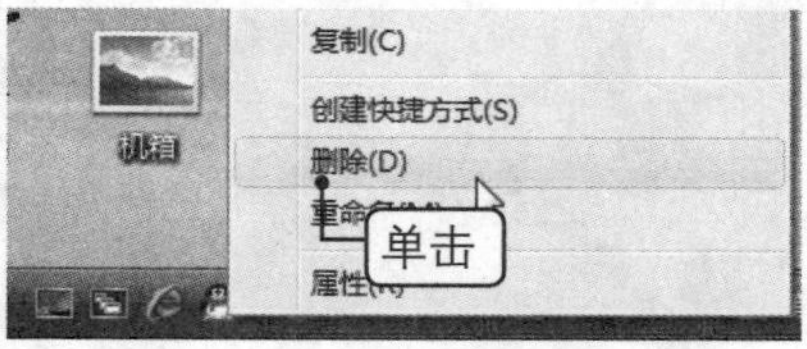

★ 图1-51

默认情况下，快速启动栏中只显示3个快速启动按钮。当快速启动栏中的按钮较多时，单击快速启动栏右侧的折叠按钮»，即可显示隐藏的快速启动按钮，如图1-52所示。

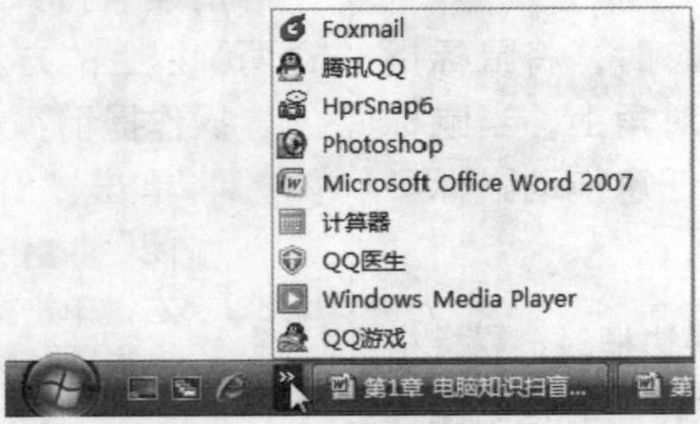

★ 图1-52

Chapter 02

第2章　键盘结构与指法练习

本章要点

- *认识键盘分区*
- *键盘的基本操作*
- *指法练习*
- *金山打字软件练习*

键盘是电脑最基本的输入工具，它由一系列按键和开关组成。通过操作键盘，可以向电脑发出指令，也可以直接输入英文字母、数字、字符和标点符号等信息。本章将对键盘结构与指法练习等相应知识进行介绍。

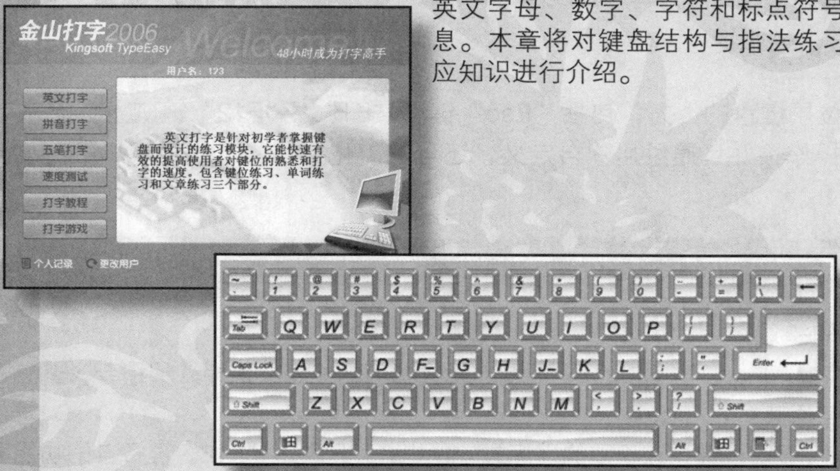

2.1 认识键盘分区

键盘是最常用、最重要的输入设备，通过电脑可以向电脑输入各种数据和信息，以及发布系统控制命令。要掌握键盘操作，必须先了解键盘的结构。键盘的外观如图2-1所示。

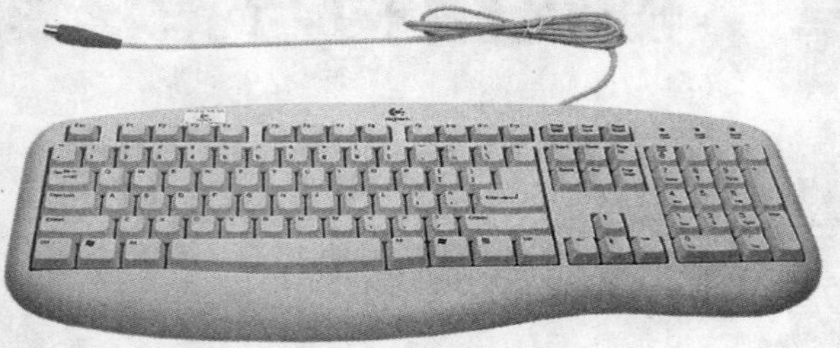

★ 图2-1

提　示

按照键盘键位的多少，可以将键盘分为101键盘、104键盘和107键盘等。目前市面上使用较多的是104键盘和107键盘。107键盘比104键盘多了“Power”（电源键）、“Sleep”（休眠键）和“Wake up”（唤醒键）三个电源控制键。

按照键盘上各键功能的不同可以将键盘分成6个区，即功能键区、主键盘区、编辑控制键区、数字键区、电源控制区和指示键位区。

2.1.1 功能键区

知识点讲解

功能键区位于键盘的上方，包括“Esc”键和“F1”~“F12”键，主要用来完成某些特殊的功能操作，并且通过用户自定义，还可以简化操作、节约时间。图2-2所示为功能键区键位图。

★ 图2-2

- “Esc”键：Esc是英文Escape的缩写，该键的功能是取消输入的指令，退出当前环境，返回原菜单。
- “F1”~“F12”键：在不同的程序或软件中，“F1”~“F12”键各自的功能有所不同，它们还可以和“Alt”键等控制键组合使用。

2.1.2 主键盘区

知识点讲解

主键盘区也称为打字键区，由数字键“0”~“9”、英文字母键“A”~“Z”、标点符号键和一些特殊功能键组成，主要用来输入符号、英文字母、数字和命令。如图2-3所示为主键盘区键位图。

★ 图2-3

1. 字母键

主键盘区中间最大的一块区域就是字母键位区。字母键的键面上印有英文字母，包括26个英文字母A~Z，如图2-4所示。

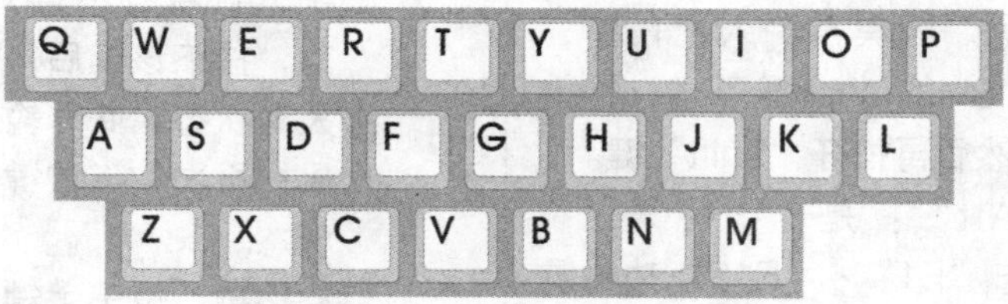

★ 图2-4

通过“Caps Lock”键可以进行大小写切换。在小写字母输入状态时按下键盘上的“Caps Lock”键，“Caps Lock”指示灯亮，此时可输入大写字母；再次按下该键，“Caps Lock”指示灯灭，回到小写字母输入状态。

2. 数字键

数字键位于字母键上方，键面上印有上下两种字符，因此又称为双字符键。上面的符号称为上档符号，下面的数字称为下档符号，如图2-5所示。

★ 图2-5

直接按数字键，输入下档符号即对应的数字；如果在按住“Shift”键的同时再按数字键，则输入上档符号。

3. 符号键

主键盘区中的符号键用于输入标点符号、运算符号及其他一些符号，每个键位由上下两种不同的符号组成，如图2-6所示。与数字键一样，直接按符号键，将输入下档符号；按住“Shift”键的同时按符号键，则输入上档符号。

★ 图2-6

4. 控制键

控制键包括“Shift”键、“Ctrl”键、“Alt”键和Windows键，它们各有两个，分别位于主键盘区的两边。此外控制键还包括“Caps Lock”键、“Tab”键、空格键、回车键、退格键和快捷菜单键等，如图2-7所示。

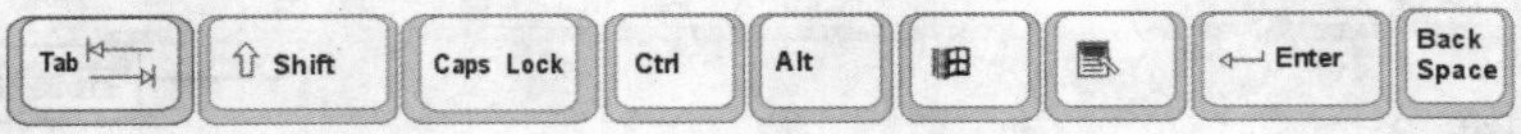

★ 图2-7

各个控制键的具体功能解释如下。

- 上档键“Shift”：用于控制双字符键的上半部分。如果想输入“!”，就要先将“Shift”键按住不放，再敲“1”键，然后再松开“Shift”键。
- 转换键“Alt”：是一个特殊控制键，主要与“F1”~“F12”功能键配合使用。
- 控制键“Ctrl”：用于和其他键组合使用，是一个用于发布指令的特殊控制键。
- 回车键“Enter”：该键有两个作用。一是确认并执行输入的命令，二是在输入文字时，按下此键可将光标移至下一行行首（换行）。
- 退格键“BackSpace”：位于主键盘区的右上角，按下该键可使光标向左移动一个字符，若左边位置上有字符，该字符将被删除。
- 制表定位键“Tab”：每按一次，光标向右移动8个字符。多用于文字处理中的格式对齐操作，也可以用于在文本框之间切换。
- 大写字母锁定键“Caps Lock”：系统默认状态下输入的英文字母为小写，按下该键后，可将字母键锁定为大写状态，此时输入的字母为大写字母；再次按下该键可以取消大写锁定状态。
- 空格键：位于主键盘区的下方，是键盘上最长的键，该键上一般没有符号标记。按一次空格键，光标向右移动一格，产生一个空字符；如果光标后有字符，则该字符也随之右移一格。
- Windows键：位于“Ctrl”键和“Alt”键之间，该键键面上有Windows窗口标志。在Windows操作系统中，按下该键将打开“开始”菜单。
- 快捷菜单键：按下该键将弹出相应的快捷菜单，其功能相当于单击鼠标右键。

2.1.3 编辑控制键区

知识点讲解

编辑控制键区位于主键盘区右侧，它集合了所有对光标进行操作的键位及一些页面操作功能键，主要作用是快速定位光标在屏幕上的位置，如图2-8所示。

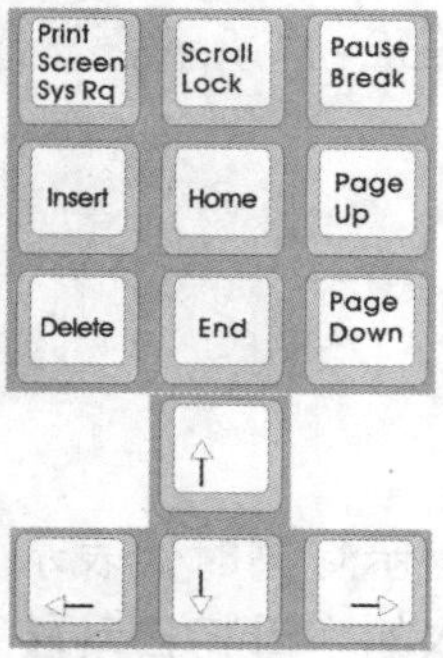

★ 图2-8

熟练运用编辑控制键区的键位可以提高操作电脑的速度。编辑控制区中各个键位的功能如下。

- 屏幕复制键“Print Screen SysRq”：按下此键可以对当前屏幕画面执行复制操作。
- 锁定键“Scroll Lock”：一些软件设计的功能可以让屏幕自行滚动，此时，按下该键屏幕将停止滚动，再次按下该键屏幕则恢复滚动。
- 暂停执行键“Pause Break”：按下该键可使屏幕显示暂停，按回车键后屏幕继续显示；按下“Ctrl+Pause Break”组合键，可强行中止程序运行。
- 插入键“Insert”：该键用于插入状态和改写状态的转换。当处于插入状态时，输入字符后光标右侧的字符将向右移动一个字符；若处于改写状态时，则输入的字符将覆盖光标右侧的字符。
- 首位键“Home”：按下此键，光标将快速移至当前行的行首。按下“Ctrl+Home”组合键，可将光标移至首行的行首。
- 末位键“End”：按下此键，光标将快速移至当前行的行尾。按下“Ctrl+End”键，可将光标移至末行的行尾。
- 向前翻页键“Page Up”：按下此键，屏幕显示前一页内容。
- 向后翻页键“Page Down”：按下此键，屏幕显示后一页内容。
- 删除键“Delete”：通常在该键键面上印有“Delete”或“Del”字样，每按一次该键，将删除选中的字符或光标后的一个字符，删除后光标右侧的所有字符将向左移动。
- 光标方向键：分别按下该组键位可以将光标向左、右、上、下四个方向移动，只移动光标，并不移动文字。

2.1.4 数字键区

知识点讲解

数字键区位于键盘的右下角，又叫数字小键盘区，主要用于快速输入数字。数字键区有17个键，大部分是双字符键，上档键是数字，下档键具有编辑和光标控制功能，如图2-9所示。

★ 图2-9

2.1.5 电源控制区

知识点讲解

为了更加方便地控制电脑，107键盘上设计了“Power”、“Sleep”、“Wake Up”三个电源控制键，如图2-10所示。

★ 图2-10

电源控制区各键位的具体功能如下。

- “Power”键：作用是断开电源，关闭电脑（此功能需要操作系统和电脑主板的支持），按下此键相当于执行“开始→关闭计算机→关闭”命令。
- “Sleep”键：用于待机，按下此键相当于执行“开始→关闭计算机→待机”命令。
- “Wake Up”键：用于取消待机。当电脑处于待机状态时，按下此键可使电脑从待机状态回到正常运行状态。

2.1.6 指示键位区

指示键位区位于键盘右上角。普通键盘共有三个指示灯，分别对应“Num Lock”（数字键盘锁定指示键）、“Caps Lock”（大小写字母锁定键）和“Scroll Lock”（屏幕滚动锁定键），如图2-11所示。

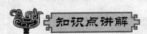

★ 图2-11

当“Caps Lock”指示灯亮时，表示此时处于大写状态，输入的字母将自动转换成大写；“Num Lock”指示灯亮时，表示此时数字小键盘处于打开状态；“Scroll Lock”指示灯亮时，表示此时激活了屏幕滚动功能。

2.2 键盘的基本操作

键盘的操作看似简单，但也要遵循一定的操作规则。初学者更应掌握正确使用键盘的方法，如坐姿、键位分工、正确的击键方法等，这样才能提高操作效率。

2.2.1 操作键盘的姿势

知识点讲解

在操作键盘时保持正确的坐姿，不仅可以提高打字速度，还有利于身体健康。如果坐姿不当，就容易疲劳，甚至还会影响击键的速度和准确性。

操作键盘时应注意以下几点。

- 身体稍微偏于键盘右侧，腰背挺直，两脚自然放平，并将身体重心置于椅子上，眼睛距显示器30~40cm。
- 椅子高度以双手可平放在电脑桌上为准，桌、椅之间的距离以手指能轻放于键位上为准，建议尽量使用标准电脑桌。
- 两臂放松并自然下垂，两肘轻贴于腋边，肘关节垂直弯曲，手腕平直并与键盘下边框保持1cm左右距离。
- 手指稍弯曲并放于相应键位上，左右手的拇指轻放在空格键上，稳、快、准地击键，力求实现“盲打”。
- 输入文字时，文稿应稍斜放于键盘左侧，使文稿与视线处于平行。

操作键盘的正确姿势如图2-12所示。

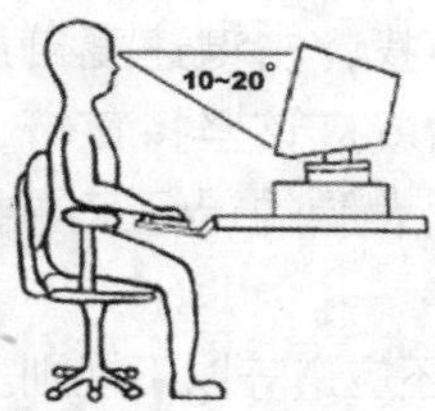

★ 图2-12

对于电脑初学者来说，必须掌握正确的坐姿，养成好的习惯，操作起来才会更高效、更舒适。

2.2.2 基准键位

知识点讲解

键盘上有100多个键位，为了规范键盘操作，主键盘区划分了一个区域，称为基准键位区，如图2-13所示。

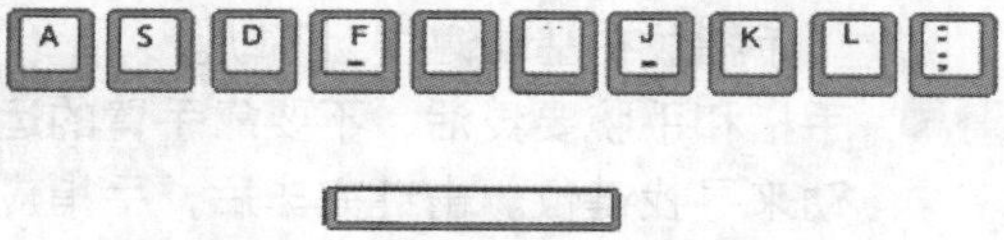

★ 图2-13

基准键位区包括“A”、“S”、“D”、“F”、“J”、“K”、“L”、“；”和空格键共9个键，在准备操作键盘时，首先应弯曲十指，轻放在基准键位上。即将左手食指放于“F”键上；右手食指轻放于“J”键上；将左手小指、无名指、中指依次放在“A”、“S”、“D”键上；右手中指、“无名指”、“小指依次放在“K”、“L”、“；”键上；空格键用于放置双手大拇指，如图2-14所示。

★ 图2-14

“F”键和“J”键的键位上有一个突起的小横条，如图2-15所示。操作者凭借手指的感觉，不看键盘就能迅速定位左右手的食指，其他手指即可依次放于相应的键位上。

★ 图2-15

2.2.3 手指分工

知识点讲解

对主键盘区中的其他键位，每个手指也有明确的分工。为了培养良好的击键习惯，每次击键结束后，手指应迅速回到基准键位上。每个手指控制的键位如图2-16所示。

★ 图2-16

- 左手小指："1"、"Q"、"A"、"Z"及左边的所有键；
- 左手无名指："2"、"W"、"S"、"X"；
- 左手中指："3"、"E"、"D"、"C"；
- 左手食指："4"、"5"、"R"、"T"、"F"、"G"、"V"、"B"；
- 右手食指："6"、"7"、"Y"、"U"、"H"、"J"、"N"、"M"；
- 右手中指："8"、"I"、"K"、","；
- 右手无名指："9"、"O"、"L"、"."；
- 右手小指："0"、"P"、";"、"/"及右边的所有键。

2.2.4 指法与击键要领

知识点讲解

在操作键盘时，如果不熟悉每个键的位置，就要在键盘上寻找，击键速度自然就慢。初学者从一开始就应该坚持盲打，即眼睛不看键盘，通过大脑的记忆来寻找键的位置。

此外，手指击键时还应遵守以下规则。

- 击键前将双手轻放于基本键位上，两个大拇指轻放于空格键上。
- 击键时，手指略微抬起并保持弯曲，以指头快速击键。注意不要以指尖击键，要用手指"敲"键，而不是用力按，如图2-17所示（最右边的击键方式是正确的）。

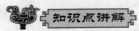

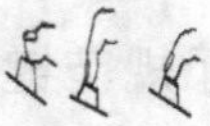

★ 图2-17

- 敲键盘时，只有击键手指做动作，其他手指放在基准键位上不动。
- 手指和手腕要灵活，不要靠手臂的运动来寻找键位。击键完毕后，手指应立刻回到基准键位区的相应位置，准备下一次击键。

2.3 指法练习

对于初学者来说，仅仅掌握键盘的分区结构是远远不够的，还需要进行刻苦练习才能熟记各键的位置，从而实现"运指如飞"。

2.3.1 基本键位练习

知识点讲解

在操作键盘之前，先将双手轻放于基准键位。用左手食指和右手食指触摸到"F"键和"J"键上的小横杠，其他手指依次定位。输入时尽量不要看键盘，击键完成后迅速回到相应的基准键位上。

例如，在击"G"键时，左手食指向右平移一个键的距离，便可轻敲"G"键，击键完成后手指立刻回到"F"键上。击"H"键时，右手食指向左平移一个键的距离，轻敲"H"键，击键完成后手指立刻回到"J"键上，其他手指不动。

动手练

在"写字板"中输入以下字符，练习基准键位操作，在输入时尽量不看键盘，靠手的感觉去寻找键位。

aaaa	ssss	dddd	ffff
gggg	hhhh	jjjj	kkkk
llll	;;;;	ffjj	jjff
gghh	hhgg	jkl;	fdsa
asdf	ghjk	llss	lkdf

aggd	kdfk	；；lg	jajd
jsdg	a;ls	dkfh	jjdl
jssa	jjdd	jhfd	lasg

2.3.2 上排键位练习

知识点讲解

基准键位的上面一排键位称为上排键位。练习上排键位输入时，仍先将双手轻放于基准键位上。按照手指的明确分工，输入相应的字母，击键完毕后手指迅速回到相应的基准键位上。

例如，在击“E”键时，左手中指向上移动一个键的距离，便可轻敲“E”键，击键完成后中指立即回到“D”键上。在击“T”键和“Y”键时，左手食指往右上方移动一个键的距离，右手食指往左上方移动一个键的距离，便可敲击到相应键位。

动手练

按照击键规则，在“写字板”中输入以下字符，练习上排键位的操作。

qqqq	wwww	eeee	qyuo
rrrr	tttt	yyyy	uuuu
iiii	oooo	pppp	rrtt
yyuu	uuyy	ttrr	ppoo
oopp	qqpp	ppqq	eeww
ppty	tyqp	qtyi	eiwu
utro	ouie	puqi	woyu
yier	erwq	poyt	iute

2.3.3 下排键位练习

知识点讲解

基准键位的下面一排键位称为下排键位。练习方法和上排键位的指法基本一致。击键时按手指分工，敲击相应键位即可。

例如，击“B”键时，左手食指向“G”键方向下移一个键的距离，击“N”键时右手食指向右下方移动一个键的距离。练习时要严格遵循正确的击键方法，边练边默记各个键的位置。

动手练

按照击键规则，在“写字板”中输入以下字符，练习下排键位的操作。

zzzz	xxxx	cccc	vvvv
bbbb	nnnn	mmmm	mmnn
zmcv	xcnb	cvcv	mvmv
nbbn	xxzc	zvmx	xcbn
bnmv	zcvn	zcbc	xbvz
nbcm	xmbc	xncm	bxvn
ncnz	ncxm	nxmv	bnvc
zmcb	zcnm	vbnm	vmbn

2.3.4 主键盘区综合练习

知识点讲解

主键盘区的练习主要是指主键盘上26个英文字母的练习。初学者对上面介绍的键位较熟悉时，可尝试主键盘区键位综合练习。练习时，应注意手指的上下移动，完成一个字母的输入后，手指要及时回到相应的基准键位上。

动手练

按照击键规则，在“写字板”中输入以下字符，练习主键盘区键位的操作。

btbt	bdbd	dfee	kiju
sdwe	olpk	asas	dfgt
xffs	mccm	cmcm	mcmc
ccmm	mmcc	qwqc	xxcd
ghty	vbdf	xvvv	xvds
zezx	gfhv	pkaq	uhjn
awsf	xvcs	vxds	drtc

2.3.5 数字（符号）键位练习

知识点讲解

主键盘上方数字的输入方法和英文字母的输入方法基本一致。将手指放于基准键位上，左手食指对应的数字键为“4”，右手食指对应的数字键为“7”，其他手指依次对应相应的数字键。

符号有上档符号和下档符号之分，如“L”键旁边的“；”键，“；”为下档符号，“：”为上档符号。下档符号可直接输入，输入上档符号则需要配合“Shift”键来完成。

动手练

按照击键规则，在“写字板”中输入以下字符，练习数字键位的操作。

1111	2222	3333	4444
5555	6666	7777	8888
9999	0000	1234	5678
9012	1516	1856	6862
9889	1717	4846	1357
2468	3579	0246	7891
6793	2847	1930	2560
3014	7863	0873	5639

按照击键规则，在“写字板”中输入以下字符，练习符号键位的操作。

``~~　　－－==　　++、、

[[]]　　{{}}　　；；：：

‘’‘’　　“”“”　　，，。。

《》《》　　//？?　　\\||

;;;;　　“”“”　　‘’‘’

,,..　　< >??　　{{}}

[{}]　　《< >》　　==++

－－、、　　？？??　　；；;;

、、\\　　：“”。　　“”,.

2.3.6 数字键区练习

知识点讲解

使用数字键区（小键盘）输入数字时，只用右手控制即可。数字键的基准键是“4”、“5”、“6”三个键，对应右手的食指、中指和无名指。其中大拇指负责0的输入，食指负责1、4、7的输入，中指负责2、5、8的输入，无名指负责3、6、9的输入，小指负责击“+”键和“Enter”键。

动手练

按照击键规则，在“写字板”中输入以下字符，练习小键盘的操作。

0000	1111	2222	3333
4444	5555	6666	7777
8888	9999	++++	----
****	////	….	4567
5896	1563	4789	1597
82+9	91*5	15.6	20.3
0.45	9*40	68/4	79+5
63-7	5-25	25+5	85/6

2.3.7 指法综合练习

知识点讲解

根据前面讲解的知识，在写字板中输入以下文章，然后根据个人需要决定是否保存。

It is almost Christmas and many of us are still scrambling around trying to choose the perfect gift for a friend or relative. What do they want? What do they need? What can we buy? We can spend hours in shops asking ourselves these questions. There is another way to select the perfect gift but it involves changing our perception of what gift giving is all about.

The problem is that we think about giving gifts as the exchange of physical objects. A useful alternative is to think of a gift as communication. When you give a gift to someone, what you are actually doing is speaking to them. You buy, make or discover a gift that says something to the receiver. They receive the gift, and if they are perceptive, they understand your message. Of course this is obvious, but somehow we forget it when we go to choose gifts. We focus first on the object or the need, then check what message it conveys.

You may have realised gifts are communication when someone gives you a gift and you are instantly aware of what it says. Some gifts communicate distance, others intimacy. Some say " I love your creativity", others "You should look after yourself". Some are downright insulting. What gifts communicate is seldom attached to their price tag or their prestige. Some of the gifts that I have appreciated the most have been practically free for the giver to arrange for me, but have said so much that they have been immensely valuable.

If you harness this thinking, when you choose gifts, then you can quickly move towards the perfect gift. Ask yourself first, "What do I want to say to this person?" Then move on to "What can I give them that will communicate this?". This is opposite to the more common "What can I buy them?" and then "What will they think of it?"

This method could help you come up with some slightly off beat gifts, but at least they will be meaningful. One gift that I received recently was given as a result of this sort of thinking. My wife gave me a 1 day ticket of freedom. She took on all of my responsibilities for a day and sent me off to Tokyo to play. She wanted to say that she appreciated everything that I did, and that she understood that my responsibilities were sometimes a burden to me. That helped her to design the perfect gift which was simply a break from it all. I loved it.

The gifts that we come up with when we think of gifts as communication may be the same that we would think of in other ways. The difference may simply be that we arrive at a decision faster and with more certainty that our gift is right for that person.

Of course, there is a caveat. If you have nothing positive to say to the person, but feel that you must give a gift, then go back to your old ways of thinking. Communicating negative things with a gift, may not be the best way to enjoy your Christmas. Try it only if you are feeling brave.

Merry Christmas!

注 意

在输入的过程中，注意大小写的转换，以及空格与英文标点符号的输入。

2.4 金山打字软件练习

现在有很多指法练习软件及五笔教学软件，如金山打字、五笔快打、五笔打字员等，这些软件均可在网上下载。

知识点讲解

1 双击“金山打字”桌面快捷图标，启动该软件。

2 在打开的“金山打字”窗口中，将弹出一个用户登录提示框。在“请输入用户名并回车可添加新用户”文本框中输入用户名，然后按下回车键，可以新建一个用户，以后只要双击该用户名即可直接登录“金山打字”，如图2-18所示。

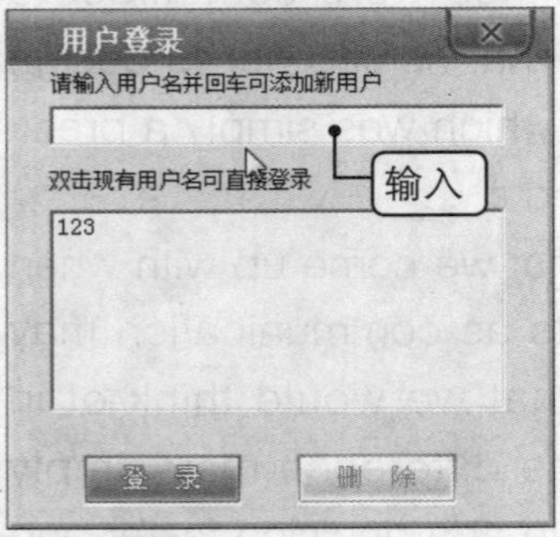

★ 图2-18

3 登录后进入“金山打字”主操作界面。以进行英文打字为例，单击“英文打字”按钮即可，如图2-19所示。

★ 图2-19

4 “英文打字”模板包含键位练习、单词练习和文章练习，根据需要选择想要练习的部分，然后切换到英文输入法，即可开始练习，如图2-20所示。

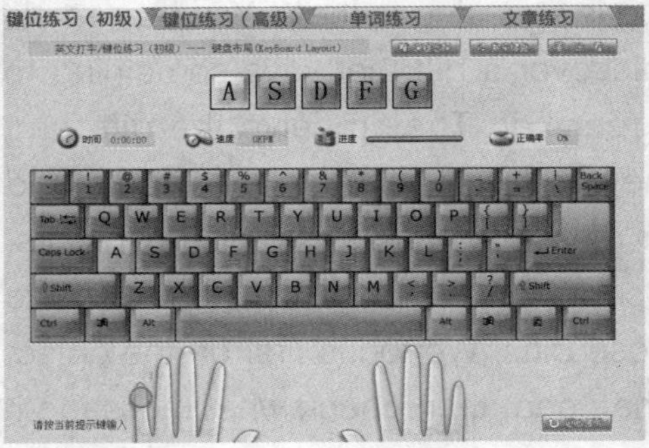

★ 图2-20

动手练

请读者根据下面的操作提示选择练习课程。

在练习界面中，若单击“课程选择”按钮，可以在弹出的对话框中选择需要练习的课程，如图2-21所示。

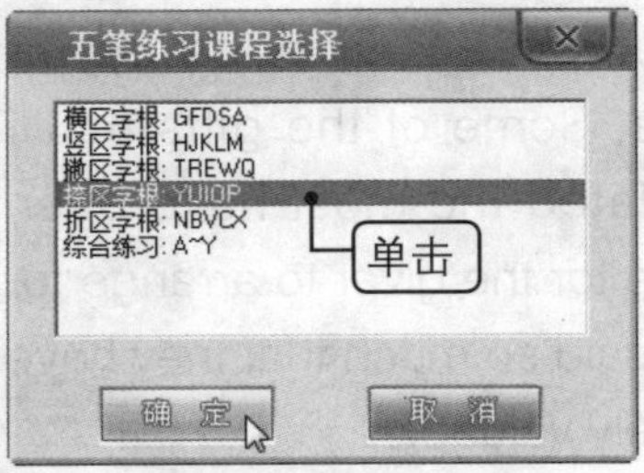

★ 图2-21

在练习界面中，单击“设置”按钮，在弹出的对话框中可以根据需要设置使用何种版本的五笔和换行方式等，如图2-22所示。

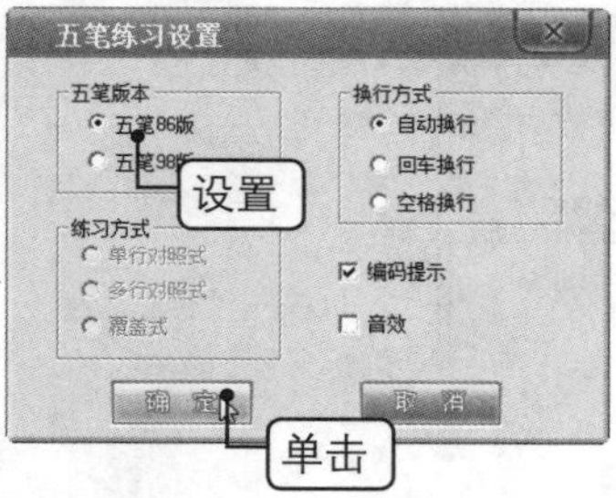

★ 图2-22

在练习过程中，初学者一定要坚持盲打，切不可心急。练习完毕后，单击操作界面下方的“返回首页”按钮，将会退出练习，返回主操作界面；单击该界面中的“关闭”按钮，即可退出打字程序。

疑难解答

问 小键盘区有一个“Del”键，它的作用和编辑控制键区的“Delete”键一样吗？

答 小键盘区的“Del”键是为了方便输入数字出错时删除数字而设计的，它的作用与编辑控制键区的“Delete”键一样。

问 有时不小心按下了“Power”键，结果直接关掉了电脑，造成许多数据不能及时保存，可以修改“Power”键的功能吗？

答 按下电源控制区的“Power”键会在没有任何提示的情况下，直接关闭电脑，用户可以通过下面的操作避免这种情况。

1 单击“开始”按钮，在打开的“开始”菜单中单击“控制面板”选项。

2 在打开的“控制面板”窗口中，找到并双击“电源选项”图标，如图2-23所示。

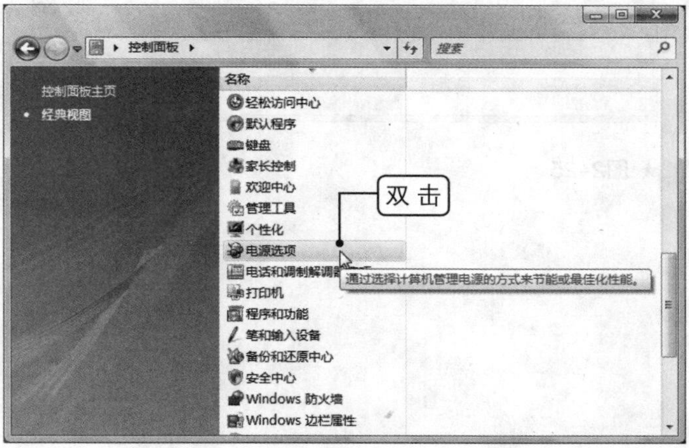

★ 图2-23

3 在打开的“电源控制”对话框中，单击左侧的“选择该电源按钮的功能”选项，如图2-24所示。

4 在接下来弹出的对话框中，单击“按电源按钮时”按钮，在打开的下拉列表中选择“不采取任何操作”选项，然后单击“保存修改”按钮即可，如图2-25所示。

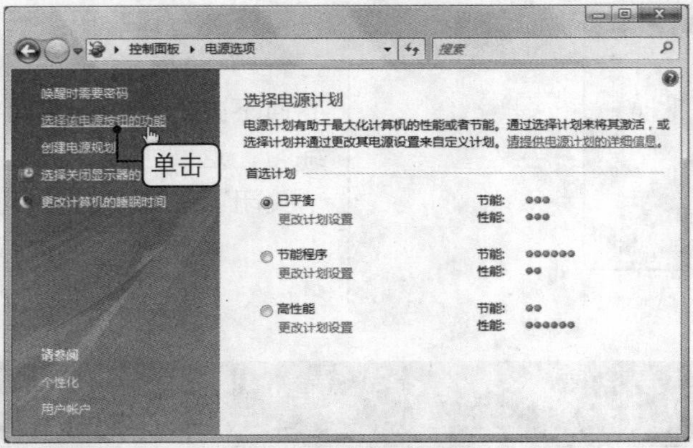
控制面板 ▸ 电源选项
搜索
唤醒时需要密码
选择电源按钮的功能
创建电源计划
选择关闭显示器的
更改计算机的睡眠时间
单击
选择电源计划
电源计划有助于最大化计算机的性能或者节能。通过选择计划来将其激活，或选择计划并通过更改其电源设置来自定义计划。请提供电源计划的详细信息。
首选计划
已平衡
更改计划设置
节能程序
更改计划设置
高性能
更改计划设置
节能:
性能:
请参阅
个性化
用户帐户

★ 图2-24

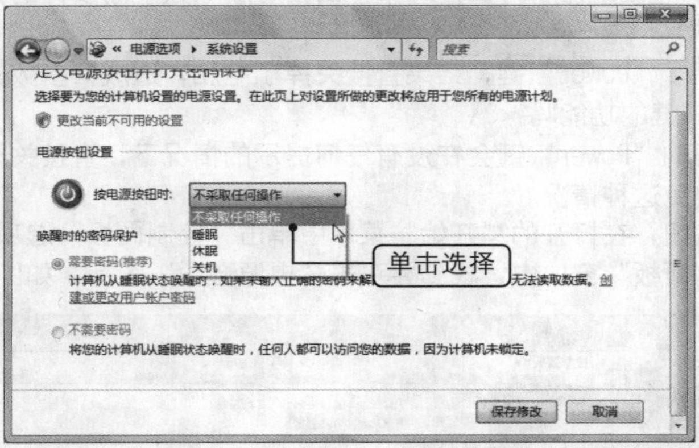
« 电源选项 ▸ 系统设置
搜索
选择要为您的计算机设置的电源设置。在此页上对设置所做的更改将应用于您所有的电源计划。
更改当前不可用的设置
电源按钮设置
按电源按钮时:
不采取任何操作
不采取任何操作
睡眠
休眠
关机
唤醒时的密码保护
需要密码(推荐)
单击选择
无法读取数据。创
建或更改用户帐户密码
不需要密码
将您的计算机从睡眠状态唤醒时，任何人都可以访问您的数据，因为计算机未锁定。
保存修改
取消

★ 图2-25

Chapter 03

第3章 五笔字型输入法基础

本章要点

- *安装与设置五笔字型输入法*
- *五笔字根的分区与键盘布局*
- *快速记字根*

五笔字型输入法是由王永民教授于1983年发明的，是目前国内外公认的专业汉字输入方案。五笔字型输入法分86版（1986年正式发布）和98版（1998年发布）两个版本，后者是前者的扩展和升级，但原理不变。本书以86版为例介绍五笔字型输入法的相关知识。本章主要介绍安装与设置五笔字型输入法、五笔字根键盘分区与布局和记忆字根等基础知识。

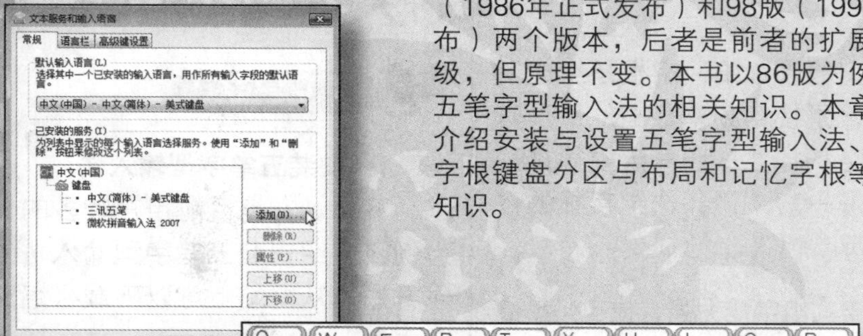

3.1 安装与设置五笔字型输入法

默认情况下，Windows操作系统为用户提供了英文输入法和微软拼音输入法。如果要使用其他输入法，则需要自行安装。

3.1.1 初识五笔字型输入法

知识点讲解

除了Windows系统自带的微软拼音输入法外，还有许多中文输入法，例如智能ABC输入法、全拼输入法、王码五笔输入法等。

在众多输入法中，五笔字型输入法因重码较少，其输入速度也较快。此外，使用五笔字型输入法不但能输入单字，还能输入词组，无论多复杂的汉字或词组最多四键即可输入，大大提高了汉字的输入速度。

知识点讲解

1. 认识五笔字根

字根是五笔字型输入法中一个比较重要的概念，它是由若干基本笔画交叉相连，并且结构相对不变的笔画结构。例如，笔画“一、丨、丿、㇏”构成字根“木”。

在五笔字型输入法中，字根是组成汉字的基本单位，是使用频率最高、最具有代表性的笔画结构，并按照一定规律排列在键盘键位上。一般来说，选定字根的依据主要有以下两点。

- 特别有用：组字能力强，使用频率高的汉字偏旁部首。
- 特别常用：虽组合不成多少汉字，但组合成的字特别常用。例如，“土”组合成的“地”特别有用，因此将“土”当成字根。

2. 使用五笔字型输入法输入汉字的原理

使用五笔字型输入法输入汉字的基本原理如下。

1 先将汉字拆分成一些最常用的基本单位，叫做字根。字根可以是汉字的偏旁部首，也可以是部首的一部分，甚至是笔画。例如，“们”字可以拆分为“亻”和“门”，如图3-1所示。

★ 图3-1

2 拆分出这些字根后，把它们按一定的规律进行分类，再把这些字根科学地分配在键盘上，作为输入汉字的基本单位。

3 当需要输入汉字时，按照汉字的书写顺序依次按键盘上与字根对应的键，组成一个代码，系统根据输入字根组成的代码，在五笔字型输入法的字库中检索出对应的字。这样就可以输入想要的汉字了。

3.1.2 安装与卸载五笔字型输入法

知识点讲解

1. 安装五笔字型输入法

下面以安装目前用户较多的极点五笔为例，介绍安装五笔字型输入法的具体操作方法。从网站上可以下载极点五笔的安装文件。

> **提 示**
>
> 若使用的是Windows Vista操作系统，则应该注意输入法程序是否与操作系统兼容。如果不兼容，则无法正常安装和使用。

1 找到下载的极点五笔安装文件，并双击运行，如图3-2所示。

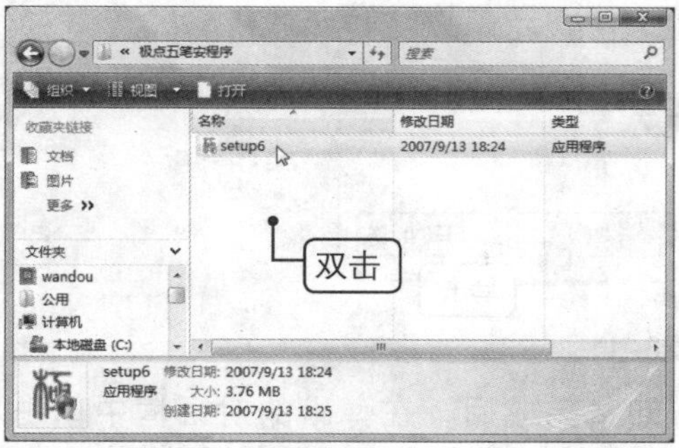

★ 图3-2

2 在弹出的“Installer Language”对话框中，选择“Chinese(Simplified)”（简体中文）选项，然后单击“OK”按钮，如图3-3所示。

★ 图3-3

3 在接下来弹出的对话框中，单击“我接受”按钮，如图3-4所示。

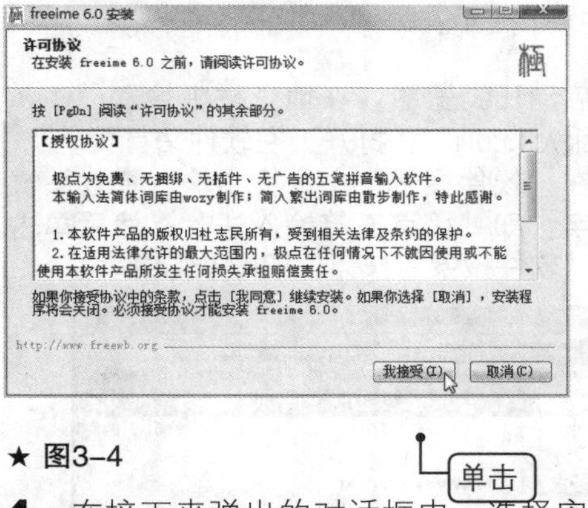

★ 图3-4

4 在接下来弹出的对话框中，选择安装输入法的路径，然后单击“安装”按钮，如图3-5所示。

5 在弹出的“提示”对话框中单击“确定”按钮即可，如图3-6所示。

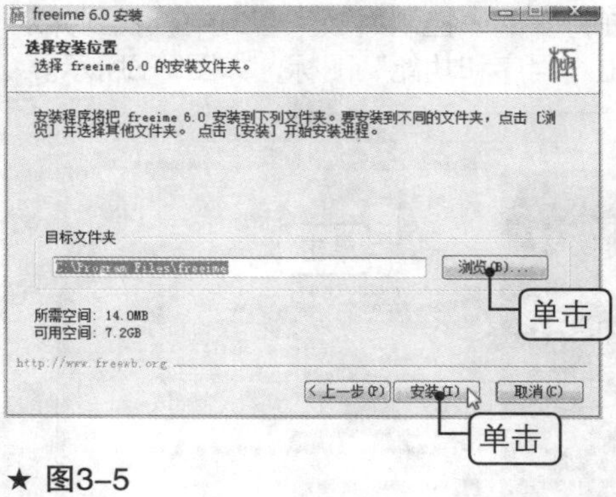

★ 图3-5

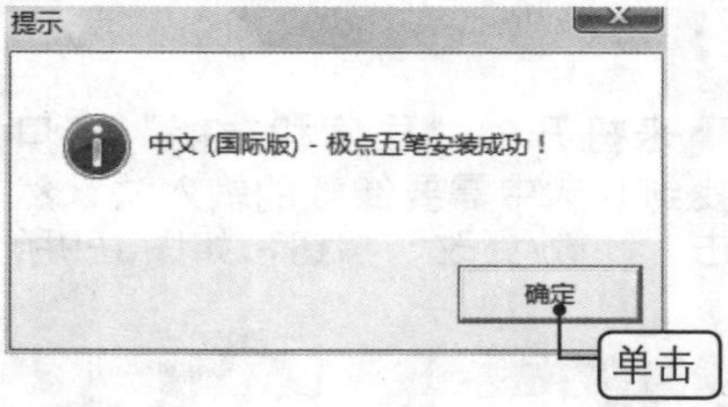

★ 图3-6

2. 卸载五笔字型输入法

这里以在Windows Vista操作系统中卸载输入法为例进行介绍，不仅仅是卸载五笔字型输入法，要卸载其他输入法，也可以参考下面的操作进行。

1 执行“开始”→“控制面板”命令，打开“控制面板”窗口，如图3-7所示。

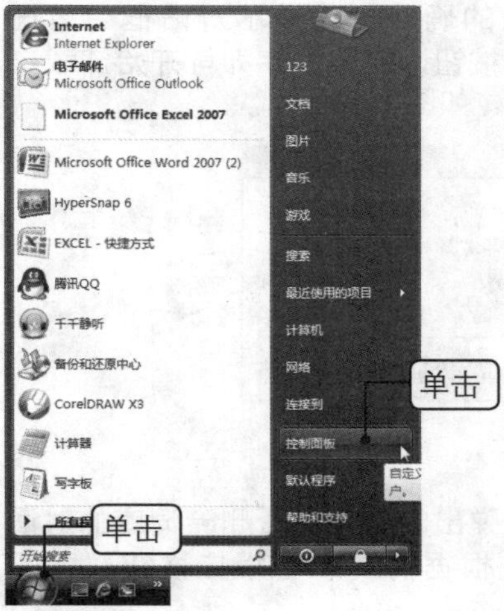

★ 图3-7

2 在打开的“控制面板”窗口中，找到并双击“程序和功能”图标，如图3-8所示。

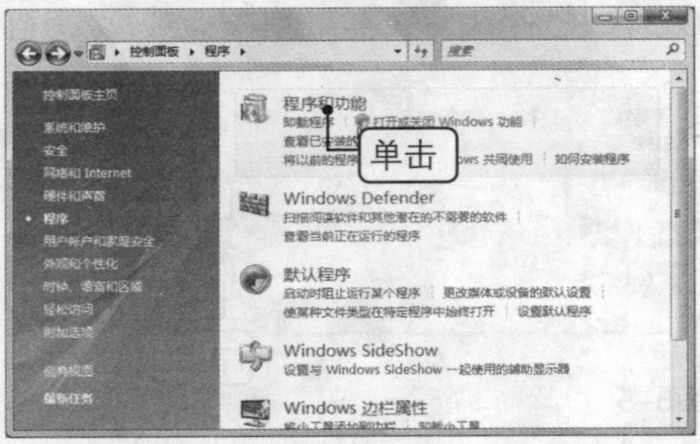

★ 图3-8

3 在接下来打开的“程序和功能”窗口中，找到并选中需要卸载的输入法，然后单击“卸载/更改”按钮，如图3-9所示。

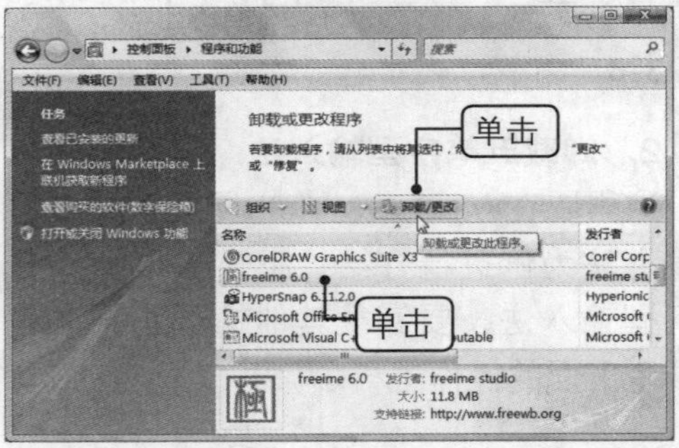

★ 图3-9

4 在弹出的确认卸载提示对话框中单击“是”按钮，卸载程序即可开始卸载该输入法，如图3-10所示。

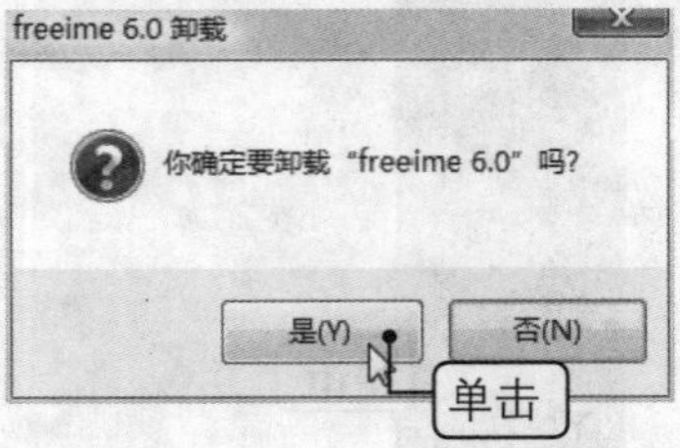

★ 图3-10

5 在稍后弹出的询问是否删除词库的对话框中，根据需要单击相应按钮，如图3-11所示。

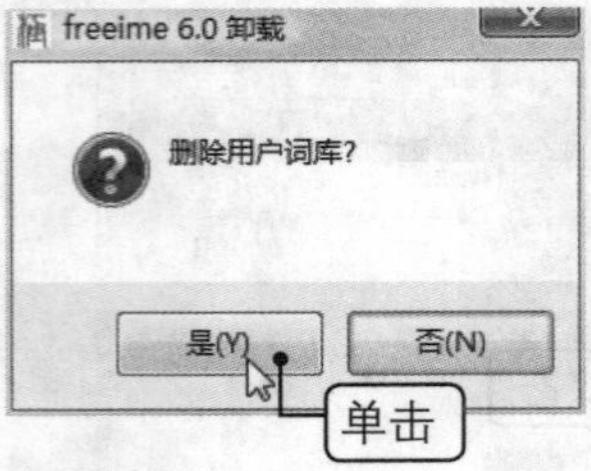

★ 图3-11

6 卸载完成后，在弹出的对话框中单击“确定”按钮即可，如图3-12所示。

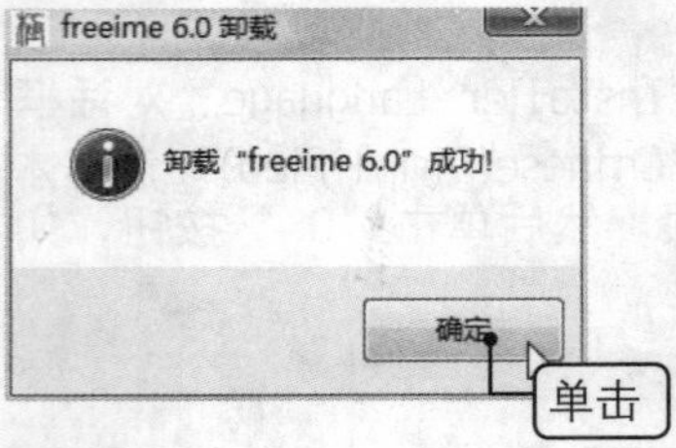

★ 图3-12

动手练

用户可以通过天空软件站“http://www.skycn. com”下载极点五笔安装程序。请根据下面的操作提示，下载并安装极点五笔输入法。

操作提示：

1 启动IE浏览器，在地址栏中输入“www.skycn.com”，打开天空软件站首页。

2 在“软件搜索”文本框中输入查找关键字，即“极点五笔输入法”，然后单击“软件搜索”按钮，如图3-13所示。

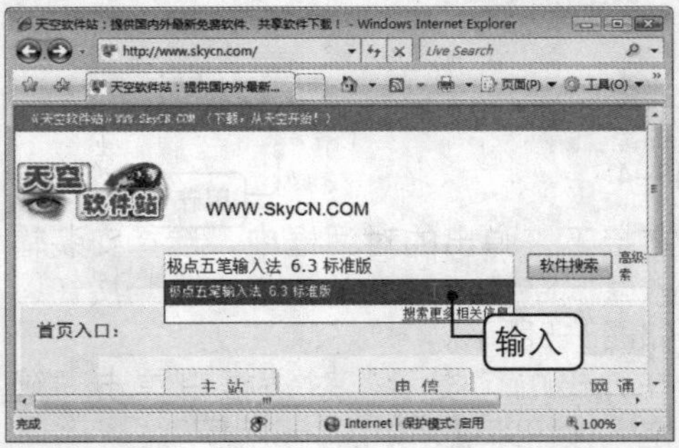

★ 图3-13

3 在接下来打开的页面中，选择一个下载地址，如图3-14所示。

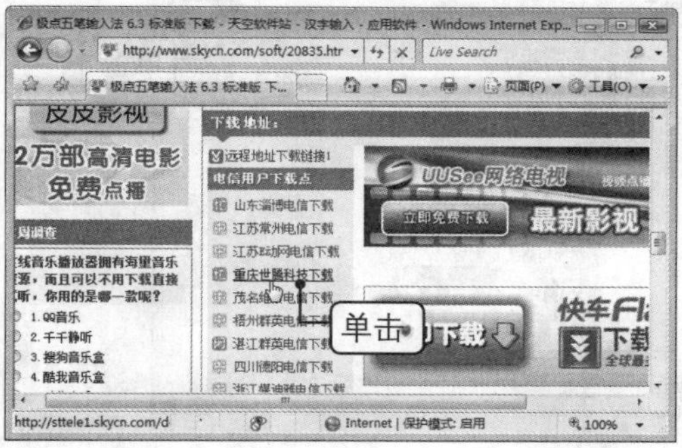

★ 图3-14

4 在弹出的“文件下载”对话框中单击“保存”按钮，如图3-15所示。

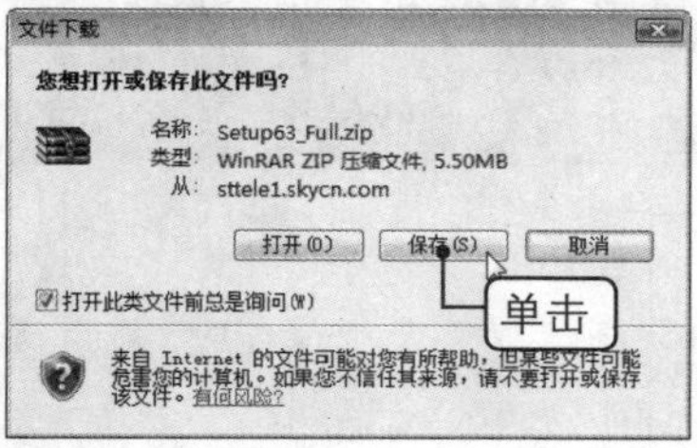

★ 图3-15

5 在弹出的“另存为”对话框中，选择文件的保存位置并输入文件名，然后单击“保存”按钮，如图3-16所示。

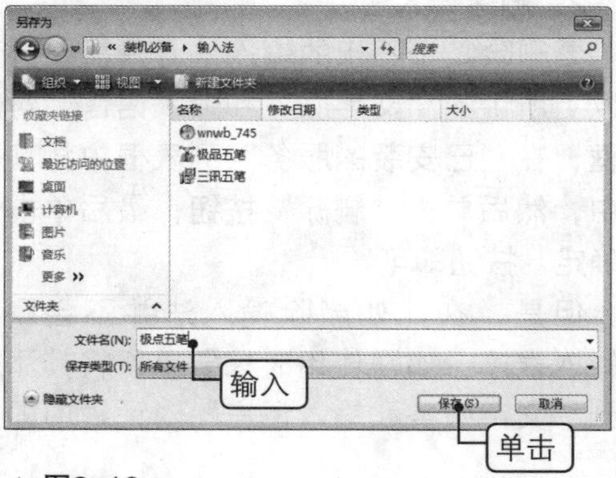

★ 图3-16

6 找到并打开保存极点五笔安装程序的文件夹，双击运行极点五笔安装程序，然后根据安装向导进行安装。

3.1.3 添加或删除输入法

除了系统内置的输入法，安装好其他输入法后，还需要将该输入法添加到“文字服务和输入语言”中才能使用；对于不需要的输入法，则可以将其删除。

知识点讲解

1. 添加输入法

非系统自带的输入法需要用户自行安装，然后添加到“文本服务和输入语言”中。添加输入法的具体操作如下。

1 单击任务栏左下角的“开始”按钮，在弹出的菜单中选择“控制面板”选项，如图3-17所示。

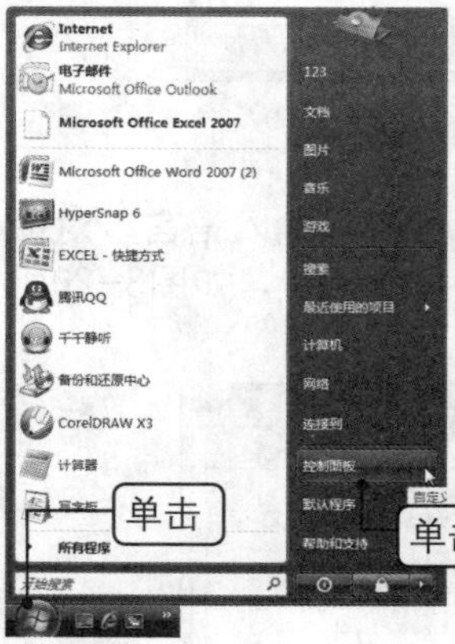

★ 图3-17

2 在打开的“控制面板”窗口中，找到并双击“区域和语言选项”图标，如图3-18所示。

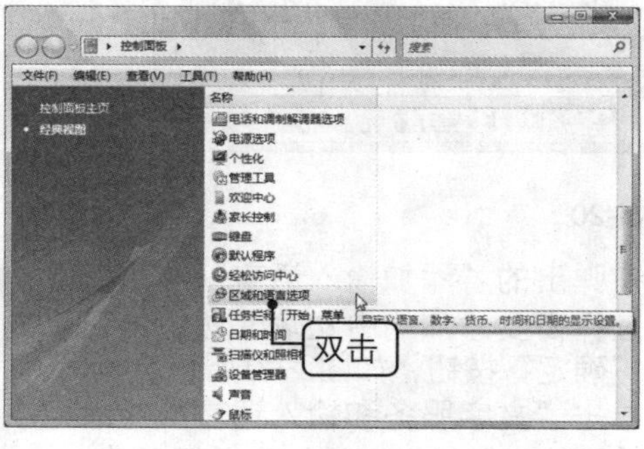

★ 图3-18

3 在打开的“区域和语言选项”对话框中，切换到“键盘和语言”选项卡，然后单击“更改键盘”按钮，如图3-19所示。

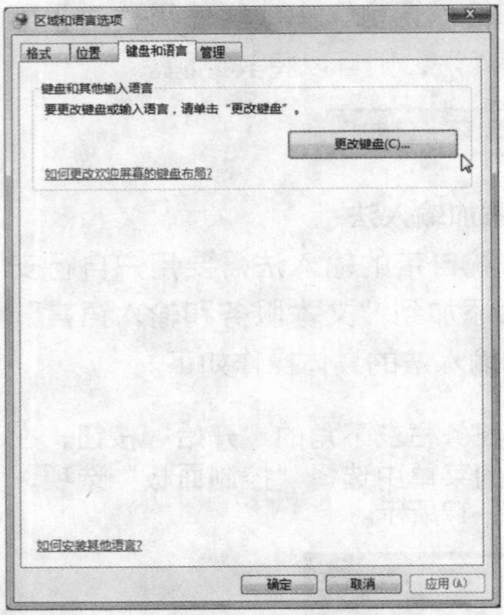

★ 图3-19

4 在弹出的“文本服务和输入语言”对话框中，单击“添加”按钮，如图3-20所示。

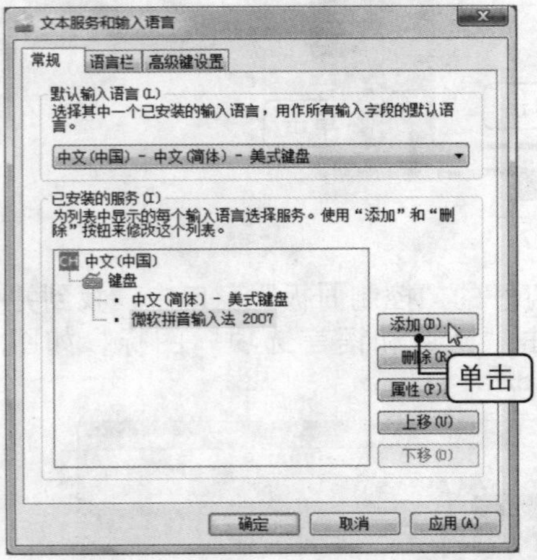

★ 图3-20

5 在弹出的“添加输入语言”对话框中，选择需要添加的中文输入法，然后单击“确定”按钮，如图3-21所示。

6 单击“文字服务和输入语言”对话框中的“确定”按钮，关闭对话框即可。

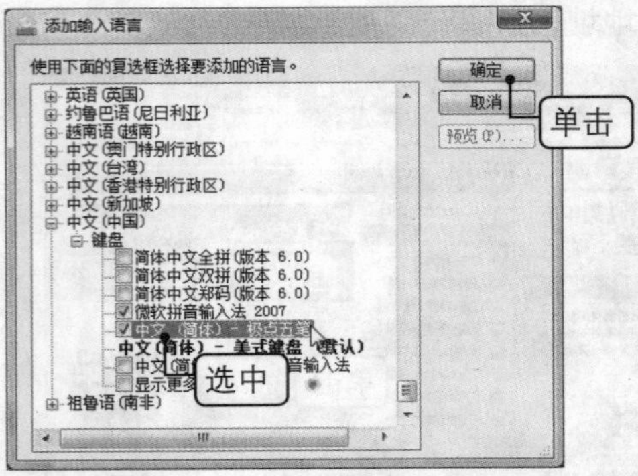

★ 图3-21

提 示

单击输入法图标右侧的按钮，在弹出的快捷菜单中选择“设置”命令，也可以打开“文本服务和输入语言”对话框，如图3-22所示。

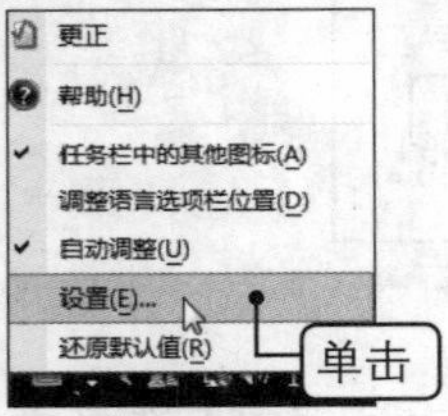

★ 图3-22

2. 删除输入法

要删除某个不用的输入法，只需要打开以上所讲的“文字服务和输入语言”对话框，在“已安装的服务”列表框中将其选中，然后单击“删除”按钮，最后单击“确定”按钮即可。

但是，在此处删除输入法并不会删除输入程序，如需使用时只要重新将其添加到“文字服务和输入语言”对话框中即可。

动手练

将前面安装的极点五笔输入法添加到“文字服务和输入语言”对话框中。

操作提示：

1 打开"文本服务和输入语言"对话框，单击"已安装的服务"栏中的"添加"按钮，如图3-23所示。

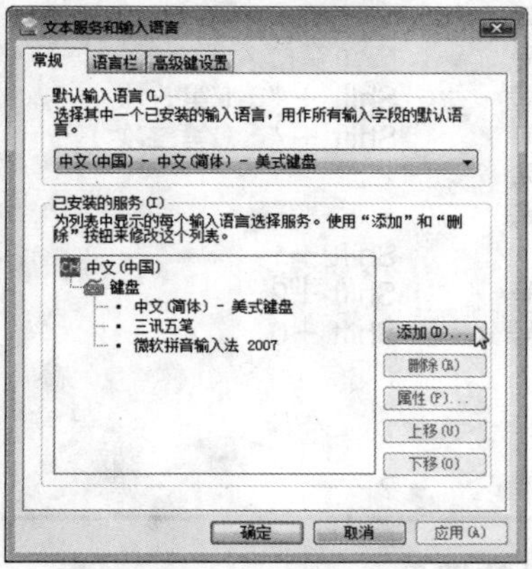

★ 图3-23

2 在弹出的"添加输入语言"对话框中，找到并选中"中文（简体）-极点五笔"复选框，然后单击"确定"按钮即可，如图3-24所示。

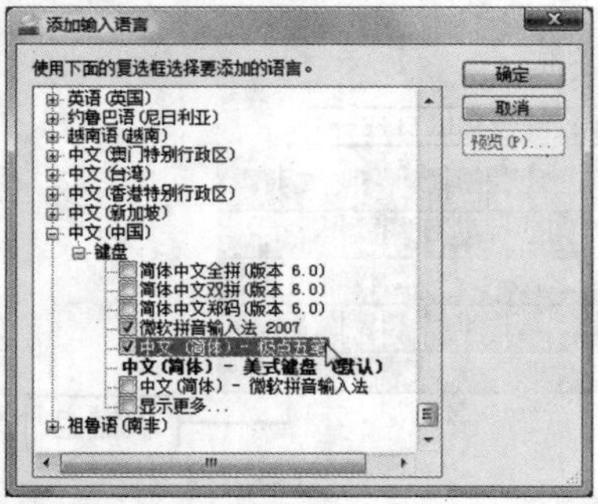

★ 图3-24

3.1.4 使用五笔字型输入法

知识点讲解

1. 选择五笔字型输入法

启动一个应用程序后，系统默认打开英文输入法或微软拼音输入法，用户需要切换到需要的输入法才能使用。下面以在Windows Vista操作系统下选择五笔字型输入法为例，介绍切换输入法的具体方法。

使用鼠标单击任务栏中的输入法图标，在打开的输入法列表中选择"极中文（简体）-极点五笔"输入法，即可切换到该输入法。输入法名称前带有对号 ✔，表明该项为当前使用的输入法，如图3-25所示。

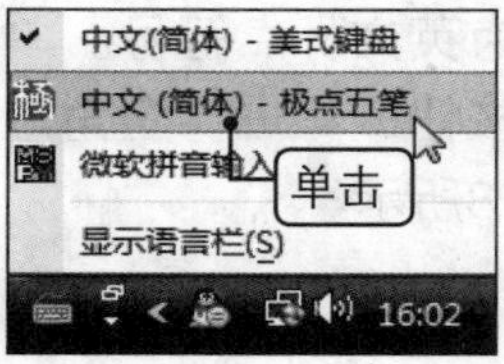

★ 图3-25

启动输入法后，任务栏上的输入法图标将显示为当前输入法的图标，如 极 表示当前为极点五笔输入法，此时就可以在屏幕上看到输入法状态栏，并进行汉字输入了，如图3-26所示。

★ 图3-26

提 示

单击"五笔字型"按钮，该按钮将切换为"五笔拼音"按钮，此时即可进行五笔与拼音的混打，两者之间无须再次切换，如图3-27所示。

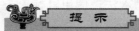

★ 图3-27

2. 中／英文输入切换

当前输入法为中文输入法时，按"Ctrl+空格"组合键即可切换到英文输入状态，再次按"Ctrl+空格"组合键又可由英文输入状态切换到中文输入状态。

另外，单击输入法图标，在弹出的输入法列表中选择"中文（简体）-美式键盘”选项，可以切换到英文输入状态。

3. 全／半角切换

在全角输入方式下，输入的字母、字符和数字均占一个字符的位置，其中标点符号为中文标点符号。在半角输入方式下，输入的字母、字符和数字只占半个字符的位置，标点符号为英文标点符号。单击输入法状态栏上的按钮即可进行全角与半角的转换，如图3-28所示。

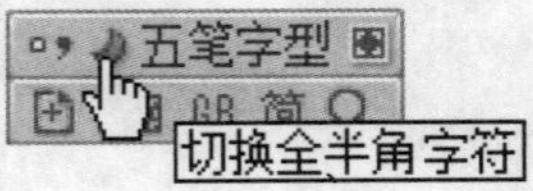

★ 图3-28

4. 中英文标点符号输入切换

标点符号分为中文标点符号和英文标点符号两种。中文标点符号中的句号在电脑中的表现形式为“。”，而英文标点符号的句号在电脑中的表现形式为“.”，使用英文键盘不能直接输入中文标点符号，需要借助汉字输入法来完成。

启动五笔字型输入法，使用鼠标单击输入法状态栏中的“切换中、英文标号”图标，将其转换到中文标点输入状态。此时，就可以用英文键盘输入中文标点符号了，如图3-29所示。

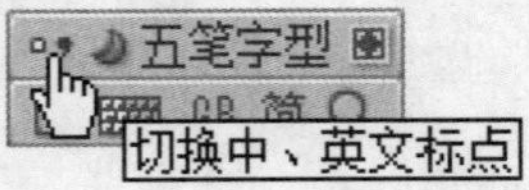

★ 图3-29

表3-1列出了中文标点符号及其对应键位。

表3-1　中文标点对应键位表

中文标点符号	对应键位
、顿号	\
。句号	.
·居中实心点	Shift＋2
——破折号	Shift＋—

（续表）

中文标点符号	对应键位
……省略号	Shift＋6
‘左单引号	’（第一次）
’右单引号	’（第二次）
“左双引号	Shift＋”（第一次）
”右双引号	Shift＋”（第二次）
《左书名号	<
》右书名号	>
！感叹号	Shift＋1
（左小括号	Shift＋9
）右小括号	Shift＋0
，逗号	,
：冒号	:
；分号	;
？问号	?

5. 启动软键盘

单击输入法状态栏中的“打开/关闭软键盘”按钮，便可以打开软键盘，利用软键盘可以输入一些特殊符号。再次单击该按钮，即可关闭软键盘，如图3-30所示。

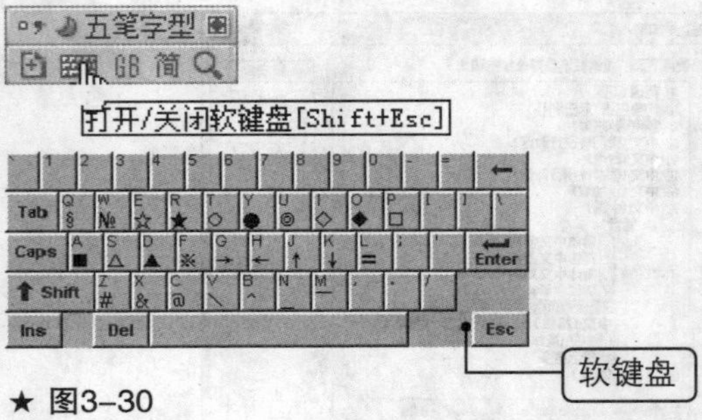

★ 图3-30

动手练

在使用任何一种输入法前，首先应切换到该输入法，在输入标点符号时还需要进行中、英文标点符号的切换。请读者将输入法切换到极点五笔输入法，然后打开“软键盘”，输入符号“→”后，关闭“软键盘”。

操作提示：

1 单击任务栏中的输入法图标，在打开的菜单中选择“中文（简体）-极点五笔”。

2 此时，就切换到了极点五笔输入法，单

击状态栏中的“打开/关闭软键盘”按钮，打开软键盘。

3 在软键盘中单击“→”键，即可输入该符号。

4 再次单击“打开/关闭软键盘”按钮，关闭软键盘即可。

3.1.5 设置系统启动默认输入法

知识点讲解

将常用的输入法设置为系统启动时默认的输入法，可以省去每次使用时都要切换的麻烦，其具体操作方法如下。

1 右键单击任务栏中的输入法图标，在弹出的快捷菜单中选择“设置”命令，如图3-31所示。

2 弹出“文本服务和输入语言”对话框，在“常规”选项卡的“默认输入语言”下拉列表中选择“中文（中国）–中文（简体）–极点五笔”选项，然后单击“确定”按钮即可，如图3-32所示。

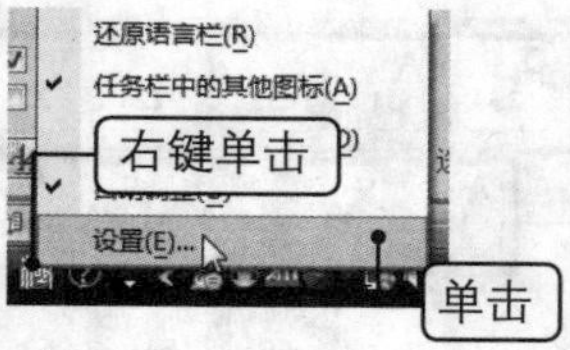

★ 图3-31

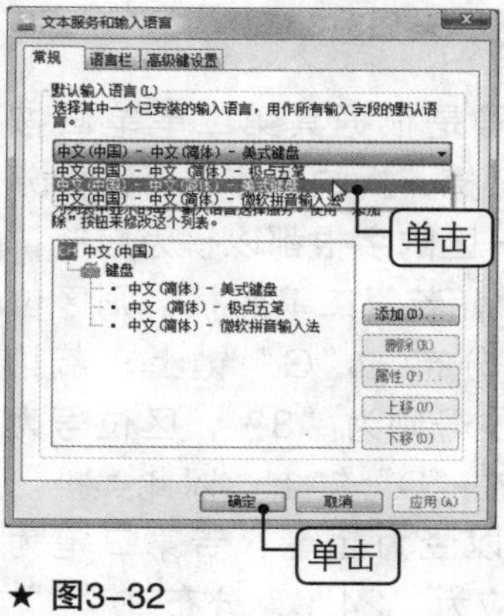

★ 图3-32

3.2 五笔字型输入法的分区与键盘布局

在五笔字型输入法中，字根是按一定规律分布在键盘上的，掌握五笔字根的键盘分区规律，有助于记忆和理解每个字根所对应的键位。

3.2.1 区位号的形成

知识点讲解

五笔字型输入法将键盘上的25个字母键（“Z”键除外）分为横、竖、撇、捺、折5个区，依次用代码1、2、3、4、5表示区号；每个区内又包括5个字母键，每个键称为一个位，依次用代码1、2、3、4、5表示位号。

按照字根的首笔代号，字根在键盘上分为5个区，每一区占5个键位，具体分布如下。

第一区：

横起笔区，5个键分别为“G”、“F”、“D”、“S”、“A”；

第二区：

竖起笔区，5个键分别为“H”、“J”、“K”、“L”、“M”；

第三区：

撇起笔区，5个键分别为“T”、“R”、“E”、“W”、“Q”；

第四区：

捺起笔区，5个键分别为“Y”、“U”、“I”、“O”、“P”；

第五区：

折起笔区，5个键分别为“N”、“B”、“V”、“C”、“X”。

将每个键所在的区号作为第1个数字，位号作为第2个数字，组合起来表示一个键，形成所谓的“区位号”，如图3-33所示。

★ 图3-33

字根的位号是根据其第二笔笔画按照横、竖、撇、捺、折的顺序进行键位分布的。例如，一区的字根都以横为起笔，其位号为“1”，若第二笔为横，则区位号为“11”，分布在“G”键上；若第二笔为撇，其位号则为“3”，区位号为“13”，分布在“D”键上，以此类推。二区的字根都以竖为起笔，若第二笔为捺，其区位号应为“24”，分布在“L”键上。

动手练

请读者根据键位分区与布局完成下面的填空题。

“A”键位于第__区，区号为__，位号为__，区位号为____。

“Y”键位于第__区，区号为__，位号为__，区位号为____。

“U”键位于第__区，区号为__，位号为__，区位号为____。

“H”键位于第__区，区号为__，位号为__，区位号为____。

“M”键位于第__区，区号为__，位号为__，区位号为____。

“Q”键位于第__区，区号为__，位号为__，区位号为____。

3.2.2 五笔字根的键盘分区

知识点讲解

在五笔字型输入法中，将字根在形、音、意方面进行归类，同时兼顾标准键盘上25个英文字母（不包括“Z”键）的排列方式，将字根合理地分布在键位“A”~“Y”共计25个英文字母键上，这就构成了五笔字型输入法的字根键盘。熟记字根在键盘上的分布，是五笔输入的关键。

五笔字根的键盘分布如图3-34所示。

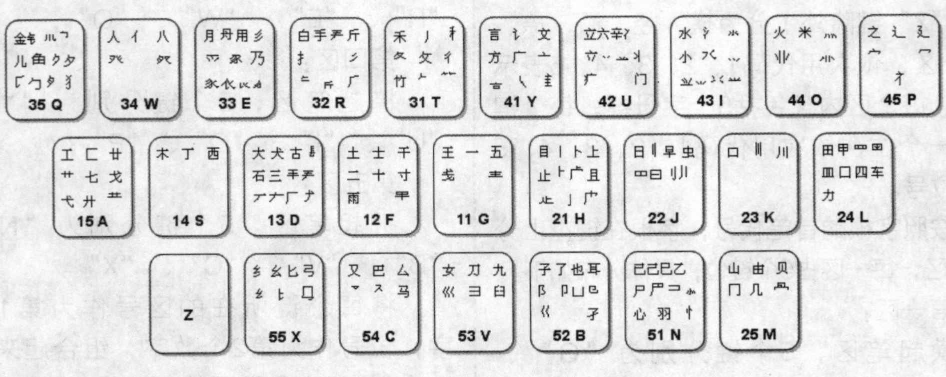

★ 图3-34

3.2.3　认识键名汉字

知识点讲解

从字根分布图可以看出，每个键位上都有一个黑体字，该字就是键名汉字。键名汉字也称键名字根，是所在键位的键面上所有字根中最具代表性的字根。其中，除“X”键的“纟”外，其余24个键名汉字本身都是有意义的汉字，如图3-35所示。

★ 图3-35

动手练

写出下列键位的键名字根。

F：________ B：________ D：________ Y：________
G：________ C：________ O：________ P：________
X：________ V：________ M：________ N：________

答案：

F：	土	B：	子	D：	大	Y：	言
G：	王	C：	又	O：	火	P：	之
X：	纟	V：	女	M：	山	N：	已

3.2.4　认识成字字根

知识点讲解

除了键名字根以外，凡是由单个字根组成的汉字都称为成字字根。例如，在“G”键中包括的字根有“王、一、五、戋、龶”，其中的单个字根汉字有“王、一、五、戋”，由于“王”是键名汉字，“龶”又非独立的一个汉字，所以成字字根就是“一、五、戋”，如图3-36所示。

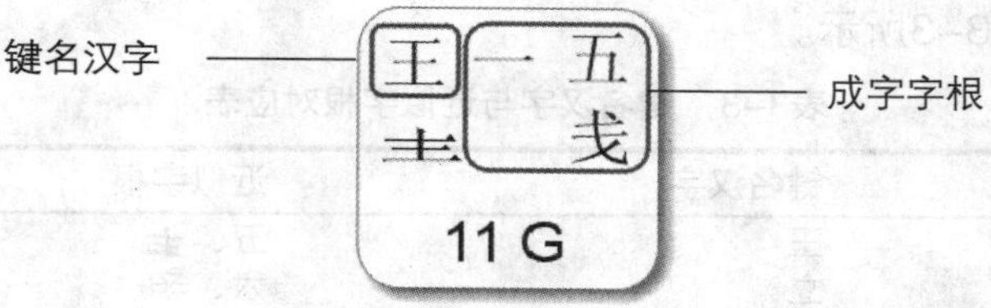

★ 图3-36

表3-2所示为键盘上各个键位所包含的成字字根。

表3-2 成字字根分区分布表

第一区		第二区		第三区		第四区		第五区	
键位	成字字根	键位	成字字根	键位	成字字根	键位	成字字根	键位	成字字根
G	一五戋	H	卜上止	T	竹	Y	文方广	N	己巳乙尸心羽
F	十二干士寸雨	J	早虫曰	R	手斤	U	六辛门	B	子了也耳
D	犬古石三厂	K	川	E	用乃	I	小	V	刀九臼
S	丁西	L	甲皿四车力	W	八	O	米	C	巴马
A	廿七戈弋	M	由贝几	Q	儿夕	P		X	匕弓幺

动手练

写出下列键位的成字字根。

F：________ B：________ D：________ Y：________

G：________ C：________ O：________ Q：________

X：________ V：________ M：________ N：________

答案：

F：十二干士寸雨 B：子了也耳 D：犬古石三厂 Y：文方广

G：一五戋 C：巴马 O：米 Q：儿夕

X：匕弓幺 V：刀九臼 M：由贝几 N：己巳乙尸心羽

3.3 快速记字根

学习五笔字型输入法需要记忆130多个字根，因而许多人害怕学习五笔字型输入法。其实，学习五笔字型输入法是有技巧的，下面介绍一些相关的学习心得，帮助读者快速记字根，轻松学习五笔打字。

3.3.1 字根在键盘上的分布规律

知识点讲解

五笔字根的键盘分布看似杂乱无章，其实却是有规律可循，掌握这些规律将会更容易地记住字根。

1. 部分字根与键名汉字形态相近

键名汉字是该键位上的所有字根中最具代表性的字根，25个键每一个键都对应一个键名汉字，因此，五笔字型输入法将那些与键名汉字相似的字根，都分配在该键名汉字所在的键位上，如表3-3所示。

表3-3 键名汉字与近似字根对应表

键位	键名汉字	近似字根
G	王	五、龶
U	立	六、辛
N	已	己、巳
D	大	犬、𠂇

2. 字根首笔笔画代号与区号一致，次笔笔画与位号一致

第一笔画为横：第二笔画是横，在“G”键（编码11），如“戋”；

第二笔画是竖，在“F”键（编码12），如“士、十、寸、雨”；

第二笔画是撇，在“D”键（编码13），如“犬、古、石、厂”。

第一笔画为竖：第二笔画是横，在“H”键（编码21），如“上、止”；

第二笔画是折，在“M”键（编码25），如“由、贝”。

第一笔画为撇：第二笔画是横，在“T”键（编码31），如“竹、攵”；

第二笔画是竖，在“R”键（编码32），如“白、斤”；

第二笔画是奈，在“W”键（编码34），如“人、八”；

第二笔画是折，在“Q”键（编码35），如“儿、夕”。

第一笔画为捺：第二笔画是横，在“Y”键（编码41），如“言、文、方、广”；

第二笔画是竖，在“U”键（编码42），如“门”；

第二笔画是折，在“P”键（编码45），如“之、宀”。

第一笔画为折：第二笔画是横，在“N”键（编码51），如“已、己、尸”；

第二笔画是竖，在“B”键（编码52），如“也”；

第二笔画是撇，在“V”键（编码53），如“刀、九”；

第二笔画是捺，在“C”键（编码54），如“又、厶”；

第二笔画是折，在“X”键（编码55），如“纟、幺”。

3. 字根的笔画数与位号一致

第1区字根（横区）：“G”键（编码11），笔画字根代码“一”；

“F”键（编码12），笔画字根代码“二”；

“D”键（编码13），笔画字根代码“三”。

第2区字根（竖区）：“H”键（编码21），笔画字根代码“丨”；

“J”键（编码22），笔画字根代码“刂”；

“K”键（编码23），笔画字根代码“川”。

第3区字根（撇区）：“T”键（编码31），笔画字根代码“丿”；

“R”键（编码32），笔画字根代码“丿丿”；

“E”键（编码33），笔画字根代码“彡”。

第4区字根（捺区）：“Y”键（编码41），笔画字根代码“、”；

“U”键（编码42），笔画字根代码“冫”；

“I”键（编码43），笔画字根代码“氵”；

“O”键（编码44），笔画字根代码“灬”。

第5区字根（折区）：“N”键（编码51），笔画字根代码“乙”；

“B”键（编码52），笔画字根代码“巜”；

“V”键（编码53），笔画字根代码“巛”。

大部分字根是按照上面介绍的规律进行分配，但有些字根的分配不符合以上规律，需要另外记忆。

3.3.2 字根助记词

知识点讲解

为了让使用者记住字根，五笔字型输入法的发明者编制了非常顺口的字根助记词，通过五笔字型字根助记词，可以很轻松地记住这些字根。

第1区字根

王旁青头戋（兼）五一（“兼”与“戋”同音，借音转义）

土士二干十寸雨

大犬三羊古石厂（“羊”指羊字底“⺶”）

木丁西

工戈草头右框七（“右框”即“匚”）

第2区字根

目具上止卜虎皮（“具上”指具字的上部“且”）（“虎皮”分别指字根“⺁、⺆”）

日早两竖与虫依

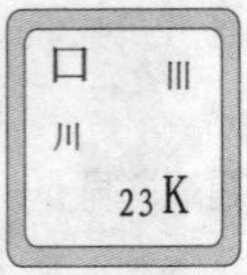

口与川，字根稀

田甲方框四车力（“方框”即“口”）

山由贝，下框几（“下框”指字根“冂”）

第3区字根

禾竹一撇双人立，反文条头共三一（“双人立”即“彳”，“条头”即“夂”）

白手看头三二斤

月彡（衫）乃用家衣底（“彡”读“衫”，“家衣底”即“豕、𧘇”）

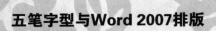

人和八，三四里

金勹缺点无尾鱼（“金勹缺点”指“勹”，“无尾鱼”指“鱼”）
犬旁留叉儿一点夕（指“犭、乂、儿、夕”），
氏无七（妻）（指“氏”去掉“七”，即“匚”）

第4区字根

言文方广在四一，高头一捺谁人去
（高字头“亠”，“谁”去“亻”为“讠、圭”）

立辛两点六门疒

水旁兴头小倒立（“水旁”指“氵”，“兴头”指“⺍”，“小倒立”指“⺌”）

火业头，四点米
（“业头”即“⺌”）

之字宝盖建道底，摘礻（示）衤（衣）
（“宝盖”即“冖”，“建道底”即“廴、辶”，“礻、衤”摘除末笔画即“礻”）

第5区字根

已半巳满不出己，左框折尸心和羽
（“左框”即“コ”）

子耳了也框向上
（“框向上”即“凵”）

女刀九臼山朝西
（“山朝西”即“彐”）

又巴马，丢矢矣
（“丢矢矣”为“厶”）

慈母无心弓和匕，幼无力
（“母无心”即“口”，“幼”去“力”即“幺”）

动手练

五笔字型输入法共有130多个字根，上面的字根助记词可以帮助使用者快速记忆字根。每句助记词相当于一句顺口溜，在记忆顺口溜的同时，应掌握每句顺口溜包含的字根信息。熟悉字根助记词，然后默写出下列字根所对应的键位。

彳：________ 廴：________
厶：________ 口：________
⺍：________ ⺌：________
⺌：________ コ：________
戈：________ 土：________
纟：________ 亻：________

答案：

彳：T　廴：P　厶：C　口：X
⺍：I　⺌：O　⺌：I　コ：N
戈：G　土：F　纟：X　亻：W

3.3.3 字根记忆

知识点讲解

1. 根据同键位的相似字根记忆

通过五笔字根键盘分布图可以清楚地看到，有一些外形相同的字根排列在相同的键位上，使用者只要掌握其中一个即能掌握其变形字根的记忆。同键位相似字根如表3-4所示。

表3-4 同键位相似字根表

键位	相似字根	键位	相似字根	键位	相似字根
A	戈 弋	J	曰 罒 日	N	尸 尸
J	刂 丿 刂	K	川 川	E	豕 豕 豸 豸
D	丆 ナ 尹	L	罒 罒 皿 四	E	月 目
F	土 士	Q	金 钅	I	水 氺 小 ⺌ ⺍ 氵
H	上 止 龰	Q	夕 夕	U	冫 丷 丷 丬
H	丨 亅 卜	W	人 亻	O	灬 业
H	卢 卢	B	阝 卩 㔾	P	之 辶 廴
T	夂 攵	N	已 己 巳	X	纟 幺 纟

2. 根据不同键位的相似字根记忆

仔细观察五笔字根键盘分布图，可以看到有些相似的字根分布在不同的键位上。

（1）戋、戈、弋

这三个字根是非常相近的一组字根，“戋”分布在键盘的“G”键上，而“戈”和“弋”分布在“A”键上。

（2）彡、川、川

“彡”分布在键盘上的“E”键上，而“川、川”分布在键盘的“K”键上，“川、川”两个字根是“川”字的变形。而“彡”是三撇。

（3）小、⺌

“小”字根分布在键盘的“I”键上，“⺌”分布在键盘的“N”键上，注意“⺌”多了一点。

（4）匕、七

“匕”字根分布在键盘的“X”键上，“七”字根分布在键盘的“A”键上。

（5）舟、母

这两个字根需要读者仔细体会，它们是比较容易出错的两个字根。“舟”字根主要用来构成“舟”字，分布在键盘的“E”键上，而“母”是构成“母”字的字根，分布在键盘的“X”键上。

（6）手、手

这两个字根的区别仅仅是第一笔画一个是撇，一个是横。“手”称为“看字头”，分布在键盘的“R”键上，“手”分布在键盘的“D”键上。

（7）目、且

“目”字根分布在键盘的“E”键上，“且”字根分布在键盘的“H”键上。

3.3.4 使用“学习软件”记忆

知识点讲解

利用“金山打字”、“五笔打字通”等软件，可以进行字根练习，帮助用户掌握字根在键盘上的分布规律。

下面以“金山打字”为例，介绍使用“学习软件”记忆字根的具体操作方法。

1 双击“金山打字”桌面快捷方式，启动该程序。

2 在打开的“金山打字”首页中，单击“五笔打字”按钮，如图3-37所示。

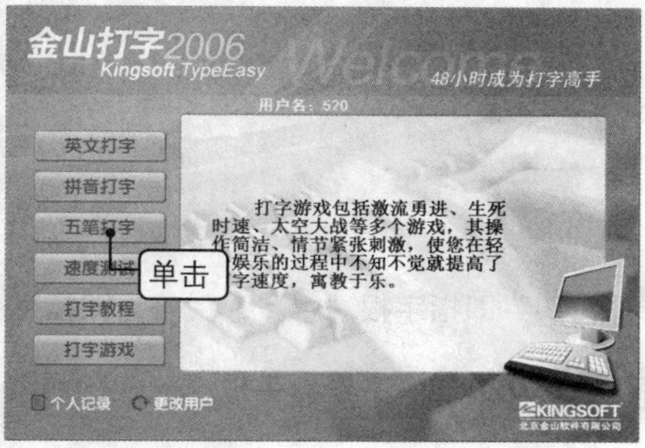

★ 图3-37

3 在接下来打开的窗口中，即可看到“字根练习”界面，将光标定位在提示字根的下方，然后根据提示输入相应的字根，如图3-38所示。

4 “金山打字”默认为横区字根练习，单击“课程选择”按钮，可以选择其他区进行练习，如图3-39所示。

所谓“熟能生巧”，只要勤加练习，就可以轻松记忆五笔字根。

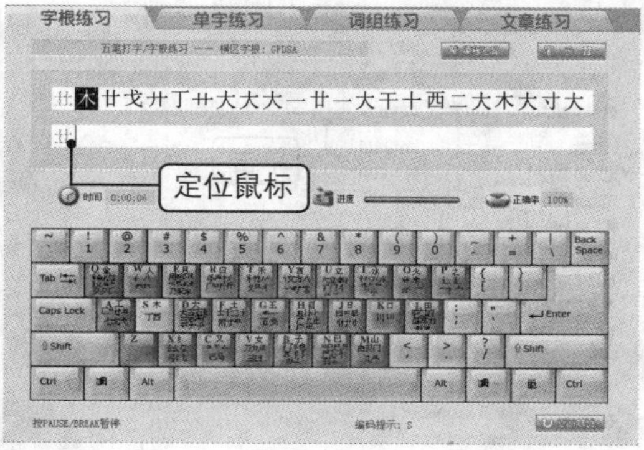

★ 图3-38

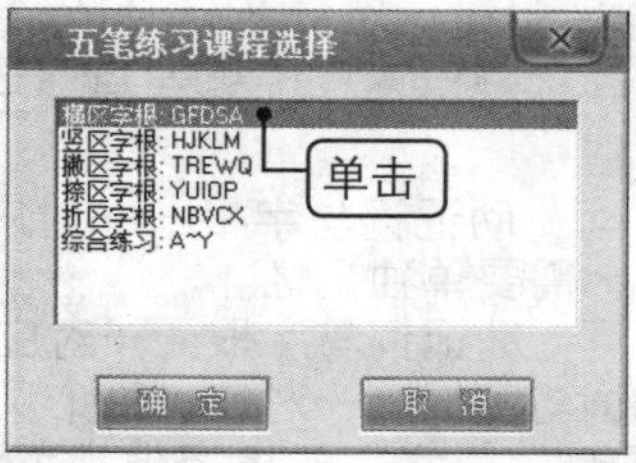

★ 图3-39

动手练

使用“金山打字”练习软件，先进行各区字根练习，当达到一定熟练程度时，进行字根综合练习。在练习过程中，应注意尽量盲打，遵守击键规则，动手动脑。

疑难解答

问 键名字根和成字字根有什么共同点和区别?

答 相同的是，两者都既是一个完整的汉字，又是字根；而不同的是，键名字根排在键面的第1位，而成字字根排在除第1位外的其他位置。

问 极点五笔的默认皮肤可以更换吗？如何更换?

答 极点五笔默认的皮肤为灰色，如果不满意可以更换其皮肤，具体操作方法为：右键单击极点五笔输入法状态栏，在弹出的快捷菜单中选择“切换皮肤”选项，在弹出的子菜单中选择需要的皮肤即可，如图3-40所示。

问 字根助记词中是否包含了所有的五笔字根？有的顺口溜中所包含的字根信息似乎不是很明确，还不能做出正确的判断。

答 字根助记词中并没有包含所有的五笔字根，因此有些字根还需要单独记忆。下面根据分区具体讲解顺口溜的含义，对显示易见的字根不再进行解释。

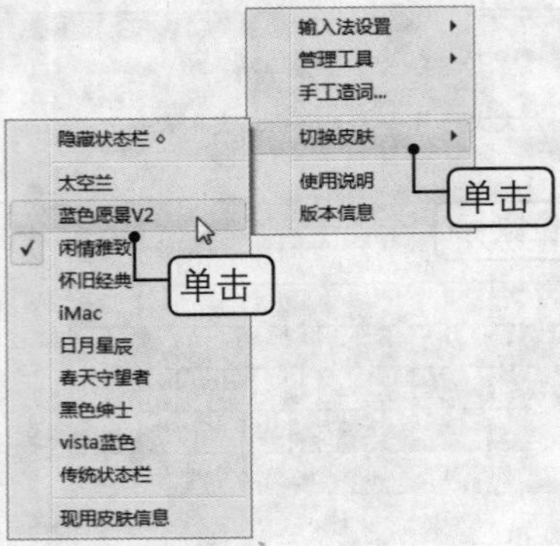

★ 图3–40

第1区的字根顺口溜解释如下。
王旁青头兼五一："王旁"即指字根"王"；"青头"即指字根"龶"；"兼"即指字根"戋"。
土士二干十寸雨：助记词与字根一一对应，每个汉字均为一个字根。字根"甶"在顺口溜中没有包含，需要单独记忆。
大犬三羊古石厂：助记词与字根一一对应，每个汉字代表一个字根。
木丁西：助记词与字根一一对应，每个汉字代表一个字根。
工戈草头右框七："戈"即指字根"戈、弋"，"草头"即指"艹、廾、卄"，"右框"即指"匚"，字根"廿"在顺口溜中没有包含，需要单独记忆。

第二区字根顺口溜解释如下。
目具上止卜虎皮："具"指字根"且"，"虎皮"即指"广、卢"两个字根变形，其余字根助记词中的汉字都表示一个字根。
日早两竖与虫依："两竖"变形为"〢、〣、刂、刂"，"虫依"即指"虫"，"依"字是为了押韵而加的，与字根没有关系。其余助记词中的汉字都代表一个字根，"与"字无意义。
口与川，字根稀："川"即指"〣、川"字根，"字根稀"即指此键位字根少，此三字与字根没有关系。
田甲方框四车力："方框"指"囗"，注意字根"囗"与"K"键上的字根"口"不同，"K"键上的要小一些，而"L"键上的"囗"要大一些，做外框用。
山由贝 下框几："下框"即指"冂"，字根"罒"没有包含在"M"键助记词中，需要另外记忆，通常认为此字根与"冂"相似，常用来构成"骨"字。

第三区字根顺口溜解释如下。
禾竹一撇双人立，反文条头共三一 ："一撇"即指字根"丿"，"双人立"即指"彳"。"反文"即指字根"攵"，"条头"即指字根"夂"，"共三一"没特别意义，仅指区位号。
白手看头三二斤："看头"即指"龵"，"三二"即指区位号。其余助记词中汉字都代表一个字根。
月衫乃用家衣底："衫"即指"彡"，"家衣底"即指"𧘇、𠄌、豕"，此三个字根外形较为相似，故在同一个键位中。
人和八，三四里："三四里"表示区位号，字根"𠆢、癶"与"八"的大致形态相似，故在同一个键位中。。
金勺缺点无尾鱼，犬旁留叉儿一点夕，氏无七："勺缺点"即指"勹"，"无尾鱼"即指"鱼"，"犬旁"指"犭"，"氏无七"指"𠂎"。

第四区字根顺口溜解释如下：
言文方广在四一，高头一捺谁人去：“在四一”即指这些字根的区位号，“高头”指字根“亠”，“谁人去”表示将“谁”字去掉“人”字，就剩下字根“讠”与字根“圭”。
立辛两点六门疒：“两点”即指“丷、冫”，“疒”是指偏旁“疒”。
水旁兴头小倒立：“水旁”即指“水、氺”，“兴、头”即指“⺌”。“小倒立”即指“⺍”。键上的字根有几个相似字根需要掌握。如“水、氺、⺍”与“⺌、⺍、⺌”。
火业头，四点米：“业头”即指“业”，“四点米”即指“灬”。其余助记词中的汉字都代表一个字根。
之字宝盖建道底，摘礻（示）衤（衣）：“宝盖”即指“冖、宀”，“建道底”即指“廴、辶”。摘礻（示）衤（衣）即指字根“礻”。

第五区字根顺口溜解释如下：
已半巳满不出己，左框折尸心和羽：“已半巳满不出己”是指“已、己、巳”三个字根，“左框”即指“コ”。“折”指所有带转折的字根。
子耳了也框向上：“框向上”即指“凵”，助记词中其余汉字都代表一个字根。注意字根“巜”没有包含在字根助记词中，需要单独记忆。
女刀九臼山朝西：“山朝西”即指“彐”，助记词中其余汉字都代表一个字根。字根“巛”没有包含在字根助记词中，需要单独记忆。
又巴马，丢矢矣：“丢矢矣”即指“厶”，助记词中其余汉字都代表一个字根。
慈母无心弓和匕，幼无力：“慈母无心”即指“⺕”，“幼无力”即指“幺”。注意字根“ヒ、纟、纟”没有包含在字根助记词中，需要另行记忆。

Chapter 04

第4章 汉字的拆分

本章要点

- *汉字的字型结构*
- *字根间的结构关系*
- *汉字拆分原则*
- *难拆汉字拆分解析*
- *汉字偏旁部首的拆分*

在五笔字型输入法中，先将汉字拆分为字根，然后输入字根所对应的键位来输入汉字。因此，使用五笔字型输入法输入汉字，可以不会拼音，但必须要会汉字的书写。本章主要介绍汉字的字型结构、汉字的拆分原则和一些难拆汉字、偏旁部首的拆分方法。

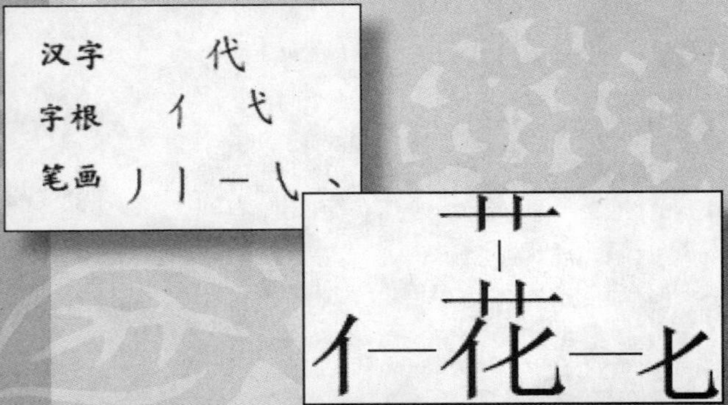

4.1 汉字的字型结构

使用五笔字型输入法之前需要了解汉字的字型层次、五种笔画，以及笔画、字根和汉字的关系，还要熟悉汉字的字型和汉字书写顺序。知道了汉字的书写形式，才能使用键盘上的25个英文字母键（“Z”键除外）高效地输入汉字或词组。

4.1.1 汉字的字型层次

知识点讲解

汉字形体复杂，笔画繁多，但所有的汉字都具有几个共同的特性。无论多复杂的汉字都是由笔画组成的——由基本笔画构成汉字的偏旁部首，再由基本笔画及偏旁部首组成单个汉字。

在五笔字型输入法中，通常可以将汉字的构成划分为3个层次：笔画、字根和汉字。

1. 笔画

笔画是指书写汉字时不间断地一次写成的一个线段，即通常所说的横、竖、撇、捺、折。每个汉字都是由这5种笔画组合而成的。

2. 字根

字根是指由若干笔画交叉复合而形成的相对固定的结构，它是构成汉字最基本的单位。例如，“洋”字是由“氵”和“羊”组成，这里所说的“氵”和“羊”就是字根。

3. 汉字

将字根按一定的位置组合起来就成了汉字，如将字根“木”、“勾”组合起来就形成了汉字“构”。

4.1.2 汉字的五种笔画

知识点讲解

笔画只有一笔，两笔或两笔以上写成的线段可以是部首，但不能称为笔画。在五笔字型输入法中，汉字的基本笔画分为横（一）、竖（丨）、撇（丿）、捺（㇏）、折（乙）5种，分别用数字1、2、3、4、5作为代号，如图4-1所示。

表4-1　五种笔画及其变形

代号	笔画名称	笔画走向	笔画及其变形
1	横	从左到右	一
2	竖	从上到下	丨
3	撇	从右上到左下	丿
4	捺	从左上到右下	㇏
5	折	带转折	乙

1. 横（一）

运笔方向是从左到右和从左下到右上的笔画都包括在“横（一）”中。把“提（㇀）”也视为横，这和实际写汉字时是统一的。

一　天　干　事　到
㇀　玫　班　坡　地

2. 竖（丨）

运笔方向是从上到下的笔画都包括在“竖（丨）”中。把“亅”同样视为“竖”笔画。

丨　干　所　棍　休
亅　事　利　可　标

3. 撇（丿）

运笔方向是从右上到左下的笔画都包括在“撇（丿）”中。另外，将不同角度的撇都归于“撇”内。

丿 作 入 禾 升

4. 捺（㇏）

运笔方向是从左上到右下的笔画都包括在“捺（㇏）”中。“点（、）”也属于“捺（㇏）”类，把“点（、）”包括进去，主要考虑到点的走向是从左上到右下，而在习惯上也经常把“捺（㇏）”缩小为“点（、）”。

、 大 合 分 快
、 不 示 的 文

5. 折（乙）

运笔时出现带转折、拐弯的笔画（除了竖左钩外）都视为“折”。“折”是5种笔画中变化最多的一种。下面列出了几种“折”的变形笔画和例字。

㇄：龙花化毛　　㇉：与鼎乌考
㇇：买子承令　　㇂：我成代戈
㇙：饶瓦以根　　㇗：世收甚忘
㇕：虫距片书　　㇋：孕场汤烫
㇜：发车该刻　　㇈：飞气九几
㇆：万永成也　　㇛：专传砖转

动手练

请写出5种基本笔画及其变形笔画。

横

基本笔画：________。

变形笔画：________。

笔画代号：________。

竖

基本笔画：________。

变形笔画：________。

笔画代号：________。

撇

基本笔画：________。

变形笔画：________。

笔画代号：________。

捺

基本笔画：________。

变形笔画：________。

笔画代号：________。

折

基本笔画：________。

变形笔画：________。

笔画代号：________。

答案：

横

基本笔画：　一

变形笔画：　㇀

笔画代号：　1

竖

基本笔画：　丨

变形笔画：　亅

笔画代号：　2

撇

基本笔画：　丿

变形笔画：　㇀㇀

笔画代号：　3

捺

基本笔画：　㇏

变形笔画：　、、

笔画代号：　4

折

基本笔画：　乙

变形笔画：　㇄㇋㇈㇗㇉㇜㇂㇕㇀

笔画代号：　5

4.1.3 笔画、字根和汉字的关系

知识点讲解

笔画是汉字最基本的成分，基本笔画构成汉字的字根，再由基本笔画及字根组成汉字。

虽然汉字是由笔画构成，但五笔字型

输入法并不将笔画当成是构成汉字的基本单位，五笔字型输入法认为字根才是汉字的基本单位。例如，“仅”字是由“亻”与“又”两个字根构成，而不是由“一撇一竖，一折一捺”的笔画组成。

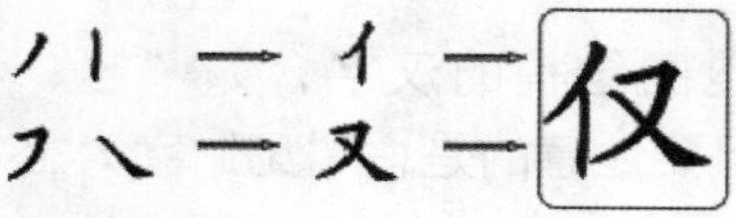

动手练

在五笔字型输入法中，汉字由基本笔画构成的字根组成。根据本节所学知识，试着将下面的字根任意组合成汉字。

丶 丨 丿 氵
小 扌 又 丁
十 八 刀 子
宀 廾 刂 丷

4.1.4 汉字的三种字型

知识点讲解

汉字的字型指构成汉字的各字根之间的结构关系。在五笔字型输入法中，汉字由字根组合而成，即使是同样的字根，也可能因组合位置的不同而组成不同的汉字。根据汉字字根间的组合位置，可以将汉字分为三种字型：左右型、上下型和杂合型。表4-2给出了三种字型的图示及相应的例字。

表4-2 汉字字型图示及例字

字型代号	字型名称	图示	例字
1	左右型	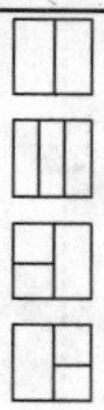	胡、保 糊、淑 部、邵 招、指
2	上下型	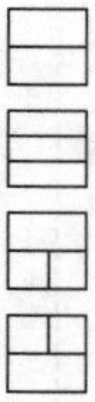	志、奋 豆、意 品、范 堡、贺
3	杂合型	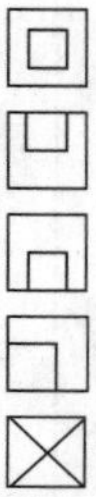	困、圆 凶、幽 同、内 司、勺 乖、乘

1. 左右型汉字

左右型汉字按其组成结构可分为双合字和三合字两种。

双合字是指一个字可以明显地分成左、右两个部分且两部分之间有一定的距离，每一部分由一个字根或几个字根组成，如“对”、“你”等字。

对—对　你—你

三合字是指明显地由三部分组成的左右型汉字。这三个部分可以由左向右排列，如“树”字由“亻”、“又”与“寸”三个部分组成；或者分成左、右两部分，其间有一定距离，而其中的左侧或右侧又可以分为上、下两部分，每一部分由一个或几个基本字根组成，如“邵”、“湘”等字。

邵—邵　湘—湘

2. 上下型汉字

上下型汉字，是指能分成有一定距离的上、下两部分或上、中、下三部分的汉字。上下型汉字也可分为双合字和三合字。

上下型的双合字指汉字明显地分为上、下两个部分，并且这两个部分之间有一定的距离，如“李”、“分”等字。

李—李　分—分

而上下型的三合字则可以明显地分为上、中、下三部分，或者分为上、下两部分，但其中一部分又可分为左、右两部分，如“品”、“想”等字。

品—品　想—想

3. 杂合型汉字

与左右型和上下型汉字相比，杂合型汉字稍微复杂一些。组成杂合型汉字的字根之间虽然也有一定间距，但没有明显的上下、左右之分，主要包括以下几种情况。

一是半包围结构的汉字，如“起、区”等字，但要注意的是，“见”字为上下型汉字。

起—起　区—区

二是全包围结构的汉字，如“团、困”等字。

团—团　困—困

三是独体字，如“小、日”等字。

小—小　日—日

含“辶”的汉字也属杂合型，如“过、这、延、进”等字。

过—过　这—这

有的汉字是由一个基本字根和一个单笔画组成的，这类汉字也视为杂合型，如“尺、且”等字。

尺—尺　且—且

一个基本字根之前或之后有孤立点的情况也视为杂合型，如“勺、术、太、主、斗”等字。

术—术　勺—勺

字根交叉重叠构成的汉字也属于杂合

型，如“东、申”等字。

东—东　申—申

动手练

汉字的各种字型虽然区分起来比较简单，但有些汉字的字型却是非常容易混淆的。请写出下列汉字的所属字型。

汉________ 保________ 模________

围________ 属________ 国________

插________ 练________ 众________

含________ 梅________ 拒________

亘________ 周________ 凶________

答案：

汉：左右　保：左右　模：左右

围：杂合　属：上下　国：杂合

插：左右　练：左右　众：上下

含：上下　梅：左右　拒：左右

亘：上下　周：杂合　凶：杂合

4.2 字根间的结构关系

所有的汉字归纳起来都是由一个或多个基本字根构成的，学习五笔字型输入法首先要明确一个汉字该如何拆分，即应该拆分为哪些字根。而汉字拆分的前提是要了解汉字与字根间的关系。

总的来说，汉字与字根的关系分为单、散、连、交4种，如表4-3所示。

表4-3　字根结构类型表

类型	特点	例字
单	字根本身即是汉字	土、木、山、水、火
散	构成汉字的字根之间保持一定的距离	困、促、识、汉、照
连	单笔画连着一个基本字根	且、自、千、太、勺
交	几个基本字根交叉套叠后构成的汉字	本、里、申、丙、中

4.2.1 “单”结构汉字

知识点讲解

若构成汉字的字根只有一个，则此汉字为“单”结构。属于“单”结构的汉字主要包括键名汉字与成字根汉字，如“木”、“大”、“人”、“水”、“川”、“四”、“女”、“土”等。

“单”结构汉字由于只有一个字根，因此在输入时不用再对它进行拆分。

注意

五笔字型输入法划分结构时的依据是字根与字根之间的关系，汉语中的某些“独体字”虽然结构只有一部分，如“本”字，但它是由两个字根组成的，所以这类汉字不属于“单”结构汉字。

4.2.2 “散”结构汉字

知识点讲解

“散”结构是指组成一个汉字的基本字根不止一个，汉字是由多个字根组成，且不同字根之间有明显的距离，不相连也不相交。例如，“明”字，在“日”与“月”之间有明显的距离，困此属于“散”结构汉字。

“散”结构汉字拆分起来比较简单，由于组成汉字的各字根之间没有什么关联，有明显的距离，因此在拆分时只需要将这些字根孤立地拆分出来就可以了。

4.2.3 "连"结构汉字

知识点讲解

1. 单笔画与基本字根相连

这种结构的汉字是由单笔画和基本字根构成的，两部分之间没有明显的距离，是连在一起的。

例如，"千"、"万"、"尺"、"自"等字都属于此结构。

2. 带点结构

这种结构的汉字由一个点和另外一部分组成，这些字中的点与另外的基本字根不一定相连，其距离可稍远可稍近，这些字不能看作"散"结构，而要当作"连"结构。

例如，"寸"、"头"、"义"、"术"等字就属于此结构。

提示

若单笔画与基本字根有明显距离，则不属于"连"结构。例如，"少"、"么"、"个"、"乞"等字均不属于"连"结构。

4.2.4 "交"结构汉字

知识点讲解

若构成汉字的字根之间相互交叉，则视为"交"结构，如"夫"、"必"、"申"、"巾"、"中"、"专"等字。这类汉字有一个显著的特点，即字根与字根之间没有任何距离，且相互交叉套叠，所有"交"结构汉字的字型都是杂合型。

使用五笔字型输入法输入汉字时，需要不断地拆分与合并汉字字根，因此，掌握字根间的结构关系对正确拆分与合并字根有很大的帮助。

提示

要记住字根间的四种结构，只需要记住"虫吃生果"四个汉字即可。"虫吃生果"四个汉字代表四种关系。（虫：单；吃：散；生：连；果：交）。

动手练

分别列出5个"单"、"散"、"连"、"交"结构的汉字。

答案：

"单"结构：一、木、山、大、水
"散"结构：吕、汉、只、斩、如
"连"结构：尺、且、自、白、寸
"交"结构：本、里、申、夫、中

4.3 汉字拆分原则

在五笔字型输入法中，将汉字正确地拆分成字根是输入汉字的重要步骤。在进行汉字拆分时应遵循以下原则。

4.3.1 "散"结构汉字的拆分

知识点讲解

"散"结构汉字的拆分比较简单。由于组成汉字的各字根之间有明显的距离，因此在拆分的时候只需要将这些字根孤立出来就可以了。例如：

明＝日 月
栓＝木 人王
识＝讠 口八
照＝日 刀 口 灬

动手练

拆分下列“散”结构汉字。

结：______构：______稿：______

散：______吉：______李：______

树：______汉：______做：______

答案：

结：纟 士 口

构：木 勹 厶

稿：禾 亠 冂 口

散：廿 月 攵

吉：士 口

李：木 子

树：木 又 寸

汉：氵 又

做：亻 古 攵

4.3.2 拆分为字根

知识点讲解

在拆分一个完整的汉字时，首先应保证分出的部分是字根，如果出现一个非字根部分，则表示拆分方法是错误的。

例如在拆分“做”字时，不能将其拆分为“亻”和“故”，因为“故”不是字根，还必须进行进一步拆分。正确的方法是将“做”拆分为“亻”、“古”和“攵”，如图4-1所示。

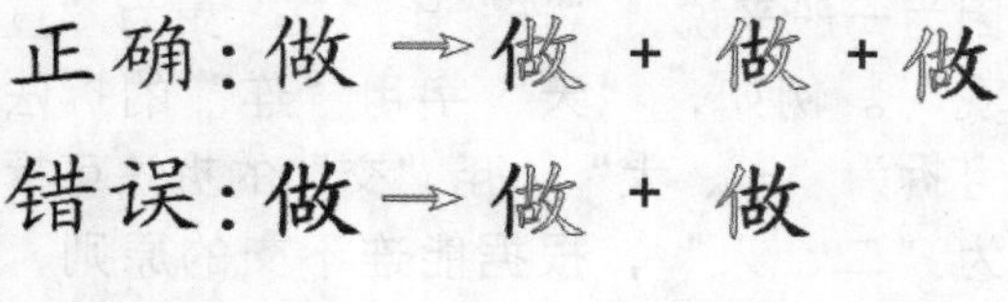

★ 图4-1

又如“促”字，若将其拆分为“亻”和“足”两部分，就不能顺利地输入该汉字，因为“足”不是字根，还得进行进一步拆分。正确的方法是将“促”拆分为“亻”、“口”和“龰”，如图4-2所示。

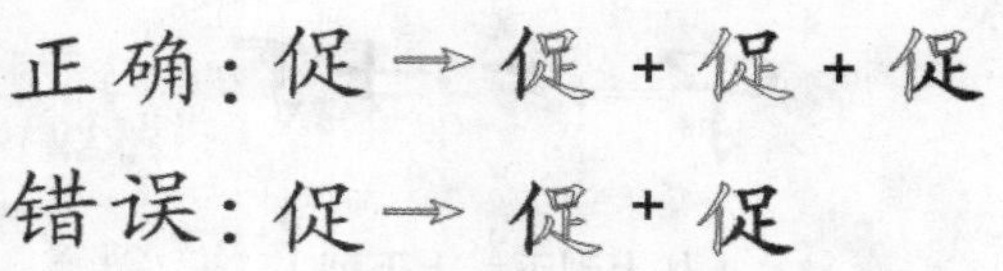

★ 图4-2

要正确应用本原则，需要牢固记住每个字根。拆分汉字后，要检查拆分出来的笔画结构是不是字根，如果不是，就说明这种拆分方法是错误的。

动手练

将下面的汉字拆分为字根。

苛：______占：______载：______

好：______或：______旧：______

超：______量：______根：______

答案：

苛：艹 丁 口

占：⺊ 口

好：女 子

或：戈 口 一

旧：丨 日

超：土 龰 刀 口

量：日 一 日 土

根：木 彐 𧘇

4.3.3 按书写顺序

知识点讲解

拆分合体字时，一定要按照正确的书写顺序进行，即从左到右、从上到下、从外到内，也就是说按书写的顺序拆分，拆分出的字根应为键面上的基本字根。

例如：

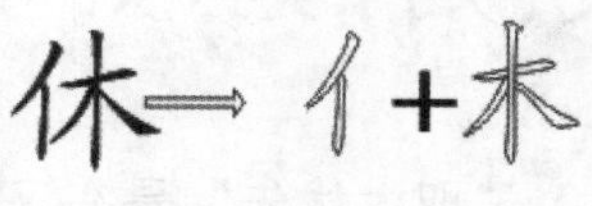

（从左到中，左右型）

$$宁 \longrightarrow 宀 + 丁$$

（从上到下，上下型）

$$困 \longrightarrow 囗 + 木$$

（从外到内，杂合型）

动手练

指出下面的汉字中哪些没有按照书写顺序拆分。

扯：止 扌	呆：口 木
丛：人 一 人	则：贝 刂
仅：亻 又	故：古 攵
太：丶 大	草：早 艹
睬：采 目 木	

4.3.4 "取大优先"原则

知识点讲解

"取大优先"也叫做"优先取大"。按书写顺序拆分汉字时，应以"再添一个笔画便不能成为字根"为限，每次都拆取一个"尽可能大"的字根，即尽可能拆取笔画多的字根。例如，"则"字有以下两种拆法，如图4-3所示。根据"取大优先"的原则，拆出的字根要尽可能大，而第二种拆法中的"冂"和"人"两个字根，完全可以合成为一个字根"贝"，所以第一种拆法才是正确的。

$$正确：则 \longrightarrow 则 + 则$$

$$错误：则 \longrightarrow 则 + 则 + 则$$

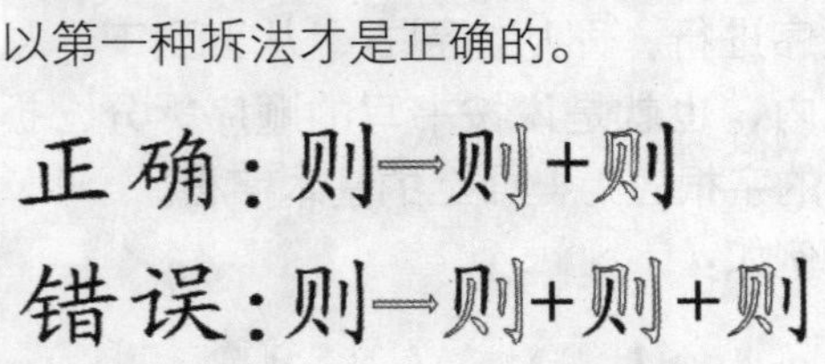

★ 图4-3

总之，"取大优先"是在汉字拆分中最常用到的一个基本原则。至于什么才算

"大"，"大"到什么程度，则需要熟悉字根总表，等掌握了字根总表的内容后，便不容易出错了。

4.3.5 "能散不连"原则

知识点讲解

有时候一个汉字被拆成的几个部分都是复笔字根（不是单笔画），它们之间的关系在"散"和"连"之间模棱两可，此时"散"比"连"优先。例如，"午"字若视作"散"结构，可拆分成"乀、十"，若当作"连"结构汉字，则拆分成"丿、干"，此时应采用"散"的方法拆分，即"能散不连"原则，如图4-4所示。

$$正确：午 \longrightarrow 午 + 午$$

$$错误：午 \longrightarrow 午 + 午$$

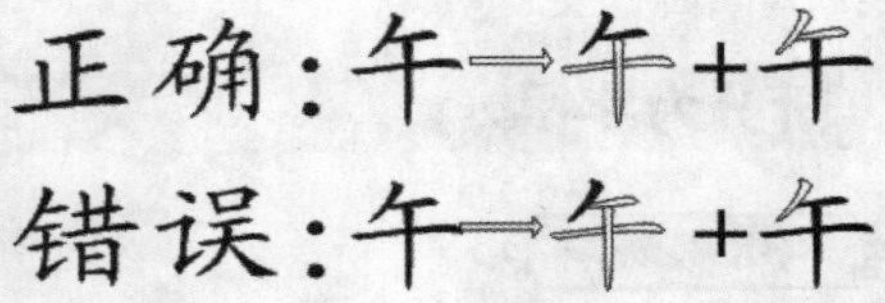

★ 图4-4

4.3.6 "能连不交"原则

知识点讲解

当一个字既可拆成相连的几个部分，也可拆成相交的几个部分时，通常采用"相连"的拆法，即"能连不交"原则，因为一般来说，"连"比"交"更为"直观"。例如，"天"字用"连"的拆法可拆为"一、大"，用"交"的拆法可拆为"二、人"，根据能连不交的原则，"天"字应该按照第一种方法拆分，如图4-5所示。

$$正确：天 \longrightarrow 天 + 天$$

$$错误：天 \longrightarrow 天 + 天$$

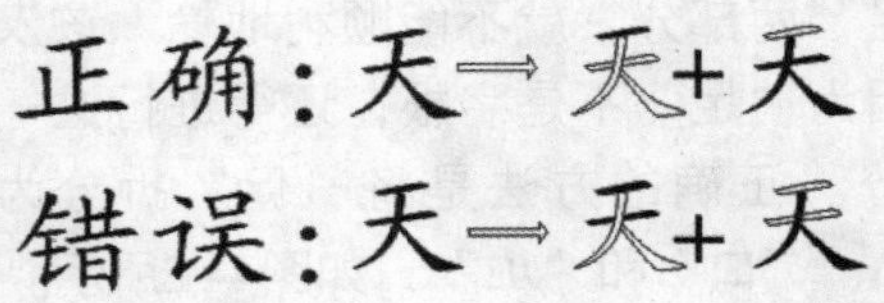

★ 图4-5

4.3.7 拆分时笔画勿断

知识点讲解

在拆分汉字的过程中还应注意，一个笔画不能割断在两个字根里。

例如，“果”字应拆分为“日”和“木”，而不能拆分为“田”和“木”。因为如果将“果”字拆分为“田”和“木”，就将“木”字的竖笔画折断了，所以是错误的，如图4-6所示。

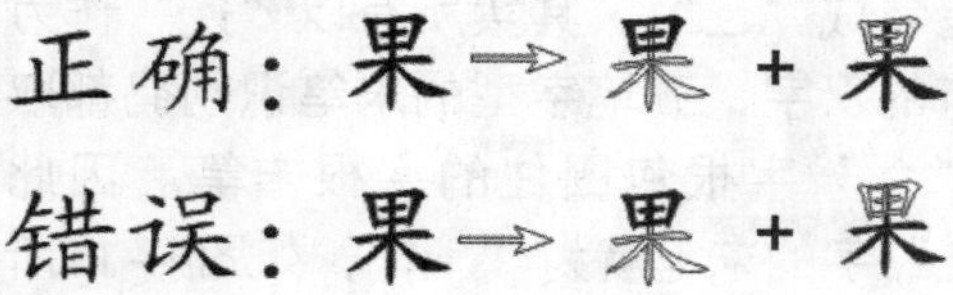

★ 图4-6

4.3.8 “兼顾直观”原则

知识点讲解

在拆分汉字时，为了照顾汉字字根的完整性，有时不得不暂时牺牲“书写顺序”和“取大优先”原则，出现例外。例如，“丰”字拆分为“三”和“丨”，就比拆分为“二”和“十”直观得多，如图4-7所示。

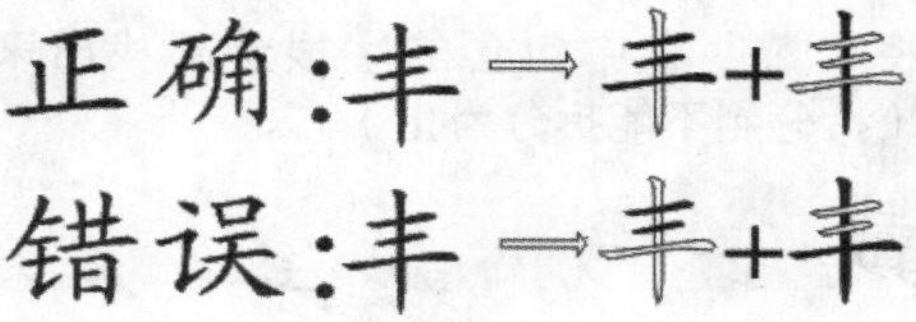

★ 图4-7

4.4 难拆汉字拆分解析

在五笔字型输入法中，有些汉字的拆分方法太过牵强，有些汉字的字型划分不明显，这给汉字输入带来了极大的不便，也造成了有一部分汉字成了难拆汉字。很多使用五笔字型输入法多年的用户遇到一些难拆字时，仍然不知道怎么拆，下面我们来剖析一下五笔字型输入法中引起难拆的原因及解决办法。

4.4.1 字型容易混淆的汉字

知识点讲解

这一类难拆汉字的字型容易混淆，由于编码不规范造成难拆。下面给出一些例子。

“着”：这个字既可以看作是上下型结构汉字，又可以看作是杂合型结构汉字，而五笔字型把它看成是上下型汉字，正确的拆分方法如图4-8所示。

★ 图4-8

“首”：该汉字的字型也存在两种较为常见的看法，即上下型和杂合型，五笔字型输入法把它看成是上下型汉字，正确的拆分方法如图4-9所示。

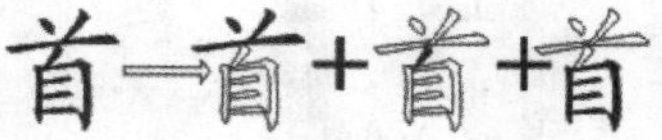

★ 图4-9

“自”：在判断汉字字型时，有人也容易把它的杂合型汉字结构判断成上下型汉字结构，五笔字型输入法把它看成是杂合型，正确的拆分方法如图4-10所示。

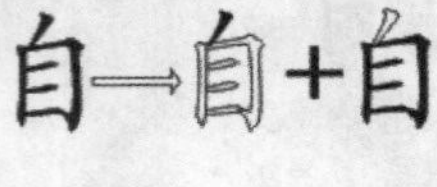

★ 图4-10

动手练

“戴”字的字型容易让人在上下型和杂合型之间混淆不清，五笔字型输入法把它看成是上下型结构的汉字。请读者按照下面的方法拆该字。

1 将“戴”字中包含的字根全部找出来（拆分到不能拆分为止）。

戴：十 戈 田 丗 八

2 对照字根表，检验其是否为字根。

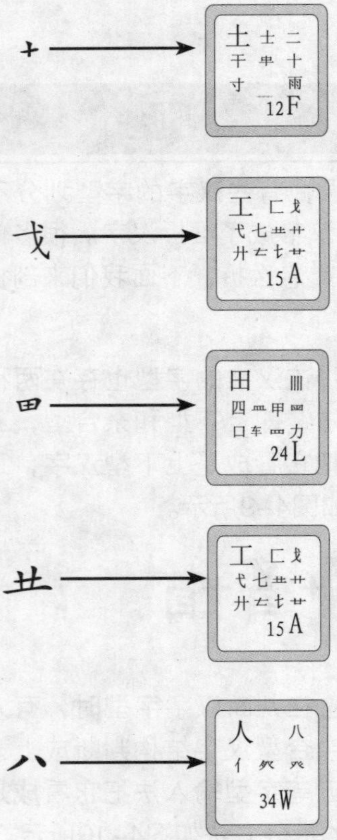

可以看到，拆分出来的每个部分都能在字根键盘图中找到，因此这种拆分方法是正确的。

4.4.2 末笔容易混淆的汉字

知识点讲解

在五笔字型编码方案中，有些汉字需要输入末笔字型识别码，因此正确地分辨汉字的末笔相当重要。下面列出了一些末笔容易混淆的汉字，供读者参考。关于末笔识别码的相关知识将在后面的章节中详细介绍。

“连”：大多数读者容易将该字的末笔看成“㇃”，其实所有以“辶”作为偏旁的汉字，五笔字型的末笔识别码都取被“之”字根包围住的字根末笔。因此“连”字的末笔就为“丨”，如图4-11所示。

★ 图4-11

“丹”：其笔顺是先写“一”，再写“、”，但在五笔字型中却是先打“、”，后打“一”，所以在五笔字型输入法编码方案中“丹”字的末笔应为“一”，如图4-12所示。

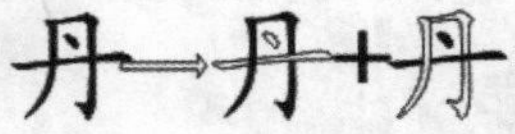

★ 图4-12

“卑”：该字容易看成是杂合型的汉字，而五笔字型输入法却将它看成是上下结构的汉字，正确拆分方法如图4-13所示。

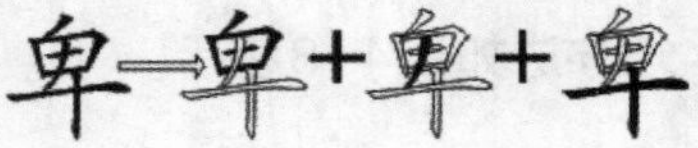

★ 图4-13

“单”：该字与“卑”字一样，都容

易看成是杂合型汉字，但五笔字型输入法却将它看成是上下型汉字，其正确拆分方法如图4-14所示。

★ 图4-14

“彻”：在常规的笔顺中，“彻”字的最后一笔应该是“丿”，但在五笔字型编码方案中它的最后一笔却是“乛”，其正确拆分方法如图4-15所示。

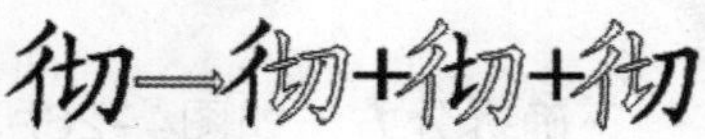

★ 图4-15

4.4.3 有多种拆分方法的汉字

知识点讲解

对于单个汉字，通常存在着两种以上的拆分方法，初学者往往不清楚如何正确拆分，例如下面这些汉字。

“肺”：该字的字根应拆分成“月、一、冂、丨”，如图4-16所示。但是习惯上人们将它拆分成“月、亠、冂、丨”因此不能正确输入。

★ 图4-16

“害”：该字应拆分成“宀、三、丨、口”，而不是拆分成“宀、丰、口”，正确的拆分方法如图4-17所示。

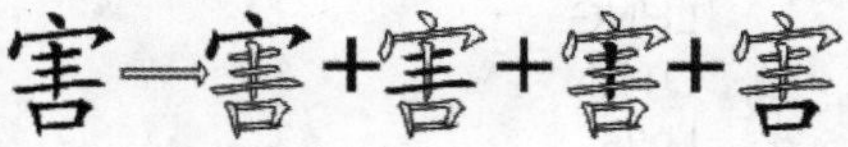

★ 图4-17

“开”：该字应拆分为“一、廾”而不是拆分成“二、廾”，如图4-18所示。

★ 图4-18

“勇”：该字的中间字根为“用”而不是“田”，正确的拆分方法如图4-19所示。

★ 图4-19

“整”：该字的第二个字根为“口”而不是“冂”，正确的拆分方法如图4-20所示。

★ 图4-20

“年”：该字应拆分为“𠂉、丨、十”而不是拆分成“𠂉、匚、丨”，正确的拆分方法如图4-21所示。

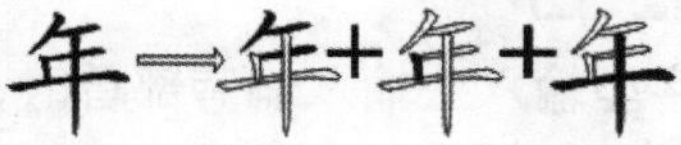

★ 图4-21

“电”：该字也容易错误拆分，正确的拆分方法如图4-22所示。

★ 图4-22

“遥”：该字应拆分为“爫、𠂉、山、辶”而不是拆分为“爫、𠂉、十、凵、辶”，正确的拆分方法如图4-23所示。

★ 图4-23

“凹”：如果按照书写顺序拆分该字，是完全错误的，正确的拆分方法如图4-24所示。

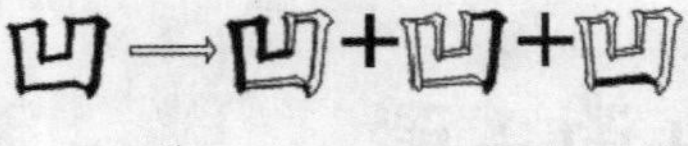

★ 图4-24

“凸”：该字与“凹”一样，非常容易拆错，正确的拆分方法如图4-25所示。

★ 图4-25

注意

按照拆分原则，“蔻”字的编码应为APFC，但在五笔字型输入法中强制规定它的编码为APFL，以防止与常用词组“劳动”产生重码。

动手练

请读者根据下面的操作提示正确拆分“我”字。

“我”字和“戴”字看起来似乎有点相像，里面都包含了“戈”，因此容易将“我”字拆分为“丿、扌、戈”，这种拆分方法是错误的。

“我”字的正确拆分方法如图4-26所示。

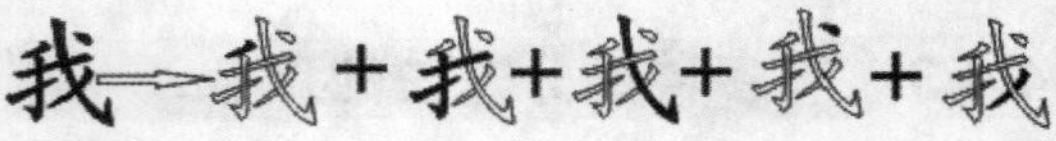

★ 图4-26

4.5 汉字偏旁部首的拆分

知识点讲解

使用五笔字型输入法输入偏旁部首时，也需要进行拆分。表4-4为常用汉字偏旁部首的具体拆分方法与编码。

表4-4 偏旁部首的拆分和编码

偏旁	拆分 字根	编码
艹	艹一丨丨	AGHH
廾	廾一丿丨	AGTH
廿	廿一丨一	AGHG
匚	匚一乙	AGN
弋	弋一乙、	AGNY
丨	丨（单笔画）	HHLL
刂	刂丨丨	JHH
囗	囗丨乙一	LHNG
钅	钅丿一乙	QTGN
冫	冫、一	UYG
丬	丬、一丨	UYGH
疒	疒、一一	UYGG
氵	氵、、一	IYYG

（续表）

偏旁	拆分 字根	编码
灬	灬、、、	OYYY
忄	忄、丨、	NYHY
夂	夂丿乙㇏	TTNY
彳	彳丿丿丨	TTTH
扌	扌一丨一	RGHG
彡	彡丿丿丿	ETTT
亻	亻丿丨	WTH
勹	勹丿乙	QTN
、	、（单笔画）	YYLL
辶	辶、乙	PYNY
廴	廴乙、	PNY
宀	宀、、乙	PYYN
冖	冖、乙	PYN
卩	卩乙丨	BNH
巛	巛乙乙乙	VNNN
厶	厶乙、	CNY
尢	𠂇乙巛	DNV

动手练

请读者学习汉字偏旁部首的拆分方法，然后按照正确的拆分方法拆分以下偏旁部首。

⺈：________ 宀：________ 匚：________

疒：________ 灬：________ 扌：________

忄：________ 彡：________ 夂：________

答案：

⺈：勹 丿 乙　　宀：宀 、 、 乙　　匚：匚 一 乙

疒：疒 、 一 一　　灬：灬 、 、 、　　扌：扌 一 丨 一

忄：忄 、 丨 、　　彡：彡 丿 丿 丿　　夂：夂 丿 一 、

疑难解答

问 在拆分汉字时，必须满足所有拆分原则还是只需满足部分拆分原则即可？

答 在拆分汉字时，必须满足所有的汉字拆分原则，只要违背了任意一个拆分原则，就会拆分错误。

问 将“蔻”字拆分为“艹、冖、二、又”，是正确的吗？为何输入“APFC”后无法输入该汉字呢？

答 这种拆分方法是正确的，但是因为“蔻”字的编码APFC和词组“劳动”的编码完全一样，而“蔻”字不是很常用，因此在五笔字型输入法中，为了避免重码，强制将“蔻”字的编码改为APFL。

问 “仇”字应该怎么拆分？应拆分为“亻、乙、丿”，还是“亻、乙、丿”？

答 仔细观察一下，可以看到“仇”字为“散”结构汉字，因此这两种拆分方法都是错误的，应拆分为“亻、九”。在输入“仇”字时，因其是不足4码的汉字，需要使用末笔识别码，编码为“WVN”，其中“N”为末笔识别码。关于末笔识别码的知识将在后面的章节中进行介绍。

Chapter 05

第5章　单字的输入

本章要点

- *字根汉字的输入*
- *合体字的输入*
- *简码汉字的输入*
- *偏旁部首的输入*
- *万能学习键“Z”的使用*

根据汉字结构的不同，学习五笔字型输入法时大体上可以分为6个部分进行学习，即五种单笔画、键名汉字、成字字根、刚好四码、超过四码和不足四码汉字的输入。本章将介绍单字输入的相关知识。

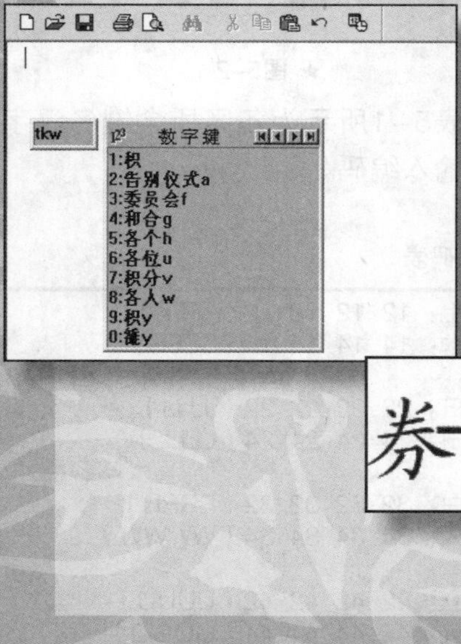

5.1 字根汉字的输入

字根汉字的输入包括五种单笔画的输入、键名汉字的输入和成字字根的输入，下面介绍具体方法。

5.1.1 五种单笔画输入

知识点讲解

五种单笔画是构成五笔字型的基础，其输入方法是：连续击打两次单笔画所对应的键位，然后再击打两次“L”键。

例如，输入“、”时，在键盘上的“Y”键上击打两次，再在“L”键上击打两次，如图5-1所示。

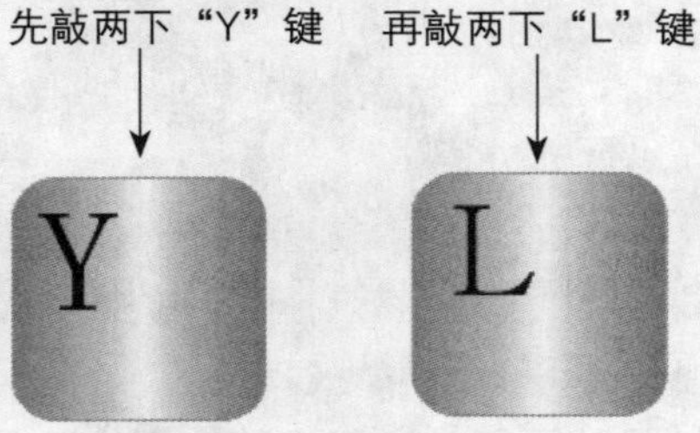

★ 图5-1

五种单笔画的编码如下：

一　11　11　24　24　（GGLL）

丨　21　21　24　24　（HHLL）

丿　31　31　24　24　（TTLL）

、　41　41　24　24　（YYLL）

乙　51　51　24　24　（NNLL）

5.1.2 键名汉字的输入

知识点讲解

在五笔字型键盘字根表的每一个键的左上角都有一个完整的汉字（“X”键上的“纟”除外），这就是键名汉字。输入键名汉字的具体操作为：连续敲该字根所在的键位4次即可。

例如，输入“言”字，连续敲4次“Y”键即可，如图5-2所示。

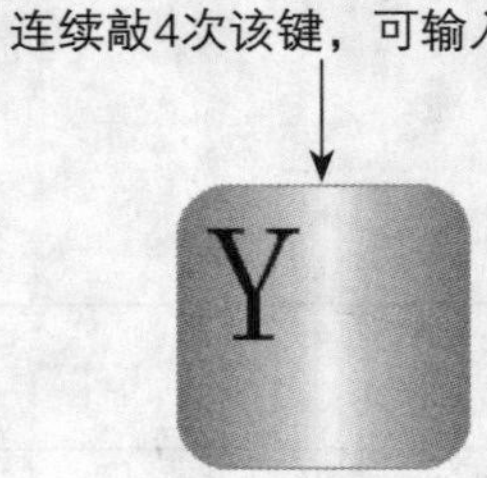

★ 图5-2

表5-1所示为各区所含键名汉字所对应的输入编码。

表5-1　键名汉字编码表

1区	王：11 11 11 11（GGGG）	土：12 12 12 12（FFFF）
	大：13 13 13 13（DDDD）	木：14 14 14 14（SSSS）
	工：15 15 15 15（AAAA）	
2区	目：21 21 21 21（HHHH）	日：22 22 22 22（JJJJ）
	口：23 23 23 23（KKKK）	田：24 24 24 24（LLLL）
	山：25 25 25 25（MMMM）	
3区	禾：31 31 31 31（TTTT）	白：32 32 32 32（RRRR）
	月：33 33 33 33（EEEE）	人：34 34 34 34（WWWW）
	金：35 35 35 35（QQQQ）	
4区	言：41 41 41 41（YYYY）	立：42 42 42 42（UUUU）
	水：43 43 43 43（IIII）	火：44 44 44 44（OOOO）
	之：45 45 45 45（PPPP）	
5区	已：51 51 51 51（NNNN）	子：52 52 52 52（BBBB）
	女：53 53 53 53（VVVV）	又：54 54 54 54（CCCC）

5.1.3 成字字根的输入

知识点讲解

在五笔字型输入法键盘的每一个键位上，除键名汉字外，凡是由单个字根组成的汉字都叫做成字字根。例如，在“G”键上的字根有“王、龶、一、五、戋”，其中的单个字根汉字有“王、一、五、戋”，由于“王”是键名汉字，“龶”又非独立的一个汉字，所以成字字根就有“一、五、戋”，如图5-3所示。

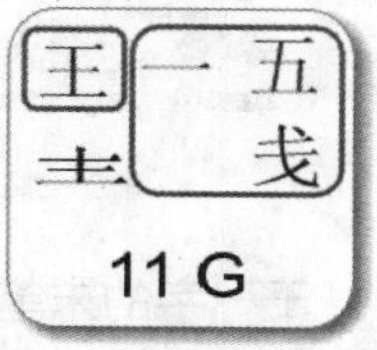

★ 图5-3

1. 刚好四码成字字根的输入

在输入成字字根时首先把它所在的键位敲一下（称为“报户口”），然后按书写顺序依次敲该字的第一个笔画、第二个笔画及最末一个笔画所在的键位。

输入“干”字的过程图示如下。

1 报户口。敲“干”所在的键位“F”，如图5-4所示。

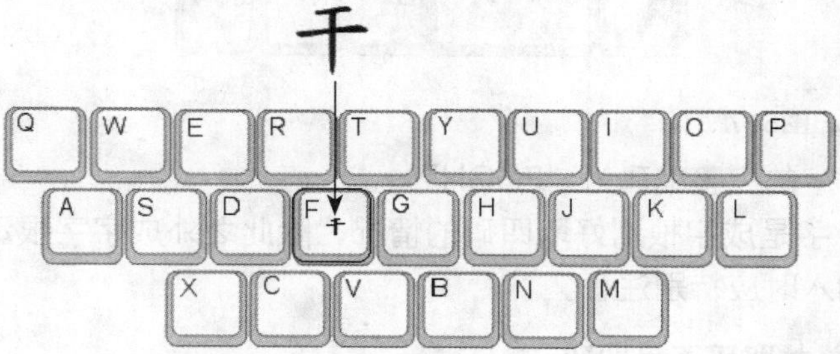

★ 图5-4

2 敲击第一个笔画所在的键。“干”字的首笔画为“一”，因此敲入“一”的编码“G”，如图5-5所示。

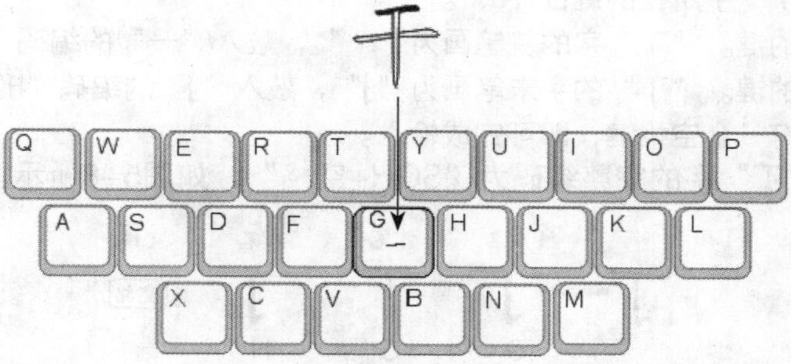

★ 图5-5

③ 敲该字的第二个笔画所在键位。“干”字的第二个笔画为“一”，敲入“一”的编码“G”，如图5-6所示。

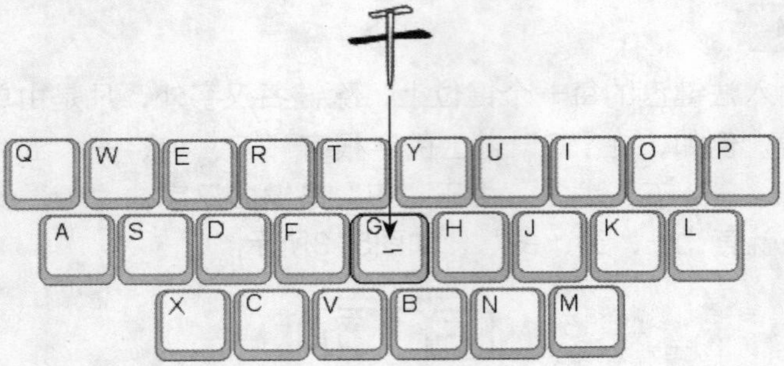

★ 图5-6

④ 敲该字的最末一个笔画所在键位。“干”字的末笔为“丨”，敲入“丨”的编码“H”即可，如图5-7所示。

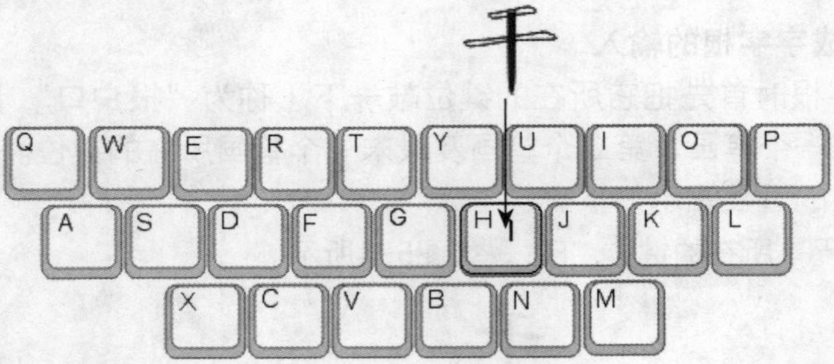

★ 图5-7

因此，“干”字的完整编码为“FGGH”。

上述的“干”字是成字根刚好取四码的情况，除此之外成字字根汉字还存在以下两种特殊情况，在输入时应特别注意。

2. 成字字根总共取码不足四码

如果成字根的总共取码不足四码，按顺序输入编码后敲空格键即可。例如，输入成字字根汉字“丁”字的具体方法如下。

1 报户口。敲“丁”字所在的键位“S”。
2 打首笔画所在的键。“丁”字的首笔画为“一”，敲入“一”的编码“G”。
3 打末笔画所在的键。“丁”的字末笔画为“亅”，敲入“亅”的编码“H”。
4 补打空格。补打一个空格键，即可完成输入。

由此可得到“丁”字的完整编码为“SGH+空格”，如图5-8所示。

★ 图5-8

3. **成字字根总共取码超过四码**

成字字根汉字的总共取码超过四码时，要先敲该字根所在键位，然后依次敲入首笔画、次笔画、末笔画所在键位。下面以成字字根汉字“雨”为例，讲解这类成字字根汉字的输入方法。

1 报户口。敲入“雨”字所在的键位“F”。
2 打首笔画的编码。“雨”字的首笔画为“一”，敲入“一”的编码“G”。
3 打第二笔画的编码。“雨”字的第二笔画为“丨”，敲入“丨”的编码“H”。
4 打末笔画的编码。“雨”字的末笔为“、”，敲入“、”的编码“Y”即可完成输入。
由此可得到“雨”字的完整编码为“FGHY”，如图5-9所示。

★ 图5-9

5.2 合体字的输入

除了键名汉字和成字字根以外，其他汉字都是由多个字根组成的，这类汉字就称为合体字。合体字的输入通常分为三种情况，即不足四码汉字的输入，刚好四码汉字的输入和超过四码汉字的输入。

5.2.1 刚好四码汉字的输入

知识点讲解

五笔字型输入法规定无论是汉字还是词组，最多只需要四位编码即可输入。因此，对于一个刚好四码（即该汉字刚好拆分为四个字根）的汉字，按照书写顺序依次敲入四个字根的编码即可将汉字输入。

例如，“糕”字的输入过程如下。

1 打第一个字根的编码。“糕”字的第一个字根为“米”，敲入“米”的编码“O”，如图5-10所示。

★ 图5-10

2 输入第二个字根的编码。“糕”字的第二个字根为“丷”，敲入“丷”的编码“U”，如图5-11所示。

★ 图5-11

3 输入第三个字根的编码。“糕”字的第三个字根为“王”，敲入“王”的编码“G”，如图5-12所示。

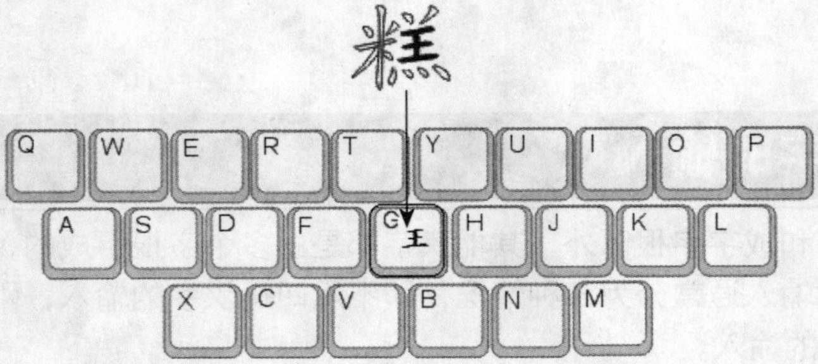

★ 图5-12

4 输入第四个字根的编码。“糕”字的第三个字根为“灬”，敲入“灬”的编码“0”即可完成输入，如图5-13所示。

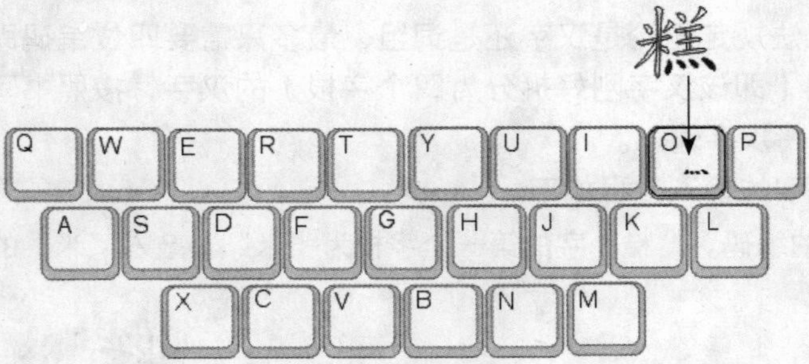

★ 图5-13

由此可得到“糕”字的完整编码为“OUGO”。

表5-2给出了刚好四码汉字的输入示例。

表5-2 四码汉字示例表

汉字	第1编码	第2编码	第3编码	第4编码	全码
照	照（J）	照（V）	照（K）	照（O）	JVKO
聪	聪（B）	聪（U）	聪（K）	聪（N）	BUKN
茨	茨（A）	茨（U）	茨（Q）	茨（W）	AUQW
矮	矮（T）	矮（D）	矮（T）	矮（V）	TDTV
豹	豹（E）	豹（E）	豹（Q）	豹（Y）	EEQY

动手练

写出下列四码单字的完整编码。

说：______ 锄：______ 喷：______ 煤：______
路：______ 能：______ 耐：______ 捺：______
毁：______ 颈：______ 练：______ 型：______
赏：______ 悦：______ 席：______ 举：______

答案：

说：YUKQ 锄：QEGL 喷：KFAM 煤：OAFS
路：KHTK 能：CEXX 耐：DMJF 捺：RDFI
毁：VAMC 颈：CADM 练：XANW 型：GAJF
赏：IPKM 悦：NUKQ 席：YAMH 举：IWFH

5.2.2 认识汉字识别码

知识点讲解

输入不足四码的汉字时，经常要用到汉字识别码。在五笔字型输入法中，汉字识别码主要有两个作用。

第一个作用是区分编码相同的汉字，即重码汉字。由于多个字根位于同一个键位，所以可能造成两个字的字根不同、编码却相同的情况。例如，“友”字和“码”字的编码同为“DC”，为了将这两个汉字区分开来，就需要加上一个汉字识别码。给“友”字加上识别码“U”，输入“DCU”即可输入“友”字；给“码”

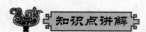

字加上识别码“G”，即输入“DCG”可输入“码”字。

第二个作用是补全汉字的编码。五笔字型输入法规定汉字或词组的编码位数都为四位，因此对于不足四码的单字，就需要使用识别码或空格键来补足。

提 示

虽然一码单字也不足四码，但它是比较特殊的键名汉字或成字根汉字，因此不用考虑识别码。

1. 识别码的组成

识别码是由末笔代号加上字型代号而构成的一个附加码，即用区位号对应的键作为识别码。汉字的基本笔画有5种，字型有3种，所以识别码共有15种，也就是说，每个区的前三位是作为识别码来使用的。

识别码的取码方法是将汉字的末笔代号作为区号，字型代号作为位号，组成一个区位号，该区位号所对应的键上的字母就是识别码。

各区的末笔识别码如表5-3所示。

表5-3 末笔识别代码表

字型 末笔	左右型	上下型	杂合型
1区（横区）	一（G）	二（F）	三（D）
2区（竖区）	丨（H）	刂（J）	川（K）
3区（撇区）	丿（T）	彡（R）	彡（E）
4区（捺区）	丶（Y）	冫（U）	氵（I）
5区（折区）	乙（N）	巜（B）	巛（V）

2. 对末笔识别码的特殊约定

在使用识别码输入汉字时，需要注意五笔字型输入法对识别码末笔画的特殊规定。

末字根为“力、刀、九、匕”等时，一律用折笔作为末笔画。

例如，“券”字和“仇”字的正确拆分方法如图5-14所示。

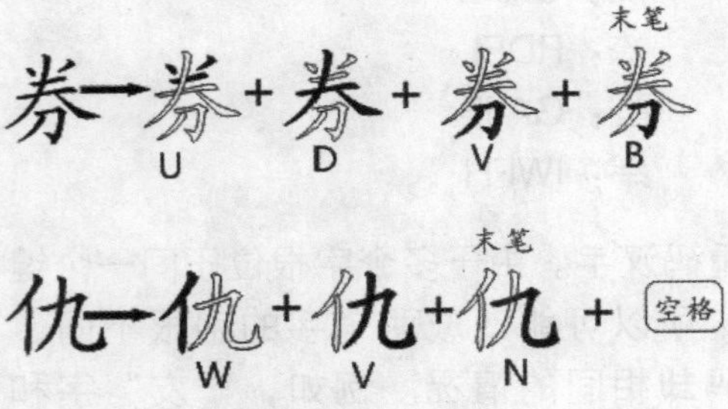

★ 图5-14

所有包围形汉字的末笔，一律规定为被包围部分笔画结构的末笔。

例如，“圆”字和“连”字的正确拆分方法如图5-15所示。

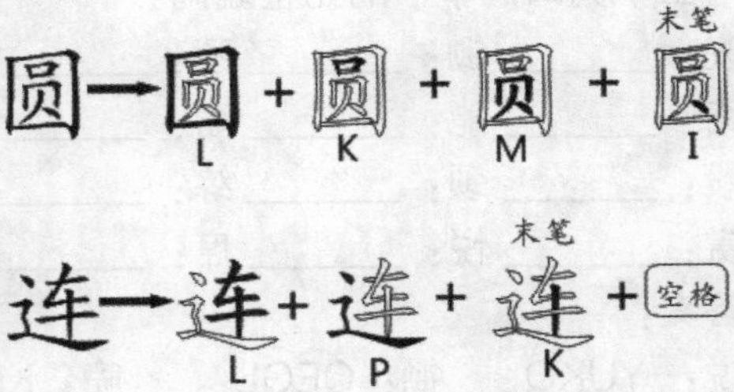

★ 图5-15

“我、戋、成、贱”等字的末笔取撇“丿”。

例如，“戋”字和“贱”字的正确拆分方法如图5-16所示。

3. 快速判断末笔识别码

判断汉字识别码的具体方法如下。

对于1型（左右型）汉字，当输完字根后，补打1个末笔笔画等同于加了“识别码”，如图5-17所示。

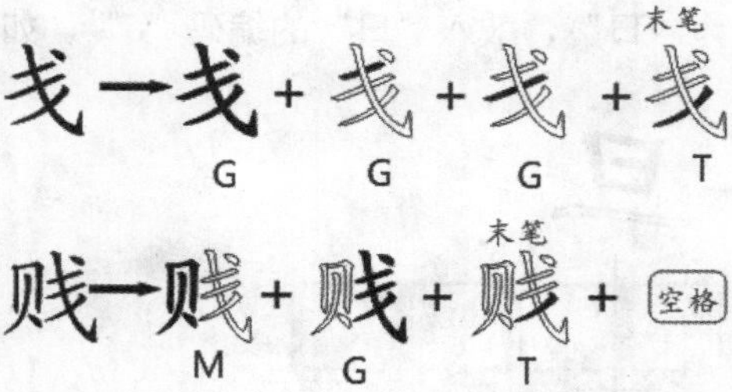

★ 图5-16

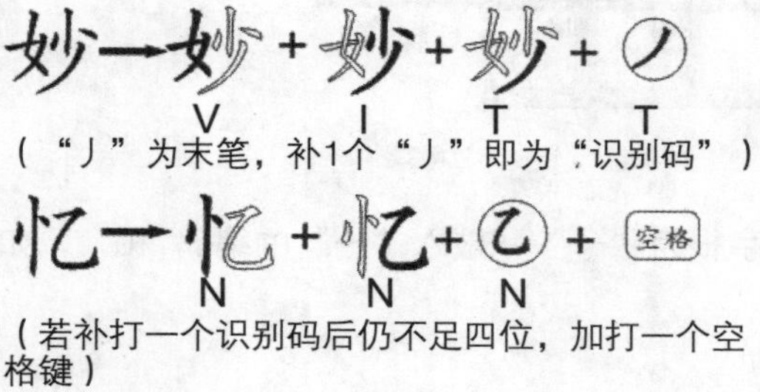

★ 图5-17

对于2型（上下型）汉字，当输完字根后，补打由两个末笔笔画复合构成的“字根”，即等同于加了“识别码”，如图5-18所示。

★ 图5-18

对于3型（杂合型）字，当输完字根后，补打由3个末笔笔画复合构成的“字根”，即等同于加了“识别码”，如图5-19所示。

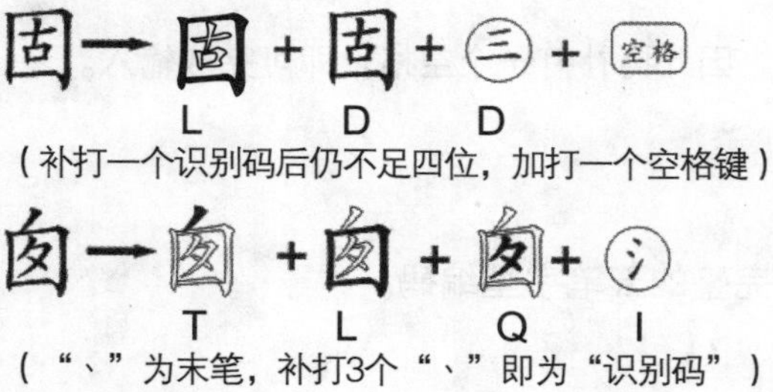

固→固+固+三+空格
L D D
（补打一个识别码后仍不足四位，加打一个空格键）
囱→囱+囱+囱+氵
T L Q I
（“、”为末笔，补打3个“、”即为“识别码”）

★ 图5-19

动手练

根据上面介绍的方法，判断下列汉字的末笔识笔码。

哭：＿＿＿＿	美：＿＿＿＿
部：＿＿＿＿	卉：＿＿＿＿
园：＿＿＿＿	圆：＿＿＿＿
识：＿＿＿＿	杏：＿＿＿＿
鱼：＿＿＿＿	页：＿＿＿＿
尔：＿＿＿＿	末：＿＿＿＿
音：＿＿＿＿	余：＿＿＿＿
叉：＿＿＿＿	香：＿＿＿＿
申：＿＿＿＿	去：＿＿＿＿
固：＿＿＿＿	农：＿＿＿＿

答案：

哭：	U	美：	U
部：	H	卉：	J
园：	V	圆：	I
识：	Y	杏：	F
鱼：	F	页：	U
尔：	U	末：	I
音：	F	余：	U
叉：	I	香：	F
申：	K	去：	U
固：	D	农：	I

5.2.3 刚好两码汉字的输入

知识点讲解

如果一个汉字按照拆分原则刚好可以拆分为两个字根，那么该汉字属于两码单字。例如，“安”字可以拆分为“宀”和“女”两个字根。

刚好两码单字的输入方法为：首先将单字拆分成两个字根，然后输入每个字根的编码，最后加打该字的识别码和空格键补全编码。

例如，“旦”字的输入过程如下。

1 输入第一个字根的编码。“旦”字的第一个字根为“日”，敲入“日”的编码“J”，如图5-20所示。

★ 图5-20

2 输入第二个字根的编码。“旦”字的第二个字根为“一”，敲入“一”的编码“G”，如图5-21所示。

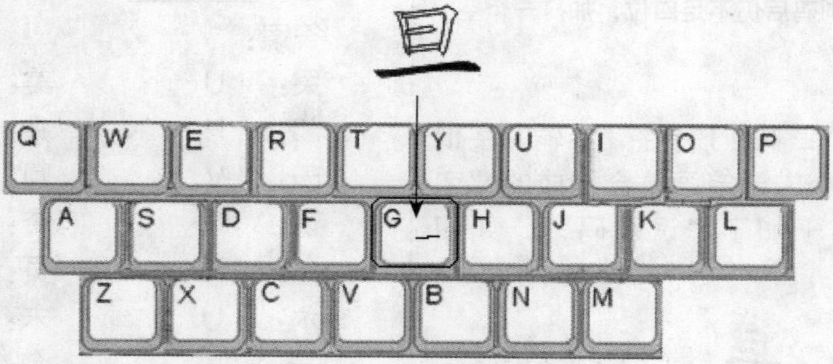

★ 图5-21

3 打识别码。“旦”字的末笔为“一”，该字为上下型结构汉字，敲入识别码“F”，如图5-22所示。

★ 图5-22

4 因为“旦”字补打一个识别码后仍不足四码，因此再补打一个空格，即可完成输入。由此可得，“旦”字的完整编码为“JGF”。

动手练

将下列两码单字拆分成基本字根，并写出完整的五笔字型编码。

处：　　吕：　　公：　　务：

采：　　忆：　　不：　　江：

办：　　炎：　　元：　　名：
多：　　访：　　区：　　分：

答案：

处：夂卜（THI空格）　　吕：口口（KKF空格）
公：八厶（WCU空格）　　务：夂力（TLB空格）
采：爫木（ESU空格）　　忆：忄乙（NNN空格）
不：一小（GII空格）　　江：氵工（IAG空格）
办：力八（LWI空格）　　炎：火火（OOU空格）
元：二儿（FQB空格）　　名：夕口（QKF空格）
多：夕夕（QQU空格）　　访：讠方（YYN空格）
区：匚乂（AQI空格）　　分：八刀（WVB空格）

5.2.4　超过四码汉字的输入

知识点讲解

如果一个汉字按照拆分原则拆分出四个以上的字根，那么该汉字即属于超过四码单字。例如，“糙”字可以拆分为“米”、“丿”、“土”、“口”和“辶”五个字根。

超过四码汉字的输入方法是将汉字拆分为字根后，依次输入汉字的第一个字根、第二个字根、第三个字根和最后一个字根所在的键位。

输入“缩”字的分解图示如下。

1 敲第一个字根对应的键位。“缩”字的第一个字根为“纟”，敲入“纟”的编码“X”，如图5-23所示。

★ 图5-23

2 打第二个字根对应的键位。“缩”字的第二个字根为“宀”，敲入“宀”的编码“P”，如图5-24所示。

★ 图5-24

3 打第三个字根所在的键位。“缩”字的第三个字根为“亻”，敲入“亻”的编码“W”，如图5-25所示。

★ 图5-25

4 打最后一个字根所在的键位。“缩”字的最后一个字根为“日”，敲入“日”的编码“J”，如图5-26所示。

★ 图5-26

由此可得到，“缩”字的完整编码为“XPWJ”。

表5-4列出了一些超过四码汉字的输入示例。

表5-4　超过四码汉字的拆分示例表

汉字	第1编码	第2编码	第3编码	末笔码	全码
器	器（K）	器（K）	器（D）	器（K）	KKDK
熊	能（C）	能（E）	能（X）	熊（O）	CEXO
渝	渝（I）	渝（W）	渝（G）	渝（J）	IWGJ
蛲	蛲（J）	蛲（A）	蛲（T）	蛲（Q）	JATQ
续	续（X）	续（F）	续（N）	续（D）	XFND

动手练

写出下列超过四码单字的第一、二、三和最末字根，并写出其完整的五笔字型编码。

键：　鹰：　喘：　酮：
遵：　嘱：　曦：　感：
酸：　窦：　满：　城：

答案：

键：钅彐二廴（QVFP）　　鹰：广亻亻一（YWWG）
喘：口山𠂇刂（KMDJ）　　酮：西一冂口（SGMK）
遵：丷西一之（USGP）　　嘱：口尸丿、（KNTY）
曦：日丷王丿（JUGT）　　感：厂一口心（DGKN）
酸：西一厶夂（SGCT）　　窦：宀八十大（PWFD）
满：氵艹一人（IAGW）　　城：土厂乙丿（FDNT）

5.3 简码汉字的输入

为了减少击键次数，提高输入速度，对于一些常用字可以只取前面的一至三个字根的编码，再按空格键输入，即只取其第一个、前二个或前三个字根的编码进行输入，形成所谓的一、二、三级简码。

5.3.1 一级简码

知识点讲解

根据每一个键位上的字根形态特征，在五个区的25个键位上各安排了一个使用频率最高的汉字，称为“一级简码”，即“高频字”，如图5-27所示。高频字的分布规律基本是按第一笔画来进行分类的，将横起笔的放在一区，将竖起笔的放在二区，将撇起笔的放在三区，将捺起笔的放在四区，将折起笔的放在五区，并且尽可能使它们的第二笔画与位号一致。不过并不是每一个都符合，在记忆时要注意。

★ 图5-27

下面的句子列出了一级简码，通过记忆这些句子，可以快速记忆一级简码。

一区：一 地 在 要 工　　二区：上 是 中 国 同

三区：和 的 有 人 我　　四区：主 产 不 为 这

五区：民 了 发 以 经

一级简码的输入方法非常简单：单击一下该文字所在的键，再按一下空格键即可。例如，敲“T+空格”可以输入“和”字；敲“Q+空格”可以输入“我”字。

输入“主”字的过程如下。

1 敲“主”字所在的键位，如图5-28所示。

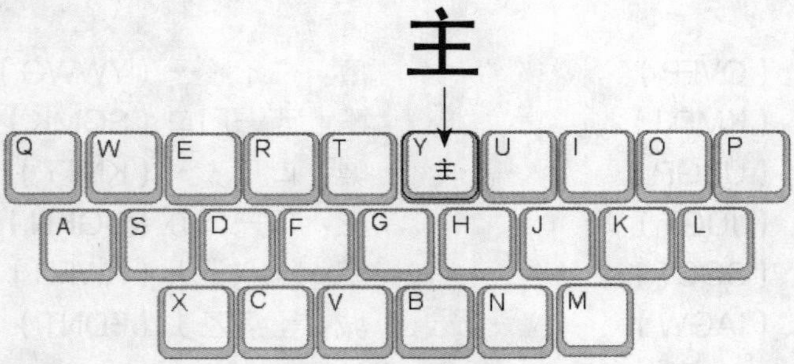

★ 图5-28

2 敲空格键，即可输入“主”字。

初学者应该熟记一级简码，搞清楚有哪些字属于一级简码，每个简码汉字对应的键位，这样有助于提高汉字输入速度。

动手练

请找出下面这段话中的一级简码，并进行上机练习。

早在上世纪，新加坡国际婴幼儿奶粉主题会议一致决定，将初乳列为未来婴幼儿奶粉配方的重要部分，这是一个必然方向。初乳奶粉被描述为“大自然的恩赐”，被列为21世纪具有最佳发展前景的非草药类天然健康食品之一。

答案：

在 上 国 一 为 的 这 是 有

5.3.2 二级简码

知识点讲解

除了一级简码，五笔字型输入法中还有数量众多的二级简码。二级简码的输入方法是：按照取码的先后顺序，取汉字全码中的前两个字根的编码，再按一个空格键完成输入。

输入“表”字的过程如下。

1 输入第一个字根的编码。“表”字的第一个字根为“龶”，敲入“龶”的编码“G”，如图5-29所示。

★ 图5-29

2 输入第二个字根的编码。“表”字的第二个字根为“𧘇”，敲入“𧘇”的编码“E”，如图5-30所示。

★ 图5-30

3 敲空格键，完成“表”字的输入。

表5-5所示为二级简码字汇总表。

表5-5　三级简码字汇总表

	GFDSA	HJKLM	TREWQ	YUIOP	NBVCX
G	五于天末开	下理事画现	玫珠表珍列	玉平不来	与屯妻到互
F	二寺城霜载	直进吉协南	才垢圾夫无	坟增示赤过	志地雪支
D	三夺大厅左	丰百右历面	帮原胡春克	太磁砂灰达	成顾肆友龙
S	本村枯林械	相查可楞机	格析极检构	术样档杰棕	杨李要权楷
A	七革基苛式	牙划或功贡	攻匠菜共区	芳燕东　芝	世节切芭药
H	睛睦睚盯虎	止旧占卤贞	睡睥肯具餐	眩瞳步眯瞎	卢　眼皮此
J	量时晨果虹	早昌蝇曙遇	昨蝗明蛤晚	景暗晃显晕	电最归坚昆
K	呈叶顺呆呀	中虽吕另员	呼听吸只史	嘛啼吵咪喧	叫啊哪吧哟
L	车轩因困轼	四辊加男轴	力斩胃办罗	罚较　辚边	思团轨轻累
M	同财央朵曲	由则　崭册	几贩骨内风	凡赠峭赕迪	岂邮　凤嶷
T	生行知条长	处得各务向	笔物秀答称	入科秒秋管	秘季委么第
R	后持拓打找	年提扣押抽	手折扔失换	扩拉朱搂近	所报扫反批
E	且肝须采肛	胆肿肋肌	用遥朋脸胸	及胶膛膦爱	甩服妥肥脂
W	全会估休代	个介保佃仙	作伯仍从你	信们偿伙	亿他分公化
Q	钱针然钉氏	外旬名甸负	儿铁角欠多	久匀乐炙锭	包凶争色
Y	主计庆订度	让刘训为高	放诉衣认义	方说就变这	记离良充率
U	闰半关亲并	站间部曾商	产瓣前闪交	六立冰普帝	决闻妆冯北
I	汪法尖洒江	小浊澡渐没	少泊肖兴光	注洋水淡学	沁池当汉涨
O	业灶类灯煤	粘烛炽烟灿	烽煌粗粉炮	米料炒炎迷	断籽娄烃糨
P	定守害宁宽	寂审宫军宙	客宾家空宛	社实宵灾之	官字安　它
N	怀导居　民	收慢避惭届	必怕　愉懈	心习悄屡忧	忆敢恨怪尼
B	卫际承阿陈	耻阳职阵出	降孤阴队隐	防联孙耿辽	也子限取陛
V	姨寻姑杂毁	叟旭如舅妯	九　奶　婚	妨嫌录灵巡	刀好妇妈姆
C	骊对参骠戏	骡台劝观	矣牟能难允	驻　　　驼	马邓艰双
X	线结顷　红	引旨强细纲	张绵级给约	纺弱纱继综	纪弛绿经比

动手练

上机练习下面这段文字，重点记忆其中的二级简码。

与神五、神六飞行相比，神七航天员将暴露在低压环境中，食品尽量不能产生气体，否则会为舱外服增加净化负担。因此，在食材的选择上，比较容易产生气体的豆类和奶类不合适，肉和蛋白质就比较好。同时，由于神七任务体力消耗大，食品特别强调高能量。

5.3.3 三级简码

知识点讲解

三级简码是用单字全码中的前三个字根作为该字的编码。选取时，只要前三个字根能唯一代表该字，就将其选为三级简码。此类汉字输入时不能明显地提高输入速度，因为在打了三码后还必须打一个空格键，也需要按四次键。但由于省略了最后的字根码或末笔字型交叉识别码，所以对于提高速度也是有一定帮助的。

例如，“材”字的全码应为SFTT，三级简码为SFT；“费”字的全码为XJMU，三级简码为XJM。

5.4 偏旁部首的输入

在练习五笔打字的过程中，发现汉字的许多常用部首在五笔字根键盘中根本找不到（如“犭”、“礻”、“衤”、“饣”等），因此需要将这些部首进行拆分后再进行输入。下面就讲解拆分这些偏旁部首的方法。

知识点讲解

“犭”被称为“反犬”旁。我们将它拆分成“犭”和“丿”。比如，“狗”字就可以拆为“犭、丿、勹、口”，编码QTQK，如图5-31所示。这样的字有很多，如“狼、猫、猎、犯、猜”等。

犭—犭 丿
Q T

狗—狗 狗 狗 狗
Q T Q K

★ 图5-31

“礻”被称为“示”字旁，将它拆分为“礻”和“、”。比如，“社”字就可以拆为“礻、、、土”，编码PYF，如图5-32所示。这样的字还有“祝、祺、礼、祁、祀”等。

礻—礻 、
P Y

社—社 社 社 空格
P Y F

★ 图5-32

“衤”被称为“衣”字旁。我们将它拆分为“礻”和“冫”。比如“补”字，就可以拆为“礻、冫、卜”，编码PUH，如图5-33所示。这样的字还有“褡、被、裤、初、袖、衫”等。

衤—礻 衤
P U

补—补 补 补 空格
P U H

★ 图5-33

在拆分部首“牜”时需要特别注意，千万不要把它当“牛”字来拆，应将它看成是一撇和一个提手组成。比如“特”字，就可以拆为“丿、扌、土、寸”，如图5-34所示。类似的字还有“物、牲、犍、犒、犄”等。

牜—牜 牜
T R

特—特 特 特 特
T R F F

★ 图5-34

下面给出更多的偏旁部首例字，帮助读者掌握偏旁部首的拆分方法，如图5-35所示。

饣—饣 饣 饮 饶
Q N

舟—舟 舟 舡 般
T E

鱼—鱼 鱼 鲫 鳞
Q G

⻊—⻊ ⻊ 躇 跷
K H

酉—酉 酉 醒 酣
S G

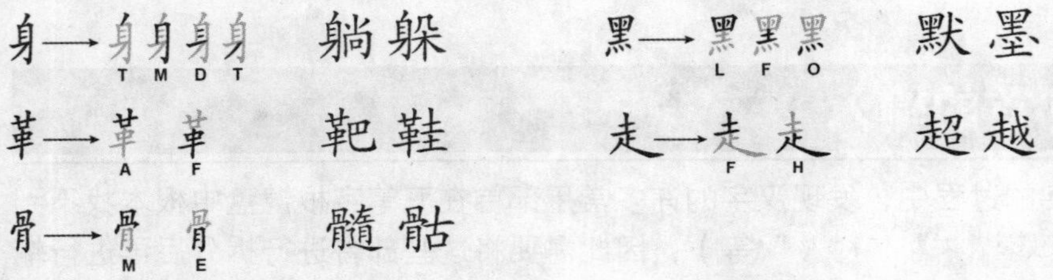

★ 图5-35

5.5 万能学习键“Z”的使用

对于五笔字型输入法的初学者来说，虽然用心记忆字根，但难免会记得不牢，或者字根与键位对不上号，此时，便可运用万能学习键“Z”。

知识点讲解

在输入汉字时，如果不记得字根对应的键位，或者对字根的拆分不清楚，便可以使用“Z”键来代替。此时，电脑会检索出那些符合已知字根代码的字，并将汉字及正确代码显示在提示框里。

例如，要输入“敬”字，但想不起第二个字根是什么，这时可以按“艹、Z、口、攵”进行输入，此时在屏幕提示框中可以看到“敬AQKT”提示，只要按一下数字键“2”，“敬”字就自动显示在光标处了。同时可以从提示框中看到，刚才想不起的字根“勹”在“Q”键上，如图5-36所示。

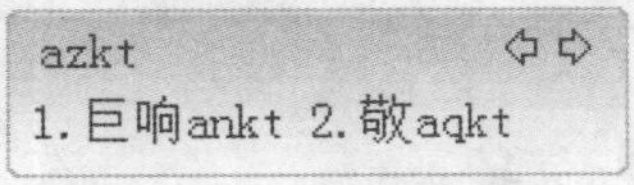

★ 图5-36

再如，在输入“云”字时，如果打了“二、厶”之后不清楚识别码，也可以用“Z”键来代替。此时提示框中显示出“云”字，而且，提示最后的识别码为“U”，如图5-37所示。

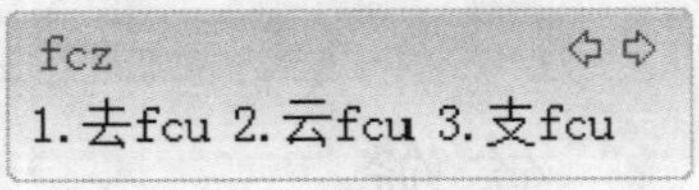

★ 图5-37

疑难解答

问 是不是所有不足四码的汉字均需要加打末笔识别码?

答 不一定。虽然末笔识别码的一个重要功能就是补全编码，使得汉字编码达到四位，但并不是所有不足四码的汉字都需要加打识别码。例如，在输入二级简码汉字时，只需要输入前两个字根编码，再加打一个空格键即可。

问 在五笔字型输入法中，输入一个汉字最少需要多少位编码？最多需要多少位编码？

答 在五笔字型输入法中，输入单字最少需要两位编码；不论是输入单字还是词组，最多需要四位编码即可输入。

问 在五笔字型输入法中，键名字根与成字字根有什么区别？

答 键名字根即键名汉字，是指五笔字型键盘字根表的每一个键的左上角上的完整汉字（“X”键除外），如“王”字；而成字字根是指除键名汉字外，由单个字根组成的汉字，如“一”、“五”等。

Chapter 06

第6章　词组的输入

本章要点

- *词组的输入*
- *特殊词组的输入*
- *自定义词组*
- *重码、容错码*

在五笔字型输入法中，无论是输入单字，还是输入词组，最多只需要输入四个编码，这就大大提高了汉字的输入速度。根据组成词组的汉字个数，可以将词组分为二字词组、三字词组、四字词组和多字词组，本章将介绍使用五笔字型输入法输入词组的具体方法，以及输入特殊词组和自定义词组的方法。

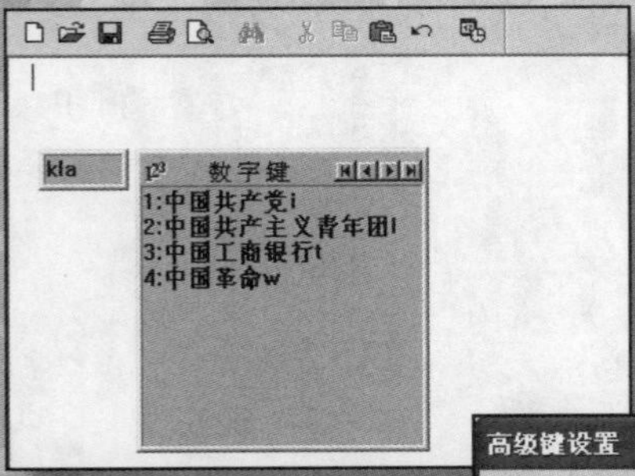

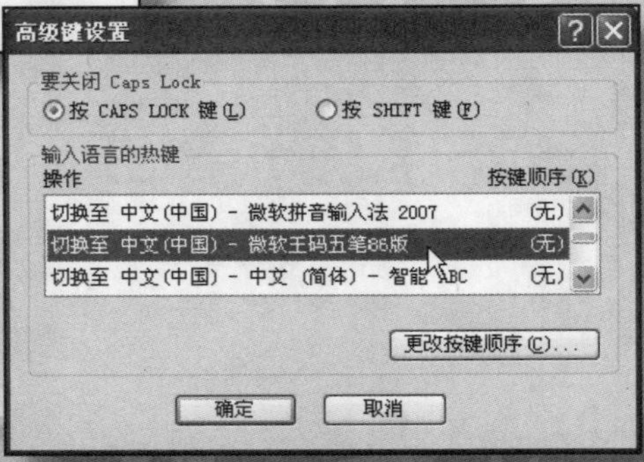

6.1 词组的输入

不管多长的词组，在五笔字型输入法中都只需要四位编码就可以输入。下面介绍具体输入方法。

6.1.1 双字词组

知识点讲解

如果构成词组的汉字个数是两个，那么此类词组即属于双字词组，如下列词组均属于双字词组。

经济	安全	数例	空格	祖国
电视	男孩	妈妈	光盘	游戏

双字词组的输入规则比较简单，只需要依次取每个汉字的前两个字根代码即可。

例如，双字词组“盎然”的输入过程如下。

1 打第一个字的第一个字根代码。“盎”字的第一个字根为“冂”，敲入“冂”的编码“M”，如图6-1所示。

★ 图6-1

2 打第一个字的第二个字根代码。“盎”字的第二个字根为“大”，敲入“大”的编码“D”，如图6-2所示。

★ 图6-2

3 打第二个字的第一个字根代码。敲入“夕”的编码“Q”，如图6-3所示。

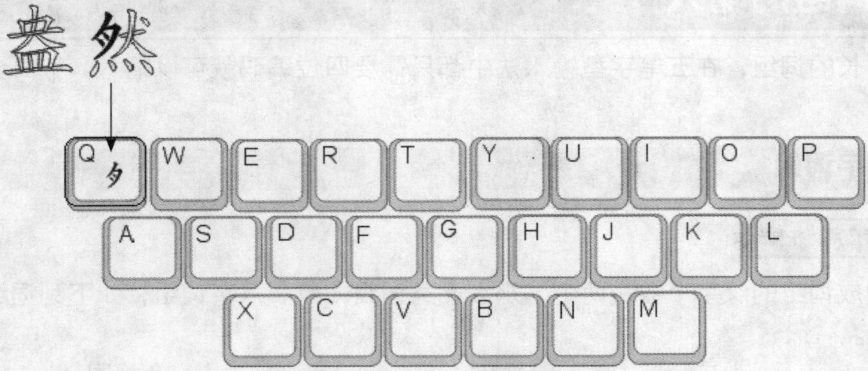

★ 图6-3

4 打第二个字的第二个字根代码。“然”字的第二个字根为“犬”，敲入“犬”的编码“D”，如图6-4所示。

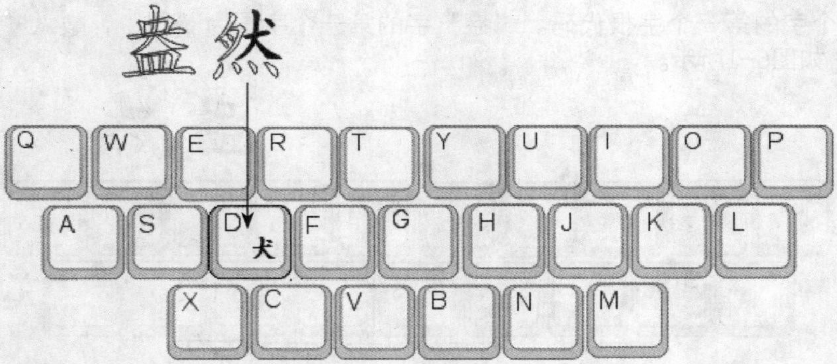

★ 图6-4

由上面的图解过程可知，词组“盎然”的五笔编码为MDQD。

下面列出几个词组的取码图例，以帮助读者认识双字词组的输入方法，如图6-5所示。

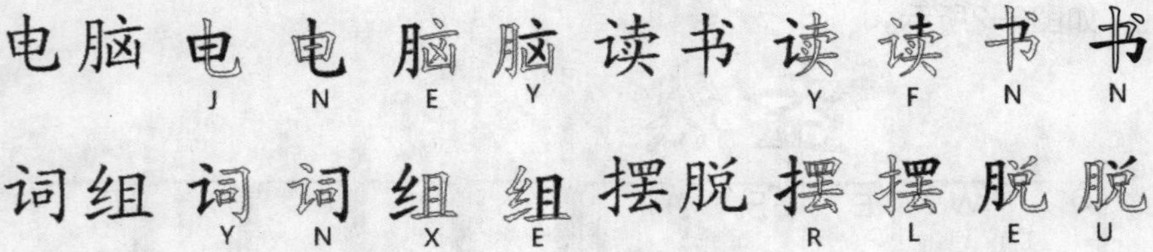

★ 图6-5

动手练

写出下面这些双字词组的编码，并在“写字板”中进行练习。

构成：______ 重码：______ 编码：______ 出来：______ 笨重：______

重庆：______ 比喻：______ 线路：______ 报表：______ 办公：______

公司：______　成都：______　编辑：______　舒服：______　笔记

答案：

构成：SQDN　重码：TGDC　编码：XYDC　出来：BMGO
笨重：TSTG　重庆：TGYD　比喻：XXKW　线路：XGKH
报表：RBGE　办公：LWWC　公司：WCNG　成都：DNFT
编辑：XYLK　舒服：WFEB　笔记：TTYN

6.1.2 三字词组

知识点讲解

如果构成词组的汉字个数是三个，那么此类词组即属于三字词组，下列词组均属于三字词组。

初学者　国务院　准考证　养老院
办公室　研究生　身份证　成年人

三字词组的取码规则是：取前两个字的第一码，取最后一个字的前两码，组合成四码。

三字词组"计算机"的输入过程图示如下。

1 打第一个字的第一个字根代码。"计"字的第一个字根为"讠"，敲入"讠"的编码"Y"，如图6-6所示。

★ 图6-6

2 打第二个字的第一个字根代码。"算"字的第一个字根为"⺮"，敲入"⺮"的编码"T"，如图6-7所示。

★ 图6-7

3 打第三个字的第一个字根代码。“机”字的第一个字根为“木”，敲入“木”的编码“S”，如图6-8所示。

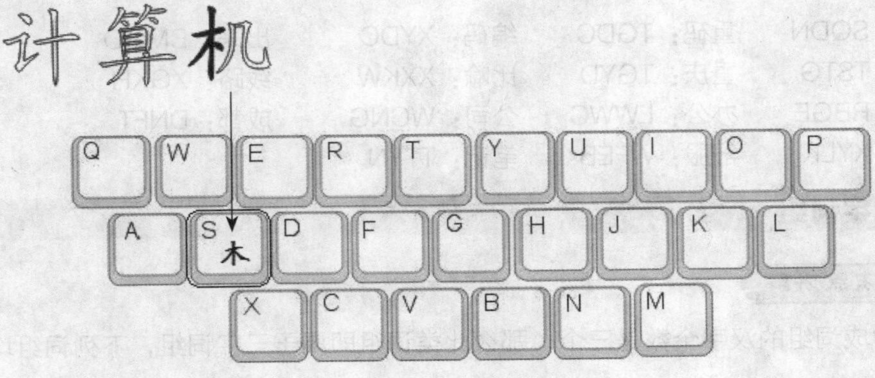

★ 图6-8

4 打第三个字的第二个字根代码。“机”字的第二个字根为“几”，敲入“几”的编码“M”，如图6-9所示。

★ 图6-9

根据上面的讲解过程，可以清楚地看到三字词组“计算机”的五笔编码为YTSM。

动手练

请在学习本节内容的基础上，写出下面这些三字词组的五笔编码，然后在“写字板”程序中打出来。

奥运会：________ 复写纸：________ 办公室：________ 出版社：________

儿媳妇：________ 国务院：________ 解放军：________ 八路军：________

反动派：________ 多方面：________ 艺术家：________ 颐和园：________

答案：

奥运会：TFWF	复写纸：TPSQ	办公室：LWPG	出版社：BTPY
儿媳妇：QVVV	国务院：LTBP	解放军：QYPL	八路军：WKPL
反动派：RFIR	多方面：QYDM	艺术家：ASPE	颐和园：ATLF

6.1.3 四字词组

知识点讲解

如果构成词组的汉字个数是四个，那么此类词组即属于四字词组。下列词组均属于四字词组。

艰苦奋斗	勤俭节约	人迹罕至	争先恐后
七上八下	爱莫能助	水火无情	斩草除根

输入四字词组时，只需要输入每个汉字的第一个字根的代码，组成四码即可。

例如，输入四字词组“科学技术”的分解图示如下。

1 打第一个字的第一个字根代码。“科”字的第一个字根为“禾”，敲入“禾”的代码“T”，如图6-10所示。

★ 图6-10

2 打第二个字的第一个字根代码。“学”字的第一个字根为“⺍”，敲入“⺍”的代码“I”，如图6-11所示。

★ 图6-11

3 打第三个字的第一个字根代码。“技”的第一个字根为“扌”，敲入“扌”的代码“R”，如图6-12所示。

★ 图6-12

4 打第四个字的第一个字根代码。“术”字的第一个字根为“木”，敲入“木”的代码“S”，如图6-13所示。

★ 图6-13

根据上面的分解图示，可以清楚地看到四字词组“科学技术”的五笔编码为TIRS。

动手练

写出以下四字词组的编码，并在“写字板”中练习输入这些词组。

饱食终日	矢口否认	名符其实	最后通牒	高深莫测	信口开河
时不我待	投井下石	移风易俗	纵横驰骋	程序设计	翻江倒海
大同小异	精雕细刻	束之高阁	好事多磨	远走高飞	开门见山

答案：

饱食终日（QWXJ） 矢口否认（TKGY） 名符其实（QTAP） 最后通牒（JRCT）
高深莫测（YIAI） 信口开河（WKGI） 时不我待（JGTT） 投井下石（RFGD）
移风易俗（TMJW） 纵横驰骋（XSCC） 程序设计（TYYY） 翻江倒海（TIWI）
大同小异（DMIN） 精雕细刻（OMXY） 束之高阁（GPYU） 好事多磨（VGQY）
远走高飞（FFYN） 开门见山（GUMM）

6.1.4 多字词组

知识点讲解

如果构成词组的汉字个数超过了四个，那么此类词组即属于多字词组。常见的多字词组有五字词组、六字词组、七字词组等，下列词组均属于多字词组。

中华人民共和国　　　全国人民代表大会

新疆维吾尔自治区　　中国人民银行

多字词组的取码规则：取第一、二、三和最末一个汉字的第一个字根代码，组成四码即可。

例如，输入多字词组“新疆维吾尔自治区”的分解图示如下。

1 打第一个字的第一个字根代码。“新”字的第一个字根为“立”，敲入“立”的代码“U”，如图6-14所示。

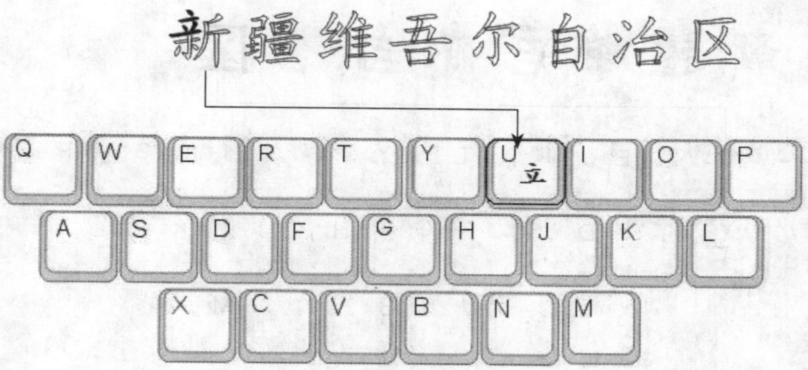

★ 图6-14

2 打第二个字的第一个字根代码。“疆”字的第一个字根为“弓”，敲入“弓”的代码“X”，如图6-15所示。

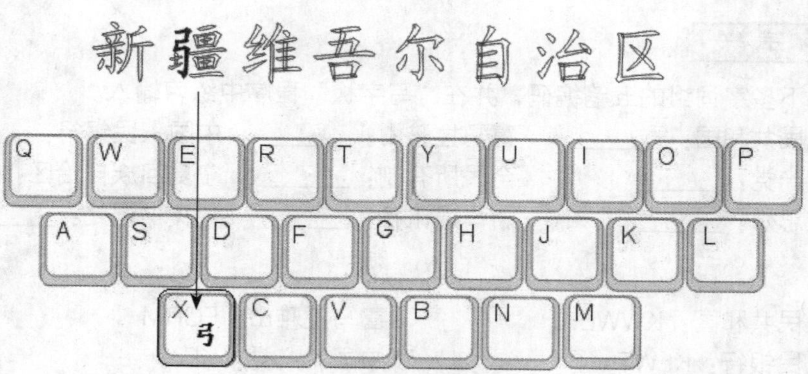

★ 图6-15

3 打第三个字的第一个字根代码。“维”字的第一个字根为“纟”，敲入“纟”的代码

“X”，如图6-16所示。

★ 图6-16

4 打最后一个字的第一个字根代码。“区”字的第一个字根为“匚”，敲入“匚”的代码“A”，如图6-17所示。

★ 图6-17

根据上面的分解图示，可以清楚地看到多字词组“新疆维吾尔自治区”的五笔编码为UXXA。

动手练

写出以下多字词组的五笔编码，并在“写字板”程序中练习输入。

中华人民共和国：______ 喜马拉雅山：______ 中国人民银行：______

中国共产党：______ 全民所有制：______ 宁夏回族自治区：______

毛泽东思想：______ 新华通讯社：______ 中央书记处：______

答案：

中华人民共和国：KWWL 喜马拉雅山：FCRM

中国人民银行：KLWT 中国共产党：KLAI

全民所有制：WNRR 宁夏回族自治区：PDLA

毛泽东思想：TIAS 新华通讯社：UWCP

中央书记处：KMNT

6.2 特殊词组的输入

在使用五笔字型输入法的过程中，会发现一些词组中有一级简码汉字、键名汉字或成字字根汉字，下面就来一起学习这类特殊词组的输入方法。

6.2.1 词组中有一级简码汉字

知识点讲解

有时候词组中可能存在一个或者几个一级简码汉字，如词组“令人深思”中的“人”字是一级简码汉字，“国家”中的“国”字是一级简码汉字。

在输入这类词组时，我们都将一级简码汉字看成是普通汉字，按照一般的汉字拆分规则来输入。

例如，“中期”的“中”字属于一级简码汉字，编码是K，但是在词组中不把它看成是一级简码汉字，而是按照普通汉字的拆分方法，将“中”字拆分成“口、丨”，编码是KH，它与“期”字的前两个字根“卄、三”的编码AD构成四码，因此词组的编码是KHAD。

词组“要员”中的“要”字是一级简码汉字，编码是S。但是在输入词组时，不将“要”字当成一级简码，而是按照普通汉字的拆分方法，将其拆分成“西、女”，“员”字的前两个字根是“口、贝”，所以正确拆分结果是“西、女、口、贝”。

下面将所有一级简码汉字的拆分方法列出来，在实际输入过程中，用户根据需要选择编码个数。

一→一	地→土也
在→ナ丨土	要→西女
工→工工工工	上→上丨一一
是→日一龰	中→口丨
国→囗王丶	同→冂一口
和→禾口	的→白勹丶
有→ナ月	人→丿丶
我→丿扌乚丿	主→丶王
产→立丿	不→一小
为→丶力丶	这→文辶
民→尸七	了→乙丨
发→乙丿又丶	以→乙丶人
经→纟ス工	

下面再列举一些词组中带有一级简码的取码示例。仔细观察，并多加练习，如图6-18所示。

★ 图6-18

动手练

下面的双字词组都包含了一级简码汉字，请按照正确的方法取码，然后进行上机练习。

同意　中国　这里
以后　地理　和平
上学　需要　人民

答案：

同（MG）　意（UJ）
中（KH）　国（LG）
这（YP）　里（JF）
以（NY）　后（RG）
地（FB）　理（GJ）
和（TK）　平（GU）
上（HH）　学（IP）
需（FD）　要（SV）
人（WW）　民（NA）

6.2.2 词组中有键名汉字

知识点讲解

有的词组中可能存在一个或者几个键名汉字，如词组“工作”中的“工”字是键名汉字，“土地”中的“土”字是键名汉字。

键名汉字的输入规则是连续敲击四下键名汉字所在的键位。如果键名汉字出现在词组中，它的输入规则还是跟打单个键名汉字一样，只不过不是敲四下键位，而是需要取这个键名汉字的几码就敲几下键位。

例如，词组“大队”中的“大”是键名汉字，由于“大队”是二字词组，按照二字词组取码规则，需要取每个汉字的前两码，在输入“大”字时，就需要敲击两下“D”键，“大队”的编码是DDBW。

对于词组“大规模”，按照三字词组取码规则，只需要取“大”字的第一码，敲一下“D”键即可，词组“大规模”的编码是DFSA。

下面列出一些这类词组的实例，读者应仔细观察并多加练习，如图6-19所示。

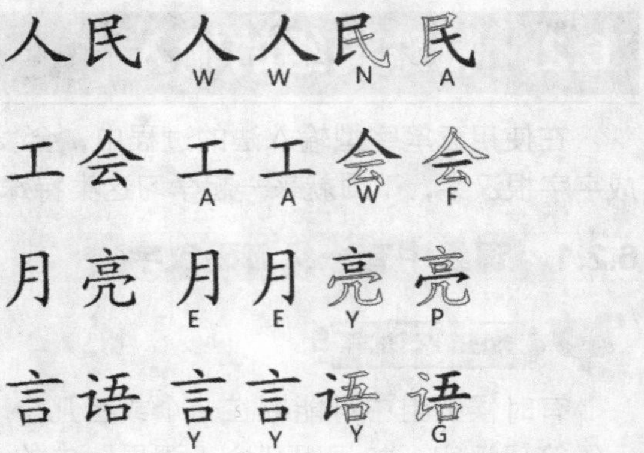

★ 图6-19

动手练

下面的双字词组内包含有键名汉字，请读者按照正确的方法取码，并进行上机练习。

站立　水果　已经　之中
木头　王码　子孙　大队
工作　土地　金色　华人

答案：

站（UH）　立（UU）
水（II）　果（JS）
已（NN）　经（XC）
之（PP）　中（KH）
木（SS）　头（UD）
王（GG）　码（DC）
子（BB）　孙（BI）
大（DD）　队（BW）
工（AA）　作（WT）
土（FF）　地（FB）
金（QQ）　色（QC）
华（WX）　人（WW）

6.2.3 词组中有成字字根汉字

知识点讲解

有的词组中可能存在一个或者几个成字字根汉字，如词组“儿子”中的“儿”

字，"用户"中的"用"字都是成字字根汉字。在词组中成字字根汉字的输入跟单个成字字根汉字输入规则一样，都需要先"报户口"，然后再依次输入笔画的编码，不同的是在输入词组中的成字字根汉字时，不再需要输入完所有的成字字根汉字编码，而是根据需要选择出几位编码来构成词组的编码。

例如，成字字根汉字"用"的编码是ETNH，但在词组"用户"中，按照词组输入规则，我们只取前两位编码ET，与"户"字的两位编码一起构成词组的编码ETYN。

用 户 用 用 户 户
　E　T　Y　N

动手练

下面的词组中包含了成字字根汉字，请按照正确的方法取码，并上机练习。

古代　石油　米粉
八股　早期　手术

答案：
古（DG）代（WA）
石（DG）油（IM）
米（OY）粉（OW）
八（WT）股（EM）
早（JH）期（AD）
手（RT）术（SY）

6.3 自定义词组

当五笔输入法中自带的词组不能满足用户的需要时，可以通过"手工造词"功能来自定义词组。下面以自定义多字词组"搬起石头砸自己的脚"为例，介绍自定义词组的具体方法。

1 使用鼠标右键单击极品五笔输入法状态条，在弹出的快捷菜单中选择"手工造词"命令，如图6-20所示。

输入法设置 ▶
管理工具 ▶
手工造词…
切换皮肤 ▶
使用说明
版本信息

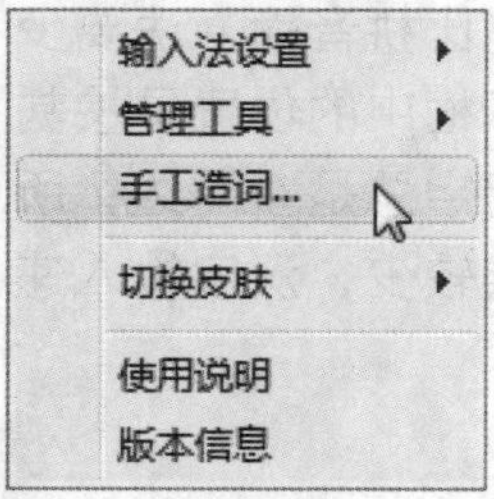

★ 图6-20

2 弹出"手工造词"对话框，在"词组"文本框内输入需要定义的词语"搬起石头砸自己的脚"，此时，"编码"文本框内会显示对输入的词语定义编码，如图6-21所示。

手工造词

词组　搬起石头砸自己的脚
编码　rfde　　□ 拼音造词

→和←修改词长，回车确认，Esc放弃

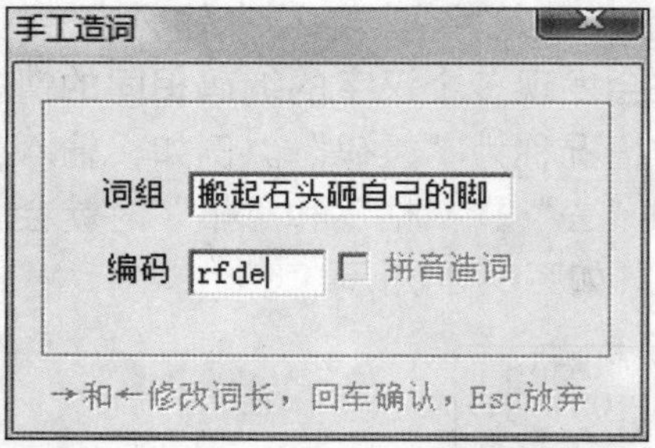

★ 图6-21

提示

"编码"文本框内的编码是五笔软件根据词组的取码规则来定义的，因此，用户不必死记编码。

3 按下回车键确认自定义词组。以后，在该五笔字型输入法中输入编码"RFDE"，就可以快速输入多字词组"搬起石头砸自己的脚"了，如图6-22

所示。

★ 图6-22

动手练

通过手工造词将“北京奥运会”定义为词组。

操作提示：

1 右键单击极品五笔输入法状态条，在弹出的快捷菜单中选择“手工造词”命令。

2 打开“手工造词”对话框，在“词组”文本框中输入“北京奥运会”，然后将鼠标定位到“编码”文本框中，该文本框中显示了自定义词组的编码，按下回车键确认即可，如图6-23所示。

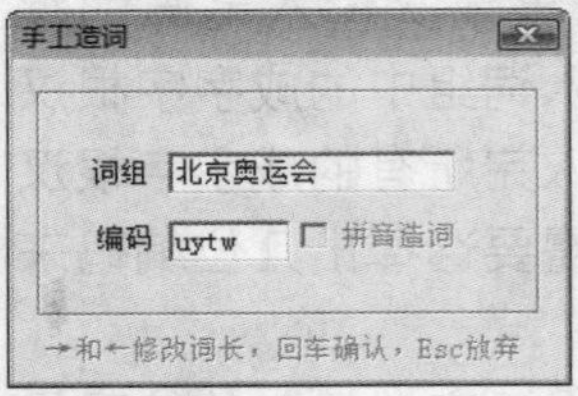

★ 图6-23

自定义词组后，在该五笔字型输入法中输入编码“UYTW”，就可快速输入词组“北京奥运会”了。

6.4 重码、容错码

虽然五笔字型输入法中的重码较其他输入法要少得多，但在使用五笔字型输入法输入汉字的过程中，也会遇到重码和容错码，下面介绍对重码和容错码的处理方法。

6.4.1 重码

知识点讲解

在使用五笔字型输入法输入汉字时，往往会发现多个汉字的编码相同的情况，这种情况称为“重码”。例如，输入“云”和“去”、“枯”和“柘”时就会出现重码，如图6-24所示。

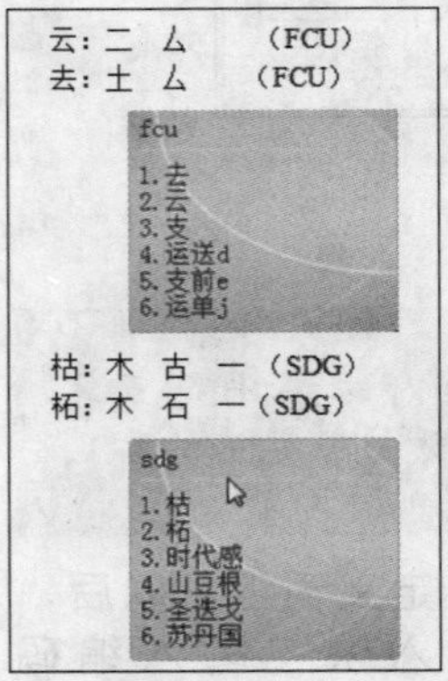

★ 图6-24

在输入重码字时，相同编码的字会同时出现在屏幕的提示框中，如果所要的字在第1个位置上，则只要继续输入下文，该字即可自动跳到光标处；如果所要的字在第2个位置上，按字母键上方的数字键“2”，即可将所要的字输入到屏幕上。五笔字型输入法的重码比拼音输入法要少得多，并且重码在提示框中的位置是按其使用频度排列的，常用字总是在前边，所以，选择重码字的时候较少，汉字输入速度自然也就加快了。

动手练

输入下面的汉字时会出现重码，请上机练习这些汉字的输入。

来来往往　讨论　伤口　沉重
总是　招待　贪污　执法

答案：

来来往往（GGTT）　讨论（YFYW）

伤口（WTKK）　沉重（IPTG）

总是 (UKJG)　招待（RVTF）

贪污（WYIF）　执法（RVIF）

6.4.2　容错码

知识点讲解

容错码是指容易搞错的编码。在五笔字型输入法中，容错码主要有以下两种类型。

1．拆分容错码

拆分容错码指因为人们的书写习惯，个别汉字容易造成拆分顺序错误，而产生错误码。以“长”字为例进行讲解。

正确拆分：丿、七、丶，全码TAYI，简码TA

容错拆分：七、丿、丶，容错码ATYI

容错拆分：丿、一、𠃋、丶，容错码TGNY

容错拆分：一、𠃋、丿、丶，容错码GNTY

因此，用户在拆分该类汉字时需要记住正确的拆分方法。

2．识别容错码

识别容错码是指个别汉字因人们书写的习惯顺序，容易造成识别码判断错误。下面给出一些例子：

连：车、辶、23，即LPK（正确编码）

车、辶、13，即LPD（末笔识别容错）

击：二、山、23，即FMK（正确编码）

二、山、22，即FMJ（字型容错）

提　示

事实上，容错码还有另外一层意思，即容许出错的编码。由于容错码打破了编码的唯一性，使人难以辨认正确的编码，是最终提高速度的障碍，所以现在很多五笔软件的码表中都去掉了容错码，只保留正确的、唯一的编码。

疑难解答

问 在输入汉字时，如果不知道其中某个编码，怎么办呢？

答 在键入汉字时，如果不记得字根对应的键位，或者对字根的拆分困惑，便可以使用“Z”键来代替。此时，电脑会检索出那些符合已知字根代码的字，并将汉字及正确代码显示在提示框里。

问 除了词库中的词组外，用户可不可以使用五笔输入法自定义词组？是不是所有五笔输入法都可以自定义词组？

答 五笔字型输入法提供了方便实用的词组自定义方法，用户可以根据使用需求自定义词组，以提高输入速度。三讯五笔、极品五笔、王码五笔等都提供了自定义词组功能。

问 自定义多字词组编码时，是不是无论词组由多少个单字组成都可以使用四个编码？如何定义编码呢？

答 在自定义词组时，无论词组由多少个单字组成都是使用四个编码。只要输入需要自定义为词组的字符串，软件将自动根据取码规则定义编码，具体操作方法可以参照本章6.3小节。

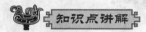

Chapter 07

第7章　常见五笔字型输入法

本章要点

- *极品五笔*
- *智能五笔*
- *三讯五笔*
- *五笔字型输入法提速法则*

五笔字型输入法的版本众多，每种版本都具有其自身的优点。本章将介绍几种常见的五笔字型输入法，包括极品五笔、智能陈桥和三讯五笔，最后总结出五笔字型输入法提速法则供读者参考。

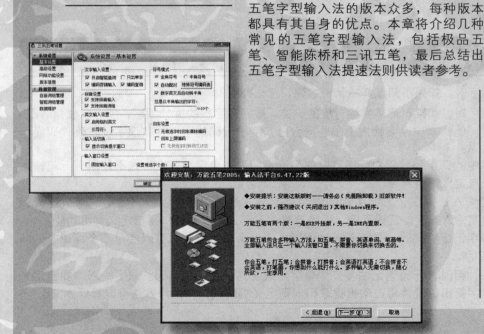

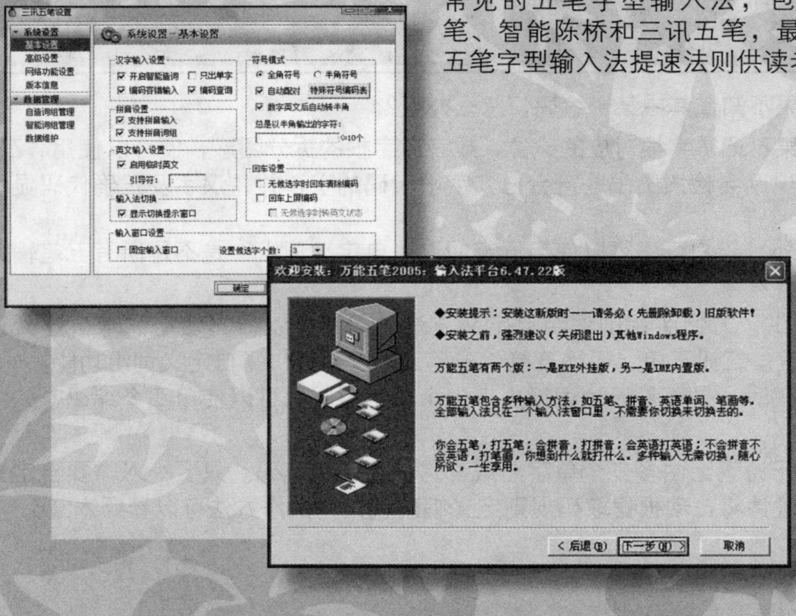

7.1 极品五笔

极品五笔是目前用户使用较多的五笔字型输入法之一。它是一款完全免费的中文输入软件，具有适应多种操作系统、通用性能好等优点，其安装文件可以通过官方网站Http://www.jpwb.net下载。

7.1.1 认识极品五笔输入法状态栏

知识点讲解

与使用其他输入法一样，启动极品五笔输入法后，屏幕上就会出现相应的输入法状态栏，状态栏上的几个按钮包含了对该输入法的大部分操作。图7-1所示即为极品五笔输入法状态栏。

★ 图7-1

极品五笔输入法状态栏上各按钮的含义和功能解释如下。

- 按钮中：表示当前的输入法状态为中文输入，此时输入的英文字母为拼音。单击该按钮或按下“Caps Lock”键将变为A，此时为英文输入状态，可直接在文档中输入英文字母；
- 按钮极品五笔：表示当前为五笔输入状态；
- 按钮◢：表示当前为半角字符输入状态，此时输入的是英文字符。单击该按钮，图标变为●，此时为全角字符输入状态，输入的是汉字字符；
- 按钮·,：表示当前为中文标点输入状态。单击后该按钮将变为·,，此时为英文标点输入状态，表示输入的标点为英文标点；
- 按钮▦：这是软键盘按钮。单击该按钮，将弹出一个软键盘，再次单击此按钮，可将软键盘关闭。使用鼠标右键单击该按钮，可以在弹出的快捷菜单中选择特殊符号的输入。

7.1.2 自动造词

知识点讲解

极品五笔输入法提供了自动造词功能，利用该功能，可以将五笔字型输入法中不是词语的多个汉字组合成词组。在极品五笔输入法中，使用自动造词功能的具体操作方法如下。

1 单击任务栏中的输入法图标，在弹出的菜单中切换至极品五笔中文输入法。

2 右键单击极品五笔输入法状态栏，在弹出的快捷菜单中选择“手工造词”命令，如图7-2所示。

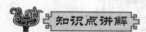

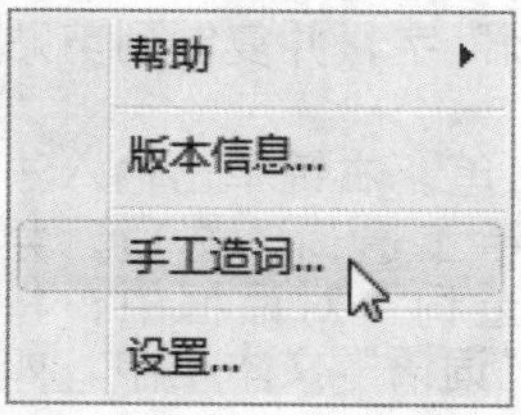

★ 图7-2

3 弹出“手工造词”对话框，在“词语”文本框中输入词组，如“极品五笔输入法”，此时在“外码”文本框中将根据取码规则自动得出该词组的五笔字型编码，即“SKGI”，如图7-3所示。

4 单击“添加”按钮，即可成功造词。添加完需要的词组后，单击“关闭”按钮，关闭“手工造词”对话框即可。

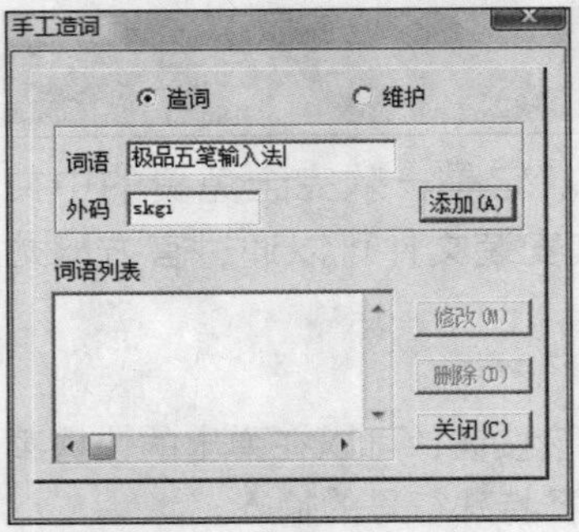

★ 图7-3

进行上述操作后，当输入多字词组“极品五笔输入法”时，只需要四码即可快速输入，大大提高了汉字的输入速度。

动手练

极品五笔具有重码少、输入速度快的特点。但有些GBK汉字无法用它输入。请读者根据下面的操作提示练习输入生僻字的方法。

以输入GBK“囮”字为例，输入生僻字的具体方法如下。

1. 先使用微软拼音等可以输入GBK汉字的输入法，打出“囮”字，并复制到剪贴板。
2. 然后切换到极品五笔，右键单击输入法状态栏，选择“手工造词”选项，并在打开的“手工造词”对话框中，将“囮”字粘贴到“词语”文本框中，如图7-4所示。
3. 对于这类生僻字，在“外码”文本框中不会自动得出五笔字型编码。因此需要在“外码”文本框中输入“囮”字的编码“LWXI”，单击“添加”按钮，此时，“囮”字及其编码将出现在“词语列表”框中，如图7-5所示。

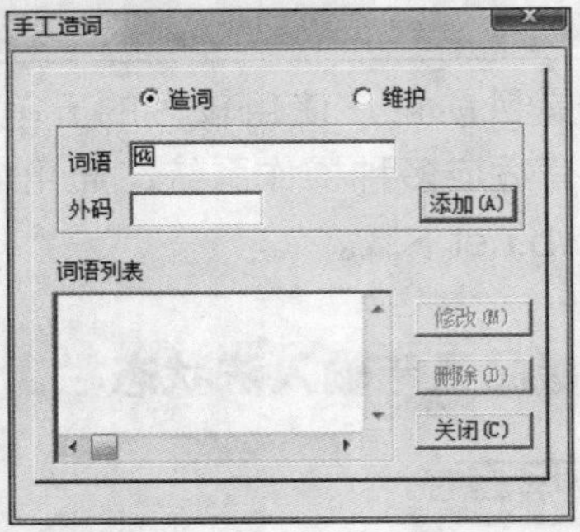

★ 图7-4

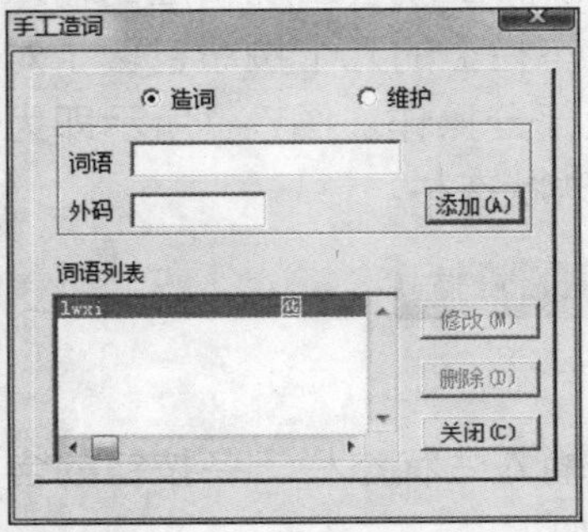

★ 图7-5

提示

在“外码”文本框中输入生僻字编码时，应根据取码规则取码，才能方便记忆。

此后，在极品五笔输入状态下，直接输入“LWXI”就可输入“囮”字了。

重复上述步骤把常用的GBK汉字组合成极品五笔的词组，以后当需要这些生僻字时，就可以直接用极品五笔输入它们了。

7.2 万能五笔

万能五笔输入法是一个外挂式的系统，启用该输入法时，其输入法图标和界面将一起出现在任务栏中。万能五笔默认热键是“Shift”键，按下该热键，会出现万能五笔的界面，再次按下“Shift”键即可关闭该界面，如图7-6所示。

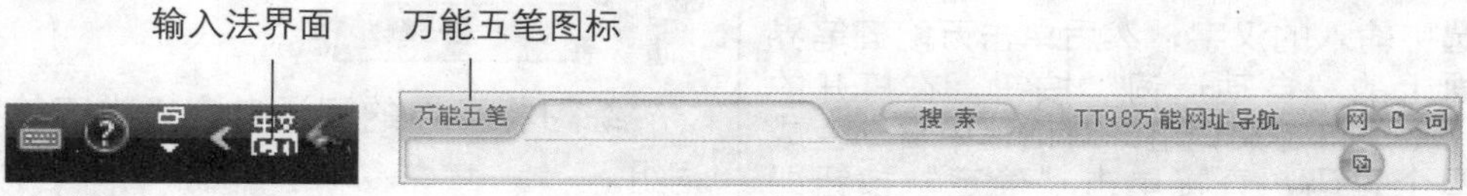

★ 图7-6

7.2.1 功能菜单的使用

知识点讲解

使用万能五笔输入法可以自动造词、输入特殊符号等，这些功能都需要通过功能菜单实现。可以通过以下三种方法打开如图7-7所示的万能五笔功能菜单。

★ 图7-7

- 在任务栏中万能五笔图标上单击鼠标右键；
- 将光标移至输入法界面的万能五笔图标处，当鼠标光标变成手的形状时，单击鼠标左键；
- 在万能五笔输入法界面的任意一个地方单击鼠标右键。

7.2.2 使用自动造词

知识点讲解

万能五笔输入法与极品五笔一样具有自动造词功能，但其使用方法有所不同。在万能五笔输入法界面中有一个“自动造词”按钮词，利用该按钮可以自定义词组，其具体操作方法如下。

1 单击“开始”按钮，在打开的“开始菜单”中执行“所有程序→附件→写字板”命令，如图7-8所示。

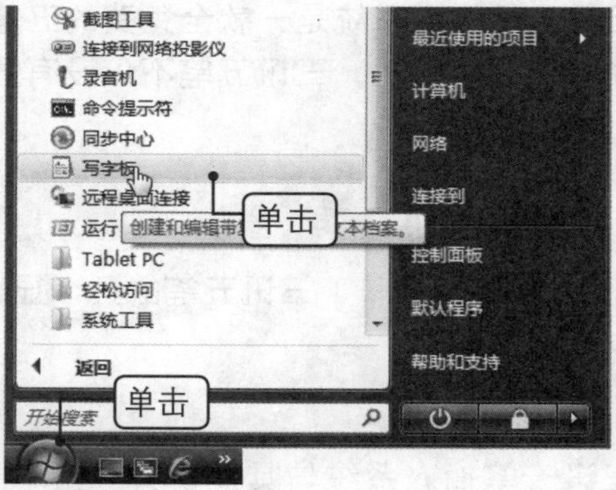

★ 图7-8

2 在打开的“写字板”程序窗口中，使用微软拼音等输入法输入“万能五笔”四个字，如图7-9所示。

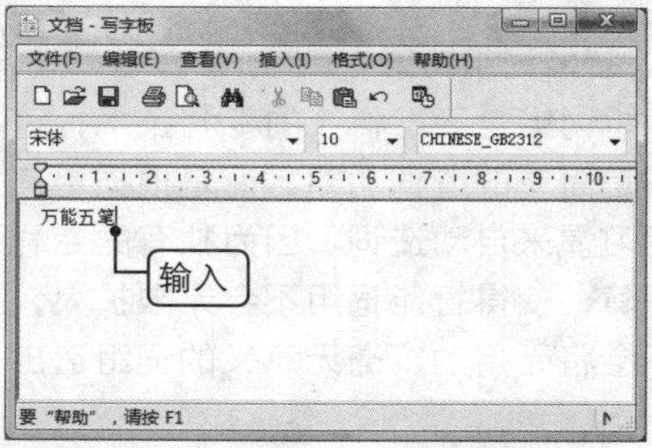

★ 图7-9

3 选中输入的汉字，然后单击万能五笔界面上的“自动造词”按钮，在打开的“生成自定义词组”对话框中自动生成四个编码，直接单击“确定”按钮即可，如图7-10所示。

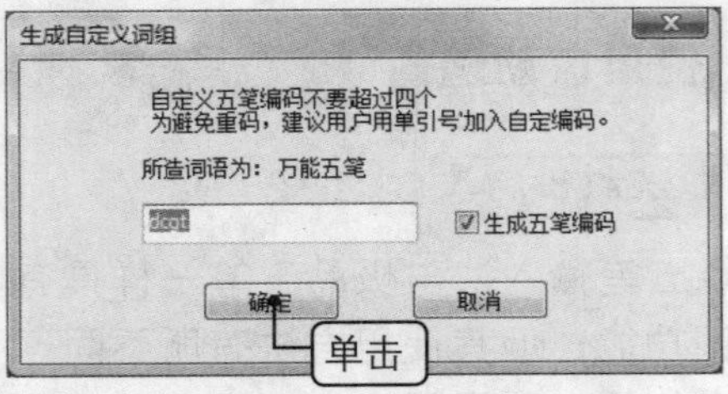

★ 图7-10

以后，只需要输入设置的四个编码，即可快速输入“万能五笔”词组了。

动手练

练习将下面的词语自定义为五笔字型词组。

待字闺中	过河拆桥	彬彬有礼
盛情难却	隐隐约约	娓娓动听
苦尽甘来	除暴安良	傲睨自若
铺天盖地	惩一儆百	短兵相接
街头巷尾	街谈巷议	循规蹈矩
普天同庆	酩酊大醉	肆无忌惮
魂不守舍	魂不附体	魂牵梦萦
鼓乐喧天	碍手碍脚	楚楚可怜
碎尸万段	想入非非	感人肺腑
颐指气使	碌碌无为	楚材晋用

7.3 三讯五笔

三讯五笔输入系统是一款全免费的五笔字型输入软件，其功能十分强大。与以往的五笔输入法软件相比，三讯五笔不仅没有烦人的输入状态栏，而且增加了等级体系，让学习过程不再枯燥。

7.3.1 认识三讯五笔

下面简单介绍一下三讯五笔的几个显著特点。

1. 无输入状态栏

三讯五笔输入系统与其他拼音或五笔输入法最大的不同之处在于，切换到三讯五笔以后，再也没有烦人的状态栏了，所有的操作都可以在输入过程中通过汉字候选窗口实现。

2. 智能词组功能

智能词组是三讯科技的专利技术，该功能不是简单的造词功能，而是根据用户的使用习惯来自动造词。因为独有的专利技术保障，使得智能词组不会无限扩大，而且不会将无用的、毫无意义的词组造出来。

三讯五笔的智能词组甚至超过了拼音的造词功能，在不知不觉中即可将三讯五笔的词组变为用户特有的词组，这比任何词组库方便多了。

3. 等级体系

输入法等级是三讯科技独创的一套制度，等级制度的使用让输入不再枯燥，同时输入等级制度还将保存、跟踪用户的输入效率和输入字数，用户将看到自己输入的进步。

输入等级必须要注册会员并登录后才能长期累计，否则只能累计当次的。输入等级分为速度等级和字数等级，其中速度等级统计近2~3周的输入速度，共分15级；字数等级统计所有输入的字数，共分39级，如图7-11所示。

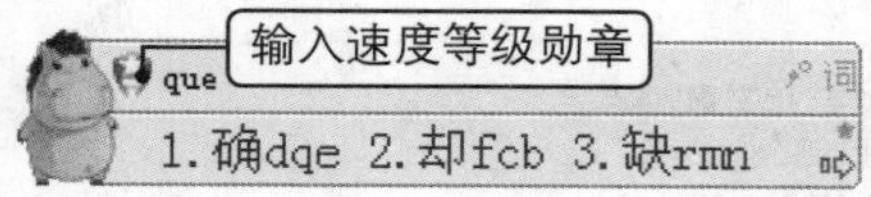

★ 图7–11

下面以速度等级为例进行介绍，具体的等级定义如下。

- 速度<20字/分：五笔菜鸟
- 速度<30字/分：五笔入门
- 速度<40字/分：五笔初学
- 速度<50字/分：五笔工匠
- 速度<60字/分：五笔快手
- 速度<70字/分：五笔高手
- 速度<80字/分：五笔专家
- 速度<90字/分：五笔顾问
- 速度<100字/分：五笔大侠
- 速度<120字/分：五笔大师
- 速度<140字/分：五笔泰斗
- 速度<160字/分：五笔宗师
- 速度<180字/分：五笔至尊
- 速度<200字/分：五笔圣手
- 速度>=200字/分：五笔神手

动手练

通常情况下，打开电脑时启动的是西文“英语”输入法，用户如果要使用中文输入法，则必须进行输入法切换。其实，用户可以将需要的输入法指定为系统默认启动的输入法。请读者根据下面的操作提示，将三讯五笔设置为默认的输入法。

1 在任务栏上右键单击“输入法”图标，在弹出的快捷菜单中选择“设置”命令，如图7–12所示。

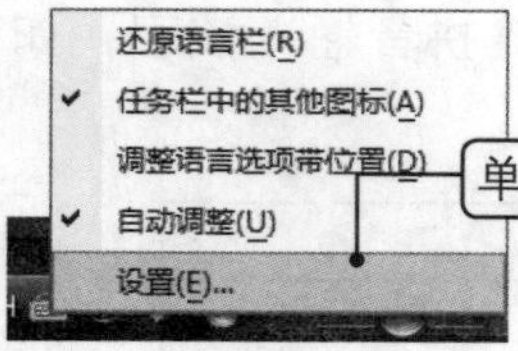

★ 图7–12

2 弹出“文本服务和输入语言”文本框，在“默认输入语言”栏中选择“三讯五笔”输入法，如图7–13所示。

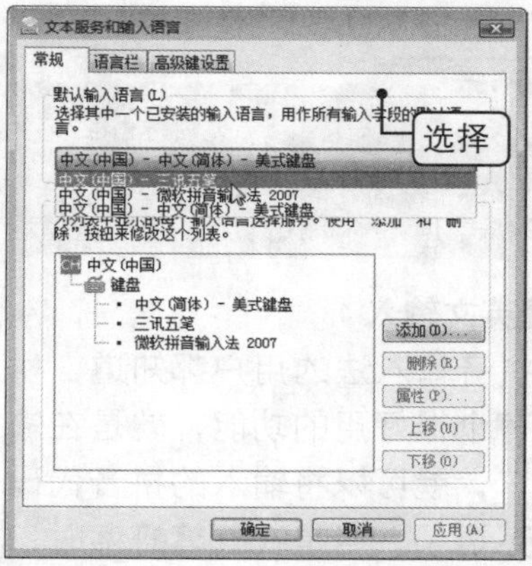

★ 图7–13

3 单击“确定”按钮，保存设置即可。

7.3.2 使用三讯五笔

知识点讲解

三讯五笔输入法使用起来十分方便快捷，下面介绍三讯五笔输入法的具体使用方法。

1. 输入汉字

三讯五笔的操作十分简单，切换到三讯五笔输入法后，只需按照汉字的拆分原则输入相对应的字根即可，如图7–14所示。

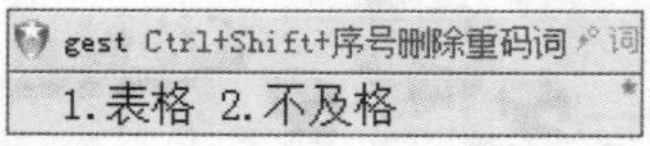

★ 图7–14

2. 无缝拼音输入

三讯五笔嵌入了拼音输入方法，如果忘记一个字的五笔编码了，可以直接输入该字的拼音，也可以找到该字。在三讯五笔状态下输入拼音时无需切换，系统会自动识别，如图7–15所示。

★ 图7-15

提 示

直接输入词组的全拼，即可进行拼音词组的输入，如果拼音词组与五笔编码冲突，在拼音间加分隔符“'”即可。

3. 无缝英文输入

使用过拼音输入法的用户都知道，拼音输入法中有个很好用的功能，就是在输入拼音后回车，就可以将输入的拼音代码直接转换为英语了。但是在五笔打字时，却没有办法这样无缝输入英文，只能使用引导符或者切换到英文状态下输入，因此操作起来十分麻烦。

而使用三讯五笔就不用愁了，三讯五笔专利技术独家解决了无缝英文的输入问题，用户可以直接输入字母后回车，即可自动转换为英文了。下面讲解设置方法，具体操作如下。

1 切换到三讯五笔输入法状态，按下“Ctrl+/”组合键调出“三讯五笔设置”对话框，如图7-16所示。

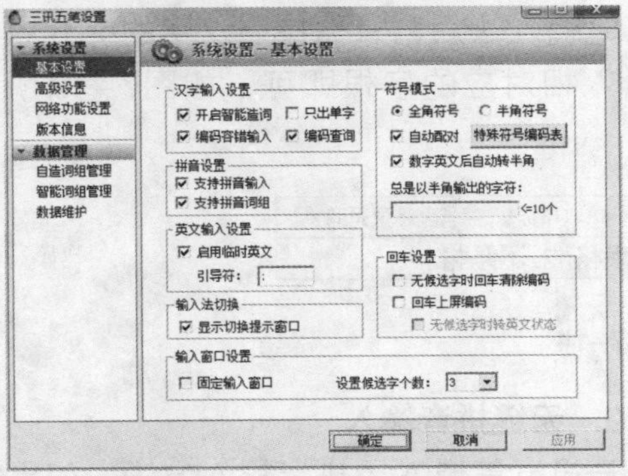

★ 图7-16

2 在“基本设置”选项卡中选中，“回车设置”选项组中的“回车上屏编码”复选框，如图7-17所示。

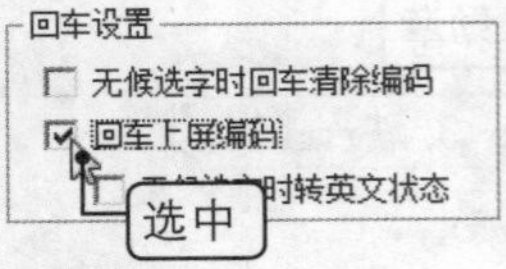

★ 图7-17

3 设置完成后，单击“确定”按钮。

4 在弹出的“三讯五笔提示”对话框中，单击“确定”按钮即可，如图7-18所示。

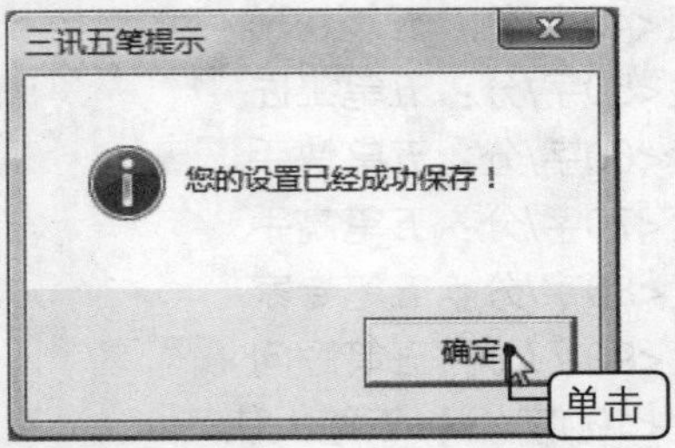

★ 图7-18

动手练

使用三讯五笔输入法输入下面的文字，某些难拆文字使用拼音输入。

五笔字型输入法虽然编码较为科学、严谨，但仍然存在一些按照常规方法难以打出的汉字，如“凹凸尬”等字。对于一个初学者而言，要完全学会这些难拆字的输入是很不现实，也是很困难的。

操作提示：

使用拼音输入“凹凸尬”等字时，不需要切换输入法。例如，输入“凹”字，直接在三讯五笔输入法中输入拼音“ao”，然后配合使用翻页键“PageDown”在输入法状态栏中找到“凹”字，按下对应的数字键，即“3”，即可使用无缝拼音输入该字，如图7-19所示。

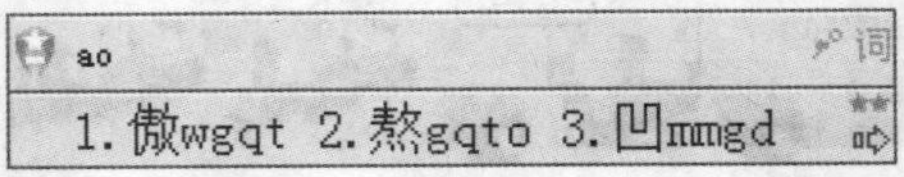

★ 图7-19

7.4 五笔字型输入法提速法则

为了学好五笔字型输入法，需要掌握一些文字输入技巧与原则。总的来说有以下三个基本规则。

7.4.1 遇词打词、无词打字

五笔字型输入法不但能输入单字，而且能输入几乎所有的词组。无论是双字词组、三字词组、四字词组还是多字词组，使用五笔字型输入法最多只需要击键四次就可以打出来，因此大大提高了输入效率。

提示

要想在输入过程中遇词打词，就必须知道哪些是词组，这就需要在头脑中建立常用词组的概念。平时可以找一些词组的资料进行专项练习，效果会更好。

动手练

将下面这段话中的词组标出来，并根据“遇词打词、无词打字”的原则进行输入练习。

我国的著作权集体管理制度起步较晚，发展也较为缓慢。从1992年中国音乐著作权协会成立至今，我国现有正式的著作权集体管理组织只此一家。目前，中国音像著作权协会和中国文字作品著作权协会正在筹备建立，它们将分别从事音乐、音像制品和文字作品的著作权集体管理业务。

答案：

我国的　著作权　集体　管理　制度 起步　较晚，发展　也较为　缓慢。从1992年　中国　音乐　著作权　协会　成立　至今，我国　现有　正式　著作权　集体　管理　组织　只此　一家。目前，中国　音像　著作权　协会　和　中国　文字　作品　著作权　协会　正在　筹备　建立，它们　将　分别　从事　音乐、音像　制品　和　文字　作品　的　著作权　集体　管理　业务。

7.4.2 击键规范、快速盲打

五笔字型输入法是一种键盘输入法，因此要想快速地输入，必须熟练掌握键盘操作。

盲打操作是键盘操作最重要的规则，是必须要掌握的技能。

“盲打”又名“触觉打字术”，它是一种键盘操作规范，打字者在盲打时要充分发挥手指的触觉能力，做到不看键盘与屏幕来打字。

1888年，在美国举办的全美打字公开赛上，法院速记员马加林按照明确的指法分工展示了他的盲打技术，输入速度比不用盲打提高了很多倍，错误却只有万分之三。马加林的成功使很多人开始练习盲打输入，并使盲打技术在全世界范围内迅速得到推广。

对于打字员来说，盲打的概念就是在文字输入时眼睛不看屏幕，也不看键盘，只看稿纸，在打字的间隙或者是在整个打字进程中用眼睛的余光观察键盘与屏幕，整个打字过程非常流畅。

使用盲打有以下几个好处。

- 可以使打字者精神高度集中，眼睛与手指分工明确，避免了打字时手忙脚乱的窘状。
- 盲打时双眼看着文稿，双手靠触觉击打键盘，注意力都集中到了稿子上，非常容易发现稿件中的错误并及时予以纠正。

- 盲打准确性高，现在的键盘都设置了定位键，这非常方便手指寻找到要击打的键位，大大加快了击键速度。

初学者要想采用盲打，必须经历一个痛苦的训练过程。初学者在练习盲打时应注意以下两点。

- 抽出时间练习键盘操作，可以反复练习同一篇英文文章，逐渐提高输入的速度。
- 从一开始就养成盲打的习惯，可以采用闭上眼睛或不看屏幕只看文稿的方法来练习。只有通过这样的刻苦练习，养成好的习惯后才能实现自然盲打。

7.4.3 简码输入、能省则省

五笔字型中无论是汉字还是词组，最多只需要四位编码即可输入。有些汉字甚至只需要三码或者二码即可输入，这就是五笔字型中的简码汉字。

使用简码输入可以将输入速度提高约2~3倍。

在输入文章中的简码汉字时，要养成用简码输入的习惯。初学者有可能记不住哪些是简码汉字，哪些不是简码汉字。因此应花费较长的时间来练习简码汉字，争取记住每一个简码汉字。

疑难解答

问 一般来说，通过输入法状态栏的功能菜单可以输入货币符号或特殊符号，但是三讯五笔没有了状态栏，该如何输入这些符号呢？

答 使用三讯五笔输入法也可以输入符号，通过输入特定字母编码就可以出现某类特殊符号，然后再选择符号。

下面简单介绍部分编码包含的特殊符号。

zfb（标点）：。，【】、；：？！…—·ˉˇ¨‘’“”々～‖∶＂＇｀｜〔〕〈〉《》「」『』．〖〗（）［］｛｝

zfp（拼音）：āáǎàōóǒòêēéěèīíǐìǖǘǚǜüūúǔù

zft（特殊符号）：℃°‰♂♀§№☆★○●◎◇◆□■△▲※〓＃＆＠＼＾＿￣

zfh（货币符号）：＄￠￡￥¤

zfxd（希腊大写字母）：ΑΒΓΔΕΖΗΘΙΚΛΜΝΞΟΠΡΣΤΥΦΧΨΩ

zfxx（希腊小写字母）：αβγδεζηαικλμνξοπρστυφθψω

zfs（数字符号）：＋－＜＝＞±×÷∈∏∑∕√∝∞∟∠∣∥∧∨∩∪∫∮∴∵∶∷∽≈≌≒≠≡≤≥≦≧≮≯⊕⊙⊥⊿

zfd（单位）：㎎㎏㎜㎝㎞㎡㏄㏎㏑㏒㏕

zfj（箭头）：→↑←↓↖↗↘↙

zfz（注音符号）：ㄅㄆㄇㄈㄉㄊㄋㄌㄍㄎㄏㄐㄑㄒㄓㄔㄕㄖㄗㄘㄙㄧㄨㄩㄚㄛㄜㄝㄞㄟㄠㄡㄢㄣㄤㄥㄦ

zsy（圆圈数字）：①②③④⑤⑥⑦⑧⑨⑩

zsk（括号数字）：⑴⑵⑶⑷⑸⑹⑺⑻⑼⑽⑾⑿⒀⒁⒂⒃⒄⒅⒆⒇

zsd（小数点数字）：⒈⒉⒊⒋⒌⒍⒎⒏⒐⒑⒒⒓⒔⒕⒖⒗⒘⒙⒚⒛

zsz（中文数字）：㈠㈡㈢㈣㈤㈥㈦㈧㈨㈩

zsld（罗马大字数字）：ⅠⅡⅢⅣⅤⅥⅦⅧⅨⅩⅪⅫ

zslx（罗马小字数字）：ⅰⅱⅲⅳⅴⅵⅶⅷⅸⅹ

问 使用三讯五笔可以自定义词组吗?

答 通过三讯五笔提供的在线造词功能，可以随意创建词组，以方便以后使用，具体操作如下。

1 在三讯五笔输入法状态下输入任意字母，然后在候选窗口中单击右上角的“词”链接，如图7-20所示。

2 在弹出的“三讯五笔设置”对话框中输入需要创建的词组和代码，然后单击“添加”按钮，如图7-21所示。

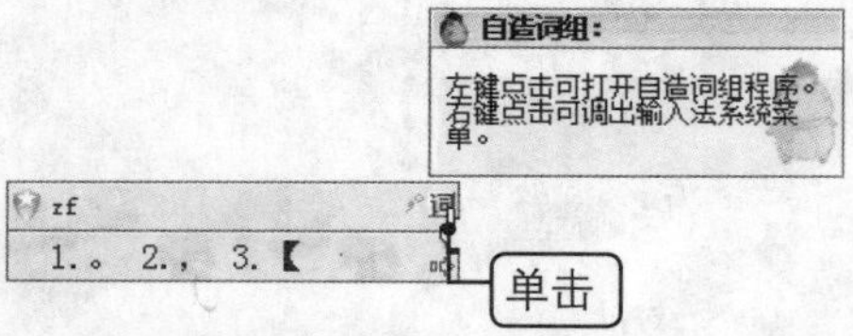

★ 图7-20

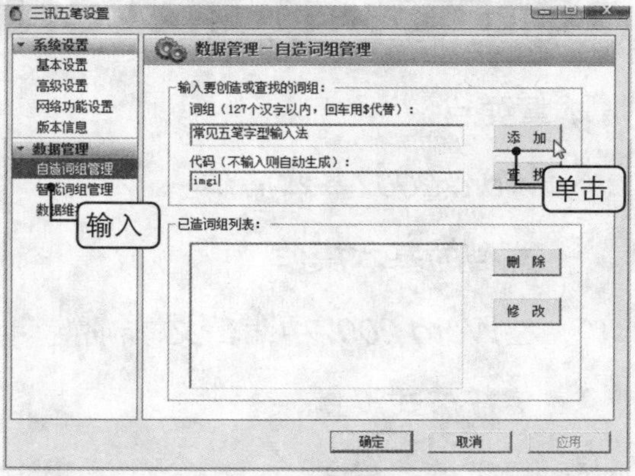

★ 图7-21

3 接下来在下方的“已造词组列表”框中即可看到刚才创建的词组，单击“确定”按钮关闭对话框即可，如图7-22所示。

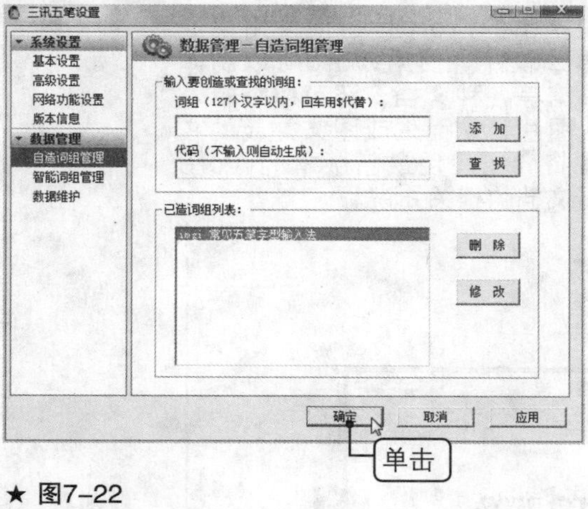

★ 图7-22

问 在学习五笔字型输入法时，有没有提速技巧?

答 在学习五笔字型输入法时，应掌握相关的提速技巧，包括“遇词打词、无词打字”、“击键规范、快速盲打”、“简码输入、能省则省”三个基本原则，具体要点可以参考本章7.4小节。

Chapter 08

第8章　使用Word 2007编辑文本

本章要点

- *Word 2007基本操作*
- *文档的基本操作*
- *在Word 2007中编辑文本*
- *字符格式设置*
- *段落格式设置*

微软公司推出的Word是目前使用广泛的重要办公软件。使用Word可以制作公文、书信等各种文档，还可以编辑表格、插入图片，从而生成图文并茂的文档。本章将介绍使用最新版本的Word 2007编辑文档的相关知识。

8.1 Word 2007基本操作

相比以前的Word版本，Word 2007在操作界面和操作方式上发生了很大的变化。Word 2007提供了更多的实用功能，可以辅助用户高效率地制作出精美的文档。下面介绍Word 2007的一些基本操作。

8.1.1 启动Word 2007

知识点讲解

安装了Office 2007后，可以利用“开始”菜单、桌面快捷方式或打开Word文档来启动Word 2007。启动Word 2007的具体操作方法如下。

- 执行“开始”→“所有程序”→“Microsoft Office”→“Microsoft Office Word 2007”命令，如图8-1所示。

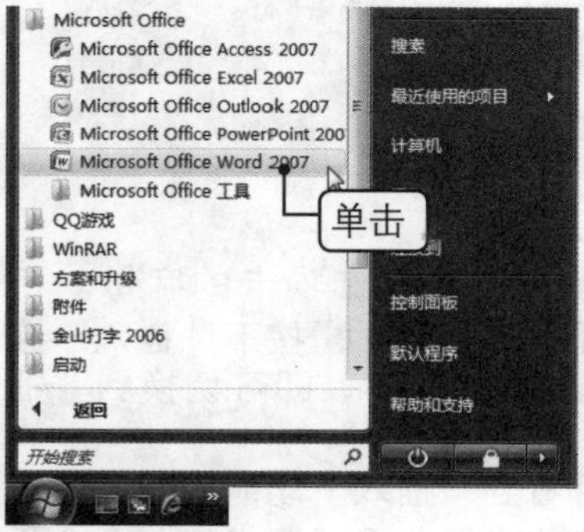

★ 图8-1

- 双击桌面上的Word快捷方式图标，如图8-2所示。
- 双击由Word编辑的文档文件，打开文件的同时就可以启动Word 2007，如图8-3所示。

★ 图8-2

★ 图8-3

动手练

通常情况下，安装了Word 2007后，并没有自动建立桌面快捷方式。根据下面的操作提示练习添加Word桌面快捷图标的方法。

操作提示：

执行“开始”→“所有程序”→“Microsoft Office”命令，在打开的程序列表中，右键单击“Microsoft Office Word 2007”选项，在弹出的快捷菜单中选择“发送到”→“桌面快捷方式”命令，如图8-4所示。

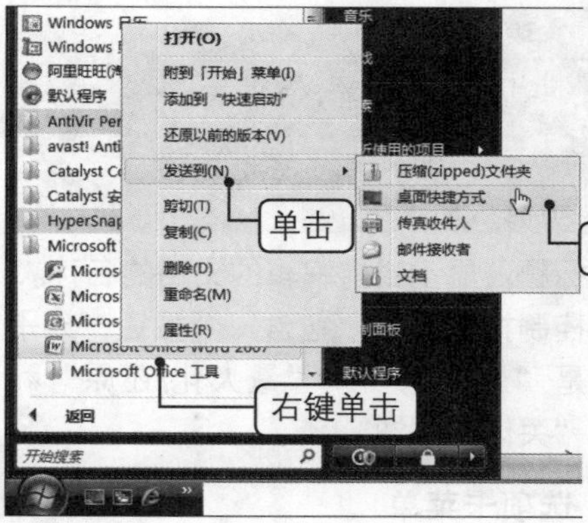

★ 图8-4

8.1.2 认识Word 2007的界面

知识点讲解

启动Word 2007后，首先看到的“Microsoft Word”窗口就是Word 2007的操作界面，该界面主要由标题栏、选项卡菜单、文档编辑区、状态栏、滚动条和标尺六个部分组成，下面分别进行介绍。

1. 标题栏

标题栏位于Word窗口的最上方，由“Office”按钮、快速访问工具栏、标题和控制按钮区域四部分组成，如图8-5所示。

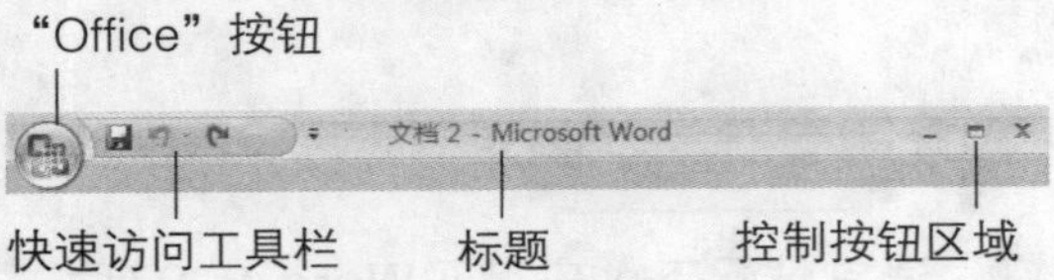

★ 图8-5

- “Office”按钮：单击“Office”按钮，将弹出一个下拉菜单。这是Word 2007中保留的唯一一个下拉菜单，相当于早期版本中的“文件”菜单。
- 快速访问工具栏：快速访问工具栏取代了早期版本中的工具栏，用于显示常用的工具，默认情况下包含“保存”、“撤消”和“恢复”3个按钮。用户也可根据需要，手动添加常用的操作按钮。

> **提　示**
>
> 单击快速访问工具栏右端的 按钮，在弹出的下拉菜单中执行“在功能区下方显示”命令，可将快速访问工具栏放到功能区的下方。

- 标题：显示当前编辑的文档的名称。
- 控制按钮区域：包含三个按钮，分别是“最小化”、“最大化/还原”和“关闭”按钮。

2. 选项卡菜单

选项卡菜单位于标题栏的下方，由选项卡和功能区组成，如图8-6所示。

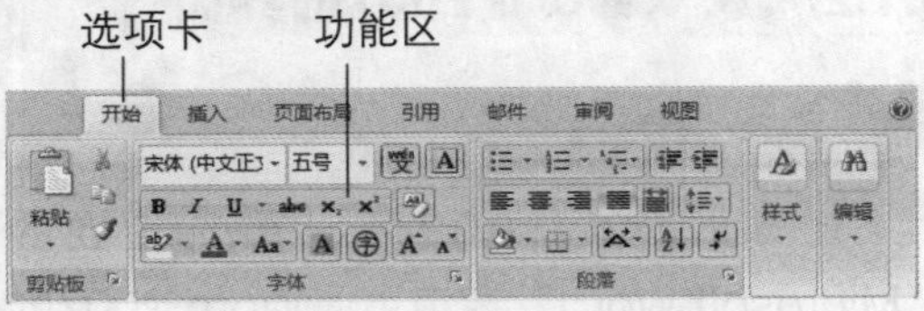

★ 图8-6

- 选项卡：每一个选项卡都对应着一个功能区，单击选项卡可在不同的功能区之间进行切换。
- 功能区：是由代表各种命令的按钮组成的集合。在Word 2007中，功能区取代了早期版本中的菜单命令，用户只需在功能区中单击按钮便可完成相应的功能。将鼠标指向功能区的按钮，可弹出一个浮动窗口，显示该按钮的功能。

用户不但可以通过单击按钮来使用功能区中的命令，还可通过键盘来实现，其方法如下。

1 按下键盘上的“Alt”键或“F10”键，功能区会出现下一步操作的按键提示，如图8-7所示。

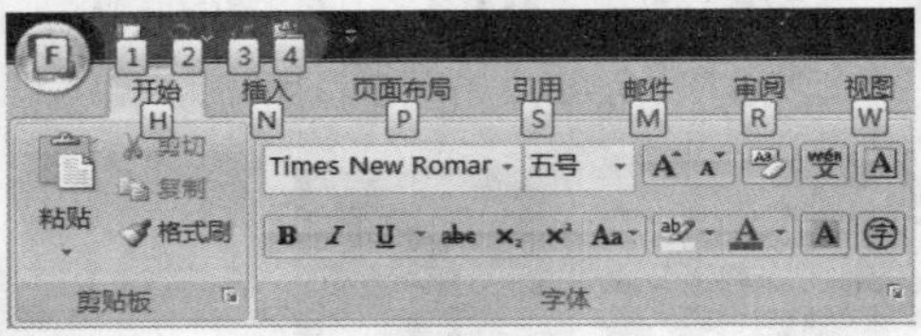

★ 图8-7

2 根据提示按下代表选项卡的字母。例如，要插入艺术字，需按下“插入”选项卡对应的“N”键，即可切换到“插入”选项卡。

3 此时，可看到“插入”功能区中各个命令所对应的字母，而“艺术字”命令所对应的字母为“W”，如图8-8所示。

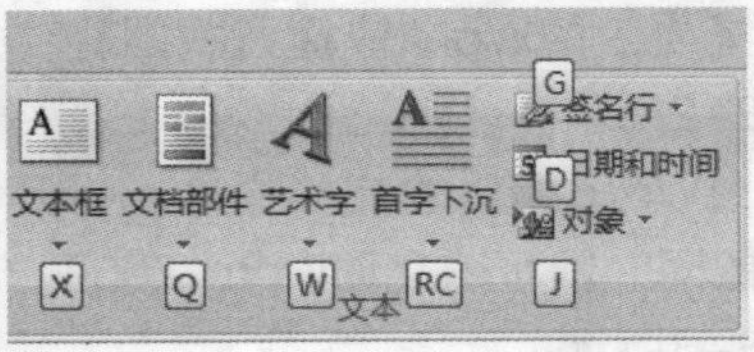

★ 图8-8

4 按下“W”键，即可弹出“艺术字”下拉列表框，从中进行选择即可，如图8-9所示。

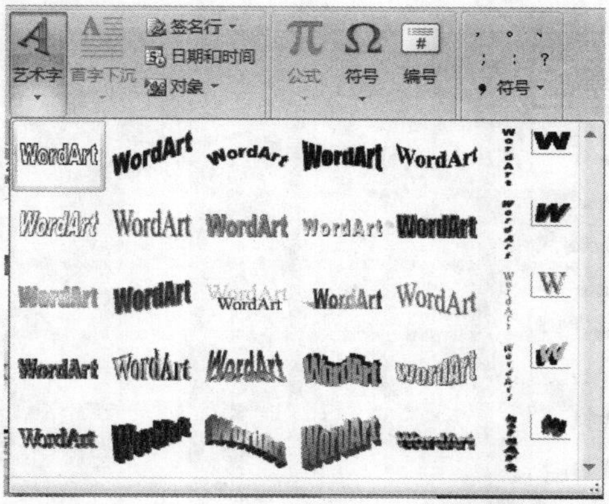

★ 图8-9

3. 文档编辑区

文档编辑区位于Word窗口的中心位置，以白色显示，是窗口的主要组成部分。文档的输入和编辑等操作均在该区域中完成，并向用户显示文档内容。

提 示

文档编辑区中有4个标记，分别是插入点“|”、竖形鼠标指针“I”、段落结束标志“↵”和文档结束标志“—”。

4. 状态栏

状态栏位于窗口最下方，用于显示编辑区中当前文档的状态信息，从左至右依次显示：当前页码/总页数、文档的字数、输入语言种类、是否处于改写状态、视图切换按钮和显示比例。

5. 滚动条

滚动条位于编辑区的右边和底端，分别为垂直滚动条和水平滚动条。拖动滚动条中的滚动块，编辑区中显示的区域将随之滚动。单击滚动条中的“前一页”按钮 或“下一页” 按钮，文档就会向前或向后翻一页。

6. 标尺

Word有两个标尺，分别是水平标尺和垂直标尺。其中，水平标尺在页面视图、Web版式视图和普通视图下都可以看到；垂直标尺只有在页面视图下才能看到。通过标尺，可查看文档的宽度、查看和设置段落缩进的位置、查看和设置文档的左右边界，还可以查看和设置表符的位置。

动手练

在使用Word 2007编辑文档的过程中，可以将常用的操作按钮添加到快速访问工具栏中，以提高工作效率。

请读者根据下面的操作提示练习将常用操作按钮添加到快速访问工具栏中。

操作提示：

1 单击快速访问工具栏右侧的下拉按钮，在弹出的“自定义快速访问工具栏”下拉菜单中，选择“其他命令”选项，如图8-10所示。

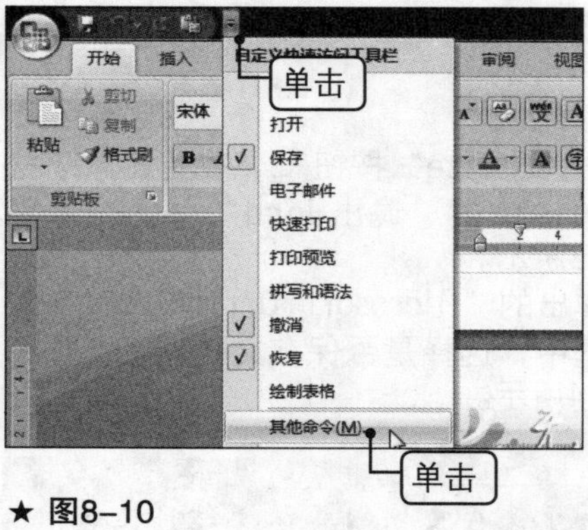

★ 图8-10

2 在弹出的“Word选项”对话框中，将自动切换至“自定义”选项卡。在“从下列位置选择命令”下拉列表中选择要添加的命令按钮所属类别，这里选择“插入选项卡”命令，然后在下面的列表框中选择要添加的命令，如“插入图表”，如图8-11所示。

3 单击“添加”按钮，“插入图表”命令将显示到右侧的列表框中，最后单击“确定”按钮，即可将该命令添加到快速访问工具栏中，如图8-12所示。

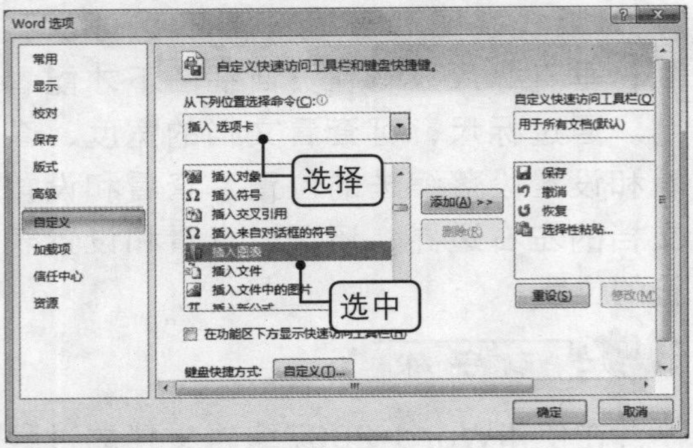

★ 图8-11

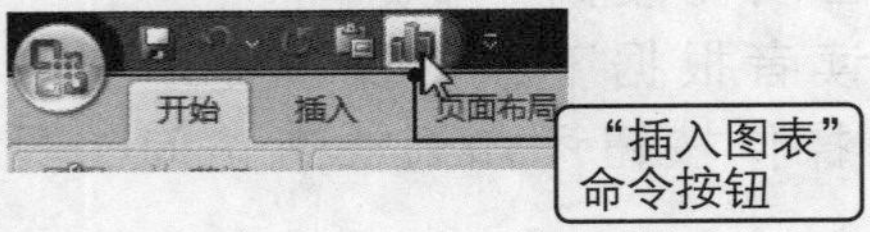

★ 图8-12

8.1.3 退出Word 2007

知识点讲解

完成对文档的编辑后，需要退出Word 2007。退出Word 2007的具体操作方法如下。

1 单击"Office"按钮，在弹出的下拉菜单中单击"退出Word"按钮，如图8-13所示。

2 在弹出的"Microsoft Office Word"对话框中，选择是否保存文档即可，如图8-14所示。

提 示

关于保存文档的具体操作将在本章后面的知识点中进行详细的讲解。

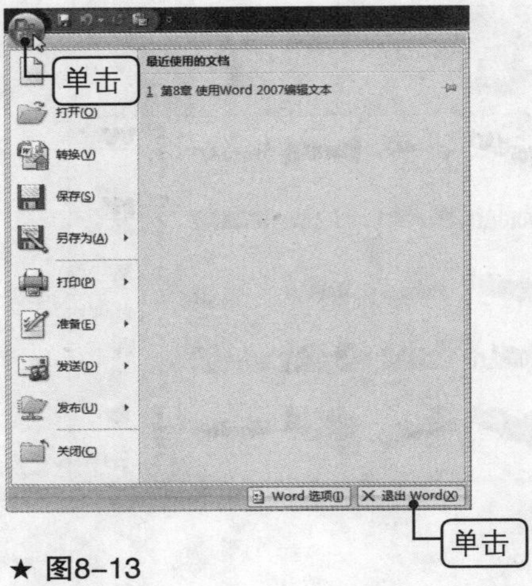

★ 图8-13

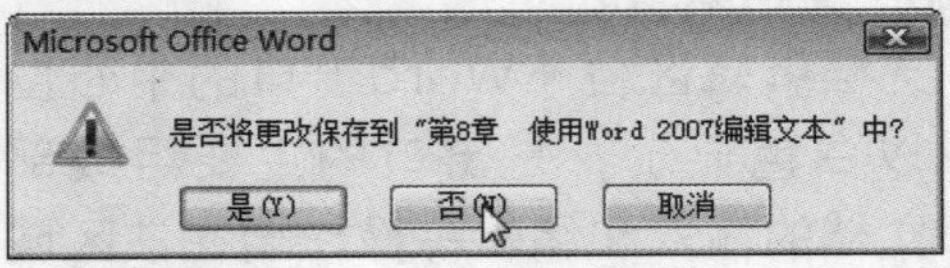

★ 图8-14

动 手 练

除了上面介绍的方法，还可以通过其他方法退出Word 2007。根据下面的操作提示练习使用多种方法退出Word 2007。

操作提示：

- 单击Word窗口右上角的"关闭"按钮，当关闭所有文档时即可退出Word 2007。
- 单击Word窗口左上角的"Office"按钮，在弹出的下拉菜单中执行"关闭"命令。
- 按下"Alt+F4"组合键，也可以退出Word 2007。

8.2 文档的基本操作

文档的基本操作包括新建文档、保存文档、打开文档和关闭文档等几种，下面分别进行介绍。

8.2.1 新建文档

知识点讲解

要在Word 2007中输入文字，首先要新建文档。在Word 2007中不但可以创建空白文档，还可使用模板或者向导等方式创建具有固定样式的文档。

1. 新建空白文档

在使用Word 2007编辑文档前，先要创建一个空白文档。

第一次启动Word时，系统会自动创建一个名为“文档1”的空白文档。当再次启动Word时，系统将以“文档2”、“文档3”、“文档4”……这样的顺序对新文档进行命名。如果在使用Word编辑文档的过程中，需要新建一个空白文档，则可以执行以下操作。

1 单击“Office”按钮，在弹出的下拉菜单中执行“新建”命令，如图8-15所示。

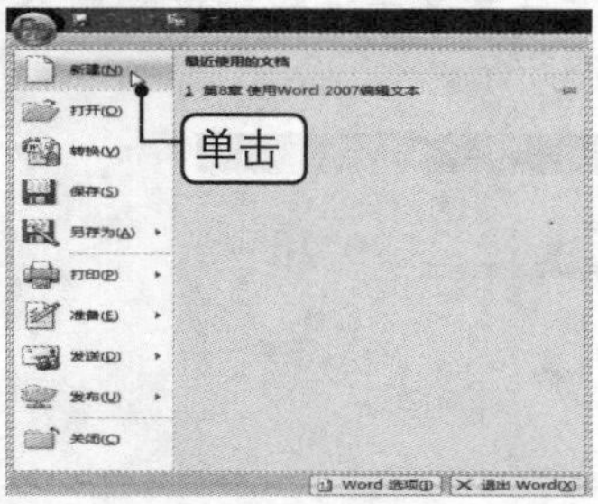

★ 图8-15

2 弹出“新建文档”对话框，选择“空白文档”选项，然后单击“创建”按钮即可创建新的空白文档，如图8-16所示。

2. 根据模板创建新文档

Word提供了多种类型的模板，用户可根据不同的需求进行选择。根据模板创建新文档的具体操作方法如下。

1 单击“Office”按钮，在弹出的下拉菜单中执行“新建”命令。

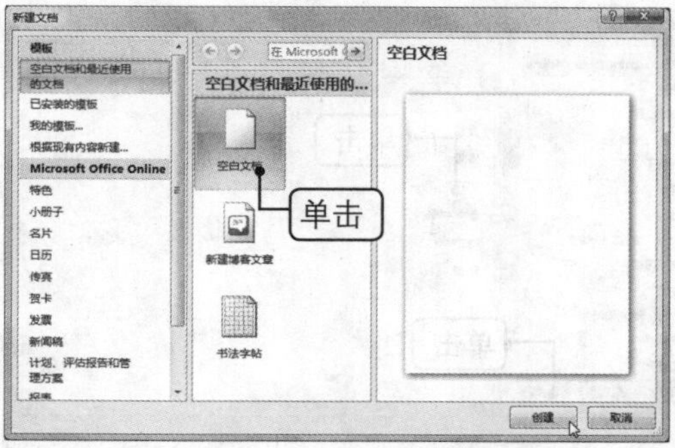

★ 图8-16

2 弹出“新建文档”对话框，单击左侧“模板”列表框中的“已安装的模板”选项，然后在中间选择要使用的模板样式，如图8-17所示。

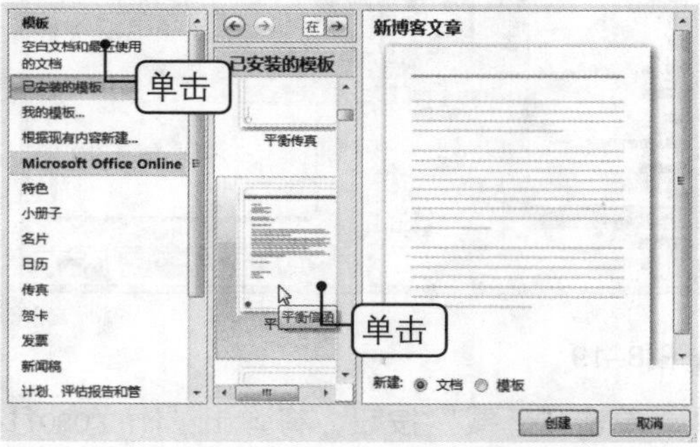

★ 图8-17

3 选择完毕后单击“创建”按钮，即可根据模板创建新文档。

如果没有找到合适的模板，还可以通过Microsoft Office Online在线下载模板。下面以下载中秋贺卡为例，介绍下载模板的具体操作方法。

1 单击“Office”按钮，在弹出的下拉菜单中选择“新建”命令。

2 弹出“新建文档”对话框，在左侧“Microsoft Office Online”栏中单击“贺卡”选项，在中间单击“节日”选项，如图8-18所示。

3 选择喜欢的中秋贺卡类型，如“中秋贺卡-明月，桂花，茶香”，如图8-19所示。

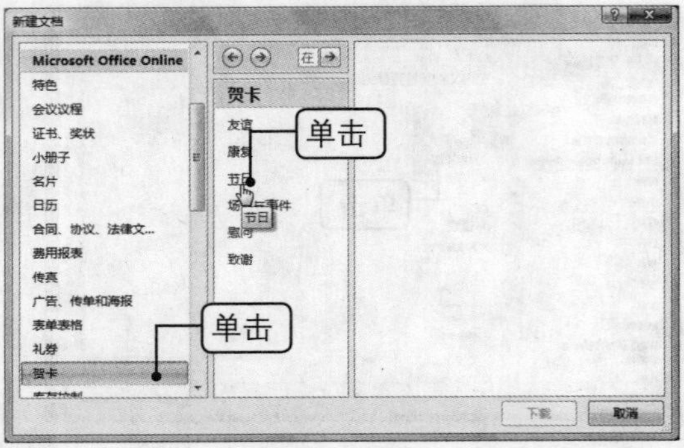

★ 图8-18

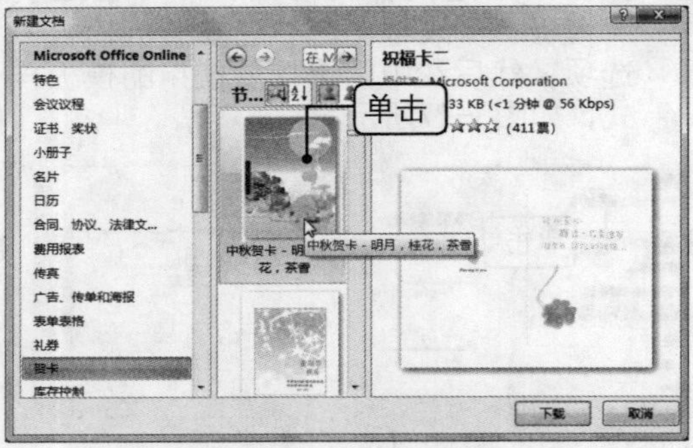

★ 图8-19

4 单击“下载”按钮，将弹出“Microsoft Office正版增值”对话框，单击“继续”按钮，如图8-20所示。

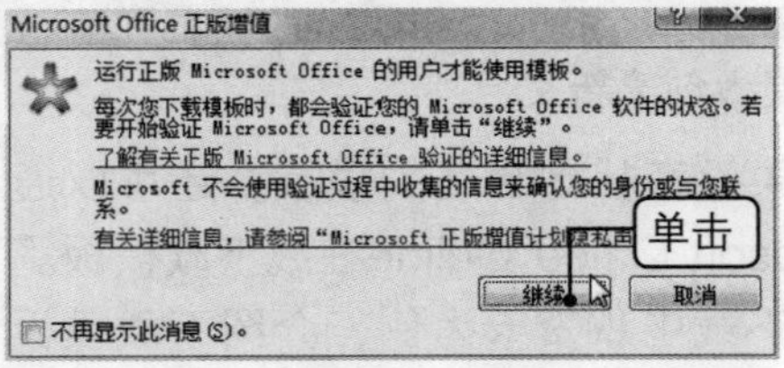

★ 图8-20

5 通过验证后，Word将自动下载模板，如图8-21所示。

★ 图8-21

6 下载完毕后，Word将打开新窗口，创建中秋贺卡，即完成了通过模板创建新文档的工作，如图8-22所示。

★ 图8-22

动手练

使用“新建”命令，在Word 2007中新建一个模板。

操作提示：

1 启动Word 2007，单击“Office”按钮，在弹出的下拉菜单中选择“新建”命令，如图8-23所示。

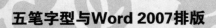

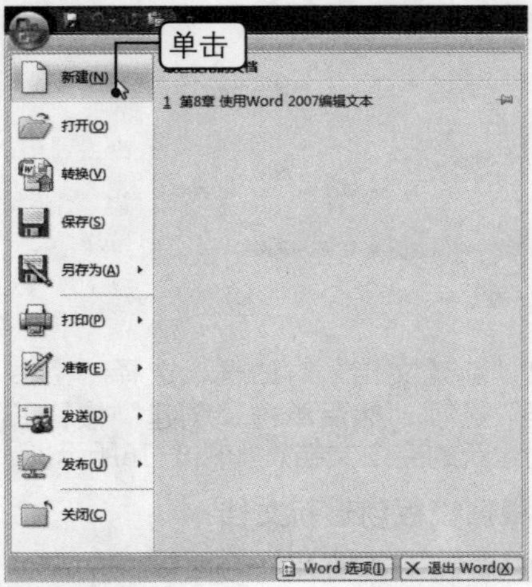

★ 图8-23

2 在弹出的“新建文档”对话框左侧的“模板”列表框中选择“我的模板”选项，打开“新建”对话框，如图8-24所示。

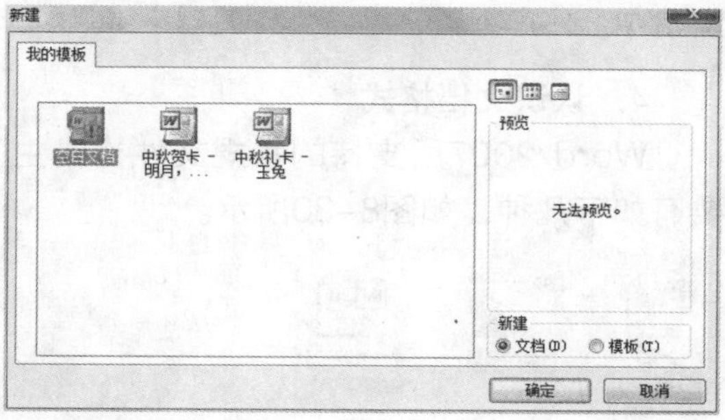

★ 图8-24

3 在右侧选中“模板”单选按钮，然后单击“确定”按钮，即可创建一个空白模板。

8.2.2 保存文档

知识点讲解

新建一篇空白文档后，如果以后要对它进行修改，那么就要把文档保存。在Word 2007中保存文档的具体操作方法如下。

1. 首次保存文档

在对文档进行第一次保存时，需要选择保存位置和设置文件名，选择文件的保存位置即选择存储文件的文件夹，而设置文件名需要设置与文档内容相符的名称（比如“第1章”），以便于查找，其具体操作方法如下。

1 单击“Office”按钮，在弹出的下拉菜单中单击“保存”命令，或者在快速访问工具栏中单击“保存”按钮，如图8-25所示。

2 弹出“另存为”对话框，在对话框的地址栏中可选择保存位置，在下方的“文件名”文本框中可输入新的文件名，然后单击“保存”按钮即可，如图8-26所示。

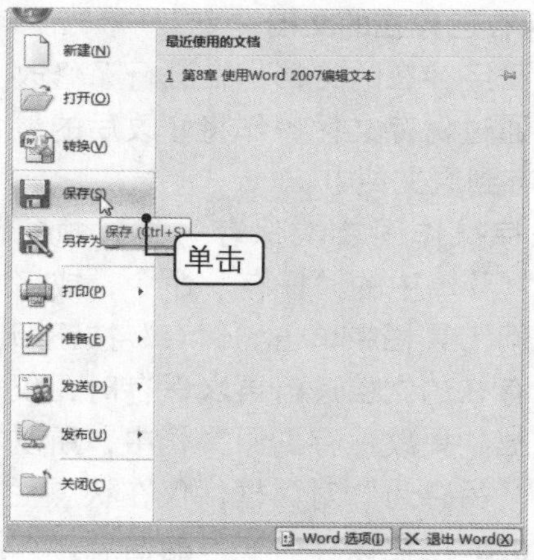

★ 图8-25

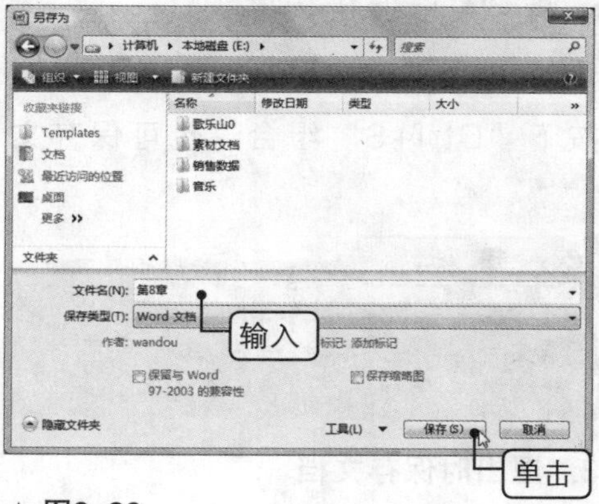

★ 图8-26

提　示

默认情况下，Word将文档保存为Word 2007文档格式，如果用户需要将文档保存为其他格式，可以单击“保存类型”下拉按钮，在弹出的下拉列表中选择需要的格式，如图8-27所示。

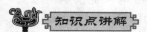

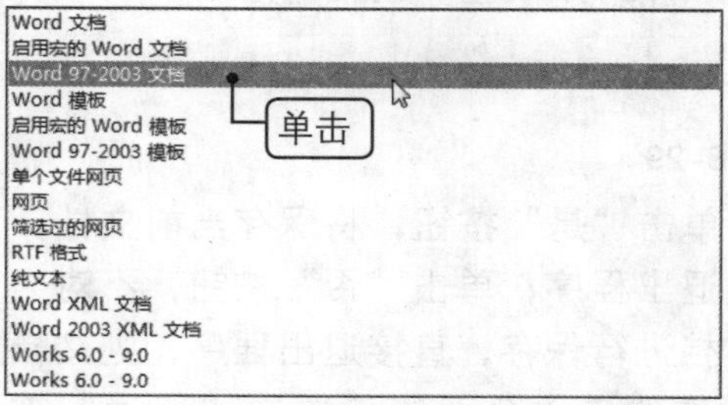

★ 图8-27

2. 保存已存在的文档

对于已经存在的文档，在进行了修改后，需要通过保存文件操作将修改后的最终结果保存到原文件中。

该保存操作同首次保存一样，执行“Office”菜单中的“保存”命令，或者在快速访问工具栏中单击“保存”按钮即可。对已存在的文档进行再次保存时，仅是将对文档的更改保存到原文档中，所以不会弹出“另存为”对话框，仅在状态栏显示“Word 正在保存……”的信息，如图8-28所示。

Word 正在保存 “第8章 使用Word 2007编辑文本”：

★ 图8-28

按下“Ctrl+S”组合键也可保存文档。

提 示

对于需要长时间编辑的文档，尤其是长篇文档，在编辑的过程中可每隔一段时间进行一次保存，以防数据丢失。

3. 退出时保存文档

如果在文档中输入了内容、或者对现有文档进行了更改之后，没有保存文档便要退出Word程序，此时会弹出提示对话框，询问用户是否保存对文档的修改，如图8-29所示。

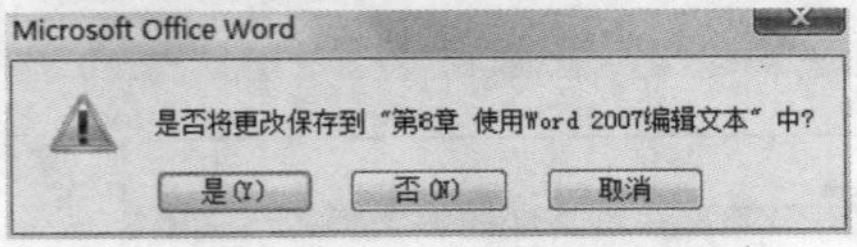

★ 图8-29

单击“是”按钮，将保存当前文档，然后退出程序；单击“否”按钮，不对当前文档进行保存，直接退出程序，则文档中所作的更改会丢失；单击“取消”按钮，撤消本次关闭程序的操作，返回程序窗口中。

4. 认识文档格式

Word 2007所支持的常规文件格式主要有如下几种，如图8-30所示。

★ 图8-30

- Word文档格式：文件后缀名为“.docx”，是Word 2007默认的文件格式，所有经由Word 2007直接创建的文档均为此文件格式，支持Microsoft Office Open XML Formats，这意味着该文件格式基于可扩展标记语言（XML）；
- Word模板格式：文件后缀名为“.dotx”，是Word 2007的模板文档的文件格式，用于快速创建带格式的文档，编辑方法和编辑Word文档时相同；
- Word 97-2003文档格式：文件后缀名为“.doc”，所有由旧版本的Word程序编辑的文档均为此格式。该文件格式的文档会以“兼容模式”的方式在Word 2007程序中打开，所以在窗口标题栏可见“兼容模式”字样。

动手练

在“Office”菜单中除了“保存”命令外，还有“另存为”命令。该命令用来将当前文档另外保存一个副本，即另外创建一个一模一样的文件。在将文档进行另存时，可以重新设置文件存储路径和文件名，以及选择其它的文件保存格式，而不会影响到当前文档。

根据操作提示，将编辑好的Word

2007文件（.docx）另存为Word 2003文件（.doc），即转换文件格式。

在Word 2007中转换文件格式的具体操作方法如下。

1 单击“Office”按钮，在弹出的下拉菜单中将鼠标指针指向“另存为”命令，再在弹出的子菜单中选择要另存为的文件格式，本例中选择“Word 97-2003文档”选项，如图8-31所示。

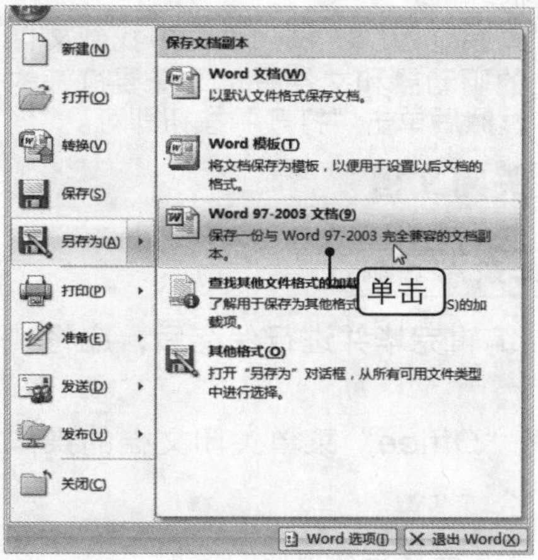

★ 图8-31

2 弹出“另存为”对话框，在地址栏中可选择存储路径，在下方的“文件名”文本框中可输入新的文件名，然后单击“保存”按钮即可，如图8-32所示。

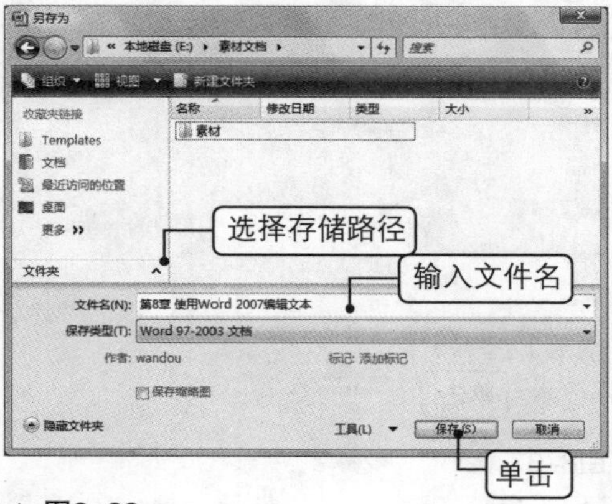

★ 图8-32

在另存文档时，如果选择另存为其他文件格式，可能会遇到下述问题：原文件格式中的一些设置和特效在新文件格式中会发生丢失（这主要体现在将Word默认的文件格式转换为Word 97-2003文档格式时）。

这时因为旧版本的Word程序（包括Word 97、Word 2003版本）不能编辑和识别Word 2007程序中新增的格式设置，所以此时可能会弹出如图8-33所示的提示对话框。

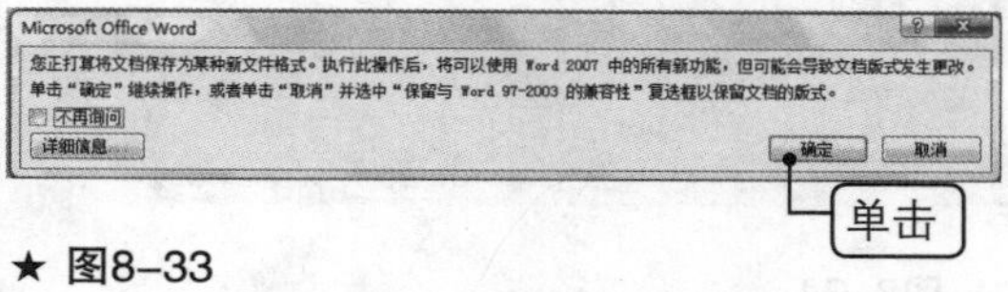

★ 图8-33

如果文件中并没有采用Word 2007的任何独特格式和设置，则此另存为操作不会有任何影响，单击“确定”按钮即可。

8.2.3 打开文档

知识点讲解

对已存在的文档进行编辑，首先要打开它。

采用打开文件的常规方式，用鼠标双击Word文档的文件图标，即可启动Word 2007程序并打开该文件。另外还可以在Word程序窗口中打开Word文档，其具体操作方法如下。

1 单击“Office”按钮，在弹出的下拉菜单中执行“打开”命令，如图8-34所示。

2 弹出“打开”对话框，在“查找范围”下拉列表框中选择需要打开的文档，将“文件类型”设置为“所有Word文档”，然后单击“打开”按钮即可打开该文档，如图8-35所示。

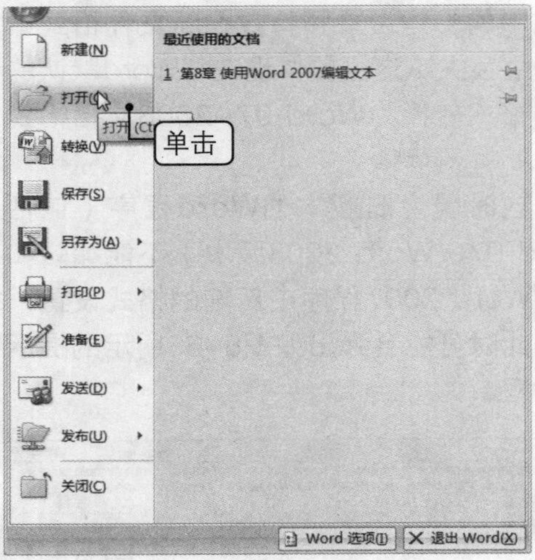

★ 图8-34

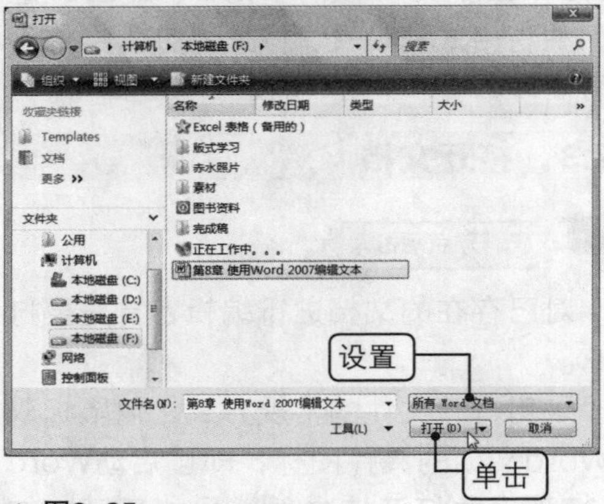

★ 图8-35

知　识

按下“Ctrl+O”或者“Ctrl+F12”组合键也能弹出“打开”对话框。

如果需要进一步选择打开文档的方式以保护文档，可单击“打开”按钮旁边的下拉按钮，在弹出的下拉列表中选择所需的打开方式即可，如图8-36所示。

动手练

使用快捷键快速打开Word文档。

操作提示：

1 启动Word 2007。

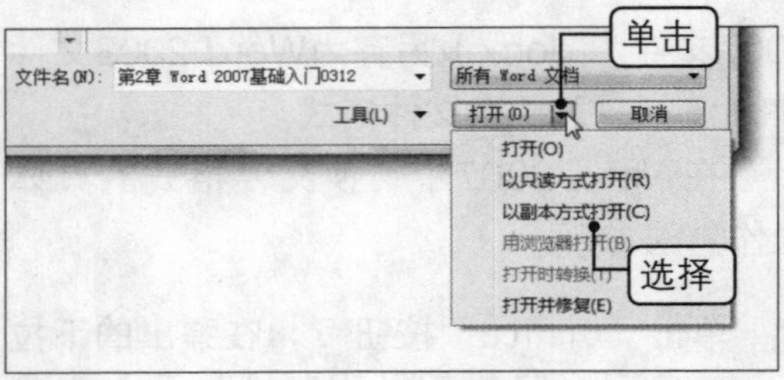

★ 图8-36

2 按下“Ctrl+O”组合键，打开“打开”对话框。

3 在“查找范围”下拉列表框中找到文档所在的驱动器和文件夹，选择要打开的文档，然后单击“打开”按钮即可。

8.2.4 关闭文档

知识点讲解

文档编辑完毕并进行保存后，应将其关闭。

利用“Office”菜单关闭文档的操作步骤如下：

1 定位到需要关闭的文档。

2 单击“Office”按钮，在弹出的下拉菜单中执行“关闭”命令即可关闭当前文档，如图8-37所示。

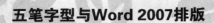

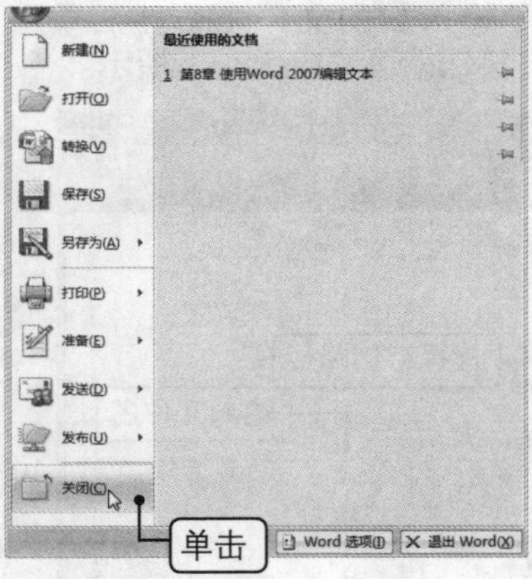

★ 图8-37

动手练

打开一个Word文档，然后练习使用多种方法关闭文档。

操作提示：

- 单击Word窗口右上角的“关闭”按钮，即可关闭当前文档。
- 按下“Alt+F4”组合键也可关闭当前文档。
- 双击“Office”按钮，可直接关闭当前文档。

8.3 在Word 2007中编辑文本

文本的编辑是Word最基本的功能。下面介绍在Word 2007中文档的输入、文档的编辑和文本的查找与替换知识。

8.3.1 文档的输入

知识点讲解

启动Word 2007，可看见工作窗口中有一个闪动的光标“I”，称为光标插入点。输入的文本会显示在光标插入点所在位置。

输入文本时，插入点会自动向右移动。当一行的文本输入完毕后，插入点会自动跳到下一行。在没有输完一行文字的情况下，如果需要开始新的段落时，按下“Enter”键即可。

1. 文字输入

在输入文本时，首先将光标定位到需要输入文本的位置。

定位光标的方法大致上有以下三种。

将鼠标指针移到文档编辑区中，当变为“I”形状时，在需要编辑的位置单击鼠标左键。

使用键盘上的光标控制键移动光标。

Word 2007具有“即点即输”功能，双击文档中任意空白区域，即可定位插入点。

光标插入点定位好后，切换到要使用的输入法，在插入点输入文本即可，如图8-38所示。

★ 图8-38

2. 特殊符号的输入

在Word中输入逗号“，”、句号“。”等一般符号的方法很简单，直接敲键盘上相应的字符键即可。但是还有一些特殊符号，如“【”、“※”等，是不能直接通过键盘输入的，输入此类特殊符号的具体操作方法如下。

1 将光标定位到需要输入符号的位置上，然后切换到“插入”选项卡，单击“符号”选项组中的“符号”按钮，如图8-39所示。

★ 图8-39

2 在弹出的下拉列表中选择需要输入的符号，如图8-40所示。

★ 图8-40

3 若在下拉列表中没有找到需要的符号，可单击“其他符号”按钮，在弹出的“符号”对话框中选择需要的符号，如图8-41所示。

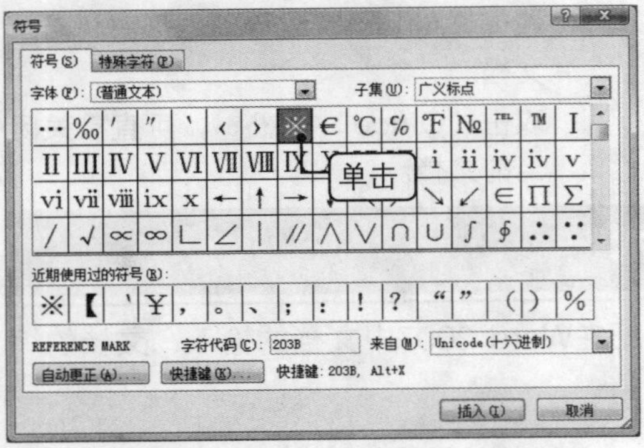

★ 图8-41

4 单击“插入”按钮即可在光标所在位置插入所选符号，如图8-42所示。

★ 图8-42

5 单击“关闭”按钮，关闭“符号”对话框即可，如图8-43所示。

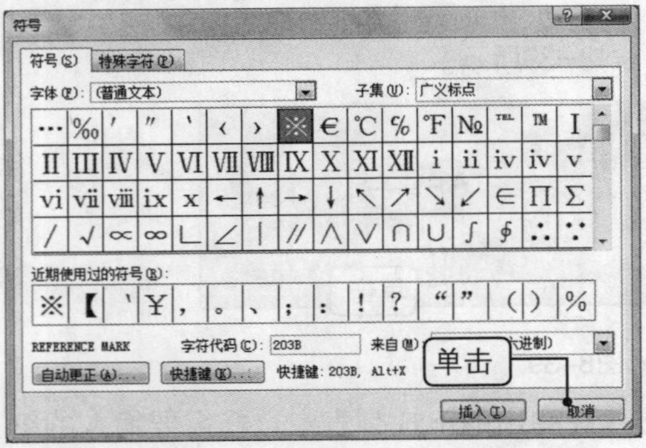

★ 图8-43

动手练

新建一个Word文档，在文档中输入如图8-44所示的文字和符号，注意使用回车键换行。

提 示

在输入文字时，按“Ctrl+空格”组合键可以实现中英文输入法的快速切换。

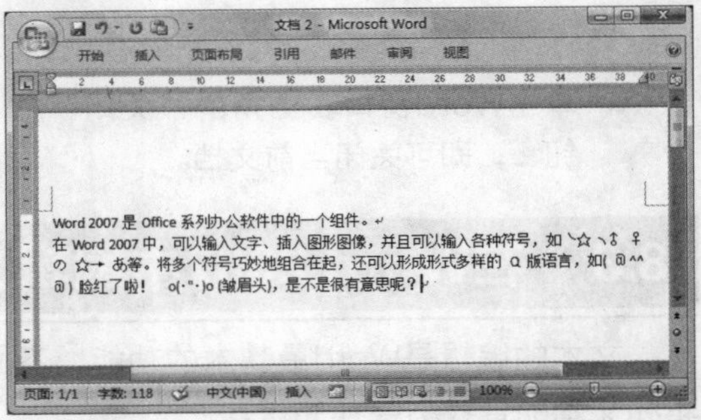

★ 图8-44

8.3.2 文档的编辑

知识点讲解

对Word文档进行编辑主要包括选择文本、复制或移动文本以及撤销或恢复等基本操作，通过这些操作可以完成文档的内容输入和修改。

1. 选定文本

在Windows程序中，对某个对象进行操作前，应先选定它。在Word中也是如此，若要对某段文字进行处理，必须先将其选定。

在Word 2007中选定文本的具体操作方法如下。

- 选定段落中连续的文本：将鼠标指针指向要选定的文本的起始位置，按住鼠标左键并拖动鼠标至要选定的文本的结束位置释放鼠标即可。
- 在段落中选定词组或整段文字：双击某个词组或单词上任何一处，则选定该词组或单词。在段落中迅速地连续单击鼠标三次则选定该段落整段文字。
- 在段落左侧选定单行、多行或整段文字：将鼠标指针移至文档左侧，当鼠标指针变为斜向右上方箭头状时，单击鼠标左键可选定鼠标指针所在位置的一行文字；按住鼠标左键向上或向下拖动鼠标可选定多行文字；双击鼠标左键可选定整段文字；快速单击鼠标左键三次则选定整个文档，如图8-45所示。

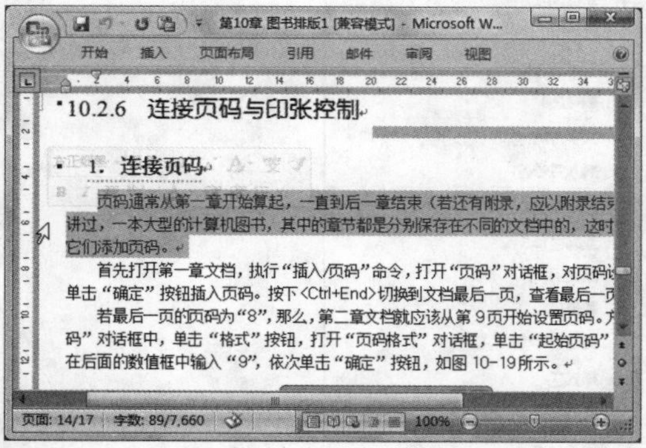

★ 图8-45

- 使用键盘选定连续的文本：将光标定位到要选定的文本的起点，按住“Shift”键，再按光标移动键移动光标，可连续选定光标所到之处的文字。
- 结合鼠标与键盘选定文本：按住“Shift”键，同时用鼠标单击要选定的文本的起始位置和终止位置即可。
- 选定不连续的文本：先选定第一段文本，再按住“Ctrl”键，用鼠标选定其他文本，如图8-46所示为选中的不连续的文本。

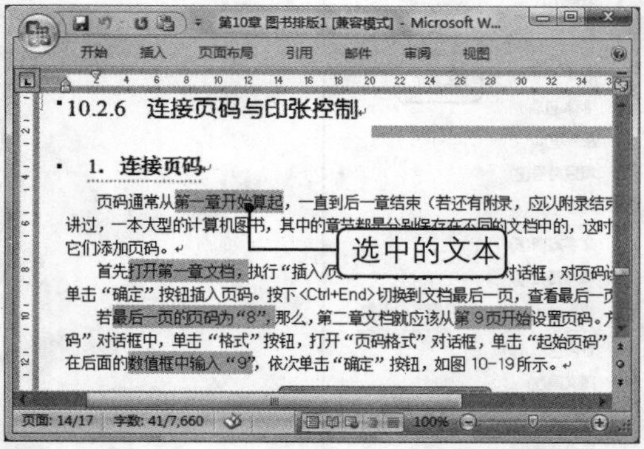

★ 图8-46

- 选定垂直文本：将鼠标指针指向要选定的文本的起始位置，按住“Alt”键不放，同时按下鼠标左键并拖动鼠标至该文本的结束位置，即可选中由鼠标拖动划出的矩形区内的文字，如图8-47所示。

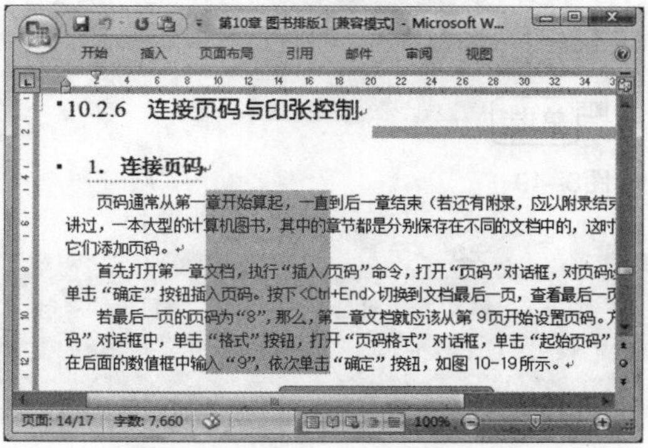

★ 图8-47

选中文本后，若想取消选定，用鼠标单击文档中的其他位置即可。

2. 移动文本

在对文档内容进行大段的文字调整时，移动文本是非常实用的操作。移动文本就是将选定的文本移动到文档中的其他位置，其具体操作方法如下。

1 在文档中选定要移动的文本，在“开始”选项卡的“剪贴板”选项组中单击“剪切”按钮，如图8-48所示。

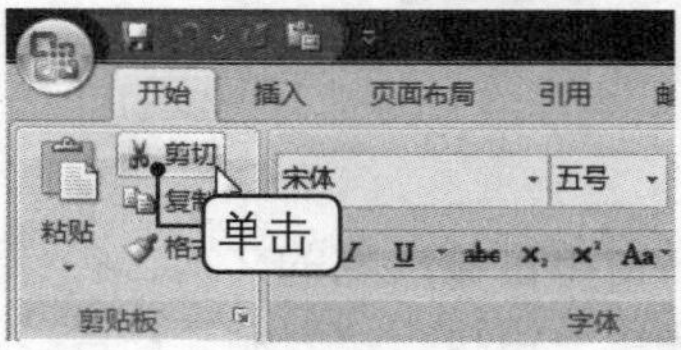

★ 图8-48

2 将光标定位在移动文本的目标位置，单击“粘贴”按钮，即可将文本移动到目标位置，如图8-49所示。

除了使用“剪贴板”之外，还可以使用快捷菜单命令来移动文本：选中文本后，在选中的文本上单击鼠标右键，在弹出的菜单中选择“剪切”命令；然后在复制的目标位置单击鼠标右键，在弹出的菜单中选择“粘贴”命令即可。

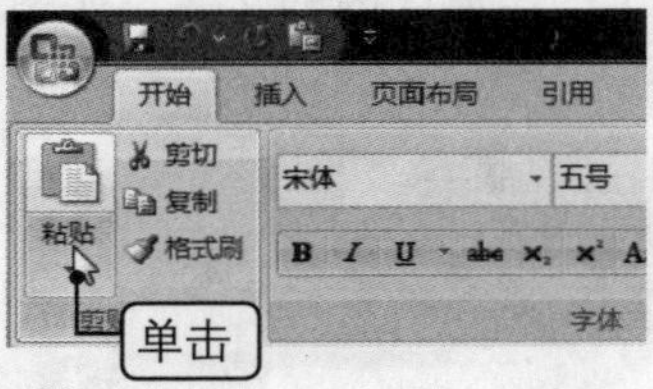

★ 图8–49

技 巧

移动文本可以使用“剪切”快捷键“Ctrl+X”和“粘贴”快捷键“Ctrl+V”来完成。

3. 复制文本

当某部分的内容与另一部分的内容相同时，就不必再重新输入了。通过复制粘贴操作来完成输入，可以大大提高效率。

将要复制的文本选定后，执行以下三种操作均可实现复制。

- 按下“Ctrl+C”组合键进行复制。
- 在“开始”选项卡中单击“复制”按钮，如图8–50所示。

★ 图8–50

- 用鼠标右键单击被选定的文本，在弹出的快捷菜单中执行“复制”命令，如图8–51所示。

执行“复制”命令后，接着需要进行粘贴操作，从而实现复制的目的。

将光标定位到需要粘贴的地方，执行以下三种操作均可实现粘贴。

- 按“Ctrl+V”组合键进行复制。

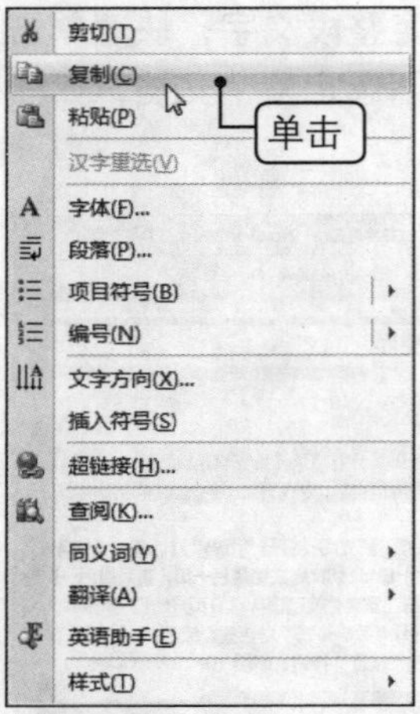

★ 图8–51

- 在“开始”选项卡中单击“粘贴”按钮，如图8–52所示。

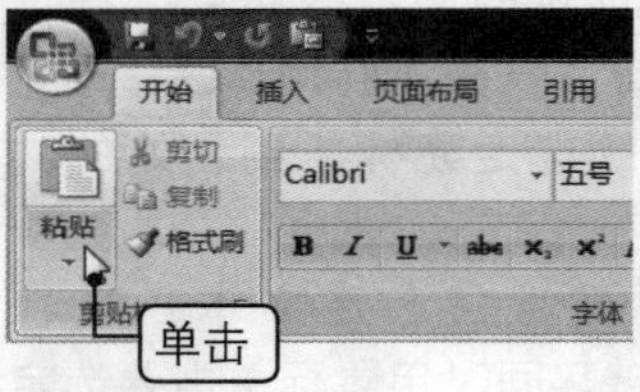

★ 图8–52

- 用鼠标右键单击需要粘贴的地方，在弹出的快捷菜单中执行“粘贴”命令，如图8–53所示。

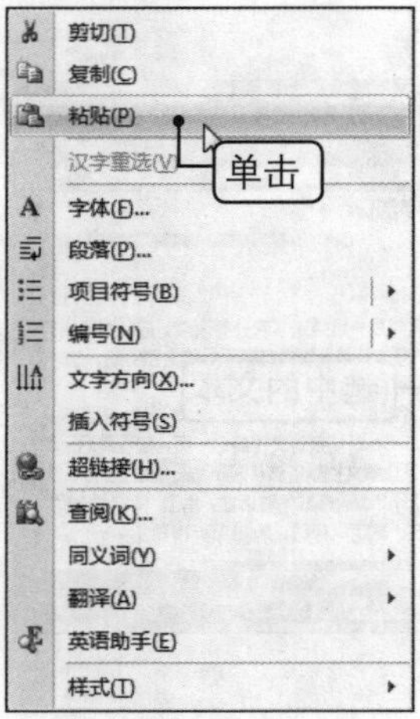

★ 图8–53

4. 删除文本

对于不需要的文本，可将其删除。删除文本有以下几种方法。

- 按“BackSpace”键，可删除光标前一个字符。
- 按“Delete”键，可删除光标后一个字符。
- 按“Ctrl+BackSpace”组合键，可删除光标前一个词组或单词。
- 按“Ctrl+Delete”组合键，可删除光标后一个词组或单词。
- 选定需要删除的大段文字或多个段落，按下“Delete”键将其删除。
- 选定需要删除的大段文字或多个段落，单击“开始”选项卡中的“剪切”按钮，或者按“Ctrl+X”组合键执行“剪切”命令。

5. 撤销及恢复操作

如果进行了错误的操作，可以按“撤销”按钮来撤销之前的操作。进行撤销操作后，还可以使用“恢复”按钮，来恢复撤销的操作。

实现撤销操作的方法有以下几种。

- 单击快速访问工具栏上的“撤销”按钮，即可撤销最近一步的操作。
- 按“Ctrl+Z”或“Alt+ BackSpace”组合键，可撤销上一步操作，重复这两个组合键可撤销多步操作。
- 单击快速访问工具栏上的“撤销”按钮右边的下拉按钮，在弹出的下拉列表中选择恢复到某一指定的操作。

恢复操作是撤销操作的逆过程，让之前进行的撤销操作失败，并将文档恢复到撤销操作之前的状态，其方法有以下几种。

- 单击快速访问工具栏上的“恢复”按钮，即可恢复被撤销的操作。
- 按“Ctrl+Y”组合键，可恢复被撤销的上一步操作，重复按下该组合键可恢复被撤销的多步操作。

注 意

若没有进行过撤销操作，按下“Ctrl+Y”组合键，则会输入最后一次输入的文本。

动手练

在Word 2007中输入下面这段文字，然后将第一句话复制到段尾。

寒冷的冬天过去了。和熙的东风吹遍了原野上的每一个角落，和暖的阳光照耀在大地上，唤醒了大地的万物，给大地带来无穷的希望。啊！原来和暖的春天来临了。

操作提示：

选中第一句话，然后在按下“Ctrl”键的同时，按住鼠标左键不放将这句话拖动到段尾，释放鼠标左键即可，如图8-54所示。

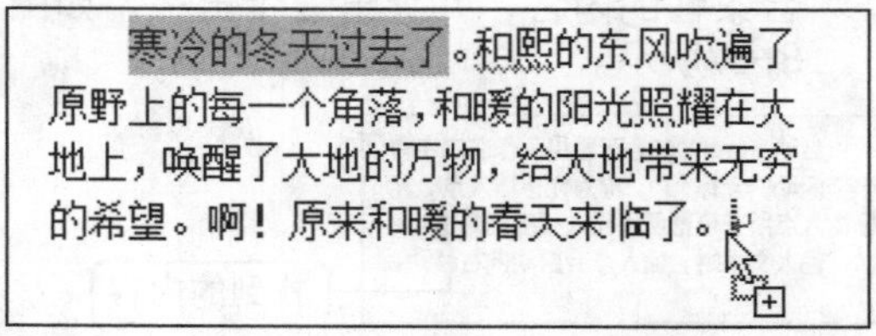
寒冷的冬天过去了。和熙的东风吹遍了原野上的每一个角落，和暖的阳光照耀在大地上，唤醒了大地的万物，给大地带来无穷的希望。啊！原来和暖的春天来临了。

★ 图8-54

8.3.3 文本的查找与替换

知识点讲解

编辑长篇文档时，使用Word的查找与替换功能，可以快速地查找并替换文档中的特定内容，或快速定位到文档中的某个位置，从而减少了逐行逐字地在文档中查找的工作量。

1. 查找文本

在Word 2007中查找特定内容的具体

操作方法如下。

1 展开“开始”选项卡，单击“编辑”选项组中的“查找”按钮，如图8-55所示。

★ 图8-55

2 在打开的“查找与替换”对话框的“查找内容”文本框中输入需要查找的内容，如字符“文本”，然后单击“查找下一处”按钮，如图8-56所示。

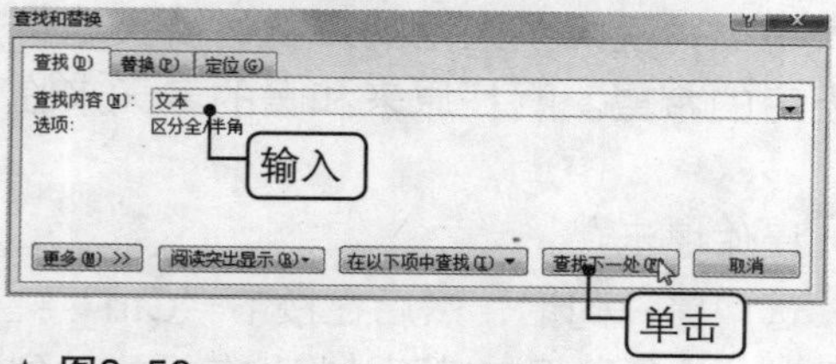

★ 图8-56

3 Word将从光标所在位置起，往后查找符合条件的内容，并突出显示出来，如图8-57所示。

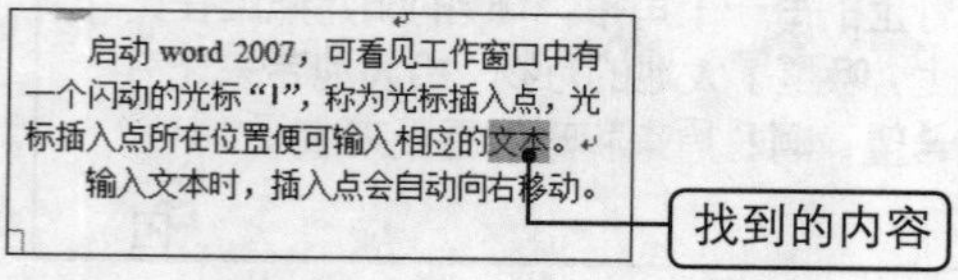

★ 图8-57

4 继续单击“查找下一处”按钮，当搜索到文档末尾时，将自动从文档开头搜索到先前的光标位置结束。查找完整篇文档后将弹出如图8-58所示的提示对话框，单击“确定”按钮即可。

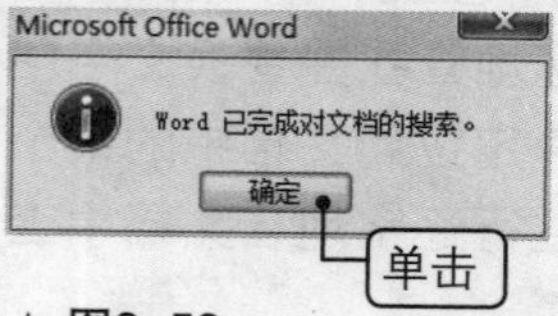

★ 图8-58

2. 替换文本

一般来讲，查找的目的就是为了替换。通过替换，可将指定的文本内容统一修改为其他内容。下面以将字符“文本”替换成“文字”为例，介绍替换命令的具体使用方法。

1 展开“开始”选项卡，单击“编辑”选项组中的“替换”按钮，如图8-59所示。

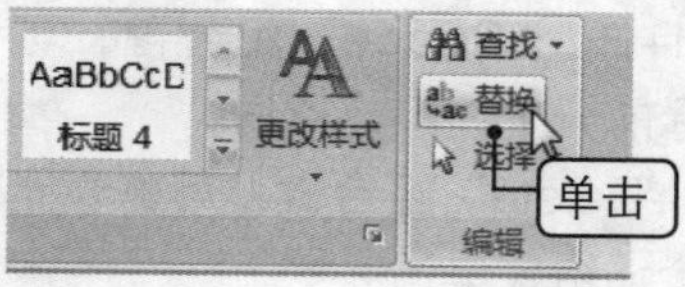

★ 图8-59

2 在打开的“查找和替换”对话框的“查找内容”文本框中输入字符“文本”，在“替换为”文本框中输入“文字”，如图8-60所示。

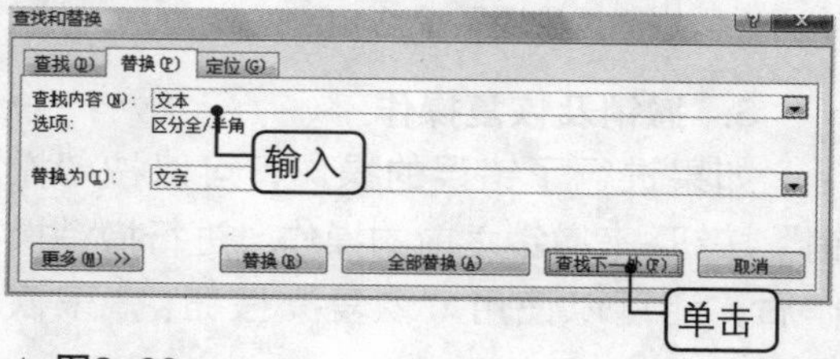

★ 图8-60

3 单击“查找下一处”按钮，Word将自动查找第一个符合条件的内容，然后单击“替换”按钮，可以根据需要逐个替换文档中的内容；单击“全部替换”按钮，则一次性全部替换符合条件的内容。

4 替换完毕后，在弹出的提示对话框中单击“确定”按钮即可，如图8-61所示。

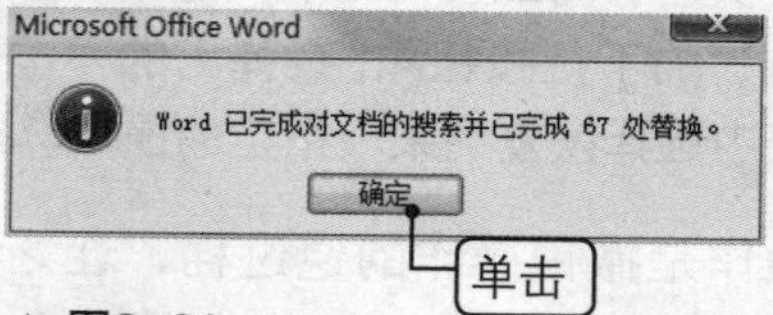

★ 图8-61

动手练

新建一个空白文档，然后输入如图8-62所示的内容，将第2个“电脑”替换成“Computer”。

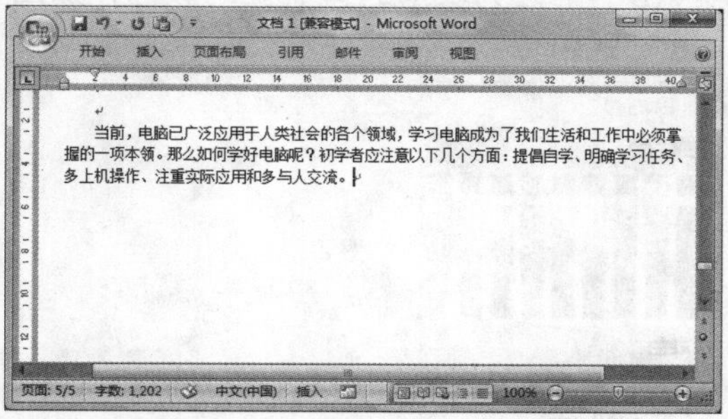

★ 图8-62

提　示

当找到符合条件的内容而不需要替换时，可以单击“查找下一处”按钮，查找下一处，需要替换时单击“替换”按钮即可。

8.4 字符格式设置

在文档中输入文本后，还可以根据需要对文本进行格式设置，包括字体和字号的设置、文本颜色设置等，以达到美化文档的作用。

8.4.1 字体设置

知识点讲解

在Word 2007文档中输入文本时，默认的字体是“宋体”，用户可以根据需要进行更改，其具体操作方法如下。

1 选中需要更改字体的文本或段落，如图8-63所示。

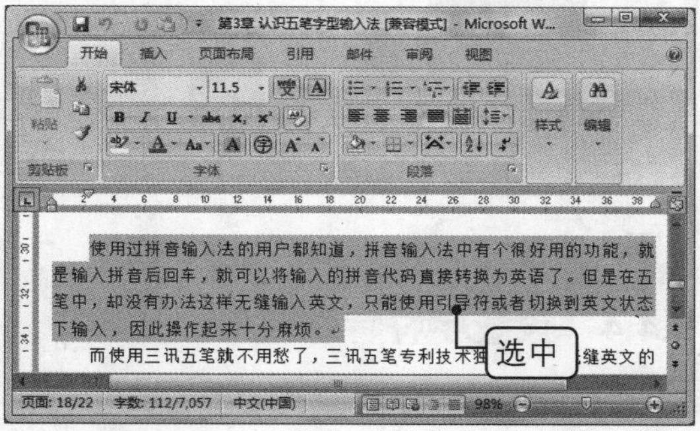

★ 图8-63

2 在“开始”选项卡的“字体”选项组中单击“字体”下拉按钮，在弹出的下拉列表中选择需要设置的字体，这里选择“楷体”，如图8-64所示。

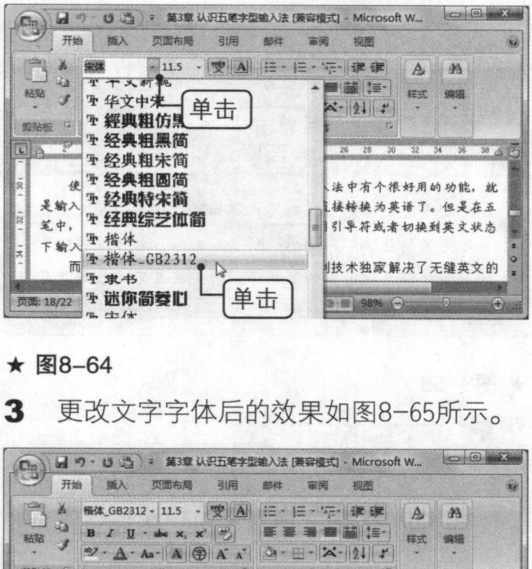

★ 图8-64

3 更改文字字体后的效果如图8-65所示。

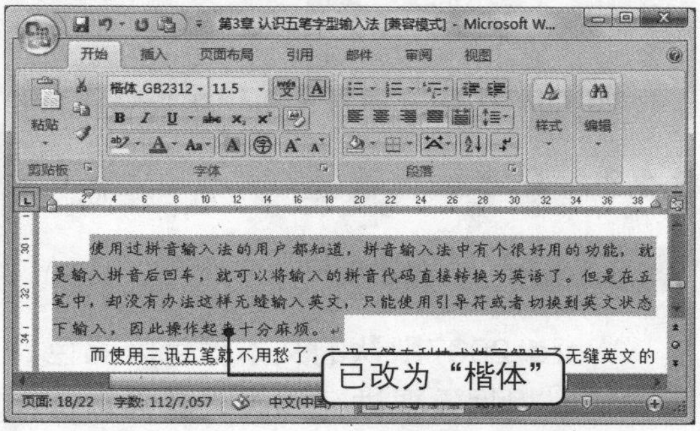

★ 图8-65

知 识

在新建的空白文档中，先设置好字体，然后输入文字，输入的文字将以设置的字体显示。

8.4.2 字号设置

知识点讲解

默认情况下，在文档中输入的文本的字号是“五号”，用户可以根据需要将字号增大或减小，其具体操作方法如下。

1 选中需要更改字号的文本或段落。

2 在“开始”选项卡的“字体”选项组中单击“字号”下拉按钮，在弹出的下拉列表中选择需要设置的字号大小，如“三号”，如图8-66所示。

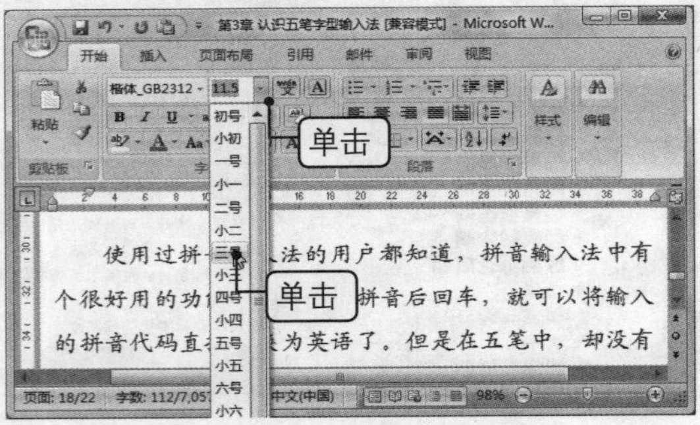

★ 图8-66

提 示

将鼠标指向想要设置的字号大小，此时可以在工作窗口中预览该字号的效果。

8.4.3 文本颜色设置

知识点讲解

Word 2007默认的文本颜色为黑色，用户可以根据需要进行修改，其具体操作方法如下。

1 选中需要更改文本颜色的文本或段落。

2 在“开始”选项卡的“字体”选项组中单击“字体颜色”下拉按钮，在弹出的下拉列表中选择需要的颜色，如图8-67所示。

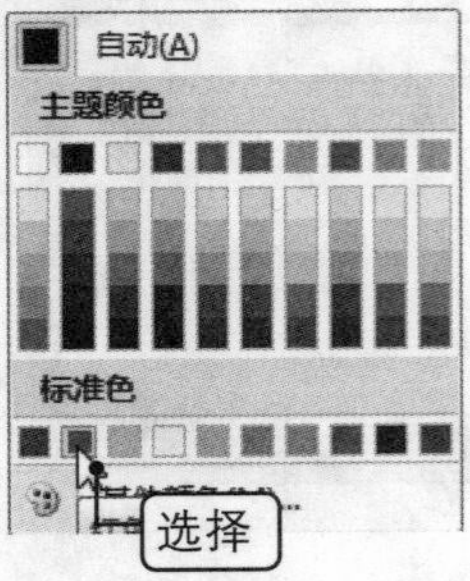

★ 图8-67

提 示

如果在“字体颜色”下拉列表中没有找到合适的颜色，可以单击“其他颜色”命令，在弹出的“颜色”对话框中，提供了更多的颜色供用户选择，如图8-68所示。

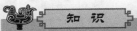

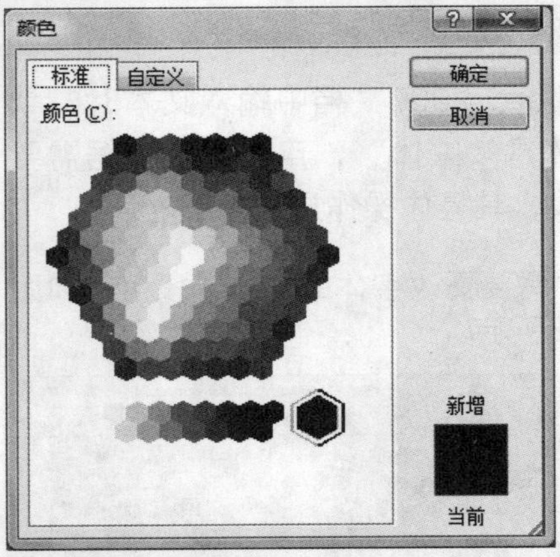

★ 图8-68

8.4.4 设置字符特殊效果

“字体”选项组中有一些工具按钮，用于设置文字的字型等特殊效果。这些按钮从左到右依次为“加粗”、“倾斜”、“下划线”、“下标”和“上标”等，如图8-69所示。

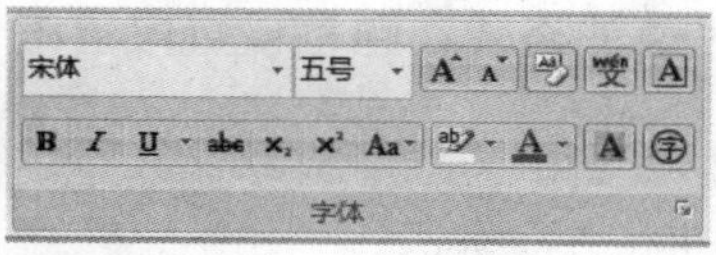

★ 图8-69

选中文本，然后单击相应的工具按钮即可设置相应的字符效果，如图8-70所示。

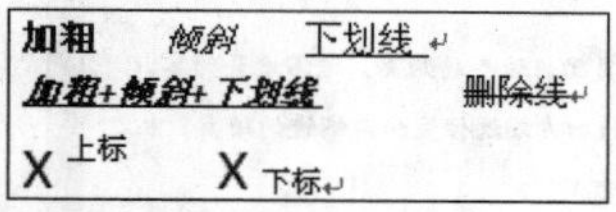

★ 图8-70

设置字符效果后，再次单击相应的工具按钮，将取消设置的效果。

以上只是字符效果的基本设置，如果要对文本进行更完善的文字效果设置，需要打开“字体”对话框。在“字体”对话框中包含了对字体格式的所有设置。

单击“字体”选项组右下角的按钮，即可打开“字体”对话框。在该对话框中选中“效果”选项组中的相应选项可添加文字效果，在下面的“预览”栏中，可以预览其效果，如图8-71所示。

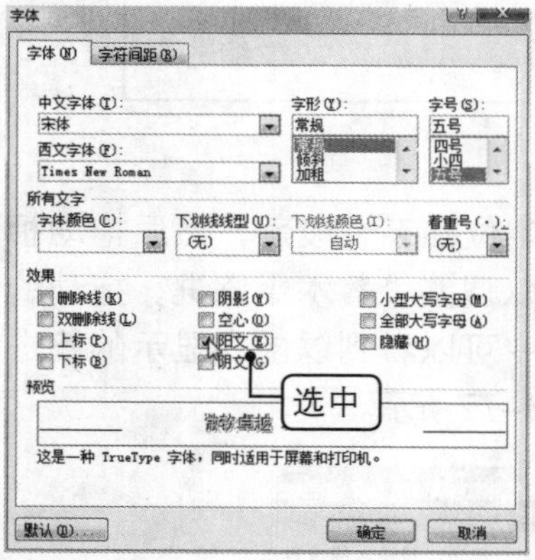

★ 图8-71

设置完毕后，单击“确定”按钮关闭对话框即可。

动手练

打开一篇文档，选中其中的一段文字，将其设置为“黑体”、“小三”，并为该段文字添加底纹。

在Word 2007中，添加字符底纹的具体操作方法如下。

1 选中需要添加字符底纹的字符。

2 在“开始”选项卡的“字体”选项组中单击“字符底纹”按钮，如图8-72所示。

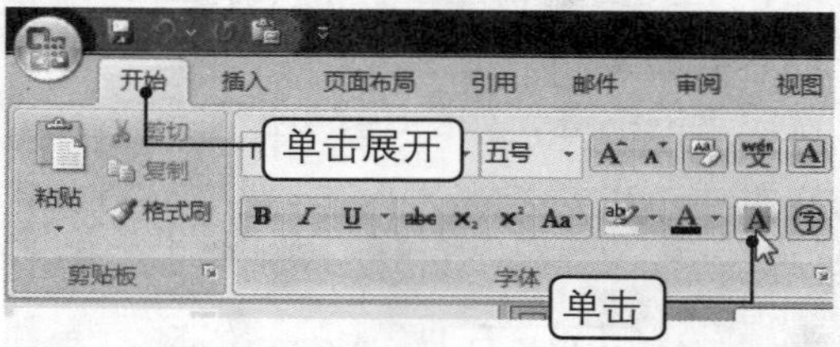

★ 图8-72

3 设置字符底纹后的效果如图8-73所示。

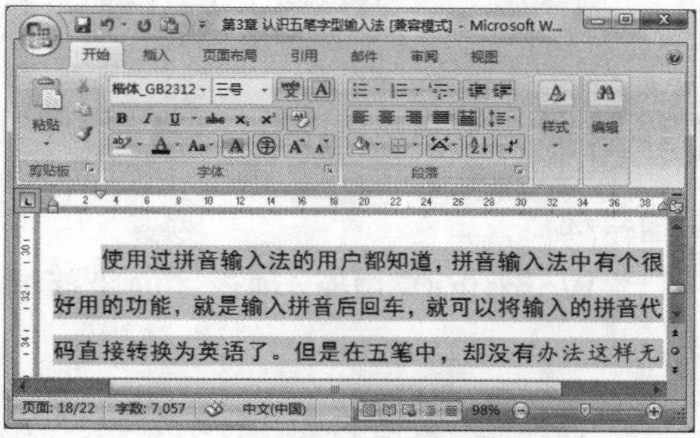

★ 图8-73

8.5 段落格式设置

Word 在文档的每一段文字的末尾使用段落标记↵来表示段落的结束，该标记不会被打印出来。设置段落格式，就是设置以段落标记↵分隔的各段落的格式，包括设置段落缩进、段落对齐方式、段间距和行间距等。

8.5.1 设置段落缩进

知识点讲解

设置段落缩进是指设置段落的首行或正文的左右两侧和上下两侧距离页面边缘的距离。

使用标尺可以直观地设置缩进。在“视图”选项卡中，单击“显示/隐藏”按钮，在弹出的下拉菜单中选中“标尺”复选框，在文档编辑区上侧和左侧显示出水平标尺和垂直标尺，拖动标尺上的滑块来设置段落的缩进，如图8-74所示。

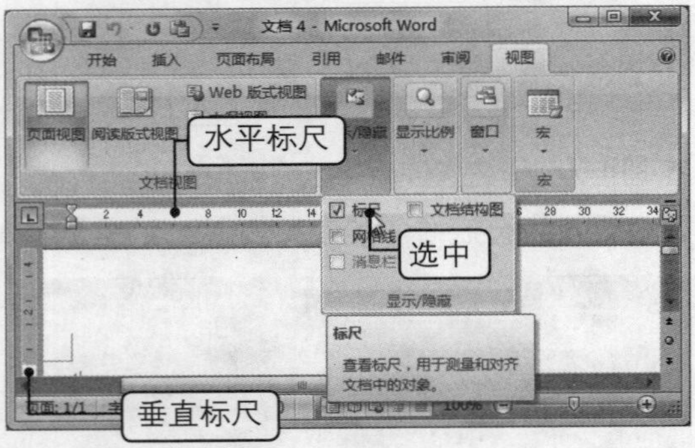

★ 图8-74

在Word 2007中有4种形式的段落缩进。

- 左缩进：段落的左边距离页面左边界的距离，通常设置为零；
- 右缩进：段落的右边距离页面右边界的距离，通常设置为零；
- 首行缩进：段落第一行由左缩进位置向内缩进的距离，中文一般首行缩进两个汉字的宽度；
- 悬挂缩进：段落的第一行由左缩进位置向外侧延伸的距离。悬挂缩进多用于带有项目符号或编号的段落，段落的项目符号或编号部分被悬挂在段落的左缩进位置之外。

图8-75所示为几个段落缩进的示例。

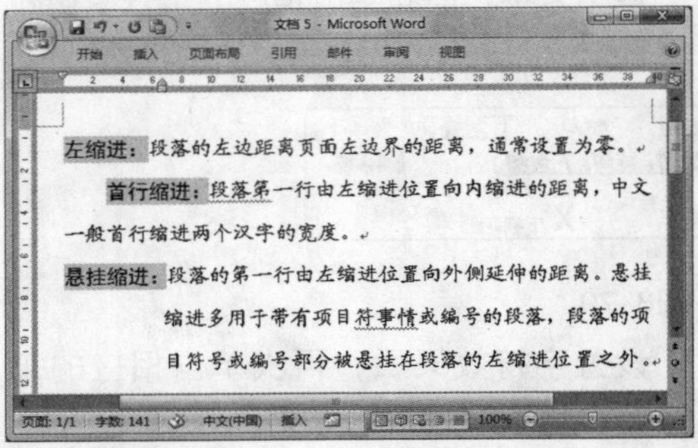

★ 图8-75

例如，在水平标尺上有四个滑块，分别用于设置水平方向的首行缩进、左右缩进和悬挂缩进，如图8-76所示。

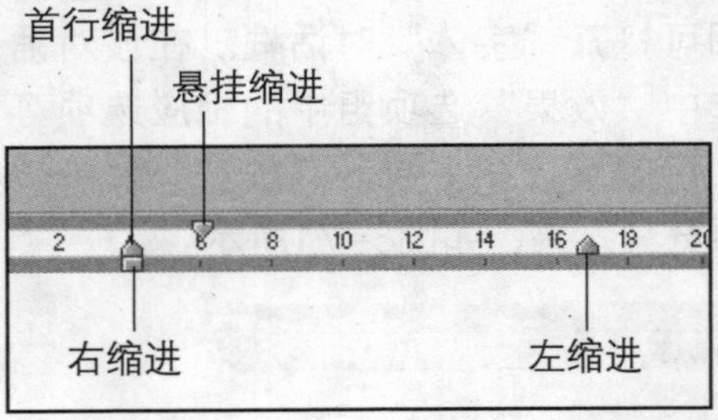

★ 图8-76

将光标定位在某个段落，然后拖动相应的滑块可以调整段落水平缩进，拖动的同时在文档中可以看到以虚线显示的缩进距离，如图8-77所示。

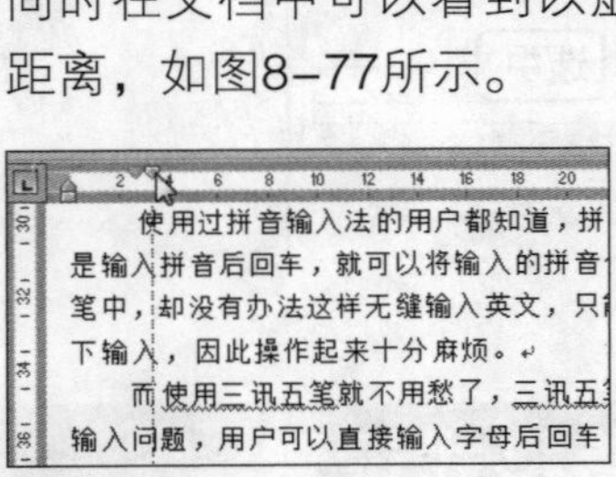

★ 图8-77

垂直标尺用于调整文档距离上下页面

边缘的距离，用鼠标拖动垂直标尺上白色尺码边缘即可进行调整，如图8-78所示。

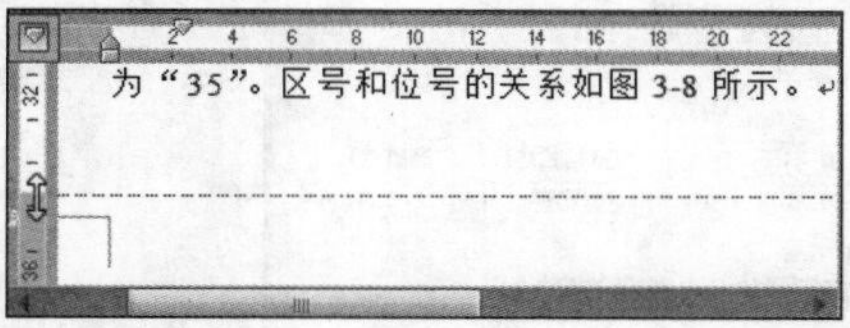

★ 图8-78

动手练

如果想要更精准地设置段落缩进，可以通过“段落”对话框进行设置。根据下面的操作提示练习，在“段落”对话框中设置段落缩进值。

操作提示：

1 将光标定位到需要设置缩进的段落内，或选择多个需要设置缩进的段落。

2 单击鼠标右键，在弹出的快捷菜单中选择“段落”命令，如图8-79所示。

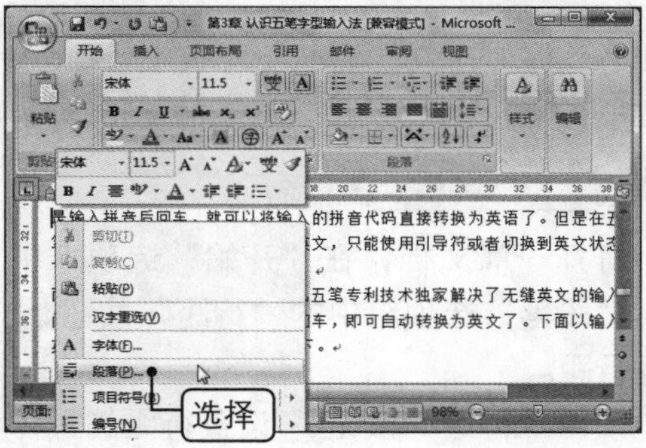

★ 图8-79

3 在打开的“段落”对话框中，将自动打开“缩进和间距”选项卡，如图8-80所示。

此时可以进行如下设置。

- 在“缩进”栏的“左侧”和“右侧”数值框中输入左缩进值和右缩进值。
- 在“特殊格式”下拉列表框中选择采用“首行缩进”或“悬挂缩进”。

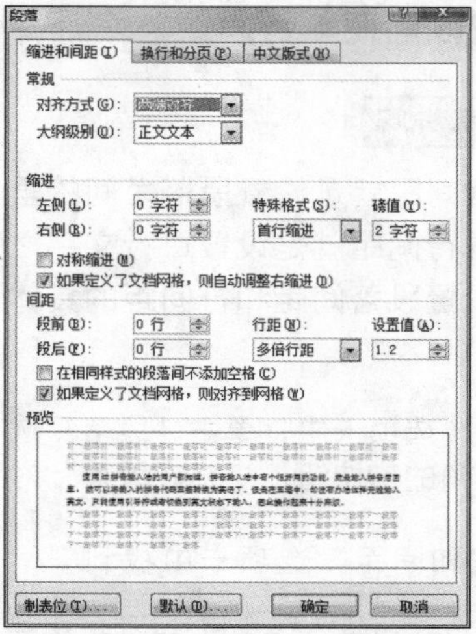

★ 图8-80

- 在“设置值”数值框中输入首行缩进或悬挂缩进的具体数值。

4 设置完毕后，单击“确定”按钮即可。

除了使用右键快捷菜单打开“段落”对话框之外，还可以单击“段落”选项组右下角的按钮，打开“段落”对话框，在“缩进”一栏中的数值框中设置缩进字符。设置完毕后，单击“确定”按钮，保存设置并关闭对话框即可，如图8-81所示。

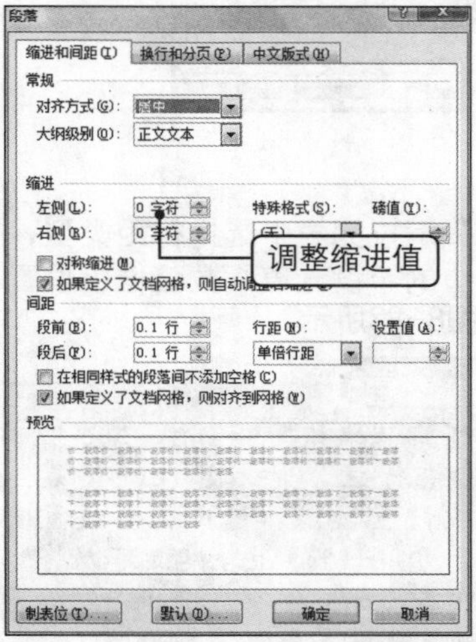

★ 图8-81

8.5.2 设置段间距与行间距

知识点讲解

设置段落间距就是设置段落之间的垂直距离，设置行间距就是设置每行文字之间的距离。设置段落间距和行间距的具体操作方法如下。

1 在“开始”选项卡中，单击“段落”选项组右下角的按钮，打开“段落”对话框。

2 在“缩进和间距”选项卡中找到“间距”一栏，在“段前”、“段后”数值框中分别设置段落距离其上下段落的距离，如图8-82所示。

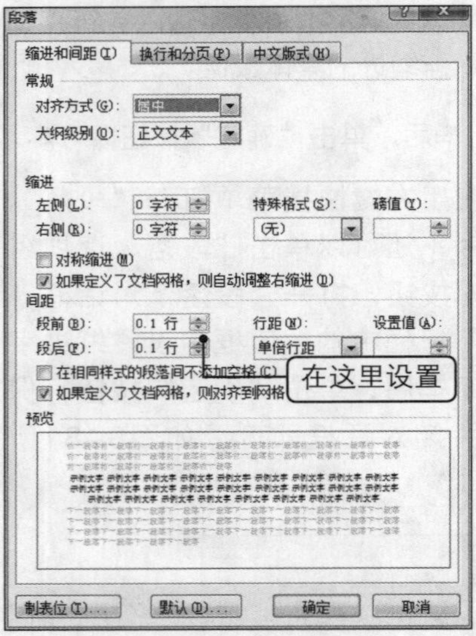

★ 图8-82

3 在“行距”下拉列表中选择行距类型，然后在右边的“设置值”数值框中设置数值，如图8-83所示。

> **注 意**
>
> 行距类型为“单倍行距”、“1.5倍行距”和“2倍行距”时不能在“设置值”数值框中设置数值。选中需要设置的文本，按下“Ctrl+1”组合键，可以将段落设置成单倍行距；按下“Ctrl+2”组合键，可以将段落设置成双倍行距。

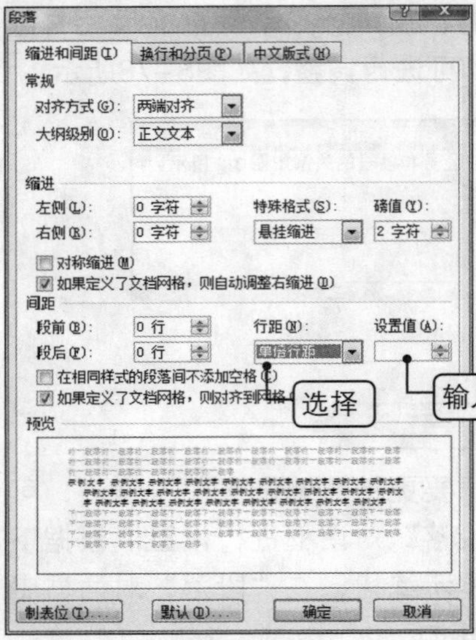

★ 图8-83

4 设置完毕后，单击“确定”按钮即可。

> **技 巧**
>
> 可以采用下面的方法来快速地设置格式：先选中某段文本，然后使用“剪贴板”中的“格式刷”按钮，选中需要设置格式的一段文本，即可将前面所先文本的格式复制到后面选择的文本中。

动手练

打开一篇文档，在“开始”选项卡中使用“段落”选项组中的“行距”按钮设置行距。

使用“行距”按钮设置行距的具体操作方法如下。

1 将光标定位在需要设置行距的段落中。

2 展开“开始”选项卡，单击“段落”选项组中的“行距”按钮，在弹出的下拉列表中选择需要的行距数值，如图8-84所示。

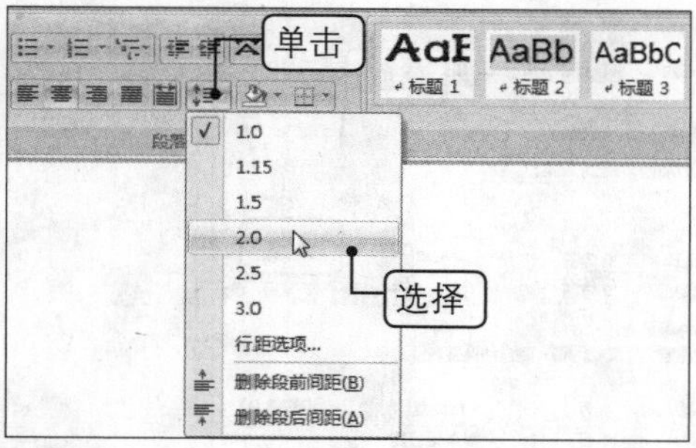

★ 图8–84

8.5.3 设置段落对齐方式

知识点讲解

设置段落对齐方式可以调整整段文字的对齐位置。在Word 2007中，段落有水平对齐和垂直对齐两种对齐方式。

1. 水平对齐

水平对齐方式包括以下几种。

- 两端对齐：将所选段落（除末行外）的左、右两边同时对齐，是Word默认的对齐方式。
- 左对齐：将文本、数字或嵌入对象左边对齐，右边不对齐。
- 居中对齐：使文本、数字或嵌入对象居中。
- 右对齐：将文本、数字或嵌入对象右边对齐，左边不对齐。
- 分散对齐：通过调整字符间距，使所选段落的各行（包括末行）等宽。

各种水平对齐方式的效果如图8–85所示。

最常用的调整水平对齐方式的方法是通过“段落”选项组中的按钮进行设置，具体操作如下。

1 选中要改变水平对齐方式的一个或多个段落。

2 展开“开始”选项卡，在“段落”选项组中单击相应的工具按钮，如“居中”按钮 ☰。

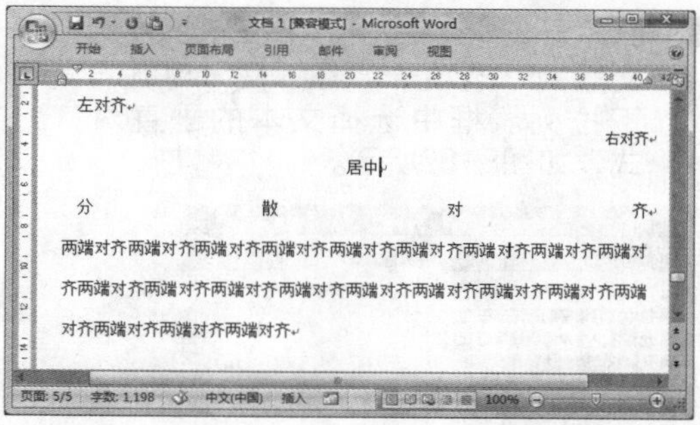

★ 图8–85

2. 垂直对齐

垂直对齐方式包括以下几种。

- 顶端对齐：同一行中所有内容的顶端对齐。
- 居中对齐：同一行中所有内容的水平中轴线对齐。
- 基线对齐：同一行中所有内容相对于基线对齐。
- 底端对齐：同一行中所有内容的底端对齐。
- 自动：系统根据实际情况自动决定对齐方式。

在Word 2007中设置垂直对齐方式的操作步骤如下。

1 选中要改变垂直对齐方式的段落或段落中的部分文字。

2 单击鼠标右键，在弹出的快捷菜单中选择“段落”命令，如图8–86所示。

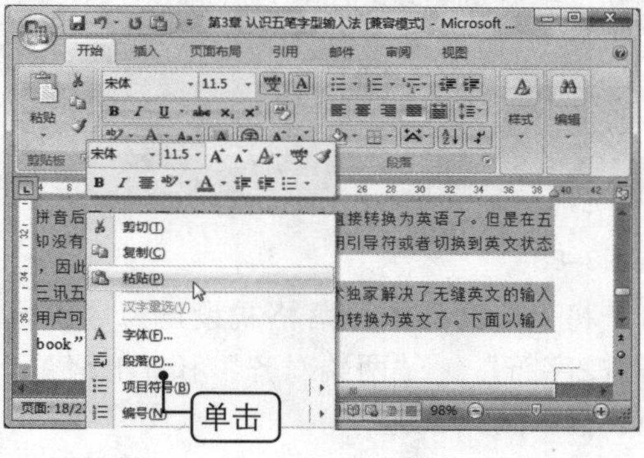

★ 图8–86

3 在打开的“段落”对话框中切换到“中文版式”选项卡，在“文本对齐方式”下拉列表框中选择文本的垂直对齐方式，如图8-87所示。

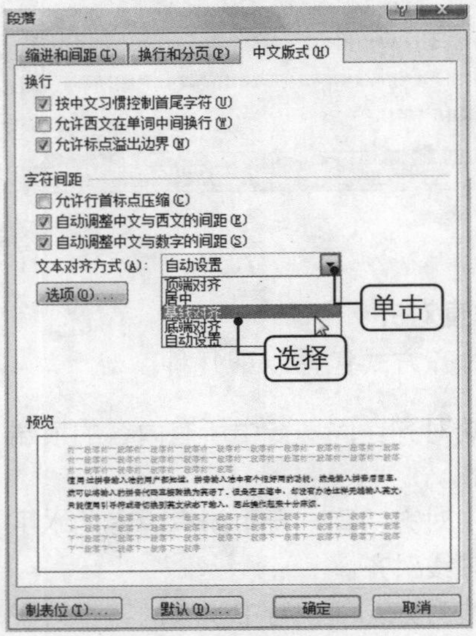

★ 图8-87

4 设置完成后，单击“确定”按钮关闭对话框即可。

动手练

新建一个文档，输入图8-88所示的内容。

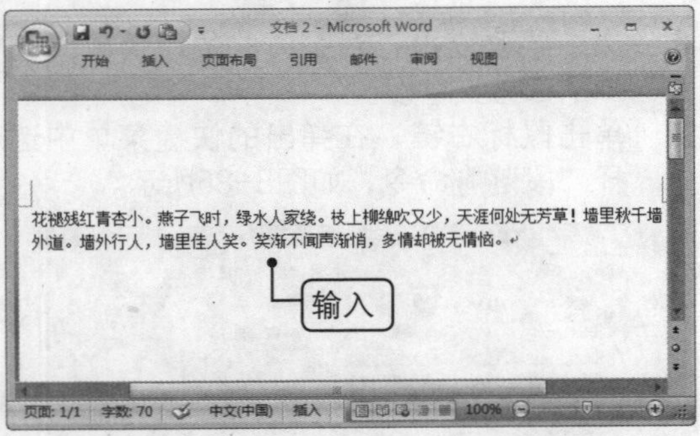

★ 图8-88

将整篇文档的段落格式设置为“首行缩进2字符”、“两端对齐”和“1.5倍行距”，如图8-89所示。

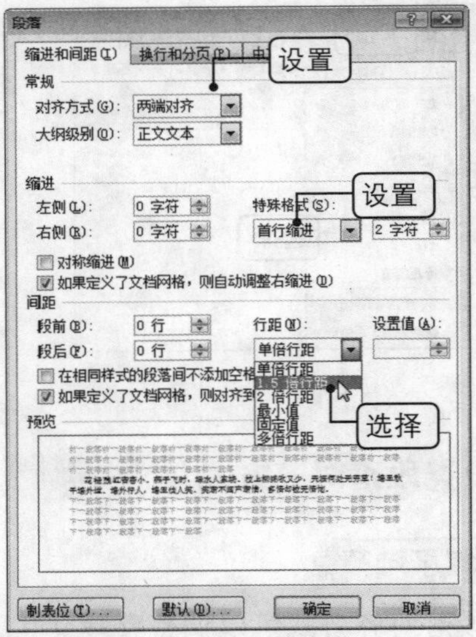

★ 图8-89

设置后的效果如图8-90所示。

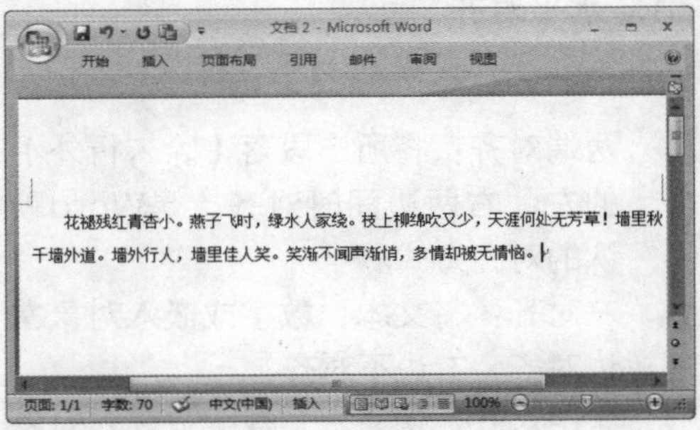

★ 图8-90

8.5.4 添加项目符号和编号

知识点讲解

合理使用项目符号与编号，既可以使文档显得美观，又可以使文档的层次变得清晰。

项目符号一般用于并列关系的段落，编号既可用于并列关系的段落，也可用于顺序关系的段落。

1. 添加项目符号

在Word 2007中添加项目符号的具体

操作方法如下。

1 将光标定位在要插入项目符号的位置，或者选中要设置项目符号的几个段落。

2 展开“开始”选项卡，在“段落”选项组中单击“项目符号”下拉按钮，在弹出的下拉列表中选择要添加的项目符号，如图8-91所示。

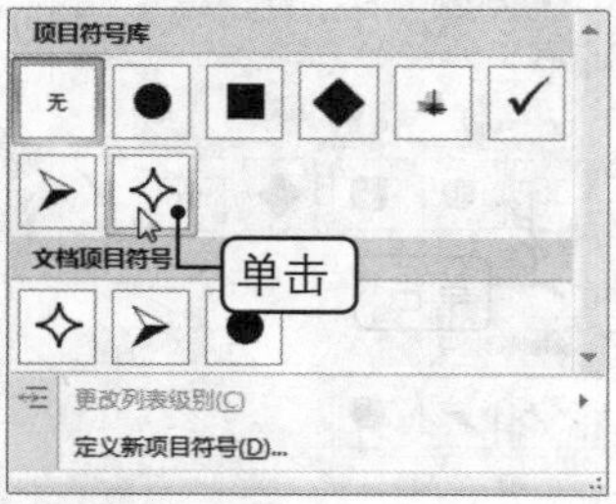

★ 图8-91

3 如果该下拉列表中的符号不能满足要求，可以单击“定义新项目符号”命令。

4 在弹出的“定义新项目符号”对话框中单击“符号”或“图片”按钮可选择新的项目符号。本例中单击“符号”按钮，如图8-92所示。

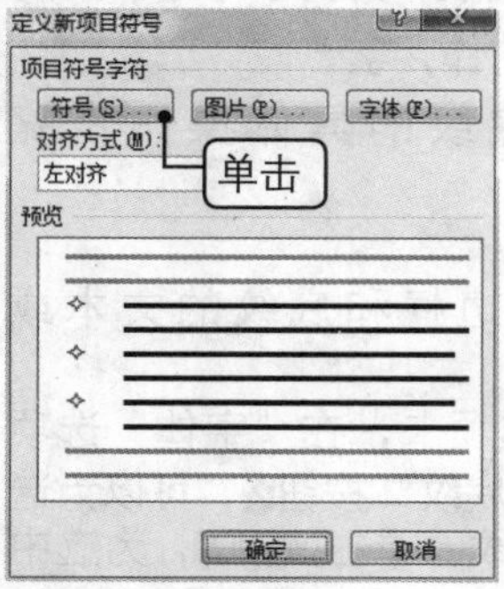

★ 图8-92

5 在接下来弹出的“符号”对话框中，选择需要的符号，然后单击“确定”按钮即可，如图8-93所示。

在插入项目符号的段落末尾按下“Enter”键换到下一段时，会在下一段自动插入相同项目符号。如果要撤销已插入的编号，可以按“Back Space”键。

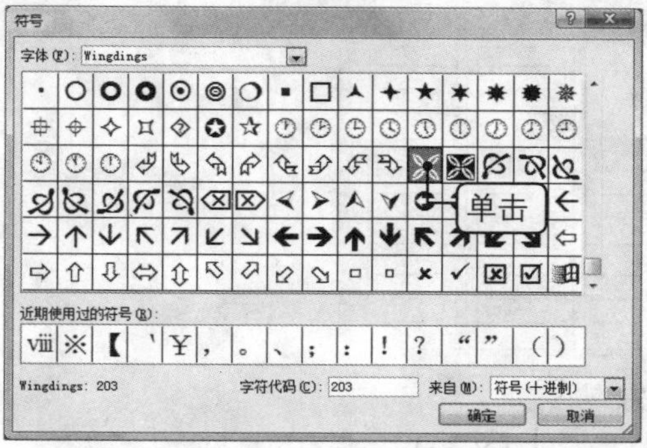

★ 图8-93

提　示

使用过项目符号后，“项目符号”按钮会保存上次使用过的项目符号，直接单击“段落”选项组中的“项目符号”按钮，即可插入该项目符号。

2. 添加编号

在段落前插入编号，能够表示段落间的顺序关系，插入编号的方法如下。

1 将光标定位在要插入编号的位置，或者选中要设置编号的几个段落。

2 展开“开始”选项卡，在“段落”选项组中单击“编号”下拉按钮，在弹出的下拉列表中选择需要的编号，如图8-94所示。

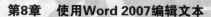

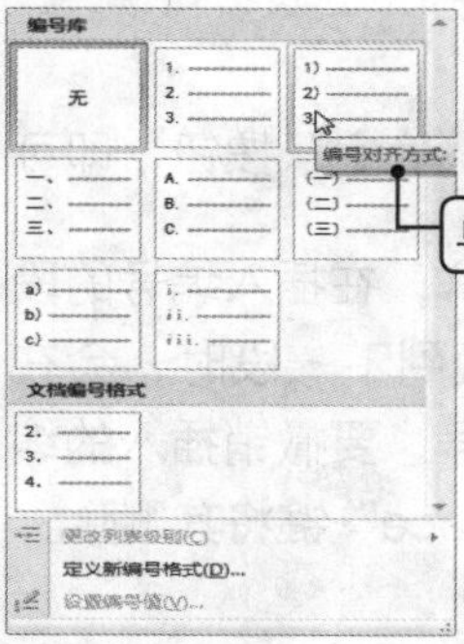

★ 图8-94

3 如果列表中没有适合的编号，可以单击列表底部的“定义新编号格式”命令，如图8-95所示。

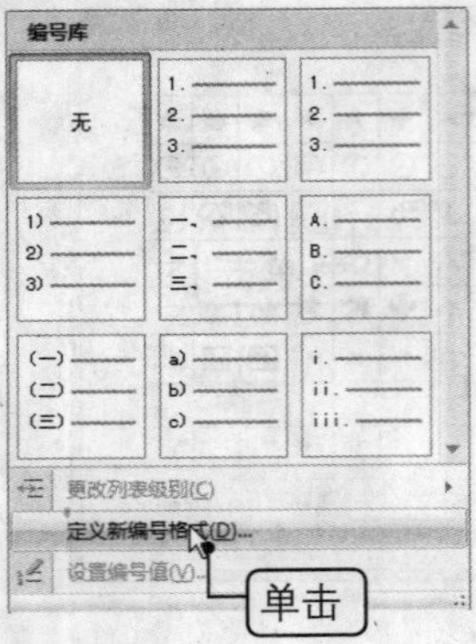

★ 图8-95

4 弹出“定义新编号格式”对话框，在“编号样式”下拉列表框中选择编号数字的样式，在“编号格式”文本框中编号数字的前后输入修饰语以设置编号格式，如图8-96所示。

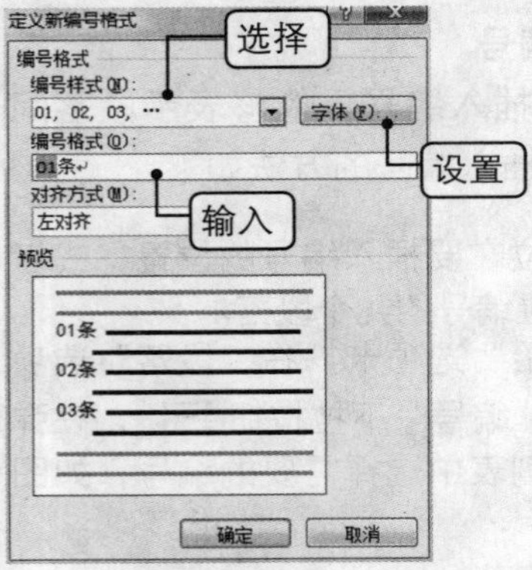

★ 图8-96

5 设置完成后，单击“确定”按钮，即可插入编号。

与使用项目符号一样，在插入编号的段落末尾按“Enter”键换到下一段时，会在下一段自动插入相同编号，要撤销插入的编号，也要按下“Back Space”键将其删除。

动手练

请根据下面的操作提示练习取消项目符号或编号的方法。

1 选中要取消项目符号和编号的段落。

2 单击鼠标右键，弹出右键快捷菜单，将鼠标移到“项目符号”或“编号”选项上，然后在弹出的子菜单中单击“无”即可，如图8-97所示。

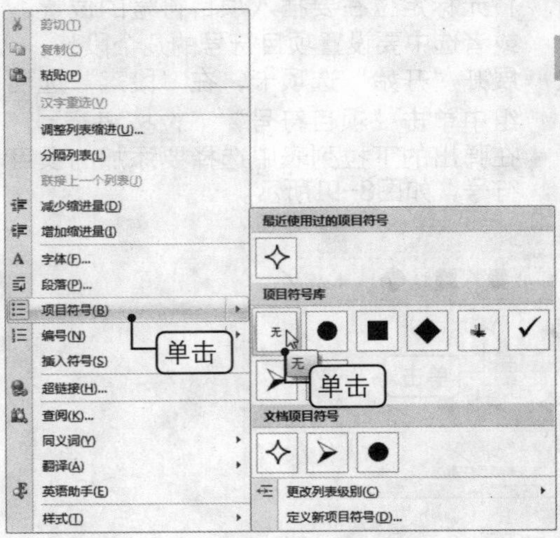

★ 图8-97

8.5.5 添加边框与底纹

知识点讲解

在Word 2007中可以为文本或段落添加边框和底纹，使部分内容突出显示，同时也起到美化文档的作用。

添加边框与底纹的具体操作步骤如下。

1 选中需要添加边框和底纹的文本或段落。

2 展开“开始”选项卡，在“字体”选项组中单击“字符底纹”按钮A，可以为选中的文本添加底纹；单击按钮A，为选中的文本添加边框。

添加文本边框和底纹后的效果如图8-98所示。

动手练

新建一个文档，输入唐诗“游子吟”，如图8-99所示。

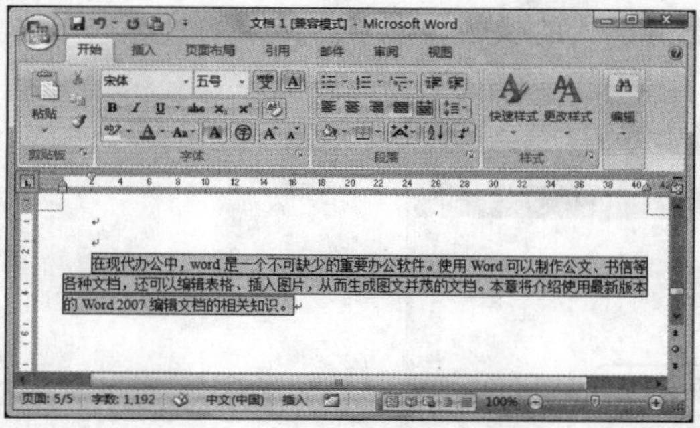

★ 图8-98

为诗名添加底纹，为作者名添加边框，最终效果如图8-100所示。

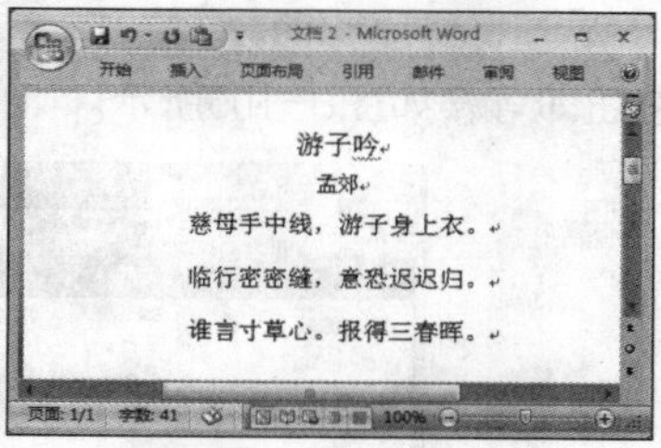

★ 图8-99

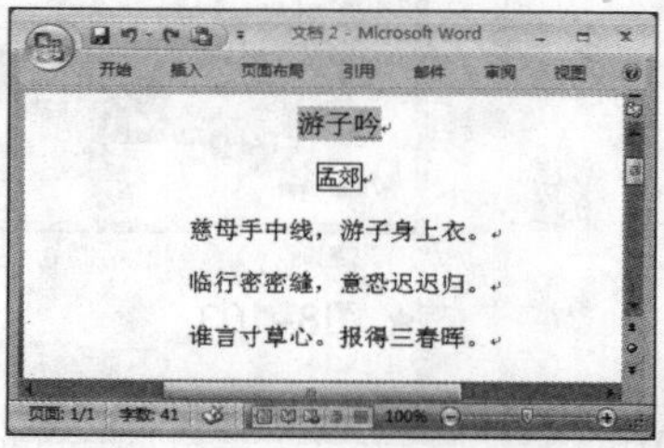

★ 图8-100

疑难解答

问 在Word 2007中，如何将常用的固定文本保存为模板，以方便下次使用?

答 在Word 2007中将常用的固定文本保存为模板的具体操作方法如下。

1 打开需要保存为模板的文档，如图8-101所示。

2 单击“Office”按钮，在打开的下拉菜单中选择“另存为”命令，如图8-102所示。

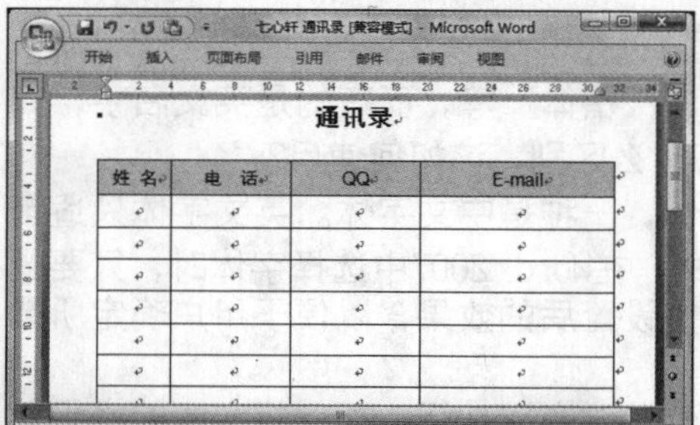

★ 图8-101

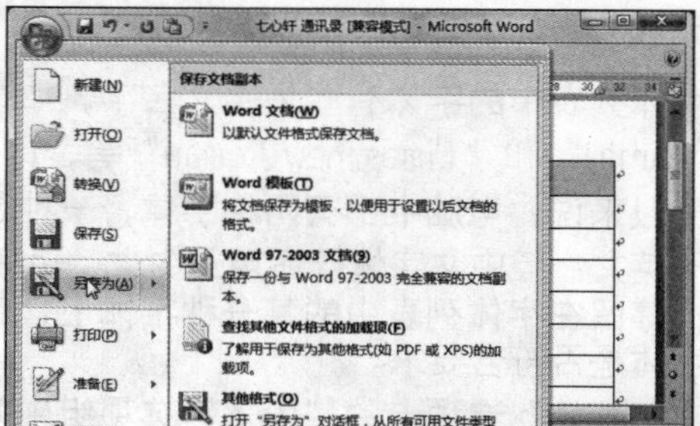

★ 图8-102

3 在弹出的“另存为”对话框中，将保存位置设置为“C:\用户\123\AppData\Roaming\Microsoft\Templates”（其中，“123”为当前登录系统的用户名）”，在“保存类型”下拉列表中选择“Word模板”选项，然后单击“保存”按钮即可，如图8-103所示。

以后需要使用该模板时，可以执行下面的操作。

1 启动Word 2007。

2 单击“Office”按钮，在打开的下拉菜单中选择“新建”命令，打开“新建文档”对话框。

3 在打开的“新建文档”对话框中，选择“我的模板”选项，如图8-104所示。

4 在接下来打开的“新建”对话框中，选中之前设置的模板，如“通讯录”，然后单击“确定”按钮即可，如图8-105所示。

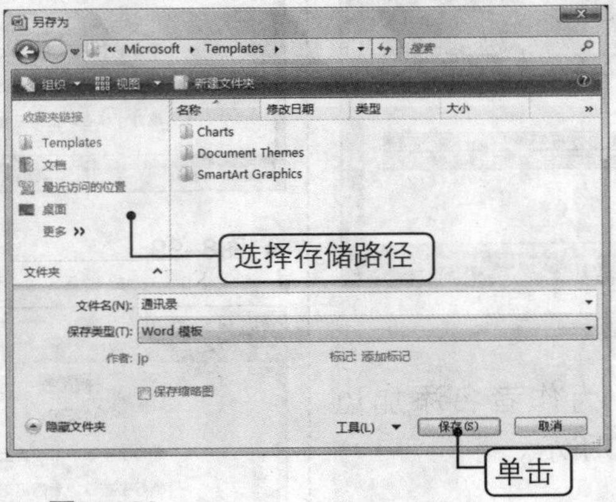

★ 图8-103

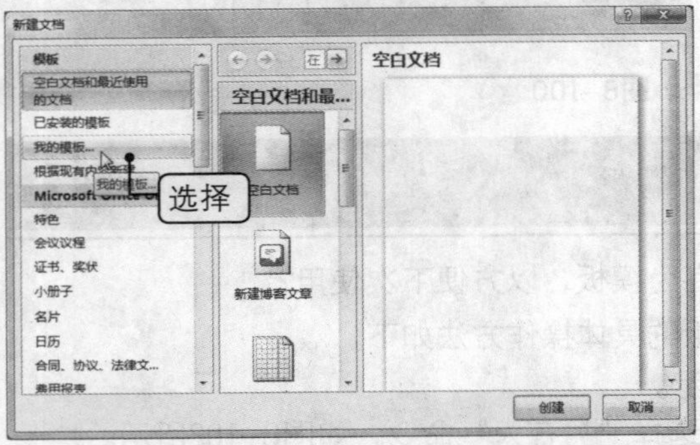

★ 图8-104

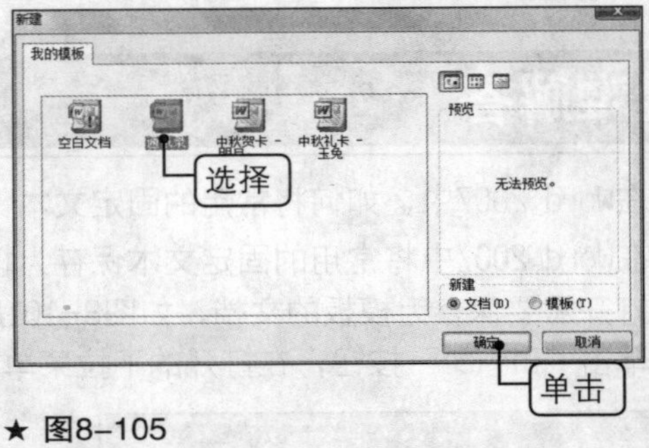

★ 图8-105

问 字体列表中的字体有些是中文名字，如“宋体”、“楷体”等，而有的是英文名字，如“Arial”和“Times new Roman”等，请问它们有什么区别，该如何使用？

答 一般来说，电脑中都有两种字体，一种是英文字体，一种是中文字体。英文字体只适用于英文；但中文字体既适用于中文，也适用于英文。在Word 2007中选择字体时，只要鼠标停留在字体列表中的某一种字体上，就可以预览设置后的效果，以便于用户确定所选字体是否符合要求。

问 在“开始”选项卡的“段落”选项组中并没有“分散对齐”按钮，如何将文本的水平对齐方式设置为“分散对齐”？

答 在“段落”选项组中，包含了“左对齐”、“居中”“右对齐”和“两端对齐”按钮，但没有“分散对方”按钮。如果要设置该对齐方式，需要打开“段落”对话框，在“水平方式”下拉列表中进行选择，如图8-106所示。

问 如果一个段落中既有英文，又有中文，如何分别将英文设置为英文字体，将中文设置为中文字体？

答 大多数情况下，都是通过“开始”选项卡的“字体”选项组中的相应按钮来更改文本字体的，但如果要进行比较细致的设置，需要在“字体”对话框中设置，具体操作方法如下。

1 单击“字体”选项组右下角的“字体”按钮。

2 在弹出的“字体”对话框的“字体”选项卡中，单击“中文字体”下拉按钮，可以在打开的下拉列表中选择中文字体；单击“西文字体”下拉按钮，可以在打开的下拉列表中选择西文字体，如图8-107所示。

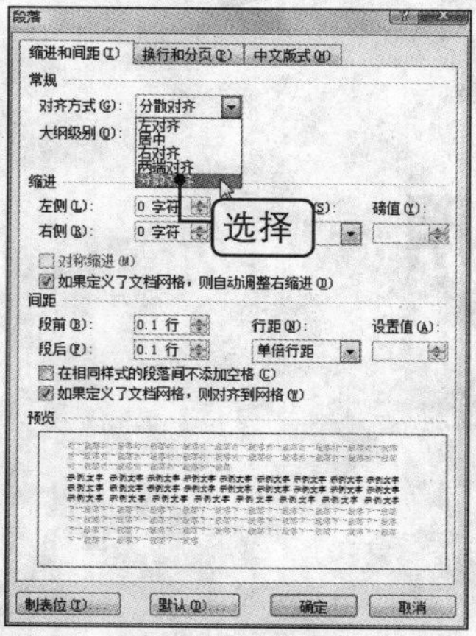

★ 图8-106

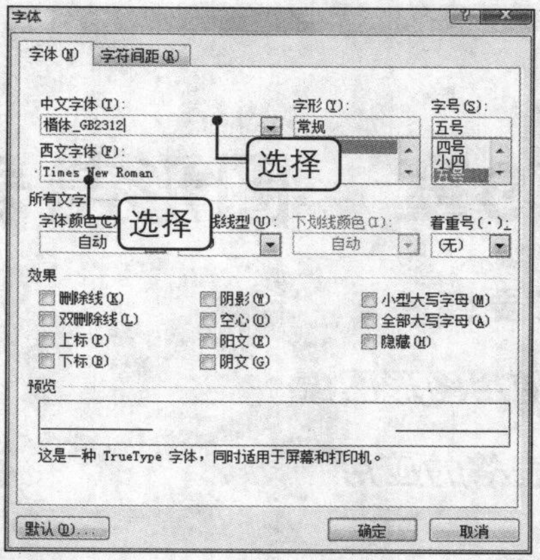

★ 图8-107

Chapter 09

第9章　图形与表格的使用

本章要点

- *使用图形图像*
- *表格的应用*

Word 2007的功能非常强大。在使用Word 2007编辑文档的过程中，可以插入图片、艺术字、剪贴画和表格等，还可以绘制图形并进行图文混合排版以美化文档。本章将对使用图形与表格的相关知识进行介绍。

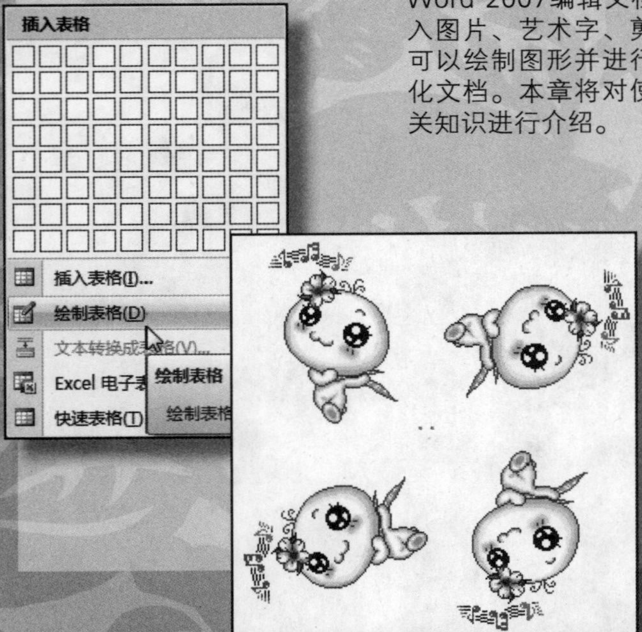

9.1 使用图形图像

在使用Word 2007编辑文档时，可以插入图片、剪贴画、艺术字和自选图形等，对文档进行美化。

9.1.1 插入剪贴画

知识点讲解

Word 2007自带了许多精美实用的图片，这些图片放在剪辑库中，因此被称为剪贴画。剪贴画包括各行各业的图片，从人物、动物、花草到建筑、商业，应用尽有，供用户需要时调用。

在文档中插入剪贴画的具体操作方法如下。

1 将光标定位到需要插入剪贴画的位置，然后切换到“插入”选项卡，单击“插图”选项组中的“剪贴画”按钮，如图9-1所示。

★ 图9-1

2 此时在窗口右侧出现“剪贴画”窗格，在“搜索文字”文本框中输入剪贴画的类别，如“花”，然后单击“搜索”按钮，如图9-2所示。

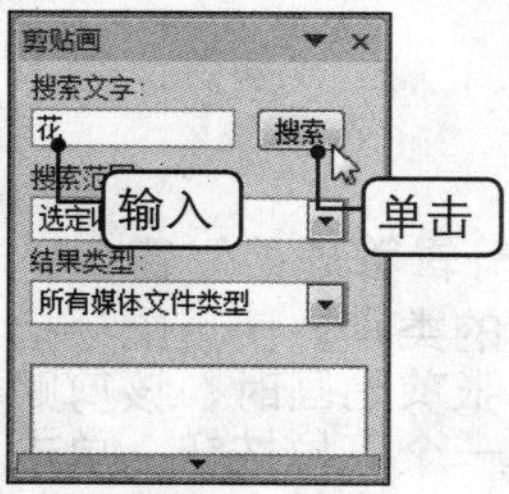

★ 图9-2

3 搜索结果将显示在“剪贴画”窗格下侧的列表框中，将鼠标指向某张剪贴画时，该剪贴画的右侧将出现一个下拉按钮。

4 单击该按钮，在弹出的下拉菜单中执行“插入”命令，或直接双击剪贴画，即可将其插入到文档中了，如图9-3所示。

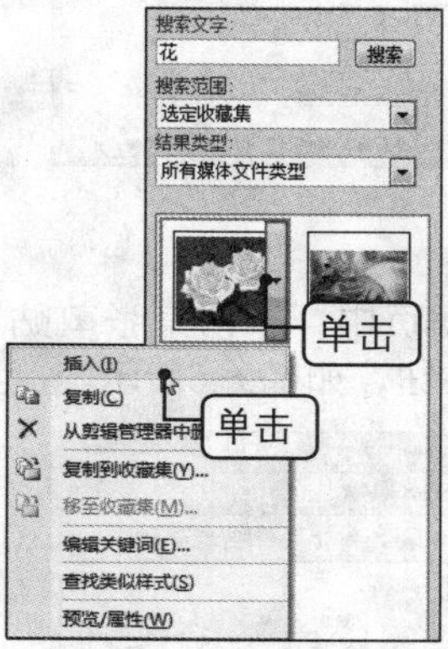

★ 图9-3

如果在剪辑库中找不到合适的剪贴画，还可以通过Microsoft Office Online到网上下载剪贴画，其具体操作方法如下。

1 打开“剪贴画”窗格，单击“Office网上剪辑”超链接，如图9-4所示。

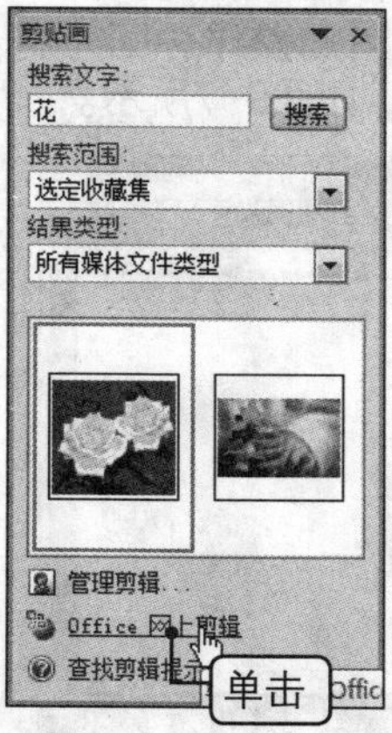

★ 图9-4

2 此时，系统将自动启动IE浏览器，打开“免费下载剪贴、照片、动画和声音”网页，单击剪贴画的某个类别超链接，如图9-5所示。

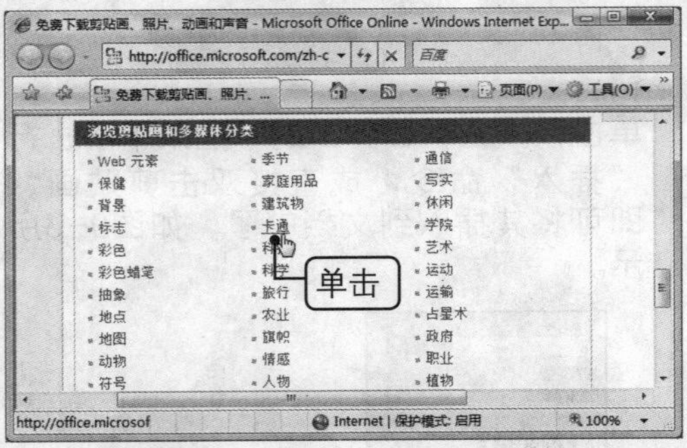

★ 图9-5

3 在接下来打开的网页中，单击某张剪贴画下的“复制”按钮，如图9-6所示。

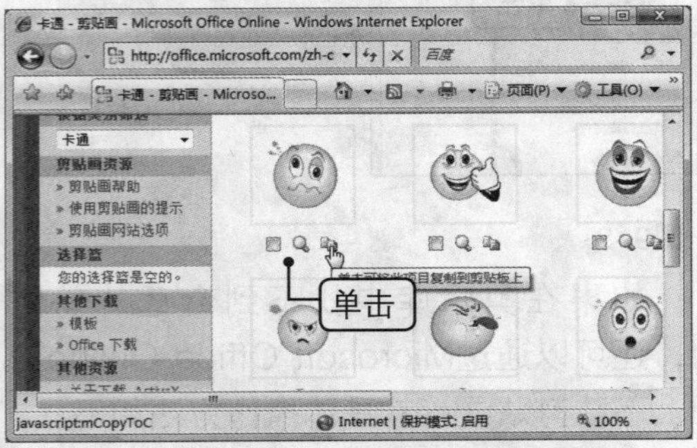

★ 图9-6

4 返回到文档中，将鼠标定位在需要插入剪贴画的位置，进行粘贴操作，即可将剪贴画插入到文档中，如图9-7所示。

★ 图9-7

动手练

剪贴画是Word自带的一种图片，存放在剪辑库中，因此除了使用“搜索”的方式插入剪辑画，还可以通过剪辑库插入剪贴画。

根据下面的操作提示，练习通过剪辑库插入剪贴画的方法。

1 切换到“插入”选项卡，单击“插图”选项组中的“剪贴画”按钮，如图9-8所示。

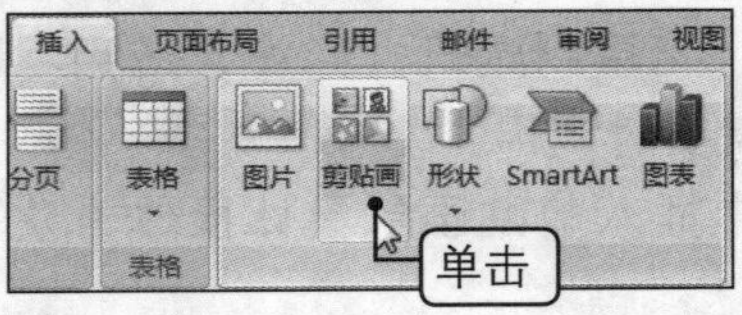

★ 图9-8

2 打开“剪贴画”窗格，该窗格的默认位置在窗口右侧，单击窗格中的“管理剪辑”选项，如图9-9所示。

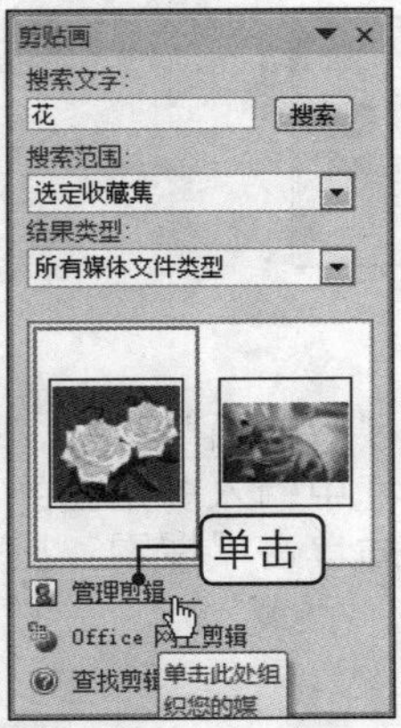

★ 图9-9

3 打开“Microsoft剪辑管理器”窗口，在左侧选择剪贴画的类别，使用鼠标指向对话框右侧的某张剪贴画时，该剪贴画的右侧即可出现一个下拉按钮，单击该按钮，在弹出的下拉菜单中执行“复制”命令，如图9-10所示。

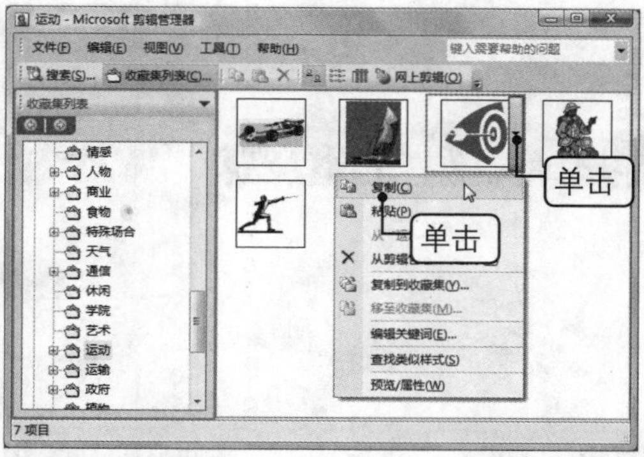

★ 图9-10

4 返回到文档，将鼠标定位到需要插入剪贴画的位置，然后进行粘贴操作，即可将复制的剪贴画插入到文档中，如图9-11所示。

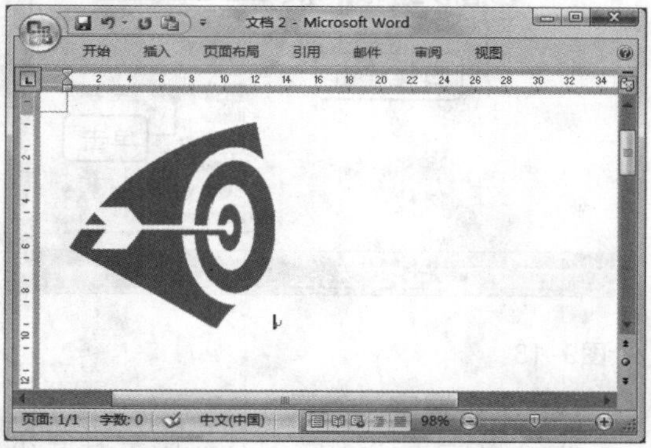

★ 图9-11

9.1.2 插入艺术字

知识点讲解

艺术字是具有特殊效果的文字，其颜色、字形等均进行了美化，从而使文字具有立体感。使用艺术字，不仅能美化文档，还能突出文档的主题。

1. 插入艺术字

在Word中插入艺术字的具体操作方法如下。

1 将光标定位到需要插入艺术字的位置，然后切换到“插入”选项卡，单击“文本”选项组中的“艺术字”按钮，如图9-12所示。

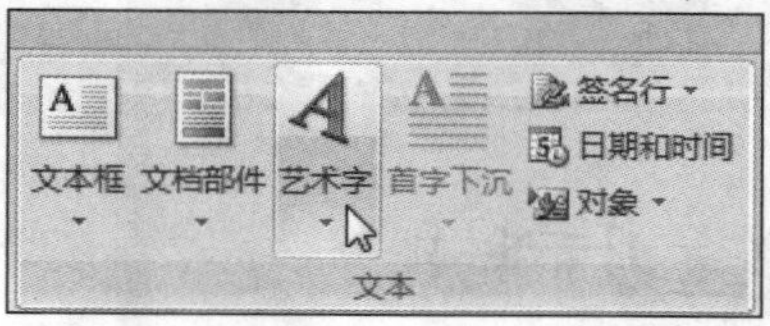

★ 图9-12

2 在弹出的艺术字下拉列表中选择艺术字样式，如图9-13所示。

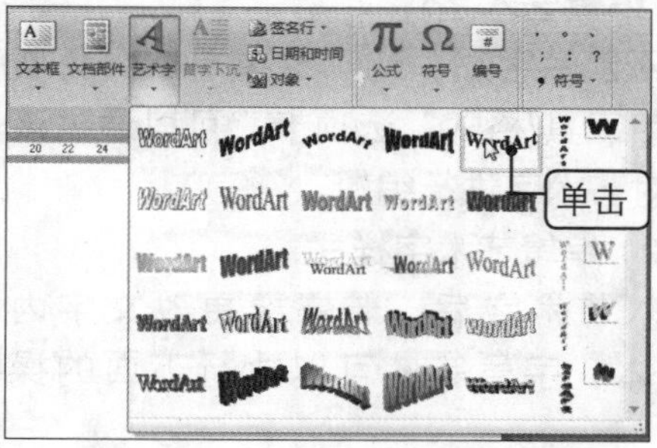

★ 图9-13

知　识

在艺术字样式下拉列表中选择竖排样式的艺术字样式，如“艺术字样式24”，可以插入竖排艺术字。

3 弹出“编辑艺术字文字”对话框，在“请在此键入您自己的内容”处，输入需要设置成艺术字的文本，然后在“字体”下拉列表中选择字体，在“字号”下拉列表中选择字号，如图9-14所示。

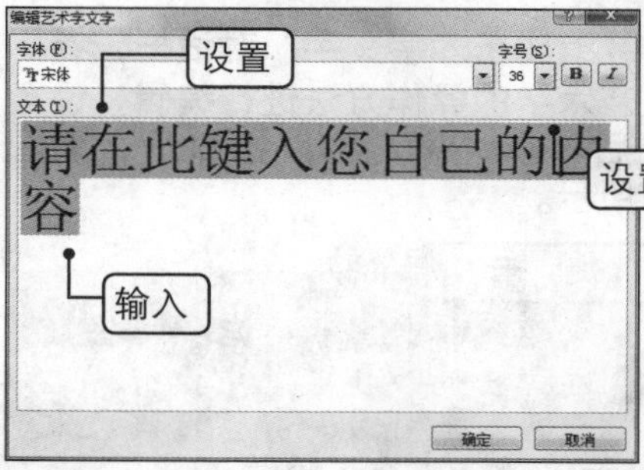

★ 图9-14

4 单击“确定”按钮。插入的艺术字效果如图9-15所示。

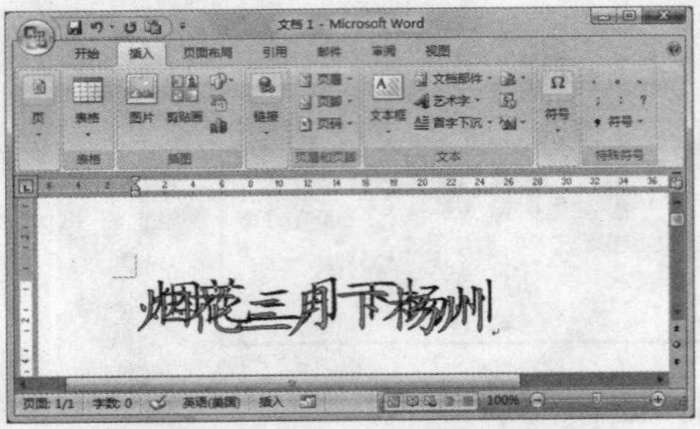

★ 图9-15

2. 编辑艺术字

插入艺术字后，选项卡菜单中会新增“艺术字工具/格式”选项卡，可以通过该选项卡对艺术字进行编辑。

（1）编辑艺术字样式

插入艺术字后，若需要更改文字内容、字体、字号等，可以执行下面的操作。

1 选定需要进行编辑的艺术字，在展开的“艺术字工具/格式”选项卡中，单击“文字”选项组中的“编辑文字”按钮，如图9-16所示。

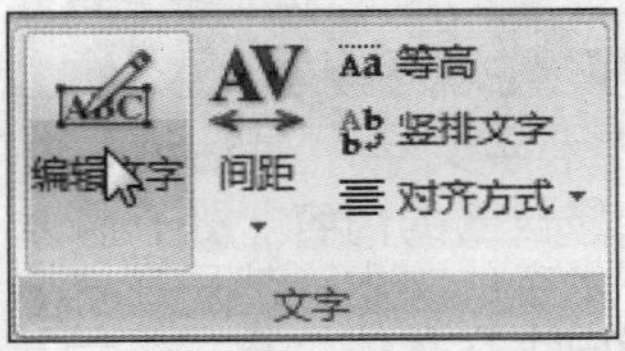

★ 图9-16

2 弹出“编辑艺术字文字”对话框，参照插入艺术字的操作方法进行编辑，设置完成后单击“确定”按钮即可，如图9-17所示。

提 示

选定需要编辑的艺术字后，单击鼠标右键，在弹出的快捷菜单中执行“编辑文字”命令，也可以打开“编辑艺术字文字”对话框，如图9-18所示。

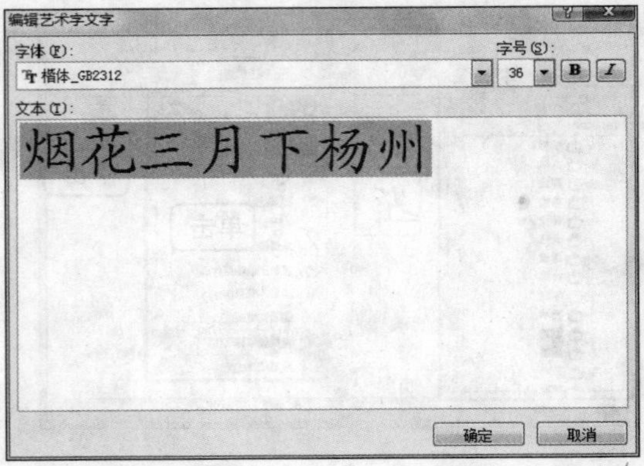

★ 图9-17

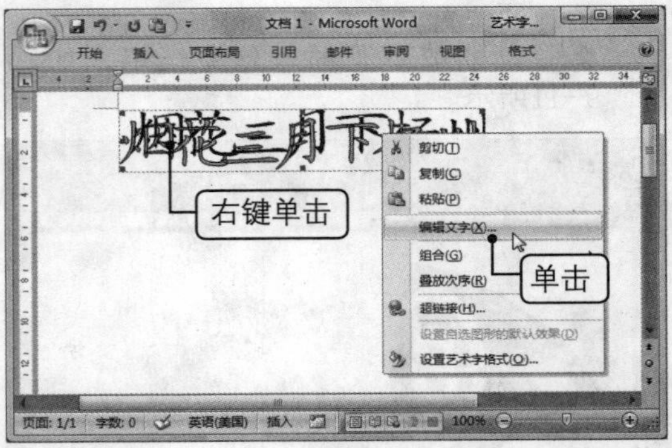

★ 图9-18

（2）设置字符等高

英文单词有大小写之分，因而其艺术字的高度也会有所不同，从而影响整体效果。图9-19为艺术字的字符等高与不等高的效果对照图。

★ 图9-19

只需选中艺术字，然后单击“文字”选项组中的“等高”按钮，即可让大小写字符实现等高，如图9-20所示。

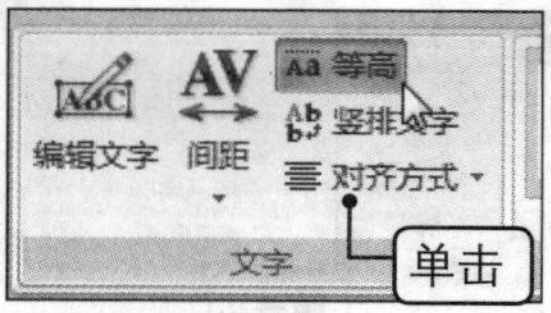

★ 图9-20

（3）设置字符间距

Word为艺术字提供了5种字符间距，分别是“很紧”、“紧密”、“常规”、“稀疏”和“很松”。

设置字符间距的方法为：选定艺术字，单击“文字”选项组中的“间距”按钮，在弹出的下拉列表中设置字符间距即可，如图9-21所示。

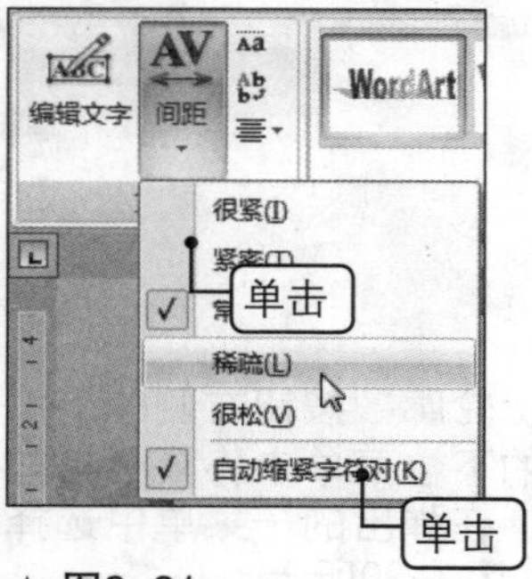

★ 图9-21

3. 格式化艺术字

（1）更改艺术字样式

插入艺术字后，若不满意当前所应用的样式，用户可以进行修改，具体操作方法如下。

1 选定需要修改样式的艺术字，然后切换到“艺术字工具/格式”选项卡，如图9-22所示。

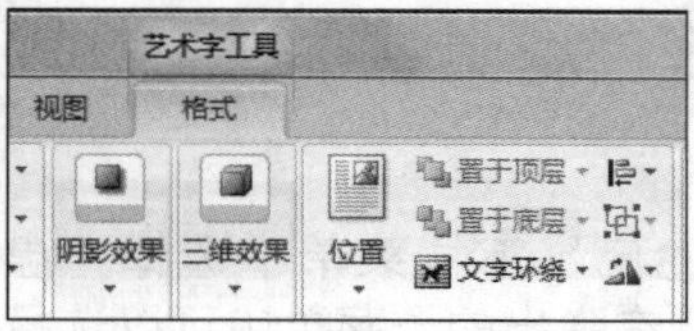

★ 图9-22

2 在“艺术字样式”选项组中，单击艺术字样式列表框中的下拉按钮，在弹出的下拉列表中选择合适的样式即可，如图9-23所示。

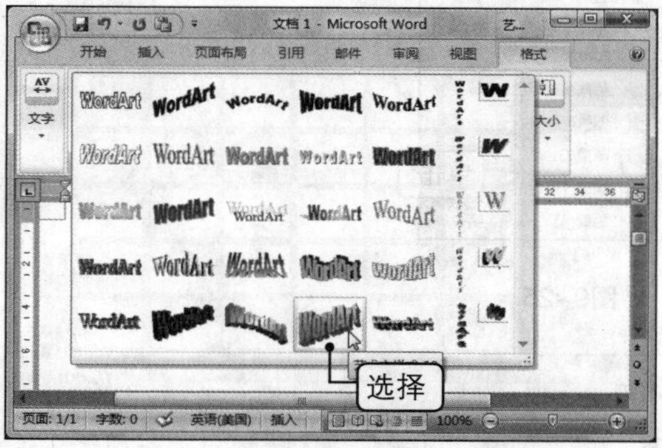

★ 图9-23

（2）设置填充效果

Word 2007为艺术字提供了多种填充效果，例如纹理效果、图片填充效果、颜色填充效果等。下面以图片效果为例，介绍设置填充效果的具体操作方法。

1 选定需要设置填充效果的艺术字，在展开的“艺术字工具/格式”选项卡的“艺术字样式”选项组中，单击“形状填充”按钮右侧的下拉按钮，如图9-24所示。

★ 图9-24

2 在弹出的下拉列菜单中选择“图片”选项，如图9-25所示。

3 此时弹出“选择”图片对话框，在其中选择需要的图片，然后单击“插入”按钮，如图9-26所示。

4 返回文档后即可看到设置的效果，如图9-27所示。

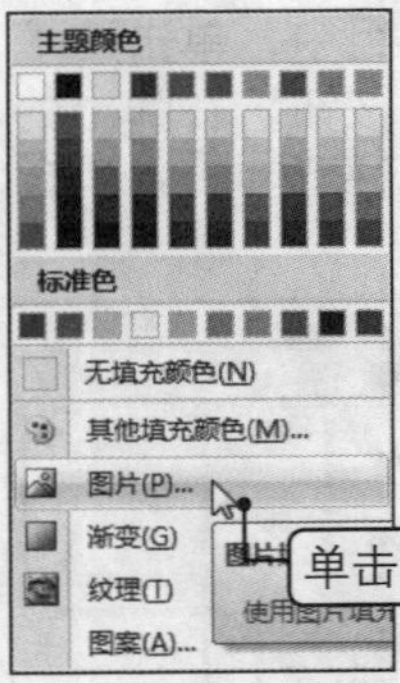

★ 图9-25

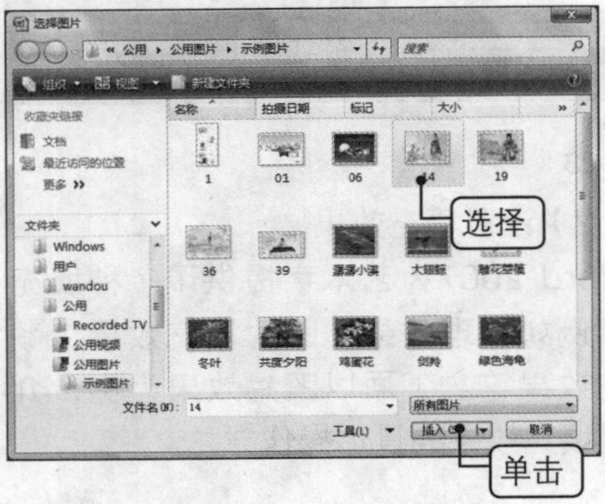

★ 图9-26

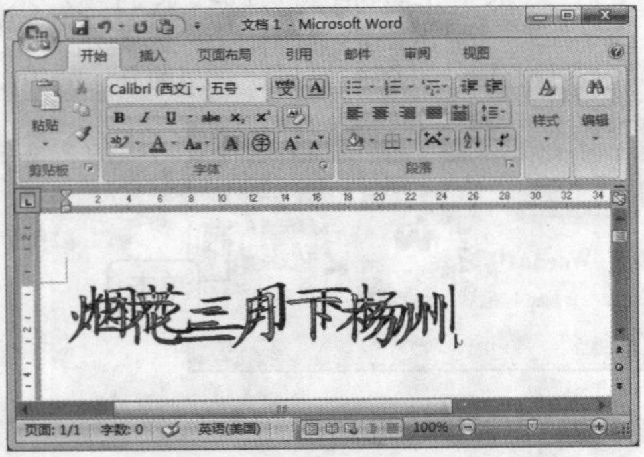

★ 图9-27

（3）设置轮廓

为插入的艺术字设置轮廓的具体操作方法如下。

1 双击需要设置的艺术字，在展开的“艺术字工具/格式”选项卡中，单击“艺术字样式”选项组中“形状轮廓”右侧的下拉按钮，如图9-28所示。

★ 图9-28

2 在弹出的下拉菜单中，选择需要的轮廓颜色，如图9-29所示。

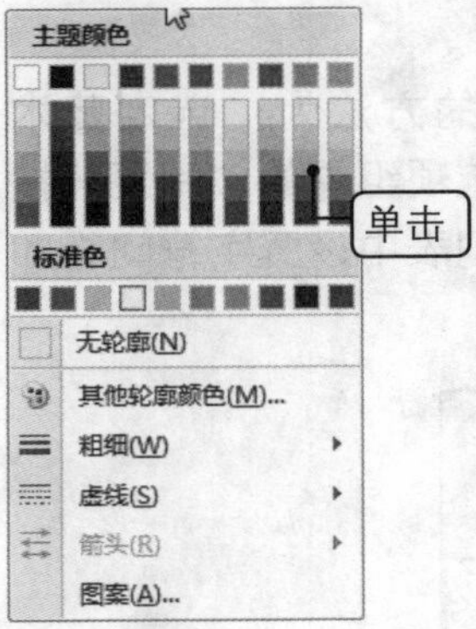

★ 图9-29

3 再次单击“形状轮廓”按钮右侧的下拉按钮，在弹出的下拉菜单中将鼠标指向“粗细”选项，在弹出的子菜单中选择需要的粗细，如图9-30所示。

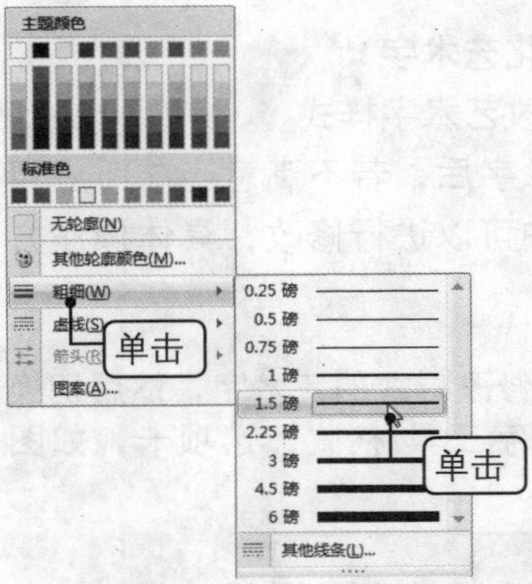

★ 图9-30

4 在“形状轮廓”下拉菜单中选择“虚线”选项，在弹出的子菜单中可以选择需要的虚线样式，如图9-31所示。

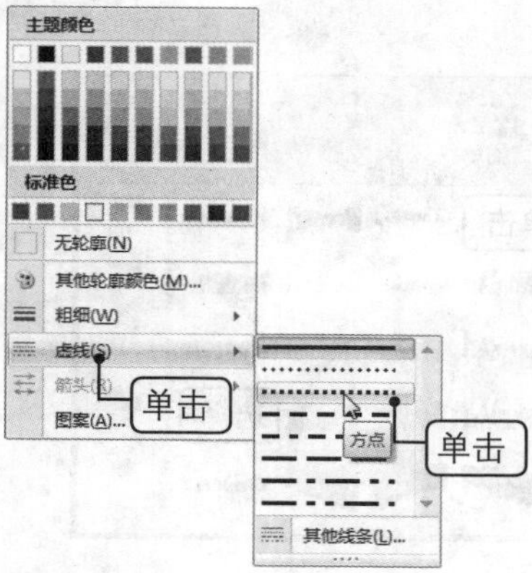

★ 图9-31

5 在“形状轮廓”下拉菜单中选择“图案”命令，接着在弹出的“带图案线条”对话框中选择需要的图案类型，可以设置轮廓的填充样式，如图9-32所示。

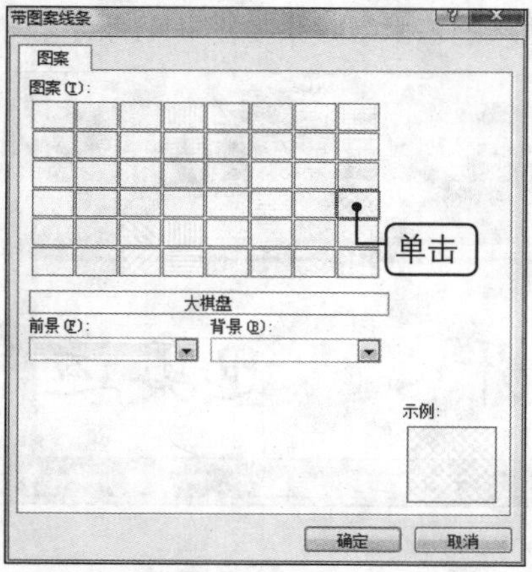

★ 图9-32

6 设置完毕后，单击“确定”按钮，在返回的文档中即可看到设置后的轮廓效果，如图9-33所示。

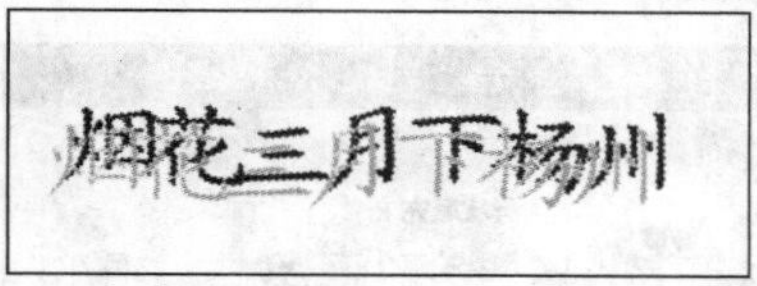

★ 图9-33

（4）设置形状

若提供的艺术字样式不能满足用户的需求，可以通过“更改形状”功能对艺术字的格式进行设置，具体操作步骤如下。

1 选中艺术字，切换到“艺术字工具/格式”选项卡中，单击“艺术字样式”选项组中的“更改样式”按钮，如图9-34所示。

★ 图9-34

2 在弹出的下拉列表中选择需要的形状，如图9-35所示。

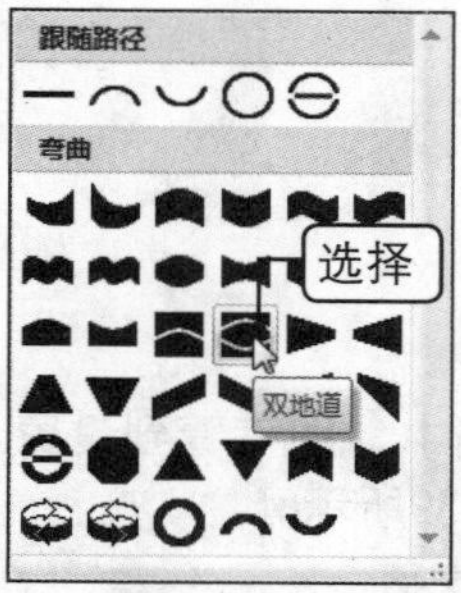

★ 图9-35

3 接下来在返回的文档中，即可看到更改后的艺术字效果了，如图9-36所示。

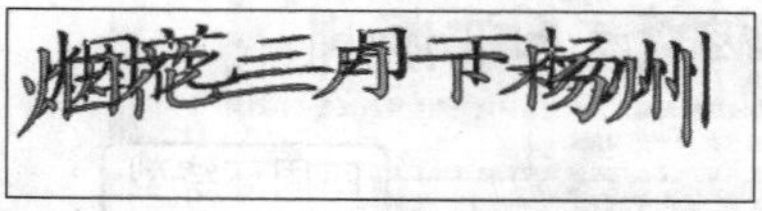

★ 图9-36

4. 设置环绕方式

在Word 2007中，艺术字的环绕方式有7种，分别是嵌入型、四周型、紧密型、衬于文字下方、浮于文字上方、上下型和穿越型。

设置环绕方式的具体操作方法如下。

1 选定需要设置环绕方式的艺术字，切换到“艺术字工具/格式”选项卡，然后单击“排列”选项组中的“文字环绕”按钮，如图9-37所示。

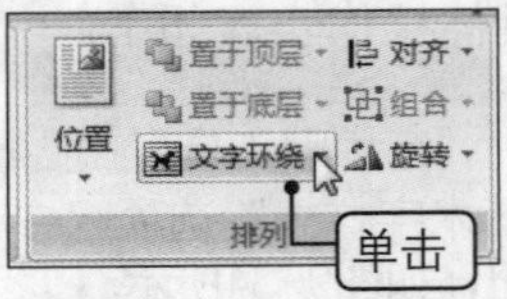

★ 图9-37

2 在弹出的下拉列表中选择需要的环绕方式即可，如图9-38所示。

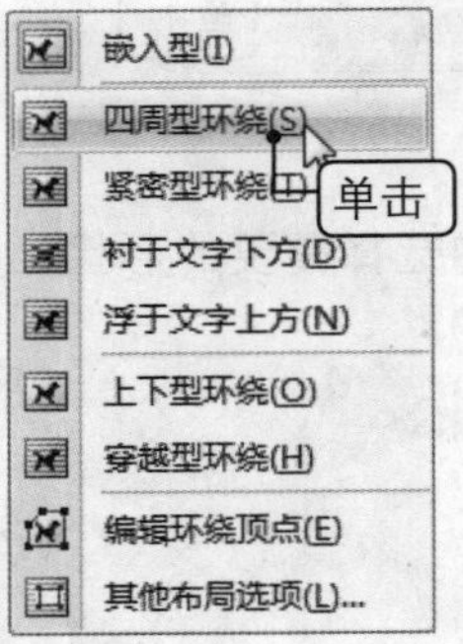

★ 图9-38

3 接下来在返回的文档中，即可看到设置后的效果了，如图9-39所示。

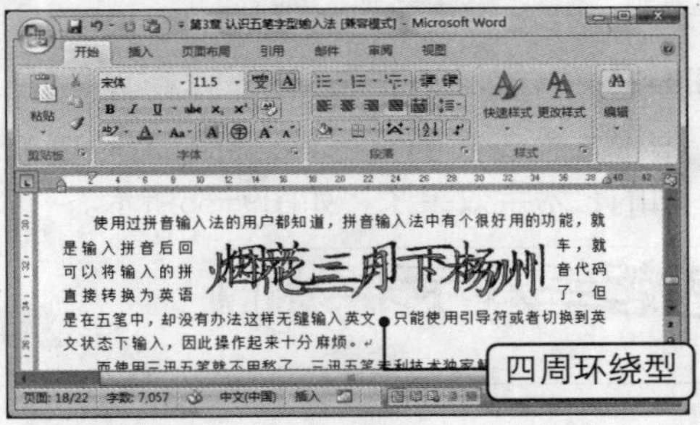

★ 图9-39

动手练

新建一个文档，并在文档中插入艺术字“开开心心迎奥运”。

操作提示：

1 启动Word 2007，将自动新建一个文档。

2 切换到“插入”选项卡，在“文本”选项组中单击“艺术字”按钮，在弹出的下拉列表中选择艺术字样式，如图9-40所示。

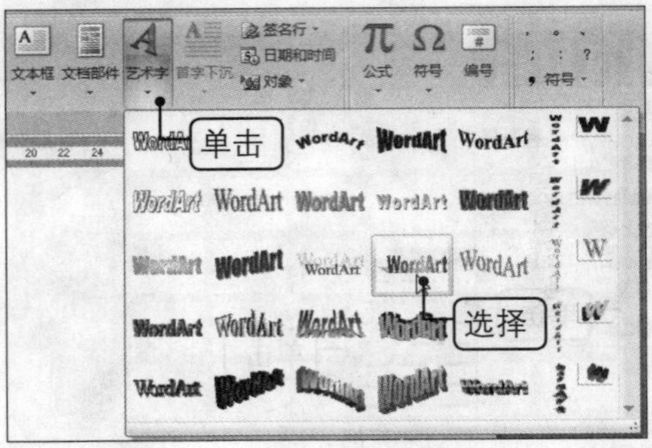

★ 图9-40

3 弹出“编辑艺术字文字”对话框，在“请在此键入您自己的内容”处输入“开开心心迎奥运”，在“字体”下拉列表中选择“楷体”，在“字号”下拉列表中选择“60”。

4 单击“确定”按钮，返回到文档编辑区，插入的艺术字效果如图9-41所示。

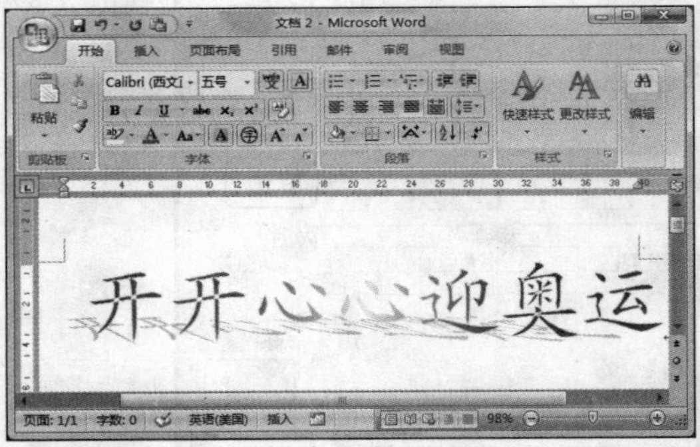

★ 图9-41

5 如果对所创建的艺术字的效果不满意，可以进行以下设置。双击艺术字，切换到“艺术字工具/格式”选项卡，单击“阴影效果”选项组中的“阴影效果”按钮，如图9-42所示。

★ 图9-42

6 在打开的下拉列表中选择一种阴影样式，如“阴影样式17”，如图9-43所示。

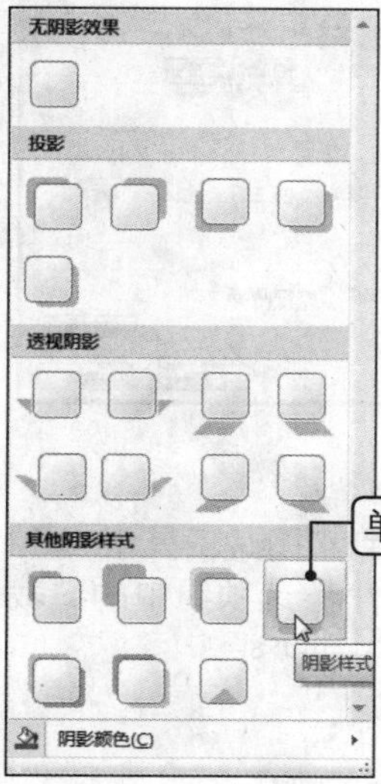

★ 图9-43

7 默认的阴影颜色为黑色，本例中将其改为淡紫色。单击“阴影样式”下拉列表中的“阴影颜色”命令，在展开的子菜单中选择淡紫色，如图9-44所示。

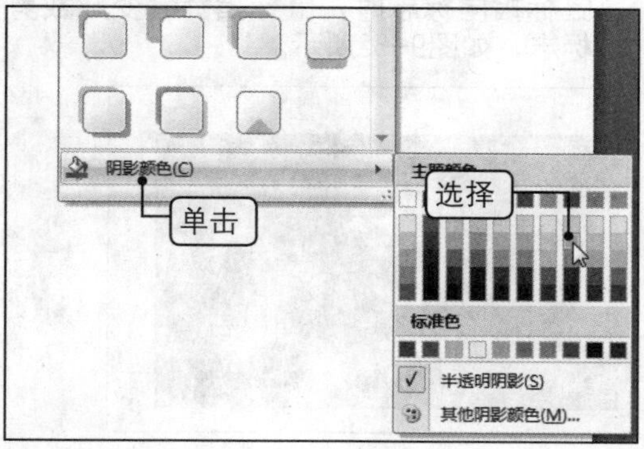

★ 图9-44

8 设置后的艺术字效果如图9-45所示。

9.1.3 插入图片

知识点讲解

在Word中，除了可以插入剪贴画美化文档，还可以将本地电脑中的图片插入到文档中。

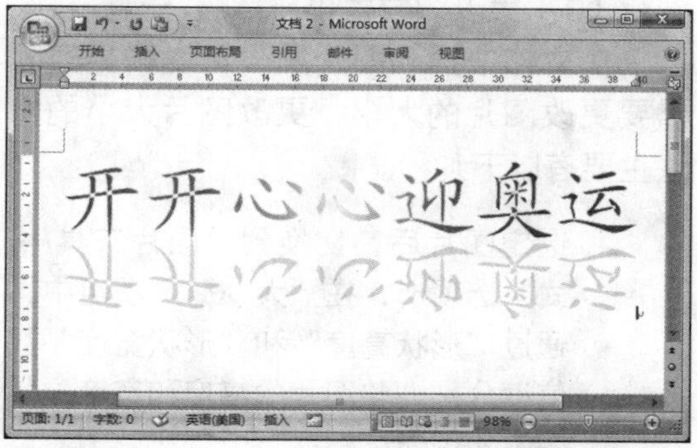

★ 图9-45

1. 插入图片

在Word 2007中插入图片的具体操作方法如下。

1 将光标定位在需要插入图片的位置，切换到“插入”选项卡，单击“插图”选项组中的“图片”按钮，如图9-46所示。

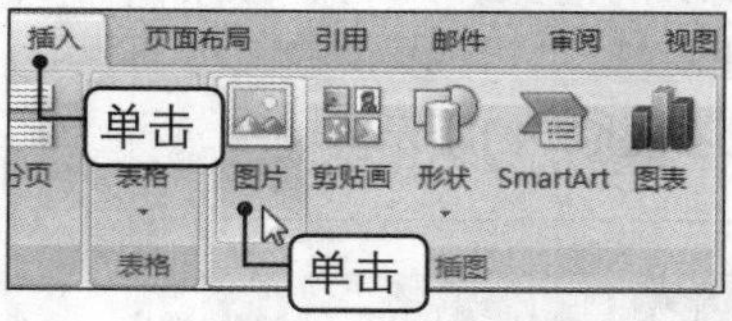

★ 图9-46

2 弹出“插入图片”对话框，选择需要插入的图片，然后单击“插入”按钮，即可将图片插入到文档中，如图9-47所示。

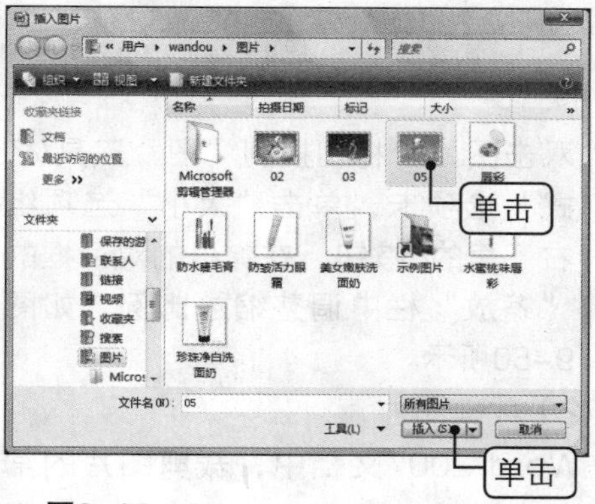

★ 图9-47

2. 编辑图片

（1）更改图片大小

在文档中插入图片后，可以根据实际需要更改图片的大小，更改图片大小的方法主要有以下几种。

- 选定图片后，切换到“图片工具/格式”选项卡，在“大小”选项组中，通过“形状高度”和“形状宽度”数值框分别调整图片的高度和宽度，如图9-48所示。

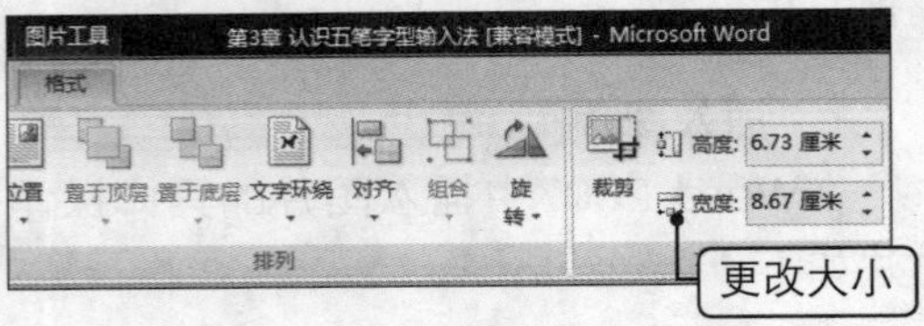

★ 图9-48

- 选定图片后，图片周围将出现控制点，将鼠标停放在控制点上，指针即可变成双向箭头，此时，按下鼠标左键并任意拖动，可以快速改变图片的大小，如图9-49所示。

★ 图9-49

- 双击图片，将切换到“图片工具/格式”选项卡，单击“大小”选项组右下角的按钮，在弹出的对话框的“缩放”栏中调整缩放比例，如图9-50所示。

（2）裁剪图片

在Word 2007文档中，裁剪图片的常用操作方法如下。

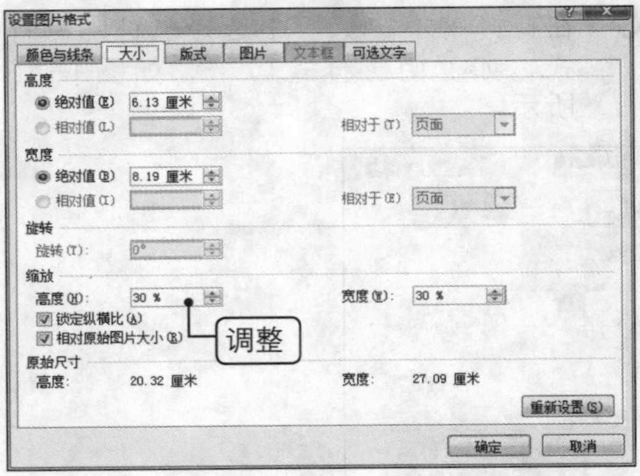

★ 图9-50

1 选定图片后，切换到“图片工具/格式”选项卡，单击“大小”选项组中的“裁剪”按钮，如图9-51所示。

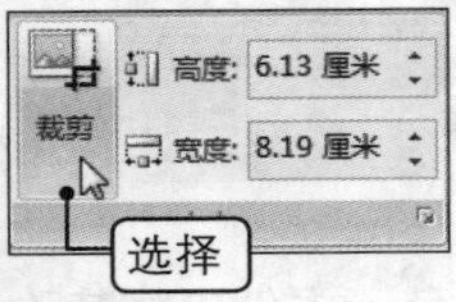

★ 图9-51

2 此时图片的四个角将会出现黑直角标志，且每边的中间都有黑短线标志。当鼠标指向标志时，鼠标指针会变成裁剪标志，如图9-52所示。

★ 图9-52

3 当鼠标变为裁剪标志后，按下鼠标左键并拖动，便可完成图片的裁剪。

其中，各个裁剪标志的功能介绍如下。

- **┏**：鼠标指向图片左上角的标志时，可以向右、向下进行裁剪。

- ┐：鼠标指向图片右上角的标志时，可以向左、向下进行裁剪。
- ┘：鼠标指向图片右下角的标志时，可以向左、向上进行裁剪。
- └：鼠标指向图片左下角的标志时，可以向右、向上进行裁剪。
- ┴：鼠标指向图片上中线的标志时，可以向下进行裁剪。
- ├：鼠标指向图片右中线的标志时，可以向左进行裁剪。
- ┬：鼠标指向图片下中线的标志时，可以向上进行裁剪。
- ┤：鼠标指向图片左中线的标志时，可以向右进行裁剪。

（3）旋转图片

旋转图片角度的具体操作方法如下。

1 选中图片，然后切换到“图片工具/格式”选项卡。

2 单击“排列”选项组中的“旋转”按钮，在弹出的下拉菜单中选择需要的旋转方式，如图9-53所示。

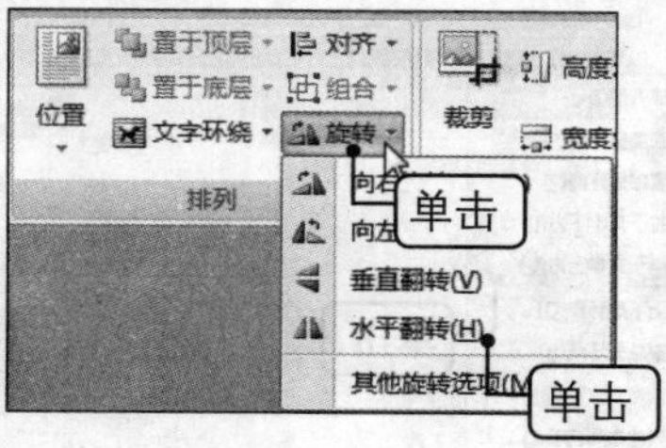

★ 图9-53

选中图片，将鼠标指向控制点，按住鼠标左键不放，并绕着图片旋转，图片即可出现一个虚影随之旋转，旋转到合适位置后释放鼠标，就可以旋转图片，如图9-54所示。

3. 格式化图片

（1）套用图片样式

在Word 2007中内置了一些现成的图片样式，用户可以套用这些样式，快速设置图片效果。

★ 图9-54

1 双击图片，切换到“图片工具/格式”选项卡。

2 单击“图片样式”选项组中的“图片样式”下拉按钮，在打开的下拉列表中可以快速套用一种图片样式，如图9-55所示。

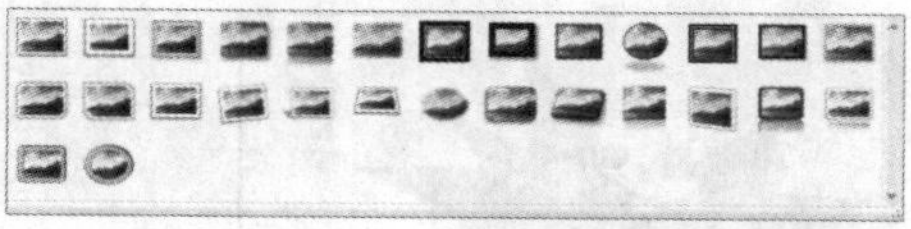

★ 图9-55

3 套用图片样式后的效果如图9-56所示。

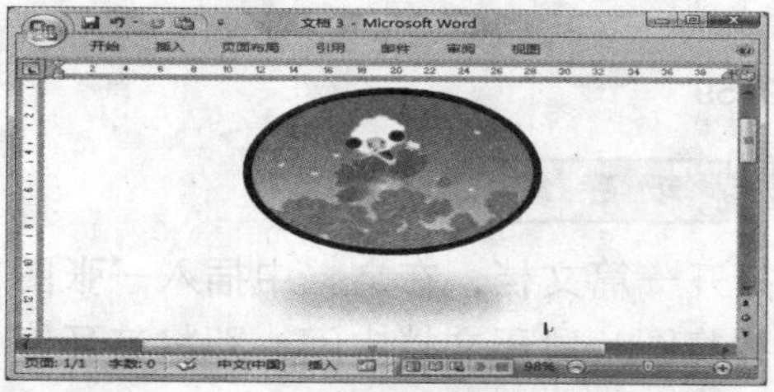

★ 图9-56

（2）更改图片形状

在Word 2007文档中更改图片形状的具体操作方法如下。

1 双击图片，切换到“图片工具/格式”选项卡，单击“图片样式”选项组中的“图片形状”按钮，如图9-57所示。

★ 图9-57

2 在弹出的下拉列表中选择合适的图片形

状即可，如图9-58所示。

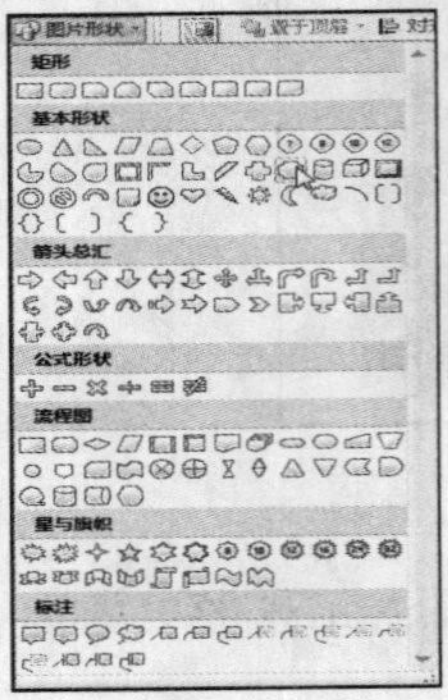

★ 图9-58

3 接着在返回的文档中，即可看到设置后的效果了，如图9-59所示。

★ 图9-59

动手练

打开一篇文档，在文档中插入一张图片，并将图片置于文档中间，即将其环绕方式设置为四周环绕型。

图片的环绕方式与剪贴画等图形对象一样，都有嵌入型、四周型、紧密型、衬于文字下方以及浮于文字上方等7种。其中，嵌入型的图片可随文字内容的变化而移动，而其余环绕方式的图片会相对固定在文档中的某个位置上，且不会随文字内容的变化而移动。

若想设置图片的环绕方式，可通过下面两种方法实现。

- 选择需要设置环绕方式的图片，切换到“图片工具/格式”选项卡，单击“排列”选项组中的“文字环绕”按钮，在弹出的下拉列表中选择环绕方式，如图9-60所示。

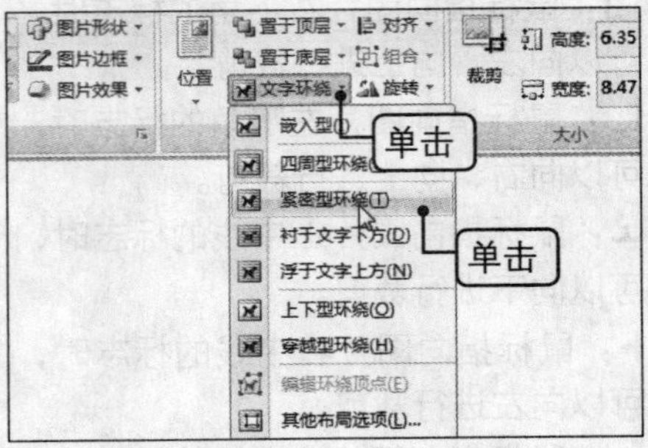

★ 图9-60

- 使用鼠标右键单击需要设置的图片，在弹出的快捷菜单中，将鼠标指向“文字环绕”选项，然后在展开的子菜单中选择合适的环绕方式即可，如图9-61所示。

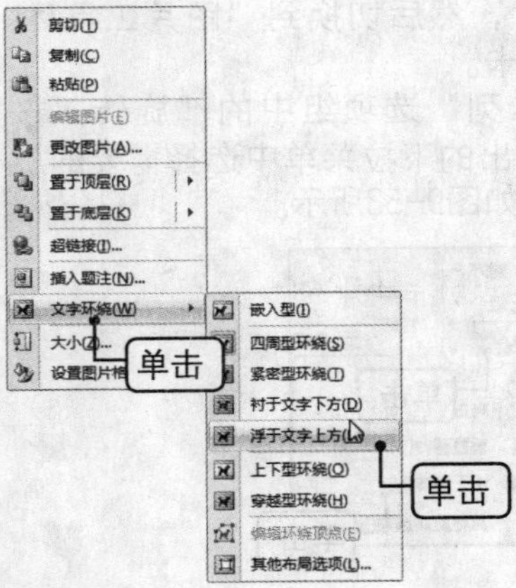

★ 图9-61

9.1.4 绘制自选图形

知识点讲解

Word 2007提供了多种类型的自选图形，如“线条”、“箭头”、“流程图”等，供用户选择使用。

1. 绘制自选图形

要Word 2007文档中绘制自选图形的

具体操作方法如下。

1 在需要插入自选图形的文档中切换到“插入”选项卡，然后单击“插图”选项组中的“形状”按钮，如图9-62所示。

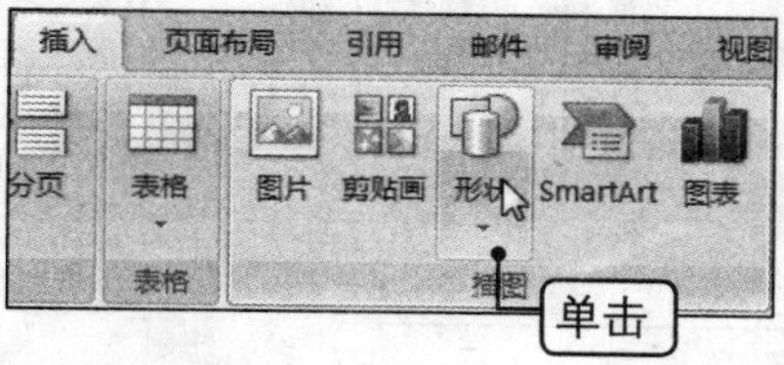

★ 图9-62

2 在弹出的下拉列表中，选择“基本形状”组中的“心形”图形，如图9-63所示。

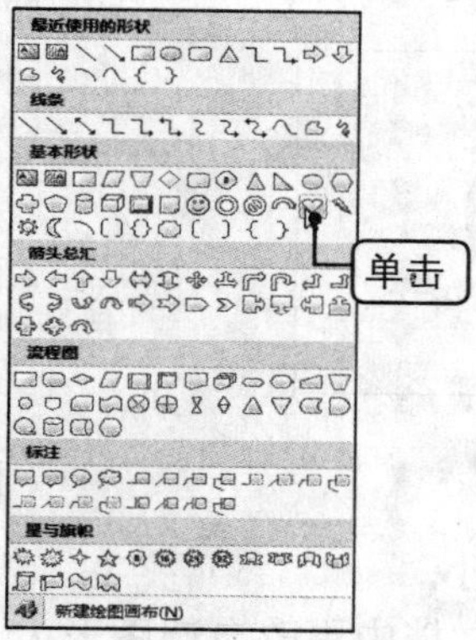

★ 图9-63

3 此时，鼠标呈十字状+，在文档编辑区中按下鼠标左键并拖动，可绘制出所选图形样式，绘制到合适大小时释放鼠标即可，如图9-64所示。

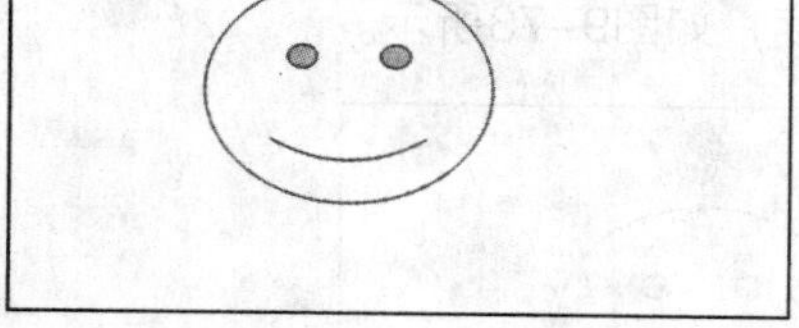

★ 图9-64

2. 更改图形形状

如果对插入的自选图形的形状不满意，可通过下面的方法进行更改。

1 双击需要更改样式的自选图形，在展开的“绘图工具/格式”选项卡中单击“形状样式”选项组中的“更改形状”按钮，在弹出的下拉列表中选择需要的自选图形样式，如图9-65所示。

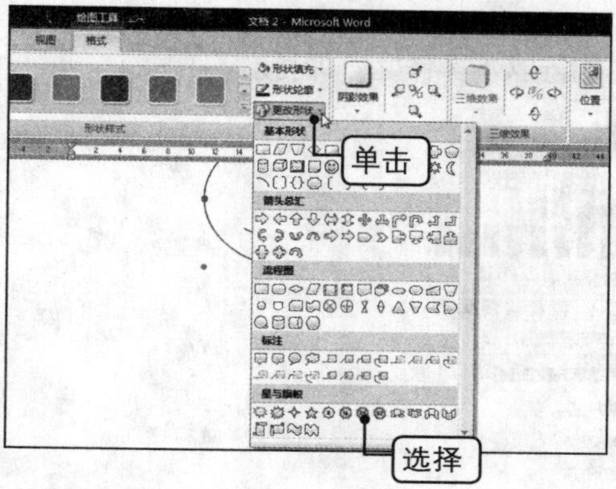

★ 图9-65

2 接下来在返回的文档中，即可看到选定的图形被自动替换掉了，如图9-66所示。

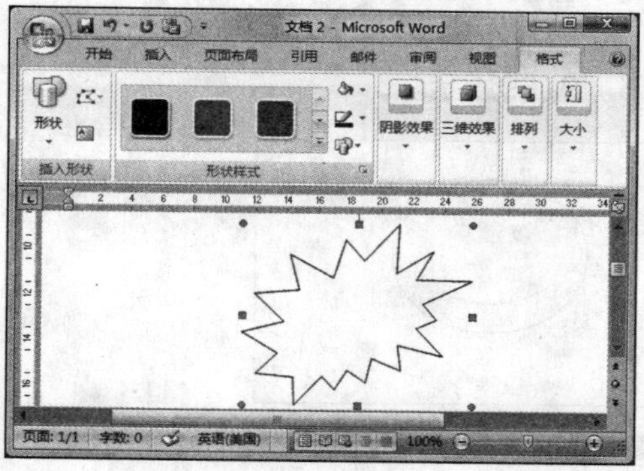

★ 图9-66

3. 设置填充效果

在文档中插入自选图形后，可以设置其填充效果，达到美化自选图形的目的，具体操作方法如下。

1 双击需要设置的自选图形，展开“绘图工具/格式”选项卡，单击“形状样式”选项组中的“形状填充”下拉按钮，如图9-67所示。

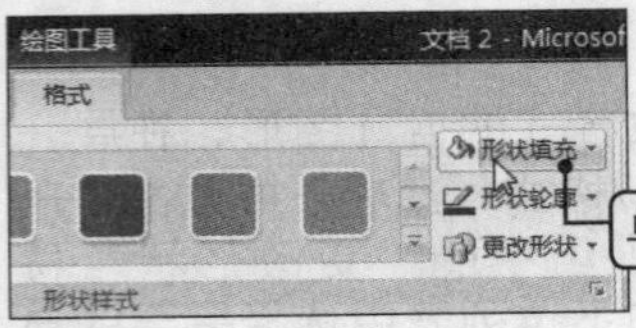

★ 图9-67

2 在打开的如图9-68所示的下拉菜单中，执行以下操作之一即可。

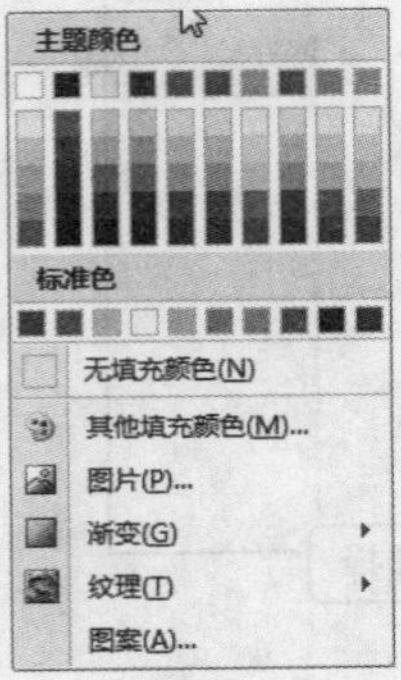

★ 图9-68

- 如果要对自选图形进行单色填充，直接单击该下拉菜单中的相应色块即可，进行单色填充后的效果如图9-69所示。

★ 图9-69

- 单击“图片”选项，在弹出的“选择图片”对话框中，选择一张图片对自选图形进行填充，填充的效果如图9-70所示。

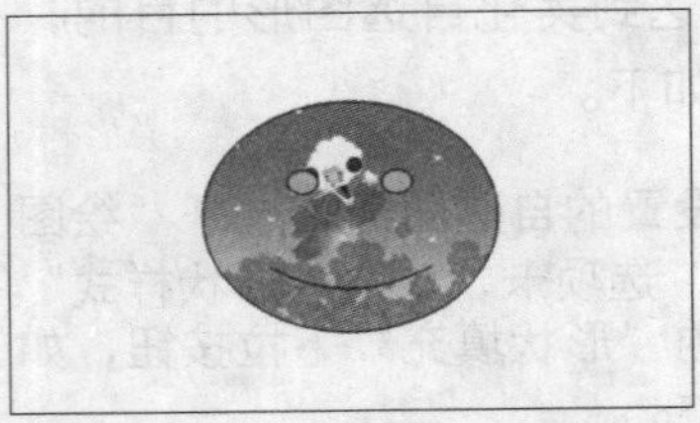

★ 图9-70

- 单击“渐变”选项，在弹出的子菜单中选择一种渐变填充样式，可以对自选图形进行渐变填充，填充的效果如图9-71所示。

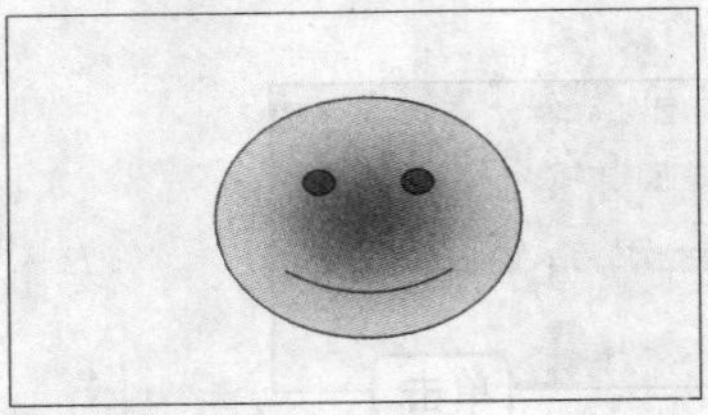

★ 图9-71

- 选择“纹理”选项，在弹出的子菜单中选择一种纹理填充样式，填充效果如图9-72所示。

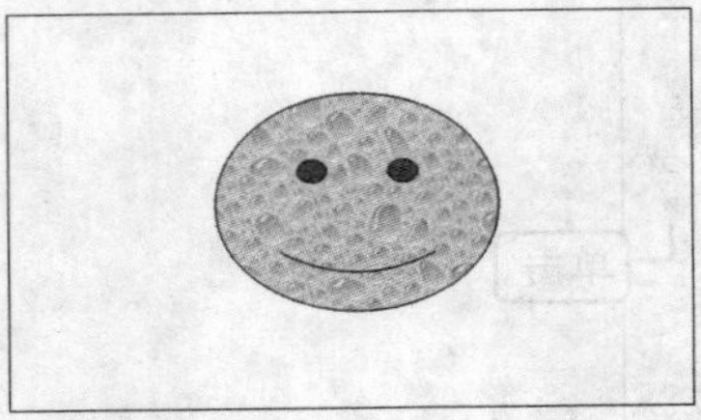

★ 图9-72

4. 更改图形大小

在Word 2007文档中更改自选图形大小的方法与更改剪贴画、图片大小的方法基本一样，主要有以下两种方法。

- 选中插入的图形，图形周围将出现控制点，将鼠标停放在控制点上，指针变成双向箭头。此时，按下鼠标左键并任意拖动，即可改变图形的宽度或高度，如图9-73所示。

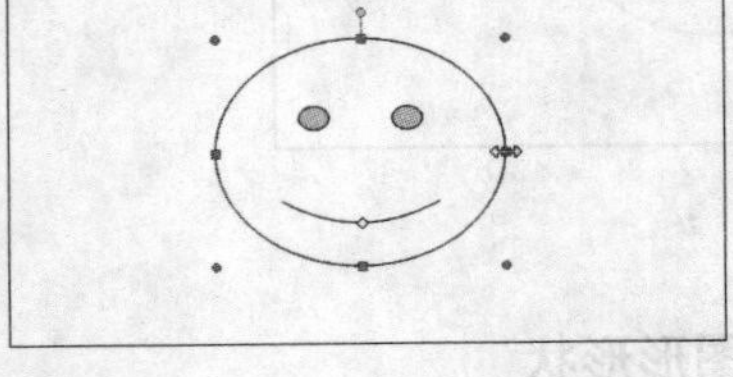

★ 图9-73

▶ 双击插入的图形，展开“绘图工具/格式”选项卡，单击“大小”选项组右下角的按钮，在打开的“设置自选图形格式”对话框中，更改缩放值，即可更改自选图形大小，如图9-74所示。

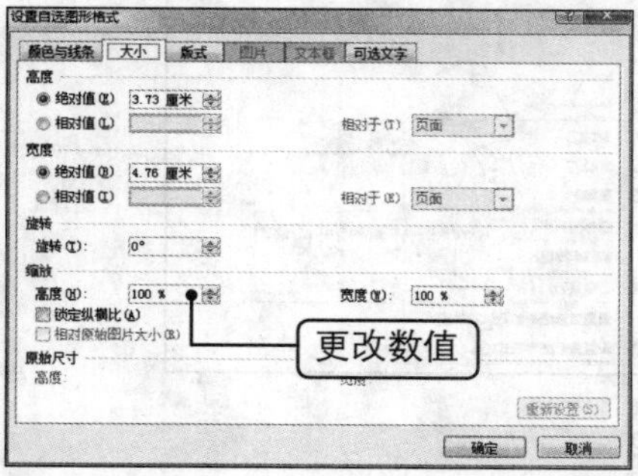

★ 图9-74

5. 设置叠放次序

在Word 2007文档中，可以将多个图形组合在一起。但在组合图形前，需要对图形进行有效的排列，即设置叠放次序。

通常情况下，只有当文档中有两个或两个以上图形时才需要对图形进行次序排列。设置叠放次序的方法主要有以下两种。

▶ 选定要设置叠放次序的对象，接着单击鼠标右键，在弹出的快捷菜单中执行“叠放次序”命令，然后在弹出的子菜单中选择需要的排放方式即可，如图9-75所示。

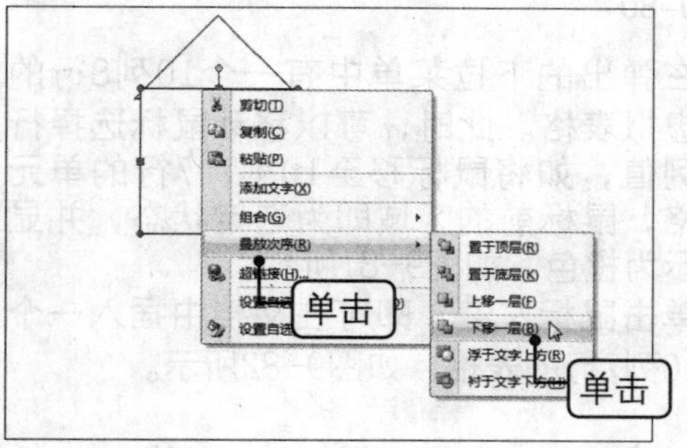

★ 图9-75

▶ 双击要设置叠放次序的对象，展开“绘图工具/格式”选项卡，在“排列”选项组中，通过单击“置于顶层”或“置于底层”按钮右侧的下拉按钮，在弹出的下拉菜单中进行设置，如图9-76所示。

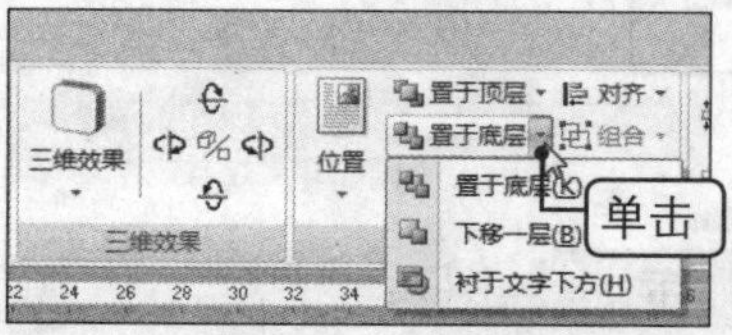

★ 图9-76

> **提　示**
>
> 若是对艺术字设置叠放次序，在操作之前，应对其设置为除嵌入型以外的环绕方式，否则“置于顶层”和“置于底层”按钮呈灰色状态，即不可用。

6. 组合图形

多个对象在组合后，将成为一个新的操作对象，若要调整大小、位置时，只要操作组合对象就行了，从而简化了很多操作。

在Word 2007文档中组合图形的操作步骤如下。

1 先调整好要组合的自选图形的大小、位置等相关格式，然后按住“Ctrl”键，选中要设置组合的多个图形，如图9-77所示。

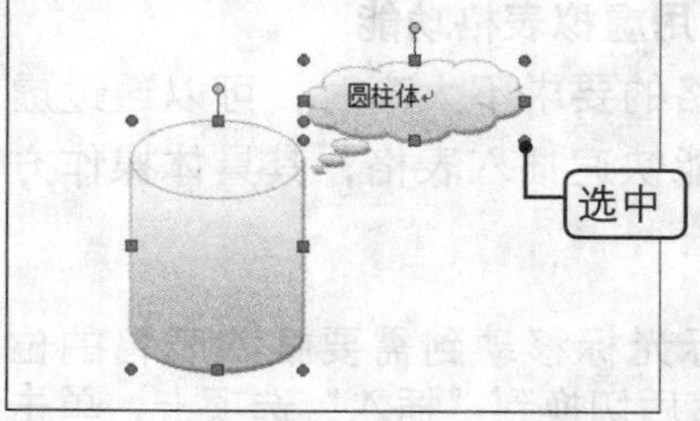

★ 图9-77

2 右键单击选中的图形，在弹出的快捷菜单中依次执行“组合”→“组合”命令，即可将选定的多个图形组合起来形成一个整体，如图9-78所示。

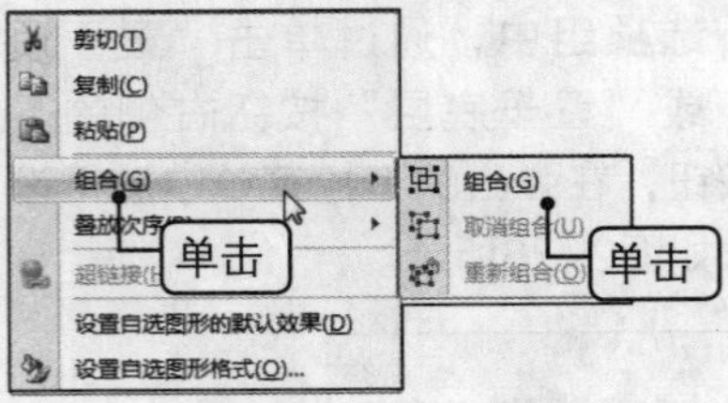

★ 图9-78

提 示

若要取消组合，则使用鼠标右键单击组合对象，在弹出的快捷菜单中依次执行“组合”→“取消组合”命令即可。

动手练

启动Word 2007，在文档中绘制一个新月形，并将其设置为“对角渐变－强调文字颜色6”样式；绘制一个“太阳形”，然后对其进行“图片”填充，最后将这两个图形组合在一起，如图9-79所示。

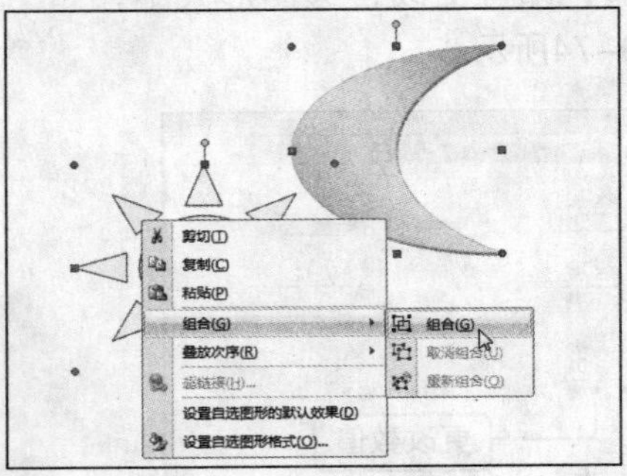

★ 图9-79

9.2 表格的应用

在Word文档中不仅可以使用剪贴画、图片等图形图像，还可以插入表格，用来制作工资表、家庭月开支表等。Word 2007不仅提供了多种创建表格的方式，还为表格提供了多种模板、表样式，下面介绍表格应用的相关知识。

9.2.1 插入表格

知识点讲解

在Word文档中创建表格的常用方法主要有以下两种。

1. 使用虚拟表格功能

对表格的要求不太高时，可以通过虚拟表格功能快速插入表格，其具体操作方法如下。

1 将鼠标光标移动到需要插入表格的位置，然后切换到“插入”选项卡，单击“表格”选项组中的“表格”按钮，如图9-80所示。

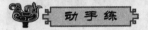

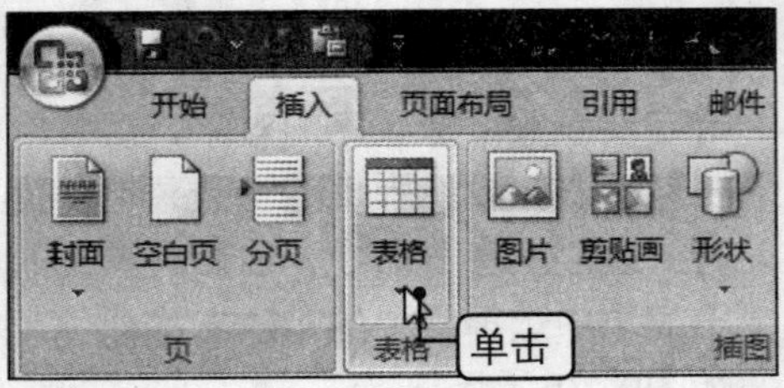

★ 图9-80

2 在弹出的下拉菜单中有一个10列8行的虚拟表格。此时，可以移动鼠标选择行列值，如将鼠标移至10列、7行的单元格，鼠标前的区域即为选定状态，并显示为橙色，如图9-81所示。

3 单击鼠标左键，即可在文档中插入一个10列7行的表格，如图9-82所示。

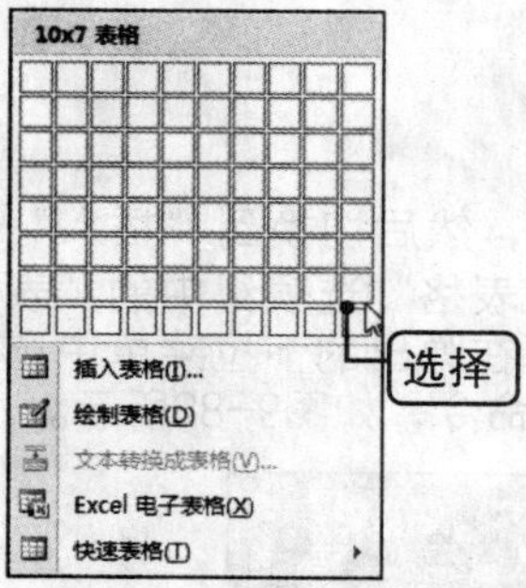

★ 图9-81

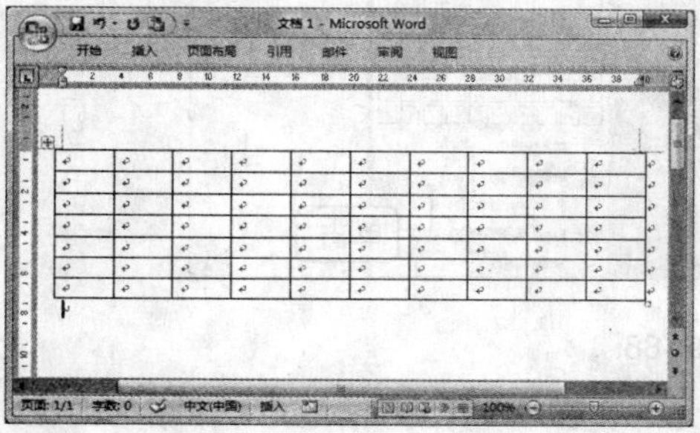

★ 图9-82

2. 使用“插入表格”对话框

当表格超过10列8行的的表格范围时，则无法通过虚拟表格功能插入表格。此时，用户可以通过“插入表格”对话框进行设置，具体操作方法如下。

1 将鼠标光标定位到需要插入表格的位置，然后切换到“插入”选项卡，单击“表格”选项组中的“表格”按钮，在弹出的下拉菜单中选择“插入表格”选项，如图9-83所示。

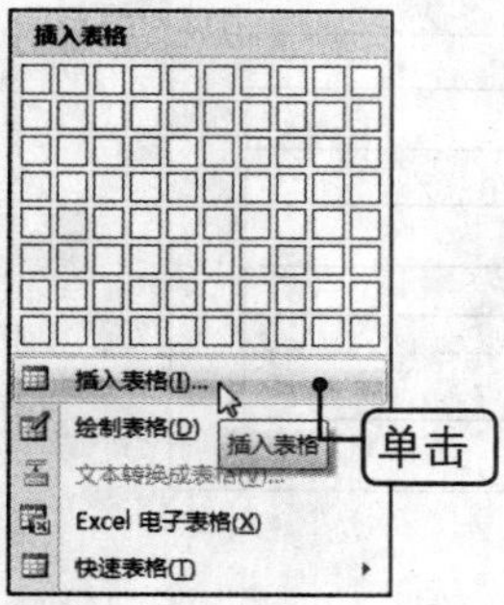

★ 图9-83

2 弹出“插入表格”对话框，通过“行数”和“列数”数值框分别设置表格的行数和列数，如图9-84所示。

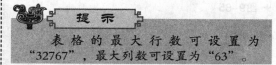

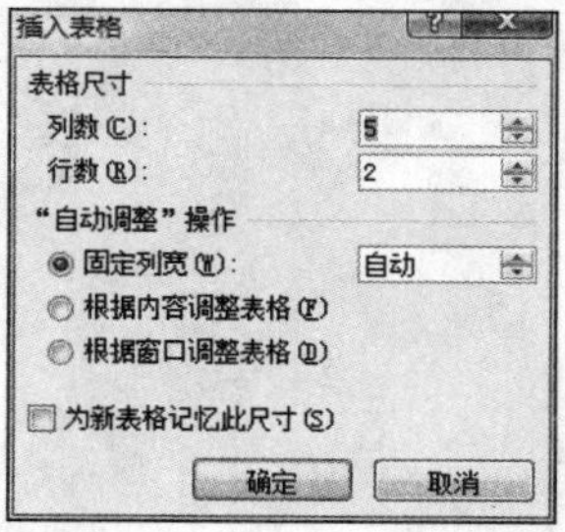

★ 图9-84

提　示

表格的最大行数可设置为“32767”，最大列数可设置为“63”。

3 设置完成后，单击“确定”按钮即可。

在“‘自动调整’操作”栏中有三个选项，其作用分别介绍如下。

- 固定列宽：若选择该单选项，则表格的宽度是固定的，当单元格中的内容过多时，会自动进行换行。
- 根据内容调整表格：若选择该单选项，则插入的表格会缩小至最小状态，在单元格中输入内容时，表格会根据输入的内容自动调整列宽。
- 根据窗格调整表格：插入的表格会根据文档窗口的大小自动进行调整。

技　巧

在“插入表格”对话框中，若选中“为新表格记忆此尺寸”复选框，则会为以后创建的表格提供尺寸。

9.2.2 绘制表格

知识点讲解

在Word 2007文档中手动绘制表格的具体操作方法如下。

1 切换到“插入”选项卡，单击“表格”

选项组中的“表格”按钮，在弹出的下拉菜单中选择“绘制表格”选项，如图9-85所示。

★ 图9-85

2 此时，鼠标呈笔状，将鼠标定位在要插入表格的起始位置，然后按住鼠标左键并进行拖动，即可在屏幕上划出一个虚线框，如图9-86所示。

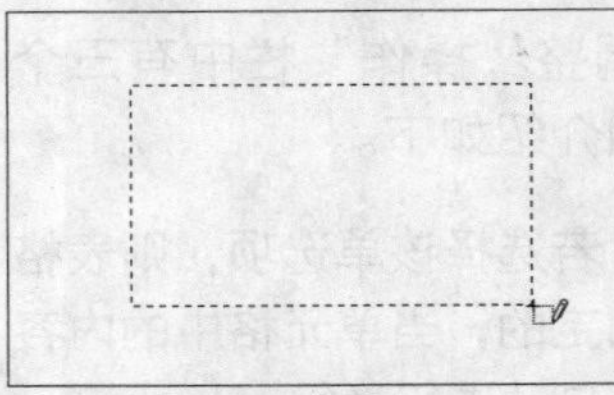

★ 图9-86

3 待达到合适的大小后，释放鼠标，即可绘制出表格的外框，然后按照同样的方法，在框内绘制出需要的横线和竖线即可，绘制的表格如图9-87所示。

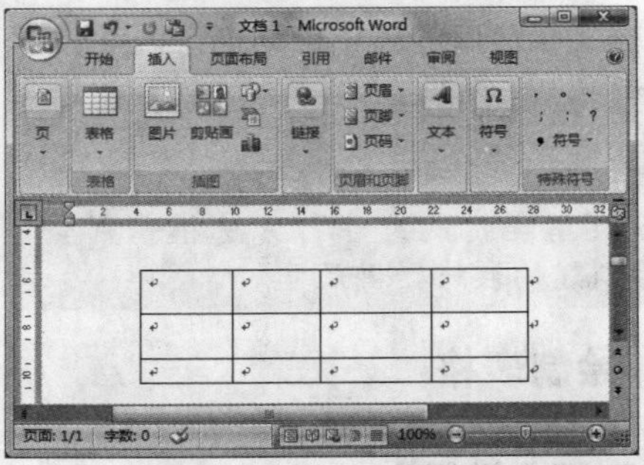

★ 图9-87

动手练

练习在Word 2007文档中手动绘制一个5列6行的表格。

操作提示：

1 启动Word 2007，然后切换到“插入”选项卡，单击“表格”选项组中的“表格”下拉按钮，在弹出的下拉菜单中选择“绘制表格”命令，如图9-88所示。

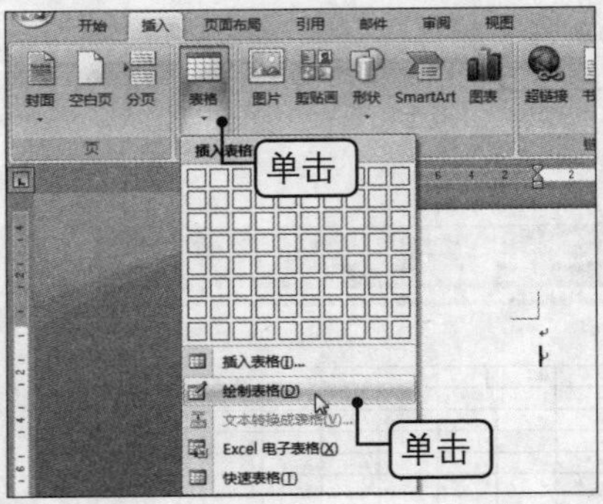

★ 图9-88

2 此时，鼠标将变为铅笔形状，按下鼠标左键拖动绘制表格边框，如图9-89所示。

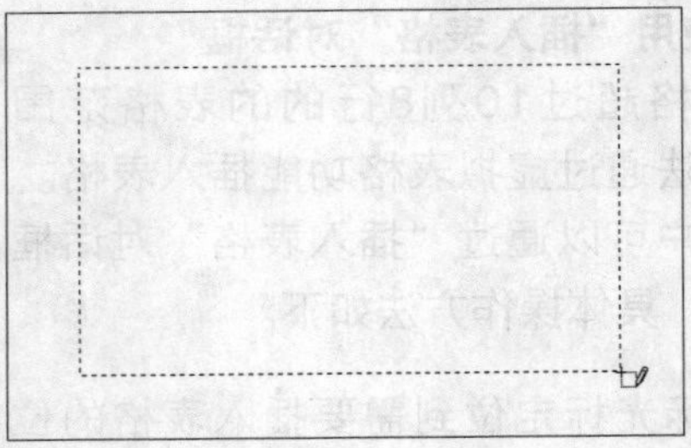

★ 图9-89

3 拖动鼠标，绘制表格的行线，共6行，如图9-90所示。

★ 图9-90

4 拖动鼠标绘制表格的列线，共5列，如图9–91所示。

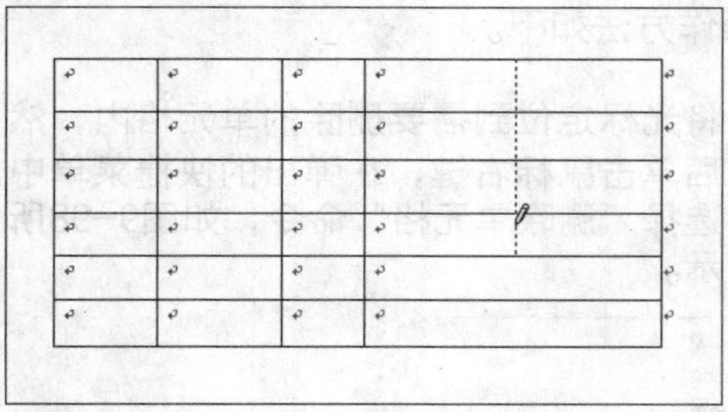

★ 图9–91

5 绘制完成后，在文档空白处双击鼠标退出手动绘制状态即可。

9.2.3 编辑表格

知识点讲解

插入表格后，还需要对表格进行编辑，例如添加单元格、调整表格行高和列宽、拆分与合并单元格等。

1. 选定单元格

在对表格进行相关操作前，首先要选中相应的单元格或单元格区域，具体操作方法如下。

- 选定单个单元格：将鼠标指向单元格的左侧，当指针呈黑色箭头时，单击鼠标左键即可选中该单元格，如图9–92所示。

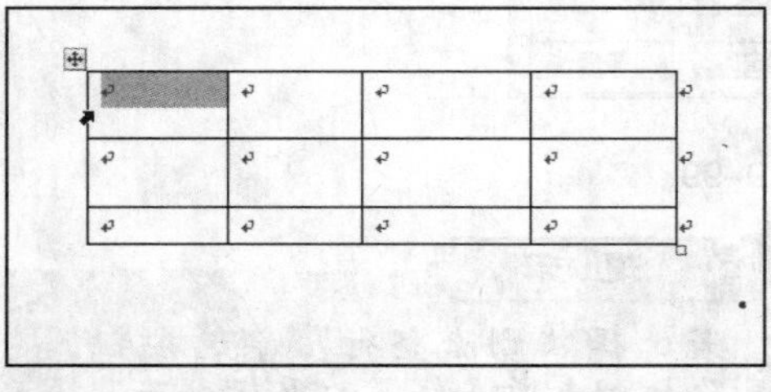

★ 图9–92

- 选定多个连续的单元格：将鼠标指向单元格的左侧，当指针呈黑色箭头时，按下鼠标左键并拖动，拖动的起始位置到终止位置之间的单元格将被选定。
- 选定不连续的单元格：先选定第一个单元格，然后按下“Ctrl”键不放，单击其他分散的单元格，选择完成后释放“Ctrl”键，即可完成分散单元格的选定操作。
- 选定行：将鼠标指向某行的左侧，当指针呈白色箭头时，单击鼠标左键即可选中该行，如图9–93所示。

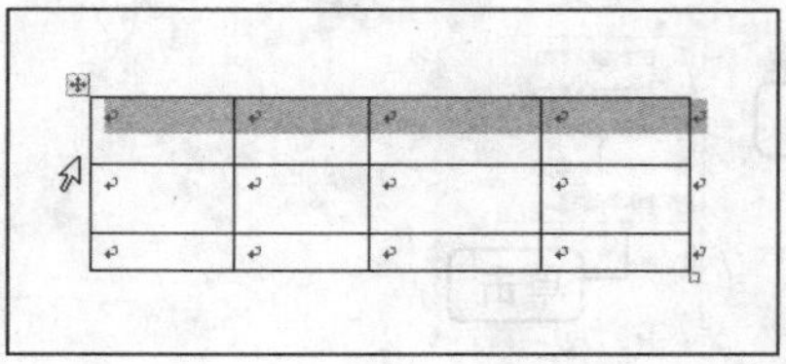

★ 图9–93

- 选定列：将鼠标指向某列的上边，当指针呈黑色箭头时，单击鼠标左键即可选中该列，如图9–94所示。

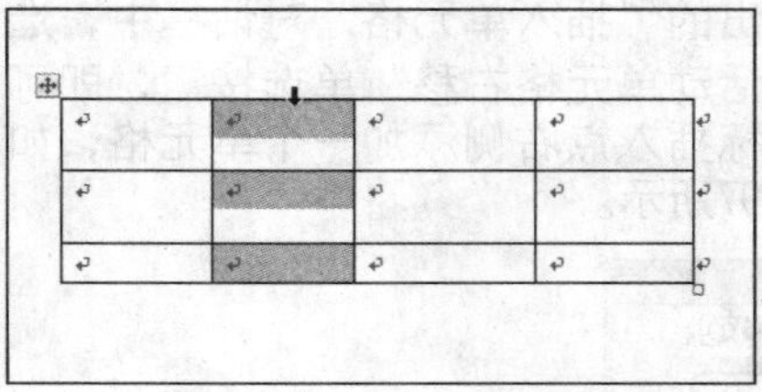

★ 图9–94

- 将鼠标指向表格时，表格左上角会出现标志，单击该标志即可选中整个表格，如图9–95所示。

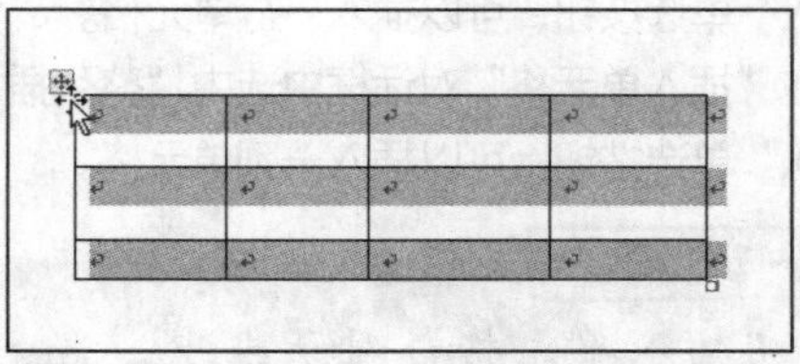

★ 图9–95

2. 插入与删除单元格

在文档中插入表格后，用户可以根据

实际需求插入与删除单元格，具体操作方法如下。

（1）插入单元格

在表格中插入单元格的具体操作方法如下。

1 将光标定位到某个单元格中，单击鼠标右键，在弹出的快捷菜单中选择“插入单元格”命令，如图9-96所示。

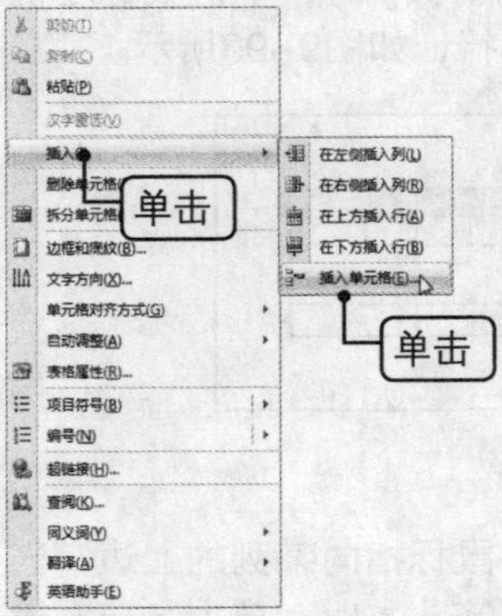

★ 图9-96

2 在弹出的“插入单元格”对话框中，选中“活动单元格右移”单选按钮，即可在光标插入点右侧添加一个单元格，如图9-97所示。

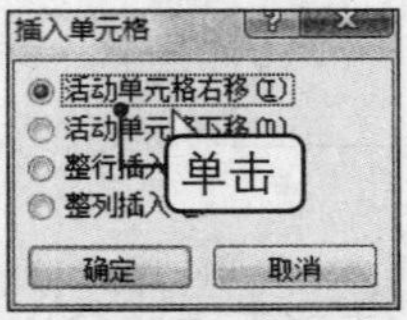

★ 图9-97

- 在“插入单元格”对话框中选中“整行插入”单选按钮，可以插入一行单元格。
- 在“插入单元格”对话框中选中“整列插入”单选按钮，可以插入一列单元格。

提 示

在“插入单元格”对话框中，若选择“活动单元格下移”单选按钮，则将在光标插入点所在行的下边插入一行，用户在进行操作时要学会融会贯通。

（2）删除单元格

在Word 2007文档中删除单元格的具体操作方法如下。

1 将光标定位到需要删除的单元格内，然后单击鼠标右键，在弹出的快捷菜单中选择“删除单元格”命令，如图9-98所示。

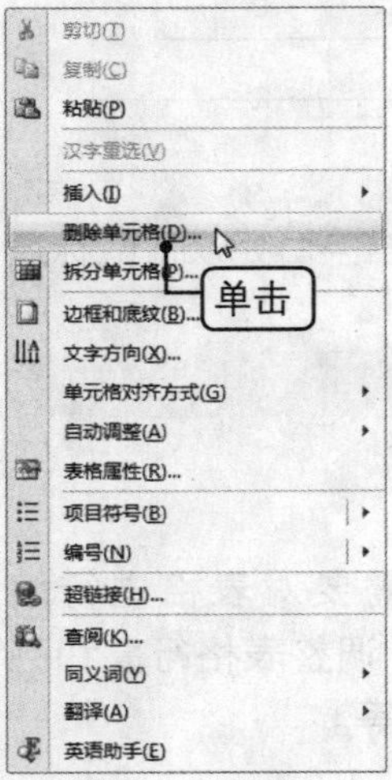

★ 图9-98

2 在弹出的“删除单元格”对话框中选择“右侧单元格左移”单选按钮，然后单击“确定”按钮，即可删除光标所在单元格，并将右侧单元格往左移，如图9-99所示。

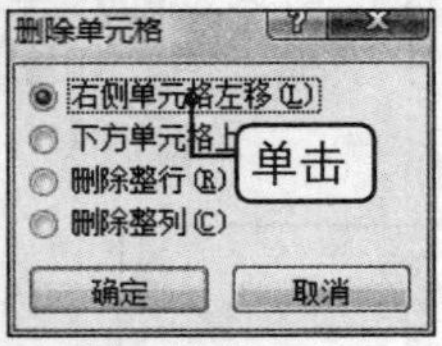

★ 图9-99

提 示

若选择“删除整行”单选按钮，则删除插入点所在位置的整行；若选择“删除整列”单选按钮，则删除插入点所在位置的整列。

3. 合并与拆分单元格

在编辑表格的过程中，有时需要对单

元格进行拆分或合并，以达到某种效果。例如，在制作“工资表”表头时，就需要合并单元格。

（1）合并单元格

合并单元格的具体操作方法如下。

1 选定需要合并的多个单元格，切换到“表格工具/布局”选项卡，单击“合并”选项组中的“合并单元格”按钮，如图9-100所示。

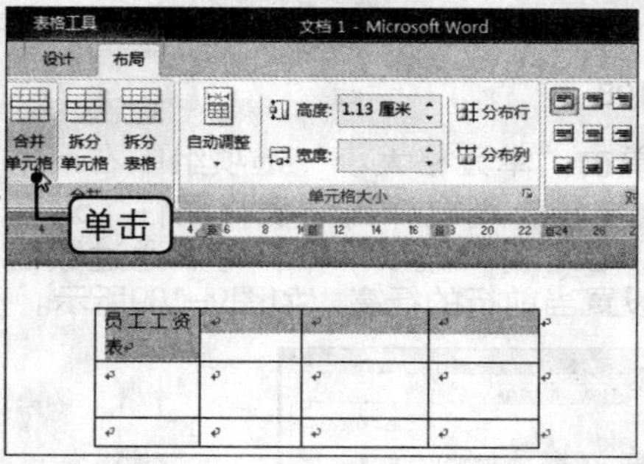

★ 图9-100

2 此时，所选单元格即可合并为一个单元格，其效果如图9-101所示。

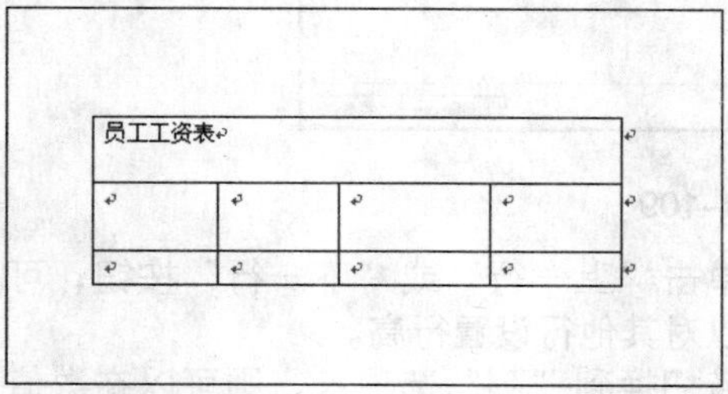

★ 图9-101

技 巧

选中需要合并的多个单元格，然后单击鼠标右键，在弹出的快捷菜单中选择“合并单元格”命令，也可以合并单元格，如图9-102所示。

（2）拆分单元格

有时需要将一个单元格拆分成两个或两个以上的单元格，其具体操作方法如下。

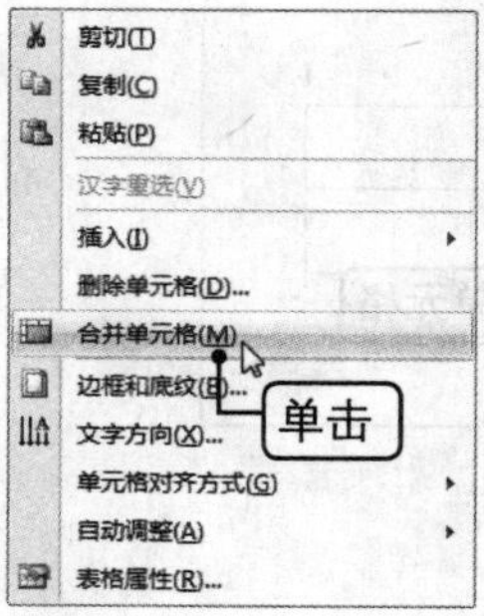

★ 图9-102

1 将鼠标光标定位到需要拆分的单元格内，然后单击鼠标右键，在弹出的快捷菜单中选择“拆分单元格”命令，如图9-103所示。

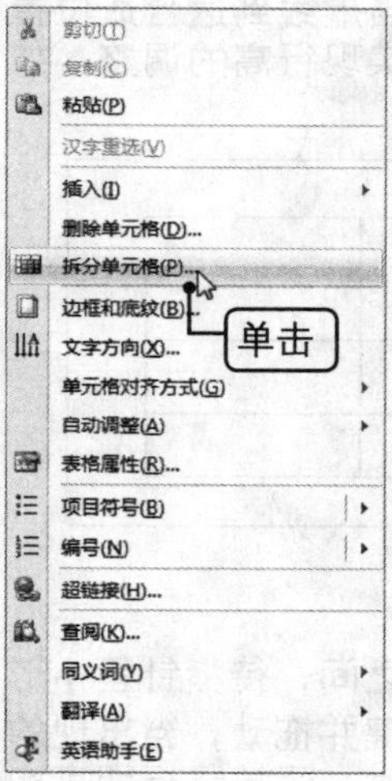

★ 图9-103

2 在弹出的“拆分单元格”对话框中，输入需要拆分的列数和行数，然后单击“确定”按钮，如图9-104所示。

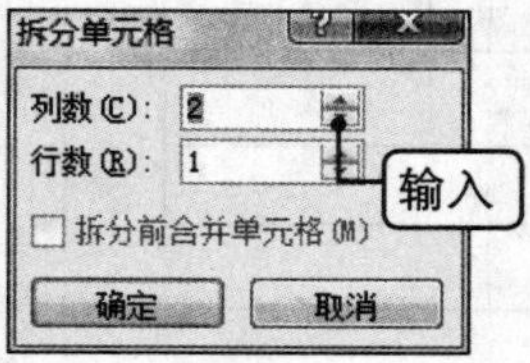

★ 图9-104

3 对单元格进行拆分操作后的效果如图9-105所示。

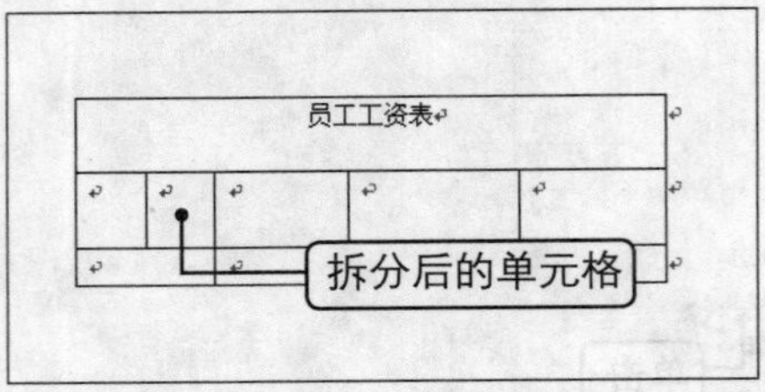

★ 图9-105

4．调整行高或列宽

在Word 2007文档中调整表格的行高或列宽的具体操作方法如下。

1 将鼠标指向行与行之间，待指针呈÷形状时，按下鼠标左键并拖动，此时，文档中将出现虚线，当虚线到达合适位置时，释放鼠标即可实现行高的调整，如图9-106所示。

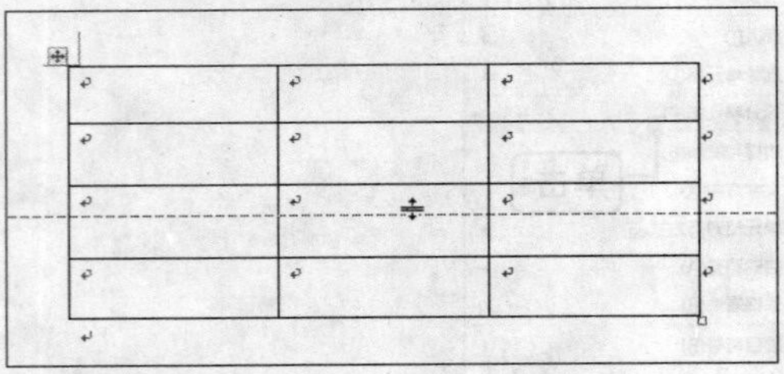

★ 图9-106

2 将鼠标指向列与列之间，待指针呈+|+形状时，按下鼠标左键并拖动，当出现的虚线到达合适位置时，释放鼠标即可实现列宽的调整，如图9-107所示。

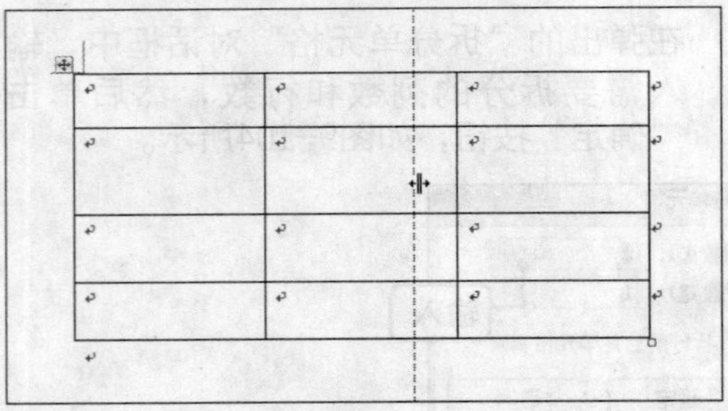

★ 图9-107

如果需要精确设置行高与列宽，则可以按照下面的操作方法来实现。

1 将光标定位在某个单元格内，切换到“表格工具/布局”选项卡，在“单元格大小”选项组中，通过“高度”数值框可以设置单元格所在行的行高，通过“宽度”数值框可以设置单元格所在列的列宽，如图9-108所示。

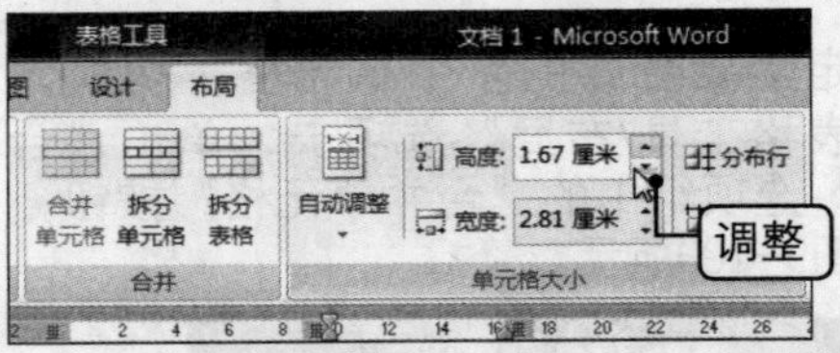

★ 图9-108

2 若单击“单元格大小”选项组中右下角的按钮，则会弹出“表格属性”对话框，在“行”选项卡中，可以通过数值框设置当前行的行高，如图9-109所示。

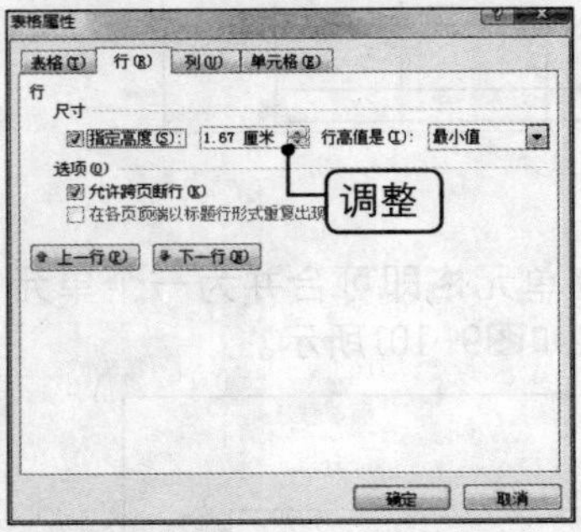

★ 图9-109

3 单击“上一行”或“下一行”按钮，可以对其他行设置行高。

4 若切换到“列”选项卡，则可以在数值框内设置当前列的列宽，如图9-110所示。

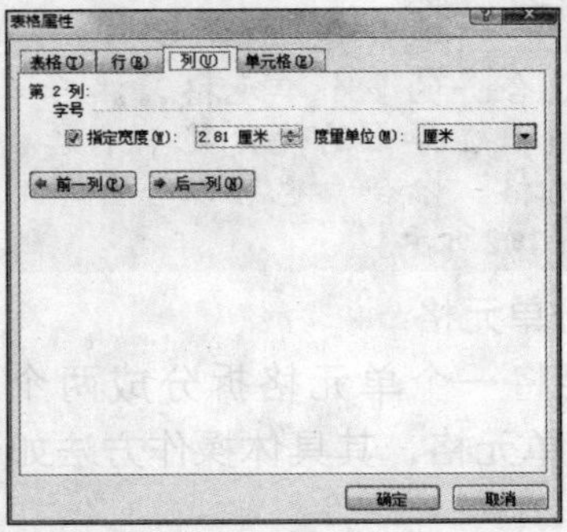

★ 图9-110

5 单击“前一列”或“后一列”按钮，可以对其他列设置列宽。

6 设置完成后，单击“确定”按钮即可。

动手练

制作一个如图9-111所示的个人简历表。

个人简历				
姓名：		性别：		贴照片处
出生日期：		学历：		
地址：		家庭电话：		
邮编：		手机：		
求职意向：				
教育经历：				
工作经历：				
社会关系：				
备注：				

★ 图9-111

制作个人简历表的具体操作方法如下。

1 使用Word 2007的虚拟表格功能，插入一个2行5列的表格，如图9-112所示。

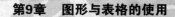

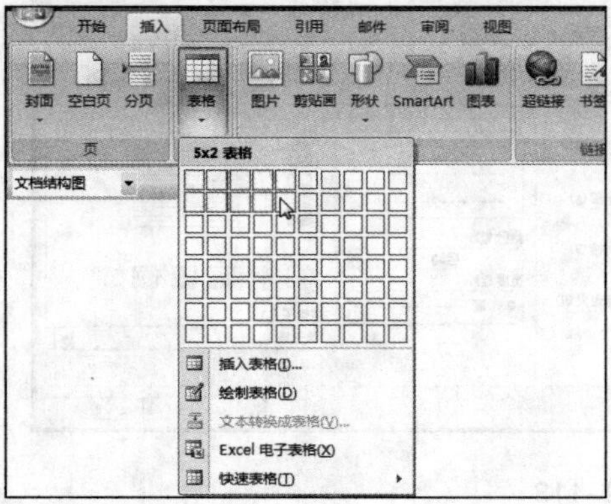

★ 图9-112

2 在表格中输入相关的文字信息，当表格行数不够时，将光标定位到行末并按一次“Tab”键，即可添加一行单元格。在表格中输入文字后的效果如图9-113所示。

个人简历				
姓名：		性别：		贴照片处
出生日期：		学历：		
地址：		家庭电话：		
邮编：		手机：		
求职意向：				
教育经历：				
工作经历：				
社会关系：				
备注：				

★ 图9-113

3 合并单元格。根据需要对单元格进行合并操作，如将第1行和下面几行的所有单元格合并为一个单元格，合并单元格后的效果如图9-114所示。

个人简历				
姓名：		性别：		贴照片处
出生日期：		学历：		
地址：		家庭电话：		
邮编：		手机：		
求职意向：				
教育经历：				
工作经历：				
社会关系：				
备注：				

★ 图9-114

4 调整行高、列宽。将鼠标指向需要调整行高或列宽的单元格，当光标变为双向箭头时，拖动相应的行边线或列边线进行调整。调整结束后，即可得到图9-111所示的效果。

9.2.4 设置表格格式

知识点讲解

设置表格格式包括设置表格边框与底纹、设置表格对齐方式等等。

1. 设置表格样式

Word 2007为表格提供了多种内置样式，并提供了“表格样式选项”设置。通过“表格样式选项”选项组中的相关设置，可以方便用户制作美观、实效的表格。设置表格样式的具体操作方法如下。

1 将光标定位在表格内，切换到“表格工具/设计”选项卡，在“表样式”选项组中，单击样式库右侧的下拉按钮，在弹出的下拉列表中选择需要的表样式，如图9-115所示。

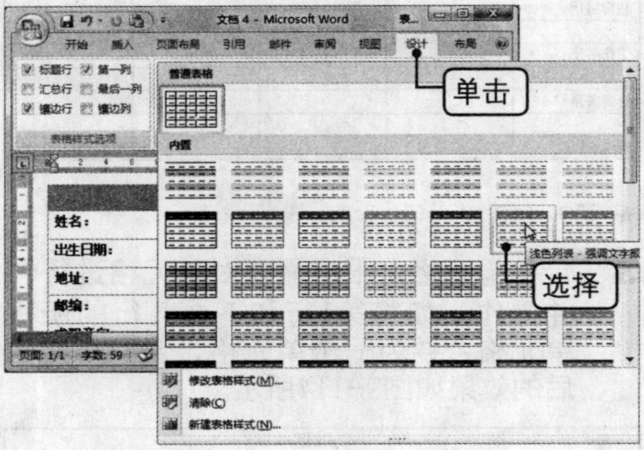

★ 图9-115

2 在“表格样式选项”选项组中，根据操作需要，选中不同的复选框，可以实现相应的特殊效果，如图9-116所示。

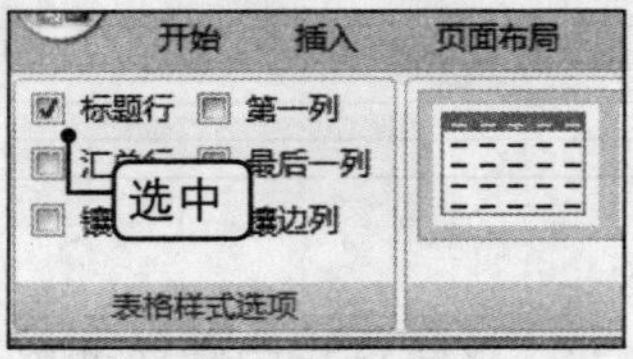

★ 图9-116

“表格样式选项”选项组中各选项的作用介绍如下。

- 标题行：表格的第一行显示特殊格式。
- 汇总行： 表格的最后一行显示特殊格式。
- 镶边行：可以使表格的偶数行和奇数行格式互不相同。
- 第一列：表格的第一列显示特殊格式。
- 最后一列：表格的最后一列显示特殊格式。
- 镶边列：可以使表格的偶数列和奇数列格式互不相同。

2. 设置边框与底纹

插入表格后，可以设置表格的边框和底纹，使表格显得美观。

（1）设置边框

为表格设置边框线的具体操作方法如下。

1 选中需要设置边框的单元格，然后单击鼠标右键，在弹出的快捷菜单中选择“边框和底纹”选项，如图9-117所示。

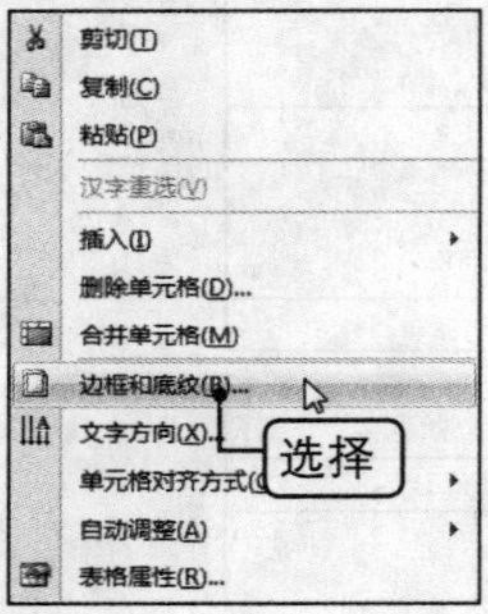

★ 图9-117

2 弹出“边框和底纹”对话框，在“边框”选项卡中设置边框的类型、线型样式、颜色和宽度等，设置完成后单击“确定”按钮即可，如图9-118所示。

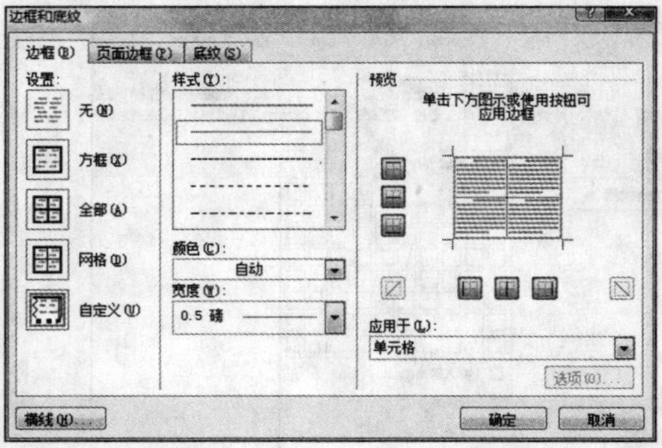

★ 图9-118

除了上面的方法，还可以通过选项卡中的相关命令来设置表格边框，具体操作方法如下。

1 选中需要设置的单元格，然后切换到“表格工具/设计”选项卡，在“绘图边框”选项组中进行设置。在“笔样式”下拉列表中选择线型，在“笔画粗细”下拉列表中选择线的粗细，在“笔颜色”下拉列表中选择线条颜色，如图9-119所示。

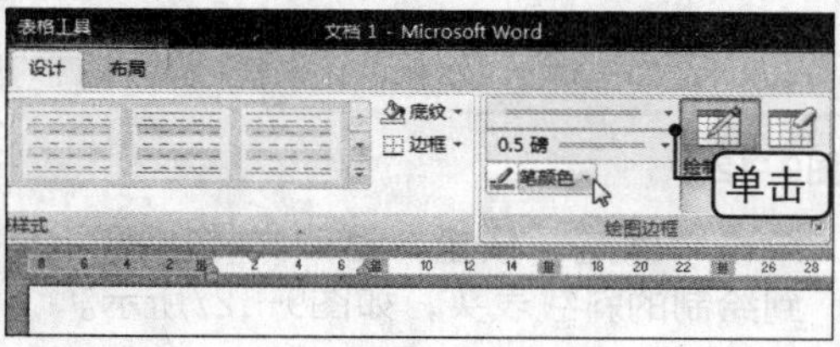

★ 图9-119

2 在“表样式”选项组中，单击“边框”按钮右侧的下拉按钮，在弹出的下拉列表中选择需要的框线，选择完毕后，表格中的边框线即可应用“绘图边框”中设置的框线样式，如图9-120所示。

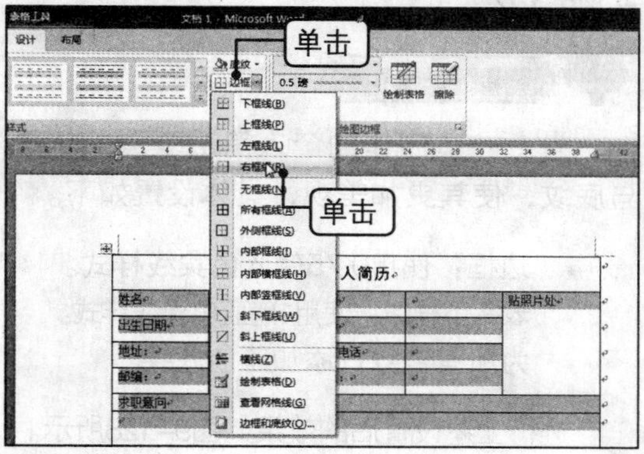

★ 图9-120

（2）设置底纹

为表格设置底纹可以起到美化表格、突出显示表格中某些数据的作用，其具体操作方法如下。

1 选中需要设置底纹的单元格，然后单击鼠标右键，在弹出的快捷菜单中选择“边框与底纹”选项。

2 在弹出的“边框的底纹”对话框中切换到“底纹”选项卡，在“填充”下拉列表中选择需要的底纹颜色，然后单击“确定”按钮即可，如图9-121所示。

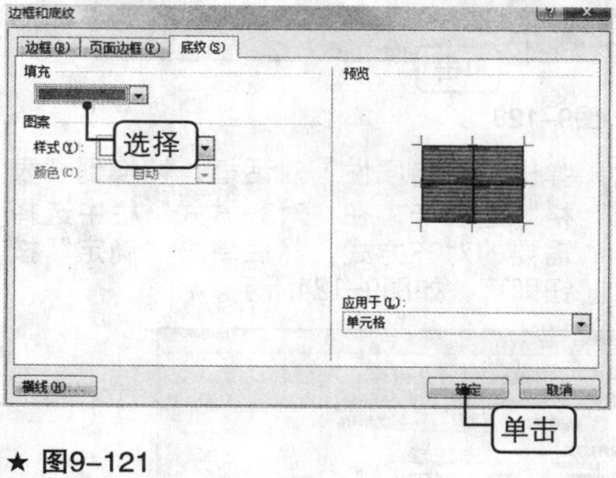

★ 图9-121

提　示

选中需要设置底纹的单元格，然后切换到“表格工具/设计”选项卡，单击“表样式”选项组中的“底纹”下拉按钮，在弹出的下拉菜单中选择需要的底纹颜色，也可以为表格添加底纹，如图9-122所示。

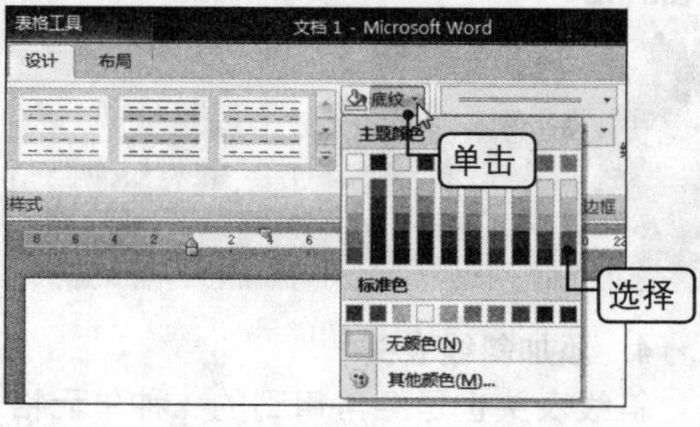

★ 图9-122

3. 设置表格对齐方式

默认情况下，新创建的表格总是会靠在页面的左边。实际上，Word为表格提供了三种对齐方式，分别是左对齐、居中和右对齐。在使用表格的过程中，可以根据需要设置表格的对齐方式，其具体操作步骤如下。

1 将光标定位在表格中，切换到“表格工具/布局”选项卡，单击“表”选项组中的“属性”按钮，如图9-123所示。

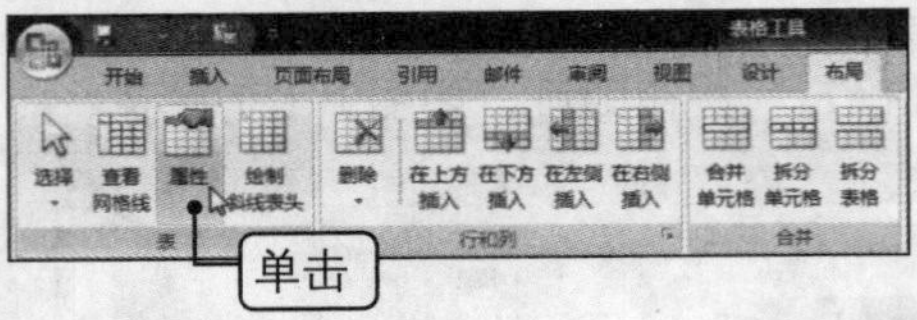

★ 图9-123

2 弹出"表格属性"对话框，切换到"表格"选项卡，在"对齐方式"栏中选择需要的对齐方式，然后单击"确定"按钮即可，如图9-124所示。

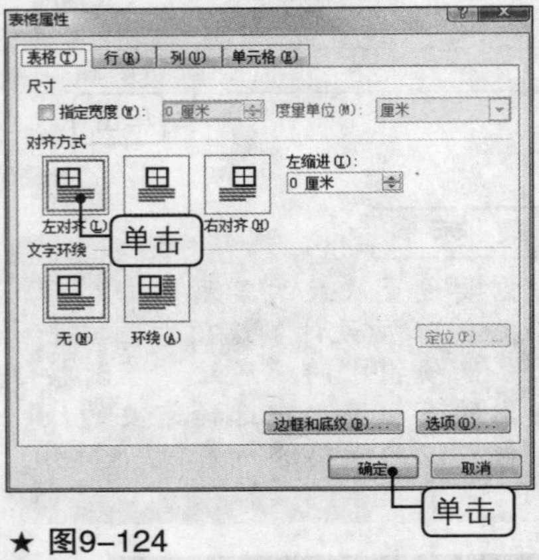

★ 图9-124

技 巧

选中整个表格，然后切换到"开始"选项卡，单击"段落"选项组中的"居中"或"右对齐"按钮，可以快速将表格设置为相应的对齐方式。

4. 添加斜线表头

斜线表头也是经常用到的一种单元格格式，其位置一般在第一行的第一列。绘制斜线表头的具体操作方法如下。

1 将光标定位到需要添加斜线表头的单元格，然后切换到"表格工具/布局"选项卡，单击"表"选项组中的"绘制斜线表头"按钮，如图9-125所示。

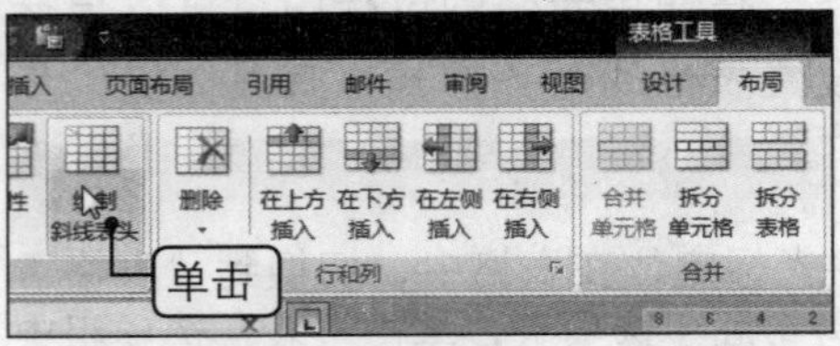

★ 图9-125

2 弹出"插入斜线表头"对话框，在"标题样式"下拉列表中选择表头样式，在"行标题"和"列标题"文本框内输入内容，如图9-126所示。

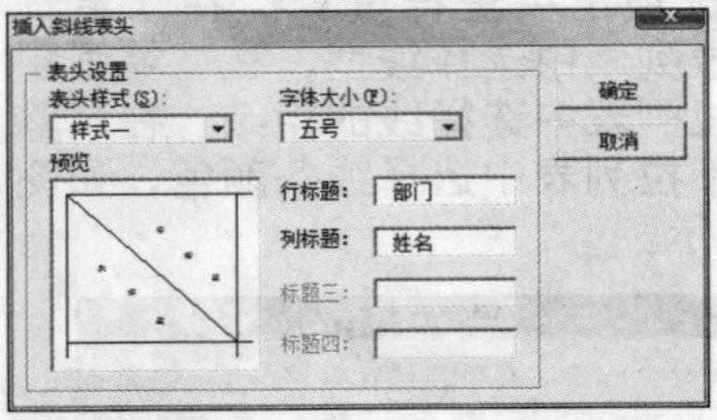

★ 图9-126

3 单击"确定"按钮，返回文档中即可看到绘制的斜线表头，如图9-127所示。

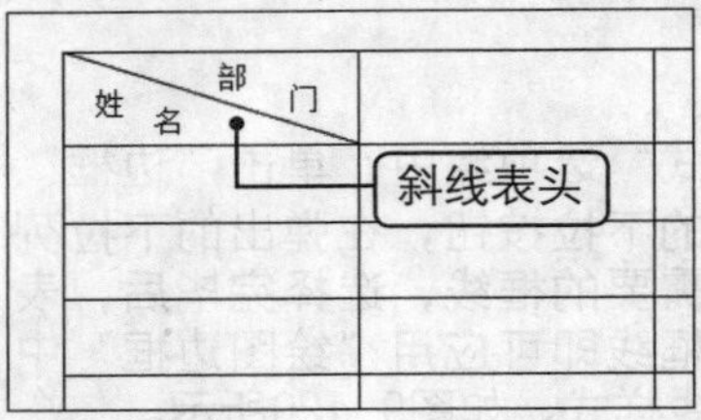

★ 图9-127

动 手 练

为上一节制作的个人简历表添加边框与底纹，使其更加美观，具体设置如下。

- 边框：使用0.75磅蓝色实线样式。
- 表头下框线：使用1磅蓝色实线样式。
- 为所有奇数行添加蓝色底纹。

进行上述设置后的效果如图9-128所示。

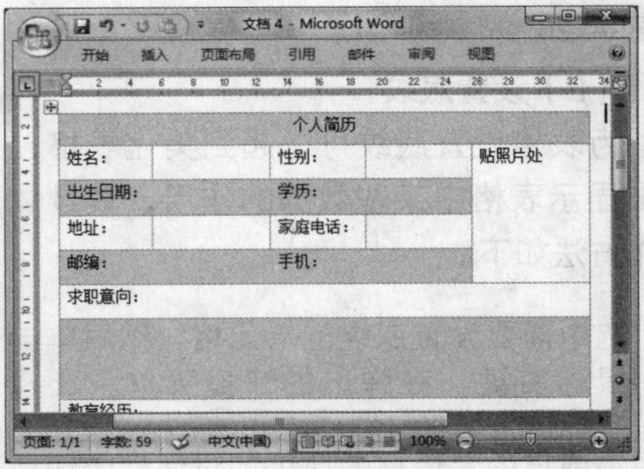

★ 图9-128

疑难解答

问 在Word文档中，如何同时选定表格的多行或多列?

答 选定多行或多列分为同时选定连续的多行（列）和选定不连续的多行（列）两种情况，具体操作方法如下。

- 将鼠标指向表格某行的左侧，待指针呈白色箭头时，按下鼠标左键并向下拖动到目标位置松开，可以选中连续的多行。
- 将鼠标指向表格某列的上边，待指针呈黑色箭头⬇时，按下鼠标左键并向右拖动到目标位置松开，可以选中连续的多列。
- 将鼠标指向表格某行的左侧，待指针呈白色箭头时，单击鼠标左键选中该行，然后按下“Ctrl”键选中其他行，这样可以选中不连续的行。
- 将鼠标指向表格某列的上边，待指针呈黑色箭头⬇时，单击鼠标左键选中该列，然后按下“Crtl”键，选中其他列，这样可以选中不连续的列。

问 在Word文档中的表格中，如何使用竖排文字?

答 默认情况下，在表格中输入的文字为横排文字，如果需要使用竖排文字，可以执行如下操作。

1 将光标定位到需要使用竖排文字的单元格，然后单击鼠标右键，在弹出的快捷菜单中选择“文字方向”选项，如图9-129所示。

2 在弹出的“文字方向—表格单元格”对话框中选择需要的竖排文字样式，然后单击“确定”按钮，如图9-130所示。

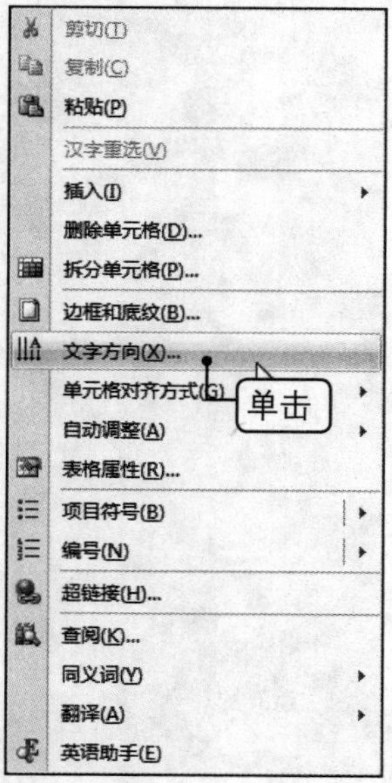

★ 图9-129

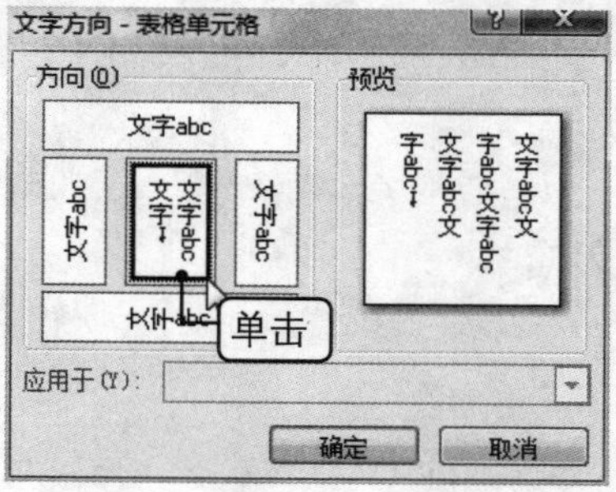

★ 图9-130

3 选回文档，即可看到该单元格中的文字显示为竖排样式，如图9-131所示。

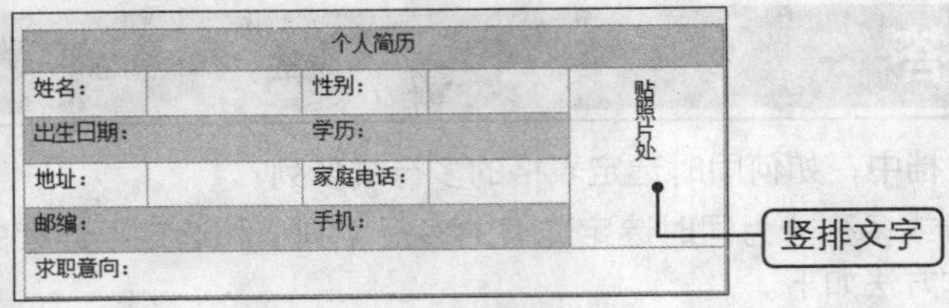

个人简历
姓名：
性别：
出生日期：
学历：
地址：
家庭电话：
邮编：
手机：
求职意向：
贴照片处
竖排文字

★ 图9-131

问 在Word 2007中，如何设置表格中的文字对齐方式？

答 设置表格中文字对齐方式的方法主要有以下两种。

- 选中需要设置对齐方式的单元格，然后切换到“开始”选项卡，单击“段落”选项组中的相应对齐方式工具按钮即可快速设置文字水平对齐方式。
- 选中需要设置对齐方式的单元格，然后单击鼠标右键，在弹出的快捷菜单中选择“表格属性”选项，打开“表格属性”对话框，在“表格”选项卡中可以设置水平对齐方式，在“单元格”选项卡中可以设置垂直对齐方式。

Chapter 10

第10章　页面设置与打印

本章要点

- *页面设置*
- *设置页眉和页脚*
- *插入页码*
- *打印文档*

当编辑完一篇文档后，还需要对其进行页面设置，如设置纸张大小、设置页眉和页脚，以及插入页码等。在制作劳动合同等文档时，还需要将处理好的文档打印出来。本章将介绍页面设置和文档打印的相关知识。

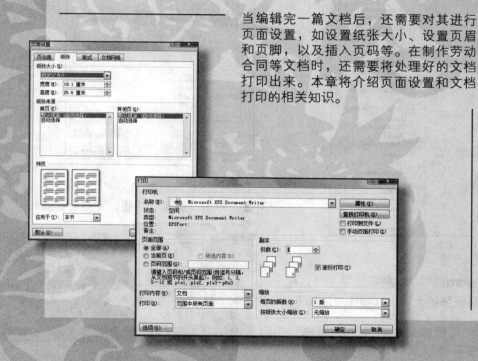

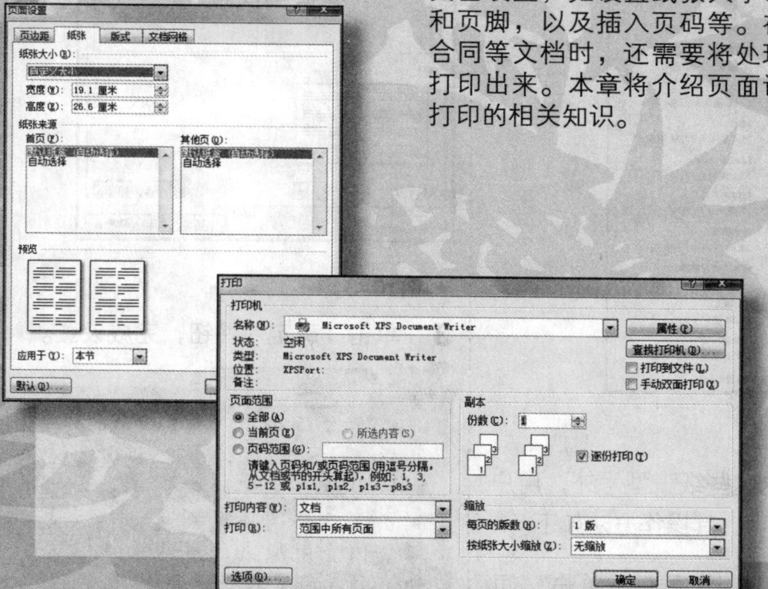

10.1 页面设置

在使用Word编辑文档时，不同用途和性质的文件使用的纸张规格、页边距也不一样，因此需要对文档进行相关的页面设置。在开始工作前，应当先进行页面设置，包括纸张大小、纸张方向等的设置，如果等到需要打印的时候再进行页面设置，可能会导致排好的版面发生错乱。

10.1.1 设置纸张大小

知识点讲解

纸张大小分为很多种型号，如常说的“A4”纸，就是其中一种。设置纸张大小的具体操作方法为：在文档中切换到“页面布局”选项卡，单击“页面设置”选项组中的“纸张大小”按钮，在弹出的下拉列表中选择需要的纸张大小即可，如图10-1所示。

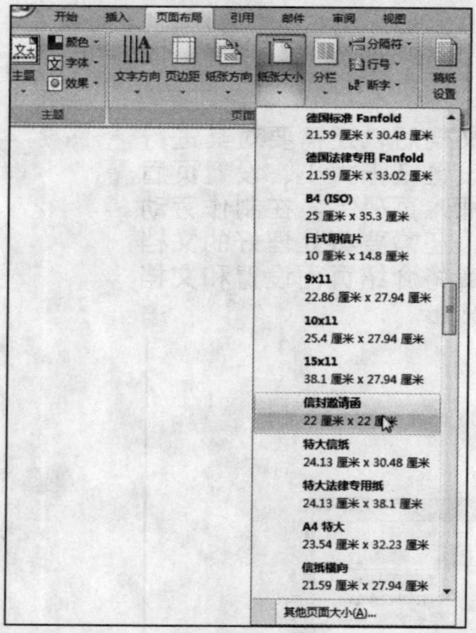

★ 图10-1

除了Word提供的这些纸张型号外，用户还可自定义纸张的大小，其操作方法如下。

1 展开“页面布局”选项卡，单击“页面设置”选项组右下角的按钮，如图10-2所示。

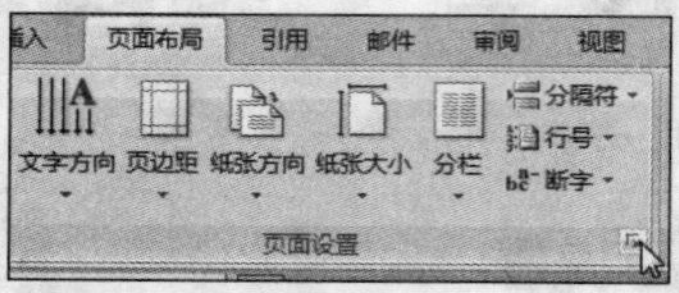

★ 图10-2

2 在弹出的“页面设置”对话框中，切换到“纸张”选项卡，在“纸张大小”下拉列表框中选择“自定义大小”选项，然后在“宽度”和“高度”数值框中设置纸张大小，如图10-3所示。

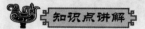

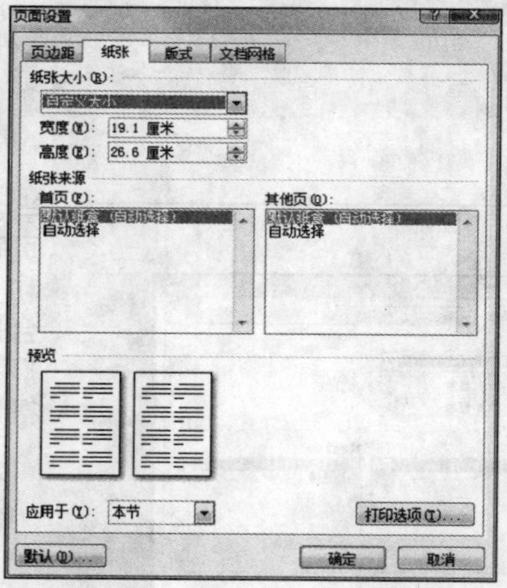

★ 图10-3

3 单击“确定”按钮，完成设置。

提 示

若在“应用于”下拉列表框中选择“整篇文档”选项，当前整篇文档将全部使用自定义的纸张大小；若选择“插入点之后”选项，则光标插入点前面的部分仍使用原来的纸张大小，后面的部分使用自定义的纸张大小。

动手练

打开一篇文档，将其纸张大小设置为宽度“19厘米”，高度“21.6厘米”。

操作提示：

1 打开文档，然后切换到“页面布局”选项卡，单击“页面设置”选项组右下角的按钮。

2 在弹出的“页面设置”对话框中，切换到“纸张”选项卡。

3 在“纸张大小”下拉列表框中选择“自定义大小”选项，然后在“宽度”数值框中输入“19厘米”，在“高度”数值框中输入“21.6厘米”，如图10-4所示。

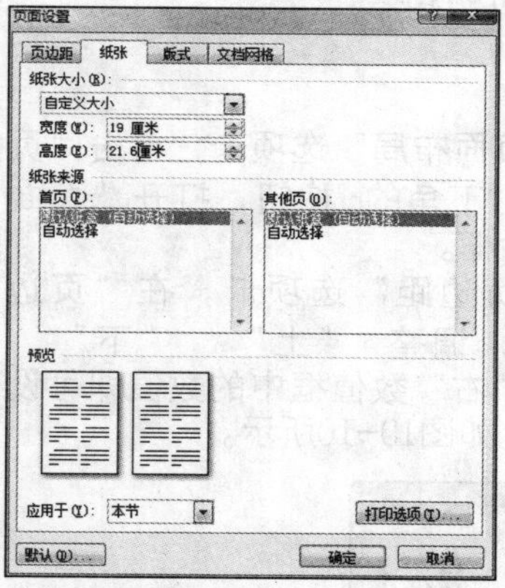

★ 图10-4

4 单击“确定”按钮，保存设置即可。

10.1.2 设置纸张方向

知识点讲解

纸张方向分为横向和纵向两种。默认情况下，纸张方向为横向，用户可以根据需要进行设置。

设置纸张方向的方法主要有以下两种。

- 展开“页面布局”选项卡，单击“页面设置”选项组中的“纸张方向”下拉按钮，在弹出的下拉菜单中选择纸张方向，如图10-5所示。

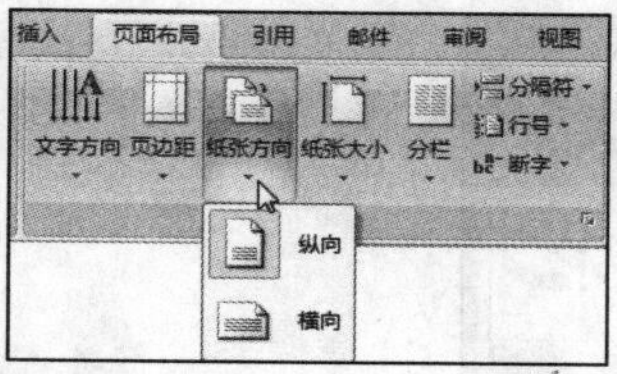

★ 图10-5

- 打开“页面设置”对话框，在“页边距”选项卡的“纸张方向”栏中，选择需要的纸张方向，如图10-6所示。

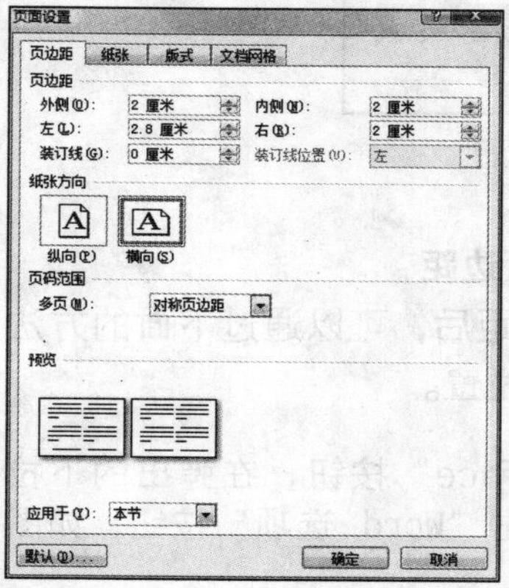

★ 图10-6

10.1.3 设置页边距

知识点讲解

页边距是指页面中的正文编辑区域到页面边沿之间的空白区域，边距是指页面上打印区域之外的空白空间。在页边距的可打印区域中插入图片、页眉和页脚等，可让文档更加美观。在插入这些对象之前，应当合理地设置页边距。

1. 设置页边距

在Word文档中切换到“页面布局”选项卡，单击“页面设置”选项组中的“页边距”按钮，在弹出的下拉列表中选择合适的页边距，如图10-7所示。

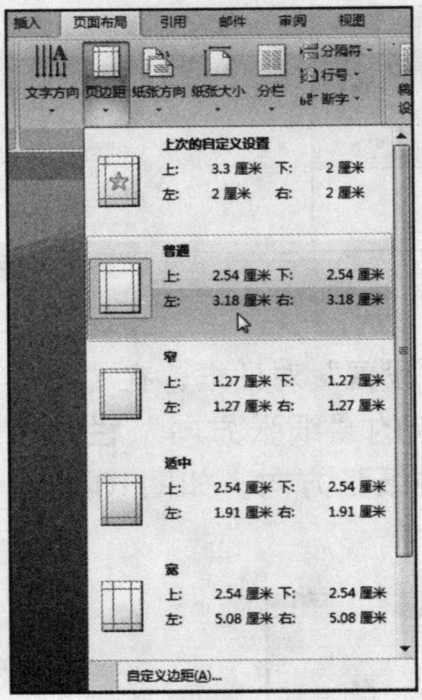

★ 图10-7

2. 查看页边距

设置页边距后，可以通过下面的方法查看页边距的位置。

1 单击“Office”按钮，在弹出的下拉菜单中单击“Word 选项”按钮，如图10-8所示。

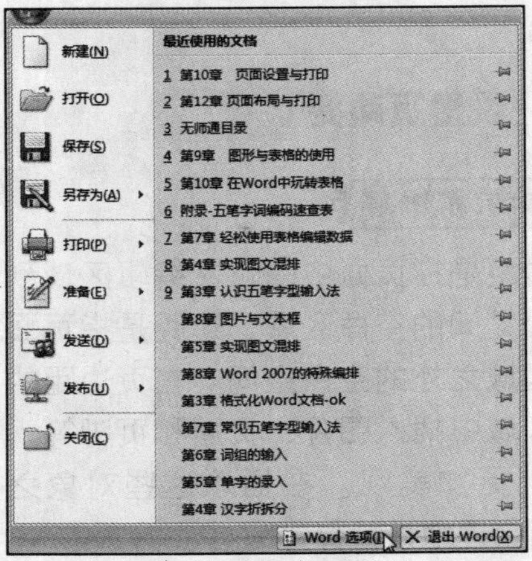

★ 图10-8

2 弹出“Word 选项”对话框，切换到“高级”选项卡，在“显示文档内容”选项组中选中“显示正文边框”复选框，然后单击“确定”按钮，如图10-9所示。

3 此时，页边距将以虚线的形式显示在文档中。

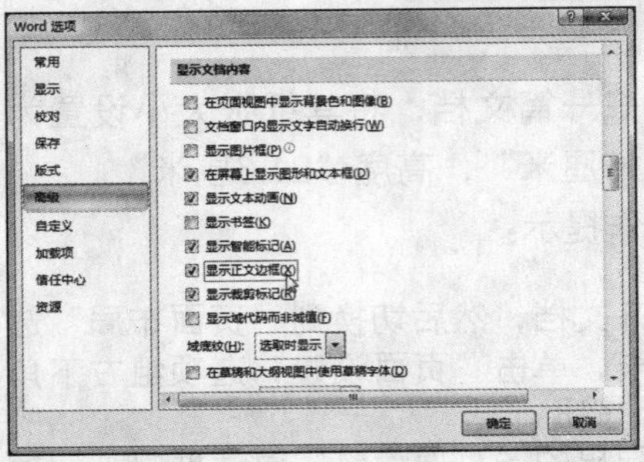

★ 图10-9

动手练

打开一篇文档，使用“页面设置”对话框精确设置页边距。

操作提示：

1 切换到“页面布局”选项卡，单击“页面设置”右下角的按钮，打开“页面设置”对话框。

2 切换到“页边距”选项卡，在“页边距”栏中，调整“上”、“下”、“左”、“右”数值框中的数值即可设置页边距，如图10-10所示。

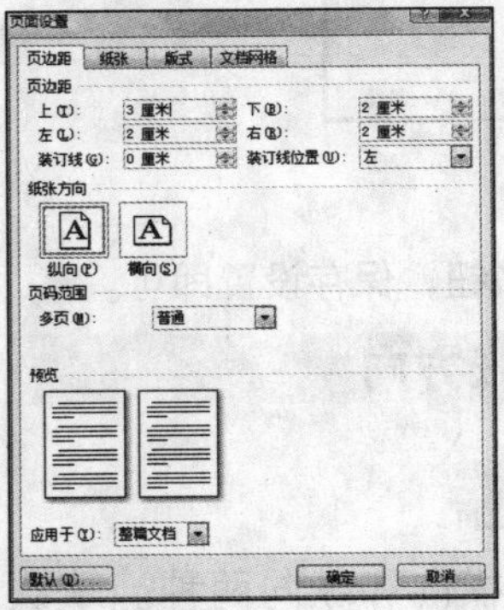

★ 图10-10

在“页边距”选项卡的“页边距”栏中，可以看到“装订线”、“装订线位置”等选项，其具体功能解释如下。

- 在“页边距”栏中有“上”、“下”、“左”、“右”四个数值框，用来设置页面边界四周的距离。用户可以根据需要在数值框中输入具体的边距数值，也可以用鼠标单击数值框右侧的微调按钮来确定页边距的数值。

- “装订线”数值框和“装订线位置”文本框用来设置装订文档的装订线边距。装订线边距是指装订的文档两侧或顶部额外添加的空间。装订线边距保证不会因装订而遮住文字。

10.2 设置页眉和页脚

页眉和页脚可由文本或图形组成，经常包括页码、章节标题、日期和作者姓名。页眉和页脚分别显示在页面的顶端和底端。

10.2.1 插入页眉、页脚

Word 2007提供了多种样式的页眉、页脚，用户可以根据实际需求进行选择。插入页眉和页脚的具体操作方法如下。

1 切换到“插入”选项卡，单击“页眉和页脚”选项组中的“页眉”按钮，在弹出的下拉列表中选择页眉样式，如图10-11所示。

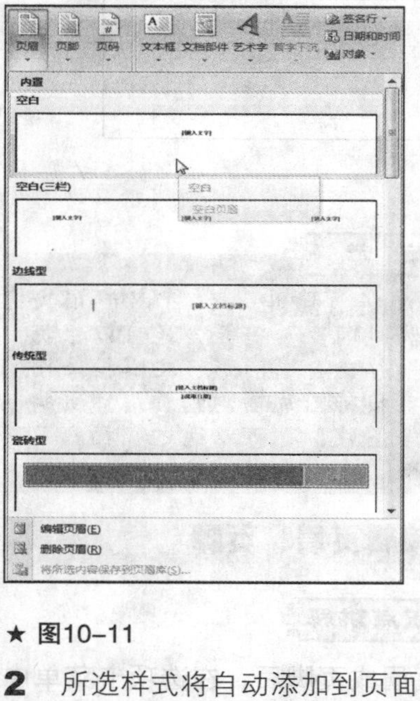

★ 图10-11

2 所选样式将自动添加到页面顶端，与此同时，文档会自动切换到页眉编辑区，如图10-12所示。

3 切换到“插入”选项卡，单击“页眉和页脚”选项组中的“页脚”按钮，在弹出的下拉列表中选择页脚样式，如图10-13所示。

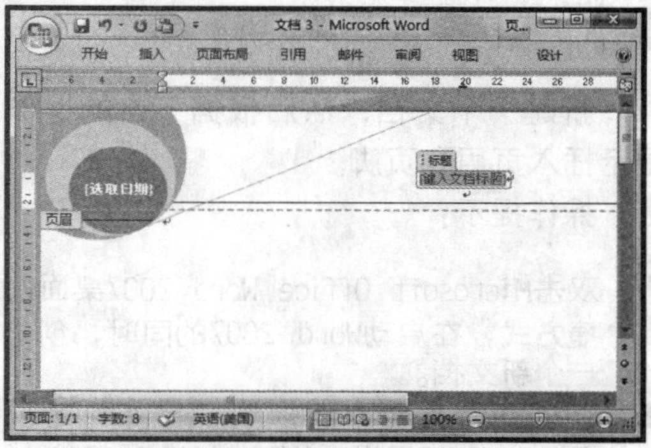

★ 图10-12

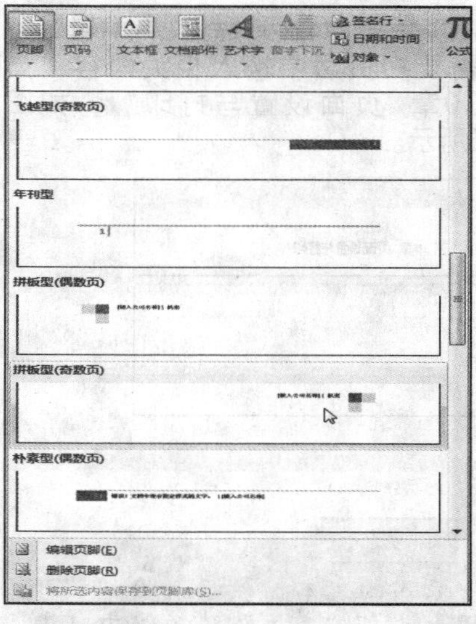

★ 图10-13

4 所选样式将自动添加到页面底端，与此同时，文档会自动切换到页脚编辑区，如图10-14所示。

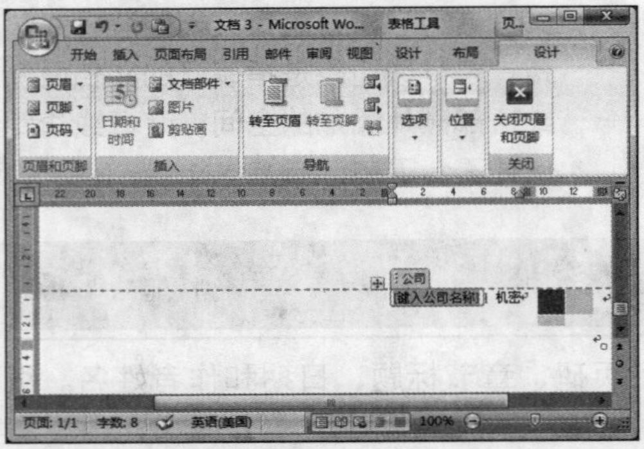

★ 图10-14

动手练

新建一个文档，然后根据下面的操作提示插入页眉和页脚。

操作提示：

1 双击Microsoft Office Word 2007桌面快捷方式，在启动Word 2007的同时，创建一个新文档。

2 在打开的文档中切换到“插入”选项卡，单击“页眉和页脚”选项组中的“页眉”下拉按钮，在弹出的下拉列表中选择一种页眉样式，如“空白”。

3 此时，文档会自动切换到页眉编辑区，根据需要在页眉中输入相关内容，如“第10章　页面设置与打印”，如图10-15所示。

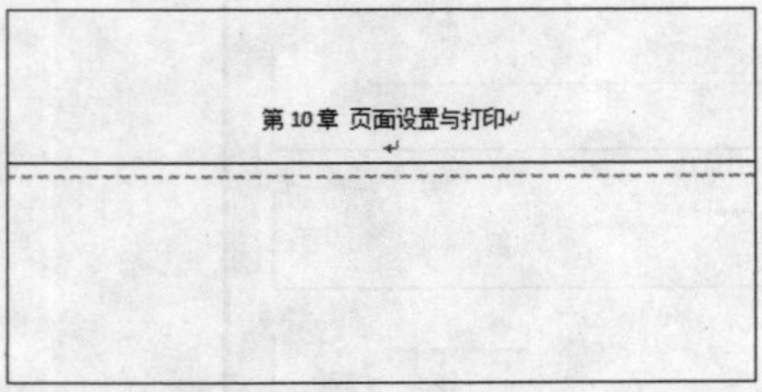

★ 图10-15

知　识

选中输入的文本，然后切换到“开始”选项卡，在“字体”选项组中可以设置文本的字体和字号。

4 还可以在页眉中插入图片、自选图形等对页眉进行美化，如图10-16所示，其中的“无师通”字样和下面的背景都是图片。

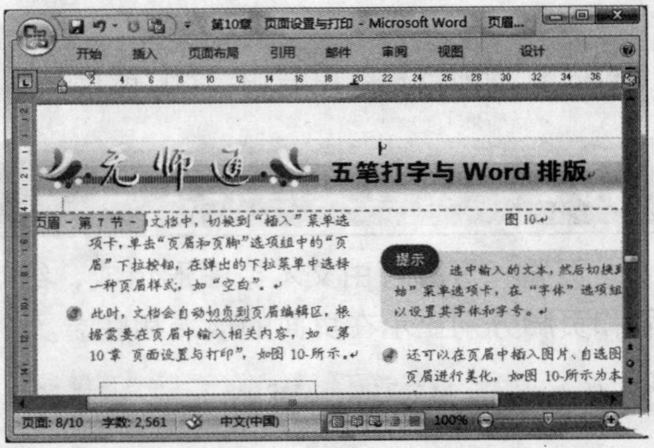

★ 图10-16

5 拖动文档右侧的滚动条到页面下方，切换到页脚编辑区。

6 由于本例中选择的是“空白”页脚样式，页脚为空白，用户可以插入图片、页码等作为页脚，如图10-17所示为本书的页脚样式。

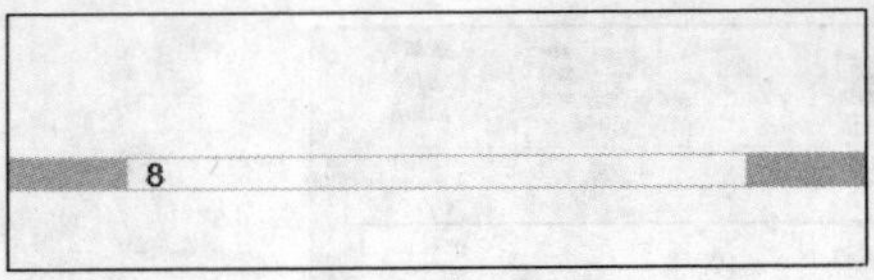

★ 图10-17

提　示

在页眉、页脚中不仅可以使用文本、日期和时间、页码等，还可以根据需要插入图片、自选图形、文本框等图形元素。直接将图片复制到页眉、页脚中即可插入图片，也可以通过“插入”选项卡插入。

10.2.2 编辑页眉、页脚

知识点讲解

插入页眉或页脚后，在选项卡菜单中会新增“页眉和页脚工具/设计”选项卡，通过该选项卡，可以对页眉、页脚进行相关编辑，下面进行详细介绍。

1. 进入页眉、页脚编辑区

要对页眉、页脚进行编辑，需要先进入相应的编辑区，常用的进入方法主要有以下两种。

- 插入页眉、页脚后，Word将自动进入页眉、页脚编辑区。
- 双击文档上方或下方的页边距，可以进入页眉或页脚编辑区。

2. 设置奇偶页不同

在为文档设置页眉、页脚时，还可以根据需要为奇数页与偶数页设置不同效果的页眉和页脚，其具体操作方法如下。

进入页眉、页脚编辑区，文档会自动切换到“页眉和页脚工具/设计”选项卡，然后选中“选项”选项组中的“奇偶页不同”复选框，如图10-18所示。

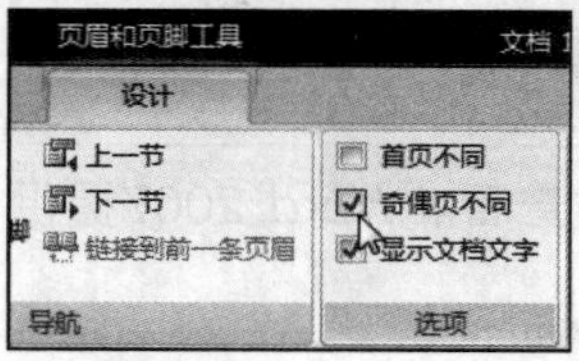

★ 图10-18

此时，页眉或页脚的左侧将显示相关提示信息，如图10-19所示。

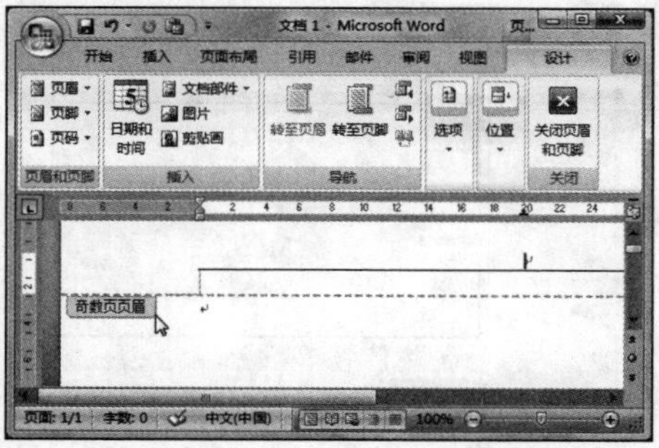

★ 图10-19

3. 编辑内容

编辑奇偶页不同的页眉、页脚内容的具体操作方法如下。

1 将光标定位在奇数页页眉，输入页眉内容，然后设置相应的格式，如图10-20所示。

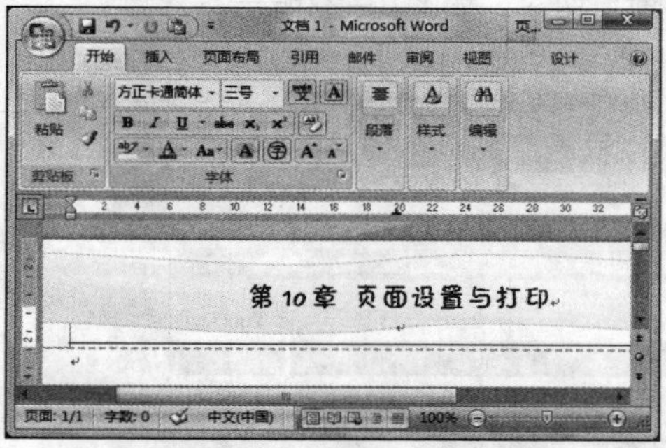

★ 图10-20

2 切换到“页眉和页脚工具/设计”选项卡，单击“导航”选项组中的“转至页脚”按钮，切换到页脚编辑区，如图10-21所示。

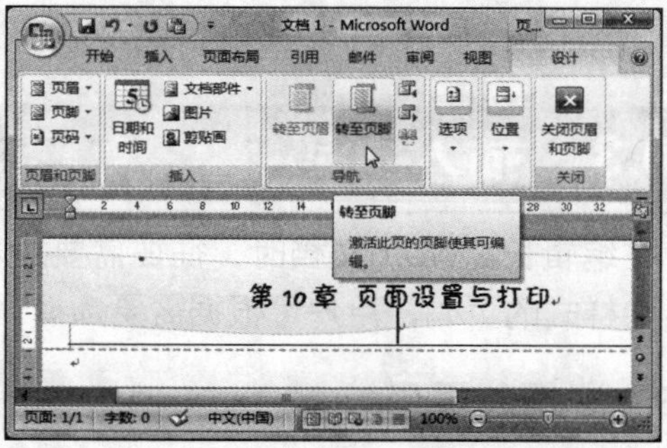

★ 图10-21

3 在当前页的页脚编辑区中输入页脚内容，然后设置相应的格式，如图10-22所示。

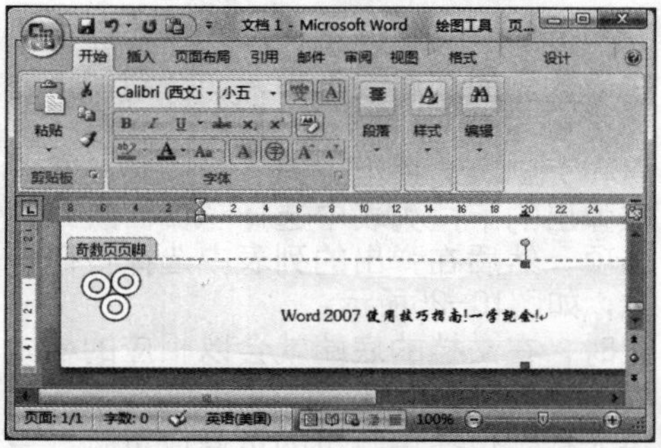

★ 图10-22

4 以相同的方法设置偶数页页眉和页脚。

5 设置完成后，切换到“页眉和页脚工具/设计”选项卡，单击“关闭页眉和页脚”按钮，如图10-23所示。

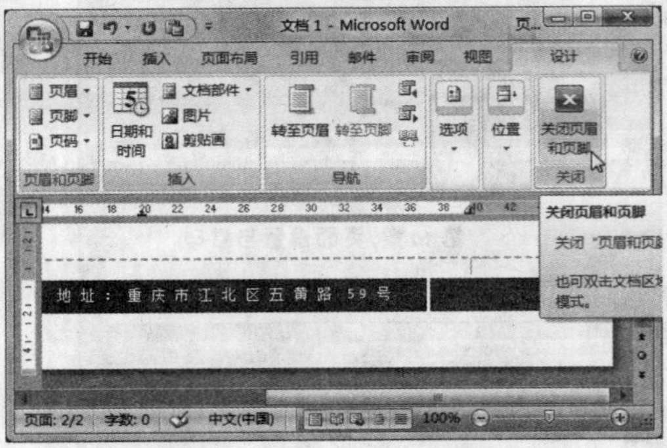

★ 图10-23

6 退出页眉、页脚编辑状态，可以看到设置后的文档效果。

动手练

按照下面的操作提示在页脚中插入图片。

1 按照本节所讲的方法激活“页眉和页脚工具/设计”选项卡，进入页眉和页脚编辑状态。

2 在“插入”选项组中单击“图片”按钮，在页脚中插入一幅图片，如图10-24所示。

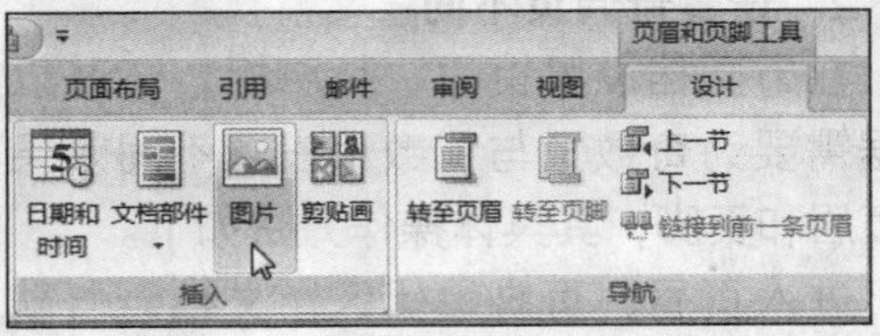

★ 图10-24

3 调整图片的大小和位置，完成设置。

10.3 插入页码

在编辑长篇Word文档时，往往需要插入页码，以方便统计与查看。Word 2007提供了多种样式的页码，用户可根据需要选择适用的样式。

10.3.1 插入页码

在Word文档中，可以将页码插入到页面顶端、页面底端、页边距等位置。下面以在页面底端插入页码为例，介绍页码的插入方法。

1 进入页眉、页脚编辑状态，将光标定位在奇数页的页眉或页脚，切换到“页眉和页脚工具/设计”选项卡，单击“页眉和页脚”选项组中的“页码”按钮，在弹出的下拉列表中选择“页面底端”选项，然后在弹出的列表中选择页码样式，如图10-25所示。

2 此时，在文档的底端就会以相应的样式插入奇数页的页码。

3 将光标定位在偶数页的页眉或页脚，单击“页码”按钮，在弹出的下拉列表中选择“页面底端”选项，然后在弹出的列表中选择页码样式，插入偶数页页码即可。

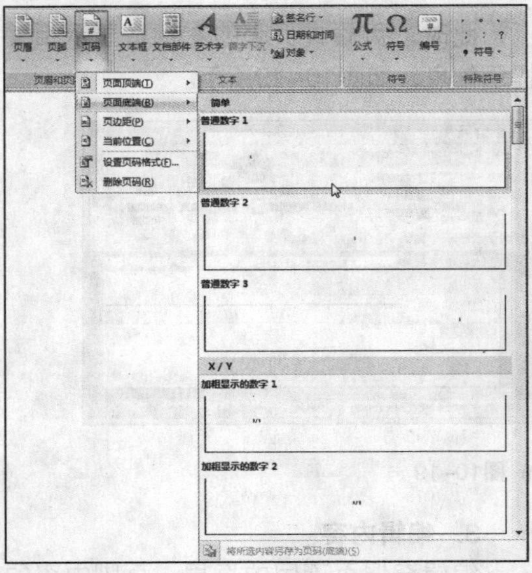

★ 图10-25

10.3.2 编辑页码格式

插入页码后，还可以设置页码格式，具体操作方法如下。

1 切换到“页眉和页脚工具/设计”选项卡，单击“页眉和页脚”选项组中的“页码”按钮，在弹出的下拉列表中选择“设置页码格式”选项，如图10-26所示。

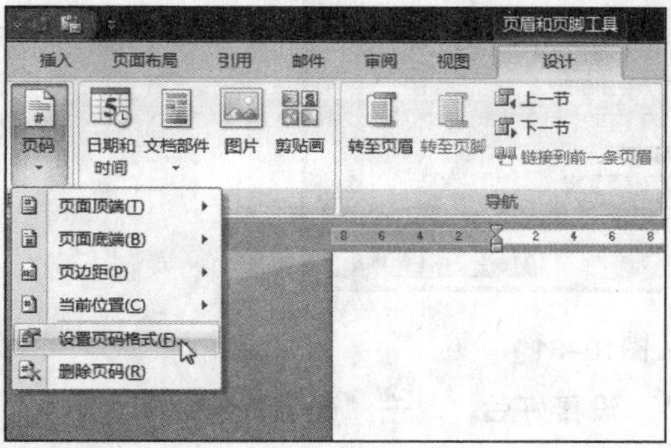

★ 图10-26

2 弹出“页码格式”对话框，单击“编号格式”文本框右侧的下拉按钮，在“编号格式”下拉列表中可以选择页码的编号格式，在“页码编号”栏中，若选中“续前节”单选按钮，则页码与上一节相接续；若选中“起始页码”单选按钮，则需要在右侧的数值框中设置起始页码，如图10-27所示。

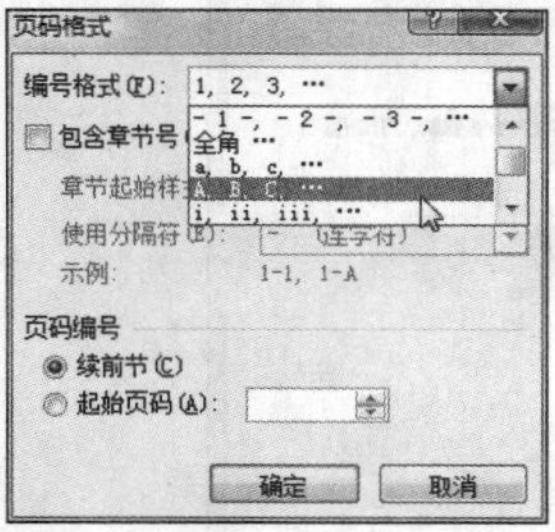

★ 图10-27

3 设置完成后，单击“确定”按钮即可。

10.3.3 删除页码

在Word 2007文档中删除页码的方法主要有以下两种。

▶ 进入页眉、页脚编辑区，切换到“页眉和页脚工具/设计”选项卡，单击“页眉和页脚”选项组中的“页码”下拉按钮，在弹出的下拉菜单中选择“删除页码”选项，如图10-28所示。

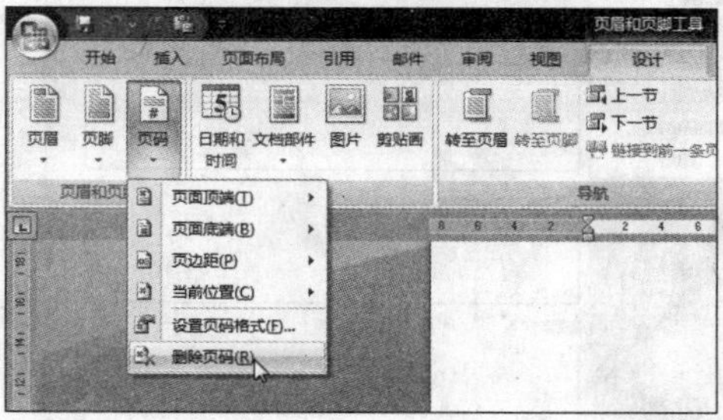

★ 图10-28

▶ 进入页眉、页脚编辑区，然后选中页码，按下“Delete”键将其删除即可。

动手练

假设当前文档为某书的第2章，其起始页码为“29”，编号样式为“-1-,-2-,-3-”，练习在奇数页页脚左侧、偶数页页脚右侧插入页码。

操作提示：

1 进入奇数页的页眉、页脚编辑区，此时将自动切换到“页眉和页脚工具/设计”选项卡。

2 单击“页眉和页脚”选项组中的“页码”下拉按钮，在弹出的下拉菜单中选择“页面底端”选项，在弹出的子菜单中选择“普通数字”样式，如图10-29所示。

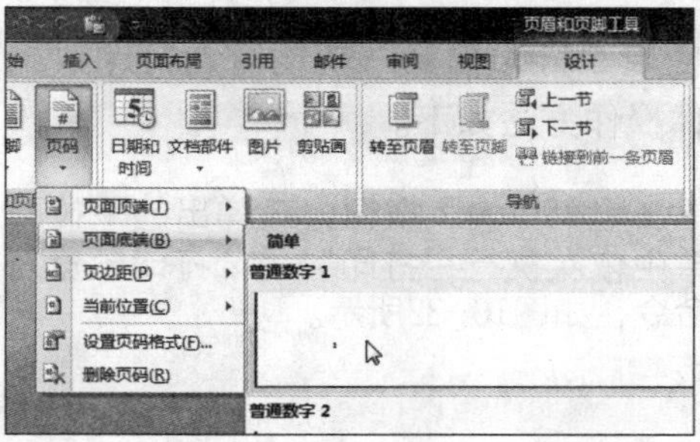

★ 图10-29

3 切换到偶数页页脚，然后单击“页码”下拉按钮，在弹出的下拉菜单中选择“页面底端”选项，在弹出的子菜单中选择“普通数字3”样式，如图10-30所示。

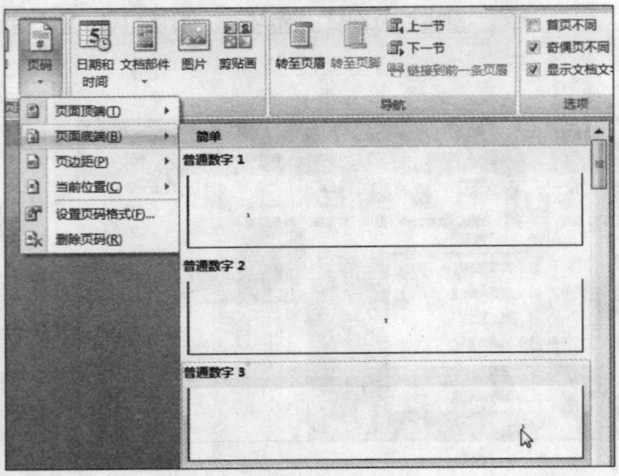

★ 图10-30

4 此时就可以在奇数页页脚左侧、偶数页页脚右侧插入页码。

5 单击“页眉和页脚”选项组中的“页码”下拉按钮，在弹出的下拉菜单中选择“设置页码格式”选项。

6 弹出“页码格式”对话框，在“编号格式”下拉列表中选择“-1-,-2-,-3-”样式，在“页码编号”栏中选中“起始页码”单选按钮，然后在数值框中输入“29”，如图10-31所示。

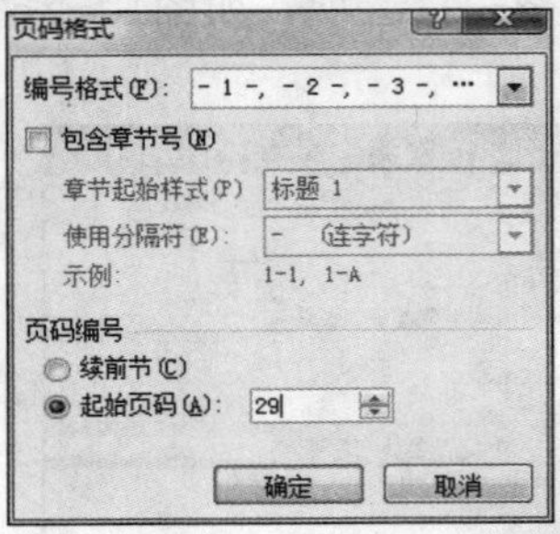

★ 图10-31

7 设置好后，单击“确定”按钮即可。

10.4 打印文档

编辑好文档后，可以通过Word的打印功能将文档打印出来。使用Word的打印功能，可以一次打印多份，也可以对版面进行缩放、逆序打印，还可以只打印奇数页或偶数页，以满足不同的需要。

10.4.1 打印预览

知识点讲解

在打印文档之前，可以利用Word提供的打印预览功能，对要打印的文档预先浏览一下，以确保打印出来的文档正确无误。

使用“打印预览”功能查看打印效果的具体操作方法如下。

1 单击“Office”按钮，在弹出的下拉菜单中依次执行“打印”→“打印预览”命令，如图10-32所示。

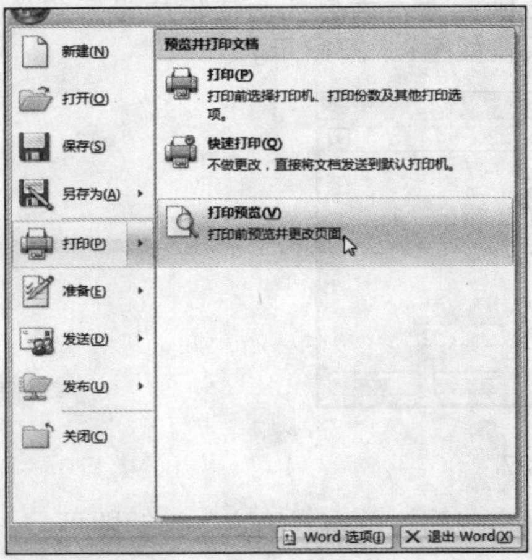

★ 图10-32

2 接下来就可以看到文档的打印预览图，如图10-33所示。

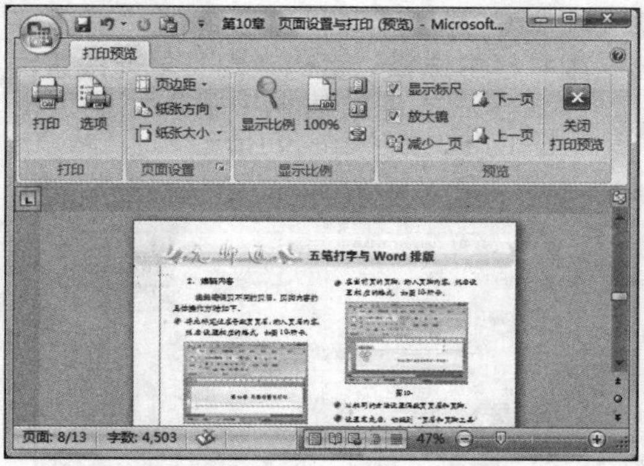

★ 图10-33

3 使用滚动条以及“Page Up”和“Down”键在屏幕上前后移动文档，如果发现错误，可以单击打印预览工具栏中的“关闭打印预览”按钮，返回普通视图再进行改正，如图10-34所示。

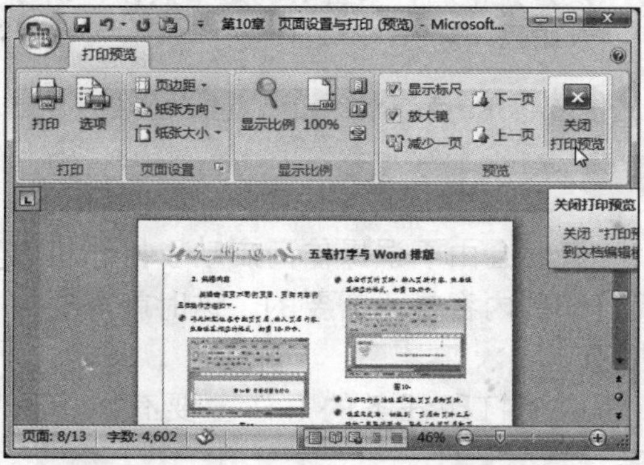

★ 图10-34

10.4.2 打印设置与输出

知识点讲解

如果预览效果比较满意，就可以将文档打印出来了。打印整个文档的方法比较简单，在“打印预览”窗口中，单击“打印”按钮，即可开始打印，如图10-35所示。

★ 图10-35

如果要将文档打印多份，或只需要打印文档的部分内容，则需要进行打印参数的设置。

单击“Office”按钮，在弹出的下拉菜单中单击“打印”命令，打开“打印”对话框，在该对话框中可以对相关打印参数进行设置，如图10-36所示。

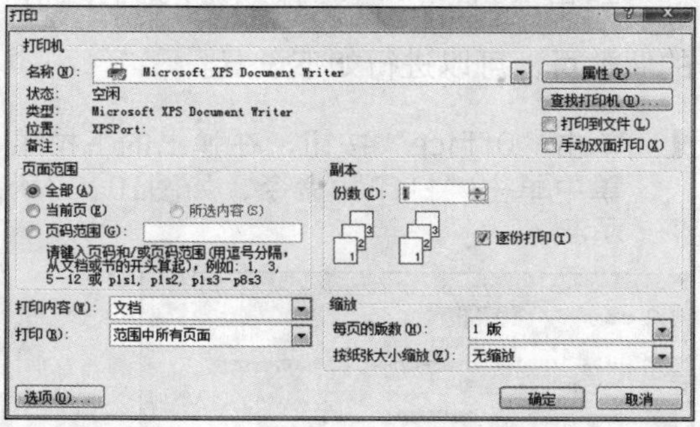

★ 图10-36

“打印”对话框中各选项的功能解释如下。

- 打印机：“名称”下拉列表框允许从所列项中选择要使用的打印机。选择完毕后，Word将提供该打印机的状态和位置。
- 副本：在“副本”栏的“份数”数值框中输入数值，可以设置文档的打印份数，默认为1；如果选中“逐份打印”复选框，Word将打印文档的所有页，然后再打印另一份，如果不选择该复选框，Word将打印第1页所有副本，再打印第2页所有副本…。

- 页面范围：在该栏中可以选择要打印的文档范围。选择“全部”单选按钮，则打印整个文档；选择“当前面”单选按钮，则打印当前页面；选择“页码范围”单选按钮，然后在后面的文本框中输入需要打印的页码，如“5-12”，可以打印指定范围的文档。
- 打印内容：单击“打印内容”下拉按钮，在打开的下拉列表中选择要打印的内容。
- 打印：在“打印”下拉列表框中，可以选择打印范围，也可以选择只打印奇数页或偶数页。

动手练

如果要打印一篇文档的第5到12页中的偶数页，可以进行如下设置。

1 单击“Office”按钮，在弹出的下拉菜单中单击“打印”命令，如图10-37所示。

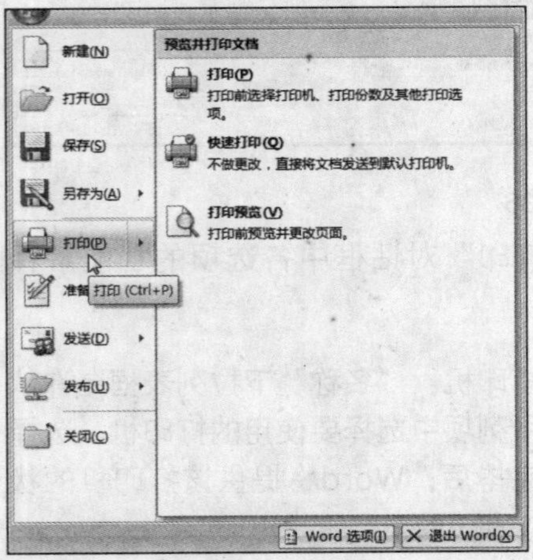

★ 图10-37

2 在弹出的“打印”对话框的“页码范围”栏中选择“页码范围”单选按钮，然后在后面的数值框中输入页码范围“5-12”，如图10-38所示。

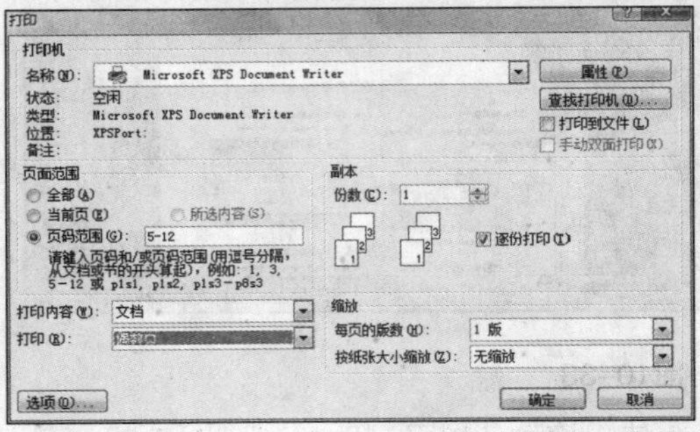

★ 图10-38

3 单击“打印”下拉按钮，在打开的下拉列表中选择“偶数页”选项。

4 设置完毕后，单击“确定”按钮，即可开始打印。

10.4.3 取消打印

知识点讲解

有时会由于误操作而启动了打印机，而打印的内容是不需要的，这时就需要终止打印。

取消打印任务的方法主要有以下两种。

- 如果没有启动后台打印（标志就是任务栏右端没有出现打印机图标），可以单击“取消”按钮或按下“Esc”键。
- 如果启用了后台打印，在任务栏右端出现打印机图标，双击该图标，在打开的窗口中选择需要取消的打印任务，然后右键单击鼠标，在弹出的快捷菜单中执行“暂停”或“取消”命令。

疑难解答

问 在Word中，如何进行横向打印？

答 当要打印的文档很宽时，就需要进行横向打印。可以通过下面两种方式横向打印文档。

- 在Word文档中，切换到“页面布局”选项卡，在“页面设置”选项组中单击“纸张方向”下拉按钮，在弹出的下拉菜单中选择“横向”选项，然后执行打印命令即可，如图10-39所示。
- 打开“打印”对话框，单击“属性”按钮，在弹出的“属性”对话框中单击“方向”下拉按钮，在打开的下拉列表中选择“横向”选项，然后单击“确定”按钮即可，如图10-40所示。

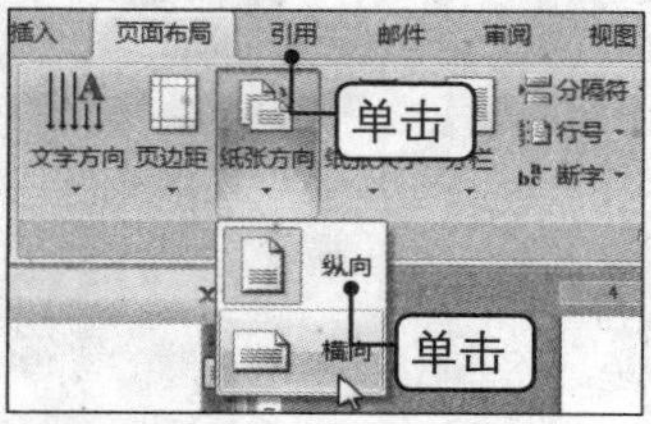

★ 图10-39

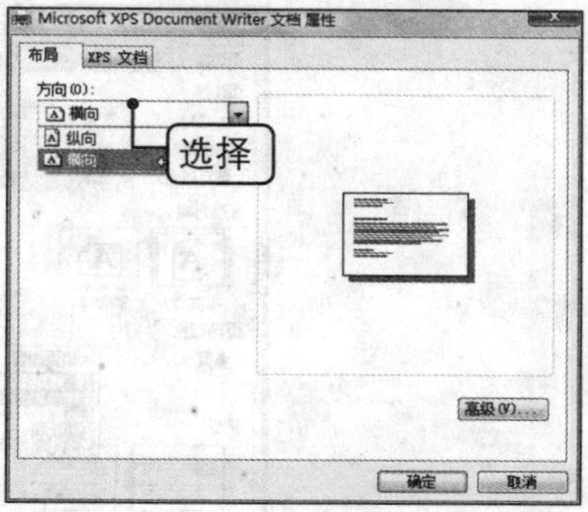

★ 图10-40

问 在Word文档中插入页眉时，页眉中通常会出现一条黑色的横线，怎样才能删除这条线呢？

答 删除页眉中的黑色横线的具体操作方法如下。

1 使用鼠标双击页边距，进入页眉编辑区。

2 切换到“开始”选项卡，单击“段落”选项组中的“边框”下拉按钮，在打开的下拉菜单中选择“边框与底纹”选项，如图10-41所示。

3 弹出“边框与底纹”对话框，在“边框”选项卡中选择“无”样式，然后在“应用于”下拉列表中选择“段落”选项，如图10-42所示。

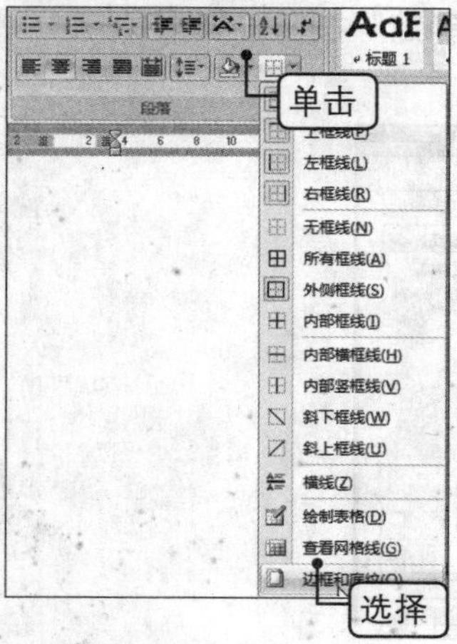

★ 图10-41

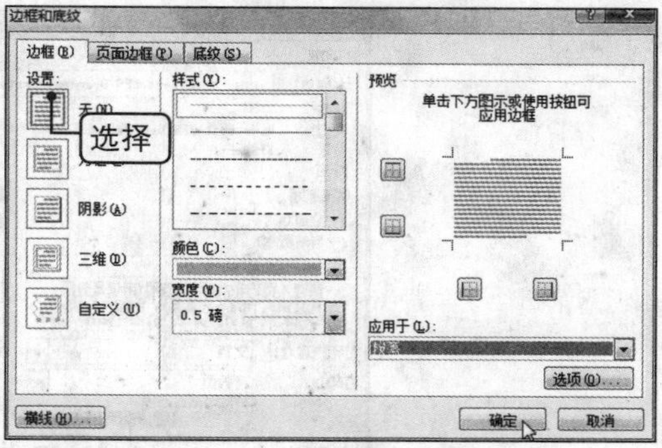

★ 图10-42

4 单击“确定”按钮，即可删除页眉中的横线。

问 如何设置对称页边距？

答 在对书籍或报刊进行排版时，如果对文档的左、右页边距设置了不同的距离，则需要设置“对称页边距”，将左、右页边距变为内侧和外侧边距。通过这样的设置后，印刷出来的书籍或报刊才会奇偶页对称。设置对称页边距的方法如下。

1 在Word文档中，切换到“页面布局”选项卡，单击“页面设置”选项组中的“页面设置”按钮，弹出“页面设置”对话框。

2 切换到“页边距”选项卡，在“多页”下拉列表中选择“对称页边距”选项，此时，“页边距”栏中的“左”和“右”数值框将变为“内侧”和“外侧”数值框，在这两个数值框中设置好相应的页边距后单击“确定”按钮即可，如图10-43所示。

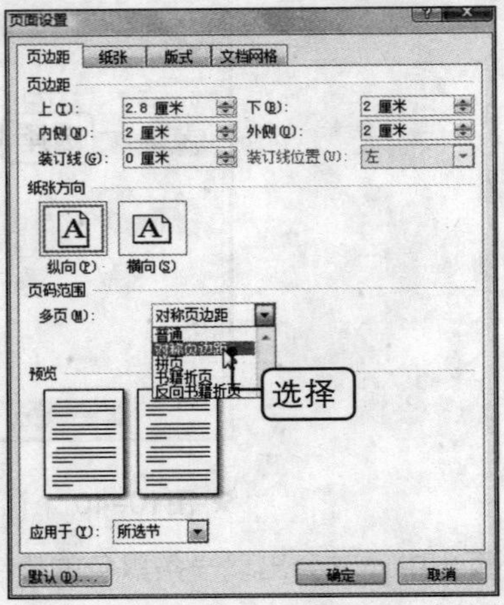

★ 图10-43

问 打印文档时，怎样才能双面打印？

答 在打印文档时，出于格式要求或为了节约纸张，会进行双面打印，其具体操作方法如下。

1 单击“Office”按钮，在弹出的下拉菜单中选择“打印”命令，打开“打印”对话框。

2 在“打印”下拉列表框中选择“奇数页”选项，然后单击“确定”按钮，如图10-44所示。

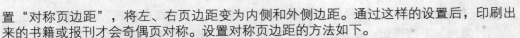

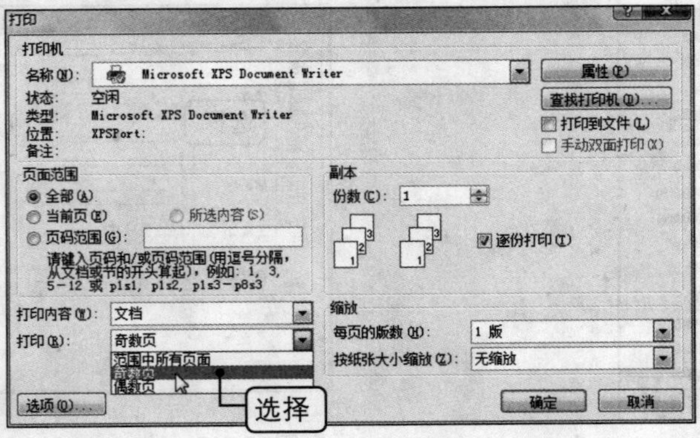

★ 图10-44

3 待奇数页打印完毕后，将已打印好的纸反过来重新放到打印机上，然后在“打印”对话框的“打印”下拉列表框中选择“偶数页”选项，然后单击“确定”按钮开始打印偶数页。

4 这样，通过两次打印命令就可以实现双面打印了。

问 设置页眉、页脚时，如何设置首页的页眉、页脚与其他页的效果不一样?

答 在制作一些文档时，需要为首页设置不同的页眉和页脚，如图书的每一章的首页（本章导读内容页），其具体操作方法如下。

1 双击页边距，进入页眉、页脚编辑区。

2 在“页眉和页脚工具/设计”选项卡中，选中“选项”选项组中的“首页不同”复选框，如图10-45所示。

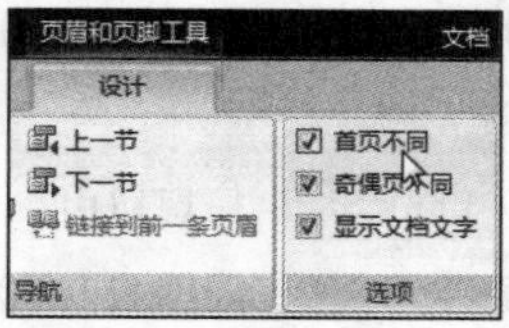

★ 图10-45

3 进行上述设置后，根据插入页眉和页脚的方法，为首页和其他页设置好页眉、页脚即可。

五笔字根速查表

使用说明：

本表格采用拼音顺序排列，每个汉字的右边是 86 版五笔编码，带圈数字表示该汉字是几级简码，最后边是拆分的字根。另外给出了部分汉字的 98 版五笔编码，用数字“98”表示。

a

啊 KBSK② 口阝丁口
吖 KUHH③ 口丷丨丨
KUHH98 口丷丨丨
阿 BSKG② 阝丁口一
阿弥陀佛 BXBW 阿姨 BSVG
锕 QBSK③ 钅阝丁口
嗄 KDHT 口丆目夂

ai

哀 YEU 亠𧘇冫
哀求 YEFI 哀叹 YEKC
哀悼 YENH 哀思 YELN
哀伤 YEWT 哀乐 YEQI
哎 KAQY③ 口艹乂㇏
KARY98③ 口艹乂㇏
哎呀 KAKA
唉 KCTD③ 口厶𠂉大
埃 FCTD③ 土厶𠂉大
挨 RCTD③ 扌厶𠂉大
挨打 RCRS 挨骂 RCKK
挨饿 RCQN 挨饿 RCQN
挨近 RCRP 挨着 RCUD
挨家挨户 RPRY
锿 QYEY 钅亠𧘇㇏
捱 RDFF 扌厂土土
皑 RMNN 白山己乙
RMNN98③ 白山己乙
癌 UKKM③ 疒口口山
癌症 UKUG 癌细胞 UXEQ
嗳 KEPC③ 口爫冖又
矮 TDTV 𠂉大禾女
矮小 TDIH 高矮 YMTD
蔼 AYJN③ 艹讠日乙
霭 FYJN③ 雨讠日乙
艾 AQU 艹乂冫
ARU98 艹乂冫
艾滋病 AIUG
爱 EPDC② 爫冖𠂇又
EPDC98 爫冖𠂇又
爱好 EPVB 爱惜 EPNA
爱情 EPNG 爱人 EPWW
爱戴 EPFA 爱护 EPRY
爱尔兰 EQUF 相爱 SHEP
爱莫能助 EACE 爱心 EPNY
爱不释手 EGTR 爱国 EPLG
砹 DAQY 石艹乂㇏
DARY98 石艹乂㇏
隘 BUWL③ 阝䒑八皿
嗌 KUWL③ 口䒑八皿
嫒 VEPC 女爫冖又
VEPC98③ 女爫冖又
碍 DJGF③ 石日一寸
阻碍 BEDJ 碍事 DJGK
暧 JEPC③ 日爫冖又
瑷 GEPC 王爫冖又

an

安 PVF② 宀女二
安全 PVWG 安心 PVNY
平安 GUPV 安乐 PVQI
安家 PVPE 安静 PVGE
安葬 PVAG 安置 PVLF
安居乐业 PNQO 安慰 PVNF
安然无恙 PQFU 安顿 PVGB
桉 SPVG③ 木宀女一
氨 RNPV③ 𠂉乙宀女
RPVD98 气宀女三
氨基酸 RASG
庵 YDJN 广大日乙
ODJN98③ 广大日乙
谙 YUJG③ 讠立日一
鹌 DJNG 大日乙一
鹌鹑 DJYB
鞍 AFPV③ 廿串宀女
俺 WDJN 亻大日乙
俺们 WDWU
埯 FDJN③ 土大日乙
铵 QPVG③ 钅宀女一
揞 RUJG 扌立日一
犴 QTFH 犭丿干丨
岸 MDFJ 山厂干刂
岸边 MDLP 岸上 MDHH

按 RPVG③ 扌宀女一
按时 RPJF 按照 RPJV
按钮 RPQN 按摩 RPYS
按兵不动 RRGF 按规定 RFPG
按时完成 RJPD 按计划 RYAJ
案 PVSV③ 宀女木
案例 PVWG 案情 PVNG
案件 PVWR 案子 PVBB
胺 EPVG③ 月宀女一
暗 JUJG② 日立日一
黑暗 LFJU 暗藏 JUAD
暗地 JUFB 暗示 JUFI
暗器 JUKK 暗中 JUKH
暗无天日 JFGJ 暗号 JUKG
暗渡陈仓 JIBW 暗杀 JUQS
暗箭难防 JTCB 暗处 JUTH
暗箭伤人 JTWW 暗喜 JUFK
黯 LFOJ 罒土灬日
黯然 LFQD

ang

肮 EYMN③ 月亠几乙
EYWN98③ 月亠几乙
肮脏 EYEY
昂 JQBJ③ 日匚卩刂
昂首挺胸 JURE 昂扬 JQRN
昂首阔步 JUUH 昂贵 JQKH
盎 MDLF③ 冂大皿二
盎然 MDQD

ao

熬 GQTO 龶勹攵灬
熬夜 GQYW
凹 MMGD 几冂一三
HNHG98 丨乙丨一
凹凸 MMHG
坳 FXLN③ 土幺力乙
FXET98③ 土幺力丿
敖 GQTY 龶勹攵㇏
嗷 KGQT 口龶勹攵
廒 YGQT 广龶勹攵
OGQT98③ 广龶勹攵
獒 GQTD 龶勹攵犬
遨 GQTP 龶勹攵辶
遨游 GQIY
翱 RDFN 白大十羽
翱翔 RDUD
聱 GQTB 龶勹攵耳
螯 GQTJ 龶勹攵虫
鳌 GQTG 龶勹攵一
鏖 YNJQ 广コ刂金
OXXQ98 严匕匕金
袄 PUTD③ 衤冫丿大
媪 VJLG③ 女日皿一
岙 TDMJ③ 丿大山刂
傲 WGQT 亻龶勹攵
骄傲 CTWG
奥 TMOD③ 丿冂米大
奥妙 TMVI 奥秘 TMTN
奥运会 TFWF 奥斯卡 TAHH
奥林匹克 TSAD
骜 GQTC 龶勹攵马
GQTG98 龶勹攵一
澳 ITMD③ 氵丿冂大
澳洲 ITIY 澳门 ITUY
澳大利亚 IDTG
懊 NTMD③ 忄丿冂大
懊悔 NTNT 懊恼 NTNY
鏊 GQTQ 龶勹攵金
赘 GQTM 龶勹攵贝

ba

八 WTY 八丿、
八面威风 WDDM 八路军 WKPL
八面玲珑 WDGG 八宝粥 WPXO
巴 CNHN③ 巴乙丨乙
巴基斯坦 CAAF 巴西 CNSG
巴山蜀水 CMLI 巴掌 CNIP
叭 KWY 口八、
吧 KCN② 口巴乙
岜 MCB 山巴巜
芭 ACB② 艹巴巜
芭蕾舞 AARL
疤 UCV 疒巴巛
疤痕 UCUV
捌 RKLJ 扌口力刂
RKEJ98 扌口力刂
笆 TCB 𥫗巴巜
粑 OCN 米巴乙
拔 RDCY③ 扌犮又、
RDCY98③ 扌ナ又、
拔牙 RDAH 拔草 RDAJ
拔地而起 RFDF 拔掉 RDRH
拔刀相助 RVSE 拔除 RDBW
茇 ADCU③ 艹犮又冫
ADCY98③ 艹ナ又、
菝 ARDC③ 艹扌犮又
ARDY98③ 艹扌ナ、
跋 KHDC 口止犮又
KHDY98 口止ナ、
魃 RQCC 白儿厶又
RQCY98 白儿厶、
把 RCN 扌巴乙
把握 RCRN 把戏 RCCA
把柄 RCSG 把关 RCUD
钯 QCN 钅巴乙

靶 AFCN③ 廿串巴乙
坝 FMY 土贝、
爸 WQCB③ 八乂巴巛
WRCB98③ 八乂巴巛
爸爸 WQWQ
罢 LFCU③ 皿土厶冫
罢工 LFAA 罢免 LFQK
鲅 QGDC 鱼一ナ又
QGDY98 鱼一ナ、
霸 FAFE③ 雨廿串月
霸道 FAUT 霸王 FAGG
霸占 FAHK 霸气 FARN
灞 IFAE③ 氵雨廿月
耙 DICN③ 三小巴乙
FSCN98③ 二木巴乙

bai

白 RRRR③ 白白白白（键名）
白天 RRGD 白痴 RRUT
白发 RRNT 白糖 RROY
白领 RRWY 白纸 RRXQ
白茫茫 RAAI 白骨精 RMOG
白马王子 RCGB 白头翁 RUWC
白发苍苍 RNAA 白开水 RGII
白手起家 RRFP 白血病 RTUG
掰 RWVR 手八刀手
佰 WDJG③ 亻ア日一
柏 SRG 木白一
柏拉图 SRLT 柏树 SRSC
捭 RRTF③ 扌白丿十
摆 RLFC③ 扌皿土厶
摆布 RLDM 摆脱 RLEU
摆弄 RLGA 摆摊 RLRC
摆平 RLGU 摆放 RLYT
摆脱困境 RELF
败 MTY 贝攵、
MTY98② 贝攵、
败坏 MTFG 败露 MTFK
败类 MTOD 败笔 MTTT
败阵 MTBL 败军 MTPL
拜 RDFH 手三十丨
拜拜 RDRD 拜年 RDRH
稗 TRTF 禾白丿十
TRTF98③ 禾白丿十

ban

班 GYTG③ 王丶丿王
班级 GYXE 班会 GYWF
班主任 GYWT 班次 GYUQ
班干部 GFUK 班长 GYTA
班门弄斧 GUGW
扳 RRCY③ 扌厂又、
般 TEMC③ 丿舟几又
TUWC98 丿舟几又
般配 TESG
颁 WVDM③ 八刀ア贝
颁发 WVNT 颁奖 WVUQ
斑 GYGG③ 王文王一
斑马 GYCN 斑点 GYHK
搬 RTEC③ 扌丿舟又
RTUC98③ 扌丿舟又
搬家 RTPE 搬运 RTFC
搬弄 RTGA 搬走 RTFH
搬开 RTGA 搬家 RTPE
搬迁 RTTD 搬移 RTTQ
搬弄是非 RGJD
搬起石头砸自己的脚 RFDE
瘢 UTEC 疒丿舟又
UTUC98 疒丿舟又
癍 UGYG③ 疒王文王
UGYG98 疒王文王
阪 BRCY 阝厂又、
坂 FRCY③ 土厂又、
板 SRCY③ 木厂又乀
板式 SRAA 板子 SRBB
板车 SRLG 板鸭 SRLQ
板书 SRNN 板报 SRRB
版 THGC 丿丨一又
版式 THAA 版面 THDM
版权 THSC 版本 THSG
版税 THTU 版主 THYY
钣 QRCY③ 钅厂又、
舨 TERC 丿舟厂又
TURC98 丿舟厂又
办 LWI② 力八氵
EW98 力八
办法 LWIF 办理 LWGJ
办事 LWGK 办案 LWPV
办好 LWVB 办公 LWWC
办事处 LGTH 办公厅 LWDS
办公楼 LWSO 办公室 LWPG
办公用品 LWEK
办公自动化 LWTW
半 UFK② 丷十丨丨丨
UGK98② 丷キ丨丨丨
半天 UFGD 半路 UFKH
半夜 UFYW 半个 UFWH
半径 UFTC 半年 UFRH
半壁江山 UNIM 半边 UFLP
伴 WUFH③ 亻丷十丨
WUGH98 亻丷キ丨
伴随 WUBD 伴奏 WUDW
伴唱 WUKJ 伴同 WUMG
伴舞 WURL 伴音 WUUJ
伴娘 WUVY 伴侣 WUWK
扮 RWVN③ 扌八刀乙
RWVT98 扌八刀丿

扮成 RWDN 扮演 RWIP
拌 RUFH 扌䒑十丨
RUGH98 扌丷龶丨
绊 XUFH③ 纟䒑十丨
XUGH98③ 纟丷龶丨
绊倒 XUWG 绊脚石 XEDG
瓣 URCU③ 辛厂厶辛

bang

帮 DTBH② 三丿阝丨
DTBH98 三丿阝丨
帮忙 DTNY 帮助 DTEG
帮工 DTAA 帮教 DTFT
帮办 DTLW 帮手 DTRT
邦 DTBH③ 三丿阝丨
邦交 DTUQ
梆 SDTB③ 木三丿阝
浜 IRGW 氵斤一八
IRWY98③ 氵丘八丶
绑 XDTB③ 纟三丿阝
绑匪 XDAD 绑带 XDGK
绑票绑票 绑架 XDLK
榜 SUPY③ 木立冖方
SYUY98③ 木亠丷方
榜样 SUSU 榜眼 SUHV
榜上有名 SHDQ
膀 EUPY③ 月六冖方
EYUY98③ 月亠丷方
傍 WUPY③ 亻立冖方
WYUY98 亻亠丷方
傍晚 WUJQ
谤 YUPY③ 讠立冖方
YYUY98③ 讠亠丷方
棒 SDWH③ 木三人丨
SDWG98 木三八龶
棒球 SDGF 棒打 SDRS
棒子 SDBB 棒棒糖 SSOY
蒡 AUPY 艹立冖方
AYUY98 艹亠丷方
磅 DUPY③ 石立冖方
DYUY98③ 石亠丷方
镑 QUPY③ 钅立冖方
QYUY98③ 钅亠丷方

bao

包 QNV② 勹巳巛
包工 QNAA 包子 QNBB
包含 QNWY 包括 QNRT
包装 QNUF 包谷 QNWW
包藏祸心 QAPN 包裹 QNYJ
孢 BQNN③ 子勹巳乙
苞 AQNB③ 艹勹巳巛
胞 EQNN③ 月勹巳乙
煲 WKSO 亻口木火
龅 HWBN 止人凵巳
褒 YWKE③ 亠亻口𧘇
褒贬 YWMT 褒奖 YWUQ
雹 FQNB③ 雨勹巳巛
宝 PGYU③ 宀王丶冫
宝藏 PGAD 宝马 PGCN
宝鸡 PGCQ 宝石 PGDG
宝贝 PGMH 宝贵 PGKH
宝贵财富 PKMP 宝物 PGTR
饱 QNQN ⺈乙勹巳
饱满 QNIA 饱餐 QNHQ
饱经风霜 QXMF
保 WKSY② 亻口木乀
保护 WKRY 保佑 WKWD
保卫 WKBG 保障 WKBU
保险 WKBW 保存 WKDH
保守 WKPF 保密 WKPN
保留 WKQY 保持 WKRF
保证 WKYG 保管 WKTP
保姆 WKVX 保养 WKUD
保险公司 WBWN 保重 WKTG
鸨 XFQG③ 匕十勹一
堡 WKSF 亻口木土
葆 AWKS③ 艹亻口木
褓 PUWS 礻冫亻木
报 RBCY② 扌卩又乀
报警 RBAQ 报刊 RBFJ
报怨 RBQN 报名 RBQK
报酬 RBSG 报告 RBTF
报仇 RBWV 报道 RBUT
报仇雪恨 RWFN 报答 RBTW
抱 RQNN③ 扌勹巳乙
抱紧 RQJC 抱怨 RQQN
抱恨终身 RNXT 抱歉 RQUV
抱头痛哭 RUUK 抱负 RQQM
豹 EEQY 爫犭勹丶
EQYY98③ 豸勹丶丶
豹子 EEBB
趵 KHQY 口止勹丶
鲍 QGQN③ 鱼一勹巳
暴 JAWI③ 日艹八水
暴动 JAFC 暴雨 JAFG
暴发 JANT 暴烈 JAGQ
暴露无遗 JFFK 暴殄天物 JGGT
暴跳如雷 JKVF 暴风骤雨 JMCF
爆 OJAI③ 火日艹水
爆炸 OJOT 爆裂 OJGQ
爆发 OJNT 爆破 OJDH
爆发力 ONLT 爆炸性 OONT

bei

杯 SGIY③ 木一小丶
SDHY98③ 木丆卜丶
杯子 SGBB

呗 KMY 口贝、
陂 BHCY③ 阝广又、
BBY98 阝皮、
卑 RTFJ 白丿十刂
RTFJ98③ 白丿十刂
卑鄙无耻 RKFB 卑微 RTTM
卑躬屈膝 RTNE 卑鄙 RTKF
悲 DJDN 三刂三心
HDHN98③ 丨三丨心
悲伤 DJWT 悲观 DJCM
悲惨 DJNC 悲剧 DJND
悲痛 DJUC 悲哀 DJYE
悲欢离合 DCYW
碑 DRTF③ 石白丿十
鹎 RTFG 白丿十一
北 UXN② 丬匕乙
北京 UXYI 北边 UXLP
北极 UXSE 北方 UXYY
北半球 UUGF 北极星 USJT
贝 MHNY 贝丨乙、
贝壳 MHFP 贝多芬 NQAW
狈 QTMY 犭丿贝、
QTMY98③ 犭丿贝、
邶 UXBH③ 丬匕阝丨
备 TLF 夂田二
TLF98② 夂田二
备份 TLWW 备用 TLET
备注 TLIY 备课 TLYJ
备忘录 TYVI
背 UXEF③ 丬匕月二
背景 UXJY 背叛 UXUD
背诵 UXYC 背离 UXYB
背井离乡 UFYX 背信弃义 UWYY
钡 QMY 钅贝、
倍 WUKG③ 亻立口一
倍数 WUOV
悖 NFPB 忄十冖子
被 PUHC 衤冫广又
PUBY98③ 衤冫皮、
被子 PUBB 被动 PUFC
被迫 PURP
惫 TLNU③ 夂田心冫
焙 OUKG③ 火立口一
OUKG98 火立口一
辈 DJDL 三刂三车
HDHL98 丨三丨车
碚 DUKG③ 石立口一
蓓 AWUK 艹亻立口
褙 PUUE 衤冫丬月
鞴 AFAE 廿串艹用
鐾 NKUQ 尸口辛金
庳 YRTF③ 广白丿十
ORTF98③ 广白丿十
孛 FPB 十冖子

ben

奔 DFAJ③ 大十廾刂
奔驰 DFCB 奔腾 DFEU
奔赴 DFFH 奔波 DFIH
奔流 DFIY 奔跑 DFKH
奔放 DFYT
贲 FAMU③ 十艹贝冫
锛 QDFA③ 钅大十廾
本 SGD② 木一三
本职 SGBK 本能 SGCE
本事 SGGK 本性 SGNT
本质 SGRF 本领 SGWY
本科生 STTG 本职工作 SBAW
苯 ASGF③ 艹木一二
畚 CDLF③ 厶大田二
坌 WVFF 八刀土二
WVFF98③ 八刀土二
笨 TSGF③ ⺮木一二
笨蛋 TSNH 笨重 TSTG

beng

崩 MEEF③ 山月月二
崩溃 MEIK
蚌 JDHH③ 虫三丨丨
绷 XEEG③ 纟月月一
嘣 KMEE③ 口山月月
KMEE98 口山月月
甭 GIEJ③ 一小用刂
DHEJ98 丆卜用刂
泵 DIU 石水冫
迸 UAPK③ 丷廾辶刂
迸发 UANT
甏 FKUN 土口丷乙
FKUY98 土口丷、
蹦 KHME 口止山月
KHME98③ 口止山月

bi

逼 GKLP 一口田辶
逼上梁山 GHIM 逼真 GKFH
荸 AFPB 艹十冖子
鼻 THLJ③ 丿目田川
鼻涕 THIU 鼻炎 THOO
匕 XTN 匕丿乙
匕首 XTUT
比 XXN② 𠤎匕乙
比划 XXAJ 比喻 XXKW
比较 XXLU 比赛 XXPF
比拟 XXRN 比例 XXWG
吡 KXXN③ 口𠤎匕乙
KXXN98 口𠤎匕乙
妣 VXXN③ 女𠤎匕乙

彼 THCY③ 彳广又㇏
TBY98 彳皮、
彼此 THHX 彼岸 THMD
秕 TXXN③ 禾匕匕乙
俾 WRTF③ 亻白丿十
笔 TTFN② ⺮丿二乙
TEB98 ⺮毛巛
笔直 TTFH 笔者 TTFT
笔墨 TTLF 笔名 TTQK
笔试 TTYA 笔记 TTYN
笔迹 TTYO 笔记本 TYSG
舭 TEXX③ 丿舟匕匕
TUXX98 丿舟匕匕
鄙 KFLB③ 口十口阝
鄙视 KFPY
币 TMHK③ 丿冂丨川
必 NTE② 心丿彡
必要 NTSV 必需 NTFD
必定 NTPG 必然 NTQD
必然性 NQNT 必修课 NWYJ
毕 XXFJ③ 匕匕十刂
毕业 XXOG 毕竟 XXUJ
毕恭毕敬 XAXA 毕业证书 XOYN
毕业论文 XOYY 毕业设计 XOYY
闭 UFTE③ 门十丿彡
闭幕 UFAJ 闭塞 UFPF
闭目塞听 UHPK 闭门思过 UYLF
闭关自守 UUTP 闭月羞花 UEUA
庇 YXXV③ 广匕匕巛
OXXV98 广匕匕巛
庇佑 YXWD 庇护 YXRY
畀 LGJJ③ 田一丿刂
哔 KXXF 口匕匕十
毖 XXNT 匕匕心丿
荜 AXXF 艹匕匕十

陛 BXXF② 阝匕匕土
陛下 BXGH
毙 XXGX 匕匕一匕
狴 QTXF 犭丿匕土
铋 QNTT 钅心丿、
婢 VRTF③ 女白丿十
敝 UMIT③ 丷冂小攵
ITY98 㡀攵、
萆 ARTF③ 艹白丿十
弼 XDJX③ 弓丆日弓
愎 NTJT 忄𠂉日夂
筚 TXXF ⺮匕匕十
滗 ITTN③ 氵⺮丿乙
ITEN98 氵⺮毛乙
痹 ULGJ 疒田一刂
蓖 ATLX③ 艹丿口匕
裨 PURF③ 衤冫白十
跸 KHXF 口止匕十
辟 NKUH③ 尸口辛丨
弊 UMIA 丷冂小廾
ITAJ98 㡀攵廾刂
弊病 UMUG 弊端 UMUM
碧 GRDF③ 王白石二
碧绿 GRXV
箅 TLGJ③ ⺮田一刂
蔽 AUMT③ 艹丷冂攵
AITU98 艹㡀攵冫
壁 NKUF 尸口辛土
嬖 NKUV 尸口辛女
篦 TTLX ⺮丿口匕
薜 ANKU③ 艹尸口辛
避 NKUP② 尸口辛辶
避孕 NKEB 避开 NKGA
避免 NKQK 避孕药 NEAX
濞 ITHJ 氵丿目丌

臂 NKUE 尸口辛月
髀 MERF 𠂊月白十
璧 NKUY 尸口辛、
襞 NKUE 尸口辛𧘇

bian

边 LPV② 力辶巛
EP98 力辶
边区 LPAQ 边际 LPBF
边陲 LPBT 边防 LPBY
边防军 LBPL 边境证 LFYG
砭 DTPY③ 石丿之㇏
笾 TLPU③ ⺮力辶冫
TEPU98③ ⺮力辶冫
编 XYNA 纟、尸艹
编码 XYDC 编辑 XYLK
编剧 XYND 编写 XYPL
编排 XYRD 编造 XYTF
煸 OYNA 火、尸艹
蝙 JYNA 虫、尸艹
蝙蝠 JYJG
鳊 QGYA 鱼一、艹
鞭 AFWQ③ 廿串亻㐅
AFWR98 廿串亻㐅
鞭策 AFTG
贬 MTPY③ 贝丿之㇏
贬值 MTWF 贬低 MTWQ
扁 YNMA 、尸冂艹
窆 PWTP 宀八丿之
匾 AYNA 匚、尸艹
碥 DYNA 石、尸艹
褊 PUYA 衤冫、艹
卞 YHU 亠卜冫
弁 CAJ 厶艹刂
忭 NYHY 忄亠卜、
汴 IYHY③ 氵亠卜、

苄 AYHU③ 艹亠卜氵

便 WGJQ③ 亻一日乂

WGJR98 亻一日乂

便函 WGBI 便服 WGEB

便宜 WGPE 便于 WGGF

便利 WGTJ 便条 WGTS

变 YOCU② 亠卝又氵

YOCU98③ 亠卝又氵

变通 YOCE 变动 YOFC

变更 YOGJ 变量 YOJG

变化 YOWX 变本加厉 YSLD

缏 XWGQ 纟亻一乂

XWGR98 纟亻一乂

遍 YNMP③ 丶尸冂辶

遍地开花 YFGA 遍布 YNDM

遍及 YNEY 遍地 YNFB

辨 UYTU③ 辛丶丿辛

UYTU98 辛丶丿辛

辨别 UYKL 辨识 UYYK

辩 UYUH③ 辛讠辛丨

辩解 UYQE 辩护 UYRY

辩证 UYYG 辩论 UYYW

辩护人 URWW 辩证法 UYIF

辩证唯物主义 UYKY

辫 UXUH③ 辛纟辛丨

辫子 UXBB

biao

标 SFIY③ 木二小丶

标致 SFGC 标点 SFHK

标题 SFJG 标本 SFSG

标签 SFTW 标明 SFJE

标准 SFUW 标新立异 SUUN

彪 HAME 广七几彡

HWEE98③ 虍几彡彡

飑 MQQN 几乂勹巳

WRQN98 几乂勹巳

髟 DET 镸彡丿

骠 CSFI③ 马西二小

CGSI98③ 马一西小

膘 ESFI③ 月西二小

瘭 USFI③ 广西二小

镖 QSFI③ 钅西二小

飙 DDDQ 犬犬犬乂

DDDR98 犬犬犬乂

飚 MQOO③ 几乂火火

WROO98 几乂火火

镳 QYNO 钅广コ灬

QOXO98③ 钅声匕灬

表 GEU② 龶𧘇

表面 GEDM 表达 GEDP

表示 GEFI 表演 GEIP

表现 GEGM 表情 GENG

表扬 GERN 表白 GERR

表率 GEYX 表里如一 GJVG

婊 VGEY 女龶𧘇丶

裱 PUGE 衤龶𧘇

鳔 QGSI③ 鱼一西小

bie

别 KLJH③ 口力刂丨

KEJH98③ 口力刂丨

别开生面 KGTD 别墅 KLJF

别出心裁 KBNF 别扭 KLRN

别有用心 KDEN 别名 KLQK

憋 UMIN 丷冂小心

ITNU98 㡀攵心氵

鳖 UMIG 丷冂小一

ITQG98 㡀攵鱼一

蹩 UMIH 丷冂小止

ITKH98 㡀攵口止

瘪 UTHX 疒丿目匕

bin

宾 PRGW③ 宀斤一八

PRWU98③ 宀丘八氵

宾至如归 PGVJ 宾客 PRPT

宾馆 PRQN 宾主 PRYY

彬 SSET③ 木木彡丿

傧 WPRW③ 亻宀斤八

斌 YGAH③ 文一弋止

滨 IPRW③ 氵宀斤八

缤 XPRW③ 纟宀斤八

槟 SPRW③ 木宀斤八

镔 QPRW③ 钅宀斤八

濒 IHIM 氵止小贝

IHHM98 氵止少贝

濒临 IHJT

豳 EEMK 豕豕山Ⅲ

MGEE98③ 山一豕豕

摈 RPRW③ 扌宀斤八

殡 GQPW③ 一夕宀八

GQPW98 一夕宀八

膑 EPRW③ 月宀斤八

髌 MEPW 骨月宀八

鬓 DEPW 镸彡宀八

玢 GWVN③ 王八刀乙

GWV98③ 王八刀丿

bing

兵 RGWU③ 斤一八氵

RWU98② 丘八氵

兵贵神速 RKPG 兵团 RGLF

兵荒马乱 RACT 兵士 RGFG

冰 UIY② 冫水㇏

冰雹 UIFQ 冰霜 UIFS

冰雪 UIFV 冰山 UIMM

冰箱 UITS 冰冻 UIUA

丙 GMWI③ 一冂人氵
邴 GMWB 一冂人阝
秉 TGVI③ 丿一彐小
TVDI98③ 禾彐三氵
柄 SGMW③ 木一冂人
SGMW98 木一冂人
炳 OGMW③ 火一冂人
饼 QNUA③ 勹乙丷廾
禀 YLKI 亠口口小
禀报 YLRB
并 UAJ② 丷廾刂
并联 UABU 并非 UADJ
并且 UAEG 并列 UAGQ
并驾齐驱 YLYC 并行 UATF
并行不悖 UTGN 并举 UAIW
病 UGMW③ 疒一冂人
病菌 UGAL 病历 UGDD
病故 UGDT 病态 UGDY
病毒 UGGX 病逝 UGRR
病症 UGUG 病例 UGWG
病人 UGWW 病入膏肓 UTYY
摒 RNUA 扌尸丷廾
RNUA98③ 扌尸丷廾

bo

玻 GHCY③ 王广又、
GBY98 王皮、
玻璃 GHGY 玻璃钢 GGQM
拨 RNTY③ 扌乙攵、
拨乱反正 RTRG 拨款 RNFF
波 IHCY③ 氵广又、
IBY98② 氵皮、
波动 IHFC 波涛 IHID
波澜 IHIU 波浪 IYIY
波折 IHRR 波纹 IHXY
波澜壮阔 IIUU

剥 VIJH 彐水刂丨
VIJH98③ 彐水刂丨
剥夺 VIDF 剥削 VIIE
钵 QSGG③ 钅木一一
饽 QNFB 勹乙十子
QNFB98③ 勹乙十子
啵 KIHC③ 口氵广又
KIBY98③ 口氵皮、
伯 WRG 亻白一
伯乐 WRQI 伯父 WRWQ
伯伯 WRWR 伯母 WRXG
泊 IRG② 氵白一
IRG98 氵白一
脖 EFPB③ 月十冖子
脖子 EFBB
菠 AIHC③ 艹氵广又
AIBU98 艹氵皮氵
菠菜 AIAE
播 RTOL 扌丿米田
RTOL98③ 扌丿米田
播种 RTTK 播送 RTUD
播音 RTUJ 播放 RTYT
驳 CQQY③ 马乂乂㇏
CGRR98 马一乂乂
驳回 CQLK 驳斥 CQRY
驳倒 CQWG
帛 RMHJ③ 白冂丨刂
勃 FPBL③ 十冖子力
FPBE98③ 十冖子力
钹 QDCY 钅ナ又㇏
QDCY98③ 钅ナ又㇏
铂 QRG 钅白一
舶 TERG③ 丿舟白一
TURG98③ 丿舟白一
博 FGEF 十一月寸

FSFY98③ 十甫寸、
渤 IFPL③ 氵十冖力
IFPE98③ 氵十冖力
渤海湾 IIIY
鹁 FPBG 十冖子一
搏 RGEF 扌一月寸
RSFY98③ 扌甫寸、
搏斗 RGUF
箔 TIRF③ ⺮氵白二
膊 EGEF 月一月寸
ESFY98③ 月甫寸、
踣 KHUK 口止立口
薄 AIGF③ 艹氵一寸
AISF98 艹氵甫寸
薄弱 AIXU
礴 DAIF③ 石艹氵寸
跛 KHHC 口止广又
KHBY98③ 口止皮、
簸 TADC ⺮艹三又
TDWB98 ⺮其八皮
擘 NKUR 尸口辛手
檗 NKUS 尸口辛木

bu

不 GII② 一小氵
DHI98 ア卜氵
不能 GICE 不对 GICF
不过 GIFP 不幸 GIFU
不甘落后 GAAR 不劳而获 GADA
不切实际 GAPB 不耻下问 GBGU
不求甚解 GFAQ 不动声色 GFFQ
不学无术 GIFS
逋 GEHP 一月丨、
SPI98 甫辶氵
钸 QDMH 钅ナ冂丨
QDMH98③ 钅ナ冂丨

哺 JGEY 日一月、
JSY98 日甫、
醭 SGOY 西一业乀
卜 HHY 卜丨、
卟 KHY 口卜、
补 PUHY③ 衤冫卜、
补助 PUEG 补充 PUYC
补救 PUFI 补贴 PUMH
哺 KGEY③ 口一月、
KSY98 口甫、
哺育 KGYC
捕 RGEY③ 扌一月、
RSY98 扌甫、
捕获 RGAQ 捕鱼 RGQG
捕捞 RGRA 捕捉 RGRK
捕风捉影 RMRJ
布 DMHJ③ ナ冂丨刂
布置 DMLF 布局 DMNN
步 HIR② 止小彡
HHR98② 止少彡
步子 HIBB 步骤 HICB
步履 HINT 步兵 HIRG
步枪 HISW 步行 HITF
怖 NDMH③ 忄ナ冂丨
钚 QGIY 钅一小、
QDHY98 钅ア卜、
部 UKBH② 立口阝丨
UKBH98③ 立口阝丨
部队 UKBW 部署 UKLF
部门 UKUY 部位 UKWU
埠 FWNF③ 土亻ヨ十
FTNF98③ 土丿目十
瓿 UKGN③ 立口一乙
UKGY98③ 立口一、
簿 TIGF③ 竹氵一寸
TISF98③ 竹氵甫寸

ca

擦 RPWI 扌宀癶小
擦拭 RPRA
嚓 KPWI③ 口宀癶小
礤 DAWI③ 石艹癶小

cai

猜 QTGE 犭丿龶月
猜测 QTIM 猜想 QTSH
才 FTE② 十丿彡
才能 FTCE 才干 FTFG
才智 FTTD 才华 FTWX
材 SFTT③ 木十丿丿
材料 SFOU
财 MFTT② 贝十丿丿
财政 MFGH 财富 MFPG
财贸 MFQY 财务 MFTL
财物 MFTR 财产 MFUT
财政厅 MGDS 财政部 MGUK
裁 FAYE③ 十戈亠𧘇
裁定 FAPG 裁军 FAPL
裁判 FAUD 裁剪 FAUE
裁决 FAUN 裁判员 UUKM
采 ESU② 爫木氵
采访 ESYY 采购 ESMQ
采集 ESWY 采纳 ESXM
采购员 EMKM
彩 ESET③ 爫木彡丿
彩霞 ESFN 彩虹 ESJA
彩电 ESJN 彩照 ESJV
彩灯 ESOS 彩色 ESQC
睬 HESY③ 目爫木乀
踩 KHES 口止爫木
菜 AESU② 艹爫木氵
AESU98③ 艹爫木氵
菜场 AEFN 菜刀 AEVN
菜市场 AYFN
蔡 AWFI③ 艹癶二小

can

餐 HQCE② 卜夕又𧘇
HQCV98② 卜夕又艮
餐具 HQHW 餐馆 HQQN
餐费 HQXJ
参 CDER② 厶大彡彡
参观 CDCM 参考 CDFT
参照 CDJV 参加 CDLK
参阅 CDUU 参谋 CDYA
参考消息 CFIT 参考资料 CFUO
骖 CCDE③ 马厶大彡
CGCE98 马一厶彡
残 GQGT③ 一夕戋丿
GQGA98③ 一夕一戈
残渣 GQIS 残暴 GQJA
残酷 GQSG 残疾 GQUT
残忍 GQVY 残余 GQWT
残废 GQYN
蚕 GDJU③ 一大虫、
蚕丝 GDXX
惭 NLRH② 忄车斤丨
惭愧 NLNR
惨 NCDE③ 忄厶大彡
惨遭 NCGM 惨淡 NCIO
惨案 NCPV 惨痛 NCUC
惨淡经营 NIXA
黪 LFOE 罒土灬彡
灿 OMH② 火山丨
灿烂 OMOU
粲 HQCO 卜夕又米
璨 GHQO③ 王卜夕米

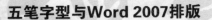

孱 NBBB③ 尸子子子

cang

仓 WBB 人巳《

仓库 WBYL 仓促 WBWK

伧 WWBN 亻人巳乙

沧 IWBN③ 氵人巳乙

沧海 IWIT

苍 AWBB③ 艹人巳《

苍茫 AIAI 苍劲 AICA

苍蝇 AWJK 苍白 AWRR

舱 TEWB③ 丿舟人巳

TUWB98 丿舟人巳

藏 ADNT 艹厂乙丿

AAUN98③ 艹戈爿乙

藏龙卧虎 ADAH 藏族 ANYT

cao

操 RKKS③ 扌口口木

RKKS98 扌口口木

操场 RKFN 操心 RKNY

操作 RKWT 操练 RKXA

操作员 RWKM 操作 RKWT

操作系统 RWTX 操纵 RKXW

糙 OTFP③ 米丿土辶

曹 GMAJ③ 一冂艹日

GMAJ98 一冂艹日

曹操 GMRK

嘈 KGMJ 口一冂日

嘈杂 KGVS

漕 IGMJ 氵一冂日

槽 SGMJ 木一冂日

SGMJ98③ 木一冂日

艚 TEGJ 丿舟一日

TUGJ98③ 丿舟一日

螬 JGMJ 虫一冂日

草 AJJ 艹早刂

草鞋 AJAF 草药 AJAX

草帽 AJMH 草案 AJPV

草率 AJYX 草木皆兵 ASXR

ce

策 TGMI③ 竹一冂小

TSMB98③ 竹木冂《

策略 TGLT

册 MMGD② 冂冂一三

册子 MMBB

侧 WMJH③ 亻贝刂丨

侧面 WMDM 侧重 WMTG

厕 DMJK 厂贝刂川

DMJK98③ 厂贝刂川

厕所 DMRN

恻 NMJH③ 忄贝刂丨

测 IMJH③ 氵贝刂丨

测验 IMCW 测量 IMJG

测定 IMPG 测绘 IMXW

测试 IMYA

cen

岑 MWYN 山人丶乙

涔 IMWN③ 氵山人乙

ceng

层 NFCI③ 尸二厶氵

层出不穷 NBGP 层次 NFUQ

噌 KULJ③ 口丷罒日

蹭 KHUJ 口止丷日

曾 ULJ② 丷罒日

ULJF98③ 丷罒日二

曾用名 UEQK 曾经 ULXC

曾几何时 UMWJ

cha

插 RTFV③ 扌丿十臼

RTFE98 扌丿十臼

插队 RTBW 插图 RTLT

插曲 RTMA 插入 RTTY

叉 CYI 又丶氵

杈 SCYY 木又丶丶

馇 QNSG③ 夕乙木一

锸 QTFV 钅丿十臼

QTFE98 钅丿十臼

查 SJGF② 木日一二

查获 SJAQ 查封 SJFF

查办 SJLW 查找 SJRA

查问 SJUK 查阅 SJUU

查证 SJYG 查询 SJYY

茬 ADHF 艹ナ丨土

茶 AWSU③ 艹人木氵

茶花 AWAW 茶具 AWHW

茶叶 AWKF 茶馆 AWQN

茶杯 AWSG 茶座 AWYW

搽 RAWS 扌艹人木

槎 SUDA 木丷手工

SUAG98③ 木羊工一

察 PWFI 宀癶二小

察言观色 PYCQ

碴 DSJG③ 石木日一

檫 SPWI 木宀癶小

衩 PUCY③ 礻氵又丶

镲 QPWI 钅宀癶小

汊 ICYY 氵又丶丶

岔 WVMJ 八刀山刂

诧 YPTA 讠宀丿七

YPTA98③ 讠宀丿七

诧异 YANA

姹 VPTA③ 女宀丿七

差 UDAF③ 丷𦍌工二
UAF98 羊工二
差点 UDHK 差距 UDKH
差别 UDKL 差异 UDNA
差额 UDPT 差错 UDQA

chai

拆 RRYY③ 扌斤丶丶
拆除 RRBW 拆洗 RRIT
拆卸 RRRH 拆毁 RRVA
钗 QCYY③ 钅又丶丶
侪 WYJH③ 亻文丿丨
柴 HXSU③ 止匕木冫
柴油机 HISM 柴油 HXIM
豺 EEFT③ 爫⺕十丿
EFTT98③ 豸十丿丿
豺狼 EEQT
虿 DNJU 丆乙虫冫
GQJU98 一勹虫冫
瘥 UUDA 疒丷𦍌工
UUAD98③ 疒羊工三

chan

搀 RQKU 扌⺈口冫
觇 HKMQ③ 卜口冂儿
掺 RCDE③ 扌厶大彡
婵 VUJF③ 女丷日十
婵娟 VUVK
谗 YQKU③ 讠⺈口冫
禅 PYUF 礻丶丷十
馋 QNQU 勹乙⺈冫
缠 XYJF③ 纟广日土
XOJF98③ 纟广日土
缠绵 XYXR
蝉 JUJF 虫丷日十
蝉联 JUBU

廛 YJFF③ 广日土土
OJFF98 广日土土
潺 INBB 氵尸子子
INBB98③ 氵尸子子
镡 QSJH 钅西早丨
QSJH98③ 钅西早丨
蟾 JQDY③ 虫⺈厂言
躔 KHYF 口止广土
KHOF98 口止广土
产 U① 立丿彡
UTE98① 立丿彡
产区 UTAQ 产地 UTFB
产量 UTJG 产品 UTKK
产权 UTSC 产生 UTTG
谄 YQVG 讠⺈臼一
YQEG98③ 讠⺈臼一
谄害 YQPD
铲 QUTT③ 钅立丿丿
阐 UUJF③ 门丷日十
阐明 UUJE 阐述 UUSY
蒇 ADMT 艹厂贝丿
ADMU98 艹戊贝冫
冁 UJFE 丷日十𧘇
忏 NTFH 忄丿十丨
NTFH98③ 忄丿十丨
忏悔 NTNT
颤 YLKM 亠口口贝
YLKM98③ 亠口口贝
颤动 YLFC 颤抖 YLRU
羼 NUDD 尸丷手手
NUUU98③ 尸羊羊羊
澶 IYLG 氵亠口一
IYLG98③ 氵亠口一
骣 CNBB③ 马尸子子
CGNB98③ 马一尸子

chang

昌 JJF② 日日二
昌盛 JJDN
伥 WTAY③ 亻丿七㇏
娼 VJJG③ 女日曰一
娼妓 VJVF 娼妇 VJVV
猖 QTJJ 犭丿日曰
菖 AJJF 艹日曰二
阊 UJJD 门日曰三
鲳 QGJJ 鱼一日曰
长 TAYI② 丿七㇏氵
长期 TAAD 长寿 TADT
长城 TAFD 长远 TAFQ
长江 TAIA 长沙 TAII
长篇 TATY 长途 TAWT
长远利益 TFTU 长年累月 TRLE
肠 ENRT③ 月乙𠃌丿
肠胃 ENLE
苌 ATAY③ 艹丿七㇏
尝 IPFC③ ⺌冖二厶
偿 WIPC② 亻⺌冖厶
偿还 WIGI
常 IPKH ⺌冖口丨
IPKH98③ ⺌冖口丨
常驻 IPBY 常规 IPFW
常年 IPRH 常务 IPTL
常委 IPTV 常识 IPYK
常务委员会 ITTW
徜 TIMK③ 彳⺌冂口
嫦 VIPH 女⺌冖丨
嫦娥 VIVT
厂 DGT 厂一丿
厂矿 DGDY 厂址 DGFH
厂家 DGPE 厂长 DGTA
厂商 DGUM 厂主 DGYY

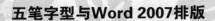

场 FNRT 土乙彡丿
场面 FNDM 场地 FNFB
场所 FNRN 场合 FNWG
昶 YNIJ 丶乙氵日
惝 NIMK③ 忄⺌冂口
敞 IMKT ⺌冂口攵
氅 IMKN ⺌冂口乙
IMKE98 ⺌冂口毛
怅 NTAY③ 忄丿七㇏
畅 JHNR 日丨乙彡
JHNR98③ 日丨乙彡
畅通 JHCE 畅销 JHQI
畅通无阻 JCFB
倡 WJJG 亻日日一
倡导 WJNF 倡议 WJYY
鬯 QOBX③ 乂灬凵匕
唱 KJJG③ 口日曰一
唱歌 KJSK 唱片 KJTH

chao

超 FHVK③ 土龰刀口
超期 FHAD 超脱 FHEU
超支 FHFC 超过 FHFP
抄 RITT③ 扌小丿丿
抄袭 RIDX 抄写 RIPL
抄报 RIRB 抄送 RIUD
抄录 RIVI 抄件 RIWR
怊 NVKG③ 忄刀口一
钞 QITT③ 钅小丿丿
钞票 QISF
晁 JIQB 日氵儿巜
JQIU98③ 日儿氵氵
巢 VJSU③ 巛日木氵
朝 FJEG③ 十早月一
朝阳 FJBJ 朝代 FJWA
朝气蓬勃 FRAF 朝三暮四 FDAL

嘲 KFJE③ 口十早月
嘲笑 KFTT
潮 IFJE③ 氵十早月
潮湿 IFIJ 潮流 IFIY
吵 KITT② 口小丿丿
吵架 KILK 吵闹 KIUY
炒 OITT② 火小丿丿
OITT98③ 火小丿丿
炒菜 OIAE
耖 DIIT 三小小丿
FSIT98 二木小丿

che

车 LGNH② 车一乙丨
车工 LGAA 车厢 LGDS
车辆 LGLG 车票 LGSF
车站 LGUH 车费 LGXJ
砗 DLH 石车丨
扯 RHG 扌止一
彻 TAVN 彳七刀乙
TAVT98 彳七刀丿
彻头彻尾 TUTN 彻底 TAYQ
坼 FRYY③ 土斤丶丶
掣 RMHR 𠂉冂丨手
TGMR98 𠂉一冂手
撤 RYCT③ 扌亠厶攵
撤职 RYBK 撤销 RYQI
撤回 RYLK 撤换 RYRQ
撤退 RYVE 撤离 RYYB
澈 IYCT 氵亠厶攵
澈底 IYYQ

chen

尘 IFF 小土二
尘土 IFFF
抻 RJHH③ 扌日丨丨

RJHH98 扌日丨丨
郴 SSBH③ 木木阝丨
琛 GPWS③ 王冖八木
嗔 KFHW 口十且八
臣 AHNH③ 匚丨コ丨
忱 NPQN② 忄冖儿乙
沉 IPMN③ 氵冖几乙
IPWN98③ 氵冖几乙
沉静 IPGE 沉没 IPIM
沉默 IPLF 沉痛 IPUC
沉着 IPUD 沉闷 IPUN
辰 DFEI③ 厂二𧘇氵
陈 BAIY② 阝七小丶
陈列 BAGQ 陈旧 BAGJ
陈述 BASY 陈设 BAYM
陈词滥调 BYIY
宸 PDFE 宀厂二𧘇
晨 JDFE② 日厂二𧘇
晨光 JDIQ 晨曦 JDJU
谌 YADN 讠廾三乙
YDWN98 讠其八乙
碜 DCDE③ 石厶大彡
衬 PUFY③ 衤冫寸丶
衬衫 PUPU 衬托 PURT
衬衣 PUYE
称 TQIY 禾勹小丶
称职 TQBK
称霸 TQFA
称号 TQKG 称呼 TQKT
称赞 TQTF 称谓 TQYL
龀 HWBX 止人凵匕
趁 FHWE 土龰人彡
趁机 FHSM
榇 SUSY③ 木立木丶
谶 YWWG 讠人人一

龇 HWBX 止人凵匕

cheng

称 TQIY③ 禾勹小丶
柽 SCFG 木又土一
蛏 JCFG 虫又土一
撑 RIPR③ 扌⺌冖手
撑腰 RIES 撑船 RITE
瞠 HIPF③ 目⺌冖土
丞 BIGF③ 了㐅一二
成 DNNT② 厂乙乙丿
成功 DNAL 成才 DNFT
成都 DNFT 成果 DNJS
成本 DNSG 成长 DNTA
成绩 DNXG 成熟 DNYB
成语 DNYG 成就 DNYI
成千上万 DTHD 成人之美 DWPU
呈 KGF② 口王二
KGF98 口王二
呈现 KGGM
承 BDII② 了三㐅氵
承办 BDLW 承包 BDQN
承担 BDRJ 承建 BDVF
承诺 BDYA 承认 BDYW
承前启后 BUYR
枨 STAY③ 木丿七㇏
诚 YDNT③ 讠厂乙丿
YDNN98② 讠厂乙乙
诚心 YDNY 诚实 YDPU
诚然 YDQD 诚挚 YDRV
诚意 YDUJ 诚恳 YDVE
诚心诚意 YNYU
城 FDN② 土厂乙丿
FDNT98② 土厂乙丿
城区 FDAQ 城镇 FDQF
城郊 FDUQ 城市 FDYM
乘 TUXV③ 丿丬匕巛
乘法 TUIF 乘车 TULG
乘客 TUPT 乘机 TUSM
乘船 TUTE 乘积 TUTK
埕 FKGG③ 土口王一
铖 QDNT③ 钅厂乙丿
QDNN98③ 钅厂乙乙
惩 TGHN 彳一止心
惩治 TGIC 惩罚 TGLY
程 TKGG 禾口王一
程式 TKAA 程控 TKRP
程序结构 TYXS 程度 TKYA
程序设计 TYYY 程序 TKYC
裎 PUKG③ 衤冫口王
塍 EUDF 月䒑大一
EUGF98 月丷夫土
酲 SGKG 西一口王
澄 IWGU 氵癶一䒑
澄清 IWIG
橙 SWGU 木癶一䒑
逞 KGPD③ 口王辶三
骋 CMGN③ 马由一乙
CGMN98③ 马一由乙
秤 TGUH③ 禾一䒑丨
TGUF98③ 禾一丷十

chi

吃 KTNN③ 口𠂉乙乙
吃苦 KTAD 吃亏 KTFN
吃力 KTLT 吃惊 KTNY
吃喝 KTKJ 吃饭 KTQN
吃苦头 KAUD 吃老本 KFSG
哧 KFOY③ 口土小丶
蚩 BHGJ 凵丨一虫
鸱 QAYG 匚七丶一
眵 HQQY③ 目夕夕丶
笞 TCKF③ ⺮厶口一
嗤 KBHJ 口凵丨虫
媸 VBHJ③ 女凵丨虫
痴 UTDK 疒𠂉大口
痴心妄想 UNYS 痴情 UTNG
螭 JYBC 虫亠凵厶
JYRC98 虫亠㐅厶
魑 RQCC 白儿厶厶
弛 XBN 弓也乙
池 IBN② 氵也乙
IBN98 氵也乙
池塘 IBFY
驰 CBN 马也乙
CGBN98 马一也乙
驰骋 CBCM
迟 NYPI③ 尸㇏辶氵
迟到 NYGC 迟早 NYJH
迟钝 NYQG 迟缓 NYXE
茌 AWFF 艹亻土二
持 RFFY② 扌土寸丶
持久 RFQY 持续 RFXF
持之以恒 RPCN
墀 FNIH③ 土尸水丨
FNIG98③ 土尸水丨
踟 KHTK 口止𠂉口
篪 TRHM ⺮厂⺁几
TRH98③ ⺮厂虍
尺 NYI 尸㇏氵
尺寸 NYFG
侈 WQQY③ 亻夕夕丶
齿 HWBJ③ 止人凵刂
齿轮 HWLW
耻 BHG② 耳止一
耻辱 BHDF
豉 GKUC 一口䒑又

褫 PURM 礻冫厂几
PURW98 礻冫厂几
叱 KXN 口匕乙
斥 RYI 斤丶氵
斥责 RYGM
赤 FOU② 土小氵
赤子 FOBB 赤诚 FOYD
赤膊上阵 FEHB
饬 QNTL 夕乙𠂉力
QNTE98 勹乙𠂉力
炽 OKWY② 火口八㇏
OKWY98③ 火口八㇏
炽热 OKRV
翅 FCND③ 十又羽三
翅膀 FCEU
敕 GKIT 一口小攵
SKTY98 木口攵丶
啻 UPMK 立冖冂口
YUPK98 亠丷冖口
傺 WWFI 亻癶二小
瘛 UDHN 疒三丨心

chong

充 YCQB② 亠厶儿巜
充当 YCIV 充足 YCKH
充实 YCPU 充分 YCWV
充耳不闻 YBGU
冲 UKHH③ 冫口丨丨
冲动 UKFC 冲击 UKFM
冲洗 UKIT 冲突 UKPW
冲锋陷阵 UQBB 冲剂 UKYJ
忡 NKHH③ 忄口丨丨
茺 AYCQ③ 艹亠厶儿
舂 DWVF③ 三人臼二
DWEF98 三人臼二
憧 NUJF 忄立日土
憧憬 NUNJ
艟 TEUF 丿舟立土
TUUF98 丿舟立土
虫 JHNY 虫丨乙丶
虫子 JHBB 虫害 JHPD
崇 MPFI③ 山宀二小
崇敬 MPAQ 崇拜 MPRD
崇高 MPYM
宠 PDXB③ 宀尤匕巜
宠爱 PDEP
铳 QYC③ 钅亠厶儿
QYCQ98③ 钅亠厶儿
重 TGJF③ 丿一日土
TGJF98 丿一日土
重叠 TGCC 重大 TGDD
重复 TGTJ 重点 TGHK
重视 TGPY 重要 TGSV
重工业 TAOG 重庆市 TYYM
重整旗鼓 TGYF

chou

抽 RMG② 扌由一
抽屉 RMNA 抽烟 RMOL
抽查 RMSJ 抽签 RMTW
瘳 UNWE 疒羽人彡
仇 WVN 亻九乙
仇恨 WVNV 仇视 WVPY
仇敌 WVTD 仇人 WVWW
俦 WDTF 亻三丿寸
帱 MHDF③ 冂丨三寸
惆 NMFK③ 忄冂土口
绸 XMFK③ 纟冂土口
绸缎 XMXW
畴 LDTF③ 田三丿寸
愁 TONU 禾火心氵
稠 TMFK 禾冂土口
稠密 TMPN
筹 TDTF 𥫗三丿寸
筹划 TDAJ 筹办 TDLW
筹措 TDRA 筹备 TDTL
筹建 TDVF 筹委会 TTWF
筹备组 TTXE 筹建处 TVTH
酬 SGYH 西一丶丨
酬金 SGQQ 酬谢 SGYT
踌 KHDF 口止三寸
雠 WYYY③ 亻圭讠圭
丑 NFD 乙土三
NHGG98 乙丨一一
瞅 HTOY③ 目禾火丶
臭 THDU 丿目犬氵
臭虫 THJH 臭氧 THRN
臭名昭著 TQJA

chu

初 PUVN③ 礻冫刀乙
初期 PUAD 初步 PUHI
初中 PUKH 初稿 PUTY
初级 PUXE 初衷 PUYK
初恋 PUYO 初学者 PIFT
出 BMK② 凵山山
出卖 BMFN 出现 BMGM
出题 BMJG 出色 BMQC
出租 BMTE 出生 BMTG
出版 BMTH 出身 BMTM
出差 BMUD 出售 BMWY
出席 BMYA 出庭 BMYT
出其不意 BAGU 出类拔萃 BORA
出尔反尔 BQRQ 出人头地 BWUF
出谋划策 BYAT
樗 SFFN 木雨二乙
刍 QVF 夕彐二
除 BWTY③ 阝人禾丶

BWGS98③ 阝人一木
除非 BWDJ 除法 BWIF
除外 BWQH 除名 BWQK
除此之外 BHPQ 除夕 BWQY
厨 DGKF 厂一口寸
厨师 DGJG 厨房 DGYN
滁 IBWT③ 氵阝人禾
IBWS98③ 氵阝人木
锄 QEGL 钅目一力
QEGE98 钅目一力
蜍 JWTY③ 虫人禾丶
JWGS98 虫人一木
雏 QVWY③ 勹彐亻圭
橱 SDGF 木厂一寸
橱窗 SDPW
躇 KHAJ 口止廿日
蹰 KHDF 口止厂寸
杵 STFH 木𠂉十丨
础 DBMH③ 石凵山丨
储 WYFJ③ 亻讠土日
储蓄 WYAY 储藏 WYAD
储存 WYDH 储备 WYTL
楮 SFTJ 木土丿日
楚 SSNH③ 木木乙龰
褚 PUFJ 衤冫土日
亍 FHK 二丨Ⅲ
GSJ98 一丁刂
处 THI② 夂卜氵
处境 THFU 处方 THYY
处理 THGJ 处罚 THLY
处长 THAT 处处 THTH
处女 THVV 处分 THWV
处世哲学 TARI
怵 NSYY③ 忄木丶丶
绌 XBMH③ 纟凵山丨

搐 RYXL 扌亠幺田
触 QEJY ⺈用虫丶
触目惊心 QHNN
触景生情 QJTN
憷 NSSH③ 忄木木龰
黜 LFOM 四土灬山
矗 FHFH 十且十且

chuai

揣 RMDJ③ 扌山𠂇刂
搋 RRHM 扌厂⺊几
RRHW98 扌厂虍几
啜 KCCC 口又又又
踹 KHMJ 口止山刂
膪 EUPK 月立冖口
EYUK98 月亠丷口

chuan

川 KTHH 川丿丨丨
川流不息 KIGT
氚 RNKJ 𠂉乙川刂
RKK98 气川川
穿 PWAT 宀八匚丿
穿插 PWRT 穿梭 PWSC
传 WFNY 亻二乙丶
WFNY98③ 亻二乙丶
传达 WFDP 传奇 WFDS
传真 WFFH 传染 WFIV
传授 WFRE 传播 WFRT
传阅 WFUU 传递 WFUX
传统 WFXY 传说 WFYU
传染病 WIUG 传达室 WDPG
舡 TEAG③ 丿舟工一
TUAG98 丿舟工一
船 TEMK 丿舟几口
TUWK98③ 丿舟几口

船厂 TEDG 船员 TEKM
船只 TEKW 船票 TESF
船长 TETA 船舶 TETE
船头 TEUD 船主 TEYY
遄 MDMP③ 山𠂇冂辶
椽 SXEY③ 木彑豕㇏
舛 QAHH③ 夕匚丨丨
QGH98 夕㐄丨
喘 KMDJ③ 口山𠂇刂
串 KKHK③ 口口丨Ⅲ
串联 KKBU 串连 KKLP
钏 QKH 钅川丨

chuang

窗 PWTQ③ 宀八丿夕
窗子 PWBB 窗台 PWCK
窗口 PWKK 窗帘 PWPW
窗户 PWYN
闯 UCD 门马三
UCGD98 门一三
疮 UWBV③ 疒人㔾巛
疮疤 UWUC
床 YSI 广木氵
OSI98 广木氵
床铺 YSQG 床位 YSWU
创 WBJH③ 人㔾刂丨
创刊 WBFJ 创举 WBIW
创办 WBLW 创收 WBNH
创业 WBOG 创造 WBTF
创新 WBUS 创立 WBUU
创建 WBVF 创作 WBWT
创伤 WBWT 创造性 WTNT
怆 NWBN③ 忄人㔾乙

chui

吹 KQWY③ 口⺈人㇏

吹嘘 KQKH　吹风 KQMQ
吹捧 KQRD　吹牛 KQRH
吹牛皮 KRHC　吹风机 KMSM
炊　OQWY③　火⺈人㇏
炊事班 OGGY　炊事员 OGKM
炊事 OQGK　炊具 OQHW
垂　TGAF③　丿一廿土
垂头丧气 TUFR　垂直 TGFH
陲　BTGF　阝丿一土
捶　RTGF　扌丿一土
棰　STGF③　木丿一土
槌　SWNP③　木亻彐辶
锤　QTGF　钅丿一土
椎　SWYG　木亻圭一
　　SWY98③　木亻圭一

chun

春　DWJF②　三人日二
春节 DWAB　春联 DWBU
春耕 DWDI　春雨 DWFG
春光 DWIQ　春游 DWIY
春风 DWMQ　春色 DWQC
春播 DWRT　春季 DWTB
春秋战国 DTHL　春秋 DWTO
椿　SDWJ　木三人日
SDSC 椿树
蝽　JDWJ　虫三人日
纯　XGBN③　纟一凵乙
纯正 XGGH　纯洁 XGIF
纯粹 XGOY　纯朴 XGSH
纯利 XGTJ　纯净 XGUQ
纯利润 XTIU
唇　DFEK　厂二𧘇口
莼　AXGN③　艹纟一乙
淳　IYBG③　氵亠子一
鹑　YBQG③　亠子勹一

醇　SGYB　西一亠子
蠢　DWJJ　三人日虫

chuo

戳　NWYA　羽亻圭戈
戳穿 NWPW
踔　KHHJ　口止⺊早
绰　XHJH③　纟⺊早丨
绰号 XHKG
辍　LCCC　车又又又
龊　HWBH　止人凵𠃊

ci

词　YNGK　讠乙一口
词汇 YNIA　词类 YNOD
词句 YNQK　词组 YNXE
词语 YNYG　词库 YNYL
词不达意 YGDU　词义 YNYQ
疵　UHXV③　疒止匕巛
祠　PYNK　礻、乙口
茈　AHXB③　艹止匕巛
茨　AUQW　艹冫⺈人
瓷　UQWN　冫⺈人乙
　　UQWY98　冫⺈人、
慈　UXXN　䒑幺幺心
慈爱 UXEP　慈祥 UXPY
慈善 UXUD
辞　TDUH　丿古辛丨
辞职 TDBK　辞海 TDIT
辞典 TDMA　辞退 TDVE
磁　DUXX③　石䒑幺幺
磁场 DUFN　磁带 DUGK
磁力 DULT　磁性 DUNT
磁针 DUQF　磁铁 DUQR
磁盘 DUTE　磁头 DUUD
雌　HXWY③　止匕亻圭

雌雄 HXDC　雌性 HXNT
鹚　UXXG　䒑幺幺一
糍　OUXX③　米䒑幺幺
此　HXN②　止匕乙
此地 HXFB　此致 HXGC
此时 HXJF　此外 HXQH
此处 HXTH　此刻 HXYN
次　UQWY③　冫⺈欠㇏
次数 UQOV　次要 UQSV
次序 UQYC
刺　GMIJ③　一冂小刂
　　SMJH98③　木冂刂丨
刺激 GMIR　刺刀 GMVN
赐　MJQR③　贝日勹彡
伺　WNGK③　亻乙一口
伺机 WNSM

cong

聪　BUKN　耳丷口心
聪明才智 BJFT　聪明 BUJE
囱　TLQI　丿口夕氵
从　WWY②　人人㇏
从而 WWDM　从事 WWGK
从来 WWGO　从此 WWHX
从容 WWPW　从前 WWUE
从命 WWWG　从今 WWWY
从容不迫 WPGR
匆　QRYI③　勹彡㇏氵
匆忙 QRNY　匆匆 QRQR
苁　AWWU　艹人人冫
枞　SWWY③　木人人㇏
葱　AQRN　艹勹彡心
骢　CTLN③　马丿口心
　　CGTN98　马一丿心
璁　GTLN③　王丿口心
丛　WWGF③　人人一二

丛刊 WWFJ　丛书 WWNN
丛林 WWSS
淙 IPFI 氵宀二小
琮 GPFI③ 王宀二小

cou

凑 UDWD③ 冫三人大
凑巧 UDAG　凑合 UDWG
楱 SDWD 木三人大
腠 EDWD③ 月三人大
辏 LDWD③ 车三人大

cu

粗 OEGG② 米目一一
粗暴 OEJA　粗心 OENY
粗糙 OEOT　粗鲁 OEQG
粗犷 OEQT　粗壮 OEUF
粗制滥造 ORIT　粗细 OEXL
徂 TEGG 彳目一一
殂 GQEG③ 一夕目一
促 WKHY③ 亻口龰㇏
促进派 WFIR　促成 WKDN
促进 WKFJ　促使 WKWG
猝 QTYF 犭丿亠十
酢 SGTF 西一𠂉二
蔟 AYTD③ 艹方𠂉大
醋 SGAJ③ 西一龷日
簇 TYTD③ 竹方𠂉大
蹙 DHIH 厂上小龰
蹴 KHYN 口止亠乙
KHYY98 口止亠丶

cuan

撺 RPWH 扌宀八丨
镩 QPWH③ 钅宀八丨
QPWH98 钅宀八丨
蹿 KHPH 口止宀丨
窜 PWKH③ 宀八口丨
篡 THDC 竹目大厶
爨 WFMO③ 亻二冂火
EMGO98 臼冂一火
汆 TYIU 丿丶水氵

cui

崔 MWYF③ 山亻圭二
催 WMWY③ 亻山亻圭
催款 WMFF　催还 WMGI
催眠 WMHN　催促 WMWK
催化剂 WWYJ
摧 RMWY③ 扌山亻圭
摧残 RMGQ　摧毁 RMVA
榱 SYKE③ 木亠口𧘇
璀 GMWY 王山亻圭
脆 EQDB③ 月⺈厂㔾
脆弱 EQXU
啐 KYWF③ 口亠人十
悴 NYWF 忄亠人十
淬 IYWF 氵亠人十
萃 AYWF③ 艹亠人十
毳 TFNN 丿二乙乙
EEEB98 毛毛毛《
瘁 UYWF③ 疒亠人十
粹 OYWF③ 米亠人十
翠 NYWF 羽亠人十
隹 WYG 亻圭一

cun

村 SFY② 木寸㇏
SFY98③ 木寸㇏
村子 SFBB　村办 SFLW
村长 SFTA　村庄 SFYF
皴 CWTC 厶八夂又
CWT98③ 厶八夂皮
存 DHBD③ 𠂇丨子三
存在 DHDH　存款 DHFF
存贮 DHMP　存折 DHRR
存档 DHSI　存根 DHSV
存货 DHWX　存储 DHWY
存放 DHYT　存储器 DWKK
忖 NFY 忄寸㇏
寸 FGHY 寸一丨丶

cuo

搓 RUDA③ 扌丷𠂇工
RUAG98 扌羊工一
磋 DUDA③ 石丷𠂇工
DUA98③ 石羊工一
磋商 DUUM
撮 RJBC③ 扌曰耳又
蹉 KHUA 口止丷工
嵯 MUDA③ 山丷𠂇工
MUA98③ 山羊工一
痤 UWWF③ 疒人人土
矬 TDWF③ 𠂉大人土
鹾 HLQA ⺊口㐅工
HLRA98 ⺊口㐅工
脞 EWWF③ 月人人土
厝 DAJD③ 厂龷日三
挫 RWWF③ 扌人人土
挫折 RWRR
措 RAJG③ 扌龷日一
措辞 RATD　措施 RAYT
锉 QWWF③ 钅人人土
错 QAJG③ 钅龷日一
错觉 QAIP　错误 QAYK
错综复杂 QXTV

da

搭 RAWK 扌艹人口

搭救 RAFI　搭配 RASG
哒　KDPY③　口大辶㇏
耷　DBF　大耳二
嗒　KAWK　口艹人口
褡　PUAK③　衤冫艹口
达　DPI②　大辶氵
达成 DPDN　达到 DPGC
妲　VJGG③　女日一一
怛　NJGG③　忄日一一
沓　IJF　水日二
笪　TJGF　⺮日一
答　TWGK②　⺮人一口
答案 TWPV　答复 TWTJ
答卷 TWUD　答辩 TWUY
答应 TWYI　答谢 TWYT
瘩　UAWK③　疒艹人口
靼　AFJG　廿串日一
鞑　AFDP　廿串大辶
打　RSH②　扌丁丨
打破 RSDH　打动 RSFC
打垮 RSFD　打击 RSFM
打开 RSGA　打听 RSKR
打架 RSLK　打赌 RSMF
打字 RSPB　打针 RSQF
打印 RSQG　打猎 RSQT
打捞 RSRA　打扫 RSRV
打扮 RSRW　打算 RSTH
打电话 RJYT　打印机 RQSM
打草惊蛇 RANJ　打抱不平 RRGG
打破沙锅问到底 RDIY
大　DDDD②　大大大大(键名)

dai

呆　KSU②　口木氵
呔　KDYY　口大丶㇏
歹　GQI　一夕氵
傣　WDWI③　亻三人水
代　WAY②　亻弋㇏
代码 WADC　代替 WAFW
代表 WAGE　代理 WAGJ
代管 WATP　代价 WAWW
岱　WAMJ　亻弋山刂
　WAYM98　亻七丶山
甙　AAFD　弋艹二三
　AFY98　七甘丶
绐　XCKG③　纟厶口一
迨　CKPD③　厶口辶三
带　GKPH③　一川冖丨
带动 GKFC　带来 GKGO
带鱼 GKQG　带头 GKUD
待　TFFY　彳土寸丶
待遇 TFJM　待业 TFOG
待业青年 TOGR　待续 TFXF
待人接物 TWRT　待查 TFSJ
怠　CKNU③　厶口心氵
怠慢 CKNJ
殆　GQCK③　一夕厶口
玳　GWAY③　王亻弋㇏
　GWAY98　王亻七丶
贷　WAMU③　亻弋贝氵
　WAYM98　亻七丶贝
埭　FVIY③　土彐水㇏
袋　WAYE　亻弋亠𧘇
袋子 WABB
逮　VIPI③　彐水辶氵
逮捕 VIRG
戴　FALW　十戈田八
黛　WALO③　亻弋罒灬
　WAYO98　亻七丶灬
骀　CCKG③　马厶口一
　CGCK98　马一厶口

dan

丹　MYD　冂亠三
单　UJFJ　丷日十刂
单元 UJFQ　单一 UJGG
单数 UJOV　单独 UJQT
单据 UJRN　单间 UJUJ
单位 UJWU　单价 UJWW
单纯 UJXG　单调 UJYM
单枪匹马 USAC　单刀直入 UVFT
担　RJGG③　扌日一一
担子 RJBB　担当 RJIV
担架 RJLK　担忧 RJND
担心 RJNY　担负 RJQM
担保 RJWK　担任 RJWT
眈　HPQN③　目冖儿乙
耽　BPQN③　耳冖儿乙
耽搁 BPRU　耽误 BPYK
郸　UJFB　丷日十阝
聃　BMFG　耳冂土一
殚　GQUF　一夕丷十
瘅　UUJF　疒丷日十
箪　TUJF　⺮丷日十
儋　WQDY③　亻⺈厂言
胆　EJGG③　月日一一
胆量 EJJG　胆略 EJLT
胆怯 EJNF　胆识 EJYK
胆固醇 ELSG
疸　UJGD③　疒日一三
掸　RUJF　扌丷日十
旦　JGF　日一二
但　WJGG③　亻日一一
但愿 WJDR
诞　YTHP　讠丿止廴
啖　KOOY　口火火㇏
弹　XUJF③　弓丷日十

弹药 XUAX　弹子 XUBB
弹奏 XUDW　弹琴 XUGG
弹力 XULT　弹性 XUNT
弹簧 XUTA　弹道 XUUT
惮 NUJF③ 忄丷日十
淡 IOOY② 氵火火㇏
淡薄 IOAI　淡淡 IOIO
淡季 IOTB　淡化 IOWX
萏 AQVF 艹⺈臼二
AQEF98③ 艹⺈臼二
蛋 NHJU③ 乙龰虫氵
蛋类 NHOD　蛋糕 NHOU
蛋白 NHRR　蛋白质 NRRF
氮 RNOO③ 𠂉乙火火
ROOI98③ 气火火氵
氮肥 RNEC
赕 MOOY③ 贝火火㇏

dang

当 IVF② 丷彐二
当面 IVDM　当地 IVFB
当时 IVJF　当心 IVNY
当初 IVPU　当然 IVQD
当仁不让 IWGY　当机立断 ISUO
当一天和尚撞一天钟 IGGQ
铛 QIVG③ 钅丷彐一
裆 PUIV 衤氵丷彐
挡 RIVG③ 扌丷彐一
党 IPKQ③ 丷冖口儿
IPKQ98② 丷冖口儿
党校 IPSU　党旗 IPYT
党中央 IKMD　党代表 IWGE
谠 YIPQ③ 讠丷冖儿
凼 IBK 水凵Ⅲ
宕 PDF 宀石二
砀 DNRT③ 石乙𠃌丿

荡 AINR③ 艹氵乙𠃌
荡漾 AIIU
档 SIVG② 木丷彐
档案 SIPV　档案室 SPPG
菪 APDF③ 艹宀石二

dao

刀 VNT② 刀乙丿
刀子 VNBB　刀具 VNHW
刀枪 VNSW
叨 KVN 口刀乙
KVT98 口刀丿
叨唠 KVKA
忉 NVN 忄刀乙
NVT98 忄刀丿
氘 RNJJ③ 𠂉乙刂刂
RJK98 气刂川
导 NFU② 巳寸氵
导致 NFGC　导演 NFIP
导游 NFIY　导师 NFJG
岛 QYNM 勹丶乙山
QMK98 鸟山川
岛屿 QYMG
倒 WGCJ③ 亻一厶刂
倒台 WGCK　倒塌 WGFJ
倒霉 WGFT　倒流 WGIY
倒闭 WGUF　倒退 WGVE
捣 RQYM 扌勹丶山
RQMH98③ 扌鸟山丨
捣蛋 RQNH　捣鬼 RQRQ
捣乱 RQTD　捣毁 RQVA
祷 PYDF③ 礻丶三寸
蹈 KHEV 口止爫臼
KHEE98 口止爫臼
到 GCFJ② 一厶土刂
到期 GCAD　到达 GCDP

到此为止 GHYH　到底 GCYQ
悼 NHJH 忄⺊早丨
悼词 NHYN
焘 DTFO 三丿寸灬
盗 UQWL 冫勹人皿
盗窃案 UPPV　盗窃犯 UPQT
盗用 UQET　盗卖 UQFN
盗贼 UQMA　盗窃 UQPW
道 UTHP 䒑丿目辶
道理 UTGJ　道路 UTKH
道德 UTTF　道歉 UTUV
道貌岸然 UEMQ　道听途说 UKWY
稻 TEVG③ 禾爫臼一
TEEG98 禾爫臼一
稻草 TEAJ　稻田 TELL
稻米 TEOY　稻谷 TEWW
纛 GXFI③ 龶母十小
GXHI98 龶母且小

de

得 TJGF② 彳日一寸
得当 TJIV　得罪 TJLD
得失 TJRW　得意 TJUJ
得心应手 TNYR　得意忘形 TUYG
得过且过 TFEF　得寸进尺 TFFN
锝 QJGF 钅日一寸
德 TFLN③ 彳十罒心
德国 TFLG　德语 TFYG

deng

登 WGKU 癶一口䒑
登陆 WGBF　登山 WGMM
登报 WGRB　登录 WGVI
登峰造极 WMTS　登记 WGYN
灯 OSH② 火丁丨
灯具 OSHW　灯光 OSIQ

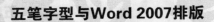

灯泡 OSIQ　灯笼 OSTD
噔　KWGU　口癶一䒑
簦　TWGU　⺮癶一䒑
蹬　KHWU　口止癶䒑
等　TFFU　⺮土寸冫
等到 TFGC　等于 TFGF
等待 TFTF　等候 TFWH
等价 TFWW　等级 TFXE
戥　JTGA　日丿龶戈
邓　CBH②　又阝丨
邓小平 CIGU
凳　WGKM　癶一口几
　WGKW98　癶一口几
嶝　MWGU　山癶一䒑
瞪　HWGU③　目癶一䒑
磴　DWGU　石癶一䒑
镫　QWGU　钅癶一䒑

di

低　WQAY③　亻𠂆七丶
低落 WQAI　低能 WQCE
低压 WQDF　低潮 WQIF
低温 WQIJ　低沉 WQIP
低价 WQWW　低级 WQXE
羝　UDQY③　丷手𠂆丶
　UQAY98③　羊𠂆七丶
堤　FJGH　土日一龰
堤坝 FJFM
嘀　KUMD③　口立冂古
　KYUD98　口亠丷古
嘀咕 KUKD
滴　IUMD③　氵立冂古
　IYUD98　氵亠丷古
镝　QUMD③　钅立冂古
　QYUD98　钅亠丷古
狄　QTOY　犭丿火㇏
　QTOY98③　犭丿火㇏
籴　TYOU③　丿㇏米冫
的　RQY③　白勹丶
的确 RQDQ　的士 RQFG
迪　MPD③　由辶三
　MPD98②　由辶三
迪斯科 MATU
敌　TDTY③　丿古攵㇏
敌对 TDCF　敌国 TDLG
敌情 TDNG　敌军 TDPL
敌视 TDPY　敌人 TDUD
涤　ITSY③　氵夂木丶
涤纶 ITXW
荻　AQTO　艹犭丿火
笛　TMF　⺮由二
觌　FNUQ　十乙冫儿
嫡　VUMD③　女立冂古
　VYUD98③　女亠丷古
嫡系 VUTX
氐　QAYI③　𠂆七丶氵
诋　YQAY　讠𠂆七丶
　YQAY98③　讠𠂆七丶
邸　QAYB　𠂆七丶阝
　QAYB98③　𠂆七丶阝
坻　FQAY③　土𠂆七丶
底　YQAY③　广𠂆七丶
　OQAY98③　广𠂆七丶
底版 YQTH　底片 YQTH
底稿 YQTY　底细 YQXL
抵　RQAY③　扌𠂆七丶
抵达 RQDP　抵赖 RQGK
抵消 RQII　抵触 RQQE
抵挡 RQRI　抵押 RQRL
抵抗 RQRY　抵债 RQWG
柢　SQAY③　木𠂆七丶
砥　DQAY　石𠂆七丶
　DQAY98③　石𠂆七丶
骶　MEQY　冎月𠂆丶
　MEQY98③　冎月𠂆丶
地　FBN②　土也乙
　FBN98　土也乙
地区 FBAQ　地震 FBFD
地址 FBFH　地球 FBGF
地理 FBGJ　地步 FBHI
地点 FBHK　地图 FBLT
地位 FBWU　地方 FBYY
地大物博 FDTF
弟　UXHT③　丷弓丨丿
弟兄 UXKQ　弟弟 UXUX
弟妹 UXVF
帝　UPMH③　立冖冂丨
　YUPH98　亠丷冖丨
帝王将相 UGUS　帝国 UPLG
帝国主义 ULYY　帝王 UPGG
娣　VUXT③　女丷弓丿
递　UXHP　丷弓丨辶
递增 UXFU　递补 UXPU
递交 UXUQ
第　TXHT②　⺮弓丨丿
　TXHT98③　⺮弓丨丿
第二 TXFG　第三 TXDG
第三者 TDFT　第一流 TGIY
谛　YUPH　讠立冖丨
　YYUH98　讠亠丷丨
棣　SVIY③　木彐水㇏
睇　HUXT　目丷弓丿
　HUXT98③　目丷弓丿
缔　XUPH③　纟立冖丨
　XYUH98③　纟亠丷丨
蒂　AUPH③　艹立冖丨

AYUH98③ 艹亠丷丨

碲 DUPH 石立冖丨

DYUH98 石亠丷丨

dia

嗲 KWQQ③ 口八乂夕

KWRQ③ 口八乂夕

dian

颠 FHWM 十且八贝

颠覆 FHST 颠簸 FHTA

颠倒 FHWG

掂 RYHK③ 扌广⺊口

ROHK98③ 扌广⺊口

滇 IFHW 氵十且八

巅 MFHM 山十且贝

MFHM98③ 山十且贝

癫 UFHM 疒十且贝

UFHM98③ 疒十且贝

典 MAWU③ 冂艹八丷

典范 MAAI 典型 MAGA

典礼 MAPY

点 HKOU③ ⺊口灬丷

点心 HKNY 点燃 HKOQ

点头 HKUD 点缀 HKXC

碘 DMAW③ 石冂艹八

踮 KHYK 口止广口

KHOK98 口止广口

电 JNV② 日乙巛

电台 JNCK 电压 JNDF

电脑 JNEY 电池 JNIB

电源 JNID 电影 JNJY

电灯 JNOS 电视 JNPY

电讯 JNYN 电扇 JNYN

电话 JNYT 电视剧 JPND

电子技术 JBRS 电话号码 JYKD

佃 WLG② 亻田一

WLG98② 亻田一

甸 QLD② 勹田三

阽 BHKG 阝⺊口一

贴切 MHAV 贴近 MHRP

坫 FHKG 土⺊口一

FHKG98③ 土⺊口一

店 YHKD③ 广⺊口三

OHKD98 广⺊口三

店员 YHKM 店铺 YHQG

垫 RVYF 扌九丶土

垫付 RVWF

玷 GHKG③ 王⺊口一

钿 QLG 钅田一

惦 NYHK③ 忄广⺊口

NOHK98③ 忄广⺊口

惦记 NYYN

淀 IPGH 氵宀一龰

奠 USGD 丷西一大

奠基 USAD 奠定 USPG

殿 NAWC③ 尸廿八又

靛 GEPH③ 龶月宀龰

癜 UNAC③ 疒尸艹又

簟 TSJJ③ 竹西早刂

diao

刁 NGD 乙一三

刁难 NGCW

叼 KNGG③ 口乙一一

调 YMFK③ 讠冂土口

调节 YMAB 调戏 YMCA

调用 YMET 调动 YMFC

调理 YMGJ 调整 YMGK

调配 YMSG 调查 YMSJ

调虎离山 YHYM 调兵遣将 YRKU

貂 EEVK③ 豸刀口一

EVKG98 豸刀口一

貂皮 EEHC

碉 DMFK③ 石冂土口

碉堡 DMWK

雕 MFKY 冂土口隹

雕塑 MFUB 雕像 MFWQ

雕虫小技 MJIR 雕刻 MFYN

鲷 QGMK③ 鱼一冂口

吊 KMHJ③ 口冂丨刂

吊唁 KMKY

钓 QQYY 钅勹丶丶

钓鱼台 QQCK

掉 RHJH③ 扌⺊早丨

掉以轻心 RNLN

锦 QKMH 钅口冂丨

铫 QIQN③ 钅乂儿

QQI98③ 钅儿乂丶

die

爹 WQQQ 八乂夕夕

WRQQ98 八乂夕夕

爹妈 WQVC

跌 KHRW③ 口止𠂉人

KHTG98 口止丿夫

迭 RWPI③ 𠂉人辶氵

TGPI98 丿夫辶氵

垤 FGCF③ 土一厶土

瓞 RCYW 𠂆厶㇏人

RCYG98 𠂆厶㇏夫

谍 YANS③ 讠廿乙木

喋 KANS 口廿乙木

堞 FANS③ 土廿乙木

揲 RANS 扌廿乙木

耋 FTXF 土丿匕土

叠 CCCG 又又又一

牒 THGS 丿丨一木

碟 DANS③ 石廿乙木
蝶 JANS③ 虫廿乙木
蝶恋花 JYAW
蹀 KHAS 口止廿木
鲽 QGAS③ 鱼一廿木
QGAS98 鱼一廿木

ding

丁 SGH 丁一丨
仃 WSH 亻丁丨
叮 KSH 口丁丨
叮嘱 KSKN 叮咛 KSKP
玎 GSH 王丁丨
疔 USK 疒丁川
盯 HSH② 目丁丨
钉 QSH② 钅丁丨
钉子 QSBB
耵 BSH 耳丁丨
酊 SGSH③ 西一丁丨
顶 SDMY③ 丁丆贝、
顶替 SDFW 顶点 SDHK
顶峰 SDMT
鼎 HNDN③ 目乙丆乙
订 YSH② 讠丁丨
订货 YSWX 订单 YSUJ
订阅 YSUU 订婚 YSVQ
定 PGHU② 宀一止丬
PGHU98③ 宀一止丬
定期 PGAD 定型 PGGA
定于 PGGF 定理 PGGJ
定时 PGJF 定居 PGND
定局 PGNN 定性 PGNT
定额 PGPT 定向 PGTM
定律 PGTV 定稿 PGTY
定单 PGUJ 定产 PGUT
定位 PGWU 定价 PGWW
啶 KPGH 口宀一止
腚 EPGH③ 月宀一止
碇 DPGH 石宀一止
锭 QPGH② 钅宀一止
町 LSH 田丁丨

diu

丢 TFCU③ 丿土厶丬
丢卒保车 TYWL 丢失 TFRW
铥 QTFC 钅丿土厶

dong

东 AII② 七小丬
东欧 AIAQ 东面 AIDM
东南 AIFM 东边 AILP
东风 AIMQ 东西 AISG
东部 AIUK 东北 AIUX
东京 AIYI 东方 AIYY
东南亚 AFGO 东南风 AFMQ
东西方 ASYY 东半球 AUGF
东山再起 AMGF 东道主 AUYY
东施效颦 AYUH 东北风 AUMQ
冬 TUU 夂丬丬
TUU98② 夂丬丬
冬天 TUGD 冬眠 TUHN
冬瓜 TURC 冬季 TUTB
咚 KTUY 口夂丬、
岽 MAIU③ 山七小丬
氡 RNTU 𠂉乙夂丬
RTUI98 气夂丬丬
鸫 AIQG③ 七小勹一
董 ATGF③ 艹丿一土
董事长 TGTA 董事会 AGWF
懂 NATF③ 忄艹丿土
懂事 NAGK 懂得 NATJ
动 FCLN③ 二厶力乙
FCET98 二厶力丿
动工 FCAA 动荡 FCAI
动态 FCDY 动脉 FCEY
动静 FCGE 动员 FCKM
动听 FCKR 动力 FCLT
动摇 FCRE 动手 FCRT
动机 FCSM 动身 FCTM
动物 FCTR 动作 FCWT
冻 UAIY③ 冫七小、
冻结 UAXF
侗 WMGK 亻冂一口
WMGK98③ 亻冂一口
垌 FMGK③ 土冂一口
峒 MMGK 山冂一口
恫 NMGK③ 忄冂一口
栋 SAIY③ 木七小、
栋梁 SAIV
洞 IMGK 氵冂一口
洞庭湖 IYID
胨 EAIY③ 月七小、
胴 EMGK③ 月冂一口
硐 DMGK③ 石冂一口

dou

兜 QRNQ 𠂆白コ儿
RQNQ98 白𠂆コ儿
都 FTJB 土丿日阝
都有 FTDE 都城 FTFD
都督 FTHI 都要 FTSV
都市 FTYM
蔸 AQRQ 艹𠂆白儿
ARQQ98 艹白𠂆儿
篼 TQRQ 𥫗𠂆白儿
TRQQ98 𥫗白𠂆儿
斗 UFK 丬十川
UFK98② 丬十川

斗志 UFFN　斗争 UFQV
斗志昂扬 UFJR
抖　RUFH 扌冫十丨抖
　RUFH98③ 扌冫十丨
抖动 RUFC
钭　QUFH③ 钅冫十丨
陡　BFHY③ 阝土止乀
蚪　JUFH 虫冫十丨
豆　GKUF③ 一口丷二
豆子 GKBB　豆腐 GKYW
豆制品 GRKK
逗　GKUP 一口丷辶
逗号 GKKG　逗留 GKQY
痘　UGKU 疒一口丷
窦　PWFD 宀十乙大

du

督　HICH ⺊小又目
督促 HIWK
嘟　KFTB 口土丿阝
毒　GXGU 龶母一冫
　GXU98 龶母冫
毒草 GXAJ　毒素 GXGX
毒性 GXNT　毒害 GXPD
毒辣 GXUG
读　YFND③ 讠十乙大
读者 YFFT　读书 YFNN
读报 YFRB　读物 YFTR
读者论坛 YFYF　读音 YFUJ
渎　IFND 氵十乙大
椟　SFND③ 木十乙大
牍　THGD 丿丨一大
犊　TRFD 丿扌十大
　CFND98③ 牛十乙大
黩　LFOD 罒土灬大
髑　MELJ③ 冎月罒虫

独　QTJY③ 犭丿虫丶
独裁 QTFA　独白 QTRR
独立自主 QUTY　独创 QTWB
独占鳌头 QHGU　独立 QTUU
独断专行 QOFT　独特 QTTR
独树一帜 QSGM　独自 QTTH
笃　TCF ⺮马二
　TCGF98③ ⺮马一二
　FFTJ③ 土土丿日
堵塞 FFPF
赌　MFTJ 贝土丿日
赌博 MFFG　赌徒 MFTF
睹　HFTJ③ 目土丿日
芏　AFF 艹土二
妒　VYNT 女丶尸丿
妒忌 VYNN
杜　SFG 木土一
杜甫 SFGE　杜鹃 SFKE
杜绝 SFXQ
肚　EFG 月土一
　EFG98② 月土一
肚子 EFBB　肚皮 EFHC
度　YACI② 广廿又氵
　OAC98 广廿又
度过 YAFP　度数 YAOV
渡　IYAC③ 氵广廿又
　IOAC98③ 氵广廿又
渡过 IYFP　渡江 IYIA
渡河 IYIS　渡海 IYIT
渡口 IYKK　渡假 IYWN
镀　QYAC③ 钅广廿又
　QOAC98③ 钅广廿又
蠹　GKHJ 一口丨虫

duan

端　UMDJ 立山𠂆刂
　UMDJ98② 立山𠂆刂
端正 UMGH　端详 UMYU
短　TDGU③ 𠂉大一丷
短工 TDAA　短期 TDAD
短波 TDIH　短路 TDKH
短暂 TDLR　短促 TDWK
短评 TDYG　短文 TDYY
短小精悍 TION
段　WDMC③ 亻三几又
　THDC98 丿丨三又
段落 WDAI
断　ONRH② 米乙斤丨
断定 ONPG　断然 ONQD
断断续续 OOXX　断绝 ONXQ
断章取义 OUBY　断送 ONUD
缎　XWDC③ 纟亻三又
　XTHC98③ 纟丿丨又
椴　SWDC③ 木亻三又
　STHC98 木丿丨又
煅　OWDC③ 火亻三又
　OTHC98 火丿丨又
锻　QWDC③ 钅亻三又
　QTHC98③ 钅丿丨又
锻炼 QWOA　锻造 QWTF
簖　TONR ⺮米乙斤

dui

堆　FWYG③ 土亻圭一
堆栈 FWSG
队　BWY② 阝人乀
队形 BWGA　队列 BWGQ
队员 BWKM　队长 BWTA
队伍 BWWG
对　CFY② 又寸丶
对联 CFBU　对面 CFDM
对于 CFGF　对流 CFIY

对照 CFJV　对岸 CFMD
对象 CFQJ　对换 CFRQ
对手 CFRT　对抗 CFRY
对待 CFTF　对策 CFTG
对称 CFTQ　对立 CFUU
对门 CFUY　对付 CFWF
对外开放 CQGY　对比 CFXX
对外贸易 CQQJ　对话 CFYT
对牛弹琴 CRXG　对症下药 CUGA
兑　UKQB　丷口儿巜
兑现 UKGM　兑换 UKRQ
怼　CFNU③　又寸心氵
碓　DWYG　石亻主一
憝　YBTN　亠子攵心
镦　QYBT③　钅亠子攵

dun

吨　KGBN③　口一凵乙
吨位 KGWU
敦　YBTY③　亠子攵㇏
敦促 YBWK
墩　FYBT③　土亠子攵
礅　DYBT③　石亠子攵
蹲　KHUF　口止丷寸
盹　HGBN③　目一凵乙
趸　DNKH③　丆乙口止
　GQKH98③　一勹口止
沌　IGBN③　氵一凵乙
炖　OGBN　火一凵乙
盾　RFHD③　厂十目三
砘　DGBN③　石一凵乙
钝　QGBN　钅一凵乙
顿　GBNM　一凵乙贝
顿时 GBJF　顿号 GBKG
遁　RFHP　厂十目辶
遁词 RFYN

duo

多　QQU②　夕夕氵
多彩 QQES　多少 QQIT
多数 QQOV　多么 QQTC
多种 QQTK　多半 QQUF
多次 QQUQ　多余 QQWT
多愁善感 QTUD　多种经营 QTXA
多才多艺 QFQA　多此一举 QHGI
多多益善 QQUU　多种多样 QTQS
咄　KBMH③　口凵山丨
咄咄怪事 KKNG
哆　KQQY③　口夕夕丶
哆嗦 KQKF
裰　PUCC　衤冫又又
夺　DFU②　大寸氵
夺取 DFBC　夺冠 DFPF
夺权 DFSC　夺标 DFSF
铎　QCFH③　钅又二丨
　QCGH98③　钅又キ丨
掇　RCCC③　扌又又又
踱　KHYC　口止广又
　KHOC98　口止广又
朵　MSU②　几木氵
　WSU98　几木氵
哚　KMSY③　口几木㇏
　KWSY98　口几木㇏
垛　FMSY③　土几木㇏
　FWSY98③　土几木㇏
缍　XTGF③　纟丿一土
躲　TMDS　丿冂三木
躲藏 TMAD　躲避 TMNK
剁　MSJH③　几木刂丨
　WSJH98③　几木刂丨
沲　ITBN③　氵𠂉也乙
堕　BDEF　阝𠂇月土
堕落 BDAI　堕胎 BDEC
堕入 BDTY
舵　TEPX　丿舟宀匕
　TUPX98③　丿舟宀匕
惰　NDAE③　忄𠂇工月
跺　KHMS③　口止几木
　KHWS98　口止几木
柁　SPXN③　木宀匕乙

e

屙　NBSK③　尸阝丁口
讹　YWXN　讠亻匕乙
讹诈 YWYT
俄　WTRT③　亻丿扌丿
　WTRY98③　亻丿扌丶
俄罗斯 WLAD　俄国 WTLG
俄语 WTYG　俄文 WTYY
娥　VTRT③　女丿扌丿
　VTRY98③　女丿扌丶
峨　MTRT③　山丿扌丿
　MTRY98③　山丿扌丶
峨眉山 MNMM
莪　ATRT③　艹丿扌丿
　ATRY98③　艹丿扌丶
锇　QTRT　钅丿扌丿
　QTRY98　钅丿扌丶
鹅　TRNG　丿扌乙一
蛾　JTRT③　虫丿扌丿
　JTRY98③　虫丿扌丶
额　PTKM　宀夂口贝
额定 PTPG　额外 PTQH
额头 PTUD
婀　VBSK③　女阝丁口
厄　DBV　厂㔾巛
呃　KDBN③　口厂㔾乙
扼　RDBN③　扌厂㔾乙

扼杀 RDQS　扼要 RDSV
苊　ADBB③　艹厂㔾巛
轭　LDBN③　车厂㔾乙
垩　GOGF　一业一土
　GOFF98③　一业土二
恶　GOGN　一业一心
　GONU98③　一业心丷
恶习 GONU　恶霸 GOFA
恶毒 GOGX　恶劣 GOIT
恶果 GOJS　恶意 GOUJ
恶性循环 GNTG　恶化 GOWX
饿　QNTT③　勹乙丿丿
　QNTY98　勹乙丿、
谔　YKKN　讠口口乙
鄂　KKFB　口口二阝
愕　NKKN③　忄口口乙
萼　AKKN　艹口口乙
遏　JQWP　日勹人辶
　JQWP98③　日勹人辶
腭　EKKN③　月口口乙
锷　QKKN　钅口口乙
鹗　KKFG　口口二一
颚　KKFM　口口二贝
噩　GKKK　王口口口
鳄　QGKN　鱼一口乙
　QGKN98③　鱼一口乙

ei

诶　YCTD③　讠厶𠂉大

en

恩　LDNU③　口大心丷
恩爱 LDEP　恩赐 LDMJ
恩情 LDNG　恩怨 LDQN
蒽　ALDN　艹口大心
摁　RLDN③　扌口大心
　RLDN98　扌口大心

er

儿　QTN②　儿丿乙
儿子 QTBB　儿女 QTVV
儿童节 QUAB　儿媳妇 QVVV
而　DMJJ③　丆冂丨丨
　DMJJ98②　丆冂丨丨
而且 DMEG　而后 DMRG
鸸　DMJG　丆冂丨一
鲕　QGDJ　鱼一丆丨
尔　QIU　勹小丷
　QIU98②　勹小丷
耳　BGHG③　耳一丨一
耳环 BGGG　耳目 BGHH
耳朵 BGMS　耳机 BGSM
耳闻 BGUB　耳语 BGYG
迩　QIPI③　勹小辶丷
洱　IBG　氵耳一
饵　QNBG　𠂊乙耳一
珥　GBG　王耳一
铒　QBG　钅耳一
二　FGG②　二一一
　FGG98　二一一
二月 FGEE　二进制 FFRM
二氧化碳 FRWD　二把手 FRRT
贰　AFMI③　弋二贝丷
　AFMY98③　七二贝、

fa

发　NTCY③　乙丿又㇏
发布 NTDM　发达 NTDP
发表 NTGE　发现 NTGM
发泄 NTIA　发源 NTID
发觉 NTIP　发明 NTJE
发财 NTMF　发展 NANA
发愤 NTNF　发烧 NAOA
发火 NTOO　发扬 NTRN
发挥 NTRP　发誓 NTRR
发抖 NTRU　发热 NTRV
发票 NTSF　发酵 NTSG
发行 NTTF　发生 NTTG
发射 NTTM　发疯 NTUM
发作 NTWT　发货 NTWX
发育 NTYC　发言 NTYY
发人深省 NWII　发达国家 NDLP
发奋图强 VDLX　发扬光大 NRID
发明创造 NJWT　发号施令 VKYW
发展中国家 NNKP
乏　TPI　丿之丷
　TPU98②　丿之丷
伐　WAT　丿戈丿
　WAY98　亻戈、
垡　WAFF　亻戈土二
罚　LYJJ②　罒讠刂丨
罚款 LYFF
阀　UWAE③　门亻戈彡
　UWAI98③　门亻戈丷
筏　TWAR③　⺮亻戈彡
　TWAU98③　⺮亻戈丷
法　IFCY②　氵土厶、
　IFCY98③　氵土厶、
法院 IFBP　法规 IFFW
法治 IFIC　法国 IFLG
砝　DFCY　石土厶、
珐　GFCY③　王土厶、

fan

帆　MHMY③　冂丨几、
　MHWY98③　冂丨几、
帆船 MHTE
番　TOLF③　丿米田二

番茄 TOAL

幡 MHTL 冂丨丿田

翻 TOLN 丿米田羽

翻腾 TOEU 翻滚 TOIU

翻案 TOPV 翻版 TOTH

翻身 TOTM 翻新 TOUS

翻天覆地 TGSF 翻译 TOYC

翻江倒海 TIWI 翻阅 TOUU

藩 AITL 艹氵丿田

凡 MYI② 几、氵

WYI98 几、氵

凡事 MYGK 凡是 MYJG

凡例 MYWG

矾 DMYY③ 石几、、

DWYY98③ 石几、、

钒 QMYY 钅几、、

QWYY98 钅几、、

烦 ODMY③ 火𠂇贝、

烦琐 ODGI 烦躁 ODKH

烦恼 ODNY 烦闷 ODUN

樊 SQQD 木㐅㐅大

SRRD98 木㐅㐅大

蕃 ATOL③ 艹丿米田

燔 OTOL③ 火丿米田

繁 TXGI 𠂉母 一小

TXTI98 母攵小

繁荣 TXAP 繁忙 TXNY

繁多 TXQQ 繁重 TXTG

繁荣昌盛 TAJD 繁杂 TXVS

繁荣富强 TAPX 繁华 TXWX

蹯 KHTL 口目丿田

蘩 ATXI 艹𠂉母小

反 RCI② 厂又氵

反攻 RCAT 反对 RCCF

反驳 RCCQ 反感 RCDG

反而 RCDM 反面 RCDM

反动 RCFC 反击 RCFM

反正 RCGH 反常 RCIP

反省 RCIT 反映 RCJM

反响 RCKT 反思 RCLN

反悔 RCNT 反之 RCPP

反馈 RCQN 反抗 RCRY

反复 RCTJ 反向 RCTM

反叛 RCUD 反比 RCXX

反作用 RWET 反比例 RXWG

反复无常 RTFI

返 RCPI③ 厂又辶氵

返回 RCLK 返乡 RCXT

返航 RCTE 返修 RCWH

返老还童 RFGU

犯 QTBN③ 犭丿㔾

犯规 QTFW 犯法 QTIF

犯罪 QTLD 犯病 QTUG

犯人 QTWW 犯错误 QQYK

泛 ITPY③ 氵丿之㇏

泛滥 ITIJ

饭 QNRC③ 勹乙厂又

饭菜 QNAE 饭碗 QNDP

饭厅 QNDS 饭后 QNRG

饭前 QNUE 饭店 QNYH

范 AIBB③ 艹氵㔾巛

范畴 AILD 范围 AILF

范例 AIWG

贩 MRCY② 贝厂又㇏

MRCY98③ 贝厂又㇏

贩运 MRFC 贩卖 MRFN

畈 LRCY③ 田厂又㇏

梵 SSMY③ 木木几、

SSWY98③ 木木几、

fang

方 YYGN② 方、一乙

方式 YYAA 方面 YYDM

方法 YYIF 方位 YYWU

方案 YYPV 方针 YYQF

方向 YYTM 方便 YYWG

方括号 YRKG 方框图 YSLT

方向盘 YTTE 方便面 YWDM

方针政策 YQGT

邡 YBH 方阝丨

坊 FYN 土方乙

FYT98② 土方丿

芳 AYB② 艹方巛

AYR98② 艹方彡

芳菲 AYAD 芳龄 AYHW

芳香 AYTJ

枋 SYN 木方乙

SYT98 木方丿

钫 QYN 钅方乙

QYT98 钅方丿

防 BYN② 阝方乙

BYT98 阝方丿

防范 BYAI 防震 BYFD

防止 BYHH 防洪 BYIA

防治 BYIC 防潮 BYIF

防汛 BYIN 防火 BYOO

防守 BYPF 防空 BYPW

防护 BYRY 防备 BYTL

防御 BYTR 防病 BYUG

防疫 BYUM 防盗 BYUQ

防线 BYXG 防弹 BYXU

妨 VYN② 女方乙

VYT98② 女方丿

妨碍 VYDJ 妨害 VYPD

房 YNYV③ 、尸方巛

房东 YNAI　房子 YNBB
房屋 YNNG　房客 YNPT
房租 YNTE　房间 YNUJ
房产 YNUT　房租费 YTXJ
房产科 YUTU　房地产 YFUT
肪　EYN　月方乙
　EYT98②　月方丿
鲂　QGYN　鱼一方乙
　QGYT98　鱼一方丿
仿　WYN　亻方乙
　WYT98　亻方丿
仿制 WYRM　仿佛 WYWX
访　YYN　讠方乙
　YYT98　讠方丿
访华团 YWLF　访问 YYUK
纺　XYN②　纟方乙
　XYT98②　纟方丿
纺织厂 XXDG　纺织品 XXKK
纺纱 XYXI　纺织 XYXK
舫　TEYN　丿舟方乙
　TUYT98　丿舟方丿
放　YTY②　方攵㇏
放荡 YTAI　放大 YTDD
放肆 YTDV　放开 YTGA
放学 YTIP　放映 YTJM
放电 YTJN　放置 YTLF
放心 YTNY　放火 YTOO
放炮 YTOQ　放宽 YTPA
放手 YTRT　放松 YTSW
放射 YTTM　放牧 YTTR
放假 YTWN　放纵 YTXW
放弃 YTYC　放空 YTPW
放任自流 YWTI

fei

飞　NUI　乙氵氵
飞奔 NUDF　飞速 NUGK
飞跃 NUKH　飞快 NUNN
飞舞 NURL　飞机 NUSM
飞船 NUTE　飞翔 NUUD
飞黄腾达 NAED　飞扬跋扈 NRKY
妃　VNN　女巳乙
非　DJDD③　三刂三三
　HDHD98　丨三丨三
非法 DJIF　非常 DJIP
非洲 DJIY　非凡 DJMY
非同小可 DMIS
啡　KDJD③　口三刂三
　KHDD98　口丨三三
绯　XDJD　纟三刂三
　XHDD98　纟丨三三
菲　ADJD③　艹三刂三
　AHDD98　艹丨三三
菲律宾 ATPR
扉　YNDD　丶尸三三
　YNHD98　丶尸丨三
蜚　DJDJ　三刂三虫
　HDHJ98　丨三丨虫
霏　FDJD　雨三刂三
　FHDD98　雨丨三三
鲱　QGDD　鱼一三三
　QGHD98　鱼一丨三
肥　ECN②　月巴乙
肥大 ECDD　肥厚 ECDJ
肥胖 ECEU　肥沃 ECIT
肥肉 ECMW　肥料 ECOU
肥猪 ECQT　肥皂 ECRA
淝　IECN③　氵月巴乙
腓　EDJD③　月三刂三
　EHDD98　月丨三三
匪　ADJD　匚三刂三
　AHDD98　匚丨三三
诽　YDJD③　讠三刂三
　YHDD98　讠丨三三
诽谤 YDYU
悱　NDJD　忄三刂三
　NHDD98　忄丨三三
斐　DJDY　三刂三文
　HDHY98　丨三丨文
榧　SADD　木匚三三
　SAHD98　木匚丨三
翡　DJDN　三刂三羽
　HDHN98　丨三丨羽
篚　TADD　⺮匚三三
　TAHD98　⺮匚丨三
吠　KDY　口犬丶
废　YNTY　广乙丿丶
　ONTY98　广乙丿丶
废除 YNBW　废品 YNKK
废料 YNOU　废弃 YNYC
废气 YNRN　废物 YNTR
废纸 YNXQ　废话 YNYT
废寝忘食 YPYW
沸　IXJH③　氵弓刂
沸腾 IXEU
狒　QTXJ③　犭丿弓刂
　QTXJ98　犭丿弓刂
肺　EGMH③　月一冂丨
肺病 EGUG　肺部 EGUK
费　XJMU③　弓刂贝氵
费用 XJET　费话 XJYT
费尽心机 XNNS
痱　UDJD　疒三刂三
　UHDD98　疒丨三三
镄　QXJM③　钅弓刂贝
芾　AGMH③　艹一冂丨

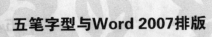

fen

分 WVB② 八刀《
分工 WVAA 分期 WVAD
分散 WVAE 分子 WVBB
分队 WVBW 分厂 WVDG
分寸 WVFG 分裂 WVGQ
分歧 WVHF 分清 WVIG
分泌 WVIN 分明 WVJE
分别 WVKL 分界 WVLW
分贝 WVMH 分类 WVOD
分数 WVOV 分割 WVPD
分解 WVQE 分担 WVRJ
分配 WVSG 分析 WVSR
分部 WVUK 分辨 WVUY
分化 WVWX 分离 WVYB
分店 WVYH 分辩率 WUYX
分秒必争 WTNQ 分道扬镳 WURQ
吩 KWVN③ 口八刀乙
KWVT98 口八刀丿
吩咐 KWKW
纷 XWVN③ 纟八刀乙
纷纷 XWXW 纷纭 XWXF
芬 AWVB③ 艹八刀《
AWVR98 艹八刀彡
芬芳 AWAY
氛 RNWV③ 𠂉乙八刀
RWV98 气八刀
酚 SGWV③ 西一分刀
坟 FYY② 土文㇏
FYY98 土文㇏
坟墓 FYAJ
汾 IWVN③ 氵分刀乙
棼 SSWV③ 木木八刀
焚 SSOU③ 木木火丷
SSOU98 木木火丷
焚烧 SSOA 焚毁 SSVA
鼢 VNUV 臼乙丷刀
ENUV98 臼乙丷刀
粉 OWVN② 米八刀乙
OWVT98③ 米八刀丿
粉刷 OWNM 粉笔 OWTT
粉身碎骨 OTDM 粉碎 OWDY
份 WWVN③ 亻八刀乙
WWVT98 亻八刀丿
奋 DLF 大田二
奋勇 DLCE 奋斗 DLUF
奋发图强 DNLX 奋战 DLHK
奋不顾身 DGDT 奋力 DLLT
忿 WVNU 八刀心丷
忿恨 WVNM
偾 WFAM③ 亻十卄贝
愤 NFAM③ 忄十卄贝
愤愤 NFNF 愤恨 NFNV
愤慨 NFNV 愤怒 NFVC
粪 OAWU 米卄八丷
粪便 OAWG
鲼 QGFM 鱼一十贝
瀵 IOLW③ 氵米田八

feng

风 MQI② 几㐅丷
WR98② 几㐅
风险 MQBW 风骚 MQCC
风采 MQES 风云 MQFC
风雨 MQFG 风趣 MQFH
风声 MQFN 风霜 MQFS
风尘 MQIF 风波 MQIH
风沙 MQII 风湿 MQIJ
风尚 MQIM 风光 MQIQ
风流 MQIY 风暴 MQJA
风景 MQJY 风味 MQKF
风格 MQST 风行 MQTF
风华正茂 MWGA 风韵 MQUJ
风调雨顺 MYFK 风度 MQYA
风起云涌 MFFI 风扇 MQYN
风雨同舟 MFMT 风行 MQTF
风尘仆仆 MIWW 风湿病 MIUG
风吹草动 MKAF 风景区 MJAQ
风马牛不相及 MCRE
丰 DHK② 三丨〢
DHK98③ 三丨〢
丰厚 DHDJ 丰碑 DHDR
丰采 DHES 丰满 DHIA
丰收 DHNH 丰富 DHPG
丰富多彩 DPQE 丰产 DHUT
丰衣足食 DYKW 丰姿 DHUQ
沣 IDHH③ 氵三丨丨
枫 SMQY③ 木几㐅㇏
SWRY98 木几㐅㇏
枫叶 SMKF
封 FFFY 土土寸丶
封存 FFDH 封面 FFDM
封锁 FFQI 封闭 FFUF
封建 FFVF 封底 FFYQ
封建主义 FVYY
疯 UMQI③ 疒几㐅丷
UWRI98 疒几㐅丷
疯狂 UMQT 疯人院 UWBP
砜 DMQY 石几㐅㇏
DWRY98 石几㐅㇏
峰 MTDH③ 山夂三丨
烽 OTDH② 火夂三丨
OTDH98③ 火夂三丨
葑 AFFF 艹土土寸
锋 QTDH③ 钅夂三丨
锋芒毕露 QAXF

蜂 JTDH③ 虫夂三丨
蜂蜜 JTPN
酆 DHDB 三丨三阝
MDH98③ 山三丨
冯 UCG② 冫马一
UCGG98 冫马一
逢 TDHP③ 夂三丨辶
缝 XTDP 纟夂三辶
缝隙 XTBI 缝纫 XTXV
缝纫机 XXSM
讽 YMQY③ 讠几㐅㇏
YWRY98 讠几㐅㇏
讽刺 YMGM
唪 KDWH③ 口三人丨
KDWG98 口三人丰
凤 MCI② 几又氵
WCI98 几又氵
凤凰 MCMR
奉 DWFH③ 三人二丨
DWG98 三人丰
奉承 DWBD 奉劝 DWCL
奉献 DWFM 奉行 DWTF
奉送 DWUD 奉命 DWWG
俸 WDWH 亻三人丨
WDWG98 亻三人丰

fo

佛 WXJH③ 亻弓刂丨
佛教 WXFT

fou

否 GIKF③ 一小口二
DHKF98 丆卜口二
否则 GIMJ 否定 GIPG
否认 GIYW
缶 RMK 𠂉山罒
TFBK98 𠂉十凵川

fu

夫 FWI② 二人氵
GGGY98 夫一一、
夫妻 FWGV 夫妇 FWVV
呋 KFWY③ 口二人㇏
KGY98 口夫、
肤 EFWY③ 月二夫㇏
EGY98 月夫、
肤色 EFQC
趺 KHFW③ 口止二人
KHGY98 口止夫、
麸 GQFW 龶夕二人
GQGY98 龶夕夫、
稃 TEBG 禾爫子一
跗 KHWF 口止亻寸
孵 QYTB 𠂎丶丿子
敷 GEHT 一月丨攵
SYTY98 甫方攵、
敷衍 GETI
弗 XJK 弓刂川
伏 WDY 亻犬、
伏特 WDTR 伏尔加 WQLK
凫 QYNM 勹丶乙几
QWB98 鸟几巛
孚 EBF 爫子二
扶 RFWY③ 扌二人㇏
RGY98 扌夫、
扶持 RFRF
芙 AFWU③ 艹二人氵
AGU98 艹夫氵
芙蓉 AFAP
怫 NXJH③ 忄弓刂丨
拂 RXJH 扌弓刂丨
拂晓 RXJA
服 EBCY② 月卩又
服用 EBET 服饰 EBQN
服气 EBRN 服务 EBTL
服装 EBUF 服从 EBWW
绂 XDCY③ 纟𠂇又㇏
绋 XXJH③ 纟弓刂丨
苻 AWFU 艹亻寸氵
俘 WEBG③ 亻爫子
俘虏 WEHA
氟 RNXJ③ 𠂉乙弓刂
RXJK98 气弓刂川
祓 PYDC 礻丶𠂇又
PYDY98 礻丶𠂇、
罘 LGIU③ 罒一小氵
LDHU98 罒丆卜氵
茯 AWDU③ 艹亻犬氵
郛 EBBH③ 爫子阝丨
浮 IEBG③ 氵爫子一
浮动 IEFC 浮现 IEGM
浮浅 IEIG 浮雕 IEMF
砩 DXJH③ 石弓刂丨
莩 AEBF 艹爫子二
蚨 JFWY③ 虫二人㇏
JGY98 虫夫、
匐 QGKL③ 勹一口田
QGKL98 勹一口田
桴 SEBG③ 木爫子一
涪 IUKG③ 氵立口一
符 TWFU③ 𥫗亻寸氵
符号 TWKG 符合 TWWG
艴 XJQC③ 弓刂⺈巴
菔 AEBC 艹月卩又
袱 PUWD 礻冫亻犬
幅 MHGL③ 冂丨一田
幅度 MHYA

福 PYGL③ 礻丶一田
福利 PYTJ 福建 PYVF
福建省 PVIT 福州 PYYT
福州市 PYYM
蜉 JEBG③ 虫爫子一
辐 LGKL③ 车一口田
幞 MHOY③ 冂丨业㇏
MHOY98 冂丨业丶
蝠 JGKL 虫一口田
黻 OGUC 业一丷又
OIDY98 业 㡀 丶
抚 RFQN③ 扌二儿乙
抚摸 RFRA 抚养 RFUD
抚恤金 RNQQ
甫 GEHY③ 一月丨丶
SGHY98 甫一丨丶
府 YWFI③ 广亻寸氵
OWFI98 广亻寸氵
拊 RWFY③ 扌亻寸丶
斧 WQRJ③ 八㐅斤刂
WRRJ98 八㐅斤刂
斧正 WQGH 斧头 WQUD
俯 WYWF③ 亻广亻寸
WOWF98 亻广亻寸
俯瞰 WYHN 俯视 WYPY
釜 WQFU③ 八㐅干丷
WRFU98 八㐅干丷
釜底抽薪 WYRA
辅 LGEY 车一月丶
LSY98 车甫丶
辅助 LGEG 辅导 LGNF
辅导员 LNKM
腑 EYWF③ 月广亻寸
EOWF98 月广亻寸
滏 IWQU③ 氵八㐅丷
IWRU98 氵八㐅丷
腐 YWFW 广亻寸人
OWFW98 广亻寸人
腐败 YWMT 腐烂 YWOU
腐蚀 YWQN 腐朽 YWSG
腐化 YWWX
黼 OGUY 业一丷丶
OISY98 业 㡀甫丶
父 WQU 八㐅氵
WRU98 八㐅氵
父子 WQBB 父辈 WQDJ
父母 WQXG 父亲 WQUS
父母 WQXG 父兄 WQKQ
讣 YHY 讠卜丶
付 WFY 亻寸丶
付出 WFBM 付款 WFFF
付清 WFIG 付印 WFQG
妇 VVG② 女彐一
妇女节 VVAB 妇联 VVBU
妇女界 VVLW 妇科 VVTU
负 QMU② ⺈贝氵
负荷 QMAW 负载 QMFA
负责 QMGM 负数 QMOV
负担 QMRJ 负伤 QMWT
负责任 QGWT 负责人 QGWW
附 BWFY③ 阝亻寸丶
附带 BWGK 附注 BWIY
附加 BWLK 附图 BWLT
附属 BWNT 附近 BWRP
附和 BWTK 附录 BWVI
附件 BWWR 附言 BWYY
咐 KWFY③ 口亻寸丶
阜 WNNF 丿ココ十
TNFJ98 亻 十刂
驸 CWFY③ 马亻寸丶
CGWF98 马一亻
复 TJTU③ 𠂉日夂氵
复活 TJIT 复兴 TJIW
复员 TJKM 复习 TJNU
复写 TJPG 复印 TJQG
复制 TJRM 复查 TJSJ
复杂 TJVS 复合 TJWG
赴 FHHI③ 土龰卜氵
赴宴 FHPJ
副 GKLJ③ 一口田刂
副刊 BKFJ 副手 BKRT
副本 BKSG 副食 BKWY
副词 GKYN 副职 GKBK
傅 WGEF③ 亻一月寸
WSFY98 亻甫寸丶
富 PGKL③ 宀一口田
富有 PGDE 富丽 PGGM
富裕 PGPU 富饶 PGQN
富强 PGXK
赋 MGAH③ 贝一弋止
MGAY98 贝一七丶
赋予 MGCB
缚 XGEF③ 纟一月寸
XSFY98 纟甫寸丶
腹 ETJT③ 月𠂉日夂
腹腔 ETEP 腹泻 ETIP
腹痛 ETUC
鲋 QGWF③ 鱼一亻寸
QGWF98 鱼一亻寸
赙 MGEF③ 贝一月寸
MSF98 贝甫寸
蝮 JTJT 虫𠂉日夂
鳆 QGTT 鱼一𠂉夂
覆 STTT③ 西彳𠂉夂
覆灭 STGO 覆盖 STUG

馥 TJTT 禾日𠂉夂

ga

嘎 KDHA③ 口丆目戈
旮 VJF 九日二
钆 QNN 钅乙乙
尜 IDIU③ 小大小氵
噶 KAJN③ 口艹日乙
尕 EIU③ 乃小
BIU98③ 乃小
尬 DNWJ③ 𠂇乙人刂

gai

该 YYNW 讠亠乙人
陔 BYNW 阝亠乙人
垓 FYNW 土亠乙人
赅 MYNW③ 贝亠乙人
改 NTY 乙攵㇏
改期 NTAD 改革 NTAF
改进 NTFJ 改正 NTGH
改造 NTTF 改善 NTUD
改装 NTUF 改建 NTVF
改组 NTXE 改编 NTXY
改变 NTYO 改良 NTYV
改革开放 NAGY 改朝换代 NFRW
丐 GHNV③ 一⺊乙巛
钙 QGHN③ 钅一⺊乙
QGHN98 钅一⺊乙
盖 UGLF③ 丷王皿二
盖子 UGBB 盖印 UGQG
盖章 UGUJ
溉 IVCQ③ 氵彐厶儿
IVAQ98 氵皀匚儿
戤 ECLA 乃又皿戈
BCLA98② 乃又皿戈
概 SVCQ③ 木彐厶儿
SVAQ98 木皀匚儿
概貌 SVEE 概略 SVLT
概括 SVRT 概述 SVSY
概算 SVTH 概况 SVUK
概念 SVWY 概论 SVYW

gan

干 FGGH 干一一丨
干劲 FGCA 干预 FGCB
干脆 FGEQ 干事 FGGK
干涉 FGIH 干活 FGIT
干旱 FGJF 干燥 FGOK
干扰 FGRD 干杯 FGSG
干部 FGUK 干净 FGUQ
干劲十足 FCFK
甘 AFD 艹二三
FGHG98 甘一丨一
甘草 AFAJ 甘蔗 AFAY
甘愿 AFDR 甘露 AFFK
甘心 AFNY 甘肃 AFVI
甘拜下风 ARGM
杆 SFH 木干丨
杆菌 SFAT
肝 EFH② 月干丨
EFH98 月干丨
肝胆 EFEJ 肝脏 EFEY
肝火 EFOO 肝炎 EFOO
肝胆相照 EESJ
坩 FAFG 土艹二一
FFG98 土甘一
泔 IAFG③ 氵艹二一
IFG98 氵甘一
苷 AAFF③ 艹艹二二
AFF98 艹甘二
柑 SAFG③ 木艹二一
SFG98 木甘一
竿 TFJ ⺮干刂
疳 UAFD③ 广艹二三
UFD98 广甘三
酐 SGFH 西一干丨
尴 DNJL 𠂇乙刂皿
尴尬 DNDN
秆 TFH 禾干丨
赶 FHFK 土龰干Ⅲ
赶紧 FHJC 赶快 FHNN
赶集 FHWY
敢 NBTY② 乙耳攵㇏
敢干 NBFG 敢于 NBGF
敢想 NBSH 敢做 NBWD
感 DGKN 厂一口心
感受 DGEP 感动 DGFC
感觉 GDIP 感激 DGIR
感染 DGIV 感冒 DGJH
感叹 DGKC 感情 DGNG
感慨 DGNV 感想 DGSH
感应 DGYI 感谢 DGYT
澉 INBT③ 氵乙耳攵
INBT98 氵乙耳攵
橄 SNBT③ 木乙耳攵
擀 RFJF③ 扌十早干
旰 JFH 日干丨
矸 DFH 石干丨
绀 XAFG③ 纟艹二一
XFG98 纟甘一
淦 IQG 氵金一
赣 UJTM③ 立早夂贝

gang

钢 QMQY③ 钅冂㐅丶
QMRY98 钅冂㐅丶
钢琴 QMGG 钢铁 QMQR
钢材 QMSF 钢板 QMSR

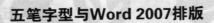

钢筋 QMTE　钢管 QMTP
钢笔 QMTT　钢丝 QMXX
冈　MQI　冂乂氵
　MR98②　冂乂
刚　MQJH③　冂乂刂丨
　MRJH98　冂乂刂丨
刚巧 MQAG　刚才 MQFT
刚刚 MQMQ　刚好 MQVB
刚强 MQXK
岗　MMQU③　山冂乂、
　MMR98③　山冂乂
岗位 MMWU
纲　XMQY②　纟冂乂、
　XMRY98　纟冂乂、
纲要 XMSV
肛　EAG②　月工一
肛门 EAUY
缸　RMAG③　𠂉山工一
　TFBA98　𠂉十凵工
罡　LGHF③　罒一止二
港　IAWN　氵龷八巳
港元 IAFQ　港督 IAHI
港澳 IAIT　港口 IAKK
港客 IAPT　港务 IATL
港币 IATM　港商 IAUM
杠　SAG　木工一
筻　TGJQ　⺮一日乂
　TGJR98　⺮一日乂
戆　UJTN　立早夂心

gao

高　YMKF②　亠冂口二
　YMKF98③　亠冂口二
高能 YMCE　高雄 YMDC
高大 YMDD　高压 YMDF
高原 YMDR　高考 YMFT
高速 YMGK　高龄 YMHW
高潮 YMIF　高温 YMIJ
高尚 YMIM　高深 YMIP
高兴 YMIW　高涨 YMIX
高昂 YMJQ　高明 YMJE
高喊 YMKD　高中 YMKH
高呼 YMKT　高山 YMMM
高峰 YUMMT　高层 YMNF
高烧 YMOA　高空 YMPW
高招 YMRV　高档 YMSI
高歌 YMSK　高攀 YMSQ
高校 YMSU　高等 YMTF
高效 YMUQ　高傲 YMWG
高低 YMWQ　高位 YMWU
高价 YMWW　高级 YMXE
高血压 YTDF　高利贷 YTWA
高姿态 YUDY　高效益 YUUW
高官厚禄 YPDP　高等院校 YTBS
高谈阔论 YYUY　高深莫测 YIAI
皋　RDFJ　白大十刂
羔　UGOU③　丷王灬氵
　UGOU98　丷王灬氵
槔　SRDF③　木白大十
睾　TLFF　丿罒土十
膏　YPKE③　亠冖口月
膏药 YPAX
篙　TYMK　⺮亠冂口
糕　OUGO　米丷王灬
糕点 OUHK
杲　JSU　日木氵
搞　RYMK③　扌亠冂口
搞垮 RYFD　搞活 RYIT
搞清 RYIG　搞好 RYVB
缟　XYMK③　纟亠冂口
槁　SYMK　木亠冂口
稿　TYMK③　禾亠冂口
稿子 TYBB　稿件 TYWR
稿费 TYXJ　稿纸 TYXQ
镐　QYMK③　钅亠冂口
藁　AYMS　艹亠冂木
告　TFKF　丿土口二
告示 TFFI　告别 TFKL
告急 TFQV　告辞 TFTD
告状 TFUD　告诫 TFYA
告诉 TFYR
诰　YTFK　讠丿土口
郜　TFKB　丿土口阝
锆　QTFK　钅丿土口

ge

哥　SKSK③　丁口丁口
　SKSK98　丁口丁口
哥们 SKWU
戈　AGNT　戈一乙丿
　AGNY98　戈一乙、
戈壁 AGNK　戈壁滩 ANIC
圪　FTNN③　土𠂉乙乙
FTNN98　土𠂉乙乙
纥　XTNN　纟𠂉乙乙
疙　UTNV③　疒𠂉乙巛
疙瘩 UTUA
胳　ETKG③　月夂口一
胳膊 ETEG　胳臂 ETNK
袼　PUTK　衤冫夂口
鸽　WGKG　人一口一
割　PDHJ　宀三丨刂
搁　RUTK③　扌门夂口
歌　SKSW　丁口丁人
歌声 SKFN　歌星 SKJT
歌唱 SKKJ　歌曲 SKMA
歌舞 SKRL　歌颂 SKWC

歌舞升平 SRTG 歌词 SKYN
歌功颂德 SAWT 歌舞团 SRLF
阁 UTKD③ 门夂口三
阁下 UTGH 阁员 UTKM
革 AFJ② 廿串 ‖
革新 AFUS 革命 AFWG
革命家 AWPE 革命化 AWWX
革命战争 AWHQ
格 STKG② 木夂口一
STKG98③ 木夂口一
格式 STAA 格局 STNN
格外 STQH 格律 STTV
格调 STYM 格言 STYY
格格不入 SSGT
鬲 GKMH 一口冂丨
葛 AJQN③ 艹曰勹乙
隔 BGKH③ 阝一口丨
隔壁 BGNK 隔断 BGON
隔阂 BGUY 隔绝 BGXQ
隔离 BGYB
嗝 KGKH 口一口丨
塥 FGKH③ 土一口丨
搿 RWGR 手人一手
膈 EGKH③ 月一口丨
镉 QGKH 钅一口丨
骼 METK③ 骨月夂口
哿 LKSK86 力口丁口
EKSK98② 力口丁口
舸 TESK③ 丿舟丁口
TUSK98 丿舟丁口
个 WHJ② 人丨‖
个别 WHKL 个性 WHNT
个数 WHOV 个体 WHWS
个人利益 WWTU 个体户 WWYN
各 TKF② 夂口二

各项 TKAD 各地 TKFB
各国 TKLG 各界 TKLW
各类 TKOD 各自 TKTH
各处 TKTH 各种 TKTK
各个 TKWH 各位 TKWU
各级 TKXE 各族 TKYT
各尽所能 TNRC 各抒已见 TRNM
各行各业 TTTO 各种各样 TTTS
虼 JTNN③ 虫𠂉乙乙
硌 DTKG③ 石夂口一
铬 QTKG③ 钅夂口一
颌 WGKM 人一口贝
咯 KTKG③ 口夂口一
仡 WTNN③ 亻𠂉乙乙
WTNN98 亻𠂉乙乙

gei

给 XWGK② 纟人一口
给予 XWCB 给与 XWGN
给养 XWUD

gen

根 SVEY③ 木彐⺦㇏
SVY98 木艮、
根子 SVBB 根除 SVBW
根源 SVID 根号 SVKG
根据 SVRN 根本 SVSG
根据地 SRFB 根本上 SSHH
根深蒂固 SIAL
跟 KHVE③ 口止彐⺦
KHVY98 口止艮、
跟随 KHBD 跟踪 KHKH
跟着 KHUD 跟前 KHUE
哏 KVEY③ 口彐⺦㇏
KVY98 口艮、
亘 GJGF③ 一日一二

艮 VEI 彐⺦氵
VNGY98 艮乙一、
茛 AVEU③ 艹彐⺦氵
AVU98 艹艮氵
莨 AYVU③ 艹、彐⺦
AYVU98 艹、艮氵

geng

耕 DIFJ③ 三小二‖
FSFJ98 二木十‖
耕地 DJFB 耕种 DJTK
耕作 DJWT
更 GJQI③ 一日乂氵
GJR98③ 一日乂
更加 GJLK 更多 GJQQ
更换 GJRQ 更新 GJUS
更好 GJVB 更年期 GRAD
更何况 GWUK 更衣室 GYPG
更新换代 GURW
更上一层楼 GHGS
庚 YVWI③ 广彐人氵
OVWI98 广彐人氵
赓 YVWM 广彐人贝
OVWM98 广彐人贝
羹 UGOD 丷王灬大
哽 KGJQ③ 口一日乂
KGJR98 口一日乂
哽咽 KGKL
埂 FGJQ③ 土一日乂
FGJR98 土一日乂
绠 XGJQ③ 纟一日乂
XGJR98 纟一日乂
耿 BOY② 耳火㇏
耿直 BOFH
梗 SGJQ 木一日乂
SGJR98 木一日乂

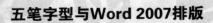

觥	QGGQ	角一一乂
	QGGR98	角一一乂

gong

工 AAAA 工（键名）
工期 AAAD 工艺 AAAN
工匠 AAAR 工厂 AADG
工地 AAFB 工夫 AAFW
工事 AAGK 工具 AAHW
工时 AAJF 工序 AAYC
工业 AAOG 工农 AAPE
工钱 AAQG 工兵 AARG
工程 AATK 工商 AAUM
工资 AAUQ 工作 AAWT
工分 AAWV 工人 AAWW
工具书 AHNN 工艺品 AAKK
工业区 AOAQ 工业品 AOKK
工业局 AONN 工业化 AOWX
工农业 APOG 工农兵 APRG
工程师 ATJG 工作者 AWFT
工作台 AWCK 工作服 AWEB
工商银行 AUQT 工作站 AWUH
工作总结 AWUX 工作证 AWYG
弓 XNGN③ 弓乙一乙
公 WCU② 八厶冫
公式 WCAA 公共 WCAW
公有 WCDE 公历 WCDD
公用 WCET 公款 WCFF
公元 WCFQ 公开 WCGA
公正 WCGH 公理 WCGJ
公平 WCGU 公演 WCIP
公里 WCJF 公路 WCKH
公园 WCLF 公民 WCNA
公司 WCNG 公尺 WCNY
公粮 WCOY 公寓 WCPJ
公安 WCPV 公社 WCPY
公然 WCQD 公馆 WCQN
公斤 WCRT 公升 WCTA
公私 WCTC 公告 WCTF
公德 WCTF 公务 WCTL
公物 WCTR 公章 WCUJ
公道 WCUT 公分 WCWV
公众 WCWW 公费 WCXJ
公约 WCXQ 公主 WCYY
公证 WCYG 公亩 WCYL
公认 WCYW 公文 WCYY
公共场所 WAFR 公务员 WTKM
功 ALN② 工力乙
AET98 工力丿
功臣 ALAH 功劳 ALAP
功能 ALCE 功夫 ALFW
功勋 ALKM 功名 ALQK
功效 ALUQ 功课 ALYJ
功败垂成 AMTD
攻 ATY② 工攵丶
攻克 ATDQ 攻击 ATFM
攻占 ATHK 攻打 ATRS
攻势 ATRV 攻关 ATUD
攻读 ATYF
供 WAWY③ 亻艹八丶
供需 WAFD 供求 WAFI
供水 WAII 供暖 WAJE
供电 WAJN 供销 WAQI
供给 WAXW 供应 WAYI
供不应求 WGYF
肱 EDCY③ 月𠂇厶丶
宫 PKKF② 宀口口二
宫殿 PKNA
恭 AWNU 艹八⺗
恭敬 AWAQ 恭喜 AWFK
恭听 AWKR 恭贺 AWLK
恭候 AWWH 恭维 AWXW
蚣 JWCY③ 虫八厶丶
躬 TMDX 丿冂三弓
龚 DXAW③ 𠂇匕艹八
DXYW98 𠂇匕丶八
觥 QEIQ③ 𠂊用⺌儿
巩 AMYY③ 工几丶丶
AWYY98 工几丶丶
巩固 AMLD
汞 AIU 工水冫
拱 RAWY③ 扌艹八丶
珙 GAWY③ 王艹八丶
共 AWU② 艹八冫
共有 AWDE 共存 AWDH
共用 AWET 共享 AWYB
共进 AWFJ 共事 AWGK
共鸣 AWKQ 共同 AWMG
共性 AWNT 共处 AWTH
共和 AWTK 共享 AWYB
共青团 AGLF 共和国 ATLG
共产党员 AUIK 共和制 ATRM
共产主义 AUYY 共产党 AUIP
贡 AMU② 工贝冫
AM98② 工贝
贡献 AMFM

gou

沟 IQCY③ 氵勹厶丶
沟通 IQCE 沟壑 IQHP
勾 QCI 勹厶冫
勾通 QCCE 勾当 QCIV
勾结 QCXF
佝 WQKG③ 亻勹口一
WQKG98 亻勹口一
钩 QQCY③ 钅勹厶丶
缑 XWND③ 纟亻ㄋ大

篝 TFJF ⺮二刂土
TAMF98 ⺮龷冂土
鞲 AFFF 廿串二土
AFAF98 廿串龷土
岣 MQKG③ 山勹口一
狗 QTQK③ 犭丿勹口
苟 AQKF 艹勹口二
枸 SQKG③ 木勹口一
笱 TQKF③ ⺮勹口二
构 SQCY② 木勹厶丶
构成 SQDN 构思 SQLN
构图 SQLT 构造 SQTF
构件 SQWR
诟 YRGK③ 讠厂一口
购 MQCY③ 贝勹厶丶
购买力 MNLT 购置 MQLF
购买 MQNU 购物 MQTR
垢 FRGK② 土厂一口
够 QKQQ 勹口夕夕
媾 VFJF③ 女二刂土
VAMF98 女龷冂土
彀 FPGC 士冖一又
遘 FJGP 二刂一辶
AMFP98 龷冂土辶
觏 FJGQ 土刂一儿
AMFQ98 龷冂土儿

gu

姑 VDG② 女古一
姑且 VDEG 姑表 VDGE
姑妈 VDVC 姑姑 VDVD
姑娘 VDVY 姑父 VDWQ
估 WDG② 亻古一
估算 WDTH 估计 WDYF
估价 WDWW
咕 KDG 口古一
孤 BRCY② 子厂厶㇏
孤芳自赏 BATI 孤独 BRQT
孤注一掷 BIGR 孤立 BRUU
孤家寡人 BPPW 孤单 BRUJ
孤陋寡闻 BBPU 孤儿院 BQBP
沽 IDG 氵古一
轱 LDG 车古一
鸪 DQYG 古勹丶一
DQG98 古鸟一
菇 AVDF③ 艹女古二
菰 ABRY③ 艹子厂丶
ABRY98 艹子厂丶
蛄 JDG 虫古一
觚 QERY③ 𠂊用厂㇏
辜 DUJ 古辛刂
酤 SGDG 西一古一
毂 FPLC③ 士冖车又
箍 TRAH③ ⺮扌匚丨
鹘 MEQG③ 冎月勹一
MEQG98 冎月勹一
古 DGHG③ 古一丨一
古董 DGAT 古巴 DGCN
古老 DGFT 古典 DGMA
古书 DGNN 古籍 DGTD
古物 DGTR 古装 DGUF
古代 DGWA 古人 DGWW
古迹 DGYO 古文 DGYY
古色古香 DQDT
汩 IJG③ 氵曰一
诂 YDG③ 讠古一
谷 WWKF③ 八人口二
谷子 WWBB 谷物 WWTR
股 EMCY③ 月几又丶
EWCY98 月几又丶
股东 EMAI 股金 EMQQ
股票 EMSF 股长 EMTA
股息 EMTH 股分 EMWV
股份 EMWW 股市 EMYM
牯 TRDG 丿扌古一
CDG98③ 牜古一
骨 MEF② 冎月二
骨干 MEFG 骨肉 MEMW
骨气 MERN 骨科 METU
骨头 MEUD
罟 LDF 罒古二
钴 QDG 钅古一
蛊 JLF 虫皿二
鹄 TFKG 丿土口一
鼓 FKUC 士口⺍又
鼓励 FKDD 鼓动 FKFC
鼓掌 FKIP 鼓吹 FKKQ
鼓舞 FKRL
嘏 DNHC③ 古コ丨又
臌 EFKC 月土口又
瞽 FKUH 士口⺍目
固 LDD 口古三
固有 LDDE 固态 LDDY
固定 LDPG 固然 LDQD
固执 LDRV 固体 LDWS
固定资产 LPUU
故 DTY 古攵㇏
故障 DTBU 故地 DTFB
故土 DTFF 故事 DTGK
故里 DTJF 故国 DTLG
故居 DTND 故宫 DTPK
故意 DTUJ 故乡 DTXT
故弄玄虚 DGYH
顾 DBDM② 厂㔾𠂆贝
DBDM98③ 厂㔾𠂆贝
顾及 DBEY 顾虑 DBHA

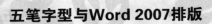

顾客 DBPT　顾委 DBTV
顾名思义 DQLY　顾问 DBUK
顾全大局 DWDN　顾全 DBWG
崮　MLDF③　山囗古二
梏　STFK　木丿土口
牿　TRTK　丿扌丿口
　CTFK98　牜丿土口
雇　YNWY　丶尸亻圭
雇用 YNET　雇员 YNKM
痼　ULDD③　疒囗古三
锢　QLDG　钅囗古一
鲴　QGLD　鱼一囗古
呱　KRCY③　口厂厶乀
衮　UCEU　六厶𧘇氵

gua

瓜　RCYI③　厂厶乀氵
　RCYI98③　厂厶乀氵
瓜子 RCBB　瓜果 RCJS
瓜熟蒂落 RYAA　瓜分 RCWV
刮　TDJH　丿古刂丨
刮目相看 THSR
胍　ERCY③　月厂厶乀
鸹　TDQG③　丿古勹一
剐　KMWJ　口冂人刂
寡　PDEV③　宀丆月刀
寡妇 PDVV
卦　FFHY　土土卜丶
诖　YFFG　讠土土一
挂　RFFG　扌土土一
挂历 RFDL　挂帅 RFJM
挂靠 RFTF　挂牌 RFTH
褂　PUFH　衤冫土卜
栝　STDG　木丿古一

guai

乖　TFUX③　丿十丬匕
乘除 TUBW　乘法 TUIF
乘车 TULG　乘客 TUPT
乘机 TUSM　乘船 TUTE
乘积 TUTK　乘方 TUYY
乘风破浪 TMDI　乘务员 TTKM
拐　RKLN③　扌口力乙
　RKEN98　扌口力乙
拐弯抹角 RYRQ　拐骗 RKCY
怪　NCFG②　忄又土一
怪事 NCGK　怪物 NCTR

guan

关　UDU②　䒑大冫
　UDU98③　䒑大冫
关节 UDAB　关切 UDAV
关联 UDBU　关于 UDGF
关注 UDIY　关照 UDJV
关心 UDNY　关键 UDQV
关税 UDTU　关系 UDTX
关头 UDUD　关闭 UDUF
观　CMQN②　又冂儿乙
观感 CMDG　观点 CMHK
观测 CMIM　观赏 CMIP
观光 CMIQ　观察 CMPW
观礼 CMPY　观看 CMRH
观众 CMWW　观念 CMWY
观望 CMYN　观摩 CMYS
观察员 CPKM　观察家 CPPE
官　PNHN②　宀𠃍丨𠃍
　PNF98②　宀目二
官职 PNBK　官腔 PNEP
官场 PNFN　官员 PNKM
官办 PNLW　官司 PNNG
官兵 PNRG　官气 PNRN
官商 PNUM　官僚 PNWD
官府 PNYW　官方 PNYY
冠　PFQF　冖二儿寸
冠军 PFPL　冠心病 PNUG
冠冕堂皇 PJIR
倌　WPNN③　亻宀𠃍𠃍
WPNG98③　亻宀𠃍一
棺　SPNN③　木宀𠃍
　SPN98　木宀目
棺材 SPSF
鳏　QGLI　鱼一罒小
馆　QNPN③　勹乙宀𠃍
　QNPN98　勹乙宀𠃍
馆长 QNTA
管　TPNN②　𥫗宀𠃍𠃍
　TPNG98③　𥫗宀目二
管子 TPBB　管理 TPGJ
管辖 TPLP　管家 TPPE
管制 TPRM　管道 TPUT
管理费 TGXJ
贯　XFMU③　母十贝冫
　XMU98②　毌贝冫
贯穿 XFPW　贯彻 XFTA
贯彻执行 XTRT
惯　NXFM③　忄母十贝
　NXMY98③　忄毌贝丶
惯用 NXET　惯例 NXWG
惯用语 NEYG
掼　RXFM③　扌母十贝
　RXMY98③　扌毌贝丶
涫　IPNN③　氵宀𠃍𠃍
　IPNG③　氵宀目一
盥　QGIL③　𠂎一水皿
　EIL98　臼水皿

灌 IAKY③ 氵廿口圭
灌溉 IAIV 灌输 IALW
灌木 IASS
鹳 AKKG 廿口口一
罐 RMAY 𠂉山廿圭
TFBY98 𠂉十凵圭

guang

光 IQB③ ⺌儿《
IGQ98② ⺌一儿
光荣 IQAP 光芒 IQAY
光阴 IQBE 光顾 IQDB
光彩 IQES 光泽 IQIC
光滑 IQIM 光学 IQIP
光辉 IQIQ 光明 IQJE
光电 IQJN 光临 IQJT
光彩夺目 IEDH 光景 IQJY
光天化日 IGWJ 光华 IQWX
光明磊落 IJDA 光线 IQXG
光明正大 IJGD 光亮 IQYP
咣 KIQN③ 口⺌儿乙
KIGQ98③ 口⺌一儿
桄 SIQN 木⺌儿乙
SIGQ98 木⺌一儿
胱 EIQN③ 月⺌儿乙
EIGQ98③ 月⺌一儿
广 YYGT 广、一丿
OYGT98② 广、一丿
广东 YYAI 广大 YYDD
广场 YYFN 广泛 YYIT
广播 YYRT 广柑 YYSA
广西 YYSG 广告 YYTF
广阔 YYUI 广义 YYYQ
广州市 YYYM 广州 YYYT
广西壮族自治区 YSUA
犷 QTYT 犭丿广丿
QTOT98 犭丿广丿
逛 QTGP 犭丿王辶
逛商店 QUYH 逛公园 QWLF

gui

归 JVG② 刂彐一
归功 JVAL 归队 JVBW
归于 JVGF 归还 JVGI
归属 JVNT 归类 JVOD
归宿 JVPW 归档 JVSI
归公 JVWC 归纳 JVXM
归根到底 JSGY
圭 FFF③ 土土二
妫 VYLY③ 女、力、
VYEY98③ 女、力、
龟 QJNB③ ⺈日乙《
规 FWMQ③ 二人冂儿
GMQN98③ 夫冂儿乙
规范 FWAI 规划 FWAJ
规则 FWMJ 规定 FWPG
规模 FWSA 规格 FWST
规矩 FWTD 规程 FWTK
规律 FWTV 规章 FWUJ
规格化 FSWX 规律性 FTNT
规章制度 FURY
皈 RRCY 白厂又㇏
闺 UFFD 门土土三
UFFD98③ 门土土三
闺女 UFVV
硅 DFFG③ 石土土一
DFFG98③ 石土土一
硅谷 DFWW
瑰 GRQC③ 王白儿厶
鲑 QGFF 鱼一土土
宄 PVB 宀九《
轨 LVN② 车九乙
轨道 LVUT 轨迹 LVYO
庋 YFCI③ 广十又氵
OFCI98③ 广十又氵
匦 ALVV③ 匚车九巛
诡 YQDB③ 讠⺈厂㔾
诡辩 YQUY 诡计 YQYF
癸 WGDU③ 癶一大氵
鬼 RQCI③ 白儿厶氵
鬼斧神工 RWPA 鬼神 RQPY
晷 JTHK 日夂卜口
簋 TVEL③ ⺮彐𧘇皿
TVLF98③ ⺮艮皿二
刽 WFCJ 人二厶刂
刿 MQJH 山夕刂丨
柜 SANG③ 木匚コ一
柜子 SABB
炅 JOU 日火氵
贵 KHGM 口丨一贝
贵宾 KHPR 贵客 KHPT
贵姓 KHVT 贵州 KHYT
贵阳 KHBJ 贵阳市 KBYM
贵州省 KYIT
桂 SFFG③ 木土土一
桂花 SFAW 桂冠 SFPF
桂林 SFSS
跪 KHQB 口止⺈㔾
鳜 QGDW 鱼一厂人
桧 SWFC③ 木人二厶

gun

滚 IUCE③ 氵六厶𧘇
滚动 IUFC 滚珠 IUGR
滚滚 IUIU 滚蛋 IUNH
滚瓜烂熟 IROY
绲 XJXX③ 纟日匕匕
辊 LJXX② 车日匕匕

碳 DUCE③ 石六厶𧘇
鲧 QGTI 鱼一丿小
棍 SJXX③ 木日匕匕
棍子 SJBB

guo

锅 QKMW③ 钅口冂人
锅炉 QKOY
呙 KMWU 口冂人氵
埚 FKMW③ 土口冂人
郭 YBBH③ 亠子阝丨
崞 MYBG③ 山亠子一
聒 BTDG③ 耳丿古一
蝈 JLGY③ 虫囗王丶
国 LGYI③ 囗王丶氵
国际 LGBF 国防 LGBY
国土 LGFF 国境 LGFU
国王 LGGG 国画 LGGL
国法 LGIF 国力 LGLT
国民 LGNA 国情 LGNG
国家 LGPE 国宝 LGPG
国宴 LGPJ 国军 LGPL
国外 LGQH 国歌 LGSK
国籍 LGTD 国策 LGTG
国徽 LGTM 国产 LGUT
国会 LGWF 国债 LGWG
国体 LGWS 国货 LGWX
国庆 LGYD 国语 LGYG
国库 LGYL 国旗 LGYT
国内外 LMQH 国庆节 LYAB
国民党 LNIP 国务院 LTBP
国际法 LBIF 国际性 LBNT
国际歌 LBSK 国防部 LBUK
国内市场 LMYY 国民收入 LNNT
国民经济 LNXI 国家机关 LPSU
国家利益 LPTU 国务委员 LTTK

国防大学 LBDI 国际货币 LBWT
帼 MHLY③ 冂丨囗丶
掴 RLGY 扌囗王丶
虢 EFHM 𠂉寸广儿
EFHW98 𠂉寸虍几
馘 UTHG 䒑丿目一
果 JSI② 日木氵
果子 JSBB 果真 JSFH
果品 JSKK 果园 JSLF
果断 JSON 果实 JSPU
果然 JSQD 果树 JSSC
猓 QTJS 犭丿日木
椁 SYBG③ 木亠子一
蜾 JJSY③ 虫日木㇏
裹 YJSE 亠日木𧘇
过 FPI③ 寸辶氵
过节 FPAB 过期 FPAD
过硬 FPDG 过去 FPFC
过境 FPFU 过于 FPGF
过来 FPGO 过滤 FPIH
过渡 FPIY 过时 FPJF
过错 FPQA 过后 FPRG
过年 FPRH 过程 FPTK
过敏 FPTX 过瘾 FPUB
过问 FPUK 过分 FPWV
过细 FPXL 过度 FPYA
涡 IKMW③ 氵口冂人

ha

哈 KWGK③ 口人一口
哈密瓜 KPRC 哈尔滨 KQIP
蛤 JWGK② 虫人一口
铪 QWGK 钅人一口

hai

孩 BYNW 子亠乙人
BYNW98③ 子亠乙人
孩子 BYBB 孩儿 BYQT
嗨 KITU 口氵𠂉氵
KITX98 口氵𠂉母
骸 MEYW③ 冎月亠人
海 ITXU③ 氵𠂉母氵
ITX98 氵𠂉母
海鸥 ITAQ 海防 ITBY
海参 ITCD 海面 ITDM
海豹 ITEE 海带 ITGK
海上 ITHH 海战 ITHK
海港 ITIA 海潮 ITIF
海水 ITII 海滨 ITIP
海洋 ITIU 海湾 ITIU
海浪 ITIY 海里 ITJF
海边 ITLP 海峡 ITMG
海风 ITMQ 海内 ITMW
海军 ITPL 海鲜 ITQG
海外 ITQH 海岛 ITQY
海报 ITRB 海拔 ITRD
海关 ITUD 海产 ITUT
海南岛 IFQY 海岸线 IMXG
海阔天空 IUGP 海市蜃楼 IYDS
胲 EYNW 月亠乙人
醢 SGDL 西一𠂇皿
亥 YNTW 亠乙丿人
骇 CYNW 马亠乙人
CGYW98 马一亠人
骇人听闻 CWKU
害 PDHK② 宀三丨口
害虫 PDJH 害怕 PDNR
害处 PDTH 害病 PDUG
氦 RNYW 𠂉乙亠人
RYNW98 气亠乙人
还 GIPI③ 一小辶氵

DHP98② 丆卜辶

还有 GIDE 还原 GIDR

还须 GIED 还需 GIFD

还清 GIIG 还是 GIJG

还帐 GIMH 还想 GISH

还要 GISV 还将 GIUQ

还会 GIWF 还价 GIWW

还应 GIYI 还必须 GNED

还可能 GSCE 还可以 GSNY

han

酣 SGAF 西一廾二

SGFG98③ 西一甘一

犴 QTFH 犭丿干丨

顸 FDMY 干丆贝丶

蚶 JAFG③ 虫廾二一

JFG98 虫甘一

憨 NBTN 乙耳攵心

鼾 THLF 丿目田干

邗 FBH 干阝丨丨

含 WYNK 人丶乙口

含有 WYDE 含糊 WYOD

含义 WYYQ 含水量 WIJG

含沙射影 WITJ

邯 AFBH③ 廾二阝丨

FBH98 甘阝丨

函 BIBK③ 了氺凵Ⅲ

函授 BIRE 函授生 BRTG

晗 JWYK 日人丶口

涵 IBIB③ 氵了氺凵

焓 OWYK③ 火人丶口

寒 PFJU③ 宀二刂冫

PAWU98③ 宀龷八冫

寒流 PFIY 寒风 PFMQ

寒冷 PFUW 寒暑假 PJWN

韩 FJFH 十早二丨

罕 POWFJ③ 冖八干刂

喊 KDGT 口厂一丿

KDGK98 口厂一口

汉 ICY② 氵又㇏

汉字 ICPB 汉语 ICYG

汉族 ICYT

汉字输入技术 IPLS

汗 IFH③ 氵干丨

IF98② 氵干丨

汗马功劳 ICAA 汗水 IFII

旱 JFJ 日干刂

旱灾 JFPO 旱季 JFTB

悍 NJFH③ 忄日干丨

捍 RJFH③ 扌日干丨

RJFH98 扌日干丨

焊 OJFH③ 火日干丨

菡 ABIB 廾了氺凵

颔 WYNM 人丶乙贝

撖 RNBT 扌乙耳攵

憾 NDGN 忄厂一心

撼 RDGN 扌厂一心

翰 FJWN③ 十早人羽

瀚 IFJN 氵十早羽

hang

杭 SYMN③ 木亠几乙

SYWN98③ 木亠几乙

杭州市 SYYM 杭州 SYYT

夯 DLB 大力巛

DER98 大力彡

绗 XTFH 纟彳二丨

XTGS98 纟彳一丁

航 TEYM③ 丿舟亠几

TUYW98③ 丿舟亠几

航天 TEGD 航空 TEPW

沆 IYMN③ 氵亠几乙

IYWN98③ 氵亠几乙

hao

蒿 AYMK③ 廾亠冂口

嚆 KAYK③ 口廾亠口

薅 AVDF 廾女厂寸

蚝 JTFN③ 虫丿二乙

JEN98 虫毛乙

毫 YPTN③ 亠冖丿乙

YPE98 亠冖毛

毫无疑问 YFXU

毫无疑义 YFXY 毫米 YPOY

嗥 KRDF③ 口白大十

KRDF98 口白大十

豪 YPEU 亠冖豕冫

YPGE98③ 亠冖一豕

豪华 YPWX 豪华车 YWLG

嚎 KYPE③ 口亠冖豕

壕 FYPE③ 土亠冖豕

濠 IYPE③ 氵亠冖豕

好 VBG② 女子一

好感 VBDG 好奇 VBDS

好坏 VBFG 好些 VBHX

好汉 VBIC 好听 VBKR

好吃 VBKT 好转 VBLF

好心 VBNY 好象 VBQJ

好多 VBQQ 好看 VBRH

好处 VBTH 好比 VBXX

好逸恶劳 VQGA 好高骛远 VYCF

好大喜功 VDFA 好事多磨 VGQY

郝 FOBH③ 土⺌阝丨

号 KGNB③ 口一乙巛

KGNB98② 口一乙巛

号码 KGDC 号召 KGVN

昊 JGDU③ 日一大冫

浩 ITFK 氵丿土口

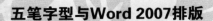

浩如烟海 IVOI

耗 DITN 三小丿乙

FSEN98③ 二木毛乙

耗电量 DJJG

皓 RTFK 白丿土口

颢 JYIM③ 日亠小贝

JYIM98 日亠小贝

灏 IJYM 氵日亠贝

he

喝 KJQN③ 口日勹乙

诃 YSKG③ 讠丁口一

呵 KSKG③ 口丁口一

嗬 KAWK 口艹亻口

禾 TTTT③ 禾（键名）

合 WGKF③ 人一口二

WGKF98 人一口二

合成 WGDN 合肥 WGEC

合理 WGGJ 合同 WGMG

合格 WGST 合适 WGTD

合并 WGUA 合资 WGUQ

合作 WGWT 合理化 WGWX

合计 WGYF 合唱团 WKLF

合同法 WMIF 合同制 WMRM

合情合理 WNWG 合格证 WSYG

何 WSKG③ 亻丁口一

何必 WSNT 何等 WSTF

何去何从 WFWW 何况 WSUK

劾 YNTL 亠乙丿力

YNTE98 亠乙丿力

和 TKG 禾口一

和蔼 TKAY 和平 TKGU

和睦 TKHF 和气 TKRN

和平共处 TGAT

和颜悦色 TUNQ 和谐 TKYX

河 ISKG③ 氵丁口一

河南省 IFIT 河南 ISFM

河流 ISIY 河北 ISUX

河北省 IUIT

曷 JQWN 曰勹人乙

阂 UYNW③ 门亠乙人

核 SYNW 木亠乙

SYNW98③ 木亠乙

核对 SYCF 核心 SYNY

核算 SYTH 核试验 SYCW

核工业 SAOG 核垄断 SDON

核武器 SGKK 核战争 SHQV

核电站 SJUH 核导弹 SNXU

核爆炸 SOOT 核技术 SRSY

盍 FCLF 土厶皿二

FCLF98③ 土厶皿二

荷 AWSK③ 艹亻丁口

涸 ILDG③ 氵口古一

盒 WGKL 人一口皿

菏 AISK③ 艹氵丁口

蚵 JSKG③ 虫丁口一

貉 EETK 爫豸夂口

ETKG98 豸夂口一

阖 UFCL③ 门土厶皿

翮 GKMN 一口冂羽

贺 LKMU③ 力口贝冫

EKMU98③ 力口贝冫

贺年片 LRTH

褐 PUJN 衤冫曰乙

赫 FOFO③ 土小土小

鹤 PWYG③ 冖亻主一

壑 HPGF③ 卜冖一土

hei

黑 LFOU③ 罒土灬冫

黑暗 LFJU 黑色 LFQC

黑板 LFSR 黑人 LFWW

黑社会 LPWF 黑板报 LSRB

黑种人 LTWW 黑体字 LWPB

黑龙江 LDIA

嘿 KLFO③ 口罒土灬

hen

痕 UVEI③ 疒彐𧘇冫

UVI98 疒艮冫

很 TVEY③ 彳彐𧘇丶

TVY98 彳艮丶

很能 TVCE 很大 TVDD

很小 TVIH 很多 TVQQ

很热 TVRV 很冷 TVUW

很好 TVVB 很低 TVWQ

很需要 TFSV 很必要 TNSV

很容易 TPJQ 很可能 TSCE

狠 QTVE③ 犭丿彐𧘇

QTVY98③ 犭丿艮丶

恨 NVEY② 忄彐𧘇丶

NVY98② 忄艮丶

恨不得 NGTJ

heng

恒 NGJG③ 忄一日一

亨 YBJ 亠口了刂

哼 KYBH③ 口亠了丨

桁 STFH 木彳二丨

STGS98③ 木彳一丁

珩 GTFH③ 王彳二丨

GTGS98③ 王彳一丁

横 SAMW③ 木艹由八

横行霸道 STFU

衡 TQDH 彳鱼大丨

TQDS98③ 彳鱼大丁

蘅 ATQH 艹彳鱼丨

ATQS98 艹彳鱼丁

hong

烘 OAWY③ 火艹八丶
OAWY98③ 火艹八丶
轰 LCCU③ 车又又冫
轰轰烈烈 LLGG
哄 KAWY③ 口艹八丶
訇 QYD 勹言三
薨 ALPX 艹罒冖匕
弘 XCY 弓厶丶
XCY98② 弓厶丶
红 XAG② 纟工一
红色 XAQC 红旗 XAYT
红眼病 XHUG 红外线 XQXG
红楼梦 XSSS 红领巾 SWMH
红细胞 XXEQ 红绿灯 XXOS
宏 PDCU③ 宀𠂇厶冫
宏观 PDCM
闳 UDCI③ 门𠂇厶氵
泓 IXCY③ 氵弓厶丶
洪 IAWY③ 氵艹八丶
荭 AXAF③ 艹纟工二
虹 JAG② 虫工一
JAG98 虫工一
鸿 IAQG 氵工勹一
IAQG98③ 氵工勹一
蕻 ADAW 艹镸艹八
黉 IPAW③ 𭕄冖艹八
讧 YAG 讠工一

hou

喉 KWND③ 口亻コ大
侯 WNTD③ 亻コ𠂉大
猴 QTWD③ 犭丿亻大
瘊 UWND③ 疒亻コ大
篌 TWND③ 亻コ大
糇 OWND③ 米亻コ大
骺 MERK③ 𠂤月𠂆口
吼 KBNN③ 口子乙乙
后 RGKD② 𠂆一口三
后期 RGAD 后勤 RGAK
后面 RGDM 后者 RGFT
后天 RGGD 后来 RGGO
后果 RGJS 后边 RGLP
后悔 RGNT 后头 RGUD
后退 RGVE 后方 RGYY
后顾之忧 RDPN 后起之秀 RFPT
后来居上 RGNH
厚 DJBD③ 厂日子三
後 TXTY③ 彳幺夂㇏
TXTY98 彳幺夂㇏
逅 RGKP 𠂆一口辶
候 WHND③ 亻丨コ大
候车室 WLPG 候机室 WSPG
候选人 WTWW
堠 FWND 土亻コ大
FWND98③ 土亻コ大
鲎 IPQG 𭕄冖鱼一
钬 QOY 钅火㇏
夥 JSQQ③ 日木夕夕
嚯 KFWY 口雨亻圭
蠖 JAWC 虫艹亻又

hu

呼 KTUH② 口丿丷丨
KTUF98③ 口丿 十
呼和浩特 KTIT 呼吸 KTKE
乎 TUHK③ 丿丷丨Ⅲ
TUFK98 丿丷十川
忽 QRNU③ 勹彡心冫
忽然 QRQD
烀 OTUH③ 火丿丷丨
OTUF98③ 火丿丷十
轷 LTUH 车丿丷丨
LTUF98 车丿丷十
唿 KQRN 口勹彡心
惚 NQRN③ 忄勹彡心
滹 IHAH 氵𠂆七丨
IHTF98 氵虍丿十
囫 LQRE③ 口勹彡彡
弧 XRCY③ 弓𠂆厶㇏
狐 QTRY③ 犭丿𠂆㇏
狐假虎威 QWHD
胡 DEG② 古月一
DEG98 古月一
胡作非为 DWDY 胡萝卜 DAHH
壶 FPOG③ 士冖业一
FPOF98③ 士冖业
觯 QEUF 𠂊用丷十
斛 QEUF③ 𠂊用冫十
湖 IDEG③ 氵古月一
湖南 IDFM 湖泊 IDIR
湖北 IDUX 湖南省 IFIT
湖北省 IUIT
猢 QTDE 犭丿古月
葫 ADEF 艹古月二
煳 ODEG 火古月一
瑚 GDEG③ 王古月一
鹕 DEQG③ 古月勹一
槲 SQEF 木𠂊用十
糊 ODEG③ 米古月一
糊涂 ODIW
蝴 JDEG③ 虫古月一
醐 SGDE 西一古月
縠 FPGC 士冖一又
虎 HAMV② 广七几巛
HWV98 虍几巛

虎头蛇尾 HUJN

浒 IYTF 氵讠𠂉十

唬 KHAM 口广七几

KHWG98 口虍几二

琥 GHAM③ 王广七几

GHW98 王虍几

互 GXGD② 一彑一三

GXD98② 一彑三

互助 GXEG 互相 GXSH

户 YNE 丶尸彡

户口 YNKK

沍 UGXG③ 冫一彑一

UGXG98 冫一彑一

护 RYNT③ 扌丶尸丿

护士 RYFG 护照 RYJV

沪 IYNT③ 氵丶尸丿

岵 MDG 山古一

怙 NDG 忄古一

戽 YNUF③ 丶尸冫十

祜 PYDG 礻丶古一

笏 TQRR③ 𥫗勹彡彡

扈 YNKC 丶尸口巴

瓠 DFNY 大二乙㇏

鹱 QYNC 勹丶乙又

QGAC98 鸟一艹又

镬 QAWC 钅艹亻又

QAWC98③ 钅艹亻又

藿 AFWY 艹雨亻圭

hua

花 AWXB③ 艹亻匕巜

花朵 AWMS 花名册 AQMM

花生油 ATIM 花生米 ATOY

花言巧语 AYAY 花天酒地 AGIF

华 WXFJ③ 亻匕十刂

华东 WXAI 华南 WXFM

华丽 WXGM 华北 WXUX

华侨 WXWT 华人 WXWW

华裔 WXYE 华盛顿 WDGB

华而不实 WDGP

哗 KWXF③ 口亻七十

骅 CWXF③ 马亻匕十

CGWF98 马一亻十

铧 QWXF③ 钅亻匕十

滑 IMEG③ 氵冎月一

猾 QTME③ 犭丿冎月

QTME98 犭丿冎月

化 WXN② 亻匕乙

化工 WXAA 化验 WXCW

化肥 WXEC 化学 WCIP

化验室 WCPG 化肥厂 WEDG

化学家 WIPE 化妆品 WUKK

化学元素 WIFG

划 AJH② 戈刂丨

划时代 AJWA

画 GLBJ② 一田凵刂

画龙点睛 GDHH 画面 GLDM

画地为牢 GFYP 画家 GLPE

画蛇添足 GJIK

话 YTDG③ 讠丿古一

话务员 YTKM

桦 SWXF③ 木亻匕十

砉 DHDF 三丨石二

huai

怀 NGIY② 忄一小丶

NDHY98③ 忄𠂇卜丶

怀念 NGWY 怀疑 NGXT

徊 TLKG③ 彳口口一

淮 IWYG③ 氵亻圭一

槐 SRQC③ 木白儿厶

踝 KHJS 口止日木

坏 FGIY③ 土一小丶

FDH98 土𠂇卜

坏东西 FASG 坏蛋 FGNH

huan

欢 CQWY③ 又𠂊人丶

欢喜 CQFK 欢呼 CQKT

欢迎 CQQB 欢乐 CQQI

欢笑 CQTT 欢送 CQUD

獾 QTAY 犭丿艹圭

环 GGIY③ 王一小丶

GDHY98③ 王𠂇卜丶

环境污染 GFII 环境 GGFU

环境保护 GFWR 环保 GGWK

洹 IGJG③ 氵一日一

桓 SGJG 木一日一

萑 AWYF 艹亻圭二

锾 QEFC 钅爫二又

QEGC98 钅爫一又

寰 PLGE③ 宀罒一𧘇

缳 XLGE 纟罒一𧘇

鬟 DELE③ 镸彡罒𧘇

缓 XEFC③ 纟爫二又

XEGC98 纟爫一又

缓和 XETK

幻 XNN 幺乙乙

幻想 XNSH 幻想曲 XSMA

奂 QMDU③ 𠂊冂大冫

宦 PAHH③ 宀匚丨丨

唤 KQMD③ 口𠂊冂大

换 RQMD② 扌𠂊冂大

浣 IPFQ 氵宀二儿

涣 IQMD③ 氵𠂊冂大

患 KKHN 口口丨心

患难与共 KCGA 患难之交 KCPU

患得患失 KTKR

焕 OQMD③ 火⺈冂大
逭 PNHP 宀⺕丨辶
PNPD98③ 宀⺕辶三
痪 UQMD③ 疒⺈冂大
豢 UDEU③ 丷大豕⺀
UGGE98③ 丷夫一豕
漶 IKKN 氵口口心
鲩 QGPQ③ 鱼一宀儿
擐 RLGE 扌罒一𧘇
RLGE③ 扌罒一𧘇
圜 LLGE③ 囗罒一𧘇

huang

荒 AYNQ 艹亠乙⺇
AYNK98 艹亠乙⺇
肓 YNEF 亠乙月二
慌 NAYQ③ 忄艹亠⺇
NAYK98③ 忄艹亠⺇
慌忙 NANY 慌乱 NATD
皇 RGF 白王二
皇帝 RGUP
凰 MRGD③ 几白王三
WRGD98 几白王三
隍 BRGG③ 阝白王一
黄 AMWU③ 龷由八⺀
黄河 AMIS 黄色 AMQC
黄金时代 AWJW 黄金 AMQQ
徨 TRGG③ 彳白王一
惶 NRGG 忄白王一
湟 IRGG 氵白王一
遑 RGPD③ 白王辶三
煌 ORGG② 火白王一
潢 IAMW③ 氵龷由八
璜 GAMW 王龷由八
篁 TRGF ⺮白王二
蝗 JRGG② 虫白王一
癀 UAMW③ 广龷由八
磺 DAMW③ 石龷由八
簧 TAMW ⺮龷由八
蟥 JAMW③ 虫龷由八
鳇 QGRG③ 鱼一白王
恍 NIQN③ 忄⺌儿乙
NIGQ98 忄⺍一儿
恍然大悟 NQDN
晃 JIQB② 日⺌儿巛
JIGQ98② 日⺍一儿
谎 YAYQ③ 讠艹亠⺇
YAYK98 讠艹亠⺇
幌 MHJQ 冂丨日儿

hui

灰 DOU② 𠂇火⺀
DOU98 𠂇火⺀
诙 YDOY③ 讠𠂇火丶
咴 KDOY③ 口𠂇火丶
恢 NDOY③ 忄𠂇火丶
恢复 NDTJ
挥 RPLH③ 扌冖车丨
挥金如土 RQVF
虺 GQJI 一儿虫⺀
晖 JPLH 日冖车丨
辉 IQPL ⺌儿冖车
IGQL98 ⺍一儿车
辉煌 IQOR
麾 YSSN 广木木乙
OSSE98 广木木毛
徽 TMGT 彳山一夂
徽标 TMSF
隳 BDAN 阝𠂇工⺗
回 LKD 囗口三
LKD98② 囗口三
回顾 LKDB 回去 LKFC
回来 LKGO 回避 LKNK
回忆 LKNN 回家 LKPE
回想 LKSH 回答 LKTW
洄 ILKG③ 氵囗口一
茴 ALKF 艹囗口二
蛔 JLKG③ 虫囗口一
悔 NTXU③ 忄𠂉母⺀
NTXY98③ 忄𠂉母丶
卉 FAJ 十廾刂
汇 IAN 氵匚乙
汇报 IARB 汇款单 IFUJ
汇丰银行 IDQT
会 WFCU② 人二厶⺀
会场 WFFN 会员 WFKM
会见 WFMQ 会长 WFTA
会计 WFYF 会谈 WFYO
会议 WFYY 会议厅 WYDS
会计师 WYJG 会计室 WYPG
讳 YFNH 讠二乙丨
讳疾忌医 YUNA
哕 KMQY③ 口山夕丶
浍 IWFC 氵人二厶
绘 XWFC③ 纟人二厶
绘画 XWGL 绘图仪 XLWY
绘声绘色 XFXQ
荟 AWFC 艹人二厶
诲 YTXU③ 讠𠂉母⺀
YTXY98③ 讠𠂉母丶
恚 FFNU 土土心⺀
烩 OWFC③ 火人二厶
OWFC98 火人二厶
贿 MDEG③ 贝𠂇月一
贿赂 MDMT
彗 DHDV 三丨三彐
DHDV98③ 三丨三彐

晦 JTXU③ 日𠂉𠃊丶
JTXY98 日𠂉母丶
秽 TMQY③ 禾山夕丶
喙 KXEY③ 口彑豕㇏
惠 GJHN③ 一日丨心
缋 XKHM③ 纟口丨贝
毁 VAMC② 臼工几又
EAWC98 臼工几又
毁灭 VAGO
慧 DHDN③ 三丨三心
蕙 AGJN③ 艹一日心
蟪 JGJN 虫一日心

hun

昏 QAJF 𠂎七日二
珲 GPLH③ 王冖车丨
荤 APLJ 艹冖车刂
婚 VQAJ② 女𠂎七日
婚姻 VQVL 婚姻法 VVIF
阍 UQAJ③ 门𠂎七日
UQAJ98 门𠂎七日
浑 IPLH③ 氵冖车丨
浑水摸鱼 IIRQ
馄 QNJX 𠂊乙日匕
魂 FCRC③ 二厶白厶
诨 YPLH③ 讠冖车丨
混 IJXX③ 氵日匕匕
混凝土 IUFF 混合物 IWTR
溷 ILEY 氵口豕㇏
ILGE98 氵口一豕

huo

耠 DIWK③ 三小人口
FSWK98③ 二木人口
锪 QQRN③ 钅勹彡心
劐 AWYJ 艹亻圭刂
豁 PDHK 宀三丨口
PDHK98③ 宀三丨口
攉 RFWY 扌雨亻圭
RFWY98③ 扌雨亻圭
活 ITDG③ 氵丿古一
活动 ITFC 活泼 ITIN
活受罪 IELD 活见鬼 IMRQ
活灵活现 IVIG
火 OOOO③ 火火火火（键名）
火花 OOAW 火柴 OOHX
火车 OOLG 火焰 OOOQ
火车头 OLUD 火车站 OLUH
伙 WOY② 亻火丶
伙伴 WOWU 伙计 WOYF
钬 QOY 钅火丶
夥 JSQQ 日木夕夕
JSQQ98③ 日木夕夕
或 AKGD② 戈口一三
或者说 AFYU 或者 AKFT
或是 AKJG 或许 AKYT
或多 AKQQ 或少 AKIT
货 WXMU③ 亻匕贝氵
货物 WXTR
获 AQTD③ 艹犭丿犬
AQTD98 艹犭丿犬
获取 AQBC 获胜 AQET
获得 AQTJ 获奖 AQUQ
获准 AQUW 获奖者 AUFT
祸 PYKW 礻丶口人
祸国殃民 PLGN 祸害 PYPD
惑 AKGN 戈口一心
霍 FWYF 雨亻圭二
镬 QAWC③ 钅艹亻又
藿 AFWY 艹雨亻圭
蠖 JAWC 虫艹亻又

ji

机 SMN② 木几乙
SWN98② 木几乙
机警 SMAQ 机能 SMCE
机动 SMFC 机场 SMFN
机电 SMJN 机器 SMKK
机车 SMLG 机密 SMPN
机制 SMRM 机械 SMSA
机构 SMSQ 机要 SMSV
机智 SMTD 机关 SMUD
机会 SMWF 机房 SMYN
机床 SMYS 机械化 SSWX
讥 YMN 讠几乙
YWN98 讠几乙
丌 GJK 一丿川
击 FMK 二山川
GBK98② 丰凵川
叽 KMN 口几乙
KWN98 口几乙
饥 QNMN③ 𠂊乙几乙
QNWN98③ 𠂊乙几乙
乩 HKNN③ ⺊口乙乙
圾 FEYY② 土乃㇏㇏
FBYY98 土乃㇏㇏
玑 GMN 王几乙
GWN98 王几乙
肌 EMN 月几乙
EWN98 月几乙
肌肉 EMMW
芨 AEYU③ 艹乃㇏氵
ABYU98③ 艹乃㇏氵
矶 DMN 石几乙
DWN98 石几乙
鸡 CQYG③ 又勹丶一
CQGG98③ 又鸟一一

鸡肉 CQMW　鸡蛋 CQNH
鸡毛蒜皮 CTAH　鸡毛 CQTF
鸡犬不宁 CDGP
咭　KFKG　口士口一
迹　YOPI③　亠亦辶氵
迹象 YOQJ
剞　DSKJ　大丁口刂
唧　KVCB　口彐厶卩
　KVBH98③　口艮卩丨
姬　VAHH③　女匚丨丨
屐　NTFC　尸彳十又
积　TKWY③　禾口八丶
积蓄 TKAY　积压 TKDF
积肥 TKEC　积雪 TKFV
积累 TKLX　积极 TKSE
积木 TKSS　积分 TKWV
积极性 TSNT
笄　TGAJ　⺮一廾刂
基　ADWF②　艹三八土
　DWFF98③　其八土二
基础 ADDB　基地 ADFB
基于 ADGF　基本 ADSG
基因 ADLD　基层 ADNF
基数 ADOV　基金 ADQQ
基础课 ADYJ　基督教 AHFT
基本上 ASHH　基金会 AQWF
基本功 ASAL　基本法 ASIF
基本原则 ASDM　基本路线 ASKX
基本国策 ASLT　基本建设 TAVY
绩　XGMY③　纟龶贝丶
嵇　TDNM　禾尢乙山
犄　TRDK③　丿扌大口
　CDSK98③　牜大丁口
缉　XKBG③　纟口耳一
赍　FWWM③　十人人贝

畸　LDSK③　田大丁口
跻　KHYJ　口止文刂
箕　TADW③　⺮廾三八
　TDWU98③　⺮其八氵
畿　XXAL③　幺幺戈田
稽　TDNJ　禾尢乙日
齑　YDJJ　文丿川刂
墼　GJFF　一日十土
　LBWF98③　车凵几土
激　IRYT③　氵白方攵
激动 IRFC　激起 IRFH
激烈 IRGQ　激素 IRGX
激昂 IRJQ　激励 IRDD
激情 IRNG　激发 IRNT
激怒 IRVC　激化 IRWX
羁　LAFC③　罒廿串马
　LAFG98③　罒廿串一
及　EYI②　乃㇏氵
　BYI98②　乃㇏氵
及时 EYJF　及格 EYST
及时性 EJNT
吉　FKF②　土口二
吉祥 FKPY　吉林 FKSS
吉利 FKTJ　吉祥物 FPTR
吉林省 FSIT　吉普车 FULG
岌　MEYU　山乃丶氵
　MBYU98③　山乃㇏氵
汲　IEYY③　氵乃丶丶
　IBYY98③　氵乃丶丶
级　XEYY②　纟乃㇏㇏
　XBYY98②　纟乃㇏㇏
级别 XEKL
即　VCBH③　彐厶卩丨
　VBH98　艮卩丨
即时 VCJF　即日 VCJJ

即将 VCUQ　即使 VCWG
即席 VCYA　即刻 VCYN
极　SEYY②　木乃㇏㇏
　SBYY98③　木乃㇏㇏
极其 SEAD　极限 SEBV
极左 SEDA　极大 SEDD
极点 SEHK　极力 SELT
极端 SEUM　极度 SEYA
亟　BKCG③　了口又一
佶　WFKG　亻士口一
急　QVNU③　⺈彐心氵
急切 QVAV　急需 QVFD
急于 QVGF　急速 QVGK
急流 QVIY　急电 QVJN
急躁 QVKH　急剧 QVND
急忙 QVNY　急病 QVUG
急促 QVWK　急件 QVWR
急诊 QVYW　急刹车 QQLG
笈　TEYU　⺮乃㇏氵
　TBYU98　⺮乃㇏氵
疾　UTDI③　疒⺈大氵
疾苦 UTAD　疾病 UTUG
疾恶如仇 UGVW
戢　KBNT　口耳乙丿
　KBNY98　口耳乙丶
棘　GMII　一冂小小
　SMSM98　木冂木冂
殛　GQBG③　一夕了一
集　WYSU③　亻圭木氵
集成 WYDN　集中 WYKH
集团 WYLF　集邮 WYMB
集市 WYYM　集锦 WYQR
集资 WYUQ　集合 WYWG
集体 WYWS　集训 WYYK
嫉　VUTD③　女疒⺈大

嫉妒 VUVY

楫 SKBG③ 木口耳一

蒺 AUTD③ 艹疒𠂉大

辑 LKBG③ 车口耳一

瘠 UIWE③ 疒⺦人月

蕺 AKBT 艹口耳丿

AKBY98 艹口耳丿

籍 TDIJ ⺮三小日

TFSJ98③ ⺮二木日

籍贯 TDXF

几 MTN② 几丿乙

WTN98 几丿乙

几时 MTJF 几年 MTRH

几乎 MTTU 几何 MTWS

几度 MTYA 几何学 MWIP

己 NNGN③ 己乙一乙

虮 JMN 虫几乙

JWN98 虫几乙

挤 RYJH③ 扌文⺉丨

脊 IWEF③ ⺦人月二

脊梁 IWIV 脊背 IWUX

掎 RDSK③ 扌大丁口

戟 FJAT③ 十早戈丿

FJAY98③ 十早戈丶

嵴 MIWE③ 山⺦人月

麂 YNJM 广コ刂几

OXXW98 户匕匕几

计 YFH② 讠十丨

计划 YFAJ 计时 YFJF

计量 YFJG 计较 YFLU

计策 YFTG 计算 YFTH

计分 YFWV 计谋 YFYA

计数器 YOKK 计算机 YTSM

伎 WFCY 亻十又㇏

伎俩 WFWG

纪 XNN② 纟己乙

纪元 XNFQ 纪实 XNPU

纪要 XNSV 纪委 XNTV

纪律 XNTV 纪录 XNVI

纪念 XNWY 纪律性 XTNT

纪录片 XVTH 纪念碑 XWDR

纪念日 XWJJ 纪念品 XWKK

妓 VFCY③ 女十又㇏

妓院 VFBP 妓女 VFVV

忌 NNU 己心冫

忌妒 NNVY

技 RFCY③ 扌十又㇏

技工 RFAA 技巧 RFAG

技艺 RFAN 技能 RFCE

技校 RFSU 技术 RFSY

技术员 RSKM 技术性 RSNT

芰 AFCU 艹十又冫

际 BFIY② 阝二小丶

剂 YJJH 文⺉刂

季 TBF② 禾子二

TBF98 禾子二

季刊 TBFJ 季度 TBYA

季节 TBAB 季节性 TANT

哜 KYJH③ 口文⺉丨

既 VCAQ③ ヨ厶匚儿

VAQN98 艮匚儿乙

既是 VCJG 既然 VCQD

既然如此 VQVH 既往不咎 VTGT

洎 ITHG 氵丿目一

济 IYJH③ 氵文⺉丨

济南市 IFYM 济南 IYFM

继 XONN② 纟米乙乙

继承 XOBD 继续 XOXF

继承法 XBIF 继承人 XBWW

继往开来 XTGG

觊 MNMQ 山已冂儿

MNMQ98③ 山已冂儿

凯歌 MNSK 凯旋 MNYT

寂 PHIC② 宀上小又

寂静 PHGE 寂寞 PHPA

寄 PDSK③ 宀大丁口

寄予 PDCB 寄存 PDDH

寄托 PDRT 寄语 PDYG

寄生 PDTG 寄送 PDUD

寄信 PDWY 寄费 PDXJ

寄人篱下 PWTG

悸 NTBG③ 忄禾子一

祭 WFIU③ 癶二小冫

蓟 AQGJ 艹鱼一刂

AQGJ98③ 艹鱼一刂

暨 VCAG ヨ厶匚一

VAQG98 艮匚儿一

跽 KHNN 口止己心

霁 FYJJ③ 雨文⺉刂

鲚 QGYJ 鱼一文⺉

稷 TLWT③ 禾田八夂

鲫 QGVB 鱼一ヨ卩

QGVB98③ 鱼一ヨ卩

冀 UXLW③ 丬匕田八

髻 DEFK 镸彡士口

骥 CUXW③ 马丬匕八

CGUW98③ 马一丬八

诘 YFK 讠士口

藉 ADIJ③ 艹三小日

AFSJ98③ 艹二木日

籍贯 TDXF

荠 AYJJ 艹文⺉⺉

jia

加 LKG② 力口一

EKG98② 力口一

加工 LKAA　加速 LKGK

加班 LKGY　加上 LKHH

加深 LKIP　加紧 LKJC

加剧 LKND　加密 LKPN

加重 LKTG　加入 LKTY

加减 LKUD　加强 LKXK

加工厂 LADG　加拿大 LWDD

伽　WLKG③　亻力口一

WEKG98③　亻力口一

夹　GUWI③　一丷人氵

GUD98　一丷大

佳　WFFG　亻土土一

WFFG98③　亻土土一

佳期 WFAD　佳句 WFQK

佳音 WFUJ　佳作 WFWT

佳话 WFYT

迦　LKPD③　力口辶三

EKPD98③　力口辶三

枷　SLKG③　木力口一

SEKG98③　木力口一

浃　IGUW③　氵一丷人

IGUD98　氵一丷大

珈　GLKG③　王力口一

GEKG98③　王力口一

家　PEU②　宀豕氵

PGEU98②　宀一豕氵

家用 PEET　家具 PEHW

家电 PEJN　家史 PEKQ

家属 PENT　家长 PETA

家务 PETL　家产 PEUT

家伙 PEWO　家乡 PEXT

家庭 PEYT　家畜 PEYX

家喻户晓 PKYJ

痂　ULKD　疒力口三

UEKD98　疒力口三

笳　TLKF　⺮力口二

TEKF98③　⺮力口二

袈　LKYE③　力口亠𧘇

EKYE98③　力口亠𧘇

袷　PUWK　衤冫人口

葭　ANHC　艹コ丨又

跏　KHLK　口止力口

KHEK98　口止力口

嘉　FKUK　士口丷口

嘉宾 FKPR　嘉奖 FKUQ

嘉陵江 FBIA

镓　QPEY③　钅宀豕丶

QPGE98　钅宀一豕

岬　MLH　山甲丨

郏　GUWB　一丷人阝

GUDB98　一丷大阝

荚　AGUW　艹一丷人

AGUD98　艹一丷大

恝　DHVN　三丨刀心

戛　DHAR③　丆目戈彡

DHAU98③　丆目戈氵

铗　QGUW　钅一丷人

QGUD98　钅一丷大

蛱　JGUW③　虫一丷人

JGUD98③　虫一丷大

颊　GUWM　一丷人贝

GUDM98　一丷大贝

甲　LHNH　甲丨乙丨

甲骨文 LMYY

胛　ELH　月甲丨

贾　SMU③　西贝氵

SM98②　西贝

钾　QLH　钅甲丨

瘕　UNHC③　疒コ丨又

价　WWJH③　亻人刂丨

价目 WWHH　价钱 WWQG

价格 WWST　价值 WWWF

驾　LKCF③　力口马二

EKCG98③　力口马一

驾驭 LKCC　驾驶 LKCK

驾驶员 LCKM　驾驶证 LCYG

架　LKSU③　力口木氵

EKSU98③　力口木氵

架子 LKBB

假　WNHC③　亻コ丨又

假若 WNAD　假期 WNAD

假冒 WNJH　假日 WNJJ

假定 WNPG　假象 WNQJ

假名 WNQK　假装 WNUF

假如 WNVK　假借 WNWA

假使 WNWG　假设 WNYM

假公济私 WWIT

嫁　VPEY③　女宀豕丶

VPGE98③　女宀一豕

稼　TPEY③　禾宀豕丶

TPGE98③　禾宀一豕

jian

戋　GGGT　戋一一丿

GAI98　一戈氵

奸　VFH　女干丨

奸污 VFIF　奸商 VFUM

尖　IDU②　小大氵

尖锐 IDQU　尖端 IDUM

坚　JCFF③　刂又土二

JCFF②　刂又土二

坚硬 JCDG　坚韧 JCFN

坚固 JCLD　坚守 JCPF

坚定 JCPG　坚实 JCPU

坚持 JCRF　坚决 JCUN

坚信 JCWY　坚强 JCXK

坚固耐用 JLDE 坚定不移 JPGT
坚忍不拔 JVGR 坚强不屈 JXGN
歼 GQTF③ 一夕丿十
歼击 GQFM 歼灭 GQGO
间 UJD② 门日三
间隔 UJBG 间断 UJON
间接 UJRU 间谍 UJYA
肩 YNED 丶尸月三
肩膀 YNEU 肩负 YNQM
艰 CVEY② 又彐𠄌丶
CVY98② 又艮丶
艰苦 CVAD 艰巨 CVAN
艰险 CVBW 艰难 CVCW
艰辛 CVUY 艰巨性 CANT
艰苦奋斗 CADU 艰难险阻 CCBB
兼 UVOU③ 䒑彐小冫
UVJW98③ 䒑彐刂八
兼顾 UVDB 兼容 UVPW
兼容性 UPNT 兼职 UVBK
监 JTYL 刂𠂉丶皿
监督 JTHI 监视 JTPY
监狱 JTQT 监禁 JTSS
监察院 JPBP 监视器 JPKK
笺 TGR ⺮戋彡
TGAU98③ ⺮一戈冫
菅 APNN 艹宀ココ
APNF98③ 艹宀 二
湔 IUEJ③ 氵䒑月刂
犍 TRVP③ 丿扌彐廴
CVGP98③ 牛彐キ廴
缄 XDGT③ 纟厂一丿
XDGK98③ 纟厂一口
搛 RUVO 扌䒑彐小
RUVW98 扌䒑彐八
煎 UEJO 䒑月刂灬

缣 XUVO③ 纟䒑彐小
XUVW98③ 纟䒑彐八
蒹 AUVO③ 艹䒑彐小
AUVW98③ 艹䒑彐八
鲣 QGJF 鱼一刂土
鹣 UVOG 䒑彐小一
UVJG98 䒑彐刂一
鞯 AFAB③ 廿串艹子
囝 LBD② 囗子三
拣 RANW 扌七乙八
枧 SMQN 木冂儿乙
SMQN98③ 木冂儿乙
俭 WWGI 亻人一丷
俭朴 WWSH
柬 GLII③ 一罒小冫
SLD98② 木罒三
茧 AJU 艹虫冫
捡 RWGI 扌人一丷
RWGG98③ 扌人一一
笕 TMQB ⺮冂儿《
减 UDGT③ 冫厂一丿
UDGK98③ 冫三一口
减肥 UDEC 减速 UDGK
减法 UDIF 减少 UDIT
减轻 UDLC 减免 UDQK
减弱 UDXU 减退 UDVE
减低 UDWQ 减价 UDWW
剪 UEJV 䒑月刂刀
剪彩 UEES
检 SWGI② 木人一丷
SWGI98③ 木人一一
检修 SWWH 检验 SWCW
检索 SWFP 检测 SWIM
检举 SWIW 检字 SWPB
检察 SWPW 检查 SWSJ

检疫 SWUM 检阅 SWUU
检察院 SPBP 检察厅 SPDS
趼 KHGA 口止一廾
睑 HWGI 目人一丷
HWGG98 目人一一
硷 DWGI 石人一丷
DWGG98 石人一一
裥 PUUJ 礻冫门日
锏 QUJG 钅门日一
简 TUJF③ ⺮门日二
简陋 TUBG 简历 TUDD
简明 TUJE 简易 TUJQ
简略 TULT 简报 TURB
简捷 TURG 简朴 TUSH
简要 TUSV 简短 TUTD
简称 TUTQ 简装 TUUF
简单 TUUJ 简便 TUWG
简介 TUWJ 简化 TUWX
简练 TUXA 简讯 TUYN
简明扼要 TJRS
谫 YUEV③ 讠䒑月刀
戬 GOGA 一业一戈
GOJA98 一业日戈
碱 DDGT③ 石厂一丿
DDGK98③ 石厂一口
翦 UEJN 䒑月刂羽
謇 PFJY 宀二刂言
PAWY98 宀龷八言
蹇 PFJH 宀二刂止
PAWH98 宀龷八止
见 MQB 冂儿《
MQB98② 冂儿《
见解 MQQE 见闻 MQUB
见效 MQUQ 见识 MQYK
见义勇为 MYCY 见异思迁 MNLT

件 WRHH③ 亻⺈丨丨
WTGH98③ 亻丿扌丨
建 VFHP ⺕二丨廴
VGP98② ⺕𡗗廴
建成 VFDN 建党 VFIP
建国 VFKG 建军 VFPL
建树 VFSC 建材 VFSF
建筑 VFTA 建造 VFTF
建交 VFUQ 建立 VFUU
建设 VFYM 建议 VFYY
建军节 VPAB 建设者 VYFT
饯 QNGT ⺈乙戋丿
QNGA98③ 勹乙一戈
剑 WGIJ③ 人一⺍刂
牮 WARH③ 亻弋⺈丨
WAYG98 亻七丶扌
荐 ADHB③ 艹𠂇丨子
贱 MGT 贝戋丿
MGAY98 贝一戈丶
健 WVFP③ 亻⺕二廴
WVGP98③ 亻⺕𡗗廴
健壮 WVUF 健美 WVUG
健全 WVWG 健忘 WVYN
健身 WVTM 健康 WVYV
涧 IUJG 氵门日一
舰 TEMQ 丿舟冂儿
TUMQ98③ 丿舟冂儿
舰队 TEBW 舰艇 TETE
渐 ILRH② 氵车斤丨
ILRH98③ 氵车斤丨
渐进 ILFJ 渐渐 ILIL
谏 YGLI③ 讠一罒小
YSLG98③ 讠木罒一
楗 SVFP 木⺕二廴
SVGP98③ 木⺕廴

毽 TFNP 丿二乙廴
EVGP98 毛⺕𡗗廴
溅 IMGT 氵贝戋丿
IMGA98 氵贝一戈
腱 EVFP 月⺕二廴
EVGP98③ 月⺕𡗗廴
践 KHGT③ 口止戋丿
KHGA98③ 口止一戈
鉴 JTYQ 刂⺈丶金
鉴别 JTKL 鉴定 JTPG
键 QVFP 钅⺕二廴
QVGP98 钅⺕𡗗廴
键盘 QVTE
僭 WAQJ 亻匚儿日
槛 SJTL③ 木刂⺈皿
箭 TUEJ③ ⺮⺍月刂
踺 KHVP 口止⺕廴

jiang

江 IA② 氵工一
江南 IAFM 江河 IAIS
江山 IAMM 江泽民 IINA
江苏 IAAL 江苏省 IAIT
江西 IASG 江西省 ISIT
姜 UGVF③ 䒑王女二
UGVF98 丷王女二
将 UQFY③ 丬夕寸丶
将士 UQFG 将来 UQGO
将帅 UQJM 将军 UQPL
将近 UQRP 将要 UQSV
将功赎罪 UAML
茳 AIAF③ 艹氵工二
浆 UQIU③ 丬夕水氵
豇 GKUA 一口䒑工
僵 WGLG③ 亻一田一
缰 XGLG③ 纟一田一

礓 DGLG③ 石一田一
疆 XFGG③ 弓土一一
XFGG98③ 弓土一一
讲 YFJH③ 讠二刂丨
讲学 YFIP 讲演 YFIP
讲师 YFJG 讲究 YFPW
讲解 YFQE 讲授 YFRE
讲述 YFSY 讲稿 YFTY
讲课 YFYJ 讲义 YFYQ
讲话 YFYT 讲座 YFYW
奖 UQDU③ 丬夕大氵
奖励 UQDD 奖赏 UQIP
奖品 UQKK 奖金 UQQQ
奖惩 UQTG 奖状 UQUD
奖章 UQUJ 奖学金 UIQQ
桨 UQSU③ 丬夕木氵
蒋 AUQF③ 艹丬夕寸
AUQF98 艹丬夕寸
耩 DIFF 三小二土
FSAF98 二木龷土
匠 ARK② 匚斤Ⅲ
降 BTAH② 阝夂匚丨
BTGH98② 阝夂匚丨
降职 BTBK 降压 BTDF
降雨 BTFG 降水 BTII
降温 BTIJ 降临 BTJT
降低 BTWQ 降价 BTWW
洚 ITAH③ 氵夂匚丨
ITGH98③ 氵夂匚丨
绛 XTAH 纟夂匚丨
XTGH98③ 纟夂匚丨
酱 UQSG 丬夕西一
酱油 UQIM
犟 XKJH 弓口虫丨
XKJG98 弓口虫丨

糨 OXKJ② 米弓口虫
OXKJ98③ 米弓口虫

jiao

交 UQU② 六乂冫
UR98② 六乂冫
交际 UQBF 交通 UQCE
交替 UQFW 交互 UQGX
交班 UQGY 交战 UQHK
交涉 UQIH 交流 UQIY
交易 UQJQ 交界 UQLW
交情 UQNG 交锋 UQQT
交换 UQRQ 交接 UQRU
交待 UQTF 交代 UQWA
交货 UQWX 交纳 UQXM
交谈 UQYO 交换机 URSM
交谊舞 UYRL 交通部 UCUK
交际花 UBAW 交际舞 UBRL
交流会 UIWF 交易会 UJWF
交通规则 UCFM
郊 UQBH③ 六乂阝丨
URBH98③ 六乂阝丨
郊区 UQAQ 郊外 UQQH
姣 VUQY③ 女六乂㇏
VURY98③ 女六乂、
娇 VTDJ 女丿大Ⅱ
娇柔 VTCB 娇艳 VTDH
娇气 VTRN
浇 IATQ③ 氵七丿儿
浇灌 IAIA
茭 AUQU 艹六乂
AURU98③ 艹六乂冫
骄 CTDJ 马丿大Ⅱ
CGTJ98③ 马一丿刂
骄兵必败 CRNM 骄傲 CTWG
胶 EUQY② 月六乂㇏
EURY98② 月六乂㇏
胶印 EUQG 胶卷 EUUD
椒 SHIC③ 木上小又
焦 WYOU③ 亻圭灬二
焦虑 WYHA 焦点 WYHK
焦炭 WYMD 焦急 WYQV
焦头烂额 WUOP
蛟 JUQY③ 虫六乂㇏
JURY98 虫六乂㇏
跤 KHUQ 口止六乂
KHUR98 口止六乂
僬 WWYO 亻亻圭灬
鲛 QGUQ 鱼一六乂
QGUR98 鱼一六乂
蕉 AWYO③ 艹亻圭灬
AWYO98 艹亻圭灬
礁 DWYO③ 石亻圭灬
DWYO98 石亻圭灬
鹪 WYOG 亻圭灬一
角 QEJ② 夕用Ⅱ
角落 QEAI 角逐 QEEP
角色 QEQC 角度 QEYA
佼 WUQY③ 亻六乂㇏
WURY98③ 亻六乂㇏
侥 WATQ 亻七丿儿
WATQ98③ 亻七丿儿
侥幸 WAFU
狡 QTUQ③ 犭丿六乂
QTUR98③ 犭丿六乂
狡猾 QTQT
绞 XUQY③ 纟六乂㇏
XURY98③ 纟六乂㇏
绞尽脑汁 XNEI
饺 QNUQ 𠂊乙六乂
QNUR98 𠂊乙六乂
饺子 QNBB
皎 RUQY③ 白六乂㇏
RURY98③ 白六乂㇏
矫 TDTJ 𠂉大丿Ⅱ
脚 EFCB 月土厶卩
脚踏实地 EKPF 脚步 EFHI
铰 QUQY③ 钅六乂㇏
QURY98③ 钅六乂㇏
搅 RIPQ 扌⺍冖儿
搅拌 RIRU
剿 VJSJ 巛日木刂
剿匪 VJAD
敫 RYTY 白方攵㇏
徼 TRYT③ 彳白方攵
缴 XRYT③ 纟白方夂
缴获 XRAQ 缴纳 XRXM
叫 KNHH② 口乙丨丨
叫喊 KNKD 叫做 KNWD
峤 MTDJ 山丿大Ⅱ
轿 LTDJ③ 车丿大Ⅱ
轿车 LTLG
较 LUQY② 车六乂㇏
LURY98② 车六乂㇏
较少 LUIT 较量 LUJG
较多 LUQQ 较低 LUWQ
较高 LUYM
教 FTBT 土丿子攵
教学 FTIP 教师 FTJG
教员 FTKM 教导 FTNF
教室 FTPG 教授 FTRE
教材 FTSF 教程 FTTK
教条 FTTS 教养 FTUD
教练 FTXA 教育 FTYC
教课 FTYJ 教训 FTYK
教练员 FXKM 教育部 FYUK

教职工 FBAA　教研室 FDPG
教研组 FDXE　教学楼 FISO
窖　PWTK　宀八丿口
酵　SGFB　西一土子
醮　SGWO　西一亻灬
嚼　KELF③　口爫罒寸
爝　OELF③　火爫罒寸

jie

阶　BWJH③　阝人丿丨
　BWJ98③　阝人丿
阶层 BWNF　阶段 BWWD
阶级 BWXE
偈　WJQN86　亻曰勹乙
　WJQ98　亻曰勹
疖　UBK　疒卩Ⅲ
皆　XXRF③　匕匕白二
接　RUVG③　扌立女一
接受 RUEP　接替 RUFW
接班 RUGY　接洽 RUIW
接吻 RUKQ　接见 RUMQ
接收 RUNH　接触 RUQE
接近 RURP　接待 RUTF
接待室 RTPG　接待站 RTUH
秸　TFKG　禾土口一
喈　KXXR　口匕匕白
嗟　KUDA　口丷𦍌工
　KUAG98③　口羊工一
揭　RJQN③　扌日勹乙
揭幕 RJAJ　揭露 RJFK
揭开 RJGA　揭晓 RJJA
揭发 RJNT　揭穿 RJPW
街　TFFH　彳土土丨
　TFFS98　彳土土丁
街头 TFUD　街道 TFUT
街市 TFYM

孑　BNHG　了乙丨一
节　ABJ②　艹卩Ⅱ
节能 ABCE　节奏 ABDW
节目 ABHH　节水 ABII
节省 ABIT　节日 ABJJ
节制 ABRM　节俭 ABWW
节约 ABXQ　节育 ABYC
节外生枝 AQTS
讦　YFH　讠干丨
劫　FCLN　土厶力乙
　FCET98　土厶力丿
杰　SOU②　木灬冫
杰出 SOBM　杰作 SOWT
拮　RFKG③　扌土口一
洁　IFKG③　氵土口一
结　XFKG②　纟土口一
结束 XFGK　结晶 XFJJ
结果 XFJS　结帐 XFMH
结局 XFNN　结业 XFOG
结实 XFPU　结构 XFSQ
结论 XFYW　结算 XFTH
结婚 XFVQ　结合 XFWG
结党营私 XIAT　结合实际 XWPB
桀　QAHS　夕匚丨木
　QGSU98③　夕㐄木冫
婕　VGVH③　女一彐龰
捷　RGVH③　扌一彐龰
捷报 RGRB　捷径 RGTC
捷足先登 RKTW
颉　FKDM③　土口𠂆贝
睫　HGVH③　目一彐龰
截　FAWY③　十戈亻圭
　FAWY98　十戈亻圭
截长补短 FTPT　截止 FAHH
碣　DJQN③　石曰勹乙

竭　UJQN　立曰勹乙
竭力 UJLT　竭诚 UJYD
鲒　QGFK　鱼一土口
羯　UDJN　丷𦍌曰乙
　UJQN98　羊曰勹乙
姐　VEGG③　女目一一
姐夫 VEFW　姐姐 VEVE
姐妹 VEVF
解　QEVH③　⺈用刀丨
　QEVG98　勹用刀丨
解散 QEAE　解除 QEBW
解释 QETO　解答 QETW
解剖 QEUK　解决 QEUN
解雇 QEYN　解放 QEYT
解放军 QYPL
介　WJJ②　人丿
介于 WJGF　介质 WJRF
介入 WJTY　介意 WJUJ
介绍 WJXV　介词 WJYN
介绍人 WXWW　介绍信 WXWY
戒　AAK　戈廾Ⅲ
戒严 AAGO　戒烟 AAOL
戒骄戒躁 ACAK
芥　AWJJ③　艹人丿Ⅱ
届　NMD②　尸由三
届时 NMJF
界　LWJJ③　田人丿Ⅱ
　LWJJ98　田人丿Ⅱ
界限 LWBV　界线 LWXG
疥　UWJK③　疒人丿Ⅲ
诫　YAAH　讠戈廾丨
借　WAJG③　亻艹日一
借故 WADT　借助 WAEG
借用 WAET　借支 WAFC
借鉴 WAJT　借口 WAKK

借据 WARN　借条 WATS
借债 WAWG　借书证 WNYG
借题发挥 WJNR
蚧　JWJH③　虫人儿丨
骱　MEWJ③　冎月人儿

jin

今　WYNB　人丶乙巛
　WYN98③　人丶乙巛
今天 WYGD　今日 WYJJ
今晚 WYJQ　今后 WYRG
今年 WYRH　今年内 WRMW
巾　MHK　冂丨Ⅲ
斤　RTTH③　斤丿丿丨
斤斤计较 RRYL
金　QQQQ　金金金金（键名）
金工 QQAA　金黄 QQAM
金子 QQBB　金矿 QQDY
金融 QQGK　金星 QQJT
金属 QQNT　金额 QQPT
金鱼 QQQG　金钱 QQQG
金银 QQQV　金杯 QQSG
金牌 QQTH　金币 QQTM
金碧辉煌 QGIO　金融市场 QGYF
津　IVFH　氵彐二丨
　IVGH98　氵彐龶丨
津贴 IVMH　津贴费 IMXJ
津津有味 IIDK
矜　CBTN　龴卩丿乙
　CNHN98　龴乙丨乙
衿　PUWN　衤冫人乙
筋　TELB　⺮月力乙
　TEER98　⺮月力乙
襟　PUSI③　衤冫木小
仅　WCY　亻又㇏
仅此 SCHX　仅仅 WCWC
仅供参考 WWCF　仅次于 WUGF
卺　BIGB　了⺌一㔾
紧　JCXI②　刂又幺小
紧密 JCPN　紧急 JCQV
紧缺 JCRM　紧迫 JCRP
紧接 JCRU　紧凑 JCUD
紧缩 JCXP　紧张 JCXT
紧急措施 JQRY
堇　AKGF　廿口龶二
谨　YAKG③　讠廿口龶
谨防 YABY　谨慎 YANF
谨小慎微 YINT
锦　QRMH③　钅白冂丨
锦标 QRSF　锦绣 QRXT
锦纶 QRXW　锦旗 QRYT
锦上添花 QHIA　锦标赛 QSPF
廑　YAKG　广廿口龶
　OAKG98③　广廿口龶
馑　QNAG　⺈乙廿龶
槿　SAKG③　木廿口龶
瑾　GAKG　王廿口龶
尽　NYUU③　尸㇏冫冫
尽善尽美 NUNU　尽可能 NSCE
劲　CALN③　ス工力乙
　CAET98③　ス工力丿
劲头 CAUD
妗　VWYN③　女人丶乙
　VWYN98②　女人丶乙
近　RPK②　斤辶Ⅲ
近期 RPAD　近来 RHGO
近日 RPJJ　近视 RPPY
近年 RPRH　近程 RPTK
近况 RPUK　近年来 RRGO
近视眼 RPHV　近水楼台 RISC
进　FJPK②　二刂辶Ⅲ
　FJPK③　二刂辶Ⅲ
进出口 FBKK　进一步 FGHI
进取 FJBC　进出 FJBM
进而 FJDM　进去 FJFC
进来 FJGO　进步 FJHI
进餐 FJHQ　进口 FJKK
进展 FJNA　进军 FJPL
进行 FJTF　进程 FJTK
进入 FJTY　进退 FJVE
进修 FJWH　进货 FJWX
进度 FJYA　进化论 FWYW
荩　ANYU　艹尸㇏冫
　ANYU98③　艹尸㇏冫
晋　GOGJ　一业一日
　GOJF98③　一业日二
晋升 GOTA
浸　IVPC③　氵彐冖又
烬　ONYU③　火尸㇏冫
赆　MNYU③　贝尸㇏冫
缙　XGOJ　纟一业日
　XGOJ98③　纟一业日
禁　SSFI③　木木二小
禁区 SSAQ　禁止 SSHH
禁忌 SSNN　禁令 SSWY
靳　AFRH③　廿𠀎斤丨
觐　AKGQ　廿口龶儿
噤　KSSI　口木木小

jing

京　YIU　古小冫
京戏 YICA　京城 YIFD
京都 YIFT　京剧 YIND
泾　ICAG③　氵ス工一
经　XCAG②　纟ス工一
　XCAG98③　纟ス工一
经营 XCAP　经验 XCCW

经历 XCDL　经受 XCEP
经过 XCFP　经理 XCGJ
经常 XCIP　经济 XCIY
经办 XCLT　经典 XCMA
经销 XCQI　经贸 XCQY
经商 XCUM　经纬 XCXF
经线 XCXG　经费 XCXJ
经纪 XCXN　经络 XCXT
经贸部 XQUK　经济学 XIIP
经济基础 XIAD　经济危机 XIQS
经济制裁 XIRF　经济核算 XIST
经济特区 XITA　经济管理 XITG
茎　ACAF③　艹ス工二
荆　AGAJ③　艹一廾刂
惊　NYIY　忄亠口小丶
惊险 NYBW　惊奇 NYDS
惊动 NYFC　惊喜 NYFK
惊叹 NYKC　惊慌 NYNA
惊醒 NYSG　惊讶 NYYA
惊天动地 NGFF　惊心动魄 NNFR
旌　YTTG　方𠂉丿龶
菁　AGEF　艹龶月二
　AGEF98③　艹龶月二
晶　JJJF③　日日日二
晶体 JJWS　晶体管 JWTP
腈　EGEG　月龶月一
睛　HGEG②　目龶月一
粳　OGJQ③　米一日乂
　OGJR98③　米一日乂
兢　DQDQ③　古儿古儿
精　OGEG③　米龶月一
　OGEG98②　米龶月一
精巧 OGAG　精英 OGAM
精通 OGCE　精确 OGDQ
精彩 OGES　精致 OGGC

精力 OGLT　精髓 OGME
精辟 OGNK　精心 OGNY
精密 OGPN　精神 OGPY
精锐 OGQU　精选 OGTF
精简 OGTU　精装 OGUF
精美 OGUG　精华 OGWX
精细 OGXL　精度 OGYA
精诚 OGYD　精良 OGYV
精神病 OPUG　精确度 ODYA
精雕细刻 OMXY　精神财富 OPMP
精神文明 OPYJ　精打细算 ORXT
精益求精 OUFO　精疲力竭 OULU
鲸　QGYI③　鱼一亠口小
井　FJK③　二刂Ⅲ
井井有条 FFDT　井冈山 FMMM
阱　BFJH③　阝二ル丨
到　CAJH　ス工刂丨
肼　EFJH③　月二ル丨
颈　CADM③　ス工丆贝
景　JYIU②　日亠口小冫
　JYIU98③　日亠口小冫
景色 JYQC　景象 JYQJ
景气 JYRN　景物 JYTR
儆　WAQT　亻艹勹攵
　WAQT98③　亻艹勹攵
憬　NJYI③　忄日亠口小
警　AQKY　艹勹口言
警戒 AQAA　警卫 AQBG
警惕 AQNJ　警察 AQPW
警钟 AQQK　警句 AQQK
警告 AQTF　警备 AQTL
警卫员 ABKM　警惕性 ANNT
净　UQVH③　冫ク彐丨
净利 UQTJ
弪　XCAG　弓ス工一

径　TCAG③　彳ス工一
迳　CAPD③　ス工辶三
胫　ECAG③　月ス工一
痉　UCAD③　疒ス工三
竞　UKQB　立口儿巛
　UKQB98③　立口儿巛
竞赛 UKPF　竞争 UKQV
竞选 UKTF
婧　VGEG③　女龶月一
竟　UJQB③　立日儿巛
竟敢 UJNB　竟然 UJQD
敬　AQKT③　艹勹口攵
　AQKT98　艹勹口攵
敬爱 AQEP　敬酒 AQIS
敬礼 AQPY　敬重 AQTG
敬意 AQUJ　敬佩 AQWM
敬而远之 ADFP
靓　GEMQ③　龶月冂儿
靖　UGEG③　立龶月一
境　FUJQ③　土立日儿
境地 FUFB　境界 FULW
獍　QTUQ　犭丿立儿
静　GEQH③　龶月ク丨
静静 GEGE　静止 GEHH
静电 GEJN
镜　QUJQ③　钅立日儿
镜子 QUBB　镜头 QUUD

jiong

迥　MKPD③　冂口辶三
　MKPD98②　冂口辶三
扃　YNMK　丶尸冂口
炯　OMKG③　火冂口一
炯炯 OMOM
窘　PWVK　宀八彐口

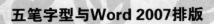

jiu

究 PWVB③ 宀八九
纠 XNHH③ 纟乙丨丨
纠正 XNGH 纠纷 XNXW
纠缠 XNXY
鸠 VQYG 九勹丶一
VQGG98 九鸟一一
赳 FHNH 土止乙丨
阄 UQJN③ 门夕日乙
啾 KTOY③ 口禾火㇏
揪 RTOY③ 扌禾火㇏
鬏 DETO 镸彡禾火
九 VTN③ 九丿乙
九龙 VTDX 九月 VTEE
九霄云外 VFFQ
久 QYI③ 夕㇏氵
久远 QYFQ 久经 QYXC
灸 QYOU③ 夕丶火氵
玖 GQYY③ 王夕丶丶
韭 DJDG 三刂三一
酒 ISGG 氵西一一
酒巴 ISCN 酒厂 ISDG
酒类 ISOD 酒杯 ISSG
酒会 ISWF 酒店 ISYH
旧 HJG③ 丨日一
旧中国 HKLG 旧社会 HPWF
旧金山 HQMM
臼 VTHG③ 臼丿丨一
ETHG98 臼丿丨一
咎 THKF③ 夂卜口二
疚 UQYI③ 疒夕㇏氵
柩 SAQY 木匚夕㇏
桕 SVG 木臼一
SEG98 木臼一
厩 DVCQ③ 厂彐厶儿
DVAQ98 厂艮匚儿
救 FIYT 十氺丶攵
GIYT98 一水丶攵
救济 FIIY 救世主 FAYY
救灾 FIPO 救护 FIRY
救死扶伤 FGRW
就 YIDN② 亠小尤乙
就职 YIBK 就此 YIHX
就是 YIJG 就业 YIOG
就近 YIRP 就算 YITH
就任 YIWT 就绪 YIXF
就座 YIYW 就是说 YJYU
舅 VLLB③ 臼田力巛
ELER98 臼田力彡
舅舅 VLVL 舅父 VWVL
舅母 VLXG
僦 WYIN86③ 亻亠小乙
鹫 YIDG 亠小尤一

ju

居 NDD③ 尸古三
居中 NDKH 居民 NDNA
居然 NAQD 居留 NAQY
居心叵测 NNAI 居住 NAWY
拘 RQKG③ 扌勹口一
拘束 RQGK 拘泥 RQIN
拘留 RQQY 拘留证 RQYG
狙 QTEG 犭丿目一
苴 AEGF③ 艹目一二
驹 CQKG 马勹口一
CGQK98 马一勹口
疽 UEGD③ 疒目一三
掬 RQOY③ 扌勹米丶
椐 SNDG③ 木尸古一
琚 GNDG③ 王尸古一
锔 QNNK 钅尸乙口
裾 PUND 衤冫尸古
雎 EGWY 目一亻圭
鞠 AFQO③ 廿串勹米
鞠躬尽瘁 ATNU 鞠躬 AFTM
鞫 AFQY 廿串勹言
局 NNKD③ 尸乙口三
局限性 NBNT 局限 NNBV
局面 NNDM 局势 NNRV
局长 NNTA 局部 NNUK
桔 SFKG 木士口一
桔子 SFBB 桔柑 SFSA
菊 AQOU③ 艹勹米氵
菊花 AQAW
橘 SCBK 木マ卩口
SCNK98 木マ乙口
橘子汁 SBIF 橘子 SCBB
咀 KEGG③ 口目一一
沮 IEGG③ 氵目一一
举 IWFH③ 兴八二丨
IGWG98 ⺍一八⺘
举世 IWAN 举国 IWLG
举办 IWLT 举行 IWTF
举重 IWTG 举例 IWWG
举世闻名 IAUQ 举一反三 IGRD
举足轻重 IKLT 举棋不定 ISGP
矩 TDAN③ 𠂉大匚コ
矩阵 TDBL 矩形 TDGA
莒 AKKF 艹口口二
榉 SIWH③ 木兴八丨
SIGG98 木⺍一
榘 TDAS 𠂉大匚木
龃 HWBG 止人凵一
踽 KHTY 口止丿丶
句 QKD 勹口三
句子 QKBB

巨 AND 匚コ三
巨著 ANAF 巨大 ANDD
巨型 ANGA 巨响 ANKT
巨额 ANPT 巨变 ANYO
讵 YANG 讠匚コ一
拒 RANG③ 扌匚コ一
拒绝 RAXQ
苣 AANF③ 艹匚コ二
具 HWU③ 且八冫
具有 HWDE 具备 HWTL
具体 HWWS 具体化 HWWX
炬 OANG③ 火匚コ一
钜 QANG③ 钅匚コ一
俱 WHWY③ 亻且八丶
俱全 WHWG 俱乐部 WQUK
倨 WNDG③ 亻尸古一
剧 NDJH③ 尸古刂丨
剧院 NDBP 剧烈 NDGQ
剧团 NDLF 剧情 NDNG
剧本 NDSG
惧 NHWY③ 忄且八㇏
惧怕 NHNR
据 RNDG③ 扌尸古一
据点 RNHK 据此 RNHX
据悉 RNTO 据说 RNYU
距 KHAN③ 口止匚コ
距离 KHYB
犋 TRHW 丿扌且八
CHWY98 牛且八冫
飓 MQHW 几乂且八
WRHW98 几乂且八
锯 QNDG③ 钅尸古一
窭 PWOV③ 宀八米女
聚 BCTI③ 耳又丿水
BCI98③ 耳又氺冫
聚精会神 BOWP 聚集 BCWY
屦 NTOV 尸彳米女
踞 KHND 口止尸古
遽 HAEP③ 广七豕辶
HGEP98 虍一豕辶
醵 SGHE 西一广豕

juan

捐 RKEG③ 扌口月一
捐款 RKFF 捐献 RKFM
捐赠 RKMU
娟 VKEG③ 女口月一
涓 IKEG③ 氵口月一
鹃 KEQG③ 口月勹一
镌 QWYE 钅亻圭乃
QWYB98 钅亻圭乃
蠲 UWLJ 丷八皿虫
卷 UDBB 丷大㔾《
UGBB98 丷夫㔾《
卷土重来 UFTG 卷宗 UDPF
锩 QUDB 钅丷大㔾
QUGB98 钅丷夫㔾
倦 WUDB③ 亻丷大㔾
WUGB98 亻丷夫㔾
桊 UDSU③ 丷大木冫
UGS98 丷夫木
狷 QTKE 犭丿口月
绢 XKEG③ 纟口月一
隽 WYEB 亻圭乃《
WYBR98 亻圭乃彡
眷 UDHF 丷大目二
UGHF98 丷夫目二
鄄 SFBH③ 西土孑丨

jue

决 UNWY② 冫コ人㇏
决裂 UNGQ 决战 UNHK
决心 UNNY 决议 UNYY
决赛 UNPF 决定 UNPG
决策 UNTG 决算 UNTH
噘 KDUW③ 口厂人
撅 RDUW 扌厂丷人
孓 BYI 了㇏冫
诀 YNWY 讠コ人㇏
抉 RNWY 扌コ人㇏
珏 GGYY③ 王王丶丶
绝 XQCN③ 纟⺈巴乙
绝对 XQCF 绝密 XQPN
绝妙 XQVI 绝望 XQYN
绝对值 XCWF 绝对化 XCWX
绝大多数 XDQO 绝大部分 XDUW
绝无仅有 XFWD
觉 IPMQ ⺍冖冂儿
觉悟 IPNG 觉察 IPPW
觉得 IPTJ
倔 WNBM③ 亻尸凵山
崛 MNBM 山尸凵山
掘 RNBM 扌尸凵山
桷 SQEH③ 木⺈用丨
觖 QENW③ ⺈用乙人
厥 DUBW 厂丷凵人
劂 DUBJ 厂丷凵刂
谲 YCBK 讠マ卩口
YCNK98 讠マ乙口
獗 QTDW 犭丿厂人
蕨 ADUW③ 艹厂丷人
噱 KHAE 口广七豕
KHGE98 口虍一
橛 SDUW③ 木厂丷人
爵 ELVF③ 爫罒彐寸
镢 QDUW 钅厂丷人

蹶 KHDW 口止厂人
矍 HHWC③ 目目亻又
燏 OELF③ 火罒皿寸
攫 RHHC③ 扌目目又

jun

军 PLJ③ 冖车刂
军工 PLAA 军区 PLAQ
军医 PLAT 军队 PLBW
军用 PLET 军事 PLGK
军龄 PLHW 军团 PLLF
军车 PLLG 军民 PLNA
军属 PLNT 军火 PLOO
军官 PLPN 军权 PLSC
军校 PLSU 军长 PLTA
军装 PLUF 军部 PLUK
军令 PLWY 军费 PLXJ
军纪 PLXN 军训 PLYK
军方 PLYY 军事家 PGPE
军事委员会 PGTW
君 VTKD 彐丿口三
VTKF98 彐丿口二
君主 VTQK
均 FQUG③ 土勹冫一
均匀 FQQU 均等 FQTF
均衡 FQTQ
钧 QQUG 钅勹冫一
皲 PLHC③ 冖车广又
PLBY98 冖车皮、
菌 ALTU③ 廾口禾冫
筠 TFQU ⺮土勹冫
麇 YNJT 广コ刂禾
OXXT98 户匕匕禾
俊 WCWT③ 亻厶八夂
郡 VTKB 彐丿口阝
峻 MCWT③ 山厶八夂

捃 RVTK③ 扌彐丿口
浚 ICWT 氵厶八夂
骏 CCWT③ 马厶八夂
CGCT98 马一厶夂
骏马 CCCN
竣 UCWT③ 立厶八夂
竣工 UCAA

ka

咖 KLKG③ 口力口一
KEKG98 口力口一
咖啡因 KKLD 咖啡 KLKD
咔 KHHY 口上卜、
喀 KPTK③ 口宀夂口
卡 HHU 上卜冫
佧 WHHY③ 亻上卜、
胩 EHHY③ 月上卜、

kai

开 GAK③ 一廾Ⅲ
开幕 GAAJ 开花 GAAW
开除 GABW 开采 GAES
开支 GAFC 开朗 GAYV
开水 GAII 开学 GAIP
开车 GALG 开办 GALW
开展 GANA 开辟 GANK
开发 GANT 开心 GANY
开业 GAOG 开拓 GARD
开往 GATY 开头 GAUD
开阔 GAUI 开端 GAUM
开始 GAVC 开垦 GAVE
开刀 GAVN 开创 GAWB
开会 GAWF 开设 GAYM
开户 GAYN 开放 GAYT
开场白 GFRR 开玩笑 GFTT
开后门 GRUY 开幕词 GAYN

开门见山 GUMM 开天辟地 GGNF
开展工作 GNAW
揩 RXXR 扌匕匕白
锎 QUGA 钅门一廾
凯 MNMN③ 山乙几乙
MNWN98 山乙几乙
凯歌 MNSK 凯旋 MNYT
剀 MNJH③ 山乙刂丨
垲 FMNN③ 土山己乙
恺 NMNN③ 忄山己乙
铠 QMNN③ 钅山己乙
慨 NVCQ③ 忄彐厶儿
NVAQ98 忄艮匚儿
蒈 AXXR 廾匕匕白
楷 SXXR② 木匕匕白
楷书 SXNN 楷模 SXSA
楷体 SXWS
锴 QXXR③ 钅匕匕白
忾 NRNN86③ 忄𠂉乙乙
NRN98 忄气乙

kan

刊 FJH③ 干刂
刊载 FJFA 刊物 FJTR
刊登 FJWG
槛 SJTL 木刂𠂉皿
勘 ADWL 廾三八力
DWNE98 其八乙力
龛 WGKX 人一口七
WGKY98 人一口、
堪 FADN③ 土廾三乙
FDWN98 土其八乙
堪称 FATQ
戡 ADWA 廾三八戈
DWNA98 其八乙戈
坎 FQWY③ 土𠂊人乀

侃 WKQN③ 亻口川乙
WKKN98 亻口川乙
砍 DQWY③ 石勹人乀
莰 AFQW 艹土勹人
看 RHF 𡗗目二
看望 RHYN 看出 RHBM
看到 RHGC 看来 RHGO
看法 RHIF 看见 RHMQ
看书 RHNN 看守 RHPF
看待 RHTF 看病 RHUG
看做 RHWD 看作 RHWT
看样子 RSBB 看不起 RGFH
阚 UNBT③ 门乙耳攵
瞰 HNBT③ 目乙耳攵

kang

康 YVII③ 广彐水氵
OVI98③ 广彐水
康复 YVTJ
慷 NYVI③ 忄广彐水
NOVI98 忄广彐水
糠 OYVI 米广彐水
OOVI98 米广彐水
亢 YMB 亠几巜
YWB98 亠几巜
伉 WYMN③ 亻亠几乙
WYWN98 亻亠几乙
扛 RAG 扌工一
抗 RYMN 扌亠几乙
RYWN98 扌亠几乙
抗灾 RYPO 抗拒 RYRA
抗病 RYUG 抗议 RYYY
抗日战争 RJHQ 抗菌素 RAGX
闶 UYMV 门亠几巛
UYWV98 门亠几巛
炕 OYMN③ 火亠几乙
OYWN98 火亠几乙
钪 QYMN 钅亠几乙
QYWN98 钅亠几乙

kao

考 FTGN③ 土丿一乙
考勤 FTAK 考取 FTBC
考验 FTCW 考古 FTDG
考虑 FTHA 考察 FTPW
考查 FTSJ 考核 FTSY
考试 FTYA 考证 FTYG
尻 NVV 尸九巛
拷 RFTN③ 扌土丿乙
拷贝 RFMH
栲 SFTN 木土丿乙
烤 OFTN③ 火土丿乙
铐 QFTN 钅土丿乙
犒 TRYK 丿扌亠口
CYMK98 牜亠冂口
犒劳 TRAP
靠 TFKD 丿土口三
靠边 TFLP 靠山 TFMM
靠近 TFRP 靠得住 TTWY

ke

科 TUFH② 禾冫十丨
TUFH98 禾冫十丨
科目 TUHH 科学 TUIP
科室 TUPG 科技 TURF
科长 TUTA 科普 TUUO
科教片 TFTH 科学院 TIBP
科学界 TILW 科学家 TIPE
科研成果 TDDJ 科学研究 TIDP
科学技术 TIRS 科学管理 TITG
科学分析 TIWS 科技人员 TRWK
坷 FSKG③ 土丁口一
苛 ASKF③ 艹丁口二
苛刻 ASYN
柯 SSKG③ 木丁口一
珂 GSKG③ 王丁口一
轲 LSKG③ 车丁口一
疴 USKD 疒丁口三
钶 QSKG③ 钅丁口一
棵 SJSY③ 木日木乀
颏 YNTM 亠乙丿贝
稞 TJSY 禾日木乀
窠 PWJS③ 宀八日木
颗 JSDM③ 日木𠂇贝
瞌 HFCL 目土厶皿
瞌睡 HFHT
磕 DFCL③ 石土厶皿
磕头 DFUD
蝌 JTUF③ 虫禾冫十
髁 MEJS③ 𠂉月日木
壳 FPMB③ 士冖几巜
FPWB98 士冖几巜
咳 KYNW 口亠乙人
咳嗽 KYKG
可 SK② 丁口
可变 SKYO 可敬 SKAQ
可耻 SKBH 可能 SKCE
可观 SKCM 可爱 SKEP
可喜 SKFK 可否 SKGI
可恶 SKGO 可是 SKJG
可贵 SKKH 可见 SKMQ
可惜 SKNA 可怕 SKNR
可恨 SKNV 可怜 SKNW
可以 SKNY 可乐 SKQI
可知 SKTD 可靠 SKTF
可行 SKTF 可笑 SKTT
可亲 SKUS 可疑 SKXT

可能性 SCNT　可靠性 STNT
可歌可泣 SSSI　可想而知 SSDT
可望而不可及 SYDE
哿　MSKF③　山丁口二
渴　IJQN③　氵曰勹乙
渴望 IJYN
克　DQB③　古儿巛
克服 DQEB　克制 DQRM
克服困难 DELC　克已奉公 DNDW
刻　YNTJ③　亠乙丿刂
刻苦 YNAD　刻划 YNAJ
刻舟求剑 YTFW　刻度 YNYA
刻不容缓 YGPX
客　PTKF②　宀夂口二
客观存在 PCDD
客观 PTCM　客厅 PTDS
客运 PTFC　客车 PTLG
客气 PTRN　客票 PTSF
客栈 PTSG　客商 PTUM
客人 PTWW　客店 PTYH
客房 PTYN　客户 PTYN
恪　NTKG　忄夂口一
课　YJSY③　讠日木㇏
课堂 YJIP　课时 YJJF
课题 YJJG　课本 YJSG
课程 YJTK　课余 YJWT
课文 YJYY
氪　RNDQ　𠂉乙古儿
　RDQ98　气古儿
骒　CJSY③　马日木、
　CGJS98　马一日木
缂　XAFH　纟廿串丨
嗑　KFCL　口土厶皿
溘　IFCL③　氵土厶皿
锞　QJSY③　钅日木㇏

ken

肯　HE②　止月
肯定 HEPG
垦　VEFF③　彐𧾷土二
　VFF98　艮土二
恳　VENU　彐𧾷心冫
　VNU98　艮心冫
恳切 VEAV　恳求 VEFI
恳请 VEYG
啃　KHEG③　口止月一
裉　PUVE　衤冫彐𧾷
　PUVY98　衤冫艮、

keng

吭　KYMN③　口亠几乙
　KYWN98　口亠几乙
坑　FYMN　土亠几乙
　FYWN98　土亠几乙
铿　QJCF③　钅刂又土

kong

空　PWAF②　宀八工二
空隙 PWBI　空运 PWFC
空虚 PWHA　空洞 PWIM
空心 PWNY　空军 PWPL
空气 PWRN　空白 PWRR
空想 PWSH　空前 PWUE
空闲 PWUS　空姐 PWVE
空话 PWYT　空调机 PYSM
空中楼阁 PKSU　空前绝后 PUXR
倥　WPWA③　亻宀八工
崆　MPWA③　山宀八工
箜　TPWA③　⺮宀八工
孔　BNN　子乙乙
孔夫子 BFBB　孔子 BNBB
恐　AMYN　工几、心
　AWYN98　工几、心
恐慌 AMNA　恐怖 AMND
恐吓 AMKG　恐惧 AMNH
恐怕 AMNR
控　RPWA③　扌宀八工
控制 RPRM　控告 RPTF
控诉 RPYR　控制台 RRCK

kou

抠　RAQY③　扌匚乂、
　RAR98　扌匚乂
彀　FPGC　士冖一又
芤　ABNB③　艹子乙巛
眍　HAQY③　目匚乂㇏
　HARY98　目匚乂㇏
口　KKKK　口（键名）
口腔 KKEP　口才 KKFT
口号 KKKG　口气 KKRN
口头 KKUD　口音 KKUJ
口袋 KKWA　口语 KKYG
口头禅 KUPY　口头语 KUYG
口若悬河 KAEI　口是心非 KJND
叩　KBH　口卩丨
扣　RKG③　扌口一
　RK98②　扌口
扣除 RKBW
寇　PFQC　宀二儿又
筘　TRKF③　⺮扌口二
蔻　APFC　艹宀二又

ku

枯　SDG②　木古一
　SDG98③　木古一
枯木逢春 SSTD　枯燥 SFOK
刳　DFNJ　大二乙刂
哭　KKDU　口口犬冫

哭泣 KKIU

堀 FNBM 土尸凵山

窟 PWNM③ 宀八尸山

骷 MEDG 冎月古一

苦 ADF 艹古二

苦难 ADCW 苦恼 ADNY

苦口婆心 AKIN 苦闷 ADUN

库 YLK 广车川

OL98 广车川

库存 YLDH 库房 YLYN

绔 XDFN③ 纟大二乙

喾 IPTK③ ⺍冖丿口

裤 PUYL③ 衤冫广车

PU098 衤冫广车

裤子 PUBB

酷 SGTK 西一丿口

酷爱 SGEP 酷暑 SGLF

酷热 SGRV

kua

夸 DFNB③ 大二乙巛

夸大 DFDD 夸耀 DFIQ

夸奖 DFUQ 夸张 DFXT

侉 WDFN③ 亻大二乙

垮 FDFN 土大二乙

垮台 FDCK

挎 RDFN 扌大二乙

胯 EDFN③ 月大二乙

跨 KHDN③ 口止大乙

kuai

快 NNWY③ 忄コ人㇏

快速 NNGK 快餐 NNHQ

快活 NNIT 快车 NNLG

快慢 NNNJ 快乐 NNQI

快马加鞭 NCLA

快刀斩乱麻 NVLY

蒯 AEEJ 艹月月刂

块 FNWY③ 土コ人㇏

侩 WWFC 亻人二厶

郐 WFCB 人二厶阝

哙 KWFC 口人二厶

狯 QTWC 犭丿人厶

脍 EWFC③ 月人二厶

筷 TNNW③ 竹忄コ人

筷子 TNBB

kuan

宽 PAMQ② 宀艹冂儿

宽大 PADD 宽敞 PAIM

宽慰 PANF 宽容 PAPW

宽松 PASW 宽阔 PAUI

宽余 PAWT 宽度 PAYA

宽广 PAYY

髋 MEPQ 冎月宀儿

款 FFIW③ 士二小人

款式 FFAA 款项 FFAD

款待 FFTF

kuang

匡 AGD 匚王三

诓 YAGG 讠匚王一

哐 KAGG③ 口匚王一

筐 TAGF③ 竹匚王二

狂 QTGG③ 犭丿王一

狂风 QTMQ 狂热 QTRV

狂妄 QTYN

诳 YQTG③ 讠犭丿王

夼 DKJ 大川刂

邝 YBH 广阝丨

OBH98 广阝丨

圹 FYT 土广丿

FOT98 土广丿

纩 XYT 纟广丿

XOT98 纟广丿

况 UKQN③ 冫口儿乙

况且 UKEG

旷 JYT 日广丿

JOT98 日广丿

矿 DYT 石广丿

DOT98 石广丿

矿石 DYDG 矿山 DYMM

矿物 DYTR 矿产 DYUT

矿区 DYAQ 矿物质 DTRF

贶 MKQN③ 贝口儿乙

框 SAGG 木匚王一

框图 SALT

眶 HAGG③ 目匚王一

kui

亏 FNV 二乙巛

FNB98 二乙巛

亏损 FNRK

岿 MJVF③ 山刂彐二

悝 NJFG 忄日土一

盔 DOLF③ 𠂇火皿二

盔甲 DOLH

窥 PWFQ 宀二人儿

PWGQ98 宀夫冂儿

奎 DFFF 大土土二

逵 FWFP 土八土辶

馗 VUTH 九䒑丿目

喹 KDFF③ 口大土土

揆 RWGD 扌癶一大、

葵 AWGD③ 艹癶一大

暌 JWGD 日癶一大

魁 RQCF 白儿厶十

魁梧 RQNG 魁伟 RQWF

睽 HWGD 目癶一大
蝰 JDFF 虫大土土
夔 UHTT③ 丷止丿夂
UTHT98 丷丿目夂
傀 WRQC③ 亻白儿厶
跬 KHFF 口止土土
匮 AKHM 匚口丨贝
喟 KLEG③ 口田月一
愦 NKHM 忄口丨贝
愧 NRQC③ 忄白儿厶
愧疚 NRUQ
溃 IKHM③ 氵口丨贝
蒉 AKHM 艹口丨贝
馈 QNKM③ 𠂊乙口贝
篑 TKHM ⺮口丨贝
聩 BKHM③ 耳口丨贝

kun

昆 JXXB③ 日匕匕巛
昆明 JXJE 昆虫 JXJH
昆仑 JXWX
坤 FJHH 土日丨丨
琨 GJXX③ 王日匕匕
锟 QJXX③ 钅日匕匕
髡 DEGQ 镸彡一儿
醌 SGJX 西一日匕
悃 NLSY③ 忄囗木㇏
捆 RLSY③ 扌囗木㇏
阃 ULSI③ 门囗木氵
困 LSI③ 囗木氵
困惑 LSAK 困难 LSCW
困境 LSFU 困扰 LSRD
困乏 LSTP

kuo

阔 UITD③ 门氵丿古
阔步 UIHI 阔气 UIRN
扩 RYT② 扌广丿
R098② 扌广丿
扩散 RYAE 扩大 RYDD
扩展 RYNA 扩军 RYPL
扩建 RYVF 扩充 RYYC
扩张 RYXT
括 RTDG③ 扌丿古一
括号 RTKG 括弧 RTXR
蛞 JTDG 虫丿古一
廓 YYBB③ 广亠子阝

la

垃 FUG 土立一
垃圾 FUFE
拉 RUG② 扌立一
拉萨 RUAB 拉拢 RURD
拉萨市 RAYM 拉圾箱 FFTS
拉丁文 RSYY 拉关系 RUTX
拉丁美洲 RSUI
啦 KRUG③ 口扌立一
邋 VLQP③ 巛囗㐅辶
VLRP98 巛囗㐅辶
旯 JVB 日九巛
砬 DUG 石立一
喇 KGKJ③ 口一口刂
KSKJ98 口木口刂
剌 GKIJ 一口小刂
SKJH98 木口刂丨
腊 EAJG③ 月艹日一
瘌 UGKJ 疒一口刂
USKJ98 疒木口刂
蜡 JAJG③ 虫艹日一
蜡烛 JAOJ
辣 UGKI③ 辛一口小
USKG98 辛木口一
辣椒 UGSH

lai

来 GOI② 一米氵
GUSI98② 一丷木
来函 GOBI 来历 GODD
来到 GOGC 来源 GOID
来电 GOJN 来临 GOJT
来回 GOLK 来宾 GOPR
来年 GORH 来自 GOTH
来往 GOTY 来信 GOWY
来龙去脉 GDFE 来访 GOYY
来日方长 GJYT 来得及 GTEY
崃 MGOY③ 山一米丶
MGUS98 山一丷木
徕 TGOY③ 彳一米丶
TGUS98 彳一丷木
涞 IGOY③ 氵一米丶
IGUS98 氵一丷木
莱 AGOU③ 艹一米氵
AGUS98 艹一丷木
铼 QGOY 钅一米丶
QGUS98 钅一丷木
赉 GOMU③ 一米贝氵
GUSM98 一丷木贝
睐 HGOY③ 目一米㇏
HGUS98 目一丷木
赖 GKIM 一口小贝
SKQM98 木口勹贝
濑 IGKM 氵一口贝
ISKM98 氵木口贝
癞 UGKM 疒一口贝
USKM98 疒木口贝
籁 TGKM ⺮一口贝
TSKM98 ⺮木口贝

lan

兰 UFF 䒑二二
UDF98 丷三二
岚 MMQU 山几乂氵
MWRU98 山几乂氵
拦 RUFG③ 扌䒑二一
RUDG98 扌丷三一
栏 SUFG③ 木䒑二一
SUDG98 木丷三一
婪 SSVF③ 木木女二
阑 UGLI 门一罒小
USLD98 门木罒三
阑尾炎 UNOO
蓝 AJTL③ 艹刂𠂉皿
蓝天 AJGD 蓝图 AJLT
蓝色 AJQC
谰 YUGI③ 讠门一小
YUSL98 讠门木罒
澜 IUGI 氵门一小
IUSL98 氵门木罒
褴 PUJL 衤氵刂皿
斓 YUGI 文门一小
YUSL98 文门木罒
篮 TJTL ⺮刂𠂉皿
篮球赛 TGPF
镧 QUGI 钅门一小
QUSL98 钅门木罒
览 JTYQ 刂𠂉丶儿
揽 RJTQ③ 扌刂𠂉儿
缆 XJTQ③ 纟刂𠂉儿
榄 SJTQ 木刂𠂉儿
漤 ISSV 氵木木女
罱 LFMF③ 罒十冂十
懒 NGKM 忄一口贝
NSKM98 忄木口贝
懒汉 NGIC 懒惰 NGND
烂 OUFG 火䒑二一
OUDG98 火丷三一
烂漫 OUIJ
滥 IJTL③ 氵刂𠂉皿
滥竽充数 ITYO

lang

狼 QTYE③ 犭丿丶𧘇
QTYV98 犭丿丶艮
狼籍 QTTD 狼狈 QTQT
狼心狗肺 QNQE 狼狈为奸 QQYV
啷 KYVB③ 口丶彐阝
KYVB98 口丶艮阝
郎 YVCB 丶彐厶阝
YVBH98 丶艮阝丨
莨 AYVE③ 艹丶彐𧘇
AYV98 艹丶艮
廊 YYVB③ 广丶彐阝
OYVB98 广丶艮阝
琅 GYVE③ 王丶彐𧘇
GYVY98 王丶艮丶
榔 SYVB③ 木丶彐阝
稂 TYVE③ 禾丶彐𧘇
TYVY98 禾丶艮
锒 QYVE 钅丶彐𧘇
QYVY98 钅丶艮丶
螂 JYVB③ 虫丶彐阝
朗 YVCE③ 丶彐厶月
YVEG98 丶艮月一
朗读 YVYF
阆 UYVE③ 门丶彐𧘇
UYVI98 门丶艮氵
浪 IYVE③ 氵丶彐𧘇
IYVY98 氵丶艮丶
浪花 IYAW 浪潮 IYIF
浪头 IYUD 浪费 IYXJ
蒗 AIYE 艹氵丶𧘇
AIYV98 艹氵丶艮

lao

捞 RAPL③ 扌艹冖力
RAP98 扌艹冖力
劳 APLB③ 艹冖力《
APER98 艹冖力彡
劳工 APAA 劳苦 APAD
劳动 APFC 劳驾 APLK
劳力 APLT 劳累 APLX
劳改 APNT 劳务 APTL
劳动模范 AFSA 劳动局 AFNN
劳动人民 AFWN 劳动力 AFLT
劳动保护 AFWR 劳动日 AFJJ
劳动纪律 AFXT 劳动者 AFFT
牢 PRHJ③ 宀𠂉丨刂
PTGJ98 宀丿扌刂
牢骚 PRCC 牢固 PRLD
牢牢 PRPR 牢记 PRYN
牢不可破 PGSD
唠 KAPL③ 口艹冖力
KAPE98 口艹冖力
崂 MAPL③ 山艹冖力
MAPE98 山艹冖力
痨 UAPL 疒艹冖力
UAPE98 疒艹冖力
铹 QAPL③ 钅艹冖力
QAPE98 钅艹冖力
醪 SGNE 西一羽彡
老 FTXB③ 土丿匕《
老婆 FTIH 老师 FTJG
老家 FTPE 老实 FTPU
老年 FTRH 老板 FTSR
老爷 FTWQ 老乡 FTXT

老头儿 FUQT　老资格 FUST
老奶奶 FVVE　老好人 FVWW
老八路 FWKH　老人家 FWPE
老古董 FDAT　老大难 FDCW
老太太 FDDY　老太婆 FDIH
老大哥 FDSK　老百姓 FDVT
老大娘 FDVY　老大爷 FDWQ
老规矩 FFTD　老一辈 FGDJ
老天爷 FGWQ　老婆子 FIBB
老婆婆 FIIH　老黄牛 FARH
老气横秋 FRST　老先生 TTTG
老当益壮 FIUU　老爷爷 FWWQ
老生常谈 FTIY　老前辈 FUDJ
老羞成怒 FUDV　老板娘 FSVY
老奸巨猾 FVAQ　老掉牙 FRAH
老谋深算 FYIT　老祖宗 FPPF
佬　WFTX③　亻土丿匕
姥　VFTX③　女土丿匕
栳　SFTX　木土丿匕
铑　QFTX　钅土丿匕
涝　IAPL③　氵艹冖力
　　IAPE98　氵艹冖力
烙　OTKG③　火夂口一
烙印 OTQG
耢　DIAL　三小艹力
　　FSAE98　二木艹力
酪　SGTK　西一夂口

le

勒　AFLN③　廿串力乙
　　AFE98　廿串力丿
勒索 AFAP
仂　WLN　亻力乙
　　WET98　亻力丿
乐　QII③　𠂉小氵
　　TNII98②　丿乙小氵
乐队 QIBW　乐观 QICM
乐趣 QIFH　乐于 QIGF
乐器 QIKK　乐园 QILF
乐团 QILF　乐曲 QIMA
乐极生悲 QSTD　乐意 QIUJ
叻　KLN　口力乙
　　KET98　口力丿
泐　IBLN③　氵阝力乙
　　IBET98　氵阝力丿
鳓　QGAL　鱼一廿力
　　QGAE98　鱼一廿力
肋　ELN　月力乙
　　EET98　月力丿

lei

雷　FLF　雨田二
雷阵雨 FBFG　雷达 FLDP
雷电 FLJN　雷锋 FLQT
嫘　VLXI③　女田幺小
缧　XLXI　纟田幺小
檑　SFLG③　木雨田一
镭　QFLG③　钅雨田一
羸　YNKY　亠乙口、
　　YEUY98　亠月羊、
耒　DII　三小氵
　　FSI98　二木氵
诔　YDIY　讠三小㇏
　　YFSY98　讠二木、
垒　CCCF　厶厶厶土
磊　DDDF③　石石石二
蕾　AFLF　艹雨田二
儡　WLLL③　亻田田田
泪　IHG　氵目一
泪水 IHII
类　ODU③　米大氵
类型 ODGA　类别 ODKL
类同 ODMG　类推 ODRW
累　LXIU②　田幺小氵
累赘 LXGQ　累加 LXLK
累计 LXYF
酹　SGEF③　西一爫寸
擂　RFLG③　扌雨田二
嘞　KAFL③　口廿串力
　　KAFE98③　口廿串力

leng

棱　SFWT③　木土八夂
棱角 SFQE
塄　FLYN③　土罒方乙
　　FLYT98　土罒方丿
楞　SLYN③　木罒方乙
　　SLYT98　木罒方丿
冷　UWYC　冫人、マ
冷藏 UWAD　冷落 UWAI
冷却 UWFC　冷静 UWGE
冷漠 UWIA　冷淡 UWIO
冷暖 UWJE　冷风 UWMQ
冷饮 UWQN　冷气 UWRN
冷嘲热讽 UKRY　冷冻 UWUA
冷言冷语 UYUY　冷谈 UWYO
愣　NLYN③　忄罒方乙
　　NLYT98　忄罒方丿

li

厘　DJFD　厂日土三
厘米 DJOY
梨　TJSU③　禾刂木氵
狸　QTJF　犭丿日土
离　YBMC③　文凵冂厶
　　YBMC98　文凵冂厶
离散 YBAE　离职 YBBK
离队 YBBW　离开 YBGA

离心 YBNY　离家 YBPE
离校 YBSU　离婚 YBVQ
离休 YBWS　离任 YBWT
莉　ATJJ③　艹禾刂刂
骊　CGMY③　马一冂丶
　　CGGY98③　马一一丶
犁　TJRH③　禾刂⺧丨
　　TJTG98　禾刂丿扌
喱　KDJF　口厂日土
　　KDJF98③　口厂日土
鹂　GMYG　一冂丶一
漓　IYBC　氵文凵厶
　　IYRC98③　氵亠乂厶
缡　XYBC③　纟文凵厶
　　XYRC98③　纟亠乂厶
蓠　AYBC　艹文凵厶
　　AYRC98　艹亠乂厶
蜊　JTJH③　虫禾刂丨
嫠　FITV③　二小攵女
　　FTDV98③　未攵厂女
璃　GYBC③　王文凵厶
　　GYRC98　王亠乂厶
鲡　QGGY　鱼一一丶
　　QGGY98③　鱼一一丶
黎　TQTI③　禾勹丿水
黎明 TQJE
篱　TYBC③　⺮文凵厶
　　TYRC98③　⺮亠乂厶
篱笆 TYTC
罹　LNWY③　罒忄亻圭
藜　ATQI③　艹禾勹水
黧　TQTO　禾勹丿灬
蠡　XEJJ③　彑豕虫虫
礼　PYNN　礻丶乙乙
礼节 PYAB　礼貌 PYEE

礼堂 PYIP　礼品 PYKK
礼拜 PYRD　礼物 PYTR
礼拜天 PRGD
李　SBF②　木子二
里　JFD　日土三
里面 JFDM　里边 JFLP
里程 JFTK　里程碑 JTDR
里应外合 JYQW
俚　WJFG③　亻日土一
哩　KJFG③　口日土一
娌　VJFG　女日土一
逦　GMYP　一冂丶辶
理　GJFG②　王日土一
理事 GJGK　理睬 GJHE
理顺 GJKD　理由 GJMH
理发 GJNT　理解 GJQE
理想 GJSH　理智 GJTD
理科 GJTU　理应 GJYI
理论 GJYW　理发师 GNJG
理直气壮 GFRU　理工科 GATU
理所当然 GRIQ　理事长 GGTA
理论联系实际 GYBB
锂　QJFG③　钅日土一
鲤　QGJF　鱼一日土
鲤鱼 QGQG
澧　IMAU③　氵冂艹䒑
醴　SGMU　西一冂䒑
鳢　QGMU　鱼一冂䒑
力　LTN②　力丿乙
　　ENT98②　力乙丿
力不从心 LGWN　力气 LTRN
力争上游 LQHI　力量 LTJG
力挽狂澜 LRQI　力学 LTIP
历　DLV②　厂力巛
　　DEE98　厂力彡

历来 DLGO　历时 DLJF
历史 DLKQ　历届 DLNM
历年 DLRH　历程 DLTK
历史意义 DKUY　历史性 DKNT
历史潮流 DKII　历史剧 DKND
历史唯物主义 DKKY
厉　DDNV③　厂丆乙巛
　　DGQ98　厂一勹
厉害 DDPD
立　UUUU②　立立立立（键名）
立功 UUAL　立夏 UUDH
立春 UUDW　立场 UUFN
立秋 UUTO　立冬 UUTU
立即 UUVC　立体 UUWS
立刻 UUYN　立方 UUYY
立脚点 UEHK　立足点 UKHK
立体声 UWFN　立方根 UYSV
立方体 UYWS　立交桥 UUST
立竿见影 UTMJ
吏　GKQI③　一口乂氵
　　GKRI98③　一口乂氵
丽　GMYY③　一冂丶丶
利　TJH　禾刂丨
利索 TJFP　利润 TJIU
利民 TJNA　利害 TJPD
利息 TJTH　利弊 TJUM
利益 TJUW　利率 TJYX
利国福民 TLPN　利用 TJET
利欲熏心 TWTN　利润率 TIYX
励　DDNL　厂丆乙力
　　DGQE98　厂一勹力
励精图治 DOLI
呖　KDLN③　口厂力乙
　　KDET98　口厂力丿
坜　FDLN③　土厂力一

	FDET98	土厂力丿
沥	IDLN③	氵厂力乙
	IDET98	氵厂力丿
沥青 IDGE		
苈	ADLB③	艹厂力乙
	ADER98	艹厂力彡
例	WGQJ③	亻一夕刂
例子 WGBB	例题 WGJG	
例外 WGQH	例行 WGTF	
例如 WGVK		
戾	YNDI③	丶尸犬氵
枥	SDLN③	木厂力乙
	SDET98③	木厂力丿
疠	UDNV	疒丆乙巛
	UGQE98	疒一勹彡
隶	VII	彐水氵
隶属 VINT		
俐	WTJH③	亻禾刂丨
俪	WGMY	亻一冂丶
栎	SQIY③	木𠂉小丶
	STNI98	木丿乙小
疬	UDLV③	疒厂力巛
	UDEE98③	疒厂力彡
荔	ALLL③	艹力力力
	AEEE98③	艹力力力
荔枝 ALSF		
轹	LQIY③	车𠂉小
	LTNI98③	车丿乙小
郦	GMYB	一冂丶阝
栗	SSU	西木氵
猁	QTTJ③	犭丿禾刂
砺	DDDN	石厂丆乙
	DDGQ98	石厂一勹
砾	DQIY③	石𠂉小丶
	DTNI98	石丿乙小

莅	AWUF	艹亻立二
唳	KYND	口丶尸犬
笠	TUF	𥫗立二
粒	OUG	米立一
	OUG98②	米立一
粝	ODDN③	米厂丆乙
	ODGQ98	米厂一勹
蛎	JDDN③	虫厂丆乙
	JDGQ98	虫厂一勹
傈	WSSY③	亻西木㇏
痢	UTJK③	疒禾刂広
詈	LYF	罒言二
跞	KHQI	口止𠂉小
	KHTI98	口止丿小
雳	FDLB	雨厂力巜
	FDER98③	雨厂力彡
溧	ISSY	氵西木㇏
篥	TSSU③	𥫗西木氵

lia

俩	WGMW③	亻一冂人
	WGMW98	亻一冂人

lian

连	LPK③	车辶川
	LP98②	车辶
连同 LPMG	连忙 LPNY	
连接 LPRU	连长 LPTA	
连续 LPXF	连绵 LPXR	
连队 LPBW	连云港 LFIA	
连续剧 LXND	连衣裙 LYPU	
连锁反应 LQRY		
奁	DAQU③	大匚㐅氵
	DARU98③	大匚㐅氵
帘	PWMH③	宀八冂丨
怜	NWYC	忄人丶マ

怜惜 NWNA	怜悯 NWNU	
涟	ILPY③	氵车辶㇏
莲	ALPU③	艹车辶氵
莲花 ALAW		
联	BUDY②	耳䒑大㇏
联队 BUBW	联欢 BUCQ	
联邦 BUDT	联网 BIMQ	
联名 BUQK	联播 BURT	
联接 BURU	联想 BUSH	
联系 BUTX	联机 BUSM	
联合 BUWG	联贯 BUXF	
联结 BUXF	联络 BUXT	
联席 BUYA	联营 BUAP	
联系人 BTWW	联合国 BWLG	
联系业务 BTOT	联络员 BXKM	
联系实际 BTPB	联合会 BWWF	
裢	PULP③	衤氵车辶
廉	YUVO	广䒑彐氺
	OUVW98③	广䒑彐八
廉政 YUGH	廉洁 YUIF	
廉洁奉公 TUDW	廉价 YUWW	
鲢	QGLP	鱼一车辶
濂	IYUO③	氵广䒑氺
	IOUW98	氵广䒑八
臁	EYUO③	月广䒑氺
	EOUW98	月广䒑八
镰	QYUO	钅广䒑氺
	QOUW98	钅广䒑八
蠊	JYUO③	虫广䒑氺
	JOUW98	虫广䒑八
敛	WGIT	人一业攵
琏	GLPY③	王车辶㇏
脸	EWGI②	月人一业
脸皮 EWHC	脸色 EWQC	
裣	PUWI	衤氵人业

PUWG98 衤冫人一
莶 AWGT 艹人一攵
练 XANW③ 纟七乙八
练习 XANU 练兵 XARG
练习薄 XNAI 练习题 XNJG
练习曲 XNMA 练习本 XNSG
炼 OANW 火七乙八
炼钢 OAQM 炼铁 OAQR
恋 YONU③ 亠小心冫
恋恋不舍 YYGW 恋爱 YOEP
殓 GQWI③ 一夕人业
GQWG98 一夕人一
链 QLPY③ 钅车辶㇏
楝 SGLI③ 木一罒小
SSLG98 木木罒一
潋 IWGT 氵人一攵

liang

良 YVEI② 丶彐𧘇冫
YVI98 丶艮冫
良药 YVAX 良心 YVNY
良机 YVSM 良种 YVTK
良好 YVVB
凉 UYIY 冫亠小丶
凉爽 UYDQ
梁 IVWS③ 氵刀八木
椋 SYIY 木亠小丶
粮 OYVE③ 米丶彐𧘇
OYVY98 米丶艮丶
粮库 OYYL 粮油 OYIM
粮票 OYSF 粮站 OYUH
粮食 OYWY 粮店 OYYH
粱 IVWO 氵刀八米
墚 FIVS③ 土氵刀木
踉 KHYE 口止丶𧘇
KHYV98 口止丶艮
两 GMWW 一冂人人
两间 GMUJ 两面 GMDM
两者 GMFT 两边 GMLP
两性 GMNT 两年 TMRH
两手 GMRT 两样 GMSU
两面派 GDIR 两旁 GMUP
两全其美 GWAU 两个 GMWH
魉 RQCW 白儿厶人
亮 YPMB③ 亠冖几巛
YPWB98 亠冖几巛
亮光 YPIQ 亮相 YPSH
亮度 YPYA
谅 YYIY③ 讠亠小
谅解 YYQE
辆 LGMW③ 车一冂人
晾 JYIY 日亠小丶
量 JGJF② 曰一日土
量度 JGYA 量变 JGYO
量体裁衣 KWFU

liao

疗 UBK 疒了川
疗程 UBTK 疗养 UBUD
疗效 UBUQ 疗养院 UUBP
潦 IDUI 氵大丷小
辽 BPK② 了辶川
辽宁省 BPIT 辽阔 BPUI
聊 BQTB③ 耳𠂎丿卩
聊天 BQGD 聊斋 BQYD
僚 WDUI③ 亻大丷小
寥 PNWE③ 宀羽人彡
廖 YNWE③ 广羽人彡
嘹 KDUI 口大丷小
寮 PDUI③ 宀大丷小
撩 RDUI③ 扌大丷小
獠 QTDI 犭丿大小
缭 XDUI③ 纟大丷小
燎 ODUI 火大丷小
镣 QDUI③ 钅大丷小
鹩 DUJG 大丷日一
钌 QBH 钅了丨
蓼 ANWE③ 艹羽人彡
了 BNH 了乙丨
了解情况 BQNU 了望 BNYN
了如指掌 BVRI 了解 BNQE
尥 DNQY③ 𠂇乙勹丶
料 OUFH③ 米冫十丨
料理 OUGJ
撂 RLTK③ 扌田攵口

lie

列 GQJH② 一夕刂
列车员 GLKM 列席 GQYA
列车长 GLTA 列强 GQXK
列宁主义 GPYY 列车 GQLG
咧 KGQJ③ 口一夕刂
劣 ITLB③ 小丿力巛
ITER98 小丿力彡
劣根性 ISNT 劣势 ITRV
冽 UGQJ③ 冫一夕刂
洌 IGQJ③ 氵一夕刂
埒 FEFY③ 土爫寸丶
烈 GQJO 一夕刂灬丶
烈军属 GPNT 烈士 GQFG
烈属 GQNT 烈火 GQOO
捩 RYND 扌丶尸犬
猎 QTAJ③ 犭丿龷日
裂 GQJE 一夕刂𧘇
趔 FHGJ 土龰一刂
躐 KHVN 口止巛乙
鬣 DEVN 髟彡巛乙

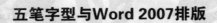

lin

林 SSY② 木木㇏
林立 SSUU 林业部 SOUK
林区 SSAQ 林业 SSOG
邻 WYCB 人丶マ阝
邻居 WYND 邻近 WYRP
临 JTYJ③ 刂𠂉丶罒
临时 JTJF 临界 JTLW
临近 JTRP 临床 JTYS
临时工 JJAA 临时性 JJNT
临危不惧 JQGN
啉 KSSY③ 口木木㇏
淋 ISSY③ 氵木木㇏
淋漓尽致 IING
琳 GSSY③ 王木木㇏
粼 OQAB 米夕匚巛
OQGB98 米夕㐄巛
嶙 MOQH③ 山米夕丨
MOQG98 山米夕㐄
遴 OQAP③ 米夕匚辶
OQGP98 米夕㐄辶
辚 LOQH③ 车米夕丨
LOQG98 车米夕㐄
霖 FSSU③ 雨木木氵
瞵 HOQH③ 目米夕丨
HOQG98 目米夕㐄
磷 DOQH③ 石米夕丨
DOQG98 石米夕㐄
鳞 QGOH③ 鱼一米丨
QGOG98 鱼一米㐄
麟 YNJH 广コ刂丨
OXXG98 声匕匕㐄
凛 UYLI③ 冫亠口小
廪 YYLI 广亠口小
OYLI98 广亠口小
懔 NYLI③ 忄亠口小
檩 SYLI 木亠口小
吝 YKF 文口二
吝啬 YKFU
赁 WTFM 亻丿士贝
蔺 AUWY③ 艹门亻圭
膦 EOQH③ 月米夕丨
EOQG98 月米夕㐄
躏 KHAY 口止艹圭

ling

玲 GWYC③ 王人丶マ
拎 RWYC 扌人丶マ
伶 WWYC 亻人丶マ
灵 VOU② 彐火氵
灵丹妙药 VMVA
灵巧 VOAG 灵感 VODG
灵魂 VOFC 灵活 VOIT
灵敏 VOTX 灵敏度 VTYA
灵机一动 VSGF
囹 LWYC③ 囗人丶マ
岭 MWYC 山人丶マ
泠 IWYC 氵人丶マ
苓 AWYC 艹人丶マ
柃 SWYC 木人丶マ
瓴 WYCN 人丶マ乙
WYCY98 人丶マ丶
凌 UFWT③ 冫土八夂
凌晨 UFJD
铃 QWYC 钅人丶マ
铃铛 QWQI
陵 BFWT③ 阝土八夂
陵墓 BFAJ 陵园 BFLF
棂 SVOY③ 木彐火㇏
绫 XFWT③ 纟土八夂
羚 UDWC 丷丰人マ
UWYC98 羊人丶マ
翎 WYCN 人丶マ羽
聆 BWYC 耳人丶マ
聆听 BWKR
菱 AFWT 艹土八夂
蛉 JWYC 虫人丶マ
零 FWYC 雨人丶マ
零碎 FWDY 零点 FWHK
零星 FWJT 零件 FWWR
零售价 FWWW 零售 FWWY
龄 HWBC 止人凵マ
鲮 QGFT 鱼一土夂
酃 FKKB③ 雨口口阝
领 WYCM 人丶マ贝
领土 WYFF 领带 WYGK
领海 WYIT 领导 WYNF
领域 WYFA 领导权 WNSC
领事馆 WGQN 领导者 WNFT
领土完整 WFPG 领先 WYTF
领导干部 WNFU 领袖 WYPU
令 WYCU③ 人丶マ冫
另 KLB② 口力巛
KEB98② 口力巛
另辟蹊径 KNKT 另外 KLQH
呤 KWYC 口人丶マ

liu

溜 IQYL 氵㇗丶田
熘 OQYL 火㇗丶田
刘 YJH② 文刂丨
浏 IYJH 氵文刂丨
浏览 IYJT
流 IYCQ③ 氵亠厶㐬
IYCK98 氵亠厶㐬
流域 IYFA 流动 IYFC
流露 IYFK 流速 IYGK

流毒 IYGX　流水 IYII
流量 IYJG　流利 IYTJ
流程 IYTK　流血 IYTL
流产 IYUT　流通 IYCE
流水线 IIXG　流行性 ITNT
流言蜚语 IYDY　流水帐 IIMH
流水作业 IIWO　流行病 ITUG
留　QYVL　⺈丶刀田
留职 QYBK　留存 QYDH
留成 QYDN　留用 QYET
留学 QYIP　留影 QYJY
留心 QYNY　留名 QYQK
留校 QYSU　留恋 QYYO
留美 QYUG　留意 QYUJ
留任 QYWT　留念 QYWY
留底 QYYQ　留言 QYYY
留言簿 QYTI　留学生 QITG
琉　GYCQ③　王亠厶儿
　GYCK98　王亠厶儿
硫　DYCQ③　石亠厶儿
　DYCK98　石亠厶儿
硫磺 DYDA　硫酸 DYSG
旒　YTYQ　方𠂉亠儿
　YTYK98　方𠂉亠儿
遛　QYVP　⺈丶刀辶
馏　QNQL　⺈乙⺈田
骝　CQYL　马⺈丶田
　CGQL98　马一⺈田
榴　SQYL③　木⺈丶田
瘤　UQYL　疒⺈丶田
镏　QQYL　钅⺈丶田
鎏　IYCQ　氵亠厶金
柳　SQTB③　木⺈丿卩
柳暗花明 SJAJ
绺　XTHK③　纟夂⺊口

锍　QYCQ　钅亠厶儿
　QYCK98　钅亠厶儿
六　UYGY②　六丶一丶
六月 UYEE
鹨　NWEG　羽人彡一

long

龙　DXV②　𠂇匕巛
　DXYI98②　𠂇匕丶
龙王爷 DGWQ　龙门 DXUY
龙卷风 DUMQ　龙头 DXUD
龙飞凤舞 DNMR
咙　KDXN③　口𠂇匕乙
　KDXY98　口𠂇匕丶
泷　IDXN③　氵𠂇匕乙
　IDXY98　氵𠂇匕丶
茏　ADXB③　艹𠂇匕巛
　ADXY98　艹𠂇匕丶
栊　SDXN③　木𠂇匕乙
　SDXY98　木𠂇匕丶
珑　GDXN③　王𠂇匕乙
　GDXY98　王𠂇匕丶
胧　EDXN③　月𠂇匕乙
　EDXY98　月𠂇匕丶
砻　DXDF③　𠂇匕石二
　DXYD98　𠂇匕丶石
笼　TDXB③　⺮𠂇匕巛
　TDXY98　⺮𠂇匕丶
笼罩 TDLH
聋　DXBF③　𠂇匕耳二
　DXYB98　𠂇匕丶耳
隆　BTGG③　阝夂一生
隆隆 BTBT　隆重 BTTG
隆重开幕 BTGA
癃　UBTG　疒阝夂生
窿　PWBG③　宀八阝生

陇　BDXN③　阝𠂇匕乙
　BDXY98　阝匕丶
垄　DXFF③　𠂇匕土二
　DXYF98　𠂇匕丶土
垄断 DXON
垅　FDXN③　土𠂇匕乙
　FDXY98　土𠂇匕丶
拢　RDXN③　扌𠂇匕乙
　RDXY98　扌𠂇匕丶

lou

搂　ROVG②　扌米女一
娄　OVF　米女二
喽　KOVG③　口米女一
蒌　AOVF③　艹米女二
楼　SOVG③　木米女一
楼台 SOCK　楼下 SOGH
楼板 SOSR　楼梯 SOSU
楼群 SOVT　楼房 SOYN
耧　DIOV③　三小米女
　FSOV98　二木米女
蝼　JOVG③　虫米女一
髅　MEOV③　⺆月米女
嵝　MOVG③　山米女一
篓　TOVF③　⺮米女二
陋　BGMN③　阝一冂乙
漏　INFY　氵尸雨丶
漏税 INTU
瘘　UOVD③　疒米女三
镂　QOVG③　钅米女一
露　FKHK　雨口止口
露骨 FKME

lu

卢　HNE②　⺊尸彡
卢森堡 HSWK

噜 KQGJ③ 口鱼一日
撸 RQGJ③ 扌鱼一日
庐 YYNE 广、尸彡
OYNE98 广、尸彡
庐山 YYMM
芦 AYNR 艹、尸彡
芦苇 AYAF
垆 FHNT 土⺊尸丿
泸 IHNT③ 氵⺊尸彳
炉 OYNT③ 火、尸丿
炉子 OYBB
栌 SHNT 木⺊尸丿
胪 EHNT 月⺊尸丿
轳 LHNT 车⺊尸丿
鸬 HNQG③ ⺊尸勹一
舻 TEHN③ 丿舟⺊尸
TUHN98 丿舟⺊尸
颅 HNDM ⺊尸丆贝
鲈 QGHN 鱼一⺊尸
卤 HLQI③ ⺊囗乂氵
HLR98 ⺊囗乂
虏 HALV 虍七力巛
HEE98 虍力彡
掳 RHAL③ 扌虍七力
RHET98 扌虍力丿
鲁 QGJF③ 鱼一日二
鲁莽 QGAD
橹 SQGJ③ 木鱼一日
镥 QQGJ③ 钅鱼一日
陆 BFMH③ 阝二山丨
BGB98 阝⺩凵
陆地 BFFB 陆军 BFPL
陆续 BFXF 陆海空 BIPW
陆路 BFKH
录 VIU② 彐水氵

录取 VIBC 录用 VIET
录音 VIUJ 录制 VIRM
录入 VITY 录音机 VUSM
录像 VIWQ 录像带 VQGK
录像机 VQSM 录音带 VUGK
赂 MTKG③ 贝夂口一
辂 LTKG 车夂口一
渌 IVIY③ 氵彐水㇏
逯 VIPI 彐水辶氵
鹿 YNJX③ 广コ刂匕
OXXV98 声匕匕
鹿茸 YNAB
禄 PYVI③ 礻、彐水
碌 DVIY③ 石彐水㇏
路 KHTK③ 口止夂口
路子 KHBB 路过 KHFP
路途 KHWT 路线 KHXG
路费 KHXJ 路透社 KTPY
漉 IYNX 氵广コ匕
IOXX98 氵声匕匕
戮 NWEA③ 羽人彡戈
辘 LYNX③ 车广コ匕
LOXX98 车声匕匕
潞 IKHK 氵口止口
璐 GKHK 王口止口
簏 TYNX ⺮广コ匕
TOXX98 ⺮声匕匕
鹭 KHTG 口止夂一
麓 SSYX 木木广匕
SSOX98 木木声匕
氇 TFNJ 丿二乙日
EQGJ98 毛 鱼一日
倮 WJSY③ 亻日木㇏

luan

栾 YOSU③ 亠⺌木
娈 YOVF③ 亠⺌女二
孪 YOBF③ 亠⺌子二
峦 YOMJ③ 亠⺌山刂
挛 YORJ③ 亠⺌手刂
鸾 YOQG③ 亠⺌勹一
脔 YOMW 亠⺌冂人
滦 IYOS 氵亠⺌木
銮 YOQF 亠⺌金二
卵 QYTY③ ⺊、丿、
卵子 QYBB 卵巢 QYVJ
乱 TDNN③ 丿古乙乙
乱七八糟 TAWO

lun

抡 RWXN③ 扌人匕乙
仑 WXB 人匕巛
伦 WWXN③ 亻人匕乙
伦敦 WWYB
囵 LWXV 囗人匕巛
沦 IWXN③ 氵人匕乙
纶 XWXN③ 纟人匕乙
轮 LWXN③ 车人匕乙
轮子 LWBB 轮流 LWIY
轮换 LWRQ 轮船 LWTE
轮廓 LWYY
论 YWXN③ 讠人匕乙
论著 YWAF 论点 YWHK
论题 YWJG 论断 YWON
论据 YWRN 论述 YWSY
论调 YWYM 论文 YWYY

luo

罗 LQU② 罒夕氵
罗马 LQCN 罗列 LQGQ
猡 QTLQ 犭丿罒夕
脶 EKMW③ 月口冂人

萝 ALQU③ 艹罒夕氵
逻 LQPI③ 罒夕辶氵
逻辑性 LLNT 逻辑 LQLK
椤 SLQY③ 木罒、
锣 QLQY③ 钅罒夕、
箩 TLQU③ 竹罒夕、
箩筐 TLTA
骡 CLXI③ 马田幺小
CGLI98 马一田小
骡子 CLBB 骡马 CLCN
镙 QLXI③ 钅田幺小
螺 JLXI③ 虫田幺小
螺丝 JLXX 螺纹 JLXY
螺旋 JLYT 螺丝钉 JXQS
裸 PUJS 礻氵日木
瘰 ULXI③ 疒田幺小
嬴 YNKY 亠乙口、
YEJY98 亠月虫、
嬴余 YNWT
泺 IQIY③ 氵匚小、
ITNI98 氵丿乙小
洛 ITKG③ 氵夂口一
洛杉矶 ISDM 洛阳 ITBJ
络 XTKG③ 纟夂口一
荦 APRH③ 艹冖二丨
APTG98 艹冖丿扌
骆 CTKG③ 马夂口一
CGTK98 马一夂口
骆驼 CTCP
珞 GTKG③ 王夂口一
落 AITK③ 艹氵夂口
落成 AIDN 落地 AIFB
落款 AIFF 落实 AIPU
落空 AIPW 落后 AIRG
落花流水 AAII 落选 AITF

摞 RLXI③ 扌田幺小
漯 ILXI③ 氵田幺小
雒 TKWY 夂口亻圭

lü

吕 KKF② 口口二
偻 WOVG③ 亻米女一
滤 IHAN③ 氵广七心
IHNY98 氵虍心、
驴 CYNT③ 马、尸丿
CGY98③ 马一、
闾 UKKD 门口口三
榈 SUKK③ 木门口口
侣 WKKG③ 亻口口一
旅 YTEY 方𠂉𧘇、
旅游 YTIY 旅顺 YTKD
旅客 YTPT 旅社 YTPY
旅馆 YTQN 旅长 YTTA
旅行 YTTF 旅程 YTTK
旅途 YTWT 旅伴 YTWU
稆 TKKG③ 禾口口一
铝 QKKG③ 钅口口一
屡 NOVD② 尸米女三
屡教不改 NFGN 屡次 NOUQ
屡见不鲜 NMGQ
缕 XOVG③ 纟米女一
膂 YTEE 方𠂉𧘇月
褛 PUOV③ 礻氵米女
履 NTTT③ 尸彳𠂉夂
律 TVFH 彳彐二丨
TVGH98 彳彐扌丨
律师 TVJG
虑 HANI③ 广七心氵
HNI98 虍心氵
绿 XVIY② 纟彐水㇏
绿茶 XVAW 绿色 XVQC

氯 RNVI③ 𠂉乙彐水
RVII98 气彐水氵
捋 REFY 扌爫寸、

lüe

略 LTKG③ 田夂口一
略微 LTTM 略语 LTYG
略高于 LYGF 略多于 LQGF
掠 RYIY 扌亠小㇏
掠夺 RYDF
锊 QEFY 钅爫寸、

m

呒 KFQN③ 口二儿乙
唔 KGKG③ 口五口一
KGK98 口五口

ma

妈 VCG② 女马一
妈妈 VCVC
嬷 VYSC③ 女广木厶
VOSC98 女广木厶
麻 YSSI③ 广木木氵
OSSI98 广木木氵
麻子 YSBB 麻雀 YSIT
麻风 YSMQ 麻烦 YSOD
麻醉 YSSG 麻木 YSSS
麻痹 YSUL 麻将 YSUQ
麻痹大意 YUDU 麻袋 YSWA
蟆 JAJD 虫艹日大
马 CNNG② 马乙乙一
CG98② 马一
马匹 CNAQ 马达 CNDP
马克 CNDQ 马列 CNGQ
马虎 CNHA 马上 CNHH
马路 CNKH 马车 CNLG
马力 CNLT 马克思 CDLN

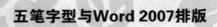

马铃薯 CQAL 马拉松 CRSW
马到成功 CGDA 马来西亚 CGSG
马不停蹄 CGWK 马列主义 CGYY
马克思列宁主义 CDLY
犸 QTCG 犭丿马一
玛 GCG 王马一
码 DCG 石马一
码头 DCUD
蚂 JCG 虫马一
JCGG98 虫马一一
杩 SCG 木马一
骂 KKCF③ 口口马二
KKCG98 口口马一
唛 KGTY③ 口龶夂㇏
吗 KCG 口马一
嘛 KYSS② 口广木木
KOSS98 口广木木

mai

埋 FJFG③ 土日土一
埋藏 FJAD 埋葬 FJAG
埋没 FJIM 埋怨 FJQN
埋头 FJUD 埋伏 FJWD
埋头苦干 FUAF 埋头工作 FUAW
霾 FEEF 雨爫⺕土
FEJF98 雨豸日土
买 NUDU 乙冫大冫
买卖 NUFN
荬 ANUD 艹乙冫大
劢 DNLN③ 丆乙力乙
GQET98 一勹力丿
迈 DNPV③ 丆乙辶巛
GQP98 一勹辶
迈进 DNFJ 迈步 DNHI
麦 GTU 龶夂冫
麦克风 GDMQ 麦乳精 GEOG
麦子 GTBB 麦收 GTNH
卖 FNUD 十乙冫大
卖给 FNXW
脉 EYNI 月丶乙⺢
脉搏 EYRG 脉络 EYXT

man

蛮 YOJU③ 亠亦虫冫
蛮干 YOFG 蛮横 YOSA
颟 AGMM 廾一冂贝
馒 QNJC 饣乙曰又
瞒 HAGW 目廾一人
鞔 AFQQ 廿串⺈儿
鳗 QGJC 鱼一又
满 IAGW 氵廾一人
满面 IADM 满腔 IAEP
满面春风 IDDM 满意 IAUJ
满腔热情 IERN 满怀 IANG
满城风雨 IFMF 满族 IAYT
满怀信心 INWN 满足 IAKH
螨 JAGW 虫廾一人
曼 JLCU③ 曰罒又冫
曼谷 JLWW
谩 YJLC③ 讠曰罒又
谩骂 YJKK
墁 FJLC③ 土曰罒又
幔 MHJC 冂丨曰又
慢 NJLC③ 忄曰罒又
慢慢 NJNJ 慢性 NJNT
漫 IJLC 氵曰罒又
漫山遍野 IMYJ 漫画 IJGL
漫不经心 IGXN 漫长 IJTA
缦 XJLC③ 纟曰罒又
蔓 AJLC③ 艹一罒又
熳 OJLC③ 火曰罒又
镘 QJLC③ 钅曰罒又

mang

忙 NYNN 忄亠乙乙
忙碌 NYDV 忙于 NYGF
忙乱 NYTD
邙 YNBH③ 亠乙阝丨
芒 AYNB③ 艹亠乙巛
盲 YNHF③ 亠乙目二
盲目 YNHH 盲打 YNRS
盲从 YNWW 盲文 YNYY
盲肠炎 YEOO 盲目性 YHNT
茫 AIYN③ 艹氵亠乙
茫茫 AIAI 茫然 AIQD
茫茫然 AAQD
硭 DAYN③ 石艹亠乙
莽 ADAJ③ 艹犬廾㇑
漭 IADA 氵艹犬廾
蟒 JADA 虫艹犬廾
氓 YNNA 亠乙ㄈ七

mao

猫 QTAL 犭丿艹田
毛 TFNV③ 丿二乙巛
ETGN98 毛丿一乙
毛皮 TFHC 毛巾 TFMH
毛线 TFXG 毛衣 TFYE
毛泽东 TIAI 毛主席 TYYA
毛泽东思想 TIAS
矛 CBTR③ 龴卩丿㇀
CNHT98 龴乙丨丿
矛盾 CBRF
牦 TRTN 丿扌丿乙
CEN98 牜毛乙
茅 ACBT 艹龴卩丿
ACNT98 艹龴乙丿
茅屋 ACNG 茅盾 ACRF

茅台 CBCK　茅台酒 ACIS

旄 YTTN　方𠂉丿乙

YTEN98　方𠂉毛乙

锚 QALG③　钅艹田一

髦 DETN　镸彡丿乙

DEEB98　镸彡毛巛

蝥 CBTJ　⺈卩丿虫

CNHJ98　⺈乙丨虫

蟊 CBTJ　⺈卩丿虫

CNHJ98　⺈乙丨虫

卯 QTBH　𠃊丿卩丨

峁 MQTB③　山𠃊丿卩

泖 IQTB③　氵𠃊丿卩

茆 AQTB　艹𠃊丿卩

昴 JQTB③　日𠃊丿卩

铆 QQTB③　钅𠃊丿卩

茂 ADNT③　艹厂乙丿

ADU98　艹戊冫

冒 JHF　曰目二

冒险 JHBW　冒进 JHFJ

冒昧 JHJF　冒号 JHKG

冒名顶替 JQSF　冒牌 JHTH

贸 QYVM③　𠃊丶刀贝

贸易额 QJPT　贸易 QYJQ

耄 FTXN　土丿匕乙

FTXE98　土丿匕毛

袤 YCBE　亠⺈卩𧘇

YCNE98　亠⺈乙𧘇

帽 MHJH③　冂丨曰目

帽子 MHBB

瑁 GJHG　王曰目一

瞀 CBTH　⺈卩丿目

CNHH98　⺈乙丨目

貌 EERQ　爫豸白儿

ERQN98　豸白儿乙

懋 SCBN　木⺈卩心

SCNN98　木⺈乙心

me

么 TCU②　丿厶冫

mei

眉 NHD　尸目三

眉头 NHUD　眉飞色舞 NNQR

没 IMCY②　氵几又㇏

IWCY98　氵几又㇏

没有 IMDE　没关系 IUTX

没出息 IBTH　没办法 ILIF

没精打采 IORE　没收 IMNH

枚 STY　木夂㇏

玫 GTY③　王夂㇏

玫瑰 GTGR

莓 ATXU③　艹𠂉母冫

ATXU98　艹𠂉母冫

梅 STXU③　木𠂉母冫

STXY98　木𠂉母丶

梅花 STAW　梅毒 STGX

媒 VAFS③　女艹二木

VFSY98　女甘木丶

媒介 VAWJ

嵋 MNHG③　山尸目一

湄 INHG③　氵尸目一

猸 QTNH　犭丿尸目

楣 SNHG③　木尸目一

煤 OAFS②　火艹二木

OFSY98　火甘木丶

煤矿 OADY　煤油 OAIM

煤田 IMLL　煤炭 OAMD

煤气 OARN　煤炭部 OMUK

酶 SGTU　西一𠂉冫

SGTX98　西一𠂉母

镅 QNHG③　钅尸目一

鹛 NHQG③　尸目勹一

霉 FTXU　雨𠂉母冫

霉素 FTGX

每 TXGU③　𠂉母一冫

TXU98　𠂉母冫

每项 TXAD　每月 TXEE

每天 TXGD　每当 TXIV

每时 TXJF　每日 TXJJ

每回 TXLK　每年 TXRH

美 UGDU　丷王大冫

美观 UGCM　美貌 UGEE

美元 UGFQ　美丽 UGGM

美满 UGIA　美酒 UGIS

美洲 UGIY　美国 UGLG

美味 UGKF　美容 UGPW

美名 UGQK　美金 UGQQ

美梦 UGSS　美术 UGSY

美德 UGTF　美好 UGVB

美妙 UGVI　美化 UGWX

美育 UGYC　美言 UGYY

美中不足 UKGK　美术界 USLW

浼 IQKQ③　氵⺈口儿

镁 QUGD③　钅丷王大

妹 VFIY③　女二小㇏

VFY98　女未丶

妹子 VFBB　妹夫 VFFW

妹妹 VFVF

昧 JFIY③　日二小㇏

JFY98　日未丶

袂 PUNW③　礻冫コ人

媚 VNHG③　女尸目一

寐 PNHI　宀乙丨小

PUFU98　宀爿未冫

魅 RQCI　白儿厶小

RQCF98 白儿厶未

men

门 UYHN③ 门丶丨乙
门面 UYDM 门厅 UYDS
门路 UYKH 门类 UYOD
门票 UYSF 门徒 UYTF
门诊部 UYUK 门诊 UYYW
门牌号 UTKG 门户 UYYN
门当户对 UIYC 门市 UYYM
门庭若市 UYAY 门牌 UYTH
扪 RUN 扌门乙
钔 QUN 钅门乙
闷 UNI 门心氵
焖 OUNY③ 火门心丶
懑 IAGN 氵廾一心
们 WUN② 亻门乙

meng

蒙 APGE③ 艹冖一豕
APFE98 艹冖二豕
蒙蔽 APAI 蒙古 APDG
蒙族 APYT 蒙古族 ADYT
蒙古包 ADQN
虻 JYNN③ 虫亠乙乙
萌 AJEF③ 艹日月二
萌芽 AJAA
盟 JELF③ 日月皿二
盟友 JEDC
甍 ALPN 艹罒冖乙
ALPY98 艹罒冖丶
瞢 ALPH 艹罒冖目
朦 EAPE③ 月艹冖豕
朦胧 EAED
檬 SAPE③ 木艹冖豕
礞 DAPE③ 石艹冖豕
艨 TEAE 丿舟艹豕
TUAE98 丿舟艹豕
勐 BLLN③ 子皿力乙
BLET98 子皿力丿
猛 QTBL 犭丿子皿
猛增 QTFU 猛烈 QTGQ
猛然 QTQD
锰 QBLG③ 钅子皿一
艋 TEBL 丿舟子皿
TUBL98 丿舟子皿
蜢 JBLG③ 虫子皿一
懵 NALH③ 忄艹罒目
蠓 JAPE③ 虫艹冖豕
梦 SSQU③ 木木夕氵
梦想 SSSH

mi

迷 OPI② 米辶氵
迷茫 OPAI 迷惑 OPAK
迷雾 OPFT 迷惘 OPNM
迷失 OPRW 迷人 OPWW
迷信 OPWY 迷恋 OPYO
咪 KOY 口米丶
弥 XQIY③ 弓⺈小丶
弥漫 XQIJ 弥补 XQPU
祢 PYQI③ 礻丶勹小
猕 QTXI 犭丿弓小
谜 YOPY 讠米辶丶
谜语 YOYG
醚 SGOP③ 西一米辶
糜 YSSO 广木木米
OSSO98 广木木米
縻 YSSI 广木木小
OSSI98 广木木小
麋 YNJO 广コ刂米
OXXO98 声匕匕米
靡 YSSD 广木木三
OSSD98 广木木三
蘼 AYSD 艹广木三
AOSD98 艹广木三
米 OYT③ 米丶丿丶
米粉 OYOW 米饭 OYQN
芈 GJGH 一刂一丨
弭 XBG 弓耳一
敉 OTY 米攵丶
脒 EOY 月米丶
眯 HOY② 目米丶
糸 XIU 幺小氵
汨 IJG 氵日一
宓 PNTR 宀心丿彡
泌 INTT③ 氵心丿丿
觅 EMQB③ 爫冂儿彡
秘 TNTT② 禾心丿丿
秘书 TNNN 秘书室 TNPG
秘密 TNPN 秘书长 TNTA
秘诀 TNYN 秘方 TNYY
密 PNTM③ 宀心丿山
密切 PNAV 密码 PNDC
密布 PNDM 密封 PNFF
密电 PNJN 密闭 PNUF
密件 PNWR 密集 PNWY
密度 PNYA 密谋 PNYA
幂 PJDH③ 冖日大丨
谧 YNTL 讠心丿皿
嘧 KPNM③ 口宀心山
蜜 PNTJ 宀心丿虫
蜜月 PNEE 蜜蜂 PNJT

mian

面 DMJD② 丆冂刂三
DLJF98② 丆口刂二
面对 DMCF 面貌 DMEE

面目 DMHH 面临 DMJT
面料 DMOU 面粉 DMOW
面容 DMPW 面色 DMQC
面积 DMTK 面向 DMTM
面条 DMTS 面前 DMUE
面包车 DQLG 面部 DMUK
面貌一新 DEGU 面子 DMBB
面目一新 DHGU 面孔 DMBN
眠 HNAN③ 目尸七乙
绵 XRMH② 纟白冂丨
绵绵 XRXR
棉 SRMH③ 木白冂丨
棉花 SRAW 棉布 SRDM
棉田 SRLL 棉被 SRPU
棉线 SRXG 棉纱 SRXI
棉纺 SRXY 棉衣 SRYE
棉毛衫 STPU 棉织品 SXKK
免 QKQB③ ⺈口儿巛
免职 QKBK 免除 QKBW
免得 QKTJ 免税 QKTU
免疫 QKUM 免费 QKXJ
免疫力 QULT
沔 IGHN③ 氵一丨乙
勉 QKQL ⺈口儿力
QKQE98 ⺈口儿力
勉励 QKDD 勉强 QKXK
眄 HGHN③ 目一丨乙
HGHN98 目一丨乙
娩 VQKQ③ 女⺈口儿
冕 JQKQ 曰⺈口儿
湎 IDMD③ 氵丆冂三
IDLF98③ 氵丆口二
缅 XDMD 纟丆冂三
XDLF98② 纟丆口二
缅怀 XDNG 缅甸 XDQL

腼 EDMD 月丆冂三
EDLF98③ 月丆口二
渑 IKJN③ 氵口日乙

miao

苗 ALF 艹田二
ALF98② 艹田二
苗条 ALTS 苗头 ALUD
喵 KALG③ 口艹田一
描 RALG③ 扌艹田一
描图 RALT 描写 RAPG
描述 RASY 描绘 RAXW
瞄 HALG③ 目艹田一
HALG98② 目艹田一
鹋 ALQG 艹田勹一
杪 SITT③ 木小丿丿
眇 HITT③ 目小丿丿
秒 TITT② 禾小丿丿
淼 IIIU 水水水氵
渺 IHIT 氵目小丿
渺茫 IHAI
缈 XHIT③ 纟目小丿
藐 AEEQ③ 艹⺥⺝儿
AERQ98③ 艹豸白儿
邈 EERP ⺥⺝白辶
ERQP98 豸白儿辶
妙 VITT③ 女小丿丿
妙用 VIET 妙龄 VIHW
妙趣横生 VFST
庙 YMD 广由三
OMD98② 广由三
庙会 YMWF
缪 XNWE③ 纟羽人彡

mie

灭 GOI 一火氵

灭亡 GOYN
乜 NNV 乙乙巛
咩 KUDH③ 口丷手丨
KUH98 口羊丨
蔑 ALDT 艹罒厂丿
ALAW98③ 艹罒戈人
蔑视 ALPY
篾 TLDT ⺮罒厂丿
TLAW98③ ⺮罒戈人
蠛 JALT③ 虫艹罒丿
JALW98③ 虫艹罒人

min

民 NAV① 尸七巛
民工 NAAA 民警 NAAQ
民用 NAET 民政 NAGH
民法 NAIF 民办 NALW
民情 NANG 民兵 NARG
民歌 NASK 民航 NATE
民委 NATV 民间 NAUJ
民主 NAYY 民族 NAYT
黾 KJNB③ 口日乙巛
岷 MNAN③ 山尸七乙
玟 GYY 王文、
苠 ANAB③ 艹尸七巛
珉 GNAN③ 王尸七乙
缗 XNAJ③ 纟尸七日
皿 LHNG③ 皿丨乙一
LHNG98 皿丨乙一
闵 UYI 门文氵
抿 RNAN③ 扌尸七乙
泯 INAN③ 氵尸七乙
闽 UJI 门虫氵
悯 NUYY③ 忄门文、
敏 TXGT 𠂉母一夂
TXTY98 𠂉母攵、

敏感 TXDG　敏锐 TXQU
敏捷 TXRG
愍　NATN　尸七夂心
鳘　TXGG　𠂉口一一
　TXTG98　𠂉母攵一

ming

明　JEG②　日月一
明确 JEDQ　明天 JEGD
明明 JEJE　明显 JEJO
明暗 JEJU　明年 JERH
明白 JERR　明媚 JEVN
明目张胆 JHXE　明朗 JEYV
明知故犯 JTDQ　明亮 JEYP
明辨是非 JUJD　明细 JEXL
名　QKF②　夕口二
名菜 QKAE　名著 QKAF
名茶 QKAW　名胜 QKET
名声 QKFN　名堂 QKIP
名酒 QKIS　名誉 QKIW
名贵 QKKH　名册 QKMM
名字 QKPB　名家 QKPE
名额 QKPT　名气 QKRN
名牌 QKTH　名称 QKTQ
名单 QKUJ　名次 QKUQ
名符其实 QTAP　名言 QKYY
名胜古迹 QEDY　名义 QKYQ
名副其实 QGAP　名词 QKYN
名列前茅 QGUA　名人 QKWW
鸣　KQYG③　口勹丶一
　KQGG98②　口鸟一一
茗　AQKF　艹夕口二
冥　PJUU③　冖日六氵
铭　QQKG③　钅夕口一
铭记 QQYN
溟　IPJU　氵冖日六
暝　JPJU　日冖日六
瞑　HPJU③　目冖日六
螟　JPJU③　虫冖日六
酩　SGQK　西一夕口
命　WGKB　人一口卩
命脉 WGEY　命运 WGFC
命名 WGQK　命令 WGWY

miu

谬　YNWE　讠羽人彡
谬论 YNYW

mo

摸　RAJD　扌艹日大
摸索 RAFP
谟　YAJD③　讠艹日大
嫫　VAJD　女艹日大
　VAJD98③　女艹日大
馍　QNAD　𠂊乙艹大
摹　AJDR　艹日大手
模　SAJD③　木艹日大
　SAJD98②　木艹日大
模式 SAAA　模范 SAAI
模块 SAFN　模型 SAGA
模具 SAHW　模糊 SAOD
模拟 SARN　模样 SASU
模特 SATR　模仿 SAWY
模棱两可 SSGS
膜　EAJD　月艹日大
　EAJD98③　月艹日大
麽　YSSC　广木木厶
　OSSC98　广木木厶
摩　YSSR　广木木手
　OSSR98③　广木木手
摩托车 YRLG　摩托 YSRT
摩登 YSWG　摩仿 YSWY
磨　YSSD　广木木石
　OSSD98　广木木石
磨灭 YSGO　磨擦 YSRP
摩拳擦掌 YURI　磨练 YSXA
蘑　AYSD③　艹广木石
　AOSD98③　艹广木石
蘑菇 AYAV
魔　YSSC　广木木厶
　OSSC98　广木木厶
魔王 YSGG　魔鬼 YSRQ
魔术 YSSY
抹　RGSY③　扌一木丶
抹杀 RGQS
末　GSI②　一木氵
殁　GQMC　一夕几又
　GQWC98③　一夕几又
沫　IGSY③　氵一木丶
茉　AGSU③　艹一木氵
陌　BDJG③　阝丆日一
陌生 BDTG
秣　TGSY③　禾一木丶
　TGSY98　禾一木丶
莫　AJDU③　艹日大氵
　AJDU98　艹日大氵
莫大 AJDD　莫过于 AFGF
莫不是 AGJG　莫斯科 AATU
莫明其妙 AJAV
寞　PAJD③　宀艹日大
漠　IAJD③　氵艹日大
漠不关心 IGUN
蓦　AJDC　艹日大马
　AJDG98　艹日大一
貊　EEDJ③　⺤豸丆日
　EDJG98　豸丆日一
墨　LFOF　罒土灬土

墨守成规 LPDF 墨水 LFII
瘼 UAJD 疒艹日大
镆 QAJD 钅艹日大
默 LFOD 罒土灬犬
默契 LFDH 默默 LFLF
默默无闻 LLFU 默认 LFYW
貘 EEAD③ 豸艹大
EAJD98 豸艹日大
耱 DIYD③ 三小广石
FSOD98 二木广石

mou

谋 YAFS③ 讠艹二木
YFSY98③ 讠甘木丶
谋取 YABC 谋略 YALT
谋害 YAPD 谋私 YATC
蛑 JCRH③ 虫厶𠂉丨
JCTG98③ 虫厶丿扌
哞 KCRH③ 口厶𠂉丨
KCTG98 口厶𠂉丨
牟 CRHJ② 厶𠂉丨‖
CTGJ98 厶丿扌刂
牟取 CRBC
侔 WCRH③ 亻厶𠂉丨
WCTG98③ 亻厶丿扌
眸 HCRH③ 目厶𠂉丨
HCTG98 目厶丿扌
鍪 CBTQ 龴卩丿金
CNHQ98 龴乙丨金
某 AFSU③ 艹二木冫
FSU98② 甘木冫
某某 AFAF 某月 AFEE
某地 AFFB 某事 AFGK
某些 AFHX 某时 AFJF
某种 AFTK 某个 AFWH
某人 AFWW 某些人 AHWW

mu

母 XGUI③ 毋一冫冫
XNNY98 母乙乙丶
母子 XGBB 母鸡 XGCQ
母校 XGSU 母亲 XGUS
毪 TFNH 丿二乙丨
ECTG98③ 毛厶丿扌
亩 YLF 亠田二
YLF98② 亠田二
亩产 YLUT
牡 TRFG 丿扌土一
CFG98 牜土一
牡丹 TRMY
姆 VXGU② 女毋一冫
VXY98② 女母丶
拇 RXGU③ 扌毋一冫
RXY98 扌母丶
木 SSSS 木木木木（键名）
木工 SSAA 木匠 SSAR
木耳 SSBG 木炭 SSMD
木雕 SSMF 木棒 SSSD
木材 SSSF 木箱 SSTS
木器厂 KDG 木偶戏 SWCA
木已成舟 SNDT 木头 SSUD
仫 WTCY 亻丿厶㇏
目 HHHH 目目目目（键名）
目睹 HHFT 目光 HHIQ
目光短浅 HITI 目次 HHUQ
目中无人 HKFW 目前 HHUE
目空一切 HPGA 目标 HHSF
目瞪口呆 HHKK 目的 HHRQ
目不暇接 HGJR 目录 HHVI
沐 ISY 氵木㇏
沐浴 ISIW
坶 FXGU③ 土毋一冫

FXY98② 土母丶
牧 TRTY③ 丿扌夂㇏
CTY98② 牜夂㇏
牧场 TRFN 牧师 TRJG
牧民 TRNA 牧业 TROG
苜 AHF 艹目二
钼 QHG 钅目一
募 AJDL 艹日大力
AJDE98 艹日大力
募捐 AJRK
墓 AJDF 艹日大土
幕 AJDH 艹日大丨
AJDH98③ 艹日大丨
幕后 AJRG
睦 HFWF② 目土八土
HFWF98③ 目土八土
睦邻 HFWY
慕 AJDN 艹日大⺗
慕名 AJQK 慕尼黑 ANLF
暮 AJDJ 艹日大日
穆 TRIE③ 禾白小彡
穆斯林 TASS

n

嗯 KLDN 口囗大心

na

那 VFBH③ 刀二阝丨
NGB98 乙丰阝
那些 VFHX 那是 VFJG
那边 VFLP 那儿 VFQT
那样 VFSU
拿 WGKR 人一口手
拿来 WGGO
镎 QWGR 钅人一手
哪 KVFB② 口刀二阝

KNGB98③ 口乙阝

哪能 KVCE 哪些 KVHX

哪里 KVJF 哪怕 KVNR

哪儿 KVQT 哪样 KVSU

纳 XMWY③ 纟冂人㇏

XMWY98② 纟冂人㇏

纳粹 XMOY 纳税 XMTU

纳入 XMTY

肭 EMWY③ 月冂人丶

娜 VVFB③ 女刀二阝

VNGB98③ 女乙丰阝

衲 PUMW 衤冫冂人

钠 QMWY③ 钅冂人㇏

捺 RDFI 扌大二小

呐 KMWY③ 口冂人㇏

呐喊 KMKD

nai

乃 ETN 乃丿乙

BNT98 乃乙丿

佴 WBG 亻耳一

捺 RDFI 扌大二小

奶 VEN② 女乃乙

VBT98 女乃丿

奶油 VEIM 奶粉 VEOW

奶奶 VEVE

艿 AEB 艹乃巛

ABR98 艹乃彡

氖 RNEB③ 𠂉乙乃巛

RBE98 气乃彡

奈 DFIU③ 大二小冫

柰 SFIU 木二小冫

耐 DMJF 𠂆冂刂寸

耐用 DMET 耐心 DMNY

耐人寻味 DWVK

萘 ADFI 艹大二小

鼐 EHNN③ 乃目乙乙

BHNN98③ 乃目乙乙

nan

男 LLB② 田力巛

LER98② 田力彡

男孩 LLBY 男性 LLNT

男儿 LLQT 男排 LLRD

男生 LLTG 男女 LLVV

男人 LLWW 男方 LLYY

男朋友 LEDC 男子 LLBB

男子汉 LBIC 男孩儿 LBQT

男女老少 LVFI 男同志 LMFN

囡 LVD 口女三

南 FMUF② 十冂䒑十

南非 FMDJ 南面 FMDM

南海 FMIT 南昌 FMJJ

南边 FMLP 南宁 FMPS

南瓜 FMRC 南极 FMSE

南美 FMUG 南部 FMUK

南北 FMUX 南疆 FMXF

南宁市 FPYM 南极洲 FSIY

南美洲 FUIY 南京市 FYYM

南腔北调 FEUY 南方 FMYY

南征北战 FTUH 南京 FMYI

难 CWYG② 又亻圭一

难受 CWEP 难堪 CWFA

难过 CWFP 难点 CWHK

难题 CAJG 难听 CWKR

难办 CALW 难民 CWNA

难怪 CWNC 难道说 CUYU

难能可贵 CCSK

喃 KFMF③ 口十冂十

楠 SFMF③ 木十冂

赧 FOBC 土业卩又

腩 EFMF③ 月十冂十

蝻 JFMF③ 虫十冂十

nang

囊 GKHE③ 一口丨𧘇

囔 KGKE 口一口𧘇

馕 QNGE 勹乙一𧘇

曩 JYKE③ 日亠口𧘇

JYKE98 日亠口𧘇

攮 RGKE 扌一口𧘇

nao

闹 UYMH③ 门亠冂丨

闹事 UYGK 闹剧 UYND

闹钟 UYQK

孬 GIVB③ 一小女子

DHVB98 𠂇卜女子

呶 KVCY③ 口女又㇏

挠 RATQ 扌七丿儿

RATQ98③ 扌七丿儿

硇 DTLQ③ 石丿囗㐅

DTLR98③ 石丿囗㐅

铙 QATQ③ 钅七丿儿

猱 QTCS 犭丿龴木

蛲 JATQ 虫七丿儿

垴 FYBH 土文凵丨

FYRB98③ 土亠㐅凵

恼 NYBH③ 忄文凵丨

NYRB98③ 忄亠㐅凵

恼怒 NYVC

脑 EYBH③ 月文凵㐅

EYRB98② 月亠㐅凵

脑子 EYBB 脑海 EYIT

脑力 EYLT 脑炎 EYOO

脑筋 EYTE 脑袋 EYWA

瑙 GVTQ③ 王巛丿㐅

GVTR98③ 王巛丿㐅

淖 IHJH③ 氵⺊早丨

ne

呢 KNXN③ 口尸匕乙

讷 YMWY③ 讠冂人丶

nei

内 MWI② 冂人氵

内陆 MWBF 内存 MWDH

内脏 MWEY 内地 MWFB

内政 MWGH 内战 MWHK

内心 MWNY 内宾 MWPR

内容 MWPW 内外 MWQH

内销 MWQI 内行 MWTF

内务 MWTL 内向 MWTM

内科 MWTU 内部 MWUK

内疚 MWUQ 内阁 MWUT

内弟 MWUX 内奸 MWVF

内债 MWWG 内线 MWXG

内涵 MWIB 内分泌 MWIN

内蒙 MWAP 内务部 MTUK

内忧外患 MNQK

内蒙古自治区 MADA

馁 QNEV③ 饣乙爫女

nen

嫩 VGKT③ 女一口攵

VSKT98③ 女木口攵

恁 WTFN 亻丿士心

neng

能 CEXX② 厶月匕匕

能耐 CEDM 能动 CEFC

能干 CEFG 能否 CEGI

能源 CEID 能量 CEJG

能源部 CIUK 能手 CERT

能工巧匠 CAAA 能够 CEQK

能者多劳 CFQA 能力 CELT

ni

泥 INXN③ 氵尸匕乙

INXN98② 氵尸匕乙

泥土 INFF 泥沙 INIT

妮 VNXN③ 女尸匕乙

尼 NXV② 尸匕巛

尼龙袜 NDPU

坭 FNXN③ 土尸匕乙

怩 NNXN③ 忄尸匕乙

倪 WVQN③ 亻白儿乙

WEQN98② 亻白儿乙

铌 QNXN③ 钅尸匕乙

猊 QTVQ 犭丿白儿

QTEQ98 犭丿白儿

霓 FVQB③ 雨白儿巛

FEQB98③ 雨白儿巛

鲵 QGVQ 鱼一白儿

QGEQ98 鱼一白儿

伲 WNXN③ 亻尸匕乙

你 WQIY② 亻𠂊小丶

WQIY98③ 亻𠂊小丶

你我 WQTR 你俩 WQWG

你们 WQWU

拟 RNYW③ 扌乙丶人

拟定 RNPG 拟订 RNYS

拟议 RNYY

旎 YTNX 方𠂉尸匕

昵 JNXN③ 日尸匕乙

逆 UBTP③ 䒑凵丿辶

UBTP98 䒑凵丿辶

逆境 UBFU 逆流 UBIY

逆水行舟 UITT

匿 AADK 匚廾𠂇口

AADK98③ 匚廾𠂇口

匿名 AAQK 匿名信 AQWY

溺 IXUU③ 氵弓冫冫

溺爱 IXEP

睨 HVQN③ 目白儿乙

HEQ98 目白儿

腻 EAFM③ 月弋二贝

EAFY98③ 月七二丶

慝 AADN 匚廾𠂇心

nian

年 RHFK② 𠂉丨十川

TG98② 𠂉𠂒

年月 RHEE 年青 RHGE

年龄 RHHW 年轻 RHLC

年初 RHPU 年报 RHRB

年年 RHRH 年头 RHUD

年代 RHWA 年会 RHWF

年份 RHWW 年级 RHXE

年纪 RHXN 年终 RHXT

年度 RHYA 年底 RHYQ

年轻人 RLWW 年终奖 RXUQ

年利润 RTIU 年月日 REJJ

年老体弱 RFWX

拈 RHKG 扌⺊口一

RHKG98③ 扌⺊口一

拈轻怕重 RLNT

鲇 QGHK 鱼一⺊口

鲶 QGWN 鱼一人心

黏 TWIK 禾人水口

捻 RWYN 扌人丶心

辇 FWFL 二人二车

GGLJ98 夫夫车刂

撵 RFWL 扌二人车

RGGL98③ 扌夫夫车

碾 DNAE③ 石尸龷𧘇

廿 AGHG③ 廿一丨一

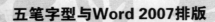

AGHG98 廿一丨一

念 WYNN 人、乙心

念头 WYUD

埝 FWYN 土人、心

蔫 AGHO 艹一止灬

AGHO98③ 艹一止灬

粘 OHKG② 米卜口一

OHKG98 米卜口一

niang

娘 VYVE③ 女、彐𠄌

VYV98② 女、艮

娘家 VYPE 娘儿 VYQT

酿 SGYE 西一、𠄌

SGYV98 西一、艮

酿酒 SGIS

niao

鸟 QYNG 勹、乙一

QGD98 鸟一三

鸟类 QYOD

茑 AQYG 艹勹、一

AQGF98 艹鸟一二

袅 QYNE 勹、乙𧘇

QYEU98 鸟亠𧘇氵

嬲 LLVL③ 田力女力

LEVE98③ 田力女力

尿 NII 尸水氵

脲 ENIY③ 月尸水㇏

nie

捏 RJFG 扌日土一

RJFG98③ 扌日土一

捏造 RJTF

陧 BJFG③ 阝日土一

涅 IJFG 氵日土一

IJFG98③ 氵日土一

聂 BCCU③ 耳又又氵

臬 THSU③ 丿目木氵

啮 KHWB 口止人凵

嗫 KBCC③ 口耳又又

镊 QBCC③ 钅耳又又

镍 QTHS③ 钅丿目木

QTHS98 钅丿目木

颞 BCCM 耳又又贝

蹑 KHBC③ 口止耳又

KHBC98 口止耳又

孽 AWNB 艹亻コ子

ATNB98 艹丿𠂤子

蘖 AWNS 艹亻コ木

ATNS98 艹丿𠂤木

nin

您 WQIN 亻⺈小心

ning

宁 PSJ② 宀丁刂

宁夏 PSDH 宁愿 PSDR

宁静 PSGE 宁肯 PSGE

宁夏回族自治区 PDLA

咛 KPSH③ 口宀丁丨

拧 RPSH③ 扌宀丁丨

狞 QTPS③ 犭丿宀丁

柠 SPSH③ 木宀丁丨

聍 BPSH③ 耳宀丁丨

凝 UXTH③ 冫匕𠂉疋

凝聚 UXBC 凝固 UXLD

凝聚力 UBLT

佞 WFVG③ 亻二女一

泞 IPSH③ 氵宀丁丨

甯 PNEJ③ 宀心用刂

苧 APGF 艹宀一二

niu

牛 RHK 𠂉丨川

TGK98 丿扌川

牛马 RHCN 牛顿 RHGB

牛仔裤 RWPU 牛奶 RHVE

牛鬼蛇神 RRJP 牛肉 RHMW

拗 RXL③ 扌幺力

RXET98③ 扌幺力丿

妞 VNFG③ 女乙土一

VNHG98 女乙丨一

忸 NNFG③ 忄乙土一

NNHG98 忄乙丨一

扭 RNFG③ 扌乙土一

RNHG98③ 扌乙丨一

扭亏为盈 RFYE 扭转 RNLF

狃 QTNF 犭丿乙土

QTNG98 犭丿乙一

纽 XNFG③ 纟乙土一

XNHG98③ 纟乙丨一

纽带 XNGK 纽约 XNXQ

钮 QNFG③ 钅乙土一

QNHG98③ 钅乙丨一

nong

农 PEI 冖𧘇氵

PEI98② 冖𧘇氵

农药 PEAX 农历 PEDL

农场 PEFN 农夫 PEFW

农活 PEIT 农田 PELL

农民 PENA 农忙 PENY

农户 PEYN 农产品 PUKK

农机站 PSUH 农作物 PWTR

农学院 PIBP 农业局 PONN

农副产品 PGUK 农会 PEWF

农民日报 PNJR 农行 PETF

农业生产 POTU　农村 PESF
农贸市场 PQYF　农业 PEOG
侬　WPEY③　亻冖𧘇㇏
哝　KPEY③　口冖𧘇㇏
浓　IPEY③　氵冖𧘇㇏
浓厚 IPDJ　浓缩 IPXP
浓度 IPYA
脓　EPEY③　月冖𧘇㇏
　EPEY98　月冖𧘇㇏
弄　GAJ　王廾刂
弄得好 GTVB　弄清 GAIG
弄虚作假 GHWW

nou

耨　DIDF③　三小厂寸
　FSDF98③　二木厂寸

nu

奴　VCY　女又㇏
奴隶 VCVI
孥　VCBF　女又子二
　VCBF98③　女又子二
驽　VCCF③　女又马二
　VCCG98③　女又马一
努　VCLB③　女又力巛
　VCER98③　女又力彡
努力 VCLT
弩　VCXB③　女又弓巛
胬　VCMW　女又冂人
怒　VCNU③　女又心冫
怒吼 VCKB　怒火 VCOO
怒气 VCRN　怒发冲冠 VNUP

nü

女　VVVV③　女女女女（键名）
女工 VVAA　女子 VVBB
女孩 VVBY　女士 VVFG
女王 VVGG　女性 VVNT
女神 VVPY　女儿 VVQT
女排 VVRD　女兵 VVRG
女生 VVTG　女装 VVUF
女婿 VVVN　女人 VVWW
女强人 VXWW　女主人 VYWW
女孩子 VBBB　女青年 VGRH
女同胞 VMEQ　女同志 VMFN
钕　QVG　钅女一
恧　DMJN　𠂇冂刂心
衄　TLNF　丿皿乙土
　TLNG98　丿皿乙一

nuan

暖　JEFC③　日爫二又
　JEGC98　日爫⺘又
暖流 JEIY　暖气 JERN
暖和 JETK

nue

虐　HAAG③　广七匚一
　HAG98③　虍匚一三
虐待 HATF
疟　UAGD　疒匚一三
疟疾 UAUT

nuo

挪　RVFB③　扌刀二阝
　RNGB98　扌乙⺘阝
挪用 RVET
傩　WCWY　亻又亻圭
诺　YADK③　讠艹𠂇口
诺言 YAYY
喏　KADK　口艹𠂇口
　KADK98③　口艹𠂇口
搦　RXUU③　扌弓冫冫
锘　QADK③　钅艹𠂇口
懦　NFDJ　忄雨𠂇刂
　NFDJ98③　忄雨𠂇刂
糯　OFDJ③　米雨𠂇刂
　OFDJ98　米雨𠂇刂

o

哦　KTRT③　口丿扌丿
　KTRY98③　口丿扌丶
喔　KNGF　口尸一土
噢　KTMD　口丿冂大

ou

欧　AQQ③　匚㐅⺈人
　ARQ98③　匚㐅⺈人
欧阳 AQBJ　欧洲 AQIY
欧美 AQUG　欧姆 AQVX
讴　YAQY③　讠匚㐅丶
　YARY98③　讠匚㐅丶
殴　AQMC③　匚㐅几又
　ARWC98③　匚㐅几又
殴打 AQRS
瓯　AQGN　匚㐅一乙
　ARGY98③　匚㐅一丶
鸥　AQQG　匚㐅⺈一
　ARQG98　匚㐅⺈一
呕　KAQY　口匚㐅丶
　KARY98③　口匚㐅丶
呕心沥血 KNIT　呕吐 KAKF
偶　WJMY③　亻日冂丶
偶然 WJQD　偶尔 WJQI
偶像 WJWQ　偶然性 WQNT
耦　DIJY③　三小日丶
　FSJY98　二木日丶
藕　ADIY　艹三小丶
　AFSY98　艹二木丶
怄　NAQY③　忄匚㐅丶

NARY98③ 忄匚乂丶

沤 IAQY③ 氵匚乂丶

IARY98③ 氵匚乂丶

pa

怕 NRG② 忄白一

扒 RWY 扌八丶

趴 KHWY③ 口止八㇏

KHWY98 口止八㇏

啪 KRRG③ 口扌白一

葩 ARCB③ 艹白巴巛

杷 SCN 木巴乙

爬 RHYC 厂丨㇏巴

爬山 RHMM

耙 DICN③ 三小巴乙

FSCN98③ 二木巴乙

琶 GGCB③ 王王巴巛

筢 TRCB③ 𥫗扌巴巛

帕 MHRG③ 冂丨白一

pai

拍 RRG 扌白一

拍卖 RRFN 拍照 RRJV

拍手称快 RRTN 拍摄 RRRB

俳 WDJD 亻三刂三

WHDD98③ 亻丨三三

徘 TDJD 彳三刂三

THDD98 彳丨三三

徘徊 TDTL

排 RDJD③ 扌三刂三

RHDD98③ 扌丨三三

排队 RDBW 排除 RDBW

排球 RDGF 排列 RDGQ

排泄 RDIA 排字 RDPB

排长 RDTA 排版 RDTH

排球队 RGBW 排球赛 RGPF

排山倒海 RMWI

牌 THGF 丿丨一十

牌子 THBB 牌照 THJV

牌号 THKG 牌价 THWW

哌 KREY③ 口厂𠂉㇏丶

派 IREY③ 氵厂𠂉㇏

IREY98② 氵厂𠂉㇏

派别 IRKL 派生 IRTG

派出所 IBRN 派遣 IRKH

湃 IRDF③ 氵𠂊三十

IRDF98 氵𠂊三十

蒎 AIRE③ 艹氵厂𠂉

pan

潘 ITOL 氵丿米田

ITOL98③ 氵丿米田

攀 SQQR③ 木乂乂手

SRRR98③ 木乂乂手

攀登 SQWG

爿 NHDE 乙丨𠂆彡

UNHT98 爿乙丨丿

盘 TELF③ 丿舟皿二

TULF98③ 丿舟皿二

盘子 TEBB 盘存 TEDH

盘点 TEHK 盘货 TEWX

盘旋 TEYT

磐 TEMD 丿舟几石

TUWD98 丿舟几石

蹒 KHAW 口止艹人

蟠 JTOL 虫丿米田

判 UDJH 丷𠂇刂丨

UGJH98 丷扌刂丨

判别 UDKL 判罪 UDLD

判断 UDON 判决 UDUN

判决书 UUNN

泮 IUFH③ 氵丷十丨

IUGH98 氵丷扌丨

叛 UDRC 丷𠂇厂又

UGRC98 丷扌厂又

叛党 UDIP 叛国 UDLG

叛乱 UDTD 叛徒 UDTF

叛变 UDYO

盼 HWVN③ 目八刀乙

HWVT98 目八刀丿

盼望 HWYN

畔 LUFH③ 田丷十丨

LUGH98 田丷扌丨

袢 PUUF③ 礻冫丷十

PUUG98③ 礻冫丷扌

襻 PUSR 礻冫木手

pang

旁 UPYB③ 立冖方巛

YUPY98③ 亠丷冖方

旁若无人 UAFW 旁边 UPLP

彷 TYN 彳方乙

TYT98 彳方丿

乓 RGYU③ 斤一丶丷

RYU98 丘丶丷

滂 IUPY③ 氵立冖方

IYUY98③ 氵亠丷方

滂沱 IUIP

庞 YDXV③ 广𠂇匕巛

ODXY98③ 广𠂇匕丶

庞大 YDDD 庞杂 YDVS

庞然大物 YQDT

逄 TAHP③ 夂匚丨辶

TGPK98 夂辶川

螃 JUPY③ 虫立冖方

JYUY98③ 虫亠丷方

耪 DIUY 三小立方

FSYY98 二木亠方

胖 EUFH③ 月䒑十丨
EUGH98 月丷扌丨
胖子 EUBB

pao

抛 RVLN③ 扌九力乙
RVET98③ 扌九力丿
抛弃 RVYC 抛物线 RTXG
抛头露面 RUFD
抛砖引玉 RDXG
脬 EEBG③ 月爫子一
刨 QNJH 勹巳刂丨
咆 KQNN③ 口勹巳乙
庖 YQNV③ 广勹巳巛
OQNV98 广勹巳巛
狍 QTQN 犭丿勹巳
炮 OQNN② 火勹巳乙
OQNN98③ 火勹巳乙
炮兵 OQRG 炮制 OQRM
炮弹 OQXU
袍 PUQN③ 衤冫勹巳
匏 DFNN 大二乙巳
跑 KHQN③ 口止勹巳
跑马 KHCN 跑步 KHHI
跑买卖 KNFN 跑龙套 KDDD
泡 IQNN③ 氵勹巳乙
泡沫塑料 IIUO 泡沫 IQIG
疱 UQNV③ 疒勹巳巛

pei

胚 EGIG③ 月一小一
EDHG98③ 月丆卜一
呸 KGIG③ 口一小一
KDHG98 口丆卜一
醅 SGUK 西一立口
陪 BUKG③ 阝立口一
陪同 BUMG
培 FUKG③ 土立口一
培植 FUSF 培养 FUUD
培育 FUYC 培训 FUYK
培训班 FYGY 培养费 FUXJ
培训中心 FYKN
赔 MUKG③ 贝立口一
赔款 MUFF 赔偿 MUWI
锫 QUKG 钅立口一
裴 DJDE 三刂三𧘇
HDHE98 丨三刂𧘇
沛 IGMH 氵一冂丨
IGMH98③ 氵一冂丨
佩 WMGH③ 亻几一丨
WWGH98 亻几一丨
佩服 WMEB
帔 MHHC 冂丨广又
MHBY98③ 冂丨皮丶
旆 YTGH③ 方𠂉一丨
配 SGNN③ 西一己乙
配套 SGDD 配置 SGLF
配角 SGQE 配制 SGRM
配备 SGTL 配音 SGUJ
配合 SGWG 配偶 SGWJ
配件 SGWR
辔 XLXK③ 纟车纟口
霈 FIGH③ 雨氵一丨

pen

喷 KFAM③ 口十艹贝
喷泉 KFRI 喷射 KFTM
盆 WVLF③ 八刀皿二
盆地 WVFB
湓 IWVL 氵八刀皿

peng

烹 YBOU③ 亠了灬冫
烹饪 YBQN 烹调 YBYM
怦 NGUH③ 忄一䒑丨
RGUF98 忄一十
抨 RGUH 扌一䒑丨
RGUF98 扌一十
抨击 RGFM
砰 DGUH③ 石一䒑丨
DGUF98③ 石一丷十
嘭 KFKE 口士口彡
朋 EEG② 月月一
EEG98 月月一
朋友们 EDWU 朋友 EEDC
堋 FEEG③ 土月月一
彭 FKUE 士口䒑彡
棚 SEEG③ 木月月一
SEEG98② 木月月一
硼 DEEG③ 石月月一
DEEG98 石月月一
蓬 ATDP 艹夂三辶
蓬头垢面 AUFD
鹏 EEQG③ 月月勹一
澎 IFKE 氵士口彡
澎湃 IFIR
篷 TTDP 𥫗夂三辶
膨 EFKE③ 月士口彡
膨胀 EFET
蟛 JFKE③ 虫士口彡
捧 RDWH③ 扌三人丨
RDWG98③ 扌三人扌
碰 DUOG③ 石䒑业一
DUO98③ 石䒑业
碰运气 DFRN 碰撞 DURU

pi

丕 GIGF 一小一二
DHGD98 ア卜一三
批 RXXN② 扌匕匕乙
RXXN98③ 扌匕匕乙
批示 RXFI 批转 RXLF
批发 RXNT 批复 RXTJ
批判 RXUD 批斗 RXUF
批准 RXUW 批件 RXWR
批语 RXYG 批评 RXYG
批发商 RNUM 批发价 RNWW
纰 XXXN 纟匕匕乙
XXXN98③ 纟匕匕乙
邳 GIGB 一小一阝
DHGB98 ア卜一阝
坯 FGIG 土一小一
FDHG98 土ア卜一
披 RHCY③ 扌卢又㇏
RBY98 扌皮、
披肝沥胆 REIE
披星戴月 RJFE
砒 DXXN③ 石匕匕乙
铍 QHCY③ 钅卢又㇏
QBY98 钅皮、
劈 NKUV 尸口辛刀
噼 KNKU③ 口尸口辛
霹 FNKU③ 雨尸口辛
霹雳舞 FFRL
皮 HCI② 卢又氵
BNTY98③ 皮乙丿、
皮革 HCAF 皮肤 HCEF
皮包 HCQN 皮棉 HCSR
皮毛 HCTF 皮货 HCWX
皮肤病 HEUG
芘 AXXB③ 艹匕匕巛
枇 SXXN 木匕匕乙
毗 LXXN③ 田匕匕乙
疲 UHCI③ 疒卢又氵
UBI98 疒皮氵
疲劳 UHAP 疲软 UHLQ
疲惫 UHTL 疲乏 UHTP
疲倦 UHWU
蚍 JXXN 虫匕匕乙
郫 RTFB 白丿十阝
陴 BRTF③ 阝白丿十
啤 KRTF③ 口白丿十
啤酒 KRIS
埤 FRTF③ 土白丿十
琵 GGXX③ 王王匕匕
脾 ERTF③ 月白丿十
脾气 ERRN
罴 LFCO 罒土厶灬
蜱 JRTF③ 虫白丿十
貔 EETX 爫彡丿匕
ETLX98③ 豸丿囗匕
鼙 FKUF 士口䒑十
匹 AQV 匚儿巛
匹配 AQSG
庀 YXV 广匕巛
OXV98 广匕巛
仳 WXXN③ 亻匕匕乙
圮 FNN 土已乙
痞 UGIK③ 疒一小口
UDHK98③ 疒ア卜口
擗 RNKU③ 扌尸口辛
癖 UNKU③ 疒尸口辛
屁 NXXV③ 尸匕匕巛
屁股 NXEM
淠 ILGJ 氵田一丌
媲 VTLX③ 女丿囗匕
睥 HRTF② 目白丿十
僻 WNKU③ 亻尸口辛
甓 NKUN 尸口辛乙
NKUY 尸口辛、
譬 NKUY 尸口辛言
譬如 NKVK
疋 NHI 乙龰氵

pian

偏 WYNA 亻、尸廾
偏听 WYKR 偏信 WYWY
偏爱 WYEP 偏见 WYMQ
偏向 WYTM 偏差 WYUD
偏旁 WYUP 偏僻 WYWN
片 THGN③ 丿丨一乙
THGN98 丿丨一乙
片面 THDM 片断 THON
片段 THWD 片刻 THYN
犏 TRYA 丿扌、廾
CYNA98③ 牜、尸廾
篇 TYNA ⺮、尸廾
TYNA98③ ⺮、尸廾
篇幅 TYMH 篇章 TYUJ
翩 YNMN 、尸冂羽
骈 CUAH② 马䒑廾丨
CGUA98③ 一䒑廾
胼 EUAH③ 月䒑廾丨
蹁 KHYA 口止、廾
谝 YYNA 讠、尸廾
骗 CYNA 马、尸廾
CGYA98 马一、廾
骗子 CYBB

piao

飘 SFIQ 西二小㐅
SFIR98 西二小㐅

飘荡 SFAI　飘带 SFGK
飘浮 SFIE　飘渺 SFIH
飘然 SFQD　飘逸 SFQK
飘舞 SFRL　飘扬 SFRN
剽　SFIJ　西二小刂
漂　ISFI③　氵西二小
漂亮 ISYP
缥　XSFI③　纟西二小
　XSFI98　纟西二小
螵　JSFI③　虫西二小
瓢　SFIY　西二小乀
殍　GQEB　一夕爫子
瞟　HSFI③　目西二小
票　SFIU　西二小冫
票面 SFDM　票据 SFRN
票价 SFWW
嘌　KSFI③　口西二小
嫖　VSFI③　女西二小

pie

撇　RUMT　扌丷冂攵
　RITY98　扌敝攵丶
氕　RNTR　𠂉乙丿彡
　RTE98　气丿彡
瞥　UMIH　丷冂小目
　ITHF98　敝攵目二
苤　AIGI③　艹一小一
　ADHG98　艹丆卜一

pin

拼　RUAH③　扌䒑廾丨
拼写 RUPG　拼搏 RURG
拼音 RUUJ　拼命 RUWG
姘　VUAH③　女䒑廾丨
贫　WVMU③　八刀贝冫
贫苦 WVAD　贫困 WVLS
贫贱 WVMG　贫民 WVNA
贫农 WVPE　贫寒 WVPF
贫富 WVPG　贫穷 WVPW
贫血 WVTL　贫乏 WVTP
嫔　VPRW③　女宀斤八
频　HIDM③　止小丆贝
　HHDM98③　止少丆贝
　HHDF98　止少丆十
频繁 HITX　频道 HIUT
频度 HIYA　频率 HIYX
品　KKKF③　口口口二
品质 KKRF　品格 KKST
品德 KKTF　品种 KKTK
榀　SKKK③　木口口口
牝　TRXN③　丿扌匕乙
　CXN98 ②　牜匕乙
聘　BMGN③　耳由一乙
聘用 BMET　聘书 BMNN
聘任 BMWT　聘请 BMYG

ping

乒　RGTR③　斤一丿彡
　RTR98　丘丿彡
乒乓球 RRGF
娉　VMGN　女由一乙
俜　WMGN　亻由一乙
平　GUHK②　一䒑丨川
　GUFK98③　一丷十川
平台 GUCK　平面 GUDM
平原 GUDR　平地 GUFB
平坦 GUFJ　平均 GUFQ
平壤 GUFY　平静 GUGE
平整 GUGK　平淡 GUIO
平常 GUIP　平时 GUJF
平日 GUJJ　平易 GUJQ
平凡 GUMY　平民 GUNA
平局 GUNN　平安 GUPV
平方 GUYY　平方米 GYOY
平均数 GFOV　平均值 GFWF
平步青云 GHGF　平房 GUYN
平易近人 GJRW　平价 GUWW
平等互利 GTGT　平衡 GUTQ
平分秋色 GWTQ　平等 GUTF
评　YGUH③　讠一䒑丨
　YGUF98③　讠一丷十
评理 YGGJ　评定 YGPG
评审 YGPJ　评述 YGSY
评选 YGTF　评判 YGUD
评阅 YGUU　评估 YGWD
评奖 YGUQ　评分 YGWV
评价 YGWW　评比 YGXX
评语 YGYG　评论 YGYW
评论员 YYKM　评论家 YYPE
凭　WTFM　亻丿士几
凭空 WTPW　凭据 WTRN
凭借 WTWA　凭证 WTYG
坪　FGUH③　土一䒑丨
　FGUF98③　土一丷十
苹　AGUH③　艹一䒑丨
　AGUF98　艹一丷十
苹果 AGJS
屏　NUAK③　尸䒑廾川
屏幕 NUAJ　屏蔽 NUAU
屏障 NUBU
枰　SGUH③　木一䒑丨
　SGUF98③　木一丷十
瓶　UAGN③　䒑廾一乙
　UAGY98③　䒑廾一丶
瓶子 UABB
萍　AIGH　艹氵一丨
　AIGF98③　艹氵一十

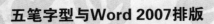

萍水相逢 AIST

鲆　QGGH③　鱼一一丨

QGGF98③　鱼一一十

po

坡　FHCY③　土广又㇏

FB98②　土皮、

钋　QHY　钅卜、

泼　INTY　氵乙丿、

INTY98③　氵乙丿、

颇　HCDM③　广又𠂆贝

BDMY98③　皮𠂆贝、

婆　IHCV　氵广又女

IBVF98③　氵皮女二

婆婆 IHIH

鄱　TOLB　丿米田阝

皤　RTOL　白丿米田

叵　AKD　匚口三

钷　QAKG③　钅匚口一

笸　TAKF　⺮匚口二

迫　RPD　白辶三

迫切 RPAV　迫害 RPPD

迫不及待 RGET　迫使 RPWG

珀　GRG　王白一

破　DHCY③　石广又㇏

DBY98　石皮、

破获 DHAQ　破除 DHBW

破碎 DHDY　破坏 DHFG

破灭 DHGO　破裂 DHGQ

破旧 DHHK　破烂 DHOU

破案 DHPV　破格 DHST

破产 DHUT　破例 DHWG

破釜沉舟 DWIT

粕　ORG　米白一

魄　RRQC　白白儿厶

魄力 RRLT

攴　HCU　⺊又冫

pou

剖　UKJH③　立口刂丨

剖析 UKSR

掊　RUKG③　扌立口一

RUKG98　扌立口一

裒　YVEU　亠臼𧘇冫

YEEU98③　亠臼𧘇冫

pu

扑　RHY　扌卜、

扑克 RHDQ

脯　EGEY③　月一月、

ESY98　月甫

仆　WHY　亻卜、

铺　QGEY③　钅一月、

QSY98②　钅甫、

铺张浪费 QXIX　铺张 QGXT

匍　QGEY　勹一月、

QSI98　勹甫氵

莆　AGEY③　艹一月、

ASU98　艹甫冫

菩　AUKF③　艹立口二

菩萨 AUAB

葡　AQGY③　艹勹一、

AQSU98③　艹勹甫冫

葡萄酒 AAIS　葡萄 AQAQ

蒲　AIGY　艹氵一、

AISU98　艹氵甫冫

璞　GOGY　王业一㇏

GOUG98③　王业䒑夫

濮　IWOY③　氵亻业㇏

IWOG98　氵亻业夫

镤　QOGY③　钅业一㇏

QOUG98　钅业䒑夫

朴　SHY　木卜、

朴素 SHGX

圃　LGEY　囗一月、

LSI98　囗甫氵

埔　FGEY　土一月、

FSY98　土甫、

浦　IGEY　氵一月、

ISY98　氵甫、

普　UOGJ②　䒑业一日

UOJF98③　䒑业日二

普通话 UCYT　普通 UOCE

普及 UOEY　普查 UOSJ

普选 UOTF　普遍 UOYN

溥　IGEF　氵一月寸

ISFY98　氵甫寸

谱　YUOJ③　讠䒑业日

谱曲 YUMA　谱写 YUPG

氆　TFNJ　丿二乙日

EUOJ98③　毛䒑业日

镨　QUOJ③　钅䒑业日

蹼　KHOY③　口止业㇏

KHOG98　口止业夫

瀑　IJAI③　氵日艹水

瀑布 IJDM

曝　JJAI③　日日艹水

曝露 JJFK

qi

七　AGN②　七一乙

七月 AGEE　七一 AGGG

七律 AGTV　七绝 AGXQ

沏　IAVN③　氵七刀乙

IAVT98③　氵七刀丿

妻　GVHV②　一彐丨女

妻子 GVBB

柒　IASU③　氵七木冫

凄 UGVV 冫一彐女
凄惨 UGNC 凄凉 UGUY
栖 SSG 木西一
桤 SMNN 木山己乙
SMNN98③ 木山己乙
戚 DHIT③ 厂上小丿
DHII98 戊上小氵
萋 AGVV③ 艹一彐女
期 ADWE 艹三八月
DWEG98 甘八月一
期限 ADBV 期刊 ADFJ
期满 ADIA 期待 ADTF
期间 ADUJ 期望 ADYN
欺 ADWW 艹三八人
DWQW98③ 甘八勹人
欺骗 ADCY
嘁 KDHT 口厂上丿
KDHI98 口戊上小
槭 SDHT 木厂上丿
SDHI98 木戊上小
漆 ISWI③ 氵木人水
漆黑 ISLF
蹊 KHED 口止爫大
亓 FJJ 二刂刂
祁 PYBH③ 礻丶阝丨
齐 YJJ 文刂刂
齐备 YJTL 齐全 YJWG
齐心协力 YNFL
圻 FRH 土斤丨
岐 MFCY③ 山十又㇏
芪 AQAB③ 艹𠂇七《
其 ADWU③ 艹三八冫
DWU98② 甘八冫
其中 ADKH 其它 ADPX
其貌不扬 AEGR 其他 ADWB

其实不然 APGQ 其次 ADUQ
奇 DSKF 大丁口二
DSKF98③ 大丁口二
奇异 DSNA 奇怪 DSNC
奇特 DSTR 奇闻 DSUB
奇妙 DSVI 奇迹 DSYO
奇形怪状 DGNU
歧 HFCY③ 止十又㇏
歧视 HFPY 歧途 HFWT
祈 PYRH③ 礻丶斤丨
祈求 PYFI
耆 FTXJ 土丿匕日
脐 EYJH③ 月文刂丨
颀 RDMY③ 斤𠂆贝丶
RDMY98 斤𠂆贝丶
崎 MDSK③ 山大丁口
崎岖 MDMA
淇 IADW 氵艹三八
IDWY98 氵甘八丶
畦 LFFG③ 田土土一
萁 AADW 艹艹三八
ADWU98 艹甘八冫
骐 CADW 马艹三八
CGDW98 马一甘八
骑 CDSK③ 马大丁口
CGDK98 马一大口
骑马 CDCN
棋 SADW③ 木艹三八
SDWY98③ 木甘八丶
棋逢对手 ATCR
琦 GDSK③ 王大丁口
琪 GADW③ 王艹三八
GDWY98③ 王甘八丶
祺 PYAW③ 礻丶艹八
PYDW98 礻丶甘八

蛴 JYJH③ 虫文刂丨
旗 YTAW③ 方𠂉艹八
YTDW98 方𠂉甘八
旗鼓相当 YFSI 旗袍 YTPU
旗开得胜 YGTE 旗子 YTBB
旗帜鲜明 YMQJ 旗帜 YTMH
綦 ADWI 三艹八小
DWXI98③ 甘八幺小
蜞 JADW③ 虫艹三八
JDWY 虫甘八丶
蕲 AUJR 艹丷日斤
鳍 QGFJ 鱼一土日
麒 YNJW 广コ刂八
OXXW98 声匕匕八
乞 TNB 𠂉乙《
乞求 TNFI 乞丐 TNGN
乞讨 TNYF
企 WHF 人止二
企业家 WOPE 企求 WHFI
企业界 WOLW 企图 WHLT
企业管理 WOTG 企业 WHOG
屺 MNN 山己乙
岂 MNB② 山己《
MNB98 山己《
岂能 MNCE 岂非 MNDJ
岂止 MNHH 岂敢 MNNB
岂有此理 MDHG
芑 ANB 艹己《
启 YNKD③ 丶尸口三
启用 YNET 启动 YNFC
启示 YNFI 启发 YNNT
启示录 YFVI 启蒙 YNAP
杞 SNN 木己乙
杞人忧天 SWNG
起 FHNV③ 土龰己巛

起草 FHAJ 起劲 FHCA
起码 FHDC 起来 FHGO
起点 FHHK 起源 FHID
起因 FHLD 起飞 FHNU
起家 FHPE 起立 FHUU
起义 FHYQ 起诉 FHYR
起重机 FTSM 起作用 FWET
起死回生 FGLT
绮 XDSK③ 纟大丁口
气 RNB 𠂉乙巛
RTGN98 气丿一乙
气功 RNAL 气压 RNDF
气温 RNIJ 气泡 RNIQ
气派 RNIR 气流 RNIY
气味 RNKF 气愤 RNNF
气慨 RNNV 气象 RNQJ
气质 RNRF 气氛 RNRN
气魄 RNRR 气势 RNRV
气息 RNTH 气门 RNUY
气急败坏 RQMF 气体 RNWS
气势汹汹 RRII 气候 RNWH
气壮山河 RUMI 气象台 RQCK
气象万千 RQDT 气管炎 RTOO
讫 YTNN 讠𠂉乙乙
汔 ITNN③ 氵𠂉乙乙
ITNN98 氵𠂉乙乙
迄 TNPV③ 𠂉乙辶巛
TNPV98 𠂉乙辶巛
迄今为止 TWYH
弃 YCAJ③ 亠厶廾‖
弃权 YCSC
汽 IRNN③ 氵𠂉乙乙
IRN98 氵气乙
汽车 IRLG 汽水 IRII
汽油 IRIM 汽笛 IRTM

泣 IUG 氵立一
契 DHVD③ 三丨刀大
契约 DHXQ
砌 DAVN③ 石七刀乙
DAVT98③ 石七刀丿
葺 AKBF③ 艹口耳二
碛 DGMY③ 石龶贝丶
器 KKDK③ 口口犬口
器具 KKHW 器皿 KKLH
器官 KKPN 器械 KKSA
器材 KKSF 器件 KKWR
憩 TDTN 丿古丿心
萩 DSKW 大丁口人

qia

恰 NWGK 忄人一口
NW98② 忄人一口
恰巧 NWAG 恰当 NWIV
恰恰 NWNW 恰好 NWVB
恰恰相反 NNSR 恰似 NWWN
恰如其分 NVAW 恰如 NWVK
袷 PUWK 衤冫人口
掐 RQVG③ 扌⺈臼一
RQEG98③ 扌⺈臼一
葜 ADHD 艹三丨大
洽 IWGK③ 氵人一口
洽谈 IWYO 洽谈室 IYPG
髂 MEPK③ 丹月宀口

qian

千 TFK 丿十川
千古 TFDG 千克 TFDQ
千瓦 TFGN 千米 TFOY
千金 TFQQ 千秋 TFTO
千里马 TJCN 千百万 TDDN
千载难逢 TFCT

仟 WTFH 亻丿十丨
阡 BTFH③ 阝丿十丨
扦 RTFH 扌丿十丨
芊 ATFJ③ 艹丿十‖
迁 TFPK③ 丿十辶Ⅲ
迁居 TFND 迁移 TFTQ
佥 WGIF 人一⺌二
WGIG98 人一⺌一
岍 MGAH 山一廾丨
钎 QTFH③ 钅丿十丨
QTFH98 钅丿十丨
牵 DPRH③ 大冖𠂉丨
DPTG98③ 大冖丿扌
牵涉 DPIH 牵连 DPLP
牵制 DPRM 牵头 DPUD
牵线 DPXG 牵引 DPXH
牵强附会 DXBW
悭 NJCF③ 忄‖又土
铅 QMKG③ 钅几口一
QWKG98③ 钅几口一
铅字 QMPB 铅印 QMQG
铅笔 QMTT
谦 YUVO③ 讠䒑彐小
YUVW98③ 讠䒑彐八
谦逊 YUBI 谦虚 YUHA
谦虚谨慎 YHYN 谦让 YUYH
愆 TIFN 彳氵二氵
TIGN98③ 彳氵一心
签 TWGI 𥫗人一⺌
TWGG98 𥫗人一一
签到 TWGC 签署 TWLF
签收 TWNH 签发 TWNT
签字 TWPB 签名 TWQK
签订 TWYS 签名册 TQMM
骞 PFJC 宀二‖马

	PAWG98	宀龷八一
搴	PFJR	宀二刂手
	PAWR98	宀龷八手
褰	PFJE	宀二刂𧘇
	PAWE98	宀龷八𧘇
前	UEJJ②	丷月刂刂
前期 UEAD	前辈 UEDJ	
前面 UEDM	前奏 UEDW	
前进 UEFJ	前者 UEFT	
前来 UEGO	前列 UEGQ	
前沿 UEIM	前景 UEJY	
前边 UELP	前夕 UEQY	
前后 UERG	前年 UERH	
前提 UERJ	前程 UETK	
前身 UETM	前往 UETY	
前无古人 UFDW	前言 UEYY	
前因后果 ULRJ	前线 UEXG	
前车可鉴 ULSJ	前人 UEWW	
前所未有 URFD	前途 UEWT	
前仆后继 UWRX	前头 UEUD	
前功尽弃 UANY	前门 UEUY	
荨	AVFU③	艹彐寸冫
钤	QWYN	钅人丶乙
虔	HAYI③	广七文冫
	HYI98	虍文冫
钱	QGT②	钅戋丿
	QGAY98②	钅一戈丶
钱财 QGMF	钱票 QGSF	
钳	QAFG③	钅艹二一
	QFG98	钅甘一
乾	FJTN③	十早𠂉乙
乾隆 FJBT	乾坤 FJFJ	
掮	RYNE	扌丶尸月
箝	TRAF	𥫗扌艹二
	TRFF98	𥫗扌甘二

潜	IFWJ③	氵二人日
	IGGJ98③	氵夫夫日
潜力 IFLT	潜伏 IFWD	
潜移默化 ITLW		
黔	LFON	罒土灬乙
浅	IGT	氵戋丿
	IGAY98③	氵一戈丶
浅显 IGJO		
肷	EQWY③	月⺈人㇏
慊	NUVO③	忄丷彐⺌
	NUVW98③	忄丷彐八
遣	KHGP	口丨一辶
谴	YKHP	讠口丨辶
谴责 KHGM		
缱	XKHP	纟口丨辶
欠	QWU②	⺈人冫
欠妥 QWEV	欠款 QWFF	
欠帐 QWMH	欠安 QWPV	
欠缺 QWRM	欠条 WQTS	
欠债 QWWG		
芡	AQWU③	艹⺈人冫
茜	ASF	艹西二
倩	WGEG	亻龶月一
堑	LRFF③	车斤土二
嵌	MAFW③	山艹二人
	MFQW98③	山甘勹人
椠	LRSU③	车斤木冫
歉	UVOW	丷彐⺌人
	UVJW98	丷彐刂人
歉收 UVNH	歉意 UVUJ	
歉疚 UVUQ		

qiang

枪	SWBN③	木人㔾乙
枪杆 SWSF	枪弹 SWXU	
枪林弹雨 SSXF	枪毙 SWXX	

呛	KWBN③	口人㔾乙
羌	UDNB	丷𠂤乙巛
	UNV98	羊乙巛
戕	NHDA	乙丨丆戈
	UAY98	爿戈丶
戗	WBAT③	人㔾戈丿
	WBAY98③	人㔾戈丶
跄	KHWB	口止人㔾
腔	EPWA③	月宀八工
蜣	JUDN	虫丷𠂤乙
	JUN98	虫羊乙
锖	QGEG	钅龶月一
	QGEG98③	钅龶月一
锵	QUQF	钅丬夕寸
	QUQF98③	钅丬夕寸
镪	QXKJ③	钅弓口虫
强	XKJY②	弓口虫丶
强劲 XKCA	强大 XKDD	
强硬 XKDG	强盛 XKDN	
强者 XKFT	强烈 XKGQ	
强国 XKLG	强制 XKRM	
强迫 XKRP	强壮 XKUF	
强盗 XKUQ	强化 XKWX	
强弱 XKXU	强度 XKYA	
强词夺理 XYDG	强调 XKYM	
墙	FFUK	土十丷口
	FFUK98③	土十丷口
墙壁 FFNK	墙报 FFRB	
嫱	VFUK	女十丷口
蔷	AFUK③	艹十丷口
樯	SFUK③	木十丷口
抢	RWBN③	扌人㔾乙
抢险 RWBW	抢夺 RWDF	
抢救 RWFI	抢占 RWHK	
抢购 RWMQ	抢收 RWNH	

抢修 RWWH

羟 UDCA 丷ᅧ乂工

UCAG98 羊乂工一

襁 PUXJ③ 礻冫弓虫

炝 OWBN③ 火人㔾乙

qiao

敲 YMKC 亠冂口又

峤 MTDJ 山丿大刂

悄 NIEG② 忄⺌月一

悄悄 NINI

硗 DATQ③ 石七丿儿

跷 KHAQ 口止七儿

劁 WYOJ 亻圭灬刂

锹 QTOY③ 钅禾火㇏

橇 STFN③ 木丿二乙

SEEE98 木毛毛毛

缲 XKKS③ 纟口口木

乔 TDJJ③ 丿大刂刂

乔石 TDDG

侨 WTDJ③ 亻丿大刂

侨胞 WTEQ 侨汇 WTIA

侨民 WTNA 侨眷 WTUD

荞 ATDJ 艹丿大刂

桥 STDJ③ 木丿大刂

桥墩 STFY 桥梁 STIV

桥牌 STTH 桥头堡 SUWK

谯 YWYO 讠亻圭灬

憔 NWYO 忄亻圭灬

鞒 AFTJ 廿串丿刂

樵 SWYO 木亻圭灬

瞧 HWYO③ 目亻圭灬

巧 AGNN 工一乙乙

巧克力 ADLT

巧立名目 AUQH 巧妙 AGVI

巧夺天工 ADGA 巧遇 AGJM

愀 NTOY③ 忄禾火㇏

俏 WIEG③ 亻⺌月一

俏皮 WIHC

诮 YIEG③ 讠⺌月一

峭 MIEG② 山⺌月一

窍 PWAN 宀八工乙

窍门 PWUY

翘 ATGN 七丿一羽

撬 RTFN 扌丿二乙

REEE98③ 扌毛毛毛

鞘 AFIE 廿串⺌月

qie

切 AVN② 七刀乙

AVT98② 七刀丿

切磋 AVDU 切断 AVON

切割 AVPD 切实 AVPU

切身 AVTM 切记 AVYN

切实可行 APST

趄 FHEG③ 土止目一

茄 ALKF 艹力口二

AEKF③ 艹力口二

且 EGD② 目一三

EGD③ 目一三

妾 UVF 立女二

怯 NFCY 忄土厶丶

窃 PWAV 宀八七刀

窃取 PWBC

挈 DHVR 三丨刀手

惬 NAGW③ 忄匚一人

NAGD98③ 忄匚一大

箧 TAGW 𥫗匚一人

TAGD98 𥫗匚一大

锲 QDHD③ 钅三丨大

QDH98③ 钅三丨大

郄 QDCB③ 乂𠂇厶阝

RDCB98 乂𠂇厶阝

qin

亲 USU② 立木冫

USU98 立木冫

亲切 USAV 亲信 USWY

亲友 USDC 亲戚 USDH

亲朋 USEE 亲爱 USEP

亲王 USGG 亲属 USNT

亲密 USPN 亲近 USRP

亲手 USRT 亲热 USRV

亲自 USTH 亲身 USTM

亲笔 USTT 亲人 USWW

亲爱的 UERQ

侵 WVPC③ 亻彐冖又

侵袭 WVDX 侵占 WVHK

侵略 WVLT 侵害 WVPD

侵犯 WVQT 侵入 WVTY

侵略者 WLFT 侵略军 WLPL

钦 QQWY③ 钅⺈人㇏

钦佩 QQWM

衾 WYNE 人丶乙𧘇

芩 AWYN 艹人丶乙

芹 ARJ 艹斤刂

秦 DWTU③ 三人禾冫

秦朝 DWFJ 秦岭 DWMW

秦始皇 DVRG

琴 GGWN③ 王王人乙

禽 WYBC③ 人文凵厶

WYRC 人亠乂厶

禽兽 WYUL

勤 AKGL 廿口𠂒力

AKGE98③ 廿口𠂒力

勤劳 AKAP 勤奋 AKDL

勤勉 AKQK 勤务 AKTL

勤勤恳恳 AAVV 勤俭 AKWW

勤工俭学 AAWI 勤恳 AKVE

嗪 KDWT 口三人禾

溱 IDWT③ 氵三人禾

IDWT98 氵三人禾

噙 KWYC 口人文厶

擒 RWYC 扌人文厶

檎 SWYC 木人文厶

螓 JDWT 虫三人禾

锓 QVPC③ 钅彐冖又

寝 PUVC 宀丬彐又

寝室 PUPG

吣 KNY 口心丶

沁 INY② 氵心丶

沁人肺腑 IWEE

揿 RQQW③ 扌钅勹人

覃 SJJ 西早ㄧ

qing

青 GEF 龶月二

青菜 GEAE 青年人 GRWW

青春 GEDW 青天 GEGD

青海 GEIT 青蛙 GEJF

青山 GEMM 青壮年 GURH

青岛 GEQY 青年 GERH

青松 GESW 青霉素 GFGX

青海省 GIIT 青少年 GIRH

请 YGEG 讠龶月一

请问 YGUK 请教 YGFT

请客 YGPT 请帖 YGMH

綮 YNTI 丶尸夂小

氢 RNCA③ 𠂉乙ㄨ工

RCAD③ 气ㄨ工三

氢弹 RNXU

轻 LCAG② 车ㄨ工一

轻声 LCFN 轻型 LCGA

轻易 LCJQ 轻快 LCNN

轻视 LCPY 轻松 LCSW

轻重 LCTG 轻微 LCTM

轻音乐 LUQI 轻工业 LAOG

轻而易举 LDJI 轻便 LCWG

轻描淡写 LRIP 轻装 LCUF

倾 WXDM③ 亻匕𠂆贝

倾销 WXQI 倾向 WXTM

倾家荡产 WPAU 倾听 WXKR

倾盆大雨 WWDF 倾泄 WXIA

卿 QTVB 𠂎丿彐卩

圊 LGED 囗龶月三

清 IGEG③ 氵龶月一

清除 IGBW 清脆 IGEQ

清真 IGFH 清朝 IGFJ

清静 IGGE 清理 IGGJ

清点 IGHK 清洁 IGIF

清洗 IGIT 清澈 IGIY

清规戒律 IFAT

蜻 JGEG 虫龶月一

鲭 QGGE 鱼一龶月

情 NGEG③ 忄龶月一

情节 NGAB 情感 NGDG

情愿 NGDR 情形 NGGA

情理 NGGJ 情景 NGJY

情报 NGRB 情操 NGRK

情意 NGUJ 情况 NGUK

情投意合 NRUW 情绪 NGXF

情不自禁 NGTS 情调 NGYM

晴 JGEG③ 日龶月一

晴天 JGGD 晴纶 JGXW

晴天霹雳 JGFF

氰 RNGE 𠂉乙龶月

RGED③ 气龶月三

擎 AQKR 艹勹口手

檠 AQKS 艹勹口木

黥 LFOI 罒土灬小

苘 AMKF③ 艹冂口二

顷 XDMY② 匕𠂆贝乀

fYGEG③ 讠龶月一

謦 FNMY 士尸几言

FNWY98 士尸几言

庆 YDI② 广大氵

ODI98③ 广大氵

庆功 YDAL 庆幸 YDFU

庆贺 YDLK 庆祝 YDPY

箐 TGEF③ ⺮龶月二

磬 FNMD 士尸几石

FNWD98 士尸几石

罄 FNMM 士尸几山

FNWB98 士尸几山

qiong

穷 PWLB③ 宀八力

PWEB98③ 宀八力

穷苦 PWAD 穷国 PWLG

穷困 PWLS 穷人 PWWW

穷光蛋 PINH 穷折腾 PREU

穷乡僻壤 PXWF

跫 AMYH 工几丶龰

AWYH98 工几丶止

銎 AMYQ 工几丶金

AWYQ98 工几丶金

邛 ABH 工阝丨

穹 PWXB③ 宀八弓《

茕 APNF③ 艹冖乙十

APNF98 艹冖乙十

筇 TABJ③ ⺮工阝ㄧ

琼 GYIY 王亠小丶

蛩 AMYJ 工几丶虫

AWYJ98 工几丶虫

qiu

秋 TOY② 禾火乀
秋天 TOGD 秋波 TOIH
秋风 TOMQ 秋收 TONH
秋色 TOQC 秋季 TOTB
秋高气爽 TYRD
湫 ITOY 氵禾火、
丘 RGD 斤一三
RTHG98 丘丿丨一
丘陵 RGBF
邱 RGBH③ 斤一阝丨
RBH98 丘阝丨
蚯 JRGG 虫斤一一
JRG98③ 虫丘一
楸 STOY③ 木禾火乀
鳅 QGTO 鱼一禾火
囚 LWI 囗人氵
犰 QTVN 犭丿九乙
求 FIYI③ 十バ、氵
GIY98③ 一水、
求职 FIBK 求爱 FIEP
求教 FIFT 求学 FIIP
求援 FIRE 求知 FITD
求和 FITK
虬 JNN 虫乙乙
泅 ILWY③ 氵囗人、
俅 WFIY 亻十バ、
WGIY98 亻一水、
酋 USGF 丷西一二
逑 FIYP 十バ、辶
GIYP98 一水、辶
球 GFIY③ 王十バ、
GGIY98 王一水、
球队 GFBW 球赛 GFPF
赇 MFIY③ 贝十バ、
MGIY98③ 贝一水、
巯 CAYQ③ ㄙ工亠儿
CAYK98 ㄙ工亠儿
遒 USGP 丷西一辶
裘 FIYE 十バ、𧘇
GIYE98 一水、𧘇
蝤 JUSG③ 虫丷西一
鼽 THLV 丿目田九
糗 OTHD 米丿目犬

qu

区 AQI② 匚㐅氵
AR98② 匚㐅氵
区划 AQAJ 区域 AQFA
区别 AQKL 区长 AQTA
区委 AQTV 区分 AQWV
瞿 HHWY 目目亻圭
曲 MAD② 冂𠔿三
曲子 MABB 曲直 MAFH
曲解 MAQE 曲折 MARR
曲线 MAXG 曲谱 MAYU
岖 MAQY③ 山匚㐅、
MARY98③ 山匚㐅、
诎 YBMH③ 讠凵山丨
驱 CAQY③ 马匚㐅、
CGAR98 马一匚㐅
驱逐 CAEP
屈 NBMK③ 尸凵山Ⅲ
屈辱 NBDF 屈服 NBEB
祛 PYFC 礻、土厶
蛆 JEGG 虫月一一
躯 TMDQ 丿冂三㐅
TMDR98 丿冂三㐅
蛐 JMAG③ 虫冂𠔿一
趋 FHQV 土止勹彐
FHQV98③ 土止勹彐
趋势 FHRV
麴 FWWO 十人人米
SWWO98 木人人米
黢 LFOT 罒土灬夂
劬 QKLN③ 勹口力乙
QKET98 勹口力丿
朐 EQKG③ 月勹口一
鸲 QKQG 勹口勹一
渠 IANS 氵匚コ木
渠道 IAUT
蕖 AIAS 艹氵匚木
磲 DIAS 石氵匚木
璩 GHAE 王虍七豕
GHGE98 王虍一豕
蘧 AHAP③ 艹虍七辶
AHGP98 艹虍一辶
氍 HHWN 目目亻乙
HHWE98 目目亻毛
癯 UHHY③ 疒目目圭
衢 THHH 彳目目丨
THHS98 彳目目丁
蠼 JHHC 虫目目又
取 BCY② 耳又乀
取胜 BCET 取消 BCII
取得 BCTJ 取决 BCUN
取代 BCWA 取缔 BCXU
取长补短 BTPT 取决于 BUGF
娶 BCVF③ 耳又女二
龋 HWBY 止人凵、
去 FCU③ 土厶氵
去世 FCAN 去声 FCFN
去年 FCRH
阒 UHDI③ 门目犬氵
觑 HAOQ 广七业儿
HOMQ98 虍业冂儿

趣 FHBC③ 土龰耳又
趣味 FHK

quan

圈 LUDB③ 口䒑大㔾
LUGB98 口丷夫㔾
圈子 LUBB 圈套 LUDD
悛 NCWT③ 忄厶八夂
全 WGF② 人王二
全世界 WALW 全过程 WFTK
全能 WGCE 全套 WGDD
全面 WGDM 全盛 WGDN
全貌 WGEE 全场 WGFN
全天 WGGD 全球 WGGF
全速 WGGK 全党 WGIP
全景 WGJY 全力 WGLT
全民 WGNA 全家 WGPE
全军 WGPL 全然 WGQD
全年 WGRH 全权 WGSC
全中国 WKLG 全新 WGUS
全系统 WTXY 全部 WGUK
全民族 WNYT 全程 WGTK
全社会 WPWF 全盘 WGTE
全心全意 WNWU 全国 WGLG
全神贯注 WPXI 全党 WGIP
全力以赴 WLNF 全文 WGYY
全国各地 WLTF 全体 WGWS
全民所有制 WNRR
全国各族人民 WLTN
全国人民代表大会 WLWW
权 SCY② 木又丶
权限 SCBV 权威 SCDG
权力 SCLT 权势 SCRV
权利 SCTJ 权衡 SCTQ
权益 SCUW 权威性 SDNT
诠 YWGG③ 讠人王一
诠注 YWIY
泉 RIU 白水氵
泉源 RIID 泉水 RIII
荃 AWGF 艹人王二
拳 UDRJ③ 䒑大手刂
UGR98 丷夫手
辁 LWGG 车人王一
痊 UWGD③ 疒人王大
痊愈 UWWG
铨 QWGG③ 钅人王一
筌 TWGF ⺮人王二
蜷 JUDB 虫䒑大㔾
JUGB98 虫丷夫㔾
醛 SGAG 西一艹王
鬈 DEUB③ 镸彡䒑㔾
颧 AKKM③ 艹口口贝
犬 DGTY 犬一丿丶
畎 LDY 田犬丶
绻 XUDB 纟䒑大㔾
XUGB98 纟丷夫㔾
劝 CLN② 又力乙
CET98 又力丿
劝告 CLTF 劝说 CLYU
券 UDVB③ 䒑大刀《
UGVR98③ 丷夫刀彡

que

缺 RMNW③ 𠂉山コ人
TFBW98③ 丿干コ人
缺勤 RMAK 缺陷 RMBT
缺点 RMHK 缺少 RHIT
缺损 RMRK 缺乏 RMTP
炔 ONWY③ 火コ人㇏
瘸 ULKW 疒力口人
UEKW98③ 疒力口人
却 FCBH③ 土厶卩丨
悫 FPMN 士冖几心
FPWN98 士冖几心
雀 IWYF 小亻主二

qun

逡 CWTP③ 厶八夂辶
裙 PUVK 衤冫彐口
裙带 PUGK
群 VTKD③ 彐丿口手
VTKU98 彐丿口羊
群策 VTTG 群力 VTLT
群体 VTWS 群众 VTWW
群众观点 VWCH 群岛 VTQY
群众路线 VWKX 群英会 VAWF

ran

然 QDOU② 夕犬灬冫
然而 QDDM 然后 QDRG
蚺 JMFG③ 虫冂土一
JMFG98 虫冂土一
髯 DEMF③ 镸彡冂土
燃 OQDO 火夕犬灬
燃烧 OQOA 燃料 OQOU
燃眉之急 ONPQ
冉 MFD 冂土三
苒 AMFF③ 艹冂土二
染 IVSU③ 氵九木冫
染料 IVOU 染色 IVQC

rang

嚷 KYKE③ 口亠口𧘇
禳 PYYE 礻丶亠𧘇
瓤 YKKY 亠口口㇏
穰 TYKE③ 禾亠口𧘇
壤 FYKE③ 土亠口𧘇
攘 RYKE③ 扌亠口𧘇
让 YHG② 讠上一

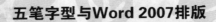

让步 YHHI

rao

饶　QNAQ③　⺈乙七儿
荛　AATQ③　艹七丿儿
桡　SATQ③　木七丿儿
扰　RDNN③　扌ナ乙乙
　　RDNY98③　扌ナ乙、
扰乱 RDTD
娆　VATQ③　女七丿儿
绕　XATQ③　纟七丿儿

re

惹　ADKN　艹ナ口心
惹事生非 AGTD
热　RVYO　扌九、灬
热切 RVAV　热能 RVCE
热爱 RVEP　热烈 RVGQ
热点 RVHK　热源 RVID
热潮 RVIF　热泪 RVIH
热浪 RVIY　热量 RVJG
热情 RVNG　热忱 RVNP
热水器 RIKK　热衷 RVYK
热水瓶 RIUA　热诚 RVYD
热电厂 RJDG　热线 RVXG
热电站 RJUH　热门 RVUY
热力学 RLIP　热闹 RVUY
热衷于 RYGF　热血 RVTL
热泪盈眶 RIEH　热气 RVRN
热火朝天 ROFG　热心 RVNY

ren

人　WWWW　人人人人（键名）
人工 WWAA　人世 WWAN
人参 WWCD　人马 WWCN
人士 WWFG　人均 WWFQ
人才 WWFT　人口 WWKK
人员 WWKM　人力 WWLT
人民 WWNA　人情 WWNG
人心 WWNY　人类 WWOD
人造革 WTAF　人体 WWWS
人生观 WTCM　人命 WWWG
人造棉 WTSR　人群 WWVT
人民币 WNTM　人道 WWUT
人事科 WGTU　人间 WWUJ
人世间 WAUJ　人物 WWTR
人寿保险 WDWB　人称 WWTQ
人才辈出 WFDB　人身 WWTM
人民政府 WNGY　人生 WWTG
人民日报 WNJR　人选 WWTF
人定胜天 WPEG　人权 WWSC
人杰地灵 WSFV　人家 WWPE
人大常委会 WDIW
人民大会堂 WNDI
人民代表大会 WNWW
仁　WFG　亻二一
仁义 WFYQ
壬　TFD　丿士三
忍　VYNU　刀、心冫
　　VYNU98③　刀、心冫
忍辱负重 VDQT　忍耐 VYDM
忍无可忍 VFSV　忍受 VYEP
忍气吞声 VRGF　忍痛 VYUC
忍俊不禁 VWGS　忍不住 VGWY
荏　AWTF　艹亻丿士
　　AWTF98③　艹亻丿士
稔　TWYN　禾人、心
刃　VYI　刀、氵
认　YWY②　讠人乀
认出 YWBM　认真 YWFH
认清 YWIG　认罪 YWLD
认输 YWLW　认帐 YWMH
认定 YWPG　认错 YWQA
认可 YWSK　认得 YWTJ
认识 YWYK　认为 YWYL
仞　WVYY③　亻刀、、
任　WTFG③　亻丿士一
任期 WTAD　任职 WTBK
任免 WTQK　任务 WTTL
任意 WTUJ　任命 WTWG
任何 WTWS　任凭 WTWT
任劳任怨 WAWQ
纫　XVYY③　纟刀、、
妊　VTFG③　女丿士一
妊娠 VTVD
韧　LVYY③　车刀、、
轫　FNHY　二乙丨、
饪　QNTF　⺈乙丿士
衽　PUTF　礻冫丿士
葚　AADN　艹艹三乙
　　ADWN98　艹甚八乙

reng

扔　REN②　扌乃乙
　　RBT98　扌乃丿
扔掉 RERH
仍　WEN②　亻乃乙
　　WBT98　亻乃丿
仍旧 WEHJ　仍然 WEQD

ri

日　JJJJ　日日日日（键名）
日期 JJAD　日子 JJBB
日历 JJDL　日月 JJEE
日用 JJET　日元 JJFQ
日常 JJIP　日光 JJIQ
日报 JJRB　日后 JJRG
日本 JJSG　日程 JJTK

日前 JJUE　日产 JJUT
日益 JJUW　日记 JJYN
日夜 JJYW　日文 JJYY
日以继夜 JCXY　日用品 JEKK
日积月累 JTEL　日程表 JTGE
日新月异 JUEN　日记本 JYSG
日理万机 JGDS　日光灯 JIOS

rong

冗　PMB　冖几⺀
冗长 PMTA
容　PWWK③　宀八人口
容貌 PWEE　容量 PWJG
容易 PWJQ　容忍 PWVY
容光焕发 PION　容纳 PWXM
戎　ADE　戈𠂇彡
　ADI98　戈𠂇氵
肜　EET　月彡丿
狨　QTAD　犭丿戈𠂇
绒　XADT③　纟戈𠂇丿
　XADY98③　纟戈𠂇丶
茸　ABF　艹耳二
荣　APSU③　艹冖木氵
荣获 APAQ　荣幸 APFU
荣耀 APIQ　荣誉 APIW
荣誉感 AIDG　荣誉奖 AIUQ
嵘　MAPS　山艹冖木
溶　IPWK　氵宀八口
溶液 IPIY　溶解 IPQE
蓉　APWK③　艹宀八口
榕　SPWK　木宀八口
榕树 SPSC
熔　OPWK③　火宀八口
熔炉 OPIY　熔解 OPQE
熔化 OPWX
蝾　JAPS　虫艹冖木
　JAPS98③　虫艹冖木
融　GKMJ③　一口冂虫
融洽 GKIW　融化 GKWX
融会贯通 GWXC

rou

柔　CBTS　マ卩丿木
　CNHS98　マ乙丨木
柔软 CBLQ　柔情 CBNG
柔和 CBTK
揉　RCBS　扌マ卩木
　RCNS98　扌マ乙木
糅　OCBS③　米マ卩木
　OCNS98　米マ乙木
蹂　KHCS　口止マ木
鞣　AFCS　廿串マ木
肉　MWWI③　冂人人氵
肉眼 MWHV　肉类 MWOD
肉食 MWWY

ru

如　VKG②　女口一
如获至宝 VAGP
如出一辙 VBGL
如愿以偿 VDCW
如此而已 VHDN　如若 VKAD
如虎添翼 VHIN　如愿 VKDR
如上所述 VHRS　如果 VKJS
如法炮制 VIOR　如果说 VJYU
茹　AVKF③　艹女口二
铷　QVKG③　钅女口一
儒　WFDJ③　亻雨𠂆刂
儒家 WFPE
嚅　KFDJ③　口雨𠂆刂
孺　BFDJ③　子雨𠂆刂
濡　IFDJ③　氵雨𠂆刂
薷　AFDJ　艹雨𠂆刂
襦　PUFJ　衤氵雨刂
蠕　JFDJ　虫雨𠂆刂
颥　FDMM　雨𠂆冂贝
汝　IVG　氵女一
乳　EBNN③　爫子乙乙
乳牛 EBRH　乳房 EBYN
乳制品 ERKK　乳白色 ERQC
辱　DFEF　厂二𠄌寸
入　TYI②　丿丶氵
洳　IVKG　氵女口一
溽　IDFF　氵厂二寸
缛　XDFF　纟厂二寸
　XDFF98③　纟厂二寸
蓐　ADFF　艹厂二寸
褥　PUDF　衤氵厂寸
蚋　JMWY③　虫冂人㇏
偌　WADK③　亻艹𠂇口

ruan

软　LQWY③　车𠂊人㇏
软盘 LQTE　软件 LQWR
软弱 LQXU　软座 LQYW
阮　BFQN③　阝二儿乙
朊　EFQN③　月二儿乙

rui

锐　QUKQ③　钅丷口儿
锐气 QURN　锐利 QUTJ
蕤　AETG　艹豕丿龶
　AGEG98　艹一豕龶
蕊　ANNN③　艹心心心
芮　AMWU　艹冂人氵
枘　SMWY③　木冂人㇏
瑞　GMDJ③　王山𠂆刂
瑞士 GMFG　瑞雪 GMFV

瑞典 GMMA

睿 HPGH ⺊冖一目

run

润 IUGG 氵门王一

润滑 IUIM

闰 UGD② 门王三

ruo

弱 XUXU② 弓冫弓冫

若 ADKF③ 艹𠂇口二

偌 WADK 亻艹𠂇口

WADK98③ 亻艹𠂇口

箬 TADK ⺮艹𠂇口

TADK98③ ⺮艹𠂇口

sa

撒 RAET③ 扌艹月攵

撒野 RAJF 撒谎 RAYA

仨 WDG 亻三一

洒 ISG② 氵西一

洒脱 ISEU

卅 GKK 一川川

飒 UMQY 立几㐅丶

UWRY98 立几㐅丶

脎 EQSY③ 月㐅木丶

ERSY98③ 月㐅木丶

萨 ABUT③ 艹阝立丿

挲 IITR 氵小丿手

sai

赛 PFJM 宀二刂贝

PA98② 宀龷八贝

赛马 PFCN

塞 PFJF 宀二刂土

PAWF 98 宀龷八土

腮 ELNY③ 月田心丶

噻 KPFF③ 口宀二土

KPAF98③ 口宀龷土

鳃 QGLN③ 鱼一田心

san

三 DGGG② 三一一一

三角 DGQE 三好 DGVB

三联单 DBUJ 三月 DGEE

三环路 GGKH 三峡 DGMG

三轮车 DLLG 三角形 DQGA

三八节 DWAB 三合板 DWSR

三长两短 DTGT 三角板 DQSR

三番五次 DTGU 三极管 DSTP

叁 CDDF③ 厶大三二

CDDF98② 厶大三二

毵 CDEN 厶大彡乙

CDEE98 厶大彡毛

伞 WUHJ③ 人䒑丨丨

WUFJ98③ 人䒑丨丨

散 AETY③ 龷月攵丶

散布 AEDM 散步 AEHI

散发 AENT 散装 AEUF

散会 AEWF 散文 AEYY

散文集 AYWY 散文诗 AYYF

糁 OCDE③ 米厶大彡

馓 QNAT 饣乙龷攵

霰 FAET③ 雨龷月攵

sang

桑 CCCS 又又又木

嗓 KCCS③ 口又又木

搡 RCCS 扌又又木

磉 DCCS③ 石又又木

颡 CCCM 又又又贝

丧 FUEU③ 十䒑𧘇冫

丧事 FUGK 丧失 FURW

sao

搔 RCYJ 扌又丶虫

骚 CCYJ 马又丶虫

CGCJ98 马一又虫

骚动 CYFC 骚扰 CYRD

骚乱 CYTD

缫 XVJS③ 纟巛日木

臊 EKKS 月口口木

鳋 QGCJ 鱼一又虫

扫 RVG② 扌彐一

扫荡 RVAI 扫墓 RVAJ

扫除 RVBW 扫兴 RVIW

扫描 RVRA 扫帚 RVVP

嫂 VVHC③ 女臼丨又

VEHC98③ 女臼丨又

埽 FVPH③ 土彐冖丨

瘙 UCYJ③ 疒又丶虫

se

涩 IVYH③ 氵刀丶止

色 QCB② ⺈巴巛

色彩 QCES 色素 QCGX

色泽 QCIC 色情 QCNG

色样 QCSU 色调 QCYM

啬 FULK 十䒑口口

铯 QQCN 钅⺈巴乙

瑟 GGNT③ 王王心丿

穑 TFUK 禾十䒑口

sen

森 SSSU③ 木木木冫

森严 SSGO

seng

僧 WULJ③ 亻丷罒日

sha

杀 QSU 㐅木氵
RSU98 㐅木氵
杀害 QSPD 杀伤 QSWT
杀虫剂 QJYJ
沙 IITT③ 氵小丿丿
沙子 IIBB 沙龙 IIDX
沙土 IIFF 沙漠 IIIA
沙滩 IIIC 沙发 IINT
沙丘 IIRG
纱 XITT③ 纟小丿丿
刹 QSJH③ 㐅木刂丨
RSJH98③ 㐅木刂丨
刹车 QSLG 刹那 QSVF
砂 DITT③ 石小丿丿
莎 AIIT 艹氵小丿
莎士比亚 AFXG
铩 QQSY③ 钅㐅木、
QRSY98③ 钅㐅木、
痧 UIIT③ 疒氵小丿
裟 IITE 氵小丿𧘇
鲨 IITG 氵小丿一
傻 WTLT 亻丿口夂
WTLT98③ 亻丿口夂
傻瓜 WTRC
唼 KUVG③ 口立女一
啥 KWFK 口人干口
歃 TFVW③ 丿十臼人
TFEW98 丿十臼人
煞 QVTO③ 勹彐攵灬
煞费苦心 QXAN
霎 FUVF③ 雨立女二
霎时 FUJF

shai

筛 TJGH 𥫗刂一丨
晒 JSG 日西一

shan

山 MMMM③ 山山山山（键名）
山东 MMAI 山区 MMAQ
山脚 MMEF 山腰 MMES
山脉 MMEY 山地 MMFB
山坡 MMFH 山水 MMII
山沟 MMIQ 山河 MMIS
山川 MMKT 山峰 MMMT
山岭 MMMW 山村 MMSF
山西 MMSG 山头 MMUD
山东省 MAIT 山谷 MMWW
山穷水尽 MPIN 山庄 MMYF
删 MMGJ 冂冂一刂
删节 MMAB 删除 MMBW
删改 MMNT
芟 AMCU③ 艹几又氵
AWCU98 艹几又氵
姗 VMMG③ 女冂冂一
杉 SET 木彡丿
SET98② 木彡丿
衫 PUET③ 衤氵彡丿
钐 QET 钅彡丿
珊 GMMG③ 王冂冂一
珊瑚 GMGD
舢 TEMH 丿舟山丨
TUMH98 丿舟山丨
跚 KHMG 口止冂一
煽 OYNN 火丶尸羽
煽动 OYFC
潸 ISSE 氵木木月
膻 EYLG③ 月亠口一
闪 UWI② 门人氵
闪耀 UWIQ 闪电 UWJN
闪烁 UWOQ 闪闪 UWUW
闪光灯 UIOS 闪电战 UJHK
陕 BGUW③ 阝一䒑人
BGUD98③ 阝一丷大
陕西 BGSG 陕西省 BSIT
讪 YMH 讠山丨
汕 IMH 氵山丨
疝 UMK 疒山Ⅲ
苫 AHKF③ 艹⺊口二
扇 YNND 丶尸羽三
善 UDUK 䒑手䒑口
UUKF98 羊䒑口二
善于 UDGF 善后 UDRG
善罢甘休 ULAW 善良 UDYV
善始善终 UVUX 善意 UDUJ
骟 CYNN 马丶尸羽
CGYN98 马一丶羽
鄯 UDUB 丷手䒑阝
UUKB98 羊䒑口阝
缮 XUDK③ 纟丷手口
XUUK98③ 纟羊䒑口
嬗 VYLG 女亠口一
VYLG98③ 女亠口一
擅 RYLG③ 扌亠口一
擅长 RYTA 擅自 RYTH
鳝 QGUK 鱼一丷口
膳 EUDK 月丷手口
EUUK98 月羊䒑口
膳食 EUWY
赡 MQDY③ 贝⺈厂言
赡养 MQUD
蟮 JUDK 虫丷手口
JUUK③ 虫羊䒑口

shang

商 UMWK② 立冂八口
YUMK98③ 亠丷冂口
商场 UMFN 商量 UMJG
商品 UMKK 商团 UMLF
商贩 UMMR 商业 UMOG
商标 UMSF 商行 UMTF
商务 UMTL 商会 UMWF
商人 UMWW 商讨 UMYF
商店 UMYH 商谈 UMYO
商议 UMYY 商品化 UKWX
商业区 UOAQ 商业局 UONN
商业部 UOUK 商标法 USIF
伤 WTLN③ 亻𠂉力
WTE98 亻𠂉力
伤感 WTDG 伤口 WTKK
伤员 WTKM 伤心 WTNY
伤害 WTPD 伤势 WTRV
伤脑筋 WETE 伤痕 WTUV
伤风败俗 WMMW 伤痛 WTUC
殇 GQTR 一夕𠂉彡
觞 QETR ⺈用𠂉彡
墒 FUMK③ 土立冂口
FYUK98 土亠丷口
熵 OUMK③ 火立冂口
OYUK98③ 火亠丷口
裳 IPKE 丷冖口𧘇
垧 FTMK③ 土丿冂口
晌 JTMK③ 日丿冂口
晌午 JTTF
赏 IPKM 丷冖口贝
赏罚分明 ILWJ 赏赐 IPMJ
赏心悦目 INNH 赏罚 IPLY
上 HHGG③ 上丨一一
HHGG98 上丨一一
上马 HHCN 上面 HHDM
上月 HHEE 上去 HHFC
上进 HHFJ 上下 HHGH
上来 HHGO 上班 HHGY
上学 HHIP 上海 HHIT
上当 HHIV 上涨 HHIX
上游 HHIY 上边 HHLP
上周 HHMF 上层 HHNF
上司 HHNG 上空 HHPW
上旬 HHQJ 上报 HHRB
上校 HHSU 上述 HHSY
上升 HHTA 上午 HHTF
上税 HHTU 上头 HHUD
上帝 HHUP 上任 HHWT
上级 HHXE 上衣 HHYE
上课 HHYJ 上海市 HIYM
上下班 HGGY 上下文 HGYY
上星期 HJAD 上半年 HURH
尚 IMKF 丷冂口二
IMKF98③ 丷冂口二
尚方宝剑 IYPW 尚未 IMFI
绱 XIMK③ 纟丷冂口

shao

杓 SQYY 木勹丶丶
捎 RIEG③ 扌丷月一
梢 SIEG③ 木丷月一
烧 OATQ③ 火七丿儿
烧鸡 OACQ 烧饭 OAQN
烧毁 OAVA
稍 TIEG③ 禾丷月一
稍微 TITM 稍许 TIYT
筲 TIEF ⺮丷月二
艄 TEIE 丿舟丷月
TUIE98 丿舟丷月
蛸 JIEG③ 虫丷月一
勺 QYI 勹丶氵
芍 AQYU③ 艹勹丶氵
苕 AVKF 艹刀口二
韶 UJVK③ 立日刀口
少 ITR② 小丿彡
ITE98② 小丿彡
少量 ITJG 少尉 ITNF
少数 ITOV 少年 ITRH
少校 ITSU 少将 ITUQ
少女 ITVV 少许 ITYT
少数派 IOIR 少林寺 ISFF
少数民族 IONY 少先队 ITBW
少年儿童 IRQU 少年宫 IRPK
少先队员 ITBK 少年犯 IRQT
劭 VKLN③ 刀口力乙
VKET98 刀口力丿
邵 VKBH③ 刀口阝丨
绍 XVKG③ 纟刀口一
哨 KIEG③ 口丷月一
哨兵 KIRG
潲 ITIE③ 氵禾丷月

she

奢 DFTJ③ 大土丿日
奢侈 DFWQ
猞 QTWK 犭丿人口
赊 MWFI③ 贝人二小
畲 WFIL 人二小田
舌 TDD 丿古三
舌头 TDUD
佘 WFIU 人二小氵
蛇 JPXN③ 虫宀匕乙
舍 WFKF③ 人干口二
舍己救人 WNFW
舍近求远 WRFF
厍 DLK 厂车Ⅲ

设 YMCY③ 讠几又丶
YWCY98③ 讠几又丶
设防 YMBY 设法 YMIF
设置 YMLF 设宴 YMPJ
设想 YMSH 设备 YMTL
设立 YMUU 设计 YMYF
设施 YMYT 设计院 YYBP
设计者 YYFT 设计师 YYJG
社 PYFG② 礻丶土一
社会实践 PWPK 社队 PYBW
社会科学 PWTI 社员 PYKM
社会变革 PWYA 社长 PYTA
社会关系 PWUT 社交 PYUQ
社会公德 PWWT 社会化 PWWX
社会主义 PWYY 社会性 PWNT
射 TMDF 丿冂三寸
TMDF98③ 丿冂三寸
射击 TMFM 射线 TMXG
涉 IHIT③ 氵止小丿
IHHT98③ 氵止 丿
涉及 IHEY 涉外 IHQH
赦 FOTY③ 土业攵㇏
FOTY98 土业攵㇏
赦免 FOQK
慑 NBCC③ 忄耳又又
摄 RBCC 扌耳又又
摄影 RBJY 摄氏 RBQA
摄制 RBRM 摄像 RBWQ
摄影师 RJJG 摄影机 RJSM
滠 IBCC③ 氵耳又又
麝 YNJF 广コ刂寸
OXXF98 声匕匕寸
歙 WGKW 人一口人

shei

谁 YWYG 讠亻圭一

shen

深 IPWS③ 氵冖八木
IPWS98 氵冖八木
深切 IPAV 深厚 IPDJ
深受 IPEP 深圳 IPFK
深浅 IPIG 深渊 IPIT
深思 IPLN 深山 IPMM
深层 IPNF 深究 IPPW
深长 IPTA 深透 IPTE
深造 IPTF 深处 IPTH
深奥 IPTM 深秋 IPTO
深入浅出 ITIB 深夜 IPYW
深化改革 IWNA 深刻 IPYN
深谋远虑 IYFH 深度 IPYA
深圳特区 IFTA 深信 IPWY
深恶痛绝 IGUX 深化 IPWX
深思熟虑 ILYH 深入 IPTY
申 JHK 日丨川
申明 JHJE 申报 JHRB
申诉 JHYR 申述 JHSY
申辩 JHUY 申请 JHYG
伸 WJHH③ 亻日丨丨
伸曲 WJMA 伸展 WJNA
伸缩 WJXP 伸张 WJXT
身 TMDT③ 丿冂三丿
TMDT98② 丿冂三丿
身材 TMSF 身长 TMTA
身躯 TMTM 身体 TMWS
身份 TMWW 身高 TMYM
身败名裂 TMQG 身子 TMBB
身经百战 TXDH 身世 TMAN
身临其境 TJAF 身边 TMLP
呻 KJHH③ 口日丨丨
呻吟 KJKW
绅 XJHH③ 纟日丨丨
绅士 XJFG
诜 YTFQ 讠丿土儿
娠 VDFE③ 女厂二𠄌
砷 DJHH③ 石日丨丨
神 PYJH③ 礻丶日丨
神通 PYCE 神圣 PYCF
神奇 PYDS 神态 PYDY
神志 PYFN 神速 PYGK
神情 PYNG 神色 PYQC
神气 PYRN 神秘 PYTN
神出鬼没 PBRI 神仙 PYWM
神采奕奕 PEYY 神经 PYXC
神机妙算 PSVT 神州 PYYT
神乎其神 PTAP 神话 PYYT
神经过敏 PXFT 神经质 PXRF
神经衰弱 PXYX 神经病 PXUG
沈 IPQN③ 氵冖儿乙
沈阳市 IBYM 沈阳 IPBJ
审 PJHJ② 宀日丨丨
审理 PJGJ 审定 PJPG
审察 PJPW 审批 PJRX
审查 PJSJ 审校 PJSU
审核 PJSY 审稿 PJTY
审判 PJUD 审美 PJUG
审问 PJUK 审计 PJYF
审讯 PJYN 审议 PJYY
审判员 PUKM 审判官 PUPN
审判长 PUTA 审计署 PYLF
哂 KSG 口西一
矧 TDXH 𠂉大弓丨
谂 YWYN 讠人丶心
婶 VPJH③ 女宀日丨
婶婶 VPVP
渖 IPJH③ 氵宀日丨
IPJH98 氵宀日丨

肾　JCEF③　〢又月二
肾脏 JCEY　肾炎 JCOO
甚　ADWN　艹三八乙
　DWNB98　其八乙《
甚至 ADGC　甚好 ADVB
甚至于 AGGF
胂　EJHH　月日丨丨
渗　ICDE③　氵厶大彡
渗透 ICTE
慎　NFHW③　忄十且八
慎重 NFTG
椹　SADN　木艹三乙
　SDWN98　木其八乙
蜃　DFEJ　厂二〤虫
什　WFH　亻十丨
　WFH98②　亻十
什锦 WFQR　什么 WFTC
什么样 WTSU
莘　AUJ　艹辛〢

sheng

升　TAK　丿廾〣
升学 TAIP　升值 TAWF
升级 TAXE
生　TGD②　丿龶三
　TGD98　丿龶三
生存 TGDH　生成 TGDN
生态 TGDY　生动 TGFC
生理 TGGJ　生死 TGGQ
生平 TGGU　生活 TGIT
生日 TGJJ　生怕 TGNR
生气 TGRN　生育 TGYC
生长 TGTA　生物 TGTR
生物学 TTIP　生物界 TTLW
生物系 TTTX　生产者 TUFT
生产线 TUXG　生产率 TUYX
生命力 TWLT　生命线 WWXG
生龙活虎 TDIH　生命 TGWG
生吞活剥 TGIV　生产 TGUT
生活水平 TIIG　生效 TGUQ
生活方式 TIYA　生意 TGUJ
生机盎然 TSMQ　生病 TGUG
生产资料 TUUO　生前 TGUE
生产关系 TUUT　生产力 TULT
生产方式 TUYA　生活费 TIXJ
声　FNR　士尸⺈
声誉 FNIW　声明 FNJE
声响 FNKT　声援 FNRE
声势 FNRV　声称 FNTQ
声符 FNTW　声音 FNUJ
声母 FNXG　声张 FNXT
声调 FNYM　声望 FNYN
声东击西 FAFS　声学 FNIP
声嘶力竭 FKLU　声速 FNGK
牲　TRTG　丿扌丿龶
　CTG98　牜丿龶
牲畜 TRYX
胜　ETGG③　月丿龶一
胜地 ETFB　胜败 ETMT
胜负 ETQM　胜利 ETTJ
胜仗 ETWD　胜似 ETWN
胜任 ETWT　胜诉 ETYR
笙　TTGF　⺮丿龶二
甥　TGLL　丿龶田力
　TGLE98　丿龶田力
绳　XKJN　纟口日乙
绳子 XKBB　绳索 XKFP
省　ITHF③　小丿目二
省城 ITFD　省府 ITYW
省事 ITGK　省略 ITLT
省悟 ITNG　省长 ITTA
省得 ITTJ　省委 ITTV
省份 ITWW　省级 ITXE
省政府 IGYW　省军区 IPAQ
眚　TGHF　丿龶目二
圣　CFF　又土二
圣地 CFFB　圣贤 CFJC
圣人 CFWW　圣经 CFXC
圣旨 CFXJ　圣诞节 CYAB
圣诞树 CYSC
晟　JDNT③　曰厂乙丿
　JDN98　曰厂乙
盛　DNNL　厂乙乙皿
　DNLF98③　戊乙皿二
盛大 DNDD　盛夏 DNDJ
盛开 DNGA　盛誉 DNIW
盛典 DNMA　盛情 DNNG
盛宴 DNPJ　盛行 DNTF
盛装 DNUF　盛况 DNUK
盛产 DNUT　盛会 DNWF
剩　TUXJ　禾丬匕刂
剩余 TUWT
嵊　MTUX③　山禾丬匕

shi

诗　YFFY③　讠土寸丶
诗刊 YFFJ　诗句 YFQK
诗歌 YFSK　诗意 YFUJ
诗人 YFWW　诗集 YFWY
诗词 YFYN
匙　JGHX　日一止匕
尸　NNGT　尸乙一丿
尸体 NNWS
失　RWI②　𠂉人氵
　TGI98　丿夫氵
失落 RWAI　失真 RWFH
失眠 RWHN　失学 RWIP

失踪 RWKH　失败 RWMT
失业 RWOG　失火 RWOO
失掉 RWRH　失控 RWRP
失策 RWTG　失利 RWTJ
失效 RWUQ　失灵 RWVO
失误 RWYK　失恋 RWYO
师　JGMH③　刂丨一冂丨
师范 JGAI　师大 JGDD
师专 JGFN　师长 JGTA
师徒 JGTF　师生 JGTG
师资 JGUQ　师傅 JGWG
师父 JGWQ
虱　NTJI③　乙丿虫氵
施　YTBN③　方𠂉也乙
施工 YTAA　施肥 YTEC
施用 YTET　施加 YTLK
施展 YTNA　施行 YTTF
施舍 YTWF
狮　QTJH　犭丿刂丨
湿　IJOG③　氵日业一
湿润 IJIU　湿度 IJYA
蓍　AFTJ　艹土丿日
鲺　QGNJ③　鱼一乙虫
十　FGH　十一丨
　FGH98②　十一丨
十成 FGDN　十分 FGWV
十月 FGEE　十倍 FGWU
十一月 FGEE　十进制 FFRM
十六进制 FUFR　十三陵 FDBF
十全十美 FWFU　十二月 FFEE
石　DGTG　石一丿一
石匠 DGAR　石灰 DGDO
石碑 DGDR　石油 DGIM
石器 DGKK　石料 DGOU
石板 DGSR　石头 DGUD

石沉大海 DIDI　石膏 DGYP
石破天惊 DDGN　石家庄 DPYF
时　JFY②　日寸丶
时节 JFAB　时期 JFAD
时髦 JFDE　时辰 JFDF
时速 JFGK　时常 JFIP
时光 JFIQ　时局 JFNN
时钟 JFQK　时势 JFRV
时机 JFSM　时差 JFUD
时装 JFUF　时间 JFUJ
时效 JFUQ　时代 JFWA
时候 JFWH　时分 JFWV
时刻 JFYN　时间性 JUNT
时装店 JUYH　时刻表 JYGE
识　YKWY③　讠口八丶
识破 YKDH　识别 YKKL
识字 YKPB
实　PUDU②　宀氵大氵
实际 PUBF　实验 PUCW
实在 PUDH　实干 PUFG
实惠 PUGJ　实现 PUGM
实践 PUKH　实力 PULT
实习 PUNU　实心 PUNY
实业 PUOG　实权 PUSC
实物 PUTR　实况 PUUK
实习生 PNTG　实质上 PRHH
实验田 PCLL　实验室 PCPG
实用性 PENT　实力派 PLIR
实习期 PNAD　实际上 PBHH
实际情况 PBNU　实施 PUYT
实心实意 PNPU　实例 PUWG
拾　RWGK　扌人一口
拾零 RWFW
炻　ODG　火石一
蚀　QNJY③　𠂊乙虫丶

食　WYVE③　人丶彐𠃋
　WYVU98③　人丶艮氵
食用 WYET　食堂 WYIP
食品 WYKK　食指 WYRX
食物 WYTR　食欲 WYWW
食品店 WKYH　食宿费 WPXJ
埘　FJFY　土日寸丶
莳　AJFU　艹日寸氵
鲥　QGJF　鱼一日寸
史　KQI②　口乂氵
　KRI98　口乂氵
史册 KQMM　史诗 KQYF
史无前例 KFUW
矢　TDU　𠂉大氵
矢口否认 TKGY
豕　EGTY③　豕一丿㇏
　GEI98　一豕氵
使　WGKQ　亻一口乂
　WGKR98③　亻一口乂
使节 WGAB　使用 WGET
使馆 WGQN　使命 WGWG
使用权 WESC　使用率 WEYX
始　VCKG③　女厶口一
始末 VCGS　始终 VCXT
驶　CKQY③　马口乂㇏
　CGKR98　马一口乂
屎　NOI　尸米氵
士　FGHG　士一丨一
士兵 FGRG　士气 FGRN
氏　QAV②　𠄐七巛
世　ANV②　廿乙巛
　ANV98　廿乙巛
世面 ANDM　世故 ANDT
世袭 ANDX　世态 ANDY
世事 ANGK　世界 ANLW

世间 ANUJ　世俗 ANWW
世外桃源 AQSI　世纪 ANXN
世界形势 ALGR　世族 ANYT
世界经济 ALXI　世界上 ALHH
世界纪录 ALXV　世界杯 ALSG
仕　WFG　亻士一
市　YMHJ　亠冂丨丨
　YMHJ98②　亠冂丨丨
市区 YMAQ　市场 YMFN
市政 YMGH　市内 YMMW
市民 YMNA　市容 YMPW
市镇 YMQF　市长 YMTA
市委 YMTV　市府 YMYW
市中心 YKNY　市面上 YDHH
市场信息 YFWT
示　FIU③　二小二
　FIU98②　二小二
示范 FIAI　示威 FIDG
示意 FIUJ　示例 FIWG
示弱 FIXU　示意图 FULT
式　AAD②　弋工三
　AAYI98②　七工丶氵
式样 AASU
事　GKVH②　一口彐丨
事项 GKAD　事故 GKDT
事态 GKDY　事情 GKNG
事业 GKOG　事宜 GKPE
事实 GKPU　事后 GKRG
事先 GKTF　事务 GKTL
事物 GKTR　事前 GKUE
事半功倍 GUAW　事端 GKUM
事倍功半 GWAU　事例 GKWG
事出有因 GBDL　事件 GKWR
事在人为 GDWY　事迹 GKYO
事过境迁 GFFT　事业心 GONY

事与愿违 GGDF　事实上 GPHH
侍　WFFY③　亻土寸丶
　WFFY98　亻土寸丶
侍候 WFWH
势　RVYL　扌九丶力
　RVYE98　扌九丶力
势均力敌 RFLT　势利 RVTJ
势不两立 RGGU　势力 RVLT
视　PYMQ③　礻丶冂儿
视野 PYJF　视察 PYPW
视而不见 PDGM
试　YAAG③　讠弋工一
　YAAY②　讠弋工丶
试验 YACW　试用 YAET
试点 YAHK　试题 YAJG
试车 YALG　试飞 YANU
试看 YARH　试探 YARP
试想 YASH　试行 YATF
试卷 YAUD　试问 YAUK
饰　QNTH　⺈乙𠂉丨
　QNTH98③　⺈乙𠂉丨
室　PGCF③　宀一厶土
室外 PGQH
恃　NFFY③　忄土寸丶
拭　RAAG③　扌弋工一
　RAAY98③　扌弋工丶
拭目以待 RHCT
是　JGHU③　日一龰氵
　JGHU98　日一龰氵
是非 JGDJ　是否 JGGI
是非曲直 JDMF
柿　SYMH　木亠冂丨
　SYMH98③　木亠冂丨
贳　ANMU③　廿乙贝氵
适　TDPD③　丿古辶三

适用 TDET　适当 TDIV
适时 TDJF　适量 TDJG
适中 TDKH　适宜 TDPE
适用于 TEGF　适应 TDYI
适可而止 TSDH　适度 TDYA
适得其反 TTAR　适合 TDWG
舐　TDQA　丿古𠃊七
　TDQA98③　丿古𠃊七
轼　LAAG②　车弋工一
　LAAY98②　车弋工丶
逝　RRPK③　扌斤辶川
逝世 RRAN
铈　QYMH　钅亠冂丨
弑　QSAA③　乂木弋工
　RSAY98③　乂木七丶
谥　YUWL③　讠丷八皿
释　TOCH③　丿米又丨
　TOCG98③　丿米又キ
释放 TOYT
嗜　KFTJ　口土丿日
嗜好 KFVB
筮　TAWW③　𥫗工人人
　TAWW98　𥫗工人人
誓　RRYF　扌斤言二
誓死 RRGQ　誓词 RRYN
噬　KTAW③　口𥫗工人
螫　FOTJ　土业夂虫
峙　MFFY③　山土寸丶
酾　SGGY　西一一丶

shou

收　NHTY②　乙丨攵乀
收藏 NHAD　收获 NHAQ
收取 NHBC　收成 NHDN
收支 NHFC　收到 NHGC
收回 NHLK　收购 NHMQ

收发 NHNT　收买 NHNI
收割 NHPD　收容 NHPW
收据 NHRN　收拾 NHRW
收条 NHTS　收税 NHTU
收音 NHUJ　收益 NHUW
收录 NHVI　收件 NHWR
收货 NHWX　收费 NHXJ
收缩 NHXP　收缴 NHXR
收购价 NMWW　收发室 NNPG
收报人 NRWW　收音机 NUSM
收录机 NVSM　收信人 NWWW
手　RTGH②　手丿一丨
手工 RTAA　手套 RTDD
手脚 RTEF　手表 RTGE
手掌 RTIP　手足 RTKH
手帕 RTMH　手巾 RTMH
手册 RTMM　手臂 RTNK
手势 RTRV　手指 RTRX
手枪 RTSW　手术 RTSY
手稿 RTTY　手段 RTWD
手续 RTXF　手绢 RTXK
手工艺 RAAN　手工业 RAOG
手电筒 RJTM　手提包 RRQN
手指头 RRUD　手术台 RSCK
手足无措 RKFR　手术室 RSPG
手舞足蹈 RRKK　手榴弹 RSXU
守　PFU②　宀寸冫
守卫 PFBG　守则 PFMJ
守护 PFRY　守纪律 PXTV
守口如瓶 PKVU
首　UTHF③　丷丿目二
首脑 UTEY　首都 UTFT
首届 UTNM　首相 UTSH
首长 UTTA　首先 UTTF
首次 UTUQ　首席 UTYA

首届一指 UNGR
艏　TEUH③　丿舟丷目
　TUUH98　丿舟丷目
寿　DTFU③　三丿寸冫
寿辰 DTDF　寿星 DTJT
寿终正寝 DXGP　寿命 DTWG
受　EPCU③　爫冖又冫
受苦 EPAD　受聘 EPBM
受骗 EPCY　受到 EPGC
受理 EPGJ　受累 EPLX
受罚 EPLY　受贿 EPMD
受精 EPOG　受害 EPPD
受审 EPPJ　受奖 EPUQ
受益 EPUW　受伤 EPWT
狩　QTPF　犭丿宀寸
兽　ULGK③　丷田一口
售　WYKF③　亻主口二
售票员 WSKM　售货员 WWKM
售货摊 WWWC　售货亭 WWYP
授　REPC③　扌爫冖又
授予 RECB
绶　XEPC③　纟爫冖又
瘦　UVHC③　疒臼丨又
　UEHC98③　疒臼丨又
殳　MCU　几又冫
　WCU98　几又冫

shu

书　NNHY③　乙乙丨丶
书本 NNSG　书籍 NNTD
书店 NNYH　书记 NNYN
书刊 NNFJ　书呆子 NKBB
书刊号 NFKG　书法家 NIPE
书报费 NRXJ　书记处 NYTH
抒　RCBH③　扌マ卩丨
　RCNH98　扌マ乙丨

纾　XCBH③　纟マ卩丨
　XCNH98③　纟マ乙丨
叔　HICY③　上小又丶
　HICY98②　上小又丶
叔叔 HIHI
枢　SAQY③　木匚乂丶
　SARY98③　木匚乂丶
姝　VRIY③　女𠂉小丶
　VTFY98　女丿未丶
倏　WHTD　亻丨夂犬
殊　GQRI③　一夕𠂉小
　GQTF98③　一夕丿未
殊途同归 GWMJ
梳　SYCQ③　木亠厶儿
　SYCK98③　木亠厶儿
淑　IHIC　氵上小又
　IHIC98③　氵上小又
菽　AHIC③　艹上小又
疏　NHYQ③　乙止亠儿
　NHYK98③　乙止亠儿
舒　WFKB　人干口卩
　WFKH98　人干口丨
舒服 WFEB　舒畅 WFJH
舒适 WFTD
摅　RHAN　扌广七心
　RHNY98③　扌虍心丶
毹　WGEN　人一月乙
　WGEE98　人一月乙
输　LWGJ③　车人一刂
输出 LWBM　输入 LWTY
输送 LWUD
蔬　ANHQ③　艹乙止儿
　ANHK98③　艹乙止儿
蔬菜 ABAE
秫　TSYY③　禾木丶丶

熟 YBVO③ 亠子九灬
YBV98③ 亠子九灬
熟能生巧 YCTA 熟练 YBXA
熟视无睹 YPFH 熟悉 YBTO
孰 YBVY 亠子九丶
赎 MFND③ 贝十乙大
塾 YBVF 亠子九土
暑 JFTJ③ 日土丿日
黍 TWIU③ 禾人水氵
署 LFTJ 罒土丿日
鼠 VNUN③ 臼乙⺀乙
ENUN98③ 臼乙⺀乙
鼠目寸光 VHFI
蜀 LQJU③ 罒勹虫氵
薯 ALFJ 艹罒土日
曙 JLFJ② 日罒土日
术 SYI② 木丶氵
戍 DYNT 厂丶乙丿
AWI98 戈人氵
束 GKII③ 一口小氵
SKD98 木口三
沭 ISYY 氵木丶丶
述 SYPI③ 木丶辶氵
树 SCFY③ 木又寸丶
树木 SCSS 树林 SCSS
树立 SCUU
竖 JCUF③ 刂又立二
恕 VKNU③ 女口心氵
庶 YAOI③ 广廿灬氵
OAOI98③ 广廿灬氵
数 OVTY③ 米女夂㇏
OVTY98② 米女夂㇏
数目 OVHH 数学 OVIP
数量 OVJG 数字 OVPB
数据 OVRN 数值 OVWF

数不清 OGIG 数理化 OGWX
数学系 OITX 数学课 OIYJ
数量级 OJXE 数据库 ORYL
腧 EWGJ 月人一刂
墅 JFCF 日土⺈土
漱 IGKW 氵一口人
ISKW98 氵木口人
澍 IFKF 氵士口寸
蟀 JYXF③ 虫亠幺十
属 NTKY③ 尸丿口丶
属于 NTGF

shua

刷 NMHJ③ 尸冂丨刂
耍 DMJV 丆冂刂女

shuai

衰 YKGE 亠口一𧘇
衰退 YKVE 衰弱 YKXU
摔 RYXF③ 扌亠幺十
甩 ENV② 月乙巛
ENV98 月乙巛
帅 JMHH③ 刂冂丨丨
率 YXIF② 亠幺⺌十
蟀 JYXF③ 虫亠幺十

shuan

闩 UGD 门一三
拴 RWGG③ 扌人王一
RWGG98 扌人王一
栓 SWGG③ 木人王一
涮 INMJ③ 氵尸冂刂

shuang

双 CCY② 又又㇏
双职工 CBAA 双月刊 CEFJ
双轨制 CLRM 双重性 CTNT

霜 FSHF② 雨木目二
FSHF98③ 雨木目二
孀 VFSH③ 女雨木目
VFSH98 女雨木目
爽 DQQQ③ 大㐅㐅㐅
DRRR98③ 大㐅㐅㐅

shui

水 IIII② 水水水水（键名）
水平 IIGU 水泥 IIIN
水电 IIJN 水果 IIJS
水产 IIUT 水分 IIWV
水蒸气 IARN 水龙头 IDUD
水平面 IGDM 水平线 IGXG
水电局 IJNN 水电站 IJUH
水泄不通 IIGC 水磨石 IYDG
水落石出 IADB 水利化 ITWX
水深火热 IIOR 水电部 IJUK
水涨船高 IITY 水果店 IJYH
税 TUKQ③ 禾丷口儿
税收 TUNH 税务 TUTL
税务局 TTNN
睡 HTGF② 目丿一士
睡眠 HTHN 睡觉 HTIP

shun

吮 KCQN③ 口厶儿乙
顺 KDMY② 川丆贝
顺水推舟 KIRT 顺利 KDTJ
顺手牵羊 KRDU 顺便 KDWG
顺藤摸瓜 KARR 顺序 KDYC
舜 EPQH 爫冖夕丨
EPQG98 爫冖夕一
瞬 HEPH③ 目爫冖丨
HEPG98③ 目爫冖一
瞬息万变 HTDY

shuo

说 YUKQ② 讠丷口儿
YUK98③ 讠丷口儿
说明 YUJE 说谎 YUYA
说服 YUEB 说话 YUYT
说不得 YGTJ 说明书 YJNN
说长道短 YTUT 说得好 YTVB
妁 VQYY③ 女勹丶丶
烁 OQIY③ 火⺈小丶
OTNI98③ 火丿乙小
朔 UBTE 丷凵丿月
铄 QQIY③ 钅⺈小丶
QTNI98 钅丿乙小
硕 DDMY③ 石𠂆贝丶
搠 RUBE③ 扌丷凵月
蒴 AUBE③ 艹丷凵月
槊 UBTS 丷凵丿木

si

思 LNU② 田心冫
思索 LNFP 思考 LNFT
思潮 LNIF 思路 LNKH
思惟 LNNW 思想 LNSH
思维 LNXW 思想上 LSHH
思想内容 LSMP 思想性 LSNT
思想方法 LSYI 思想家 LSPE
厶 CNY 厶乙丶
丝 XXGF③ 纟纟一二
丝毫 XXYP
司 NGKD③ 乙一口三
司马 NGCN 司法 NGIF
司空 NGPW 司机 NGSM
司长 NGTA 司令 NGWY
司法厅 NIDS 司法局 NINN
司令员 NWKM 司令部 NWUK
司空见惯 NPMN
私 TCY 禾厶丶
私营 TCAP 私有 TCDE
私心 TCNY 私自 TCTH
私有制 TDRM 私货 TCWX
私有权 TDSC 私人 TCWW
私生活 TTIT 私立 TCUU
私心杂念 TNVW 私利 TCTJ
咝 KXXG 口纟纟一
鸶 XXGG 纟纟一一
斯 ADWR 卄三八斤
DWRH98 甘八斤丨
斯文 ADYY
缌 XLNY 纟田心丶
蛳 JJGH③ 虫刂一丨
厮 DADR 厂卄三斤
DDWR98 厂甘八斤
厮杀 DAQS 厮打 DARS
锶 QLNY③ 钅田心丶
嘶 KADR③ 口卄三斤
KDWR98 口甘八斤
撕 RADR③ 扌卄三斤
RDWR98 扌甘八斤
撕毁 RAVA
澌 IADR 氵卄三斤
IDWR98 氵甘八斤
死 GQXB③ 一夕匕巛
死心塌地 GNFF
死气沉沉 GRII
死得其所 GTAR
死灰复燃 GDTO 死亡 GQYN
死不瞑目 GGHH 死者 GQFT
巳 NNGN 已乙一乙
四 LHNG② 四丨乙一
四通 LHCE 四面 LHDM
四月 LHEE 四肢 LHEF
四声 LHFN 四海 LHIT
四川 LHKT 四边 LHLP
四周 LHMF 四则 LHMJ
四角 LHQE 四季 LHTB
四处 LHTH 四化 LHWX
四方 LHYY 四人帮 LWDT
四川省 LKIT 四边形 LLGA
四通八达 LCWD 四环路 LGKH
四面楚歌 LDSS 四步舞 LHRL
四面八方 LDWY 四季歌 LTSK
四舍五入 LWGT 四合院 LWBP
四个现代化 LWGW
寺 FFU③ 土寸冫
寺院 FFBP
汜 INN 氵巳乙
伺 WNGK③ 亻乙一口
伺机 WNSM
兕 MMGQ 几冂一儿
HNHQ98 丨乙丨儿
姒 VNYW③ 女乙丶人
祀 PYNN 礻丶巳乙
泗 ILG 氵四一
似 WNYW③ 亻乙丶人
似是而非 WJDD 似乎 WNTU
饲 QNNK 𠂊乙乙口
饲料 QNOU 饲养 QNUD
饲养员 QUKM
驷 CLG 马四一
CGLG98 马一四一
俟 WCTD③ 亻厶𠂉大
笥 TNGK③ 乙一口
耜 DINN③ 三小ココ
FSNG98 二木巳一
嗣 KMAK③ 口冂卄口

肆 DVFH③ 镸彐二丨
DVGH98 镸彐扌丨
肆意 DVUJ

song

松 SWCY③ 木八厶丶
松紧 SWJC 松懈 SWNQ
松树 SWSC 松柏 SWSR
松花江 SAIA
忪 NWCY③ 忄八厶丶
凇 USWC③ 冫木八厶
崧 MSWC③ 山木八厶
淞 ISWC 氵木八厶
菘 ASWC③ 艹木八厶
嵩 MYMK③ 山亠冂口
嵩山 MYMM
怂 WWNU③ 人人心冫
WWNU98 人人心冫
悚 NGKI 忄一口小
NSKG98 忄木口一
耸 WWBF③ 人人耳二
耸立 WWUU
竦 UGKI 立一口小
USKG98 立木口一
讼 YWCY③ 讠八厶丶
YWCY98 讠八厶丶
宋 PSU 宀木冫
宋朝 PSFJ 宋平 PSGU
宋体 PSWS 宋体字 PWPB
诵 YCEH 讠マ用丨
送 UDPI③ 丷大辶氵
送还 UDGI 送礼 UDPY
送货 UDWX 送信 UDWY
颂 WCDM③ 八厶丆贝
颂扬 WCRN

sou

搜 RVHC③ 扌臼丨又
REHC98 扌臼丨又
搜索 RVFP 搜捕 RVRG
搜查 RVSJ 搜集 RVWY
嗖 KVHC③ 口臼丨又
KEHC98 口臼丨又
溲 IVHC③ 氵臼丨又
IEHC98 氵臼丨又
馊 QNVC 饣乙臼又
QNEC98 饣乙臼又
飕 MQVC 几㐅臼又
WREC98 几㐅臼又
锼 QVHC 钅臼丨又
QEHC98 钅臼丨又
艘 TEVC 丿舟臼又
TUEC98 丿舟臼又
螋 JVHC③ 虫臼丨又
JEHC98 虫臼丨又
叟 VHCU③ 臼丨又冫
EHCU98 臼丨又冫
嗾 KYTD③ 口方𠂉大
瞍 HVHC③ 目臼丨又
HEHC98 目臼丨又
擞 ROVT 扌米女攵
薮 AOVT 艹米女攵

su

苏 ALWU③ 艹力八冫
AEW98 艹力八
苏联 ALBU 苏州 ALYT
酥 SGTY 西一禾㇏
稣 QGTY 鱼一禾㇏
俗 WWWK 亻八人口
俗语 WWYG 俗话说 WYYU

夙 MGQI③ 几一夕冫
诉 YRYY② 讠斤丶丶
YRYY98③ 讠斤丶丶
诉讼 YRYW
肃 VIJK③ 彐小刂川
VHJW98 彐丨刂八
肃静 VIGE 肃清 VIIG
肃穆 VITR
涑 IGKI 氵一口小
ISKG98 氵木口一
素 GXIU③ 龶幺小丶
素菜 GXAE 素质 GXRF
素材 GXSF 素养 GXUD
速 GKIP 一口小辶
SKP98 木口辶
宿 PWDJ 宀亻丆日
宿营 PWAP 宿舍 PWWF
粟 SOU 西米冫
谡 YLWT③ 讠田八夂
嗉 KGXI 口幺小
塑 UBTF 凵丿土
塑料 UBOU 塑像 UBWQ
塑料布 UODM 塑料袋 UOWA
愫 NGXI③ 忄龶幺小
溯 IUBE③ 氵丷凵月
僳 WSOY③ 亻西米㇏
蔌 AGKW③ 艹一口人
ASKW98 艹木口人
觫 QEGI 用一小
QESK98 ⺈用木口
嗽 KGKW 口一口人
KSKW98 口木口人
簌 TGKW ⺮一口人
TSKW98 ⺮木口人

suan

酸 SGCT③ 西一厶夂
酸辣 SGUG
狻 QTCT 犭丿厶夂
蒜 AFII③ 艹二小小
蒜苗 AFAL
算 THAJ③ ⺮目廾刂
算了 THBB 算法 THIF
算是 THJG 算数 THOV
算术 THSY 算盘 THTE
算什么 TWTC

sui

虽 KJU③ 口虫冫
虽然 KJQD 虽说 KJYU
荽 AEVF③ 艹爫女二
眭 HFFG③ 目土土一
睢 HWYG 目亻圭一
濉 IHWY③ 氵目亻圭
绥 XEVG③ 纟爫女一
隋 BDAE③ 阝𠂇工月
随 BDEP③ 阝𠂇月辶
随时 BDJF 随后 BDRG
随声附和 BFBT 随身 BDTM
随波逐流 BIEI 随着 BDUD
随时随地 BJBF 随意 BDUJ
随心所欲 BNRW 随即 BDVC
随机应变 BSYY 随便 BDWG
髓 MEDP③ 骨月𠂇辶
岁 MQU 山夕冫
岁月 MQEE 岁数 MQOV
祟 BMFI③ 凵山二小
谇 YYWF③ 讠亠人十
遂 UEPI③ 丷豕辶冫
遂意 UEUJ
碎 DYWF③ 石亠人十
碎裂 DYGQ
隧 BUEP③ 阝丷豕辶
隧道 BUUT
燧 OUEP③ 火丷豕辶
穗 TGJN 禾一日心
邃 PWUP 宀八丷辶

sun

孙 BIY② 子小丶
孙子 BIBB 孙中山 BKMM
孙悟空 BNPW
狲 QTBI 犭丿子小
荪 ABIU 艹子小冫
飧 QWYE 夕人丶𧘇
QWYV98 夕人丶艮
损 RKMY③ 扌口贝丶
损耗 RKDI 损坏 RKFG
损害 RKPD 损失 RKRW
损人利己 RWTN
笋 TVTR③ ⺮彐丿彡
隼 WYFJ 亻圭十刂
榫 SWYF 木亻圭十

suo

梭 SCWT③ 木厶八夂
嗍 KUBE③ 口䒑凵月
唆 KCWT③ 口厶八夂
娑 IITV 氵小丿女
桫 SIIT③ 木氵小丿
睃 HCWT③ 目厶八夂
嗦 KFPI 口十冖小
羧 UDCT 丷𠂎厶夂
UCWT98 羊厶八夂
蓑 AYKE③ 艹亠口𧘇
缩 XPWJ③ 纟宀亻日
缩小 XPIH 缩影 XPJY
缩写 XPPG 缩短 XPTD
缩手缩脚 XRXE 缩减 XPUD
所 RNRH② 厂コ斤丨
所长 RNTA 所有 RNDE
所得税 RTTU 所谓 RNYL
所以然 RNQD 所以 RNNY
所有权 RDSC 所属 RNNT
所在地 RDFB 所需 RNFD
所有制 RDRM 所在 RNDH
所作所为 RWRY
唢 KIMY③ 口⺌贝丶
索 FPXI③ 十冖幺小
索赔 FPMU 索引 FPXH
琐 GIMY③ 王⺌芭丶
锁 QIMY③ 钅⺌贝丶

ta

他 WBN② 亻也乙
他们 WBWU 他人 WBWW
他说 WBYU
她 VBN 女也乙
她们 VBWU
它 PXB② 宀匕巛
它们 PXWU
趿 KHEY 口止乃丿
KHBY98 口止乃丶
铊 QPXN③ 钅宀匕乙
塌 FJNG③ 土日羽一
溻 IJNG③ 氵日羽一
塔 FAWK 土艹人口
獭 QTGM 犭丿一贝
QTSM98 犭丿木贝
鳎 QGJN 鱼一日羽
挞 RDPY③ 扌大辶丶
闼 UDPI 门大辶三

遢 JNPD③ 日羽辶三
榻 SJNG③ 木日羽一
踏 KHIJ 口止水日
踏踏实实 KKPP 踏实 KHPU
蹋 KHJN 口止日羽

tai

胎 ECKG③ 月厶口一
台 CKF② 厶口二
台阶 CKBW 台胞 CKEQ
台湾 CKIY 台风 CKMQ
台币 CKTM 台北 CKUX
台北市 CUYM 台湾省 CIIT
邰 CKBH③ 厶口阝丨
抬 RCKG③ 扌厶口一
抬举 RCIW 抬头 RCUD
苔 ACKF③ 艹厶口二
炱 CKOU③ 厶口火氵
跆 KHCK 口止厶口
鲐 QGCK③ 鱼一厶口
薹 AFKF③ 艹士口土
太 DYI② 大、氵
太阳 DYBJ 太原 DYDR
太太 DYDY 太平 DYGU
太空 DYPW 太后 DYRG
太阳能 DBCE 太阳系 DBTX
太原市 DDYM 太平洋 DGIU
太平间 DGUJ 太极拳 DSUD
汰 IDYY③ 氵大、、
态 DYNU③ 大、心二
态度 DYYA
肽 EDYY③ 月大、、
钛 QDYY③ 钅大、、
泰 DWIU 三人水氵
泰国 DWLG 泰山 DWMM
酞 SGDY 西一大、

tan

贪 WYNM 人、乙贝
贪污受贿 WIEM 贪婪 WYSS
贪赃枉法 WMSI 贪赃 WYEY
贪官污吏 WPIG 贪图 WYLT
贪得无厌 WTFD 贪污 WYIF
澹 IQDY86 氵⺈厂言
IQD98 氵⺈厂言
坍 FMYG 土冂亠一
摊 RCWY③ 扌又亻圭
摊牌 RCTH 摊商 RCUM
滩 ICWY③ 氵又亻圭
瘫 UCWY 疒又亻圭
瘫痪 UCUQ
坛 FFCY③ 土二厶、
昙 JFCU 日二厶氵
谈 YOOY③ 讠火火乀
谈笑风生 YTMT 谈话 YOYT
谈何容易 YWPJ 谈论 YOYW
郯 OOBH③ 火火阝丨
痰 UOOI③ 疒火火氵
锬 QOOY③ 钅火火乀
谭 YSJH③ 讠西早丨
潭 ISJH③ 氵西早丨
檀 SYLG③ 木亠口一
檀香山 STMM
忐 HNU 上心氵
坦 FJGG③ 土日一一
坦荡 FJAI 坦克 FJDQ
坦然 FJQD 坦白 FJRR
坦诚 FJYD 坦率 FJYX
袒 PUJG 衤氵日一
钽 QJGG③ 钅日一一
毯 TFNO 丿二乙火
EOOI98 毛火火氵
毯子 TFBB
叹 KCY 口又乀
叹为观止 KYCH 叹息 KCTH
炭 MDOU③ 山𠂇火氵
探 RPWS 扌冖八木
探险 RPBW 探索 RPFP
探测 RPIM 探亲 RPUS
探讨 RPYF 探望 RPYN
碳 DMDO③ 石山𠂇火

tang

汤 INRT③ 氵乙彡丿
铴 QINR③ 钅氵乙彡
羰 UDMO③ 丷䒑山火
UMDO98 羊山𠂇火
镗 QIPF 钅⺌冖土
唐 YVHK③ 广彐丨口
OVH98③ 广彐丨口
唐朝 YVFJ 唐人街 YWTF
堂 IPKF ⺌冖口土
堂皇 IPRG
棠 IPKS ⺌冖口木
塘 FYVK③ 土广彐口
FOVK98 土广彐口
搪 RYVK③ 扌广彐口
ROVK98 扌广彐口
溏 IYVK 氵广彐口
IOVK98 氵广彐口
瑭 GYVK 王广彐口
GOVK98 王广彐口
樘 SIPF③ 木⺌冖土
膛 EIPF③ 月⺌冖土
糖 OYVK③ 米广彐口
OOVK98 米广彐口
糖果 OYJS 糖精 OYOG
糖衣炮弹 OYOX

螗	JYVK	虫广彐口
	JOVK98	虫广彐口
螳	JIPF③	虫⺍冖土
醣	SGYK	西一广口
	SGOK98	西一广口
帑	VCMH③	女又冂丨
倘	WIMK③	亻⺍冂口
倘若 WIAD		
淌	IIMK③	氵⺍冂口
傥	WIPQ	亻⺍冖儿
耥	DIIK	三小⺍口
	FSIK98	二木⺍口
躺	TMDK	丿冂三口
烫	INRO	氵乙彡火
趟	FHIK③	土龰⺍口

tao

涛	IDTF③	氵三丿寸
焘	DTFO	三丿寸灬
绦	XTSY③	纟夂木丶
掏	RQRM③	扌勹⺧山
	RQTB98	扌勹⺈凵
滔	IEVG③	氵爫臼一
	IEEG98	氵爫臼一
滔滔 IEIE		
韬	FNHV	二乙丨臼
	FNHE98	二乙丨臼
韬略 FNLT		
饕	KGNE	口一乙𧘇
	KGNV98	口一乙艮
洮	IIQN③	氵㐅儿乙
	IQIY98	氵儿㐅丶
逃	IQPV③	㐅儿辶巛
	QIP98	儿㐅辶
逃走 IQFH	逃跑 IQKH	
逃避 IQNK		

桃	SIQN③	木㐅儿乙
	SQI98	木儿㐅
桃花 SIAW	桃李 SISB	
桃树 SISC		
陶	BQRM③	阝勹⺧山
	BQRM98	阝勹⺧山
陶醉 BQSG	陶瓷 BQUQ	
啕	KQRM	口勹⺧山
	KQTB98	口勹⺈凵
淘	IQRM③	氵勹⺧山
	IQTB98	氵勹⺈凵
淘汰 IQID		
萄	AQRM③	艹勹⺧山
	AQTB98	艹勹⺈凵
鼗	IQFC③	㐅儿土又
	QIFC98	儿㐅土又
讨	YFY	讠寸丶
讨厌 YFDD	讨嫌 YFVU	
讨债 YFWG	讨论 YFYW	
讨价还价 YWGW		
套	DDU	大镸氵

te

特	TRFF③	丿扌土寸
	CFFY98	牜土寸丶
特区 TRAQ	特大 TRDD	
特有 TRDE	特地 TRFB	
特约 TRXQ	特殊 TRGQ	
特点 TRHK	特号 TRKG	
特别 TRKL	特快 RNN	
特定 TRPG	特写 TRPG	
特色 TRQC	特邀 TRRY	
特权 TRSC	特务 TRTL	
特意 TRUJ	特产 TRUT	
特例 TRWG	特级 TRXE	
特等奖 TTUQ	特效药 TUAX	

特殊性 TGNT	特派员 TIKM	
忑	GHNU	一卜心冫
忒	ANI	弋心冫
	ANYI98	弋心丶冫
铽	QANY	钅弋心丶
慝	AADN	匚艹𠂇心

teng

疼	UTUI③	疒夂冫冫
疼痛 UTUC		
腾	EUDC③	月䒑大马
	EUGG98	月䒑大马
腾飞 EUNU	腾空 EUPW	
誊	UDYF	䒑大言二
	UGYF98	丷夫言二
滕	EUDI	月䒑大水
	EUGI98	月丷夫水
藤	AEUI③	艹月䒑水

ti

梯	SUXT③	木丷弓丿
梯队 SUBW	梯田 SULL	
剔	JQRJ	日勹彡刂
锑	QUXT③	钅丷弓丿
绨	XUXT	纟丷弓丿
踢	KHJR③	口止日彡
啼	KUPH②	口立冖丨
	KYUH98	口亠丷丨
啼笑皆非 KTXD		
提	RJGH②	扌日一龰
提出 RJBM	提成 RJDN	
提款 RJFF	提示 RJFI	
提早 RJJH	提炼 RJXA	
提案 RJPV	提拔 RJRD	
提醒 RJSG	提要 RJSV	
提升 RJTA	提前 RJUE	

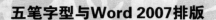

提问 RJUK 提交 RJUQ
提供 RJWA 提倡 RJWJ
提价 RJWW 提货 RJWX
提练 RJXA 提纲 RJXM
提心吊胆 RNKE 提议 RJYY
提高警惕 RYAN 提高 RJYM
缇 XJGH③ 纟日一止
鹈 UXHG 丷弓丨一
题 JGHM 日一止贝
题材 JGSF 题辞 JGTD
题词 JGYN
蹄 KHUH 口止立丨
KHYH98 口止亠丨
醍 SGJH 西一日止
体 WSGG③ 亻木一一
体验 WSCW 体面 WSDM
体裁 WSFA 体坛 WSFF
体形 WSGA 体现 WSGM
体温 WSIJ 体力 WSLT
体贴 WSMH 体质 WSRF
体操 WSRK 体制 WSRM
体魄 WSRR 体检 WSSW
体重 WSTG 体积 WSTK
体委 WSTV 体系 WSTX
体会 WSWF 体育 WSYC
体谅 WSYY 体温表 WIGE
体力劳动 WLAF 体育馆 WYQN
体制改革 WRNA 体育场 WYFN
屉 NANV③ 尸廿乙巛
剃 UXHJ 丷弓丨刂
倜 WMFK③ 亻冂土口
悌 NUXT③ 忄丷弓丿
涕 IUXT 氵丷弓丿
逖 QTOP 犭丿火辶
惕 NJQR③ 忄日勹彡

替 FWFJ③ 二人二日
GGJF98 夫夫日二
替代 FWWA
嚏 KFPH 口十冖止

tian

天 GDI② 一大氵
天花 GDAW 天地 GDFB
天坛 GDFF 天真 GDFH
天才 GDFT 天天 GDGD
天下 GDGH 天平 GDGU
天涯 GDID 天堂 GDIP
天河 GDIS 天津 GDIV
天时 GDJF 天边 GDLP
天山 GDMM 天数 GDOV
天灾 GDPO 天空 GDPW
天色 GDQC 天然 GDQD
天气 GDRN 天桥 GDST
天生 GDTG 天资 GDUQ
天花乱坠 GATB 天线 GDXG
天气预报 GRCR 天津市 GIYM
天翻地覆 GTFS 天花板 GASR
天造地设 GTFY 天安门 GPUY
天经地义 GXFY 天然气 GQRN
天衣无缝 GYFX 天文台 GYCK
天方夜谭 GYYY 天主教 GYFT
天涯海角 GIIQ 天文学 GYIP
天罗地网 GLFM 天文馆 GYQN
添 IGDN③ 氵一大小
添油加醋 IILS 添置 IGLF
田 LLLL③ 田田田田（键名）
田地 LLFB 田野 LLJF
田园 LLLF 田径 LLTC
田间 LLUJ 田径赛 LTPF
恬 NTDG③ 忄丿古一
恬不知耻 NGTB

畋 LTY 田攵㇏
甜 TDAF 丿古廿二
TDFG98 丿古甘一
甜菜 TDAE 甜酒 TDIS
甜蜜 TDPN 甜美 TDUG
甜言蜜语 TYPY
填 FFHW③ 土十且八
填写 FFPG 填补 FFPU
填空 FFPW 填充 FFYC
阗 UFHW③ 门十且八
UFHW 门十且八
忝 GDNU③ 一大㣺氵
殄 GQWE 一夕人彡
腆 EMAW③ 月冂艹八
舔 TDGN 丿古一㣺
掭 RGDN 扌一大㣺

tiao

挑 RIQN③ 扌㐅儿乙
RQIY98 扌儿㐅丶
挑战 RIHK 挑拨 RIRN
挑战者 RHFT 挑选 RITF
挑拨离间 RRYU 挑衅 RITL
佻 WIQN③ 亻㐅儿乙
WQIY98 亻儿㐅丶
祧 PYIQ 礻丶㐅儿
PYQI98 礻丶儿㐅
条 TSU② 夂木氵
条款 TSFF 条理 TSGJ
条例 TSWG 条件 TSWR
条约 TSXQ 条纹 TSXY
迢 VKPD③ 刀口辶三
笤 TVKF③ 竹刀口二
龆 HWBK 止人凵口
蜩 JMFK 虫冂土口
髫 DEVK③ 镸彡刀口

鲦 QGTS 鱼一夂木
窕 PWIQ③ 宀八⺌儿
眺 HIQN③ 目⺌儿乙
HQIY98 目儿⺌丶
眺望 HIYN
粜 BMOU③ 凵山米冫
跳 KHIQ③ 口止⺌儿
KHQI98 口止儿⺌
跳动 KHFC 跳舞 KHRL
跳高 KHYM

tie

贴 MHKG 贝⺊口一
贴切 MHAV 贴近 MHRP
萜 AMHK 艹冂丨口
铁 QRWY② 钅𠂉人乀
QTGY98 钅丿夫丶
铁匠 QRAR 铁矿 QRDY
铁路 QRKH 铁器 QRKK
铁轨 QRLV 铁钉 QRQS
铁树 QRSC 铁道 QRUT
铁证 QRYG 铁道兵 QURG
铁路局 QKNN 铁饭碗 QQDP
铁面无私 QDFT
帖 MHHK③ 冂丨⺊口
MHHK98 冂丨⺊口
餮 GQWE 一夕人⺄
GQWV98 一夕人艮

ting

听 KRH② 口斤丨
听取 KRBC 听见 KRMQ
听候 KRWH 听说 KRYU
听众 KRWW 听信 KRWY
听课 KRYJ 听话 KRYT
厅 DSK② 厂丁川
厅长 DSTA
汀 ISH 氵丁丨
烃 OCAG② 火ㄡ工一
OCAG98③ 火ㄡ工一
廷 TFPD 丿士廴三
亭 YPSJ③ 亠口冖丁刂
亭子 YPBB
庭 YTFP 广丿士廴
OTFP98 广丿士廴
莛 ATFP 艹丿士廴
停 WYPS③ 亻亠口冖丁
停薪 WYAU 停职 WYBK
停顿 WYGB 停止 WYHH
停电 WYJN 停车 WYLG
停产 WYUT 停车场 WLFN
停滞不前 WIGU
婷 VYPS③ 女亠口冖丁
葶 AYPS③ 艹亠口冖丁
蜓 JTFP 虫丿士廴
霆 FTFP③ 雨丿士廴
挺 RTFP 扌丿士廴
挺身而出 RTDB 挺拔 RTRD
梃 STFP 木丿士廴
铤 QTFP 钅丿士廴
艇 TETP③ 丿舟丿廴
TUTP98 丿舟丿廴

tong

通 CEPK③ ⺈用辶川
通用 CEET 通过 CEFP
通常 CEIP 通畅 CEJH
通电 CEJN 通顺 CEKD
通风 CEMQ 通报 CERB
通知 CETD 通告 CETF
通行 CETF 通牒 CETH
通向 CETM 通称 CETQ
通往 CETY 通病 CEUG
通商 CEUM 通道 CEUT
通俗 CEWW 通信 CEWY
通缉 CEXK 通统 CEXY
通讯 CEYN 通话 CEYT
通知书 CTNN 通行证 CTYG
通信地址 CWFF 通讯员 CYKM
通讯卫星 CYBJ 通讯社 CYPY
通情达理 CNDG 通讯录 CYVI
通宵达旦 CPDJ 通用性 CENT
嗵 KCEP③ 口⺈用辶
仝 WAF 人工二
同 MGKD② 冂一口三
MGKD98③ 冂一口三
同期 MGAD 同感 MGDG
同辈 MGDJ 同胞 MGEQ
同志 MGFN 同一 MGGG
同事 MGGK 同步 MGHI
同龄 MGHW 同学 MGIP
同盟 MGJE 同时 MGJF
同路 MGKH 同居 MGND
同性 MGNT 同心 MGNY
同类 MGOD 同名 MGQK
同年 MGRH 同样 MGSU
同等 MGTF 同意 MGUJ
同仁 MGWF 同伙 MGWO
同甘共苦 MAAA 同伴 MGWU
同归于尽 MJGN 同乡 MGXT
同心协力 MNFL 同志们 MFWU
同心同德 MNMT 同义词 MYYN
同舟共济 MTAI 同盟军 MJPL
同床异梦 MYNS 同性恋 MNYO
佟 WTUY 亻夂冫丶
彤 MYET③ 冂亠彡丿
茼 AMGK③ 艹冂一口

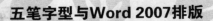

桐 SMGK 木冂一口
砼 DWAG③ 石人工一
铜 QMGK③ 钅冂一口
铜矿 QMDY 铜器 QMKK
铜墙铁壁 QFQN 铜像 QMWQ
童 UJFF 立日土二
童年 UJRH 童话 UJYT
酮 SGMK 西一冂口
僮 WUJF③ 亻立日土
潼 IUJF 氵立日土
瞳 HUJF② 目立日土
统 XYCQ③ 纟亠厶儿
统一 XYGG 统战 XYHK
统购 XYMQ 统率 XYYX
统销 XYQI 统配 XYSG
统筹 XYTD 统称 XYTQ
统建 XYVF 统计 XYYF
统治 XYIC 统计学 XYIP
统计图 XYLT 统计局 XYNN
统一思想 XGLS 统战部 XHUK
统一计划 XGYA 统计表 XYGE
捅 RCEH③ 扌マ用丨
桶 SCEH③ 木マ用丨
筒 TMGK ⺮冂一口
恸 NFCL 忄二厶力
NFCE98 忄二厶力
痛 UCEK③ 疒マ用川
痛哭 UCKK 痛快 UCNN
痛改前非 UNUD 痛心 UCNY
痛心疾首 UNUU 痛恨 UCNV

tou

偷 WWGJ 亻人一刂
偷工减料 WAUO
偷天换日 WGRJ 偷窃 WGPW
偷梁换柱 WIRS 偷盗 WGUQ
钭 QUFH③ 钅冫十丨
头 UDI 冫大冫
头脑 UDEY 头目 UDHH
头号 UDKG 头发 UDNT
头破血流 UDTI 头痛 UDUC
头重脚轻 UTEL 头绪 UDXF
头头是道 UUJU 头等 UDTF
投 RMCY③ 扌几又㇏
RWCY98 扌几又㇏
投降 RMBT 投影 RMJY
投票 RMSF 投机 RMSM
投入 RMTY 投放 RMYT
投稿 RMTY 投送 RMUD
投资 RMUQ 投产 RMUT
投递员 RUKM 投递 RMUX
投资额 RUPT 投诉 RMYR
骰 MEMC③ 冎月几又
MEWC98 冎月几又
透 TEPV③ 禾乃辶巛
TBP98 禾乃辶
透露 TEFK 透过 TEFP
透明 TEJE 透视 TEPY
透彻 TETA

tu

凸 HGMG③ 丨一冂一
HGH98③ 丨一丨一
凸透镜 HTQU
秃 TMB 禾几巛
TWB98 禾几巛
突 PWDU③ 宀八犬冫
突出 PWBM 突破 PWDH
突起 PWFH 突击 PWFM
突围 PWLF 突飞 PWNU
突然 PWQD 突变 PWYO
突飞猛进 PNQF 突破性 PDNT
突然袭击 PQDF 突发性 PNNT
图 LTUI③ 囗夂冫冫
图示 LTFI 图形 LTGA
图表 LTGE 图画 LTGL
图书 LTNN 图案 LTPV
图解 LTQE 图象 LTQJ
图样 LTSU 图片 LTTH
图章 LTUJ 图例 LTWG
图像 LTWQ 图纸 LTXQ
图书馆 LNQN
徒 TFHY 彳土龰㇏
徒工 TFAA 徒劳 TFAP
徒刑 TFGA
涂 IWTY③ 氵人禾、
IWGS98 氵人一木
涂脂抹粉 IERO 涂改 IWNT
荼 AWTU③ 艹人禾冫
AWGS98 艹人一木
途 WTPI③ 人禾辶冫
WGSP98 人一木辶
途径 WTTC
屠 NFTJ③ 尸土丿日
酴 SGWT 西一人禾
SGWS98 西一人木
土 FFFF 土土土土（键名）
土地 FFFB 土豆 FFGK
土法 FFIF 土改 FFNT
土木 FFSS 土产 FFUT
土豪 FFYP 土特产 FTUT
吐 KFG 口土一
吐鲁番 KQTO
钍 QFG 钅土一
兔 QKQY 𠂊口儿、
堍 FQKY③ 土𠂊口、
FQKY98 土𠂊口、

菟 AQKY 艹夕口丶

tuan

团 LFTE③ 口十丿彡
团龄 LFHW 团员 LFKM
团圆 LFLK 团费 LFXJ
团校 LFSU 团长 LFTA
团委 LFTV 团部 LFUK
团体 LFWS 团结 LFXF
团支书 LFNN 团市委 LYTV
团小组 LIXE 团中央 LKMD
团总支 LUFC 团体赛 LWPF
团体操 LWRK 团组织 LXXK
湍 IMDJ③ 氵山丆刂
抟 RFNY③ 扌二乙丶
疃 LUJF③ 田立日土
彖 XEU 彑豕氵

tui

推 RWYG 扌亻圭一
推荐 RWAD 推出 RWBM
推动 RWFC 推进 RWFJ
推举 RWIW 推测 RWIM
推崇 RWMP 推迟 RWNY
推断 RWON 推销 RWQI
推卸 RWRH 推选 RWTF
推行 RWTF 推算 RWTH
推翻 RWTO 推移 RWTQ
推倒 RWWG 推敲 RWYM
推波助澜 RIEI 推论 RWYW
推广应用 RYYE 推广 RWYY
颓 TMDM 禾几丆贝
TWDM98 禾几丆贝
颓废 TMYN
腿 EVEP③ 月彐𠄌辶
EVP98 月艮辶
退 VEPI③ 彐𠄌辶氵
VPI98 艮辶氵
退职 VEBK 退还 VEGI
退步 VEHI 退回 VELK
退伍 VEWG 退休 VEWS
退化 VEWX 退缩 VEXP
退休金 VWQQ 退休费 VWXJ
煺 OVEP③ 火彐𠄌辶
OVPY98 火艮辶丶
蜕 JUKQ③ 虫丷口儿
褪 PUVP 衤氵彐辶

tun

吞 GDKF③ 一大口二
吞吞吐吐 GGKK
囤 LGBN③ 囗一凵乙
暾 JYBT③ 日亠子夂
屯 GBNV② 一凵巛
饨 QNGN 夕乙一乙
豚 EEY 月豕㇏
EGEY98 月一豕丶
臀 NAWE 尸艹八月
氽 WIU 人水氵

tuo

拖 RTBN③ 扌𠂉也乙
拖鞋 RTAF 拖把 RTRX
拖拉 RTRU 拖拉机 RRSM
拖泥带水 RIGI
乇 TAV 丿七巛
托 RTAN③ 扌丿七乙
托运费 RFXJ 托运 RTFC
托儿所 RQRN 托福 RTPY
脱 EUKQ③ 月丷口儿
脱节 EUAB 脱险 EUBW
脱稿 EUTY 脱产 EUUT
脱颖而出 EXDB 脱离 EUYB
脱胎换骨 EERM 脱贫 EUWV
驮 CDY 马大㇏
CGDY98 一大丶
佗 WPXN③ 亻宀匕乙
陀 BPXN③ 阝宀匕乙
坨 FPXN 土宀匕乙
沱 IPXN③ 氵宀匕乙
驼 CPXN② 马宀匕乙
CGPX98 马一宀匕
柁 SPXN③ 木宀匕乙
砣 DPXN③ 石宀匕乙
鸵 QYNX 勹丶乙匕
QGPX98 鸟一宀匕
跎 KHPX 口止宀匕
酡 SGPX③ 西一宀匕
橐 GKHS 一口丨木
鼍 KKLN③ 口口田乙
妥 EVF② 爫女二
妥协 EVFL 妥当 EVIV
妥善 EVUD
庹 YANY 广廿尸㇏
OANY98 广廿尸丶
椭 SBDE③ 木阝𠂇月
椭圆 SBLK
拓 RDG② 扌石一
拓朴 RDSH
柝 SRYY 木斤丶丶
唾 KTGF③ 口丿一士
箨 TRCH 𥫗扌又丨
TRCG98 𥫗扌又𠂉

wa

挖 RPWN 扌宀八乙
挖空心思 RPNL 挖掘 RPRN
哇 KFFG③ 口土土一

娃 VFFG③ 女土土一
VFFG98 女土土一
洼 IFFG 氵土土一
娲 VKMW③ 女口冂人
蛙 JFFG③ 虫土土一
瓦 GNYN③ 一乙丶乙
GNNY98 一乙乙丶
瓦解 GNQE 瓦特 GNTR
佤 WGNN③ 亻一乙乙
WGNY98 亻一乙丶
袜 PUGS③ 礻冫一木
袜子 PUBB
腽 EJLG③ 月日皿一

wai

歪 GIGH③ 一小一止
DHGH98 丆卜一止
歪曲 GIMA 歪风 GIMQ
歪风邪气 GMAR
崴 MDGT 山厂一丿
MDGV98 山戊一女
外 QHY② 夕卜丶
外出 QHBM 外观 QHCM
外面 QHDM 外貌 QHEE
外用 QHET 外地 QHFB
外形 QHGA 外表 QHGE
外来 QHGO 外汇 QHIA
外婆 QHIH 外围 QHLF
外国 QHLG 外边 QHLP
外界 QHLW 外宾 QHPR
外销 QHQI 外贸 QHQY
外籍 QHTD 外行 QHTF
外币 QHTM 外科 QHTU
外头 QHUD 外部 QHUK
外商 QHUM 外交 QHUQ
外资 QHUQ 外伤 QHWT
外线 QHXG 外衣 QHYE
外语 QHYG 外设 QHYM
外文 QHYY 外交 QHUQ
外地人 QFWW 外来货 QGWX
外国佬 QLWF 外国人 QLWW
外国货 QLWX 外祖父 QPWQ
外祖母 QPXG 外交官 QUPN
外交部 QUUK 外语系 QYTX

wan

弯 YOXB③ 亠小弓巜
弯路 YOKH 弯曲 YOMA
剜 PQBJ 宀夕㔾刂
湾 IYOX③ 氵亠小弓
蜿 JPQB③ 虫宀夕㔾
豌 GKUB 一口丷㔾
丸 VYI 九丶氵
纨 XVYY 纟九丶丶
芄 AVYU③ 艹九丶氵
完 PFQB③ 宀二儿巜
完工 PFAA 完成 PFDN
完整 PFGK 完满 PFIA
完蛋 PFNH 完备 PFTL
完善 PFUD 完美 PFUG
完好 PFVB 完婚 PFVQ
完全 PFWG 完结 PFXF
完整无缺 PGFR 完毕 PFXX
完璧归赵 PNJF 完税 PFTU
玩 GFQN③ 王二儿乙
玩耍 GFDM 玩弄 GFGA
玩具 GFHW 玩笑 GFTT
玩世不恭 GAGA 玩命 GFWG
顽 FQDM③ 二儿丆贝
顽抗 FQRY 顽强 FQXK
顽固不化 FLGW 顽固 FQLD
烷 OPFQ③ 火宀二儿
宛 PQBB② 宀夕㔾巜
宛若 PQAD 宛如 PQVK
挽 RQKQ 扌⺈口儿
挽联 RQBU 挽救 RQFI
挽回 RQLK 挽留 RQQY
晚 JQKQ② 日⺈口儿
晚期 JQAD 晚辈 JQDJ
晚霞 JQFN 晚上 JQHH
晚餐 JQHQ 晚安 JQPV
晚饭 JQQN 晚报 JQRB
晚年 JQRH 晚间 JQUJ
晚婚 JQVQ 晚会 JQWF
莞 APFQ 艹宀二儿
婉 VPQB③ 女宀夕㔾
惋 NPQB 忄宀夕㔾
惋惜 NPNA
绾 XPNN③ 纟宀ココ
脘 EPFQ③ 月宀二儿
菀 APQB 艹宀夕㔾
琬 GPQB③ 王宀夕㔾
皖 RPFQ③ 白宀二儿
畹 LPQB③ 田宀夕㔾
碗 DPQB③ 石宀夕㔾
碗筷 DPTN
万 DNV 丆乙巛
GQ98② 一勹彡
万世 DNAN 万能 DNCE
万丈 DNDY 万元 DNFQ
万一 DNGG 万事 DNGK
万里 DNJF 万岁 DNMQ
万家 DNPE 万籁 DNTG
万古长青 DDTG 万物 DNTR
万无一失 DFGR 万能 DNCE
万事大吉 DGDF 万分 DNWV
万紫千红 DHTX 万户 DNYN

万水千山 DITM 万能胶 DCEU
万里长征 DJTT 万能表 DCGE
万象更新 DQGU 万元户 DFYN
万众一心 DWGN 万年青 DRGE
腕 EPQB③ 月宀夕㔾

wang

汪 IGG② 氵王一
IGG98 氵王一
汪洋 IGIU
亡 YNV 亠乙巛
亡羊补牢 YUPP 亡命 YNWG
王 GGGG③ 王王王王（键名）
王码 GGDC 王国 GGLG
王永民 GYNA 王府井 GYFJ
王码电脑 GDJE 王牌 GGTH
王码电脑公司 GDJN
王永民电脑有限公司 GYNN
王永民中文电脑研究所 GYNR
网 MQQI③ 冂㐅㐅氵
MRR98 冂㐅㐅
网球 MQGF 网络 MQXT
往 TYGG③ 彳丶王一
往事 TYGK 往来 TYGO
往常 TYIP 往日 TYJJ
往返 TYRC 往后 TYRG
往年 TYRH 往往 TYTY
枉 SGG 木王一
罔 MUYN③ 冂丷亠乙
惘 NMUN③ 忄冂丷乙
辋 LMUN③ 车冂丷乙
魍 RQCN 白儿厶乙
妄 YNVF 亠乙女二
妄图 YNLT 妄想 YNSH
忘 YNNU 亠乙心氵
忘掉 YNRH 忘本 YNSG
忘恩负义 YLQY 忘记 YNYN
旺 JGG 日王一
旺盛 JGDN 旺季 JGTB
望 YNEG 亠乙月王
望而却步 YDFH 望见 YNMQ
望梅止渴 YSHI 望远镜 YFQU
尢 DNV 𠂇乙巛

wei

危 QDBB③ 勹厂㔾《
危害 QDPD 危急 QDQV
危机 QDSM 危重 QDTG
危险 QDBW 危险性 QBNT
危机四伏 QSLW 危险期 QBAD
危在旦夕 QDJQ 危险品 QBKK
威 DGVT③ 厂一女丿
DGVD98③ 戊一女三
威胁 DGEL 威武 DGGA
威严 DGGO 威力 DGLT
威风 DGMQ 威慑 DGNB
威信 DGWY 威望 DGYN
威风凛凛 DMUU
偎 WLGE 亻田一𠄌
逶 TVPD③ 禾女辶三
隈 BLGE③ 阝田一𠄌
葳 ADGT③ 艹厂一丿
ADGV98③ 艹戊一女
微 TMGT③ 彳山一攵
微薄 TMAI 微观 TMCM
微型 TMGA 微波 TMIH
微小 TMIH 微量 TMJG
微风 TMMQ 微粒 TMOU
微米 TMOY 微机 TMSM
微笑 TMTT 微妙 TMVI
微型机 TGSM 微波炉 TIOY
微电脑 TJEY 微电机 TJSM
微生物 TTTR 微积分 TTWV
微不足道 TGKU 微弱 TMXU
煨 OLGE③ 火田一𠄌
薇 ATMT③ 艹彳山攵
巍 MTVC③ 山禾女厶
巍峨 MTMT 巍然 MTQD
囗 LHNG 囗丨乙一
为 YLYI③ 丶力丶氵
YEYI98 丶力丶氵
为了 YLBB 为难 YLCW
为止 YLHH 为此 YLHX
为名 YLQK 为准 YLUW
为非作歹 YDWG 为何 YLWS
为所欲为 YRWY 为什么 YWTC
为人民服务 YWNT
韦 FNHK③ 二乙丨二
围 LFNH 囗二乙丨
围攻 LFAT 围观 LFCM
围困 LFLS 围拢 LFRD
围棋 LFSA 围绕 LFXA
帏 MHFH③ 冂丨二丨
沩 IYLY③ 氵丶力丶
IYEY98 氵丶力丶
违 FNHP 二乙丨辶
违法 FNIF 违约 FNXQ
违反 FNRC 违背 FNUX
违法乱纪 FITX
闱 UFNH③ 门二乙丨
桅 SQDB③ 木勹厂㔾
涠 ILFH③ 氵囗二丨
唯 KWYG 口亻圭一
唯恐 KWAM 唯一 KWGG
唯独 KWQT 唯物 KWTR
唯心主义 KNYY 唯物论 KTYW
唯利是图 KTJL 唯心论 KNYW

帷 MHWY③ 冂丨亻圭
惟 NWYG③ 忄亻圭一
惟恐 NWAM 惟有 NWDE
惟独 NWQT
维 XWYG③ 纟亻圭一
维持 XWRF 维护 XWRY
维修 XWWH 维修组 XWXE
维也纳 XBXM 维生素 XTGX
嵬 MRQC③ 山白儿厶
潍 IXWY③ 氵纟亻圭
伟 WFNH③ 亻二乙丨
WFNH98 亻二乙丨
伟大 WFDD
伪 WYLY③ 亻丶力丶
WYEY98 亻丶力丶
伪劣 WYIT 伪军 WYPL
伪装 WYUF
尾 NTFN③ 尸丿二乙
NEV98② 尸毛巛
纬 XFNH 纟二乙丨
纬度 XFYA
苇 AFNH③ 艹二乙丨
委 TVF③ 禾女二
TVF98② 禾女二
委派 TVIR 委员 TVKM
委曲 TVMA 委屈 TVNB
委托 TVRT 委任 TVWT
委员长 TKTA 委托书 TRNN
委曲求全 TMFW
炜 OFNH③ 火二乙丨
玮 GFNH③ 王二乙丨
洧 IDEG 氵𠂇月一
娓 VNTN 尸丿乙
VNEN98③ 女尸毛乙
诿 YTVG③ 讠禾女一

萎 ATVF③ 艹禾女二
萎缩 ATXP
隗 BRQC③ 阝白儿厶
猥 QTLE 犭丿田𧘇
QTLE98③ 犭丿田𧘇
痿 UTVD③ 疒禾女三
艉 TENN③ 丿舟尸乙
TUNE98③ 丿舟尸毛
韪 JGHH 日一止丨
鲔 QGDE 鱼一𠂇月
卫 BGD② 卩一三
卫星 BGJT 卫兵 BGRG
卫生 BGTG 卫生院 BTBP
卫生厅 BTDS 卫生员 BTKM
卫生巾 BTMH 卫生局 BTNN
卫生所 BTRN 卫生站 BTUH
卫生间 BTUJ 卫生部 BTUK
未 FII 二小氵
FGGY98 未一一丶
未能 FICE 未来 FIGO
未必 FINT 未免 FIQK
未曾 FIUL 未知数 FTOV
未婚夫 FVFW 未婚妻 FVGV
未卜先知 FHTT 未婚 FIVQ
位 WUG③ 亻立一
位于 WUGF 位置 WULF
味 KFIY③ 口二小㇏
KFY98 口未丶
味精 KFOG 味道 KFUT
畏 LGEU③ 田一𧘇氵
胃 LEF③ 田月二
胃口 LEKK 胃炎 LEOO
胃酸 LESG 胃病 LEUG
胃癌 LEUK 胃溃疡 LIUN
軎 GJFK86 一日十口

LKF98 车口二
尉 NFIF 尸二小寸
谓 YLEG③ 讠田月一
谓语 YLYG
喂 KLGE③ 口田一𧘇
KLGE98② 口田一𧘇
渭 ILEG③ 氵田月一
猬 QTLE 犭丿田月
蔚 ANFF③ 艹尸二寸
慰 NFIN③ 尸二小心
慰藉 NFAD 慰劳 NFAP
慰问 NFUK 慰问品 NUKK
慰问团 NULF 慰问信 NUWY
魏 TVRC③ 禾女白厶

wen

温 IJLG③ 氵日皿一
温柔 IJCB 温存 IJDH
温暖 IJJE 温习 IJNU
温室 IJPG 温和 IJTK
温度计 IYYF 温度 IJYA
温故知新 IDTU 温差 IJUD
瘟 UJLD③ 疒日皿三
文 YYGY 文丶一㇏
文革 YYAF 文艺 YYAN
文职 YYBK 文联 YYBU
文坛 YYFF 文献 YYFM
文教 YYFT 文武 YYGA
文具 YYHW 文学 YYIP
文明 YYJE 文书 YYNN
文字 YYPB 文摘 YYRU
文本 YYSG 文档 YYSI
文物 YYTR 文笔 YYTT
文科 YYTU 文稿 YYTY
文章 YYUJ 文娱 YYVK
文件 YYWR 文凭 YYWT

文化 YYWX　文集 YYWY
文盲 YYYN　文豪 YYYP
文工团 YALF　文艺界 YALW
文具盒 YHWG　文具店 YHYH
文件夹 YWGU　文化界 YWLW
文化宫 YWPK　文化馆 YWQN
文不对题 YGCJ　文学家 YIPE
文明礼貌 YJPE　文学界 YILW
文质彬彬 YRSS　文化部 YWUK
文化教育 YWFY　文件柜 YWSA
纹　XYY　纟文㇏
闻　UBD　门耳三
闻所未闻 URFU　闻名 UBQK
闻名遐迩 UQNQ　闻风丧胆 UMFE
蚊　JYY　虫文㇏
蚊蝇 JYJK
阌　UEPC　门爫冖又
雯　FYU　雨文冫
刎　QRJH③　勹彡刂丨
吻　KQRT③　口勹彡丿
紊　YXIU　文幺小冫
　YXIU98③　文幺小冫
稳　TQVN③　禾⺈彐心
　TQVN98②　禾⺈彐心
稳妥 TQEV　稳步 TQHI
稳当 TQIV　稳固 TQLD
稳操胜券 TREU　稳重 TQTG
稳如泰山 TVDM　稳定 TQPG
问　UKD　门口三
　UKD98②　门口三
问世 UKAN　问题 UKJG
问号 UKKG　问答 UKTW
问好 UKVB　问候 UKWH
汶　IYY　氵文㇏
璺　WFMY③　亻二冂丶

　EMGY98　臼冂一

weng

翁　WCNF③　八厶羽二
嗡　KWCN③　口八厶羽
蓊　AWCN③　艹八厶羽
瓮　WCGN③　八厶一乙
蕹　AYXY　艹亠纟圭

wo

窝　PWKW　宀八口人
窝囊废 PGYN
窝藏 PWAD　窝囊 PWGK
挝　RFPY③　扌寸辶丶
倭　WTVG③　亻禾女一
涡　IKMW③　氵口冂人
莴　AKMW③　艹口冂人
蜗　JKMW③　虫口冂人
蜗牛 JKRH
我　TRNT③　丿扌乙丿
沃　ITDY　氵丿大㇏
肟　EFNN③　月二乙乙
卧　AHNH　匚丨コ卜
卧室 AHPG　卧铺 AHQG
幄　MHNF　冂丨尸土
握　RNGF③　扌尸一土
渥　INGF③　氵尸一土
硪　DTRT③　石丿扌丿
　DTRY98　石丿扌丶
斡　FJWF③　十早人十
龌　HWBF　止人凵土

wu

污　IFNN③　氵二乙乙
污蔑 IFAL　污辱 IFDF
污垢 IFFR　污染 IFIV
污秽 IFTM

乌　QNGD③　勹乙一三
　TNNG98③　丿乙乙一
乌云 QNFC　乌黑 QNLF
乌托邦 QRDT
圬　FFNN③　土二乙乙
　FFNN98　土二乙乙
邬　QNGB　勹乙一阝
　TNNB98　丿乙乙阝
呜　KQNG　口勹乙一
　KTNG98　口丿乙一
呜呼 KQKT
巫　AWWI③　工人人冫
巫婆 AWIH
屋　NGCF③　尸一厶土
屋子 NGBB
诬　YAWW③　讠工人人
诬蔑 YAAL　诬陷 YABQ
钨　QQNG③　钅勹乙一
　QTNG98　钅丿乙一
无　FQV②　二儿巛
无边 FQLP　无际 FQBF
无穷 FQPW　无尽 FWNY
无期 FQAD　无耻 FQBH
无聊 FQBQ　无限 FQBV
无能 FQCE　无奈 FQDF
无非 FQDJ　无故 FQDT
无所适从 FRTW　无误 FQYK
无可厚非 FSDD　无比 FQXX
无可奉告 FSDT　无疑 FQXT
无可奈何 FSDW　无偿 FQWI
无微不至 FTGG　无益 FQUW
无稽之谈 FTPY　无效 FQUQ
无产阶级 FUBX　无意 FQUJ
无价之宝 FWPP　无关 FQUD
无缘无故 FXFD　无知 FQTD

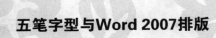

无论如何 FYVW 无私 FQTC
无孔不入 FBGT 无视 FQPY
无能为力 FCYL 无数 FQOV
无奇不有 FDGD 无愧 FQNR
无动于衷 FFGY 无畏 FQLG
无地自容 FFTP 无力 FQLT
无恶不作 FGGW 无法 FQIF
无事生非 FGTD 无赖 FQGK
无与伦比 FGWX 无理 FQGJ
无法无天 FIFG 无用 FQET
无济于事 FIGG 无须 FQED
无坚不摧 FJGR 无辜 FQFK
无中生有 FKTD 无论 FQYW
毋 XDE 口ナ彡
NNDE98③ 乙乙ナ彡
吴 KGDU③ 口一大冫
吾 GKF 五口二
芜 AFQB 艹二儿《
AFQB98③ 艹二儿《
梧 SGKG③ 木五口一
浯 IGKG 氵五口一
蜈 JKGD③ 虫口一大
蜈蚣 JKJW
鼯 VNUK 臼乙冫口
ENUK98 臼乙冫口
五 GGHG② 五一丨一
五月 GGEE 五脏 GGEY
五星 GGJT 五官 GGPN
五彩缤纷 GEXX 五金 GGQQ
五光十色 GIFQ 五指 GGRX
五湖四海 GILI 五角星 GQJT
五笔字型 GTPG 五指山 GRMM
五谷丰登 GWDW 五笔型 GTGA
五体投地 GWRF 五笔画 GTGL
午 TFJ 𠂉十刂

午餐 TFHQ 午宴 TFPJ
午饭 TFQN 午休 TFWS
仵 WTFH 亻𠂉十丨
伍 WGG 亻五一
坞 FQNG 土勹乙一
FTNG98 土丿乙一
妩 VFQN③ 女二儿乙
庑 YFQV③ 广二儿巛
OFQV98③ 广二儿巛
忤 NTFH 忄𠂉十丨
怃 NFQN③ 忄二儿乙
迕 TFPK 𠂉十辶川
武 GAHD③ 一弋止三
GAHY98③ 一弋止丶
武艺 GAAN 武警 GAAQ
武汉 GAIC 武昌 GAJJ
武器 GAKK 武力 GALT
武断 GAON 武松 GASW
武汉市 GIYM 武装 GAUF
武术队 GSBW 武术 GASY
侮 WTXU③ 亻𠂉母冫
WTXY98③ 亻𠂉母丶
侮辱 WTDF
捂 RGKG 扌五口一
牾 TRGK 丿扌五口
CGKG98 牜五口一
鹉 GAHG 一弋止一
舞 RLGH③ 𠂉Ⅲ一丨
TGLG98③ 𠂉一Ⅲ 牛
舞台 RLCK 舞厅 RLDS
舞场 RLFN 舞蹈 RLKH
舞曲 RLMA 舞剧 RLND
舞姿 RLUQ 舞女 RLVV
舞会 RLWF 舞伴 RLWU
舞蹈家 RKPE

兀 GQV 一儿巛
勿 QRE 勹彡彡
QRE98② 勹彡彡
务 TLB③ 夂力《
TER98② 夂力彡
务必 TLNT 务农 TLPE
戊 DNYT 厂乙丶丿
DGTY98 戊一丿丶
阢 BGQN③ 阝一儿乙
杌 SGQN 木一儿乙
芴 AQRR 艹勹彡彡
物 TRQR③ 丿扌勹彡
CQR98② 牜勹彡
物理 TRGJ 物品 TRKK
物力 TRLT 物质 TRRF
物资 TRUQ 物件 TRWR
物体 TRWS 物价 TRWW
物极必反 TSNR 物理学 TGIP
物尽其用 TNAE 物价表 TWGE
物以类聚 TNOB 物价局 TWNN
误 YKGD③ 讠口一大
误事 YKGK 误餐 YKHQ
误时 YKJF 误解 YKQE
误差 YKUD 误会 YKWF
误码 YKDC 误用 YKET
悟 NGKG 忄五口一
晤 JGKG③ 日五口一
焐 OGKG③ 火五口一
婺 CBTV マ卩丿女
CNHV98 マ乙丨女
痦 UGKD 疒五口三
骛 CBTC マ卩丿马
CNHG98 マ乙丨一
雾 FTLB③ 雨夂力《
FTER98 雨夂力彡

瘜 PNHK 宀乙丨口
PUGK98 宀爿五口
鹜 CBTG マ卩丿一
CNHG98 マ乙丨一
鋈 ITDQ 氵丿大金

xi

西 SGHG 西一丨一
西式 SGAA 西藏 SGAD
西欧 SGAQ 西医 SGAT
西药 SGAX 西面 SGDM
西南 SGFM 西餐 SGHQ
西汉 SGIC 西洋 SGIU
西北 SGUX 西风 SGMQ
西宁 SGPS 西安 SGPV
西瓜 SGRC 西装 SGUF
西安市 SPYM 西班牙 SGAH
西北部 SUUK 西红柿 SXSY
西装革履 SUAN 西宁市 SPYM
西藏自治区 SATA
蹊 KHED 口止爫大
禓 PUJR 礻冫日彡
夕 QTNY 夕丿乙丶
夕阳 QYBJ
兮 WGNB 八一乙巛
WGNB98③ 八一乙巛
汐 IQY 氵夕丶
吸 KEYY② 口乃㇏㇏
KBYY98③ 口乃㇏㇏
吸取 KEBC 吸毒 KEGX
吸收 KENH 吸引 KEXH
希 QDMH③ ㄨナ冂丨
RDMH98③ ㄨナ冂丨
希望 QDYN
昔 AJF 艹日二
析 SRH② 木斤丨

矽 DQY 石夕丶
穸 PWQU③ 宀八夕冫
PWQU98 宀八夕冫
郗 QDMB ㄨナ冂阝
RDMB98 ㄨナ冂阝
唏 KQDH③ 口ㄨナ丨
KRDH98③ 口ㄨナ丨
奚 EXDU③ 爫幺大冫
息 THNU③ 丿目心冫
浠 IQDH 氵ㄨナ丨
IRDH98 氵ㄨナ丨
牺 TRSG③ 丿扌西一
CSG98② 牜西一
牺牲 TRTR 牺牲品 TTKK
悉 TONU③ 丿米心冫
悉尼 TONX
惜 NAJG 忄艹日一
惜别 NAKL
欷 QDMW ㄨナ冂人
RDMW98 ㄨナ冂人
淅 ISRH③ 氵木斤丨
烯 OQDH③ 火ㄨナ丨
ORDH98③ 火ㄨナ丨
硒 DSG 石西一
菥 ASRJ③ 艹木斤刂
晰 JSRH③ 日木斤丨
犀 NIRH③ 尸水𠂉丨
NITG98③ 尸水丿扌
犀利 NOTJ
稀 TQDH③ 禾ㄨナ丨
TRDH98② 禾ㄨナ丨
稀薄 TQAI 稀有 TQDE
稀奇 TQDS 稀土 TQFF
稀罕 TQPW 稀饭 TQQN
粞 OSG 米西一

翕 WGKN 人一口羽
舾 TESG③ 丿舟西一
TUSG98 丿舟西一
溪 IEXD③ 氵爫幺大
皙 SRRF 木斤白二
锡 QJQR③ 钅日勹㇀
僖 WFKK 亻士口口
熄 OTHN 火丿目心
熄灭 OTGO
熙 AHKO 匚丨口灬
熙熙攘攘 AARR
蜥 JSRH 虫木斤丨
嘻 KFKK③ 口士口口
嬉 VFKK③ 女士口口
膝 ESWI③ 月木人水
樨 SNIH 木尸水丨
SNIG98③ 木尸水扌
熹 FKUO 士口䒑灬
羲 UGTT③ 丷王禾丿
UGTY98 ③ 丷王禾丶
螅 JTHN 虫丿目心
蟋 JTON 虫丿米心
蟋蟀 JTJY
醯 SGYL 西一亠皿
曦 JUGT③ 日丷王丿
JUGY98③ 日丷王丶
鼷 VNUD 臼乙冫大
ENUD98 臼乙冫大
习 NUD② 乙冫三
习题 NUJG 习惯 NUNX
习气 NURN 习俗 NUWW
席 YAMH③ 广廿冂丨
OAMH98② 广廿冂丨
席子 YABB 席位 YAWU
袭 DXYE③ 尤匕亠𧘇

DXYE98 ナ匕一𧘇
袭击 DXFM
觋 AWWQ 工人人儿
媳 VTHN③ 女丿目心
媳妇 VTVV
隰 BJXO③ 阝日幺灬
檄 SRYT③ 木白方夂
洗 ITFQ③ 氵丿土儿
洗漱 ITIG 洗澡 ITIK
洗涤 ITIT 洗染 ITIV
洗刷 ITNM 洗手 ITRT
洗衣机 IYSM 洗染店 IIYH
洗涤剂 IIYJ 洗发膏 INYP
洗耳恭听 IBAK
玺 QIGY③ 𠂊小王丶
徙 THHY③ 彳止龰丶
THHY98 彳止龰丶
铣 QTFQ 钅丿土儿
喜 FKUK③ 士口䒑口
喜欢 FKCQ 喜爱 FKEP
喜事 FKGK 喜剧 FKND
喜悦 FKNU 喜好 FKVB
喜出望外 FBYQ 喜人 FKWW
喜笑颜开 FTUG 喜庆 FKYD
喜新厌旧 FUDH 喜剧片 FNTH
喜怒哀乐 FVYQ 喜洋洋 FIIU
喜马拉雅山 FCRM
葸 ALNU 艹田心氵
ALNU98③ 艹田心
屣 NTHH 尸彳止龰
NTHH98③ 尸彳止龰
蓰 ATHH③ 艹彳止龰
禧 PYFK 礻丶士口
戏 CAT② 又戈丿
CAY98② 又戈丶

戏院 CABP 戏曲 CAMA
戏剧 CAND 戏剧性 CNNT
系 TXIU③ 丿幺小氵
系数 TXOV 系统 TXXY
系列化 TGWX 系统性 XXNT
系统工程 TXAT
饩 QNRN 𠂊乙𠂉乙
细 XLG② 纟田一
细节 XLAB 细菌 XLAL
细腻 XLEA 细胞 XLEQ
细雨 XLFG 细致 XLGC
细小 XLIH 细则 XLMJ
细水长流 XITI 细长 XLTA
阋 UVQV③ 门臼儿巛
UEQV98③ 门臼儿巛
舄 VQOU③ 臼勹灬氵
EQO98 臼勹灬
隙 BIJI③ 阝小日小
禊 PYDD 礻丶三大
枵 SKGN③ 木口一乙

xia

虾 JGHY 虫一卜丶
虾仁 JGWF
呷 KLH 口甲丨
瞎 HPDK② 目宀三口
瞎胡闹 HDUY 瞎指挥 HRRP
匣 ALK 匚甲Ⅲ
侠 WGUW③ 亻一䒑人
WGUD98③ 亻一丷大
狎 QTLH③ 犭丿甲丨
峡 MGUW③ 山一䒑人
MGUD98③ 山一丷大
峡谷 MGWW
柙 SLH 木甲丨
狭 QTGW 犭丿一人

狭隘 QTBU 狭窄 QTPW
狭义 QTYQ
硖 DGUW 石一䒑人
DGUD98 石一丷大
遐 NHFP③ コ丨二辶
暇 JNHC③ 日コ丨又
瑕 GNHC③ 王コ丨又
辖 LPDK③ 车宀三口
霞 FNHC 雨コ丨又
霞光 FNIQ
黠 LFOK 罒土灬口
下 GHI② 一卜氵
下降 GHBT 下马 GHCN
下面 GHDM 下达 GHDP
下地 GHFB 下去 GHFC
下雨 GHFG 下场 GHFN
下列 GHGQ 下班 GHGY
下海 GHIT 下游 GHIY
下跌 GHKH 下边 GHLP
下周 GHMF 下属 GHNT
下旬 GHQJ 下午 GHTF
下笔 GHTT 下次 GHUQ
下级 GHXE 下乡 GHXT
下一步 GGHI 下放 GHYT
下不为例 GGYW
吓 KGHY③ 口一卜丶
夏 DHTU③ 丆目夂氵
夏天 DHGD 夏日 DHJJ
夏季 DHTB 夏粮 DHOY
夏令营 DWAP 夏威夷 DDGX
厦 DDHT③ 厂丆目夂
厦门 DHUY
罅 RMHH 𠂉山虍丨
TFBF98 𠂉十凵十

xian

先 TFQB③ 丿土儿
先驱 TFCA 先进 TFFJ
先天 TFGD 先烈 TFGQ
先锋 TFQT 先后 TFRG
先进集体 TFWW 先生 TFTG
先斩后奏 TLRD 先前 TFUE
先发制人 TNRW 先例 TFWG
先入为主 TTYY 先锋队 TQBW
仙 WMH② 亻山丨
仙女 WMVV
纤 XTFH③ 纟丿十丨
纤维 XTXW
氙 RNMJ③ ⺈乙山‖
RMK98 气山川
祆 PYGD 礻丶一大
籼 OMH 米山丨
莶 AWGI 艹人一⺍
AWGG98 艹人一一
掀 RRQW③ 扌斤⺈人
掀起 RRFH
跹 KHTP 口止丿辶
酰 SGTQ 西一丿儿
锨 QRQW③ 钅斤⺈人
鲜 QGUD③ 鱼一丷手
QGUH98③ 鱼一羊丨
鲜花 QGAW 鲜艳 QGDH
鲜明 QGJE 鲜果 QGJS
鲜血 QGTL 鲜红 QGXA
暹 JWYP③ 日亻圭辶
闲 USI 门木氵
闲情逸致 UNQG 闲杂 USVS
弦 XYXY③ 弓亠幺丶
贤 JCMU③ 刂又贝氵
贤能 JCCE 贤惠 JCGJ
贤慧 JCDH
咸 DGKT③ 厂一口丿
DGKD98 戊一口三
涎 ITHP 氵丿止廴
娴 VUSY③ 女门木丶
舷 TEYX 丿舟亠幺
TUYX98 丿舟亠幺
衔 TQFH③ 彳钅二丨
TQGS98③ 彳钅一丁
痫 UUSI③ 疒门木氵
鹇 USQG③ 门木勹一
嫌 VUVO② 女丷彐小
VUVW98② 女丷彐八
洗 UTFQ③ 氵丿土儿
显 JOGF② 日业一二
JOF98② 日业二
显著 JOAF 显示 JOFI
显现 JOGM 显然 JOQD
显得 JOTJ 显微镜 JTQU
显而易见 JDJM
险 BWGI③ 阝人一⺍
BWGG98 阝人一一
险峰 BWMT 险情 BWNG
猃 QTWI 犭丿人⺍
QTWG98 犭丿人一
蚬 JMQN③ 虫冂儿乙
筅 TTFQ ⺮丿土儿
跣 KHTQ 口止丿儿
藓 AQGD 艹鱼一手
AQGU98 艹鱼一羊
燹 EEOU③ 豕豕火氵
GEGO98③ 一豕一火
县 EGCU③ 月一厶氵
县城 EGFD 县长 EGTA
县委 EGTV 县份 EGWW
县政府 EGYW 县团级 ELXE
岘 MMQN 山冂儿乙
苋 AMQB③ 艹冂儿《
现 GMQN② 王冂儿乙
现有 GMDE 现在 GMDH
现成 GMDN 现款 GMFF
现场 GMFN 现时 GMJF
现实 GMPU 现钞 GMQI
现象 GMQJ 现金 GMQQ
现行 GMTF 现状 GMUD
现代化 GWWX 现货 GMWX
现阶段 GBWD 现代 GMWA
现代化建设 GWWY
线 XGT② 纟戋丿
XGAY98② 纟一戈丶
线索 XGFP 线路 XGKH
线性 XGNT 线条 XGTS
线段 XGWD
限 BVEY② 阝彐𠄌乀
BVY98② 阝艮丶
限期 BVAD 限于 BVGF
限止 BVHH 限量 BVJG
限定 BVPG 限额 BVPT
限制 BVRM 限度 BVYA
宪 PTFQ③ 宀丿土儿
宪法 PTIF 宪兵 PTRG
陷 BQVG③ 阝⺈臼一
BQEG98③ 阝⺈臼一
陷害 BQPD 陷入 BQTY
馅 QNQV ⺈乙⺈臼
QNQE98 ⺈乙⺈臼
羡 UGUW③ 丷王氵人
羡慕 UGAJ
献 FMUD 十冂丷犬
FMUD98③ 十冂丷犬

献花 FMAW　献礼 FMPY
献策 FMTG　献身 FMTM
献给 FMXW　献计 FMYF
献词 FMYN　献殷勤 FRAK
腺　ERIY③　月白水㇏

xiang

香　TJF　禾日二
香蕉 TJAW　香港 TJIA
香水 TJII　香油 TJIM
香烟 TJOL　香料 TJOU
香皂 TJRA
乡　XTE　乡丿彡
　XTE98②　乡丿彡
乡土 XTFF　乡下 XTGH
乡镇 XTQF　乡村 XTSF
乡长 XTTA　乡亲 XTUS
芗　AXTR③　艹乡丿彡
相　SHG②　木目一
相通 SHCE　相对 SHCF
相貌 SHEE　相爱 SHEP
相干 SHFG　相声 SHFN
相互 SHGX　相当 SHIV
相加 SHLK　相思 SHLN
相连 SHLP　相同 SHMG
相反 SHRC　相近 SHRP
相机 SHSM　相等 SHTF
相处 SHTH　相片 SHTH
相称 SHTQ　相关 SHUD
相交 SHUQ　相似 SHWN
相位 SHWU　相信 SHWY
相继 SHXO　相比 SHXX
相离 SHYB　相应 SHYI
相对而言 SCDY　相识 SHYK
相互信任 SGWW　相成 SHDN
相提并论 SRUY　相当于 SIGF
相得益彰 STUU　相思病 SLUG
相依为命 SWYW　相对性 SCNT
相比之下 SXPG　相对论 SCYW
厢　DSHD③　厂木目三
湘　ISHG　氵木目一
湘江 ISIA
缃　XSHG③　纟木目一
葙　ASHF③　艹木目一
箱　TSHF③　⺮木目二
箱子 TSBB
襄　YKKE③　亠口口𧘇
骧　CYKE③　马亠口𧘇
　CGYE98　马一亠𧘇
镶　QYKE③　钅亠口𧘇
详　YUDH③　讠丷手丨
　YUH98②　讠羊丨
详情 YUNG　详尽 YUNY
详解 YUQE　详细 YUXL
庠　YUDK　广丷手川
　OUK98　广羊川
祥　PYUD③　礻丶丷手
　PYUH98③　礻丶羊丨
翔　UDNG　丷手羽一
　UNG98　羊羽一
翔实 UDPU
享　YBF　亠子二
　YBF98②　亠子二
享受 YBEP
响　KTMK③　口丿冂口
响应 KTYI　响亮 KTYP
响彻云霄 KTFF
饷　QNTK　⺈乙丿口
飨　XTWE③　乡丿人𧘇
　XTWV98③　乡丿人艮
想　SHNU③　木目心丫
想来 SHGO　想法 SHIF
想见 SHMQ　想象 SHQJ
想入非非 STDD　想像 SHWQ
想方设法 SYYI　想念 SHWY
鲞　UDQG　䒑大鱼一
　UGQG98　丷夫鱼一
向　TMKD②　丿冂口三
　TMKD98③　丿冂口三
向下 TMGH　向来 TMGO
向上 TMHH　向导 TMNF
向往 TMTY　向前看 TURH
巷　AWNB③　艹八巳巛
项　ADMY③　工𠂆贝丶
项目 ADHH　项链 ADQL
象　QJEU③　⺈日豕丫
　QKEU98③　⺈口豕丫
象形字 QGPB　象棋 QJSA
象样 QJSU　象征 QJTG
像　WQJE③　亻⺈日豕
　WQKE98③　亻⺈口豕
像章 WQUJ
橡　SQJE③　木⺈日豕
　SQKE98③　木⺈口豕
橡胶 SQEU　橡皮 SQHC
蟓　JQJE③　虫⺈日豕
　JQKE98　虫⺈口豕

xiao

消　IIEG③　氵⺌月一
消除 IIBW　消防 IIBY
消耗 IIDI　消灭 IIGO
消毒 IIGX　消炎 IIOO
消失 IIRW　消极 IISE
消息 IITH　消退 IIVE
消化 IIWX　消费 IIXJ
消防车 IBLG　消炎片 IOTH

消费者 IXFT 消费品 IXKK
枭 QYNS 勹丶乙木
QSU98 鸟木氵
哓 KATQ③ 口七丿儿
骁 CATQ 马七丿儿
CGAQ98 马一七儿
宵 PIEF② 宀⺌月二
绡 XIEG③ 纟⺌月一
逍 IEPD③ ⺌月辶三
逍遥法外 IEIQ
萧 AVIJ 艹彐小刂
AVHW98③ 艹彐丨八
萧条 AVTS
硝 DIEG③ 石⺌月
硝酸 DISG
销 QIEG③ 钅⺌月一
销量 QIJG 销路 QIKH
销毁 QIVA 销假 QIWN
销价 QIWW 销货 QIWX
销售点 QWHK 销售 QIWY
销售量 QWJG 销售员 QWKM
销售网 QWMQ 销售额 QWPT
销声匿迹 QFAY
潇 IAVJ 氵艹彐刂
IAVW98 氵艹彐八
箫 TVIJ ⺮彐小刂
TVHW98③ ⺮彐丨八
霄 FIEF③ 雨⺌月二
魈 RQCE 白儿厶月
嚣 KKDK 口口ナ口
嚣张 KKXT
崤 MQDE 山乂ナ月
MRDE98 山乂ナ月
淆 IQDE③ 氵乂ナ月
IRDE98③ 氵乂ナ月

小 IHTY② 小亅丿丶
小子 IHBB 小队 IHBW
小孩 IHBY 小型 IHGA
小麦 IHGT 小学 IHIP
小时 IHJF 小路 IHKH
小贩 IHMR 小心 IHNY
小说 IHYU 小鸟 IHQY
小姐 IHVE 小组 IHXE
小结 IHXF 小费 IHXJ
小汽车 IILG 小市民 IYNA
小学校 IISU 小商品 IUKK
小孩子 IBBB 小百货 BDWX
小朋友 IEDC 小青年 IGRH
小吃部 IKUK 小兄弟 IKUX
小轿车 ILLG 小册子 IMBB
小数点 IOHK 小家伙 IPWO
小儿科 IQTU 小摊贩 IRMR
小算盘 ITTE 小生产 ITUT
小伙子 IWBB 小分队 IWBW
小巧玲珑 IAGG 小组长 IXTA
小心翼翼 INNN 小夜曲 IYMA
晓 JATQ③ 日七丿儿
筱 TWHT③ ⺮亻丨夂
孝 FTBF③ 土丿子二
肖 IEF② ⺌月二
肖像 IEWQ
哮 KFTB③ 口土丿子
效 UQTY③ 六乂夂乀
URTY98 六乂攵丶
效果 UQJS 效力 UQLT
效益 UQUW 效率 UQYX
校 SUQY③ 木六乂丶
SURY98③ 木六乂丶
校对 SUCF 校友 SUDC
校址 SUFH 校刊 SUFJ

校正 SUGH 校园 SULF
校风 SUMQ 校长 SUTA
校舍 SUWF 校友会 SDWF
笑 TTDU③ ⺮丿大氵
笑逐颜开 TEUG 笑容 TTPW
笑容可掬 TPSR 笑话 TTYT
啸 KVIJ③ 口彐小刂
KVHW98② 口彐丨八

xie

些 HXFF③ 止匕二二
楔 SDHD③ 木三丨大
歇 JQWW③ 日勹人人
蝎 JJQN③ 虫日勹乙
协 FLWY③ 十力八丶
FEW98② 十力八
协助 FLEG 协力 FLLT
协同 FLMG 协定 FLPG
协和 FLTK 协商 FLUM
协会 FLWF 协作 FLWT
协约 FLXQ 协议 FLYY
邪 AHTB 匚丨丿阝
邪恶 AHGO 邪路 AHKH
邪气 AHRN 邪说 AHYU
胁 ELWY③ 月力八丶
EEW98③ 月力八
挟 RGUW③ 扌一丷人
RGUD98③ 扌一丷大
偕 WXXR 亻匕匕白
WXXR98③ 亻匕匕白
斜 WTUF 人禾氵十
WGSF98 人一木十
斜面 WTDM 斜线 WTXG
谐 YXXR 讠匕匕白
YXXR98③ 讠匕匕白
谐和 YXTK 谐调 YXYM

携 RWYE 扌亻圭乃
RWYB98 扌亻圭乃
勰 LLLN 力力力心
EEEN98 力力力心
撷 RFKM 扌土口贝
缬 XFKM 纟士口贝
鞋 AFFF 廿串土土
鞋子 AFBB 鞋帽 AFMH
鞋袜 AFPU
写 PGNG③ 冖一乙一
写出 PGBM 写字 PGPB
写作 PBWT 写信 PBWY
写字台 PPCK
泄 IANN 氵廿乙乙
泄露 IAFK 泄密 IAPN
泄气 IARN
泻 IPGG 氵冖一一
IPGG98③ 氵冖一一
绁 XANN 纟廿乙乙
卸 RHBH③ 𠂉止卩丨
TGHB98 𠂉一止卩
屑 NIED 尸⺌月三
械 SAAH② 木戈廾丨
SAAH98③ 木戈廾丨
亵 YRVE③ 亠扌九𧘇
渫 IANS 氵廿乙木
谢 YTMF③ 讠丿冂寸
谢意 YTUJ 谢绝 YTXQ
谢谢 YTYT
榍 SNIE③ 木尸⺌月
SNIE98 木尸⺌月
榭 STMF③ 木丿冂寸
廨 YQEH③ 广⺈用丨
OQEG98 广⺈用一
懈 NQEH② 忄⺈用丨
NQEG98③ 忄⺈用丨
獬 QTQH 犭丿⺈丨
QTQG98 犭丿⺈一
薤 AGQG 艹一夕一
邂 QEVP ⺈用刀辶
燮 OYOC③ 火言火又
YOOC98 言火火又
瀣 IHQG③ 氵卜夕一
蟹 QEVJ ⺈用刀虫
躞 KHOC 口止火又
KHYC 口止言又

xin

心 NYNY② 心、乙、
心愿 NYDR 心肝 NYEF
心肺 NYEG 心肠 NYEN
心爱 NYEP 心胸 NYEQ
心脏 NYEY 心坎 NYFQ
心理 NYGJ 心事 NYGK
心目 NYHH 心绪 NYXF
心里 NYJF 心中 NYKH
心思 NYLN 心情 NYNG
心甘情愿 NAND 心神 NYPY
心花怒放 NAVY 心急 NYQV
心有余悸 NDWN 心得 NYTJ
心照不宣 NJGP 心血 NYTL
心旷神怡 NJPN 心头 NYUD
心悦诚服 NNYE 心意 NYUJ
心烦意乱 NOUT 心疼 NYUT
心安理得 NPGT 心灵 NYVO
心血来潮 NTGI 心理学 NGIP
心领神会 NWPW 心脏病 NEUG
忻 NRH 忄斤丨
芯 ANU 艹心氵
辛 UYGH 辛、一丨
辛苦 UYAD 辛勤 UYAK
辛酸 UYSG
昕 JRH 日斤丨
欣 RQWY③ 斤⺈人、
欣喜 RQFK 欣赏 RQIP
欣慰 RQNF 欣然 RQQD
欣欣向荣 RRTA
锌 QUH 钅辛丨
新 USRH③ 立木斤丨
新式 USAA 新春 USDW
新型 USGA 新星 USJT
新书 USNN 新生 USTG
新闻 USUB 新装 USUF
新婚 USVQ 新娘 USVY
新华 USWX 新疆 USXF
新颖 USXT 新郎 USYV
新时期 UJAD 新中国 UKLG
新加坡 ULFH 新风尚 UMIM
新风气 UMRN 新局面 UNDM
新社会 UPWF 新气象 URQJ
新产品 UUKK 新闻界 UULW
新陈代谢 UBWY 新华社 UWPY
新闻联播 UUBR 新天地 YGFB
新闻发言人 UUNW
新闻发布会 UUNW
新疆维吾尔自治区 UXXA
歆 UJQW 立日⺈人
薪 AUSR③ 艹立木斤
薪水 AUII 薪金 AUQQ
馨 FNMJ③ 士尸几日
FNWJ98 士尸几日
鑫 QQQF③ 金金金二
QQQF98 金金金二
囟 TLQI 丿口㐅氵
TLRI98③ 丿口㐅氵
信 WYG② 亻言一

信用 WYET　信封 WYFF
信誉 WYIW　信号 WYKG
信心 WYNY　信笺 WYTG
信息 WYTH　信箱 WYTS
信用卡 WEJJ　信念 WYWY
信用社 WEPY　信任 WYWT
信口开河 WKGI　信件 WYWR
信息处理 WTTG　信仰 WYWQ
衅 TLUF③ 丿皿丷十
TLUG98③ 丿皿丷丰

xing

星 JTGF③ 日丿丰二
星火 JTOO　星期 JTAD
星期天 JAGD　星期五 JAGG
饧 QNNR 𠂊乙乙彡
兴 IWU② ⺍八冫
IGWU98③ ⺍一八冫
兴隆 IWBT　兴奋 IWDL
兴盛 IWDN　兴致 IWGC
兴高采烈 IYEG　兴旺 IWJG
兴风作浪 IMWI　兴建 IWVF
惺 NJTG③ 忄日丿丰
猩 QTJG 犭丿日丰
腥 EJTG③ 月日丿丰
刑 GAJH 一廾刂丨
刑事 GAGK　刑法 GAIF
行 TFHH② 彳二丨丨
TGSH98③ 彳一丁丨
行驶 TFCK　行动 TFFC
行政 TFGH　行业 TFOG
行政机关 TGSU　行李 TFSB
行政管理 TGTG　行为 TFYL
邢 GABH③ 一廾阝丨
形 GAET③ 一廾彡丿
形式 GAAA　形成 GADN
形态 GADY　形容 GAPW
形容词 GPYN　形体 GAWS
形象化 GQWX　形状 GAUD
形式主义 GAYY　形势 GARV
形影不离 GJGY　形象 GAQJ
陉 BCAG③ 阝ㄨ工一
型 GAJF 一廾刂土
硎 DGAJ 石一廾刂
醒 SGJG③ 西一日丰
擤 RTHJ③ 扌丿目丿
RTHJ98 扌丿目丿
杏 SKF 木口二
杏仁 SKWF
姓 VTGG③ 女丿丰一
姓氏 VTQA　姓名 VTQK
幸 FUFJ③ 土丷十刂
幸而 FUDM　幸运 FUFC
幸亏 FUFN　幸福 FUPY
幸免 FUQK　幸好 FUVB
性 NTGG③ 忄丿丰一
性能 NTCE　性别 NTKL
性情 NTNG　性质 NTRF
性格 NTST　性命 NTWG
荇 ATFH 艹彳二丨
ATGS98 艹彳一丁
悻 NFUF 忄土丷十

xiong

兄 KQB 口儿《
KQB98② 口儿《
兄长 KQTA　兄弟 KQUX
凶 QBK 㐅凵川
RBK98 㐅凵川
凶恶 QBGO　凶器 QBKK
凶杀 QBQS　凶狠 QBQT
凶猛 QBQT　凶手 QBRT
匈 QQBK③ 勹㐅凵川
QRBK98 勹㐅凵川
匈奴 QBVC
芎 AXB 艹弓《
汹 IQBH 氵㐅凵丨
IRBH98③ 氵㐅凵丨
胸 EQQB② 月勹㐅凵
EQRB98② 月勹㐅凵
胸怀 EQNG　胸襟 EQPU
胸有成竹 EDDT　胸部 EQUK
雄 DCWY③ 𠂇厶亻丰
雄厚 DCDJ　雄性 DCNT
雄心 DCNY　雄壮 DCUF
雄辩 DCUY　雄伟 DCWF
熊 CEXO 厶月匕灬
熊猫 CEQT

xiu

休 WSY② 亻木丶
休克 WSDQ　休止 WSHH
休学 WSIP　休业 WSOG
休息 WSTH　休养 WSUD
休假 WSWN　休息日 WTJJ
修 WHTE③ 亻丨夂彡
修正 WHGH　修理 WHGJ
修改 WHNT　修补 WHPU
修饰 WHQN　修复 WHTJ
修养 WHUD　修建 WHVF
修缮 WHXU　修订 WHYS
咻 KWSY③ 口亻木丶
庥 YWSI③ 广亻木氵
OWSI98③ 广亻木氵
羞 UDNF③ 丷𠂇乙土
UNHG98 羊乙丨一
羞愧 UDNR
鸺 WSQG③ 亻木勹一

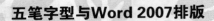

貅 EEWS③ 爫⺕亻木
EWSY98③ 豸亻木丶
馐 QNUF 勹乙丷土
QNUG98 勹乙羊一
髹 DEWS③ 镸彡亻木
朽 SGNN 木一乙乙
秀 TEB 禾乃巜
TBR98② 禾乃彡
秀才 TEFT 秀丽 TEGM
岫 MMG 山由一
绣 XTEN 纟禾乃乙
XTBT98③ 纟禾乃丿
袖 PUMG③ 礻冫由一
袖手旁观 PRUC 袖珍 PUGW
锈 QTEN 钅禾乃乙
QTBT98 钅禾乃丿
溴 ITHD 氵丿目犬
嗅 KTHD 口丿目犬

xu

需 FDMJ③ 雨𠂆冂刂
需用 FDET 需求 FDFI
需要 FDSV 需求量 FFJG
圩 FGF 土一十
戌 DGNT③ 厂一乙丿
DGD98 戌一三
盱 HGFH③ 目一十丨
胥 NHEF③ 乙止月二
须 EDMY③ 彡𠂆贝丶
须要 EDSV 须知 EDTD
顼 GDMY③ 王𠂆贝丶
虚 HAOG③ 广七业一
HOD98 虍业三
虚岁 HAMQ 虚心 HANY
虚实 HAPU 虚拟 HARN
虚假 HAWN 虚伪 HAWY
虚弱 HAXU 虚词 HAYN
虚张声势 HXFR
嘘 KHAG 口广七一
KHOG98 口虍业一
墟 FHAG 土广七一
FHOG98③ 土虍业一
徐 TWTY③ 彳人禾丶
TWGS98③ 彳人一木
许 YTFH③ 讠𠂉十丨
许可证 YSYG 许可 YTSK
许多 YTQQ 许久 YTQY
诩 YNG 讠羽一
栩 SNG 木羽一
栩栩如生 SSVT
糈 ONHE③ 米乙止月
醑 SGNE 西一乙月
旭 VJD 九日三
序 YCBK③ 广マ卩⺌
OCNH98 广マ乙丨
序列 YCGQ 序言 YCYY
叙 WTCY③ 人禾又丶
WGSC98 人一木又
叙述 WTSY
恤 NTLG③ 忄丿皿一
洫 ITLG 氵丿皿一
畜 YXLF③ 亠幺田二
畜产品 YUKK 畜牧 YXTR
勖 JHLN③ 曰目力乙
JHET98③ 曰目力丿
绪 XFTJ③ 纟土丿日
续 XFND③ 纟十乙大
续篇 XFTY 续集 XFWY
酗 SGQB 西一㐅凵
SGRB98 西一㐅凵
婿 VNHE 女乙止月
溆 IWTC 氵人禾又
IWGC98 氵人一又
絮 VKXI③ 女口幺小
煦 JQKO 日勹口灬
蓄 AYXL③ 艹亠幺田
蓄意 AYUJ 蓄谋 AYYA
蓿 APWJ 艹宀亻日
吁 KGFH 口一十丨

xuan

宣 PGJG③ 宀一日一
宣布 PGDM 宣战 PGHK
宣扬 PGRN 宣誓 PGRR
宣告 PGTF 宣称 PGTQ
宣判 PGUD 宣传 PGWF
宣传画 PWGL 宣言 PGYY
宣传部 PWUK 宣读 PGYF
轩 LFH 车干丨
轩然大波 LQDI
谖 YEFC③ 讠爫二又
喧 KPGG② 口宀一一
喧哗 KPKW
揎 RPGG③ 扌宀一一
萱 APGG 艹宀一一
暄 JPGG③ 日宀一一
煊 OPGG③ 火宀一一
儇 WLGE 亻罒一𧘇
玄 YXU 亠幺冫
痃 UYXI③ 疒亠幺冫
悬 EGCN 月一厶心
悬殊 EGGQ 悬崖 EGMD
悬空 EGPW 悬挂 EGRF
悬崖勒马 EMAC
旋 YTNH③ 方𠂉乙止
YTNH 方𠂉乙止
旋转 YTLF 旋律 YTTV

漩 IYTH 氵方𠂉止
璇 GYTH 王方𠂉止
选 TFQP 丿土儿辶
选取 TFBC 选用 TFET
选举 TFIW 选题 TFJG
选购 TFMQ 选择 TFRC
选拔 TFRD 选手 TFRT
选票 TFSF 选举人 TIWW
癣 UQGD③ 疒鱼一手
UQGU98 疒鱼一羊
泫 IYXY③ 氵亠幺丶
炫 OYXY③ 火亠幺丶
绚 XQJG③ 纟勹日一
绚丽 XQGM
眩 HYXY② 目亠幺丶
HYXY98 目亠幺丶
铉 QYXY③ 钅亠幺丶
渲 IPGG 氵宀一一
楦 SPGG③ 木宀一一
碹 DPGG 石宀一一
镟 QYTH 钅方𠂉𠂉

xue

靴 AFWX 廿串亻七
削 IEJH③ ⺌月刂丨
削减 IEUD 削弱 IEXU
薛 AWNU 艹亻コ辛
ATNU98 艹亻コ辛
穴 PWU 宀八冫
学 IPBF② ⺌冖子一
IPB98③ ⺌冖子一
学期 IPAD 学院 IPBP
学历 IPDL 学士 IPFG
学者 IPFT 学龄 IPHW
学习 IPNU 学业 IPOG
学校 IPSU 学术 IPSY
学籍 IPTD 学徒 IPTF
学生 IPTG 学科 IPTU
学问 IPUK 学会 IPWF
学位 IPWU 学费 IPXJ
学生装 ITUF 学生证 ITYG
学习班 INGY 学杂费 IVXJ
学以致用 INGE
泶 IPIU③ ⺌冖水冫
踅 RRKH 扌斤口龰
雪 FVF② 雨彐一
雪花 FVAW 雪山 FVMM
雪白 FVRR 雪亮 FVYP
雪中送炭 FKUM
鳕 QGFV 鱼一雨彐
血 TLD 丿皿三
血压 TLDF 血型 TLGA
血球 TLGF 血汗 TLIF
血泪 TLIH 血液 TLIY
血肉 TLMW 血管 TLTP
谑 YHAG③ 讠广七一

xun

勋 KMLN③ 口贝力乙
KMET98③ 口贝力丿
郇 QJBH③ 勹日阝
浚 ICWT 氵厶八夂
埙 FKMY 土口贝丶
FKMY98③ 土口贝丶
熏 TGLO③ 丿一罒灬
TGLO98 丿一罒灬
獯 QTTO 犭丿丿灬
薰 ATGO 艹丿一灬
曛 JTGO 日丿一灬
醺 SGTO 西一丿灬
寻 VFU② 彐寸冫
寻求 VFFI 寻常 VFIP
寻思 VFLN 寻找 VFRA
巡 VPV 巛辶巛
巡视 VPPY 巡回 VPLK
巡逻 VPLQ 巡逻队 VLBW
旬 QJD 勹日三
驯 CKH 马川丨
CGKH98 ③ 马一川丨
询 YQJG③ 讠勹日一
询问 YQUK
峋 MQJG 山勹日一
MQJG98③ 山勹日一
恂 NQJG③ 忄勹日一
洵 IQJG③ 氵勹日一
浔 IVFY 氵彐寸丶
荀 AQJF③ 艹勹日一
循 TRFH 彳厂十目
TRFH98③ 彳厂十目
循规蹈矩 TFKT
循循善诱 TTUY
循序渐进 TYIF
鲟 QGVF③ 鱼一彐寸
QGVF98 鱼一彐寸
训 YKH② 讠川丨
训练 YKXA
讯 YNFH③ 讠乙十丨
汛 INFH③ 氵乙十丨
INFH98 氵乙十丨
迅 NFPK③ 乙十辶Ⅲ
迅速 NFGK 迅猛 NFQT
徇 TQJG③ 彳勹日一
逊 BIPI③ 子小辶氵
逊色 BIQC
殉 GQQJ③ 一夕勹日
巽 NNAW③ 巳巳艹八
蕈 ASJJ③ 艹西早刂

ya

呀 KAHT② 口匚丨丿
丫 UHK 丷丨Ⅲ
压 DFYI③ 厂土丶氵
压力 DFLT 压制 DFRM
压迫 DFRP 压抑 DFRQ
压倒 DFWG 压强 DFXK
压缩 DFXP
押 RLH② 扌甲丨
押金 RLQQ 押送 RLUD
鸦 AHTG 匚丨丿一
鸦片 AHTH
桠 SGOG 木一业一
鸭 LQYG③ 甲勹丶一
LQGG98③ 甲鸟一一
鸭子 LHBB 鸭蛋 LHNH
牙 AHTE② 匚丨丿彡
牙齿 AHHW 牙刷 AHNM
牙膏 AHYP
伢 WAHT③ 亻匚丨丿
岈 MAHT③ 山匚丨丿
芽 AAHT③ 艹匚丨丿
琊 GAHB 王匚丨阝
蚜 JAHT③ 虫匚丨丿
崖 MDFF 山厂土土
涯 IDFF③ 氵厂土土
睚 HDFF③ 目厂土土
衙 TGKH③ 彳五口丨
TGKS98 彳五口丁
哑 KGOG③ 口一业一
痖 UGOG 疒一业一
UGO98 疒一业一
雅 AHTY 匚丨丿圭
雅兴 AHIW 雅座 AHYW
亚 GOGD③ 一业一三
GOD98 一业三
亚洲 GOIY 亚军 GOPL
讶 YAHT③ 讠匚丨丿
迓 AHTP 匚丨丿辶
垭 FGOG③ 土一业一
娅 VGOG③ 女一业一
砑 DAHT③ 石匚丨丿
氩 RNGG 𠂉乙一一
RGOD98③ 气一业三
揠 RAJV 扌匚日女

yan

烟 OLDY② 火口大丶
OLDY98③ 火口大丶
烟草 OLAJ 烟台 OLCK
烟灰 OLDO 烟雾 OLFT
烟叶 OLKF 烟囱 OLTL
烟消云散 OIFA
剡 OOJH③ 火火刂丨
阉 UYWU 门方人氵
埏 FTHP③ 土丿止廴
咽 KLDY③ 口口大丶
咽喉 KLKW
恹 NDDY 忄厂犬丶
胭 ELDY③ 月口大丶
崦 MDJN③ 山大日乙
淹 IDJN③ 氵大日乙
焉 GHGO③ 一止一灬
菸 AYWU 艹方人氵
阉 UDJN 门大日乙
UDJN98③ 门大日乙
湮 ISFG 氵西土一
腌 EDJN 月大日乙
EDJN98③ 月大日乙
鄢 GHGB 一止一阝
嫣 VGHO③ 女一止灬
延 THPD③ 丿止廴Ⅲ
THNP98 丿卜乙廴
延期 THAD 延迟 THNY
延安 THPV 延伸 THWJ
延缓 THXE 延续 THXF
闫 UDD 门三三
严 GODR③ 一业厂彡
GOTE98 一业丿彡
严防 GOBY 严厉 GODD
严正 GOGH 严明 GOJE
严峻 GOMC 严寒 GOPF
严密 GOPN 严禁 GOSS
严格 GOST 严辞 GOTD
严惩 GOTG 严重 GOTG
严格要求 GSSF 严谨 GOYA
严重事故 GTGD 严肃 GOVI
妍 VGAH③ 女一廾丨
芫 AFQB 艹二儿《
AFQB98③ 艹二儿《
言 YYYY③ 言言言言（键名）
言而无信 YDFW
言过其实 YFAP
言不由衷 YGMY 言谈 YYYO
言归于好 YJGV 言论 YYYW
言听计从 YKYW 言辞 YYTD
言外之意 YQPU 言语 YYYG
岩 MDF 山石二
岩石 MDDG 岩层 MDNF
沿 IMKG③ 氵几口一
IWKG98③ 氵几口一
沿海 IMIT 沿着 IMUD
沿途 IMWT 沿线 IMXG
炎 OOU② 火火氵
炎夏 OODJ 炎热 OORV
炎黄子孙 OABB

研 DGAH③ 石一廾丨
研究 DGPW 研制 DGRM
研讨 DGYF 研究院 DPBP
研究员 DPKM 研究室 DPPG
研究所 DPRN 研究生 DPTG
盐 FHLF③ 土卜皿二
盐酸 FHSG
阎 UQVD 门⺈臼三
UQED98③ 门⺈臼三
筵 TTHP ⺮丿止廴
TTHP98③ ⺮丿止廴
蜒 JTHP 虫廴丿止
颜 UTEM 立丿彡贝
颜色 UTQC
檐 SQDY 木⺈厂言
兖 UCQB③ 六厶儿巛
奄 DJNB③ 大日乙巛
俨 WGOD③ 亻一业厂
WGOT98 亻一业丿
衍 TIFH③ 彳氵二丨
TIGS98③ 彳氵一丁
偃 WAJV 亻匚日女
厣 DDLK③ 厂犬甲Ⅲ
掩 RDJN 扌大日乙
RDJN98③ 扌大日乙
掩蔽 RDAI 掩饰 RDQN
掩护 RDRY 掩盖 RDUG
眼 HVEY② 目彐𠄌乀
HVY98② 目艮丶
眼下 HVGH 眼睛 HVHG
眼泪 HVIH 眼光 HVIQ
眼力 HVLT 眼神 HVPY
眼色 HVQC 眼镜 HVQU
眼看 HVRH 眼科 HVTU
眼花缭乱 HAXT 眼前 HVUE

郾 AJVB③ 匚日女阝
琰 GOOY③ 王火火丶
罨 LDJN 罒大日乙
LDJN98③ 罒大日乙
演 IPGW③ 氵宀一八
IPGW98 氵宀一八
演奏 IPDW 演唱 IPKJ
演播 IPRT 演算 IPTH
演讲 IPYF 演变 IPYO
演唱会 IKWF 演出 IPBM
魇 DDRC③ 厂犬白厶
鼹 VNUV 臼乙氵女
ENUV98 臼乙氵女
厌 DDI 厂犬氵
厌恶 DDGO
彦 UTER 立丿彡丿
UTEE98 立丿彡彡
砚 DMQN③ 石冂儿乙
唁 KYG 口言一
宴 PJVF③ 宀日女二
宴会 PJWF 宴席 PJYA
晏 JPVF③ 日宀女二
艳 DHQC③ 三丨⺈巴
验 CWGI③ 马人一⺌
CGWG98 马一人一
验收 CWNH 验算 CWTH
谚 YUTE③ 讠立丿彡
堰 FAJV 土匚日女
焰 OQVG③ 火⺈臼一
OQE98 火⺈臼
焱 OOOU 火火火氵
雁 DWWY③ 厂亻亻圭
滟 IDHC 氵三丨巴
酽 SGGD 西一一厂
SGGT98 西一一丿

谳 YFMD③ 讠十冂犬
餍 DDWE③ 厂犬人𠄌
DDWV98 厂犬人艮
燕 AUKO② 廿丬口灬
AKUO③ 廿口丬灬
燕尾服 ANEB
赝 DWWM 厂亻亻贝

yang

央 MDI② 冂大氵
央求 MDFI
泱 IMDY 氵冂大㇏
殃 GQMD③ 一夕冂大
秧 TMDY 禾冂大㇏
秧苗 TMAL 秧歌 TMSK
鸯 MDQG③ 冂大勹一
鞅 AFMD 廿串冂大
扬 RNRT③ 扌乙彡丿
扬长避短 FTNT 扬言 RNYY
扬长而去 RTDF 扬眉吐气 RNKR
羊 UDJ 丷手刂
UYT98③ 羊丶丿丨
阳 BJG② 阝日一
阳历 BJDL 阳光 BJIQ
阳奉阴违 BDBF 阳性 BJNT
杨 SNRT② 木乙彡丿
SNRT98③ 木乙彡丿
杨柳 SNWQ
炀 ONRT 火乙彡丿
佯 WUDH 亻丷手丨
WUH98③ 亻羊丨
疡 UNRE③ 疒乙彡彡
徉 TUDH③ 彳丷手丨
TUH98③ 彳羊丨
洋 IUDH② 氵丷手丨
IU98② 氵羊丨

洋人 IUWW　洋货 IUWX

洋娃娃 IVVF　洋鬼子 IRBB

烊 OUDH③ 火丷手丨

OUH98③ 火羊丨

蛘 JUDH③ 虫丷手丨

JUH 虫羊丨

仰 WQBH 亻匚卩丨

WQBH③ 亻匚卩丨

养 UDYJ 丷手乀刂

UGJ98③ 丷夫丨刂

养成 UDDN　养老 UDFT

养殖 UDGQ　养活 UDIT

养料 UDOU　养病 UDUG

养老院 UFBP　养育 UDYC

养殖场 UGFN　养分 UDWV

养尊处优 UUTW

氧 RNUD③ 𠂉乙丷手

RUK98③ 气羊川

氧化 RNWX

痒 UUDK③ 疒丷手川

UUK98③ 疒羊川

怏 NMDY 忄冂大乀

恙 UGNU③ 丷王心冫

样 SUDH② 木丷手丨

SU98② 木羊丨

样式 SUAA　样子 SUAA

样本 SUSG　样机 SUSM

漾 IUGI 氵丷王水

yao

腰 ESVG③ 月西女一

幺 XNNY 幺乙乙丶

XXXX98 幺幺幺幺(键名)

夭 TDI 丿大冫

吆 KXY 口幺丶

妖 VTDY③ 女丿大乀

邀 RYTP 白方攵辶

邀请 RYYG

爻 QQU 乂乂冫

RRU98③ 乂乂冫

尧 ATGQ 七丿一儿

肴 QDEF③ 乂𠂇月二

RDEF98③ 乂𠂇月二

姚 VIQN③ 女乂儿乙

VQIY98③ 女儿乂丶

轺 LVKG③ 车刀口一

珧 GIQN③ 王乂儿乙

GQIY98 王儿乂丶

窑 PWRM③ 宀八𠂉山

PWTB98 宀八𠂉凵

谣 YERM③ 讠爫𠂉山

YETB98③ 讠爫𠂉凵

徭 TERM 彳爫𠂉山

TETB98③ 彳爫𠂉凵

摇 RERM③ 扌爫𠂉山

RETB98③ 扌爫𠂉凵

摇摇欲坠 RRWB　摇摆 RERL

摇旗呐喊 RYKK　摇晃 REJI

遥 ERMP② 爫𠂉山辶

ETFP98③ 爫𠂉十辶

遥远 ERFQ　遥控 ERRP

瑶 GERM③ 王爫𠂉山

GETB98③ 王爫𠂉凵

繇 ERMI 爫𠂉山小

ETFI98 爫𠂉十小

鳐 QGEM 鱼一爫山

QGEB98 鱼一爫凵

杳 SJF 木日二

咬 KUQY③ 口六乂乀

KURY98③ 口六乂丶

窈 PWXL 宀八幺力

PWXE98 宀八幺力

舀 EVF 爫臼二

EEF98 爫臼二

崾 MSVG③ 山西女一

药 AXQY② 艹纟勹丶

药品 AXKK　药材 AXSF

药费 AXXJ　药店 AXYH

药房 AXYN　药方 AXYY

要 SVF① 西女二

要求 SVFI　要不 SVGI

要素 SVGX　要点 SVHK

要紧 SVJC　要是 SVJG

要害 SVPD　要么 SVTC

要闻 SVUB　要好 SVVB

要命 SVWG　要件 SVWR

要价 SVWW　要领 SVWY

鹞 ERMG 爫𠂉山一

ETFG98 爫𠂉十一

曜 JNWY③ 日羽亻圭

耀 IQNY 业儿羽圭

IGQY98 业一儿圭

钥 QEG 钅月一

钥匙 QEJG

ye

爷 WQBJ③ 八乂卩刂

WRBJ98③ 八乂卩刂

爷爷 WQWQ

椰 SBBH③ 木耳阝丨

噎 KFPU③ 口士冖丷

耶 BBH 耳阝丨

揶 RBBH③ 扌耳阝丨

铘 QAHB 钅匚丨阝

QAHB98③ 钅匚丨阝

也 BNHN② 也乙丨乙

也是 BNJG　也好 BNVB

也许 VBYT

冶 UCKG③ 冫厶口一

冶炼 UCOA 冶金 UCQQ

野 JFCB③ 日土マ卩

JFCH98③ 日土マ丨

野地 JFFB 野战 JFHK

野餐 JFHQ 野心 JFNY

野外 JFQH 野生 JFTG

野兽 JFUL 野蛮 JFYO

野战军 JHPL 野心家 JNPE

业 OGD② 业一三

OHHG98② 业丨丨一

业务 OGTL 业余 OGWT

业绩 OGXG 业务员 OTKM

叶 KFH② 口十丨

叶子 KFBB 叶片 KFTH

曳 JXE 曰匕彡

JNTE98③ 曰乙丿彡

页 DMU 丆贝冫

页码 DMDC 页数 DMOV

邺 OGBH③ 业一阝丨

OBH98 业阝丨

夜 YWTY③ 亠亻夂丶

夜班 YWGY 夜里 YWJF

夜晚 YWJQ 夜空 YWPW

夜色 YWQC 夜间 YWUJ

夜总会 YUWF 夜大 YWDD

夜长梦多 YTSQ

晔 JWXF③ 日亻七十

烨 OWXF③ 火亻七十

掖 RYWY③ 扌亠亻丶

液 IYWY③ 氵亠亻丶

液化气 IWRN 液压 IYDF

液体 IYWS 液化 IYWX

谒 YJQN③ 讠日勹乙

腋 EYWY 月亠亻丶

靥 DDDL 厂犬丆口

DDDF98 厂犬丆二

yi

一 GGLL① 一一一一（单笔）

一阵 GGBL 一面 GGDM

一月 GGEE 一起 GGFH

一尘不染 GIII 一切 GGAV

一举两得 GIGT 一共 GGAW

一鸣惊人 GKNW 一生 GGTG

一团和气 GLTR 一般 GGTE

一败涂地 GMIF 一定 GGPG

一帆风顺 GMMK 一早 GGJH

一窍不通 GPGC 一旦 GGJG

一针见血 GQMT 一时 GGJF

一技之长 GRPT 一些 GGHX

一本正经 GSGX 一点 GGHK

一筹莫展 GTAN 一下 GGGH

一箭双雕 GTCM 一再 GGGM

一笔勾销 GTQQ 一致 GGGC

一丝不苟 GXGA 一直 GGFH

一成不变 BDGY 一辈子 BDBB

一朝一夕 BFGQ 一阵子 GBBB

一无是处 BFJT 一方面 GYDM

一塌糊涂 GFOI 一会儿 GWQT

一落千丈 GATD 一系列 GTGQ

一目了然 GHBQ 一等奖 GTUQ

伊 WVTT③ 亻ヨ丿丿

伊拉克 WRDQ

衣 YEU② 亠𧘇冫

衣服 YEEB 衣裳 YEIP

衣料 YEOU 衣物 YETR

衣食住行 YWWT

医 ATDI③ 匚𠂉大冫

医药 ATAX 医院 ATBP

医治 ATIC 医学 ATIP

医护 ATRY 医术 ATSY

医务室 ATPG 医嘱 ATKN

医药费 AAXJ 医疗 ATUB

医疗所 AURN 医生 ATTG

依 WYEY③ 亻亠𧘇丶

依附 WYBW 依赖 WYGK

依旧 WYHJ 依照 WYJV

依然 WYQD 依据 WYRN

依靠 WYTF 依次 WYUQ

咿 KWVT 口亻ヨ丿

猗 QTDK 犭丿大口

铱 QYEY③ 钅亠𧘇丶

壹 FPGU③ 士冖一丷

揖 RKBG③ 扌口耳一

漪 IQTK 氵犭丿口

噫 KUJN 口立日心

黟 LFOQ 罒土灬夕

仪 WYQY③ 亻丶乂丶

WYRY98③ 亻丶乂丶

仪式 WYAA 仪表 WYGE

仪器 WYKK

圯 FNN 土巳一

夷 GXWI③ 一弓人冫

沂 IRH 氵斤丨

诒 YCKG③ 讠厶口一

宜 PEGF③ 宀目一二

怡 NCKG③ 忄厶口一

迤 TBPV③ 𠂉也辶巛

TBPV98 𠂉也辶巛

饴 QNCK③ 饣乙厶口

咦 KGXW③ 口一弓人

姨 VGXW② 女一弓人

VGXW98③ 女一弓人

荑 AGXW③ 艹一弓人

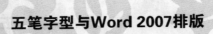

贻 MCKG③ 贝厶口一
眙 HCKG③ 目厶口一
胰 EGXW③ 月一弓人
酏 SGBN③ 西一也乙
痍 UGXW 疒一弓人
UGXW98③ 疒一弓人
移 TQQY③ 禾夕夕、
移动 TQFC 移民 TQNA
移植 TQSF 移交 TQUQ
移花接木 TARS
遗 KHGP 口丨一辶
遗址 KHFH 遗嘱 KHKN
遗产 KHUT 遗体 KHWS
颐 AHKM 匚丨口贝
AHKM98③ 匚丨口贝
疑 XTDH 匕𠂉大止
XTDH98③ 匕𠂉大止
疑惑 XTAK 疑难 XTCW
疑虑 XTHA 疑心 XTNY
疑问 XTUK 疑义 XTYQ
嶷 MXTH③ 山匕𠂉止
彝 XGOA③ 彑一米廾
XOXA98 彑米幺廾
乙 NNLL③ 乙（单笔）
已 NNNN 已乙乙乙
已婚 NNVQ 已经 NNXC
以 NYWY 乙、人、
以下 NYGH 以来 NYGO
以外 NYQH 以免 NYQK
以后 NYRG 以往 NYTY
以貌取人 NEBW 以为 NYYL
以权谋私 NSYT 以前 NYUE
钇 QNN 钅乙乙
矣 CTDU② 厶𠂉大氵
苡 ANYW③ 艹乙、人
ANYW98 艹乙、人
舣 TEYQ 丿舟乂
TUYR98 丿舟、乂
蚁 JYQY③ 虫、乂、
JYR98③ 虫、乂
倚 WDSK③ 亻大丁口
椅 SDSK③ 木大丁口
椅子 SDBB
旖 YTDK 方𠂉大口
义 YQ98② 、乂氵
YRI② 、乂氵
义无反顾 YFRD 义务 YQTL
义不容辞 YGPT 义气 YQRN
亿 WNN② 亻乙乙
弋 AGNY 弋一乙、
AYI98③ 弋、氵
刈 QJH 乂刂丨
RJH 乂刂丨
忆 NNN② 忄乙乙
NNN98③ 忄乙乙
艺 ANB 艹乙巛
ANB98② 艹乙巛
艺术 ANSY 艺术家 ASPE
议 YYQY③ 讠、乂、
YYRY98③ 讠、乂、
议题 YYJG 议员 YYKM
议程 YYTK 议价 YYWW
议论 YYYW
亦 YOU 亠小氵
YOU98② 亠小氵
屹 MTNN 山𠂉乙乙
MTNN98③ 山𠂉乙乙
异 NAJ 巳廾刂
NAJ98② 巳廾刂
异常 NAIP 异同 NAMG
异口同声 NKMF 异议 NAYY
异想天开 NSGG 异样 NASU
佚 WRWY③ 亻𠂉人、
WTGY98 亻丿夫、
呓 KANN③ 口艹乙乙
KANN98 口艹乙乙
役 TMCY③ 彳几又㇏
TWCY98③ 彳几又、
抑 RQBH③ 扌𠂇卩丨
抑扬顿挫 RRGR
译 YCFH③ 讠又二丨
YCGH98③ 讠又扌丨
译者 YCFT 译员 YCKM
译制 YCRM 译本 YCSG
译音 YCUJ 译文 YCYY
邑 KCB 口巴巛
佾 WWEG③ 亻八月一
WWEG98 亻八月一
峄 MCFH③ 山又二丨
MCGH98 山又扌丨
怿 NCFH 忄又二丨
NCGH98③ 忄又扌丨
易 JQRR③ 日勹彡彡
绎 XCFH③ 纟又二丨
XCGH98③ 纟又扌丨
诣 YXJG③ 讠匕日一
驿 CCFH③ 马又二丨
CGCG98 马一又扌
奕 YODU③ 亠小大氵
弈 YOAJ③ 亠小廾刂
疫 UMCI③ 疒几又氵
UWC98 疒几又
羿 NAJ 羽廾刂
轶 LRWY③ 车𠂉人、
LTG98 车丿夫

悒 NKCN③ 忄口巴乙
挹 RKCN③ 扌口巴乙
益 UWLF③ 丷八皿二
谊 YPEG③ 讠宀目一
YPEG98 讠宀目一
埸 FJQR③ 土日勹彡
翊 UNG 立羽一
翌 NUF 羽立二
逸 QKQP 勹口儿辶
逸事 QKGK 逸闻 QKUB
意 UJNU③ 立日心冫
意愿 UJDR 意志 UJFN
意味 UJKF 意思 UJLN
意图 UJLT 意见 UJMQ
意料 UJOU 意外 UJQH
意识 UJYK 意义 UJYQ
意见书 UMNN 意识到 UYGC
意气风发 URMN
溢 IUWL③ 氵丷八皿
缢 XUWL③ 纟丷八皿
肄 XTDH 匕𠂉大丨
XTDG98 匕𠂉大丰
裔 YEMK③ 亠𧘇冂口
YEMK98 亠𧘇冂口
瘗 UGUF 疒一丷土
蜴 JJQR 虫日勹彡
毅 UEMC③ 立豕几又
UEWC98③ 立豕几又
毅力 UELT 毅然 UEQD
熠 ONRG 火羽白一
镒 QUWL③ 钅丷八皿
劓 THLJ 丿目田刂
殪 GQFU 一夕士丷
薏 AUJN 艹立日心
翳 ATDN 匸𠂉大羽
翼 NLAW③ 羽田艹八
臆 EUJN③ 月立日心
癔 UUJN 疒立日心
镱 QUJN 钅立日心
懿 FPGN 士冖一心

yin

音 UJF 立日二
音量 UJJG 音响 UJKT
音乐 UJQI 音质 UJRF
音标 UJSF 音像 UJWQ
音乐家 UQPE 音乐会 UQWF
因 LDI② 囗大冫
因而 LDDM 因故 LDDT
因素 LDGX 因此 LDHX
因果 LDJS 因为 LDYL
因地制宜 LFRP
窨 PWUJ 宀八立日
阴 BEG② 阝月一
阴阳 BEBJ 阴险 BEBW
阴历 BEDL 阴云 BEFC
阴雨 BEFG 阴天 BEGD
阴沉 BEIP 阴暗 BEJU
阴影 BEJY 阴性 BENT
阴谋 BEYA 阴谋家 BYPE
阴谋诡计 BYYY
姻 VLDY③ 女囗大㇏
姻缘 VLXX
洇 ILDY 氵囗大、
茵 ALDU③ 艹囗大冫
荫 ABEF③ 艹阝月二
殷 RVNC③ 厂彐乙又
殷切 RVAV
氤 RNLD③ 𠂉乙囗大
RLDI98③ 气囗大冫
铟 QLDY 钅囗大㇏
喑 KUJG③ 口立日一
堙 FSFG③ 土西土一
FSFG98 土西土一
吟 KWYN 口人、乙
吟咏 KWKY 吟诗 KWYF
垠 FVEY③ 土彐𧾷㇏
FVY98 土艮、
狺 QTYG 犭丿言一
寅 PGMW③ 宀一由八
淫 IETF③ 氵爫丿士
淫秽 IETM
银 QVEY③ 钅彐𧾷㇏
QVY98 钅艮、
银幕 QVAJ 银子 QVBB
银矿 QVDY 银河 QVIS
银白 QVRR 银行 QVTF
鄞 AKGB 廿口丰阝
夤 QPGW 夕宀一八
龈 HWBE 止人凵𧾷
HWBV98 止人凵艮
霪 FIEF 雨氵爫士
尹 VTE 彐丿彡
引 XHH② 弓丨丨
引荐 XHAD 引出 XHBM
引用 XHET 引起 XHFH
引进 XHFJ 引路 XHKH
引力 XHLT 引导 XHNF
引以为戒 XNYA 引言 XHYY
引人注目 XWIH 引诱 XHYT
吲 KXHH③ 口弓丨丨
饮 QNQW③ 𠂊乙𠂊人
饮用 QNET 饮料 QNOU
饮食 QNWY 饮食店 QWYH
饮水思源 QILI
蚓 JXHH③ 虫弓丨丨

隐 BQVN② 阝⺈彐心
BQVN98③ 阝⺈彐心
隐藏 BQAD 隐蔽 BQAU
隐瞒 BQHA 隐晦 BQJT
隐患 BQKK 隐私 BQTC
隐含 BQWY 隐约 BQXQ
瘾 UBQN③ 疒阝⺈心
印 QGBH③ ⺁一卩丨
印染 QGIV 印鉴 QGJT
印刷 QGNM 印发 QGNT
印刷品 QNKK 印章 QGUJ
印度洋 QYIU 印象 QGQJ
印度人 QYWW 印数 QGOV
茚 AQGB 艹⺁一卩
胤 TXEN 丿幺月乙

ying

英 AMDU③ 艹冂大冫
应 YID 广⺌三
OIGD98② 广⺌一三
应聘 YIBM 应有 YIDE
应用 YIET 应当 YIIV
应届 YINM 应急 YIQV
应届生 YNTG 应变 YIYO
应用于 YEGF 应付 YIWF
应该说 YYYU 应该 YIYY
应有尽有 YDND 应酬 YISG
应接不暇 YRGJ 应邀 YIRY
莺 APQG③ 艹冖勹一
婴 MMVF③ 贝贝女二
婴儿 MMQT
瑛 GAMD③ 王艹冂大
嘤 KMMV③ 口贝贝女
撄 RMMV③ 扌贝贝女
缨 XMMV③ 纟贝贝女
罂 MMRM③ 贝贝𠂉山
MMTB98③ 贝贝𠂉凵
樱 SMMV 木贝贝女
SMMV98③ 木贝贝女
鹦 MMVG 贝贝女一
膺 YWWE 广亻亻月
OWWE98 广亻亻月
鹰 YWWG 广亻亻一
OWWG98 广亻亻一
迎 QBPK③ ⺁卩辶皿
迎面 QBDM 迎春 QBDW
迎战 QBHK 迎风 QBMQ
迎头痛击 QUUF 迎接 QBRU
迎刃而解 QVDQ 迎宾 QBPR
茔 APFF 艹冖土二
盈 ECLF③ 乃又皿二
BCLF98③ 乃又皿二
盈利 ECTJ 盈余 ECWT
荥 APIU③ 艹冖水冫
荧 APOU③ 艹冖火冫
荧光屏 AINU
莹 APGY 艹冖王丶
萤 APJU③ 艹冖虫冫
营 APKK③ 艹冖口口
营救 APFI 营业 APOG
营长 APTA 营私 APTC
营养 APUD 营建 APVF
营业员 AOKM 营业额 AOPT
营业税 AOTU 营养品 AUKK
萦 APXI③ 艹冖幺小
楹 SECL③ 木乃又皿
SBCL98③ 木乃又皿
滢 IAP Y 氵艹冖丶
蓥 APQF 艹冖金二
潆 IAPI 氵艹冖小
蝇 JKJN② 虫口日乙
嬴 YNKY 亠乙口丶
YEVY98③ 亠月女丶
赢 YNKY 亠乙口丶
YEMY98③ 亠月贝丶
瀛 IYNY 氵亠乙丶
IYEY98③ 氵亠月丶
郢 KGBH 口王阝丨
颍 XIDM③ 匕水丆贝
颖 XTDM③ 匕禾丆贝
XTDM98 匕禾丆贝
影 JYIE 日亠小彡
影子 JYBB 影院 JYBP
影星 JYJT 影响 JYKT
影剧 JYND 影视 JYPY
影片 JYTH 影像 JYWQ
瘿 UMMV③ 疒贝贝女
映 JMDY③ 日冂大㇏
映照 JMJV 映象 JMQJ
映射 JMTM
硬 DGJQ③ 石一日㐅
DGJR98 石一日㐅
硬件 DGWR 硬度 DGYA
硬座 DGYW 硬骨头 DMUD
媵 EUDV 月⺍大女
EUGV98 月⺍夫女

yo

哟 KXQY② 口纟勹丶
唷 KYCE③ 口亠厶月

yong

拥 REH 扌用丨
拥有 REDE 拥戴 REFA
拥抱 RERQ 拥护 RERY
拥政爱民 RGEN
佣 WEH 亻用丨

痈 UEK 疒用川

邕 VKCB③ 巛口巴巜

庸 YVEH 广彐月丨

OVEH98 广彐月丨

庸碌 YVDV 庸俗 YVWW

雍 YXTY③ 亠纟丿圭

墉 FYVH 土广彐丨

FOVH98 土广彐丨

慵 NYVH 忄广彐丨

NOVH98 忄广彐丨

壅 YXTF 亠纟丿土

镛 QYVH 钅广彐丨

QOVH98 钅广彐丨

臃 EYXY③ 月亠纟圭

鳙 QGYH 鱼一广丨

QGOH98 鱼一广丨

饔 YXTE 亠纟丿乂

YXTV98 亠纟丿艮

喁 KJMY③ 口日冂丶

永 YNII③ 丶乙氺氵

永远 YNFQ 永恒 YNNG

永久 YNQY 永久性 YQNT

永垂不朽 YTGS

甬 CEJ 龴用刂

咏 KYNI③ 口丶乙氺

泳 IYNI 氵丶乙氺

俑 WCEH③ 亻龴用丨

勇 CELB③ 龴用力巜

CEER98③ 龴用力彡

勇士 CEFG 勇于 CEGF

勇敢 CENB 勇猛 CEQT

勇往直前 CTFU 勇气 CERN

涌 ICEH③ 氵龴用丨

涌现 ICGM

恿 CENU③ 龴用心氵

蛹 JCEH 虫龴用丨

踊 KHCE③ 口止龴用

用 ETNH② 用丿乙丨

用功 ETAL 用劲 ETCA

用场 ETFN 用于 ETGF

用具 ETHW 用法 ETIF

用时 ETJF 用品 ETKK

用力 ETLT 用心 ETNY

用处 ETTH 用意 ETUJ

用途 ETWT 用语 ETYG

用户 ETYN

you

优 WDNN③ 亻尢乙乙

优胜 WDET 优越 WDFH

优点 WDHK 优劣 WDIT

优异 WDNA 优质 WDRF

优势 WDRV 优秀 WDTE

优美 WDUG 优化 WDWX

优育 WDYC 优良 WDYV

忧 NDNN③ 忄尢乙乙

忧郁 NDDE 忧虑 NDHA

忧愁 NDTO 忧伤 NDWT

攸 WHTY 亻丨夂乀

呦 KXLN③ 口幺力乙

KXET98 口幺力丿

幽 XXMK③ 幺幺山Ⅲ

MXXI98 山幺幺氵

幽雅 XXAH 幽静 XXGE

幽默 XXLF

悠 WHTN 亻丨攵心

悠久 WHQY 悠扬 WHRN

悠闲 WHUS 悠悠 WHWH

尤 DNV 尢乙巛

DNY98③ 𠂇乙丶氵

尤其 DNAD 尤其是 DAJG

由 MHNG② 由丨乙一

由于 MHGF 由来 MHGO

由此 MHHX 由不得 MGTJ

由此可见 MHSM

犹 QTDN 犭丿尢乙

QTDY98 犭丿𠂇丶

犹豫 QTCB 犹如 QTVK

油 IMG 氵由一

油菜 IMAE 油布 IMDM

油腻 IMEA 油脂 IMEX

油漆 IMIS 油墨 IMLF

油田 IMLL 油印 IMQG

油腔滑调 IEIY

柚 SMG 木由一

疣 UDNV 疒尢乙巛

UDNY98 疒𠂇乙丶

莜 AWHT③ 艹亻丨夂

莸 AQTN 艹犭丿乙

AQTY98 艹犭丿丶

铀 QMG 钅由一

蚰 JMG 虫由一

游 IYTB 氵方𠂉子

游戏 IYCA 游玩 IYGF

游泳 IYIY 游览 IYJT

游客 IYPT 游人 IYWW

游击队 IFBW 游击战 IFHK

游泳池 IIIB 游泳衣 IIYE

游乐场 IQFN 游乐园 IQLF

游手好闲 IRVU

鱿 QGDN③ 鱼一尢乙

QGDY98 鱼一𠂇丶

猷 USGD 丷西一犬

蝣 JYTB 虫方𠂉子

友 DCU② 𠂇又氵

友爱 DCEP 友情 DCNG

友好 DCVB　友人 DCWW
友谊 DCYP　友谊赛 DYPF
有　DEF　ナ月二
有限 DEBV　有用 DEET
有趣 DEFH　有幸 DEFU
有理 DEGJ　有为 DEYL
有时 DEJF　有力 DELT
有数 DEOV　有害 DEPD
有名 DEQK　有利 DETJ
有关 DEUD　有意 DEUJ
有效 DEUQ　有益 DEUW
有偿 DEWI　有缘 DEXX
有声有色 DFDQ　有效期 DUAD
有目共睹 DHAH　有利于 DTGF
有名无实 DQFP　有时候 DJWH
有条有理 DTDG　有助于 DEGF
有志者事竟成 DFFD
卣　HLNF③　⺊囗コ二
酉　SGD　西一三
莠　ATEB　艹禾乃巛
　ATBR98　艹禾乃彡
铕　QDEG　钅ナ月一
牖　THGY　丿丨一、
　THGS98　丿丨一甫
黝　LFOL　罒土灬力
　LFOE98　罒土灬力
又　CCCC③　又又又又（键名）
　CCC98③　又又又又（键名）
又是 CCJG　又要 CCSV
右　DKF②　ナ口二
右面 DKDM　右派 DKIR
右边 DKLP　右手 DKRT
右侧 DKWM　右倾 DKWX
幼　XLN　幺力乙
　XET98③　幺力丿
幼儿 XLQT　幼年 XLRH
幼稚 XLTW　幼女 XLVV
幼儿园 XQLF
佑　WDKG③　亻ナ口一
侑　WDEG③　亻ナ月一
囿　LDED③　囗ナ月三
宥　PDEF　宀ナ月二
诱　YTEN③　讠禾乃乙
　YTBT98　讠禾乃丿
诱因 YTLD　诱导 YTNF
蚴　JXLN③　虫幺力乙
　JXET98　虫幺力丿
釉　TOMG③　丿米由一
鼬　VNUM　臼乙冫由
　ENUM98　臼乙冫由

yu

于　GFK②　一十Ⅲ
于是 GFJG
纡　XGFH③　纟一十丨
迂　GFPK③　一十辶Ⅲ
淤　IYWU　氵方人冫
渝　IWGJ　氵人一刂
瘀　UYWU　疒方人冫
予　CBJ　マ卩Ⅱ
　CNHJ98　マ乙丨刂
予以 CBNY
余　WTU　人禾冫
　WGSU98　人一木冫
余地 WTFB　余款 WTFF
余额 WTPT
妤　VCBH　女マ卩丨
　VCNH98　女マ乙丨
欤　GNGW　一乙一人
於　YWUY③　方人冫、
盂　GFLF③　一十皿二
臾　VWI　臼人冫
　EWI98　臼人冫
鱼　QGF　⺈一二
鱼虾 QGJG
俞　WGEJ　人一月刂
禺　JMHY　日冂丨、
竽　TGFJ③　⺮一十Ⅱ
舁　VAJ　臼廾Ⅱ
　EAJ98　臼廾刂
娱　VKGD　女口一大
娱乐 VKQI
狳　QTWT　犭丿人禾
　QTWS98　犭丿人木
谀　YVWY　讠臼人、
　YEWY98　讠臼人、
馀　QNWT③　⺈乙人禾
　QNWS98　⺈乙人木
渔　IQGG　氵⺈一一
渔民 IQNA　渔业 IQOG
渔船 IQTE　渔产 IQUT
萸　AVWU③　艹臼人冫
　AVWU98　艹臼人冫
隅　BJMY③　阝日冂、
雩　FFNB　雨二乙巛
嵛　MWGJ③　山人一刂
愉　NWGJ③　忄人一刂
　NWGJ98　忄人一刂
愉快 NWNN
揄　RWGJ　扌人一刂
腴　EVWY③　月臼人、
　EEWY98　月臼人、
逾　WGEP　人一月三
愚　JMHN　日冂丨心
愚蠢 JMDW　愚弄 JMGA
愚昧 JMJF　愚味 JMKF

愚民 JMNA　愚笨 JMTS
愚公移山 JWTM
榆　SWGJ　木人一刂
瑜　GWGJ③　王人一刂
虞　HAKD③　广七口大
　HKGD98　虍口一大
觎　WGEQ　人一月儿
窬　PWWJ　宀八人刂
舆　WFLW③　亻二车八
　ELGW98　臼车一八
蝓　JWGJ　虫人一刂
与　GNGD②　一乙一三
与此同时 GHMJ
与日俱增 GJWF
伛　WAQY　亻匚乂丶
　WARY98　亻匚乂丶
宇　PGFJ③　宀一十刂
宇宙 PGPM　宇航 PGTE
屿　MGNG③　山一乙一
羽　NNYG③　羽乙丶一
羽毛 NNTF
雨　FGHY　雨一丨丶
雨露 FGFK　雨衣 FGYE
雨水 FGII　雨季 FGTB
雨后春笋 FRDT
俣　WKGD③　亻口一大
禹　TKMY③　丿口冂丶
语　YGKG③　讠五口一
语汇 YGIA　语法 YGIF
语句 YGQK　语气 YGRN
语辞 YGTD　语音 YGUJ
语录 YGVI　语调 YGYM
语词 YGYN　语言 YGYY
语重心长 YTNT
圄　LGKD　囗五口三

圉　LFUF③　囗土丷十
庾　YVWI　广臼人冫
　OEWI98　广臼人冫
瘐　UVWI③　疒臼人冫
　UEWI98　疒臼人
窳　PWRY　宀八厂丶
龉　HWBK　止人凵口
玉　GYI②　王丶冫
　GY98②　王丶冫
玉米面 GODM　玉石 GYDG
玉器 GYKK　玉米 GYOY
驭　CCY　马又乀
　CGCY98　马一又丶
吁　KGFH　口一十丨
聿　VFHK　彐二丨Ⅲ
　VGK98　彐扌川
芋　AGFJ③　艹一十刂
妪　VAQY③　女匚乂
　VAR98　女匕乂
饫　QNTD　⺈乙丿大
育　YCEF③　亠厶月二
　YCEF98②　亠厶月二
育龄 YCHW　育种 YCTK
郁　DEBH③　𠂇月阝丨
郁郁葱葱 DDAA　郁闷 DEUN
昱　JUF　日立二
狱　QTYD　犭丿讠犬
峪　MWWK　山八人口
浴　IWWK③　氵八人口
钰　QGYY　钅王丶丶
预　CBDM③　龴卩𠂆贝
　CNHM98　龴乙𠂆贝
预期 CBAD　预防 CBBY
预感 CBDG　预支 CBFC
预示 CBFI　预测 CBIM

预演 CBIP　预兆 CBIQ
预见 CBMQ　预料 CBOU
预赛 CBPF　预定 CBPG
预报 CBRB　预想 CBSH
预知 CBTD　预选 CBTF
预告 CBTF　预先 CBTF
预备 CBTL　预约 CBXQ
预计 CBYF　预订 CBYS
预言 CBYY　预选赛 CTPF
域　FAKG　土戈口一
欲　WWKW　八人口人
欲望 WWYN
谕　YWGJ　讠人一刂
阈　UAKG③　门戈口一
喻　KWGJ　口人一刂
寓　PJMY③　宀日冂丶
寓言 PJYY
御　TRHB③　彳𠂉止卩
　TTGB98　彳𠂉一卩
裕　PUWK③　衤冫八口
遇　JMHP②　日冂丨辶
遇险 JMBW　遇难 JMCW
遇到 JMGC　遇见 JMMQ
愈　WGEN　人一月心
煜　OJUG③　火日立一
蓣　ACBM　艹龴卩贝
　ACNM98　艹龴乙贝
誉　IWYF　𭕄八言二
　IGWY98　⺍一八言
毓　TXGQ　𠂉母一儿
　TXYK98　𠂉母亠儿
蜮　JAKG③　虫戈口一
豫　CBQE③　龴卩⺈豕
　CNHE98　龴乙丨豕
燠　OTMD③　火丿冂大

鹬 CBTG 龴卩丿一

CNHG98 龴乙丨一

鬻 XOXH 弓米弓丨

yuan

渊 ITOH③ 氵丿米丨

渊博 ITFG

鸢 AQYG 弋勹丶一

AYQG98 七丶鸟一

冤 PQKY③ 冖⺈口丶

冤屈 PQNB 冤案 PQPV

冤枉 PQSG 冤仇 PQWV

鸳 QBQG③ 夕㔾勹一

鸳鸯 QBMD

箢 TPQB③ 𥫗宀夕㔾

元 FQB 二儿巛

元月 FQEE 元素 FQGX

元旦 FQJG 元帅 FQJM

元宵 FQPI 元气 FQRN

元首 FQUT 元件 FQWR

员 KMU② 口贝氵

员工 KMAA

园 LFQV③ 囗二儿巛

园艺 LFAN 园地 LFFB

园林 LFSS

沅 IFQN③ 氵二儿乙

垣 FGJG 土一日一

爰 EFTC③ 爫二丿又

EGDC98 爫一ナ又

原 DRII② 厂白小氵

原著 DRAF 原子 DRBB

原有 DRDE 原故 DRDT

原地 DRFB 原封 DRFF

原形 DRGA 原理 DRGJ

原来 DRGO 原油 DRIM

原野 DRJF 原因 DRLD

原则 DRMJ 原料 DROU

原籍 DRTD 原物 DRTR

原材料 DSOU 原谅 DRYY

原子弹 DBXU 原价 DRWW

原计划 DYAJ 原始 DRVC

原原本本 DDSS 原状 DRUD

原形毕露 SGXF 原稿 DRTY

圆 LKMI 囗口贝氵

LKMI98③ 囗口贝氵

圆规 LKFW 圆形 LKGA

圆满 LKIA 圆圈 LKLU

圆周 LKMF 圆心 LKNY

圆括号 LRKG 圆珠笔 LGTT

袁 FKEU③ 土口𧘇氵

援 REFC③ 扌爫二又

REGC98 扌爫一又

援助 REEG 援救 REFI

援外 REQH 援引 REXH

缘 XXEY③ 纟彑豕㇏

缘故 XXDT

鼋 FQKN 二儿口乙

塬 FDRI③ 土厂白小

源 IDRI③ 氵厂白小

猿 QTFE 犭丿土𧘇

辕 LFKE③ 车土口𧘇

橼 SXXE 木纟彑豕

螈 JDRI③ 虫厂白小

远 FQPV③ 二儿辶巛

远大 FQDD 远洋 FQIU

远景 FQJY 远见 FQMQ

远销 FQQI 远近 FQRP

远航 FQTE 远征 FQTG

远处 FQTH 远程 FQTK

远离 FQYB 远望 FQYN

远方 FQYY 远东 FQAI

远走高飞 FFYN

苑 AQBB③ 艹夕㔾巛

怨 QBNU③ 夕㔾心氵

院 BPFQ③ 阝宀二儿

院落 BPAI 院子 BPBB

院士 BPFG 院校 BPSU

院长 BPTA 院部 BPUK

垸 FPFQ③ 土宀二儿

媛 VEFC 女爫二又

VEGC98 女爫一又

掾 RXEY③ 扌彑豕㇏

RXEY98 扌彑豕㇏

瑗 GEFC 王爫二又

GEGC98 王爫一又

愿 DRIN 厂白小心

愿意 DRUJ 愿望 DRYN

yue

约 XQYY② 纟勹丶丶

约定 XQPG 约会 XQWF

约法三章 XIDU 约束 XQGK

曰 JHNG 曰丨乙一

月 EEEE③ 月月月月（键名）

月薪 EEAU 月历 EEDL

月刊 EEFJ 月球 EEGF

月光 EEIQ 月票 EESF

月亮 EEYP 月底 EEYQ

刖 EJH 月刂丨

岳 RGMJ③ 斤一山刂

岳父 RGWQ 岳母 RGXG

悦 NUKQ③ 忄丷口儿

QAN98 钅匚乙

悦耳 NUBG

阅 UUKQ③ 门丷口儿

阅历 UUDL 阅读 UUYF

阅览室 UJPG

跃 KHTD 口止丿大
跃进 KHFJ
粤 TLON③ 丿口米乙
越 FHAT③ 土走厂丿
越南 FHFM 越境 FHFU
越剧 FHND
樾 SFHT 木土走丿
SFHN98 木土走乙
龠 WGKA 人一口艹
瀹 IWGA 氵人一艹

yun

晕 JPLJ② 日冖车 ‖
JPLJ98③ 日冖车 ‖
晕头转向 JULT 晕车 JPLG
云 FCU 土厶氵
云彩 FCES 云南 FCFM
云雾 FCFT 云贵 FCKH
云集 FCWY 云南省 FFIT
匀 QUD② 勹氵三
纭 XFCY③ 纟二厶丶
芸 AFCU 艹二厶氵
昀 JQUG③ 日勹氵一
郧 KMBH③ 口贝阝丨
耘 DIFC 三小二厶
FSFC98 二木二厶
氲 RNJL 𠂉乙日皿
RJLD98 气日皿三
允 CQB② 厶儿《
CQB98 厶儿《
允许 CQYT
狁 QTCQ③ 犭丿厶儿
QTCQ98 犭丿厶儿
陨 BKMY③ 阝口贝丶
殒 GQKM③ 一夕口贝
GQKM98 一夕口贝
孕 EBF 乃子二
孕妇 EBVV
运 FCPI③ 二厶辶氵
运用 FCET 运载 FCFA
运动 FCFC 运河 FCIS
运输 FCLW 运气 FCRN
运行 FCTF 运算 FCTH
运往 FCTY 运送 FCUD
运动鞋 FFAF 运费 FCXJ
运动队 FFBW 运动场 FFFN
运动员 FFKM 运动会 FFWF
运输队 FLBW 运输机 FLSM
运筹帷幄 FTMM
郓 PLBH③ 冖车阝丨
恽 NPLH③ 忄冖车丨
酝 SGFC③ 西一二厶
SGFC98 西一二厶
酝酿 SGSG
愠 NJLG 忄日皿一
韫 FNHL 二乙丨皿
韵 UJQU 立日勹氵
熨 NFIO 尸二小火
蕴 AXJL③ 艹纟日皿
蕴藏 AXAD 蕴含 AXWY

za

匝 AMHK③ 匚冂丨Ⅲ
咂 KAMH③ 口匚冂丨
拶 RVQY③ 扌巛夕丶
RVQY98 扌巛夕丶
杂 VSU② 九木氵
杂志 VSFN 杂粮 VSOY
杂质 VSRF 杂技 VSRF
杂乱 VSTD 杂牌 VSTH
杂音 VSUJ 杂交 VSUQ
杂技团 VRLF 杂谈 VSYO
杂货铺 VWQG 杂费 VSXJ
杂乱无章 VTFU 杂文 VSYY
砸 DAMH 石匚冂丨
砸碎 DADY 砸烂 DAOU
咋 KTHF 口𠂉丨二

zai

栽 FASI 十戈木氵
栽培 FAFU 栽赃 FAMY
栽种 FATK
灾 POU② 宀火氵
灾区 POAQ 灾荒 POAY
灾难 POCW 灾民 PONA
灾情 PONG 灾害 POPD
甾 VLF 巛田二
哉 FAKD③ 十戈口三
宰 PUJ 宀辛 ‖
宰相 PUSH
载 FALK② 十戈车Ⅲ
FALK98③ 十戈车Ⅲ
载重 FATG 载体 FAWS
载歌载舞 FSFR
崽 MLNU③ 山田心氵
再 GMFD③ 一冂土三
再三 GMDG 再现 GMGM
再见 GMMQ 再生 GMTG
再版 GMTH 再次 GMUQ
再会 GMWF 再度 GMYA
再接再厉 GRGD
在 DHFD 𠂇丨土三
在职 DHBK 在于 DHGF
在此 DHHX 在内 DHMW
在家 DHPE 在先 DHTF
在座 DHYW 在意 DHUJ
在所不惜 DRGN

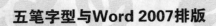

zan

糌　OTHJ　米夂卜日
簪　TAQJ③　⺮匚儿日
咱　KTHG③　口丿目一
咱们 KTWU
昝　THJF③　夂卜日二
攒　RTFM　扌丿土贝
趱　FHTM③　土龰丿贝
暂　LRJF③　车斤日二
暂且 LREG　暂用 LRET
暂定 LRPG　暂行 LRTF
暂借 LRWA
瓒　GTFM　王丿土贝

zang

脏　EYFG③　月广土一
　EOFG98②　月广土一
脏乱 EYTD
赃　MYFG③　贝广土一
　MOFG98　贝广土一
赃款 MYFF　赃物 MYTR
臧　DNDT③　厂乙丆丿
　AUAH98　戈爿匚丨
驵　CEGG③　马月一一
　CGEG98　马一月一
奘　NHDD　乙丨丆大
　UFDU98　爿士大氵
葬　AGQA③　艹一夕廾
葬礼 AGPY

zao

遭　GMAP　一冂艹辶
　GMAP98③　一冂艹辶
遭受 GMEP　遭到 GMGC
遭遇 GMJM
糟　OGMJ　米一冂日
糟蹋 OGKH　糟糕 OGOU
凿　OGUB③　业一䒑凵
　OUFB98　业䒑十凵
早　JHNH②　早丨乙丨
早期 JHAD　早茶 JHAW
早春 JHDW　早班 JHGY
早上 JHHH　早点 JHHK
早餐 JHHQ　早晨 JHJD
早日 JHJJ　早晚 JHJQ
早已 JHNN　早安 JHPV
早饭 JHQN　早操 JHRK
早稻 JHTE　早先 JHTF
早间 JHUJ　早退 JHVE
早婚 JHVQ　早熟 JHYB
枣　GMIU　一冂小氵
　SMUU98　木冂氵氵
蚤　CYJU③　又丶虫氵
澡　IKKS②　氵口口木
　IKKS98③　氵口口木
藻　AIKS③　艹氵口木
灶　OFG②　火土一
　OFG98③　火土一
皂　RAB　白七巛
唣　KRAN③　口白七乙
造　TFKP　丿土口辶
造成 TFDN　造型 TFGA
造福 TFPY　造句 TFQK
造就 TFYI
噪　KKKS　口口口木
噪声 KKFN
燥　OKKS③　火口口木
躁　KHKS　口止口木

ze

则　MJH②　贝刂丨
择　RCFH③　扌又二丨
　RCGH98　扌又キ丨
泽　ICFH③　氵又二丨
　ICGH98　氵又キ丨
责　GMU　龶贝氵
责备 GMTL　责任 GMWT
责任感 GWDG　责任田 GWLL
责任心 GWNY　责任制 GWRM
责无旁贷 GFUW
啧　KGMY③　口龶贝丶
帻　MHGM　冂丨龶贝
笮　TTHF③　⺮𠂉丨二
　TTHF98　⺮𠂉丨二
舴　TETF　丿舟𠂉二
　TUTF98　丿舟𠂉二
箦　TGMU　⺮龶贝氵
赜　AHKM　匚丨口贝
仄　DWI　厂人氵
昃　JDWU③　日厂人氵
　JDWU98　日厂人氵

zei

贼　MADT　贝戈𠂇丿

zen

怎　THFN　𠂉丨二心
怎能 THCE　怎么 THTC
怎么样 TTSU　怎么着 TTUD
谮　YAQJ　讠匚儿日

zeng

增　FULJ②　土丷罒日
增大 FUDD　增添 FUIG
增收 FUNH　增多 FUQQ
增长 FUTA　增产 FUUT
增益 FUUW　增值 FUWF
增强 FUXK　增设 FUYM
憎　NULJ③　忄丷罒日

憎恨 NUNV
缯 XULJ③ 纟丷罒日
罾 LULJ③ 罒丷罒日
锃 QKGG③ 钅口王一
甑 ULJN 丷罒日乙
ULJY98 丷罒日丶
赠 MULJ② 贝丷罒日
赠送 MUUD 赠阅 MUUU

zha

扎 RNN 扌乙乙
扎实 RNPU
猹 QTSG③ 犭丿木
QTSG98 犭丿木一
吒 KTAN 口丿七乙
哳 KRRH 口扌斤丨
喳 KSJG③ 口木日一
揸 RSJG③ 扌木日一
RSJG98 扌木日一
渣 ISJG 氵木日一
楂 SSJG③ 木木日一
齄 THLG 丿目田一
札 SNN 木乙乙
轧 LNN 车乙乙
闸 ULK 门甲Ⅲ
铡 QMJH③ 钅贝刂丨
眨 HTPY③ 目丿之
砟 DTHF③ 石𠂉丨二
乍 THFD③ 𠂉丨二三
诈 YTHF③ 讠𠂉丨二
YTHF98 讠𠂉丨二
诈骗 YTCY
咤 KPTA 口宀丿七
栅 SMMG③ 木冂冂一
SMMG98 木冂冂一
炸 OTHF③ 火𠂉丨二
炸药 OTAX 炸毁 OTVA
炸弹 OTXU
痄 UTHF 疒𠂉丨二
蚱 JTHF 虫𠂉丨二
榨 SPWF③ 木宀八二
榨菜 SPAE

zhai

摘 RUMD③ 扌立冂古
RYUD98 扌亠丷古
摘抄 RURI 摘要 RUSV
摘自 RUTH 摘录 RUVI
斋 YDMJ③ 文𠂇冂Ⅱ
宅 PTAB③ 宀丿七《
翟 NWYF 羽亻圭二
窄 PWTF 宀八𠂉二
债 WGMY 亻龶贝丶
债务 WGTL 债券 WGUD
债主 WGYY
砦 HXDF③ 止匕石二
寨 PFJS 宀二Ⅱ木
PAWS98 宀龷八木
瘵 UWFI③ 疒癶二小

zhan

沾 IHKG③ 氵⺊口一
沾沾自喜 IITF 沾染 IHIV
毡 TFNK 丿二乙口
EHKD98② 毛⺊口
旃 YTMY 方𠂉冂一
詹 QDWY③ 𠂊厂八言
谵 YQDY 讠𠂊厂言
瞻 HQDY③ 目𠂊厂言
斩 LRH② 车斤丨
斩草除根 LABS
斩钉截铁 LQFQ
展 NAEI③ 尸龷𧘇
展出 NABM 展示 NAFI
展开 NAGA 展现 NAGM
展览 NAJT 展品 NAKK
展销 NAQI 展望 NAYN
展览厅 NJDS 展览品 NJKK
展览馆 NJQN 展销会 NQWF
盏 GLF 戋皿二
GALF98 一戈皿二
崭 MLRJ② 山车斤刂
崭新 MLUS
辗 LNAE③ 车尸龷𧘇
占 HKF② ⺊口二
占有 HKDE 占据 HKRN
占领 HKWY
战 HKAT③ ⺊口戈丿
HKA98 ⺊口戈
战友 HKDC 战胜 HKET
战士 HKFG 战场 HKFN
战果 HKJS 战略 HKLT
战火 HKOO 战争 HKQV
战术 HKSY 战役 HKTM
战斗 HKUF 战况 HKUK
战线 HKXG 战斗机 HUSM
栈 SGT 木戋丿
SGAY98 木一戈丶
站 UHKG② 立⺊口一
UHKG98 立⺊口一
站台 UHCK 站岗 UHMM
站长 UHTA 站立 UHUU
站柜台 USCK 站起来 UFGO
绽 XPGH③ 纟宀一龰
湛 IADN③ 氵艹三乙
IDWN98 氵龷八乙
蘸 ASGO 艹西一灬

zhang

章 UJJ 立早 ||
章节 UJAB 章程 UJTK
张 XTAY② 弓丿七㇏
XTAY98③ 弓丿七㇏
鄣 UJBH③ 立早阝丨
嫜 VUJH 女立早丨
彰 UJET③ 立早彡丿
漳 IUJH③ 氵立早丨
獐 QTUJ 犭丿立早
樟 SUJH③ 木立早丨
璋 GUJH③ 王立早丨
蟑 JUJH 虫立早丨
仉 WMN 亻几乙
WWN98 亻几乙
涨 IXTY② 氵弓丿㇏
涨价 IXWW
掌 IPKR ⺌冖口手
掌声 IPFN 掌握 IPRN
掌权 IPSC
丈 DYI 𠂇㇏氵
丈夫 DYFW
仗 WDYY 亻𠂇㇏㇏
帐 MHTY③ 冂丨丿丶
帐目 MHHH 帐本 MHSG
帐篷 MHTT 帐户 MHYN
杖 SDYY③ 木𠂇㇏㇏
胀 ETAY③ 月丿七㇏
账 MTAY③ 贝丿七㇏
障 BUJH③ 阝立早丨
障碍 BUDJ
嶂 MUJH③ 山立早丨
幛 MHUJ 冂丨立早
瘴 UUJK 疒立早 |||

zhao

招 RVKG③ 扌刀口一
招工 RVAA 招聘 RVBM
招呼 RVKT 招收 RVNH
招揽 RVRJ 招手 RVRT
招标 RVSF 招待 RVTF
招生 RVTG 招牌 RVTH
招兵买马 RRNC 招待所 RTRN
招摇撞骗 RRRC 招待会 RTWF
钊 QJH 钅刂丨
昭 JVKG③ 日刀口一
啁 KMFK③ 口冂土口
找 RAT② 扌戈丿
RA98② 扌戈丶
找对象 RCQJ 找麻烦 RYOD
沼 IVKG③ 氵刀口一
沼泽 IVIC
召 VKF 刀口二
召开 VKGA 召唤 VKKQ
召集 VKWY
兆 IQV ⺦儿巛
QII98 儿⺦氵
诏 YVKG③ 讠刀口一
赵 FHQI③ 土龰㐅氵
FHRI98 土止㐅氵
笊 TRHY ⺮𠂆丨㇏
棹 SHJH③ 木⺊早丨
照 JVKO 日刀口灬
照顾 JVDB 照旧 JVHJ
照常 JVIP 照耀 JVIQ
照明 JVJE 照办 JVLW
照料 JVOU 照看 JVRH
照抄 JVRI 照相 JVSH
照样 JVSU 照片 JVTH
照射 JVTM 照管 JVTP
照会 JVWF 照例 JVWG
照应 JVYI 照相机 JSSM
罩 LHJJ③ 罒⺊早 ||
肇 YNTH 丶尸攵丨
YNTG98 丶尸攵龶

zhe

遮 YAOP 广廿灬辶
OAOP98 广廿灬辶
蜇 RRJU③ 扌斤虫氵
折 RRH② 扌斤丨
折腾 RREU 折旧 RRHJ
折扣 RRRK 折算 RRTH
折价 RRWW 折磨 RRYS
哲 RRKF③ 扌斤口二
哲学家 RIPE 哲理 RRGJ
哲学系 RITX 哲学 RRIP
辄 LBNN③ 车耳乙乙
蛰 RVYJ 扌九丶虫
谪 YUMD③ 讠立冂古
YYUD98 讠亠丷古
摺 RNRG 扌羽白一
磔 DQAS 石夕匚木
DQGS98 石夕㐄木
辙 LYCT③ 车亠厶攵
者 FTJF③ 土丿日二
锗 QFTJ③ 钅土丿日
赭 FOFJ 土⺌土日
褶 PUNR 衤氵羽白
这 YPI 文辶氵
这下 YPGH 这点 YPHK
这些 YPHX 这时 YPJF
这里 YPJF 这是 YPJG
这回 YPLK 这边 YPLP
这儿 YPQT 这样 YPSU
这么 YPTC 这种 YPTK

这次 YPUQ　这个 YPWH
这会儿 YWQT　这时候 YJWH
柘　SDG　木石一
浙　IRRH③　氵扌斤丨
浙江省 IIIT　浙江 IRIA
蔗　AYAO③　艹广廿灬
　AOA98③　艹广廿灬

zhen

针　QFH　钅十丨
针对 QFCF　针灸 QFQY
针对性 QCNT　针织品 QXKK
针锋相对 QQSC　针织 QFXK
贞　HMU　⺊贝冫
侦　WHMY③　亻⺊贝丶
侦察 WHPW　侦探 WHRP
侦查 WHSJ　侦察员 WPKM
浈　IHMY③　氵⺊贝丶
珍　GWET②　王人彡丿
珍藏 GWAD　珍珠 GWGR
珍贵 GWKH　珍惜 GWNA
珍宝 GWPG　珍重 GWTG
真　FHWU③　十且八冫
真切 FHAV　真正 FHGH
真是 FHJG　真情 FHNG
真心 FHNY　真实 FHPU
真空 FHPW　真相 FHSH
真知 FHTD　真假 FHWN
真知灼见 FTOM　真诚 FHYD
真凭实据 FWPR　真实性 FPNT
砧　DHKG　石⺊口一
祯　PYHM　礻丶⺊贝
斟　ADWF　艹三八十
　DWNF98　甘八乙十
甄　SFGN　西土一乙
　SFGY98　西土一丶
蓁　ADWT　艹三人禾
榛　SDWT　木三人禾
箴　TDGT　⺮厂一丿
　TDGK98　⺮戊一口
臻　GCFT　一厶土禾
诊　YWET③　讠人彡丿
诊治 YWIC　诊断 YWON
诊费 YWXJ
枕　SPQN③　木冖儿乙
枕头 SPUD
胗　EWET③　月人彡丿
轸　LWET③　车人彡丿
畛　LWET　田人彡丿
疹　UWEE③　疒人彡彡
缜　XFHW③　纟十且八
稹　TFHW　禾十且八
圳　FKH　土川丨
阵　BLH②　阝车丨
阵营 BLAP　阵阵 BLBL
阵地 BLFB　阵雨 BLFG
阵容 BLPW　阵线 BLXG
鸩　PQQG③　冖儿勹一
　PQQG98　冖儿一
振　RDFE③　扌厂二⻀
　RDFE98　扌厂二⻀
振奋 RDDL　振动 RDFC
振兴中华 RIKW　振作 RDWT
振振有词 RRDY　振兴 RDIW
朕　EUDY　月䒑大㇏
赈　MDFE　贝厂二⻀
镇　QFHW　钅十且八
镇压 QFDF　镇静 QFGE
镇定 QFPG

zheng

征　TGHG③　彳一止一
征服 TGEB　征求 TGFI
征购 TGMQ　征收 TGNH
征兵 TGRG　征税 TGTU
征稿 TGTY　征集 TGWY
争　QVHJ②　⺈彐丨丨
争取 QVBC　争夺 QVDF
争光 QVIQ　争吵 QVKI
争气 QVRN　争执 QVRV
争权 QVSC　争端 QVUM
争先恐后 QTAR　争议 QVYY
争分夺秒 QWDT　争论 QVYW
怔　NGHG③　忄一止一
峥　MQVH③　山⺈彐丨
挣　RQVH　扌⺈彐丨
　RQVH98③　扌⺈彐丨
狰　QTQH　犭丿⺈丨
钲　QGHG　钅一止一
睁　HQVH③　目⺈彐丨
铮　QQVH③　钅⺈彐丨
筝　TQVH　⺮⺈彐丨
蒸　ABIO　艹了⺌灬
蒸汽 ABIR　蒸发 ABNT
蒸气 ABRN　蒸馏水 AQII
蒸蒸日上 AAJH
徵　TMGT　彳山一攵
拯　RBIG③　扌了⺌一
整　GKIH　一口小止
　SKT98③　木口攵止
整套 GKDD　整形 GKGA
整天 GKGD　整理 GKGJ
整顿 GKGB　整洁 GKIF
整风 GKMQ　整数 GKOV
整容 GKPW　整年 GKRH
整个 GKWH　整修 GKWH
整体 GKWS　整齐 GKYJ

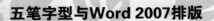

整装待发 GUTN
正 GHD③ 一止三
正式 GHAA 正巧 GHAG
正职 GHBK 正确 GHDQ
正月 GHEE 正直 GHFH
正规 GHFW 正点 GHHK
正常 GHIP 正派 GHIR
正当 GHIV 正是 GHJG
正品 GHKK 正宗 GHPF
正视 GHPY 正负 GHQM
正气 GHRN 正好 GHVB
正如 GHVK 正经 GHXC
正比 GHXX 正误 GHYK
正义 GHYQ 正文 GHYY
正比例 GXWG 正方形 GYGA
正确性 GDNT 正规化 GFWX
正大光明 GDIJ
证 YGHG③ 讠一止一
证明 YGJE 证书 YGNN
证实 YGPU 证据 YGRN
证券 YGUD 证件 YGWR
证明人 YJWW 证明信 YJWY
诤 YQVH 讠⺈彐丨
郑 UDBH③ 丷大阝丨
郑重 UDTG 郑州市 UYYM
帧 MHHM 冂丨⺊贝
政 GHTY③ 一止攵㇏
政协 GHFL 政治 GHIC
政法 GHIF 政党 GHIP
政见 GHMQ 政权 GHSC
政策 GHTG 政务 GHTL
政委 GHTV 政变 GHYO
政府 GHYW 政治犯 GIQT

zhi

之 PPPP② 之之之之（键名）
之一 PPGG 之下 PPGH
之上 PPHH 之中 PPKH
之内 PPMW 之类 PPOD
之外 PPQH 之后 PPRG
之前 PPUE 之间 PPUJ
支 FCU 十又冫
支出 FCBM 支队 FCBW
支流 FCIY 支书 FCNN
支援 FCRE 支持 FCRF
支撑 FCRI 支票 FCSF
支配 FCSG 支柱 FCSY
支部 FCUK 支付 FCWF
支离破碎 FYDD
汁 IFH 氵十丨
芝 APU② 廾之冫
芝加哥 ALSK 芝麻 APYS
吱 KFCY③ 口十又㇏
枝 SFCY③ 木十又㇏
枝节 SFAB 枝叶 SFKF
知 TDKG② 𠂉大口一
知青 TDGE 知觉 TDIP
知名 TDQK 知音 TDUJ
知道 TDUT 知识 TDYK
知名度 TQYA 知识界 TYLW
知识性 TYNT 知识化 TYWX
知识分子 TYWB
织 XKWY③ 纟口八丶
织布 XKDM
肢 EFCY③ 月十又㇏
栀 SRGB 木厂一㔾
祗 PYQY 礻丶𠃊丶
胝 EQAY③ 月𠃊七丶
脂 EXJG② 月匕日一
脂肪 EXEY
蜘 JTDK 虫𠂉大口

蜘蛛 JTJR
执 RVYY③ 扌九丶丶
执着 RVUD 执勤 RVAK
执政 RVGH 执照 RVJV
执行 RVTF 执笔 RVTT
执政党 RGIP 执行者 RTFT
执迷不悟 ROGN
侄 WGCF 亻一厶土
直 FHF② 十旦二
直观 FHCM 直达 FHDP
直爽 FHDQ 直到 FHGC
直觉 FHIP 直流 FHIY
直辖 FHLP 直角 FHQE
直播 FHRT 直接 FHRU
直径 FHTC 直线 FHXG
直流电 FIJN 直辖市 FLYM
直截了当 FFBI
值 WFHG 亻十旦一
值勤 WFAK 值班 WFGY
值此 WFHX 值得 WFTJ
埴 FFHG 土十旦
职 BKWY② 耳口八丶
职工 BKAA 职能 BKCE
职责 BKGM 职员 BKKM
职业 BKOG 职权 BKSC
职务 BKTL 职称 BKTQ
职位 BKWU 职业病 BOUG
职业道德 BOUT
植 SFHG 木十旦一
植树 SFSC 植物 SFTR
殖 GQFH③ 一夕十旦
殖民地 GNFB
跖 KHDG 口止石一
摭 RYAO③ 扌广廿灬
ROA98③ 扌广廿灬

踯 KHUB 口止丷阝
止 HHHG② 丨丨丨一
HHG98③ 卜丨一
止境 HHFU 止痛 HHUC
只 KWU② 口八冫
只限 KWBV 只能 KWCE
只顾 KWDB 只有 KWDE
只须 KWED 只需 KWFD
只是 KWJG 只见 KWMQ
只怕 KWNR 只要 KWSV
只得 KWTJ 只管 KWTP
只好 KWVB 只许 KWYT
旨 XJF② 匕日二
旨意 XJUJ
址 FHG 土止一
纸 XQAN③ 纟𠂆七乙
纸币 XQTM 纸箱 XQTS
纸盒 XQWG 纸张 XQXT
纸上谈兵 XHYR
芷 AHF 艹止二
祉 PYHG③ 礻丶止一
PYHG98 礻丶止一
咫 NYKW③ 尸丶口八
指 RXJG③ 扌匕日一
指出 RXBM 指示 RXFI
指责 RXGM 指点 RXHK
指法 RXIF 指明 RXJE
指导 RXNF 指数 RXOV
指定 RXPG 指挥 RXRP
指标 RXSF 指令 RXWY
指引 RXXH 指望 RXYN
指示器 RFKK 指示灯 RFOS
指南针 RFQF 指挥部 RRUK
指导思想 RNLS 指导员 RNKM
指桑骂槐 RCKS 指挥官 RRPN

枳 SKWY③ 木口八丶
轵 LKWY③ 车口八丶
趾 KHHG③ 口止止一
黹 OGUI 业一丷小
OIU98③ 业㡀冫
酯 SGXJ③ 西一匕日
至 GCFF③ 一厶土二
至于 GCGF 至此 GCHX
至理名言 GGQY 至今 GCWY
至高无上 GYFH 至少 GCIT
志 FNU② 士心冫
志愿兵 FDRG 志愿 FNDR
志愿军 FDPL 志向 FNTM
志同道合 FMUW
忮 NFCY 忄十又㇏
豸 EER 爫犭丿
ETYT98 豸丿丶丿
制 RMHJ 𠂉冂丨刂
TGMJ98 𠂉一冂刂
制服 RMEB 制裁 RMFA
制表 RMGE 制品 RMKK
制图 RMLT 制定 RMPG
制造 RMTF 制版 RMTH
制作 RMWT 制度 RMYA
制订 RMYS 制造商 RTUM
帙 MHRW 冂丨𠂉人
MHTG98 冂丨丿夫
帜 MHKW 冂丨口八
治 ICKG③ 氵厶口一
治理 ICGJ 治国 ICLG
治安 ICPV 治病 ICUG
治本 ICSG 治疗 ICUB
炙 QOU 夕火冫
质 RFMI③ 厂十贝氵
质量 RFJG 质问 RFUK

质变 RFYO 质询 RFYQ
郅 GCFB 一厶土阝
峙 MFFY③ 山土寸丶
栉 SABH③ 木艹卩丨
陟 BHIT③ 阝止小丿
BHHT98 阝止少丿
挚 RVYR 扌九丶手
桎 SGCF 木一厶土
秩 TRWY③ 禾𠂉人㇏
TTGY98 禾丿夫丶
秩序 TRYC
致 GCFT 一厶土夂
致敬 GCAQ 致函 GCBI
致电 GCJN 致力 GCLT
致富 GCPG 致辞 GCTD
致意 GCUJ 致使 GCWG
致词 GCYN 致谢 GCYT
贽 RVYM 扌九丶贝
轾 LGCF③ 车一厶土
掷 RUDB 扌丷大阝
痔 UFFI 疒土寸氵
窒 PWGF③ 宀八一土
鸷 RVYG 扌九丶一
彘 XGXX 彑一匕匕
XTDX98 彑匕𠂉匕
智 TDKJ 𠂉大口日
智能 TDCE 智慧 TDDH
智力开发 TLGN 智力 TDLT
智力投资 TLRU 智商 TDUM
滞 IGKH③ 氵一川丨
痣 UFNI 疒士心氵
蛭 JGCF③ 虫一厶土
骘 BHIC 阝止小马
BHHG98 阝止少一
稚 TWYG③ 禾亻圭一

置 LFHF 罒十且二

置之不理 LPGG

置之度外 LPYQ

雉 TDWY 𠂉大亻圭

膣 EPWF 月宀八土

觯 QEUF ⺈用丷十

踬 KHRM 口止厂贝

zhong

忠 KHNU③ 口丨心冫

忠厚 KHDJ 忠实 KHPU

忠心耿耿 KNBB 忠诚 KHYD

中 KHK① 口丨川

K98① 口丨川

中期 KHAD 中东 KHAI

中医 KHAT 中药 KHAX

中队 KHBW 中原 KHDR

中专 KHFN 中毒 KHGX

中肯 KHHE 中点 KHHK

中餐 KHHQ 中学 KHIP

中国 KHLG 中央 KHMD

中山 KHMM 中层 KHNF

中性 KHNT 中心 KHNY

中断 KHON 中农 KHPE

中小型 KIGA 中小学 KIIP

中草药 KAAX 中青年 KGRH

中学生 KITG 中南海 KFIT

中国青年 KLGR 中文 KHYY

中国政府 KLGY 中华 KHWX

中国银行 KLQT 中秋 KHTO

中国人民 KLWN 中西 KHSG

中外合资 KQWU 中年 KRRH

中央领导 KMWN 中甸 KHQJ

中央军委 KMPT 中外 KHQH

中国共产党 KLAI

中国科学院 KLTB

中央办公厅 KMLD

中央国家机关 KMLU

中国人民银行 KLWT

中国人民解放军 KLWP

中华人民共和国 KWWL

中共中央总书记 KAKY

中央人民广播电台 KMWC

盅 KHLF③ 口丨皿二

终 XTUY③ 纟夂冫、

终止 XTHH 终日 XTJJ

终究 XTPW 终年 XTRH

终生 XTTG 终身 XTTM

终端 XTUM 终结 XTXF

钟 QKHH 钅口丨丨

钟表 QKGE 钟点 QKHK

钟情 QKNG 钟头 QKUD

舯 TEKH③ 丿舟口丨

TUKH98 丿舟口丨

衷 YKHE 亠口丨𧘇

衷情 YKNG 衷心 YKNY

螽 TUJJ 夂冫虫虫

肿 EKHH② 月口丨丨

EKHH98③ 月口丨丨

种 TKHH③ 禾口丨丨

种子 TKBB 种类 TKOD

种植 TKSF 种种 TKTK

冢 PEYU③ 冖豕、冫

PGEY98 冖一豕、

踵 KHTF 口止丿土

仲 WKHH 亻口丨丨

众 WWWU③ 人人人冫

众志成城 WFDF

众目睽睽 WHHH

众所周知 WRMT 众多 WWQQ

众叛亲离 WUUY 众议院 WYBP

zhou

舟 TEI 丿舟冫

TUI98 丿舟冫

州 YTYH 、丿、丨

诌 YQVG 讠⺈彐一

周 MFKD③ 冂土口三

周期 MFAD 周刊 MFFJ

周到 MFGC 周末 MFGS

周围 MFLF 周岁 MFMQ

周密 MFPN 周报 MFRB

周期性 MANT 周折 MFRR

周恩来 MLGO 周年 MFRH

周总理 MUGJ 周全 MFWG

洲 IYTH③ 氵、丿丨

粥 XOXN③ 弓米弓乙

妯 VMG 女由一

轴 LMG② 车由一

LMG98 车由一

轴承 LMBD

碡 DGXU③ 石龶𠂋冫

DGXY98 石龶母、

肘 EFY 月寸、

帚 VPMH③ 彐冖冂丨

纣 XFY 纟寸、

咒 KKMB③ 口口几《

KKWB98③ 口口几《

宙 PMF② 宀由二

绉 XQVG③ 纟⺈彐一

昼 NYJG③ 尸㇏日一

昼夜 NYYW

胄 MEF 由月二

荮 AXFU③ 艹纟寸冫

皱 QVHC ⺈彐广又

QVBY98 ⺈彐皮

酎 SGFY 西一寸、

骤 CBCI③ 马耳又水
CGBI98 马一耳水
籀 TRQL 竹扌夕田

zhu

朱 RII② 𠂉小氵
TFI98 丿未氵
侏 WRIY③ 亻𠂉小㇏
WTFY98 亻丿未丶
诛 YRIY③ 讠𠂉小㇏
YTFY98 讠丿未丶
邾 RIBH③ 𠂉小阝丨
TFBH98 丿未阝丨
洙 IRIY③ 氵𠂉小㇏
ITFY98 氵丿未丶
茱 ARIU③ 艹𠂉小氵
ATFU98 艹丿未氵
株 SRIY③ 木𠂉小㇏
STFY98 木丿未丶
珠 GRIY② 王𠂉小㇏
GTFY98 王丿未丶
诸 YFTJ 讠土丿日
猪 QTFJ 犭丿十日
猪八戒 QWAA
铢 QRIY③ 钅𠂉小㇏
QTFY98 钅丿未丶
蛛 JRIY③ 虫𠂉小㇏
JTFY98 虫丿未丶
槠 SYFJ 木讠土日
潴 IQTJ 氵犭丿日
橥 QTFS 犭丿土木
竹 TTGH③ 𠂉丿一丨
THTH98 𠂉丨𠂉丨
竺 TFF 竹二
烛 OJY③ 火虫丶

逐 EPI 豕辶氵
GEPI98 一豕辶氵
逐步 EPHI 逐渐 EPIL
逐年 EPRH 逐个 EPWH
舳 TEMG 丿舟由一
瘃 UEYI③ 广豕丶氵
UGEY98 广一豕丶
躅 KHLJ 口止罒虫
主 YGD② 丶王三
主观 YYCM 主动 YYFC
主演 YYIP 主流 YYIY
主题 YYJG 主力 YYLT
主办 YYLW 主动权 YFSC
主动脉 YFEY 主动性 YFNT
拄 RYGG③ 扌丶王一
渚 IFTJ③ 氵土丿日
煮 FTJO 土丿日灬
嘱 KNTY③ 口尸丿丶
嘱咐 KNKW 嘱托 KNRT
麈 YNJG 广コ刂王
OXXG98 严匕匕丰
瞩 HNTY③ 目尸丿丶
瞩目 HNHH
伫 WPGG③ 亻宀一一
住 WYGG 亻丶王一
住院 WYBP 住址 WYFH
住家 WYPE 住宅 WYPT
住宿 WYPW 住处 WYTH
住房 WYYN
助 EGLN③ 月一力乙
EGET98 月一力丿
助工 EGAA 助威 EGDG
助教 EGFT 助理 EGGJ
助记词 EYYN 助手 EGRT
助学金 EIQQ 助兴 EGIW

助听器 EKKK 助学 EGIP
杼 SCBH③ 木マ卩丨
SCNH98 木マ乙丨
注 IYGG② 氵丶王一
IYG98③ 氵丶王一
注目 IYHH 注册 IYMM
注视 IYPY 注解 IYQE
注销 IYQI 注重 IYTG
注射 IYTM 注释 IYTO
注射器 ITKK 注意 IYUJ
注意力 IULT 注入 IYTY
贮 MPGG③ 贝宀一一
贮藏 MPAD 贮存 MPDH
贮备 MPTL 贮藏室 MAPG
驻 CYGG② 马丶王一
CGYG98 马一丶王
驻防 CYBY 驻地 CYFB
驻足 CYKH 驻守 CYPF
驻军 CYPL 驻华 CYWX
炷 OYGG③ 火丶王一
祝 PYKQ③ 礻丶口儿
祝愿 PYDR 祝寿 PYDT
祝酒 PYIS 祝贺 PYLK
祝福 PYPY
疰 UYGD 疒丶王三
著 AFTJ③ 艹土丿日
著名 AFQK 著称 AFTQ
著作权 AWSC
蛀 JYGG③ 虫丶王一
筑 TAMY③ 竹工几丶
TAW98③ 竹工几丶
铸 QDTF③ 钅三丿寸
箸 TFTJ③ 竹土丿日
翥 FTJN 土丿日羽
倬 WHJH 亻⺊早丨

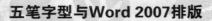

zhua

抓 RRHY 扌厂丨㇏

抓紧 RRJC

zhuai

拽 RJXT③ 扌日匕丿

RJN98③ 扌日乙丿

zhuan

专 FNYI③ 二乙丶氵

专项 FNAD 专著 FNAF

专区 FNAQ 专职 FNBK

专用 FNET 专款 FNFF

专刊 FNFJ 专场 FNFN

专政 FNGH 专题 FNJG

专员 FNKM 专车 FNLG

专业 FNOG 专家 FNPE

专利号 FTKG 专访 FNYY

专业化 FOWX 专门 FNUY

专业课 FOYJ 专科 FNTU

专业户 FOYN 专利 FNTJ

专案组 FPXE 专栏 FNSU

专心致志 FNGF 专制 FNRM

专业人员 FOWK 专案 FNPV

砖 DFNY 石二乙丶

砖瓦 DFGN

颛 MDMM 山丆冂贝

转 LFNY③ 车二乙丶

转达 LFDP 转用 LFET

转载 LFFA 转动 LFFC

转正 LFGH 转速 LFGK

转眼 LFHV 转帐 LFMH

转发 LFNT 转业 LFOG

转换 LFRQ 转折 LFRR

转播 LFRT 转告 LFTF

转向 LFTM 转移 LFTQ

转入 LFTY 转交 LFUQ

转产 LFUT 转录 LFVI

转化 LFWX 转让 LFYH

转变 LFYO 转折点 LRHK

啭 KLFY 口车二丶

赚 MUVO③ 贝䒑彐八

MUV98③ 贝䒑彐八

撰 RNNW 扌巳巳八

篆 TXEU③ 竹彑豕氵

馔 QNNW 勹乙巳八

zhuang

庄 YFD③ 广土三

OF98② 广土三

庄严 YFGO 庄稼 YFTP

庄稼地 YTFB 庄稼汉 YTIC

庄稼活 YTIT 庄稼人 YTWW

妆 UVG② 丬女一

桩 SYFG③ 木广土一

SOFG98 木广土一

装 UFYE③ 丬士亠𧘇

装运 UFFC 装置 UFLF

装饰 UFQN 装卸 UFRH

装配 UFSG 装备 UFTL

装修 UFWH 装货 UFWX

装订 UFYS 装饰 UFQN

装腔作势 UEWR

壮 UFG③ 丬士一

壮观 UFCM 壮大 UFDD

壮丽 UFGM 壮烈 UFGQ

壮举 UFIW 壮阔 UFUI

壮志凌云 UFUF 壮族 UFYT

状 UDY③ 丬犬丶

状态 UDDY

撞 RUJF③ 扌立日土

zhui

追 WNNP 亻ココ辶

TNP98③ 丿目辶

追赶 WNFH 追求 WNFI

追加 WNLK 追悼 WNNH

追究 WNPW 追捕 WNRG

追查 WNSJ 追悼会 WNWF

追根究底 WSPY

骓 CWYG 马亻主一

CGWY98 马一亻主

椎 SWYG③ 木亻主一

锥 QWYG③ 钅亻主一

坠 BWFF 阝人土二

坠毁 BWVA

缀 XCCC③ 纟又又又

惴 NMDJ 忄山丆刂

缒 XWNP 纟亻コ辶

XTNP98 纟丿目辶

赘 GQTM 龶勹夂贝

赘述 GQSY

zhun

谆 YYBG 讠亠子

肫 EGBN③ 月一凵乙

窀 PWGN 宀八一乙

准 UWYG③ 冫亻主一

UWYG98 冫亻主一

准确 UWDQ 准时 UWJF

准则 UWMJ 准备 UWTL

准许 UWYT 准确性 UDNT

准确度 UDYA

zhuo

捉 RKHY③ 扌口龰㇏

捉弄 RKGA

焯 OHJH③ 火⺊早丨

卓 HJJ ⺊早‖
卓著 HJAF 卓越 HJFH
拙 RBMH③ 扌凵山丨
拙劣 RBIT 拙笨 RBTS
倬 WHJH 亻⺊早丨
着 UDHF③ 丷尹目二
UH98② 羊目二
着陆 UDBF 着眼 UDHV
着手 UDRT 着想 UDSH
着重 UDTG 着眼点 UHHK
桌 HJSU③ ⺊日木冫
桌子 HJBB 桌椅 HJSD
涿 IEYY 氵豕丶丶
IGEY98 氵一豕丶
灼 OQYY③ 火勹丶丶
茁 ABMJ③ 艹凵山‖
斫 DRH 石斤丨
浊 IJY② 氵虫丶
浞 IKHY 氵口龰㇏
诼 YEYY③ 讠豕丶丶
YGEY98 讠一豕丶
酌 SGQY③ 西一勹丶
KGEY98 口一豕丶
琢 GEYY③ 王豕丶丶
GGEY98 王一豕丶
琢磨 GEYS
禚 PYUO 礻丶丷灬
擢 RNWY 扌羽亻圭
濯 INWY③ 氵羽亻圭
镯 QLQJ 钅罒勹虫

zi

资 UQWM 冫勹人贝
资历 UQDL 资助 UQEG
资源 UQID 资料 UQOU
资金 UQQQ 资格 UQST
资本主义 USYY 资产 UQUT
资产阶级 UUBX 资本家 USPE
呲 KHXN 口止匕乙
仔 WBG 亻子一
孜 BTY 子攵㇏
孜孜不倦 BBGW
兹 UXXU③ 䒑幺幺冫
兹有 UXDE
咨 UQWK 冫勹人口
咨询 UQYQ
姿 UQWV 冫勹人女
姿态 UQDY 姿势 UQRV
赀 HXMU③ 止匕贝冫
淄 IVLG③ 氵巛田一
缁 XVLG③ 纟巛田一
谘 YUQK③ 讠冫⺈口
孳 UXXB 䒑幺幺子
嵫 MUXX③ 山䒑幺幺
滋 IUXX③ 氵䒑幺幺
滋味 IUKF 滋补 IUPU
滋长 IUTA
粢 UQWO 冫⺈欠米
辎 LVLG③ 车巛田一
觜 HXQE③ 止匕⺈用
趑 FHUW 土龰冫人
锱 QVLG③ 钅巛田一
龇 HWBX 止凵人匕
髭 DEHX③ 镸彡止匕
鲻 QGVL 鱼一巛田
籽 OBG② 米子一
子 BBBB② 子子子子（键名）
子孙 BBBI 子宫 BBPK
子弟 BBUX 子女 BBVV
子弹 BBXU 子弟兵 BURG
姊 VTNT 女丿乙丿
姊妹 VTVF
秭 TTNT 禾丿乙丿
耔 DIBG③ 三小子一
FSBG98 二木子一
第 TTNT ⺮丿乙丿
梓 SUH 木辛丨
紫 HXXI③ 止匕幺小
紫外线 HQXG 紫色 HXQC
滓 IPUH③ 氵宀辛
訾 HXYF③ 止匕言三
字 PBF② 宀子二
字节 PBAB 字形 PBGA
字表 PBGE 字号 PBKG
字典 PBMA 字帖 PBMH
字句 PBQK 字据 PBRN
字根 PBSV 字符 PBTW
字体 PBWS 字母 PBXG
字库 PBYL 字义 PBYQ
自 THD 丿目三
自卫 THBG 自大 THDD
自愿 THDR 自助 THEG
自爱 THEP 自动 THFC
自满 THIA 自治 THIC
自学 THIP 自觉 THIP
自由 THMH 自居 THND
自己 THNN 自发 THNT
自家 THPE 自然 THQD
自杀 THQS 自制 THRM
自卑 THRT 自知 THTD
自选 THTF 自重 THTG
自身 THTM 自称 THTQ
自我 THTR 自尊 THUS
自立 THUU 自传 THWF
自修 THWH 自从 THWW
自欺欺人 TAAW 自信 THWY

自古以来 TDNG 自费 THXJ
自学成才 TIDF 自主 THYY
自暴自弃 TJTY 自豪 THYP
自吹自擂 TKTR 自觉 THIP
自鸣得意 TKTU 自愿 THDR
自力更生 TLGT 自治区 TIAQ
自惭形秽 TNGT 自然数 TQOV
自以为是 TNYJ 自由化 TMWX
自知之明 TTPJ 自尊心 TUNY
自始至终 TVGX 自发性 TNNT
自食其力 TWAL 自己人 TNWW
自作聪明 TWBJ 自信心 TWNY
自命不凡 TWGM 自行车 TTLG
自告奋勇 TTDC 自动化 TFWX
自相矛盾 TSCR 自来水 TGII
恣 UQWN 冫勹人心
渍 IGMY③ 氵龶贝丶
眦 HHXN③ 目止匕乙

zong

宗 PFIU③ 宀二小氵
宗教 PFFT 宗派 PFIR
宗旨 PFXJ
综 XPFI③ 纟宀二小
综合利用 XWTE 综述 XPSY
综上所述 XHRS 综合 XPWG
棕 SPFI③ 木宀二小
腙 EPFI 月宀二小
踪 KHPI③ 口止宀小
踪影 KHJY
鬃 DEPI③ 镸彡宀小
总 UKNU③ 丷口心氵
总共 UKAW 总裁 UKFA
总理 UKGJ 总督 UKHI
总是 UKJG 总则 UIMJ
总局 UKNN 总数 UKOV
总之 UKPP 总额 UKPT
总算 UKTH 总得 UKTJ
总和 UKTK 总管 UKTP
总称 UKTQ 总部 UKUK
总产 UKUT 总值 UKWF
总体 UKWS 总结 UKXF
总统 UKXY 总编 UKXY
总计 UKYF 总收入 UNTY
总书记 UNYN 总指挥 URRP
总投资 URUQ 总产量 UUJG
总公司 UWNG 总人数 UWOV
总经理 UXGJ 总方针 UYQF
总面积 UDTK 总成绩 UDXG
总而言之 UDYP
偬 WQRN 亻勹夕心
纵 XWWY③ 纟人人㇏
纵情 XWNG 纵然 XWQD
纵横 XWSA 纵使 XWWG
纵横驰骋 XSCC
粽 OPFI 米宀二小

zou

邹 QVBH③ 勹彐阝丨
驺 CQVG③ 马勹彐一
CGQV98 马一勹彐
诹 YBCY③ 讠耳又㇏
陬 BBCY③ 阝耳又㇏
鄹 BCTB 耳又丿阝
BCTB98 耳又丿阝
鲰 QGBC 鱼一耳又
走 FHU 土龰氵
走投无路 FRFK 走路 FHKH
走马观花 FCCA 走访 FHYY
奏 DWGD③ 三人一大
DWGD98 三人一大
奏乐 DWQI 奏效 DWUQ
揍 RDWD 扌三人大

zu

租 TEGG③ 禾目一一
租用 TEET 租界 TELW
租金 TEQQ 租赁 TEWT
菹 AIEG③ 艹氵目一
足 KHU 口龰氵
足球 KHGF 足够 KHQK
足迹 KHYO
卒 YWWF 亠人人十
族 YTTD③ 方𠂉𠂉大
镞 QYTD 钅方𠂉大
诅 YEGG③ 讠目一一
阻 BEGG 阝目一一
阻碍 BEDJ 阻击 BEFM
阻止 BEHH 阻力 BELT
阻塞 BEPF 阻挠 BERA
阻挡 BERI 阻拦 BERU
组 XEGG③ 纟目一一
组成 XEDN 组长 XETA
组稿 XETY 组装 XEUF
组建 XEVF 组合 XEWG
组件 XEWR 组织 XEXK
组织纪律 XXXT
俎 WWEG 人人目一
祖 PYEG③ 礻丶目一
祖孙 PYBI 祖辈 PYDJ
祖国 PYLG 祖宗 PYPF
祖籍 PYTD 祖父 PYWQ
祖国统一 PLXG 祖母 PYXG
阼 BTHF③ 阝𠂉丨二

zuan

钻 QHKG③ 钅⺊口一
钻研 QHDG

躜	KHTM	口止丿贝
缵	XTFM	纟丿土贝
篹	THDI	𥫗目大小
攥	RTHI	扌𥫗目小

zui

最	JBCU②	曰耳又冫
最大 JBDD	最小 JBIH	
最少 JBIT	最初 JBPU	
最多 JBQQ	最后 JBRG	
最近 JBRP	最先 JBTF	
最新 JBUS	最好 JBVB	
最佳 JBWF	最低 JBWQ	
最终 JBXT	最高 JBYM	
嘴	KHXE③	口止匕用
罪	LDJD③	罒三刂三
	LHD98③	罒丨三三
罪有应得 LDYT	罪犯 LDQT	
罪恶滔天 LGIG	罪状 LDUD	
罪魁祸首 LRPU	罪证 LDYG	
蕞	AJBC③	艹曰耳又
醉	SGYF③	西一亠十
	SGYF98	西一亠十

zun

尊	USGF③	丷西一寸
尊敬 USAQ	尊严 USGO	
尊容 USPW	尊重 USTG	
尊称 USTQ		
遵	USGP	丷西一辶
遵照 USJV	遵守 USPF	
遵循 USTR	遵命 USWG	
鳟	QGUF	鱼一丷寸
撙	RUSF③	扌丷西寸

zuo

昨	JTHF②	日𠂉丨二
	JTHF98③	日𠂉丨二
昨天 JTGD	昨日 JTJJ	
昨晚 JTJQ		
嘬	KJBC③	口日耳又
左	DAF②	𠂇工二
左右 DADK	左面 DADM	
左派 DAIR	左边 DALP	
左手 DART	左侧 DAWM	
佐	WDAG③	亻𠂇工一
作	WTHF②	亻𠂉丨二
	WTHF98	亻𠂉丨二
作出 WTBM	作用 WTET	
作者 WTFT	作画 WTGL	
作恶 WTGO	作战 WTHK	
作法 WTIF	作品 WTKK	
作曲 WTMA	作风 WTMQ	
作怪 WTNC	作业 WTOG	
作家 WTPE	作乱 WTTD	
作假 WTWN	作为 WTYL	
作废 WTYN	作文 WTYY	
坐	WWFF③	人人土二
坐标 WWSF		
怍	NTHF③	忄𠂉丨二
	NTHF98	忄𠂉丨二
柞	STHF③	木𠂉丨二
祚	PYTF③	礻丶𠂉二
胙	ETHF③	月𠂉丨二
	ETHF98	月𠂉丨二
唑	KWWF③	口人人土
座	YWWF③	广人人土
	OWWF98③	广人人土
座次 YWUQ	座位 YWWU	
做	WDTY③	亻古攵
做工 WDAA	做功 WDAL	
做出 WDBM	做成 WDDN	
做到 WDGC	做事 WDGK	
做法 WDIF	做官 WDPN	
做客 WDPT	做饭 WDQN	
做梦 WDSS	做人 WDWW	
做主 WDYY	做文章 WYUJ	

反侵权盗版声明